Harry Harrison und John Holm

Hammer of the North

Der Weg des Königs

MANTIKORE
VERLAG

Titel der englischen Originalausgabe:
ONE KING'S WAY

1. Auflage
Veröffentlicht durch den
MANTIKORE-VERLAG NICOLAI BONCZYK
Frankfurt am Main 2016
www.mantikore-verlag.de

Deutschsprachige Übersetzung: Jan Enseling
Lektorat: Nadine Muriel
Satz: Karl-Heinz Zapf
Covergestaltung: Marta Wawrzyniak-Chade & Matthias Lück

VP: 133-105-01-10-1116

Printed in the EU

ISBN: 978-3-945493-44-1

Harry Harrison und John Holm

HAMMER OF THE NORTH

DER WEG DES KÖNIGS

Aus dem Englischen von
Jan Enseling

Roman

Harry Harrison
(1925-2012)

Harry Harrison wurde 1925 als Henry Maxwell Dempsey in Connecticut geboren. Er ist der Autor vieler beliebter Serien, darunter die Zyklen „Stahlratte“ und „Bill, der galaktische Held“, sowie der Todeswelt-Trilogie. Man kennt ihn als leidenschaftlichen Verfechter von *Esperanto,* der bekanntesten künstlichen internationalen Sprache, die in vielen seiner Romane auftaucht.

Er hat über ein halbes Jahrhundert viele Romane veröffentlicht und ist am bekanntesten durch seinen bahnbrechenden Roman über Überbevölkerung, *New York 1999,* der als Vorlage für den Film *Soylent Green* diente. Er starb 2012.

Kapitel 1

Eingefroren im harten Griff des schlimmsten Winters seit Menschengedenken lag England unter einem eisigen Mantel aus Schnee. Die mächtige Themse war von einem Ufer zum anderen mit Eis bedeckt. Die Straße, die in nördlicher Richtung nach Manchester führte, war steinhart, ein dreckiger Pfad aus zugefrorenen Hufabdrücken und verkrustetem Dung. Die Pferde glitten auf dem Eis aus und schnaubten Dampfwolken aus. Ihre Reiter, zusammengekauert und durchgefroren, blickten zu den dunklen Wällen der Domkirche hinauf und spornten ihre Reittiere mit mäßigem Erfolg an.

Es war der 21. März des Jahres 867 der Menschwerdung des Herrn und ein Tag von größter Bedeutung. Eine königliche Versammlung fand heute statt. Der Militäradel von Wessex füllte die Bänke. Jeder Ratsherr, Thane und Vogt, der sich nur zwischen die Steinmauern quetschen ließ, war anwesend, begafft und verschwitzt, wobei beständig ein leises Murmeln aus Erklärungen und Übersetzungen von ihnen ausging, während sie aufmerksam das aufwendige Ritual der Krönung eines christlichen Königs beobachteten, das sich wie ein prächtiger Tanz darbot.

Unruhig auf einer Kirchenbank zur Rechten, genau vor dem Mittelschiff des großen Doms zu Winchester, saß Shef Sigvarthsson, Mitkönig von England und König aus eigenem Recht über all ihre Ländereien nördlich der Themse, die er unter seine Herrschaft hatte bringen können. Alfreds Bitte, die einem Befehl so nahegekommen war, wie es nur ging, hatte ihn hierher geführt.

„Du musst nicht an der Messe teilnehmen", hatte Alfred nachdrücklich zu Shef und seinen Anhängern gesagt. „Du musst nicht einmal die Kirchenlieder mitsingen. Aber ich möchte, dich bei der Krönung dabeihaben, mitsamt deinem Schmuckgehänge, mitsamt deiner Krone, Shef. Du sollst Eindruck schinden. Nimm deine eindrucksvollsten Männer und tritt reich und mächtig auf. Ich möchte, dass jeder sieht, dass ich die volle Unterstützung durch die Männer des Nordens habe, die Sieger über Ivar den Knochenlosen und Karl den Kahlen, diese Heiden. Ich meine nicht die wilden Heiden, die Sklavenhalter und Opferer, die Söhne von Ragnar, sondern die Männer des Weges, des Weges von Asgard, das Wimpelvolk."

Zumindest das hatten sie zuwege gebracht, dachte Shef, während er um sich blickte. Zur Aufbietung all ihrer Möglichkeiten gezwungen, hatten die zwei Dutzend Anhänger des Weges, die ausgewählt worden waren, in den vordersten Reihen zu sitzen, ehrenhaft reagiert.

Guthmund der Gierige trug in Armreifen, Torque und Gürtelschnalle mehr Gold und Silber bei sich als fünf Thane von Wessex zusammen. Selbstverständlich hatte er seinen Anteil von drei aufeinanderfolgenden Plünderfahrten unter Shef erhalten, dessen Ruf, wenngleich sagenhaft, doch nicht vollkommen übertrieben war. Thorvin, Priester des Thor, und sein Amtskollege Skaldfinn, Priester des Njörd, waren, obgleich sie sonst gegen jegliche Zurschaustellung weltlicher Güter waren, in blendendes Weiß gekleidet und hatten ihre Amtsinsignien mitgebracht, Thorvin den kurzen Hammer und Skaldfinn den Seemannsstab. Cwicca, Oswi und die anderen englischen Freigelassenen, nun Veteranen von Shefs Kriegszügen, waren zwar in Person durch jugendliche Sehnsüchte hoffnungslos unbeeindruckend, hatten es aber zuwege gebracht, sich in den beispiellosen Luxus seidener Jacken zu kleiden.

Außerdem trugen sie, leicht geneigt, ihre Waffen: Hellebarden, Armbrüste und Katapultwinden. Shef vermutete, dass der bloße Anblick von Männern, die so offensichtlich englisch, so offensichtlich von niederer Geburt und so offensichtlich dermaßen reich waren, dass kein Thane von Wessex, ganz zu schweigen von einem Knecht, davon zu träumen wagte, das mächtigste stille Argument für Alfreds Erfolg war, das man finden konnte.

Die Zeremonie hatte bereits Stunden vorher mit der Bildung einer langen Prozession von der Wohnstatt des Königs zur Klosterkirche begonnen – ein Gang von weniger als einhundert Yards, doch schien jedes einzelne Yard einer besonderen Observanz zu bedürfen. Dann die hohe Messe in der Klosterkirche, während der die Adligen sich drängten, um die Kommunion zu empfangen, weniger aus Andacht als aus dem ernsten Wunsch heraus, keinen Glückwunsch oder Segen zu verpassen, der vielleicht anderen zuteilwurde. Unter ihnen, hatte Shef festgestellt, gab es viele Gestalten, die augenscheinlich fehl am Platz waren, die zu kurz geratenen Gerippe und groben Kleider von Sklaven, die Alfred freigelassen hatte, und von den Knechten, die er befördert hatte. Nun waren sie hier, um die Nachricht zurück in ihre Dörfer und Städtchen zu tragen: Die Nachricht, dass es keinen Zweifel daran gab, überhaupt keinen Zweifel, dass Alfred der Atheling nun nach den Gesetzen der Menschen und der des Christengottes König Alfred von Westsachsen und der Mark war.
In der ersten Reihe saß zudem, alle um sich überragend, der Marschall von Wessex, der Mann, der traditionsgemäß im Kampf Mann gegen Mann als bedeutendster Krieger des Königreiches erwählt wurde. Dieser Marschall, Wigheard, bot in der Tat einen imposanten Anblick, war er doch näher an sieben Fuß denn an sechs und hatte ein Gewicht von nur einer Unze weniger als zwanzig englische Stein. Das Schwert des Königsstandes trug er auf Armeslänge so mühelos wie einen Zweig, und er hatte bereits seine verblüffende Fähigkeit zur Schau gestellt, mit einer Hellebarde zu kämpfen, als wäre sie ein Weidenröschen.
Ein Mann in Shefs Gruppe, der direkt neben ihm saß, hatte Schwierigkeiten, der Zeremonie zu folgen, immer wieder wandte er den Blick zu dem Vorkämpfer. Dies war der Riese Brand, Streiter der Männer von Hålogaland. Er war noch immer erschöpft und zusammengesunken durch die Bauchwunde, die er sich bei dem Duell auf dem Steg mit Ivar dem Knochenlosen zugezogen hatte, doch allmählich fand er seine Stärke wieder. Brand,

obschon zusammengekauert, schien ein größerer Mann zu sein. Seine Knochen passten beinahe nicht in seine Haut – die Knöchel waren wie Felsen und über seinen Augenbrauen traten die Wulste wie eine Panzerung hervor. Brands Fäuste waren, wie Shef einmal nach einem sorgsamen Vergleich festgestellt hatte, größer als ein Halbliterhumpen: nicht nur groß, sondern standen in keinerlei Verhältnis zu dem Rest von ihm. „Da, wo ich herkomme, werden Männer eben groß", war alles, was Brand je dazu sagte.

Der Lärm der Versammelten verstummte, als Alfred, nun mit jedwedem Segen und Gebet belegt, sich zu ihnen umdrehte, um seine Eide abzulegen. Zum ersten Mal wurde auf Latein verzichtet und der Gottesdienst wechselte ins Englische, als Alfreds ältester Ratsherr die feierliche Frage stellte: „Gelobt Ihr, dass unsere rechtmäßigen Gesetze und Sitten gewahrt bleiben, und schwört Ihr, alles in Eurer Macht Stehende zu tun, den Gesetzen gemäß Recht zu sprechen und Euer Volk gegen jeden Feind zu verteidigen?"

„Ich schwöre." Alfred ließ den Blick durch die überfüllte Klosterkirche schweifen. „Ich habe es getan und werde es wieder tun."

Zustimmendes Grölen.

Jetzt folgt ein heiklerer Moment, dachte Shef, als der Ratsherr zurück- und der ranghohe Bischof vortrat. Zum einen war der Bischof erschreckend jung – und das aus gutem Grund. Nach Alfreds Aberkennung der Kirche, seiner Exkommunikation durch den Papst, dem Kreuzzug gegen ihn und seiner endgültigen Erklärung der nicht mehr geltenden Gemeinschaft mit Rom waren alle älteren Kleriker aus seinem Königreich abgewandert, von den Erzbischöfen von York und Canterbury bis hin zu den geringsten Bischöfen und Äbten. Alfreds Reaktion darauf war, dass er die zehn besten noch verbliebenen nachrangigen Priester beförderte und ihnen erklärte, die Kirche in England läge in ihrer Hand. Nun trat einer von ihnen, Eanfrith, Bischof von Winchester, der sechs Monate zuvor noch ein Priester in einem Dorf gewesen war, von dem niemand etwas gehört hatte, nach vorne und äußerte seine Bitte: „Herrscher und König, wir bitten Euch, gewährt uns

Schutz für die Heilige Kirche und ordentliches Recht und Rechtmäßigkeit für all jene, die ihr angehören."

Eanfrith und Alfred hatten tagelang an der neuen Formulierung gearbeitet, erinnerte sich Shef. Die traditionelle Formel hatte um die Bestätigung aller Rechte und Privilegien, Zehnten und Steuern, Eigentümer und Besitzungen gebeten – die Alfred faktisch allesamt abgeschafft hatte.

„Ich gewähre Schutz und ordentliches Recht", antwortete Alfred. Erneut blickte er sich um, erneut fügte er Worte jenseits der Tradition hinzu: „Schutz für jene innerhalb und außerhalb der Kirche. Geltendes Recht für ihre Mitglieder und andere."

Die gut ausgebildeten Chorsänger, Chormönche und Chorknaben stimmten gemeinsam den Lobgesang von Zadok dem Priester an, *Unxerunt Salomonem Zadok sacerdos,* während die Bischöfe sich auf den feierlichen Augenblick der Segenserteilung mit dem heiligen Öl vorbereiteten, nach der Alfred wortwörtlich der Gesalbte des Herrn werden würde, gegen den aufzubegehren gleichermaßen ein Sakrileg war.

Kurz darauf, dachte Shef, würde der schwierige Moment für ihn folgen. Ihm war äußerst behutsam zugetragen worden, dass Wessex seit Königin Eadburh, die in übler Erinnerung geblieben war, niemals eine Königin gehabt hatte und dass die Gattin des Königs keine eigene Krönung erhalten würde. Dennoch, hatte Alfred gesagt, bestand er darauf, dass seine neue Frau vor dem Volk von ihm anerkannt werden sollte, um ihren Mut beim Sieg über die Franken zu ehren.

Also, hatte er gesagt, sollte seine Gemahlin nach der Verleihung der Herrschaftsinsignien Schwert, Ring und Zepter vortreten und vor der Versammlung einen Titel erhalten, nicht den der Königin, sondern als Lady von Wessex. Und wer wäre besser geeignet, sie zum Altar zu geleiten, als ihr Bruder Shef, der darüber hinaus Mitkönig war.

Der sein Königreich an das Kind von Alfred und der Lady würde abtreten müssen, falls er selbst keine Nachkommen hatte.

Dies würde das zweite Mal sein, dass er sie weggab, dachte er verbittert. Wieder einmal musste er die Liebe, die Leidenschaft vergessen, die sie einst verbunden hatte. Beim ersten Mal hatte er sie an einen Mann übergeben, den sie beide hassten, und als Strafe dafür, so schien es, musste er sie nun einem Mann übergeben, den sie beide liebten.

Als Thorvin ihn mit seinem kräftigen Ellenbogen in die Seite stieß, um ihm zu signalisieren, dass es Zeit wurde, vorzutreten und Lady Godive mitsamt ihrem Gefolge aus Mägden zum Altar zu führen, bemerkte er ihren Blick – ihren triumphierenden Blick –, und sein Herz gefror zu Eis.

Alfred mochte nun König sein, dachte er wie betäubt. Doch er selbst war es nicht. Er hatte weder das Recht noch die Stärke dazu.

Als der Chor das *Benedicat* anstimmte, entschied er, dass er es tun würde. Das tun, was er tun wollte, nicht nur das, was er für seine Pflicht hielt. Er würde mit der Flotte hinausfahren, mit der neuen Marine der Mitkönige, und seinen inneren Zorn an den Feinden des Reiches auslassen: an den Piraten des Nordens, an den Flotten der Franken, an den Sklavenhändlern aus Irland und Spanien, an allen. Sollten Alfred und Godive ihr Glück daheim finden. Er würde seinen Frieden in ertrunkenen Männern und zerschmetterten Schiffen finden.

Früher am selben Tag, weit im Norden im Land der Dänen, hatte eine einfachere und erschreckendere Zeremonie stattgefunden. Der gefesselte Mann hatte aufgehört, sich zu wehren. Er war weder ein Feigling noch ein Schwächling. Zwei Tage zuvor, als die Abgesandten von Schlangenauge in die Sklavenunterkünfte marschiert waren, hatte er gewusst, was demjenigen blühen würde, den sie auswählten. Als er ausgesucht wurde, hatte er ebenfalls gewusst, dass er die letzte Fluchtmöglichkeit ergreifen sollte, und er hatte sie ergriffen: Heimlich ließ er die Kette zwischen seinen Handfesseln locker, als sie ihn wegbrachten, und wartete, bis die

Wachen ihn über die Holzbrücke schleiften, die ins Innere der Braethraborg führte, der Festung der drei letzten Söhne von Ragnar. Dann schlug er mit der Kette plötzlich nach rechts aus und schwang sich über das Geländer in den reißenden Fluss darunter. Bestenfalls schwamm er in die Freiheit, schlimmstenfalls starb er als sein eigener Herr.

Seine Bewacher hatten schon viele solche verzweifelten Fluchtversuche gesehen. Einer packte ihn am Fußgelenk, als er auf das Geländer zusprang, zwei andere hatten ihn zu Boden gerungen, bevor er sich wieder aufrappeln konnte. Sie hatten ihn systematisch mit ihren Speerschäften verprügelt, nicht aus Bosheit, sondern um sicherzugehen, dass er zu steif und zerschunden sein würde, um sich erneut so schnell zu bewegen. Dann hatten sie ihm die Ketten abgenommen und durch grobe Lederriemen ersetzt, die sie verzwirbelten und mit Meerwasser benetzten, damit sie beim Trocknen noch enger wurden. Hätte er im Dunkeln seine Finger sehen können, so wären sie grün und blau geschwollen gewesen wie bei einer Leiche. Selbst wenn irgendein Gott noch eingriff, um sein Leben zu retten, wäre es jetzt zu spät, um seine Hände zu retten.

Aber weder Gott noch Mensch würden eingreifen. Inzwischen erkannten die Wachen nicht einmal mehr seine Existenz an, wenn sie untereinander redeten. Er war nicht tot, denn für das, was er tun sollte, wurde ein Mann gebraucht, der noch immer Atem und vor allem Blut in sich hatte. Das war jedoch alles. Ansonsten war nichts vonnöten. Jetzt, am Ende einer langen Nacht, trugen sie ihn aus dem Langhaus ins Freie, wo das große, frisch geteerte Flaggschiff lag, und eine lange Reihe von Rollen hinunter, die die Ablaufbahn zum Meer herabführten.

„Hier ist es gut. Der da, hier rüber“, knurrte der vierschrötige Krieger mittleren Alters, der das Sagen hatte.

„Wie machen wir‘s?“, fragte einer der anderen, ein junger Mann ohne die Abzeichen des Feldzugs, die Narben und die silbernen Armreife, die die anderen trugen. „Ich habe es noch nie gesehen.“

„Dann sieh zu und lerne. Zunächst zerschneidest du die Lederriemen an seinen Handgelenken. Nein, keine Sorge“, fügte er hinzu, als der Jüngere zögerte und sich unwillkürlich nach einer noch so kleinen Fluchtmöglichkeit umsah. „Der ist geliefert. Sieh ihn dir an! Könnte nicht mal wegkriechen, wenn wir ihn freiließen.“

„Nicht abhauen lassen, klar? Einfach nur die Hände freischneiden, genau.“

Ein paar Minuten des Schneidens. Der Gefangene wankte, als sich die Fesseln lösten, starrte einige Augenblicke im blassen, jedoch heller werdenden Licht auf die Hände vor ihm.

„Jetzt leg ihn flach auf die Rolle da. Bauch nach unten. Füße zusammen. Jetzt sieh genau hin, junger Hrani, denn das ist der wichtige Teil. Der Rücken des Thralls muss nach oben zeigen, warum, merkst du gleich. Er darf die Hände nicht hinten haben, selber Grund, und er darf sich nicht bewegen. Aber er darf auch nicht in der Lage sein, sich selbst am Bewegen zu hindern.

Ich mache also das.“ Der Anführer im mittleren Alter drückte das Gesicht des Gefangenen nach unten auf den festen Pinienstamm, auf dem er lag, packte beide Arme und zog sie nach vorne über den Kopf, bis das Opfer wie ein Mann beim Tauchen aussah. Er zog einen Hammer und zwei kurze Eisennägel aus dem Gürtel.

„Früher haben wir sie festgebunden, aber ich glaube, so geht's besser. So etwas habe ich einmal in einer dieser Christerkirchen gesehen. Natürlich hauen sie die Nägel an der falschen Stelle ein. Trottel.“

Vor Anstrengung ächzend, schlug der Veteran vorsichtig einen Nagel durch die Verbindungsstelle zwischen Gelenk und Hand. Hinter ihm ertönte das Geräusch von mehreren Männern, die sich näherten. Gegen das Dämmerlicht im Osten erschienen allmählich dunkle Schemen.

Speere und Helme hoben sich gegen den Himmel ab, wo die Sonne bald anfangen würde zu leuchten an diesem ersten Tag des neuen Jahres der Krieger, an dem Tag und Nacht gleich lang sein würden.

„Der steckt es ja gut weg“, sagte der junge Mann, als sein Lehrmeister den zweiten Nagel einschlug. „Mehr wie ein Krieger als ein Thrall. Wer war er überhaupt?“
„Der da? Irgendein Fischer, den wir letztes Jahr auf dem Rückweg aufgelesen haben. Und er steckt es nicht gut weg, er spürt nichts, seine Hände sind schon seit Stunden abgestorben.
Gleich vorbei“, fügte er an den Mann gewandt hinzu, der nun fest auf den Stamm genagelt war, und tätschelte ihm die Wange. „Leg in der nächsten Welt ein gutes Wort für mich ein. Das hätte viel schlimmer sein können, wenn ich es vermasselt hätte. Habe ich aber nicht. Ihr zwei, bindet einfach seine Beine fest, wir brauchen keinen weiteren Nagel. Füße zusammen. Er muss sich umdrehen können, wenn der Augenblick kommt.“
Die kleine Gruppe erhob sich und ließ ihr Opfer ausgestreckt auf dem Pinienstamm zurück.
„Bereit, Vestmar?“
„Bereit, Herr.“
Der Platz hinter ihnen hatte sich gefüllt, während sie gearbeitet hatten. Ganz hinten, abseits der Küste und des langen Meeresarmes, lagen mehrere Hügel dunkler Schemen, Sklavenunterkünfte, Werkstätten, Bootshäuser und die unscharf erkennbaren Reihen von einfachen Baracken, welche die treuen Truppen der Seekönige beherbergten, der Söhne von Ragnar – einst vier, nun drei. Aus den Baracken waren die Männer geströmt – nur Männer, keine Frauen, keine Jungen –, um dem feierlichen Spektakel beizuwohnen: der Abfahrt des ersten Schiffes, der Anfang der alljährlichen Zeit der Raubzüge, die erneut Schrecken und Verderbnis über die Christen und ihre Verbündeten im Süden bringen würde.
Die Krieger blieben dennoch zurück und bildeten einen weiten Halbkreis um die Küste am Meeresarm. Lediglich drei Männer schritten diese Küste entlang, allesamt groß und machtvoll, Männer in den besten Jahren, die drei verbliebenen Söhne von Ragnar Lodenhose: Ubbi der Grauhaarige, Verderber von Frauen, und

Halvdan mit dem roten Bart, der fanatische Duellant und Streiter, der sich dem Leben und dem Kodex des Kriegers verschrieben hatte. Vor ihnen ging Sigurth das Schlangenauge, so benannt nach dem Weiß, das jeden Teil seiner Pupillen umgab wie beim Blick einer Schlange: Jener Mann, der sich selbst zum König aller Länder des Nordens machen wollte.
Alle Gesichter wandten sich nun nach Osten, um zu schauen, ob das erste Anzeichen der Sonnenscheibe am Horizont auszumachen war. In den meisten Jahren sah man hier in Dänemark in dem Monat, den die Christen März nannten, nur Wolken. Heute – gute Vorzeichen, klarer Himmel, lediglich ein leichter Dunst, der von der noch unsichtbaren Sonne bereits rosa gefärbt war. Ein leises Murmeln ging durch die Zuschauer, als die Leser der Vorzeichen vortraten, ein gebeugter und gealterter Haufen, die ihre heiligen Beutel umklammert hielten, ihre Messer und Knochen und Schulterblätter von Schafen, die Instrumente ihrer Weissagungen. Sigurth betrachtete sie kalt. Sie waren notwendig – für die Männer. Er aber hatte keine Angst vor einer schlechten Vorhersage, einer üblen Reihe von Vorzeichen. Wahrsager, die schlecht wahrsagten, konnten sich wie jeder andere auch auf dem Opferstein wiederfinden.
In der vollkommenen, angespannten Stille fand der Mann, der ausgestreckt auf dem Pinienstamm lag, seine Stimme wieder. Festgenagelt und festgezurrt, wie er war, konnte er seinen Körper nicht bewegen. Unter Anstrengung legte er den Kopf zurück und rief mit erstickter Stimme dem mittleren der drei Männer, die am Ufer standen, zu: „Wie kannst du das tun, Sigurth? Ich war nicht dein Feind. Ich bin kein Christ und auch kein Mann des Weges. Ich bin ein Däne und ein freier Mann wie du selbst. Welches Recht hast du, mir das Leben zu nehmen?“
Gebrüll aus der Menge übertönte seine letzten Worte. Eine Linie aus Licht zeigte sich im Osten, während die Sonne sich über den beinahe flachen Horizont über Sjælland schob, die östlichste der dänischen Inseln. Das Schlangenauge drehte sich um, warf sei-

nen Mantel zurück, winkte den Männern im Bootshaus über ihm zu.

Sofort ertönte das Ächzen von Seilen, gleichzeitig angestrengtes Grunzen: Fünfzig Männer, die handverlesenen Recken des Heeres der Ragnarssons, warfen ihr volles Gewicht auf die Seile, die an den gespickten Dollen befestigt waren. Aus dem Bootshaus ragte der drachenförmige Bug von Schlangenauges eigenem Schiff, der *Frani Ormr*, der *Schillernden Schlange*. Mit der flachen Seite über die für diesen Zweck geschmierten Rollen vorwärts gleitend, bewegten sich zehn Tonnen Gewicht auf einem fünfzig Fuß langen Kiel aus dem stärksten Eichenholz in Dänemark.

Es erreichte die Oberseite der Ablaufbahn. Der festgenagelte Mann reckte den Hals zur Seite, um zu sehen, wie sein Schicksal sich gegen den Himmel abzeichnete, und presste die Lippen zusammen, um den Schrei zurückzuhalten, der sich in seinem Inneren regte. Zumindest eines konnte er seinen Peinigern verwehren, und zwar die Freude an einem guten Vorzeichen, ein Jahr, das mit Furcht und Verzweiflung und Schmerzensschreien begann.

Die Männer zogen gemeinsam an den Seilen, der Bug kippte, begann hinabzugleiten und polterte der Reihe nach über jede Rolle. Als das Schiff auf ihn zukam, der vorstehende Bug über ihn hinwegreichte, rief der Geopferte erneut, diesmal trotzig: „Woher nimmst du das Recht, Sigurth? Was machte dich zum König?“

Der Kiel traf ihn genau in der Mitte des Rückens, rutschte über ihn hinweg und erdrückte ihn mit seinem gewaltigen Gewicht. Unfreiwillig wurde ihm der Atem in einem bizarren Schrei aus den Lungen gepresst, der zu einem Kreischen wurde, als der Schmerz jegliche Selbstbeherrschung hinwegfegte. Während das Schiff über ihn hinwegdonnerte und die Hievenden laufen mussten, um Schritt zu halten, drehte sich die Rolle herum, auf die er genagelt war. Blut schoss aus Herz und Lunge, die zerquetscht wurden, herausgepresst durch den massiven, gerundeten Kiel. Es spritzte auf die ratternden Bogenplanken über ihm. Die Wahrsager schauten genau zu, gingen tief in die Hocke, um keine Einzelheit zu verpassen, jauchzten und wedelten vor Freude mit ihren abgewetzten Ärmeln.

„Blut! Blut auf den Planken für Abfahrt des Seekönigs!"

„Und ein Schrei! Ein Todesschrei für den Kriegerfürsten!"

Das Schiff glitt weiter in das ruhige Gewässer des Fjords der Braethraborg. Währenddessen erhob sich die Sonnenscheibe gänzlich über die Linie des Horizonts und schickte einen langen, flachen Strahl unter dem Dunst hindurch. Das Schlangenauge warf seine Kapuze nach hinten, packte seinen Speer am Heft und hob ihn über den Schatten des Bootshauses und der Ablaufbahn. Die Sonne strahlte darauf und tauchte das achtzehn Zoll lange, dreieckige Blatt in Feuer.

„Rotes Licht und ein roter Speer für das neue Jahr", brüllte das zuschauende Heer und übertönte das Kreischen der Wahrsager.

„Was mich zum König machte?", rief das Schlangenauge der entweichenden Seele zu. „Das Blut, das ich vergossen habe, und das Blut in meinen Adern! Denn ich bin der Gottblütige, Sohn von Ragnar, Sohn von Volsi, die Saat der Unsterblichen. Und die Söhne der Menschen sind Hölzer unter meinem Kiel."

Hinter ihm rannte sein Heer Mannschaft für Mannschaft zu den wartenden Schiffen, um nacheinander von den überfüllten Ablaufbahnen der Festung abzulegen.

Der gleiche eisige Winter, der England im Griff hatte, hatte sich auch über die andere Seite des Kanals gesenkt. In der kalten Stadt Köln, Hunderte von Meilen südlich von der Braethraborg und ihrem Menschenopfer entfernt, trafen sich am selben Tag, an dem Alfred gekrönt wurde, in einem kahlen, unbeheizten Raum einer bedeutenden Kirche elf Männer. Fünf von ihnen trugen das Purpur und Weiß des bischöflichen Ranges. Bisher trug keiner von ihnen das Scharlachrot eines Kardinals. Etwas rechts hinter jedem der fünf saß jeweils ein weiterer Mann, jeder in der einfachen schwarzen Robe eines Kanonikus des Ordens vom Heiligen Hrodegang. Jeder einzelne von ihnen war Beichtvater, Kaplan

und Berater seines Erzbischofs – ohne Rang, doch von immensem Einfluss und mit der größten Hoffnung, der Würde eines Kirchenfürsten nachzufolgen.
Der elfte Mann trug ebenfalls ein schwarzes Gewand, allerdings das eines einfachen Diakons. Heimlich betrachtete er der Reihe nach die Versammelten, erkannte und respektierte deren Macht, war jedoch unsicher über seinen Platz an der Tafel. Dies war Erkenbert, einst Diakon der großen Klosterkirche zu York und Diener des Erzbischofs Wulfhere. Doch die Klosterkirche gab es nicht mehr, sie war im vergangenen Jahr von den wutentbrannten Heiden aus dem Norden geplündert worden. Und Wulfhere, obgleich Erzbischof geblieben, war ein einfacher Ruheständler unter seinen bischöflichen Kollegen und das Ziel herablassender Mildtätigkeit wie sein Amtsbruder, der Primas von Canterbury. Die Kirche von England gab es nicht mehr: keine Ländereien, keine Pacht, keine Macht.
Erkenbert wusste nicht, warum er zu diesem Treffen einberufen worden war. Er wusste nicht, dass er in tödlicher Gefahr schwebte. Der Raum war nicht deshalb kahl, weil der Fürsterzbischof von Köln sich keine Möbel leisten konnte. Er war kahl, weil er möglichen Lauschern oder Spionen kein Versteck bieten wollte. Hier waren Worte ausgesprochen worden, die für alle Anwesenden den Tod bedeuten würden, wenn man sie wiederholte.
Die Teilnehmer waren allmählich, langsam, vorsichtig zu einem Entschluss gelangt, während sie einander musterten. Nun, da die Entscheidung getroffen war, löste sich die Spannung.
„Er muss also gehen", wiederholte Erzbischof Gunther, der das Treffen in Köln einberufen hatte.
Ein Kreis schweigenden Nickens um die Tafel herum.
„Sein Scheitern ist zu groß, als dass man es übersehen kann", bestätigte Theutgard von Trier. „Nicht nur sind die Kreuzfahrer, die er gegen die Provinz England geschickt hat, im Kampf gescheitert …"
„Wobei dies an sich ein Zeichen göttlicher Ungnade ist", stimmte der berüchtigte gottesfürchtige Hincmar von Reims zu.

„...er hat auch zugelassen, dass eine Saat gepflanzt wird. Eine Saat, die schlimmer ist als eine Niederlage des einen oder anderen Königs. Die Saat der Apostasie."
Diesem Wort folgte sofortiges Schweigen. Alle wussten, was im Jahr zuvor geschehen war. Unter dem Druck sowohl durch die Wikinger des Nordens als auch durch seine eigenen Bischöfe daheim hatte der junge König Alfred gemeinsame Sache mit irgendeiner heidnischen Sekte gemacht, die, wie sie gehört hatten, der Weg genannt wurde. Danach der Sieg über Ivar Ragnarsson von den Wikingern, gefolgt von dem über Karl den Kahlen, den christlichen König der Franken und Stellvertreter des Papstes persönlich.
Nun regierte Alfred unangefochten in England, wenngleich er seine Herrschaftsrechte mit irgendeinem heidnischen Jarl teilte, dessen Name beinahe wie ein Scherz klang. Es war jedoch kein Scherz, dass Alfred als Vergeltung für den Kreuzzug, den Papst Nikolaus gegen ihn ausgesendet hatte, erklärte, die Kirche von England stünde nicht mehr in Gemeinschaft mit der katholischen und der apostolischen Kirche in Rom. Er hatte sie noch weiter degradiert, indem er der Kirche in England Ländereien und Reichtum entzog und nur jenen gestattete, das Wort Christi zu predigen, die bereit waren, ihren Lebensunterhalt durch freiwillige Gaben oder, so hieß es, dadurch zu bestreiten, dass sie Handel trieben.
„Wegen dieser Niederlage und der Apostasie muss er gehen", wiederholte Gunther. Er musterte die Tafelrunde. „Ich sage, Papst Nikolaus muss zu Gott gehen. Er ist ein alter Mann, aber nicht alt genug. Wir müssen sein Hinscheiden beschleunigen."
Nun, da die Worte ausgesprochen waren, verfielen alle in Schweigen; die Kirchenfürsten sprachen nicht leichtherzig über die Ermordung des Papstes.
Meinhard, Erzbischof von Mainz, ein grimmiger, zäher Mann, sprach mit lauter Stimme. „Haben wir irgendeine Möglichkeit dazu?", fragte er.

Der Priester zu Gunthers Rechten regte sich und sagte: „Es wird keine Schwierigkeiten geben. Im Gefolge des Papstes in Rom gibt es Männer, denen wir vertrauen können. Männer, die nicht vergessen haben, dass sie Deutsche sind wie wir. Gift empfehle ich nicht. Ein Kissen in der Nacht. Wenn er nicht erwacht, kann sein Amt ohne Skandal als vakant erklärt werden."

„Gut", sagte Gunther, „obgleich ich seinen Tod will, so beeidige ich vor Gott, dass ich Papst Nikolaus nichts Böses wünsche."

Die Gruppe betrachtete ihn mit einer Spur von Skepsis. Alle wussten, dass Papst Nikolaus Gunther vor gerade mal zehn Jahren als Strafe für Ungehorsam abgesetzt und ihm seinen Bischofssitz entzogen hatte. Desgleichen war er mit Theutgard von Trier verfahren. Sogar den gottesfürchtigen Hincmar hatte er aufgrund eines Disputs mit einem einfachen Bischof gerügt und überstimmt.

„Er war ein großer Mann, der nach Gutdünken seiner Pflicht nachkam. Ich werfe ihm nicht einmal vor, dass er König Karl auf seinen unseligen Kreuzzug ausgesandt hat. Nein, es gibt nichts Schlimmes an Kreuzzügen. Aber er hat einen Fehler begangen. Sag es ihnen, Arno", fügte er an seinen Beichtvater gewandt hinzu. „Erkläre ihnen deine Einschätzung der Situation." Er ließ sich zurücksinken und hob den Kelch mit Rheinwein, von dem so viel des Einkommens des Erzstifts abhing.

Der Jüngere zog seinen Stuhl nach vorne an den Tisch, und sein Gesicht unter den kurz geschorenen blonden Stoppeln glühte vor Enthusiasmus. „Hier in Köln", begann er, „haben wir sorgsam die Kriegskunst studiert. Nicht ausschließlich auf dem Schlachtfeld, sondern auch in einem weiteren Kontext. Wir versuchen, nicht nur wie ein *tacticus* zu denken", er verwendete den lateinischen Begriff, obwohl er bis dahin das Niederdeutsch von Sachsen und dem Norden gesprochen hatte, „sondern wie ein *strategos* der alten Griechen. Und wenn wir an *strategice* denken", – zumindest Hincmar verzog das Gesicht bei dieser seltsamen Vermischung von Griechisch und Latein – „sehen wir, dass Papst Nikolaus einen entscheidenden Fehler begangen hat.

Er hat nicht erkannt, was wir *punctum gravissimum* nennen, das heißt, den schweren Punkt, den Hauptschwerpunkt eines feindlichen Angriffs. Er hat die wahre Gefahr nicht erkannt. Die wahre Gefahr für die gesamte Kirche lag nicht in der Spaltung im Osten oder im Kampf Papst gegen Kaiser oder in den Raubzügen zur See durch die Anhänger Mahounds, sondern in den kaum bekannten Königreichen der armen Provinz Britannien. Denn nur in Britannien hat die Kirche etwas aufgetan, das mehr ist als ein Feind: einen Rivalen, einen Ersatz."

„Er ist ein Ostländer", sagte Meinhard verächtlich.

„Genau. Er glaubt, was hier im Westen, hier im Nordwesten Europas, in Deutschland und im Frankenland und in den Niederlanden, geschieht, sei kaum von Bedeutung. Wir aber wissen, dass darin sein Schicksal liegt. Das Schicksal der Kirche. Das Schicksal der Welt. Ich wage zu sagen, auch wenn Papst Nikolaus es nicht tut: des neuen auserwählten Volkes, des einzig wahren Bollwerks gegen die Barbarei."

Er hielt inne, sein helles Gesicht gerötet vor Stolz.

„Was das betrifft, wirst du hier auf keinen Widerstand stoßen, Arno", bemerkte Gunther. „Also, sobald Nikolaus tot ist, muss er ersetzt werden. Ich weiß", er hob die Hand, „die Kardinäle werden niemanden zum Papst wählen, der vernünftigere Ansichten vertritt, und wir können nicht erwarten, die Italiener zu etwas Sinnvollem zu überreden. Aber wir können sie zu etwas Unsinnigem überreden. Ich glaube, wir stimmen alle darin überein, dass wir unsere Einkünfte und unseren Einfluss einsetzen müssen, um die Wahl von jemandem zu sichern, bei dem wir uns darauf verlassen können, dass er unter den Römern beliebt, ein wohlgeborener Italiener und eine unbedeutende Figur ist. Ich glaube, er hat sich seinen päpstlichen Namen bereits ausgesucht: Hadrian II., wie man mir berichtet. Wichtiger noch ist das, was vor unserer eigenen Türschwelle geschehen muss. Nicht nur Nikolaus muss gehen. König Karl ebenfalls. Auch er wurde besiegt, und zwar von einem Pöbel aus Bauern."

„So gut wie tot", sagte Hincmar entschlossen. „Seine Barone werden die Schmach nicht verzeihen. Jene, die sie nicht mit ihm teilen, können nicht glauben, dass fränkische Lanzenreiter von Schleuderern und Bogenschützen besiegt werden konnten. Jene, auf die es zutrifft, sind darauf erpicht, seine Schande nicht zu teilen. Irgendjemand wird ihm die Schlinge um den Hals legen und ihm ein Messer zwischen die Rippen rammen, ohne dass wir einen Finger rühren müssen. Wer aber wird *ihn* ersetzen?"

„Verzeiht", sagte Erkenbert ruhig. Er hatte mit größter Sorgfalt zugehört und war langsam zu der Überzeugung gelangt, dass diese Männer, im Gegensatz zu den wichtigtuerischen und untüchtigen Geistlichen der englischen Kirche, der er sein Lebtag gedient hatte, Intelligenz tatsächlich höher schätzten als Stand. Die Untergeordneten sprachen, ohne dass man sie zurechtwies. Sie legten ihre eigenen Vorstellungen dar, und diese wurden akzeptiert. Oder wenn sie zurückgewiesen wurden, dann aus benannten Gründen und nach sorgfältiger Abwägung. Die einzige Sünde dieser Männer war, dass es ihnen an Logik beziehungsweise an Vorstellungskraft mangelte. Die Erregung abstrakten Denkens hatte auf Erkenbert größere Wirkung als die Ausdünstungen des Weines in seinem Kelch. Er fühlte, dass er sich endlich unter Gleichen befand. Vor allem wünschte er, dass sie ihn als ihresgleichen akzeptierten.

„Ich verstehe Niederdeutsch, weil es meinem Englischen nahekommt. Aber gestattet mir für den Moment, auf Latein zu reden. Ich verstehe nicht, wie Karl der Kahle, König von Francia, ersetzt werden kann. Oder welchen Vorteil diese Gruppe durch seinen Nachfolger hätte. Er hat zwei Söhne, habe ich recht? Ludwig und Karl. Er hatte zudem drei Brüder, Ludwig, Pippin und Lothar, von denen nur noch Ludwig am Leben ist, und … Sind es sieben lebende Neffen? Ludwig, Karl, Lothar …"

„… und Pippin und Karlmann und Ludwig und Karl", vollendete Gunther. Er lachte kurz. „Und was unser englischer Freund zu höflich ist, auszusprechen: Man kann keinen vom anderen un-

terscheiden. Karl der Kahle. Karl der Dicke. Ludwig der Sachse. Pippin der Jüngere. Welcher ist welcher und wen kümmert es? So werde ich es an seiner statt aussprechen.
Die Saat des Kaisers, des großen Karls, Charlemagne, ist verdorrt. Sie entbehrt jeglicher Tugend. Wie einen neuen Papst in Rom müssen wir hier einen neuen König finden. Die Blutlinie eines neuen Königs."
Die Männer, die um den Tisch herum saßen, blickten einander verhalten an. Weniger verhalten, als jedem von ihnen klar wurde, dass das Undenkbare gedacht wurde. Gunther lächelte flüchtig ob der Wirkung seiner Worte.
Erkenbert sprach, erneut recht wagemutig: „Es ist möglich. In meinem eigenen Land wurden die königlichen Blutlinien entthront. Und in eurem … Ist nicht der große Charlemagne selbst durch die Taten seiner Vorfahren zur Macht gelangt, die die Gottblütigen absetzten, deren Diener sie waren? Die sie entmachteten und ihnen in aller Öffentlichkeit die Haare schoren, um zu zeigen, dass sie nicht länger heilig waren? Es könnte funktionieren. Was ist es schließlich, das einen zum König macht?"
Ein Mann hatte während der gesamten Unterredung nichts gesagt, obwohl er hin und wieder zustimmend genickt hatte: der äußerst respektierte Erzbischof von Hamburg und Bremen im hohen Norden, Jünger und Nachfolger des Heiligen Ansgar, Erzbischof Rimbert, berühmt für seine Courage bei seinen fanatischen Unternehmungen für und gegen die Heiden des Nordens. Als er sich regte, richteten sich alle Blicke auf ihn.
„Ihr habt recht, Brüder. Die Blutlinie Karls ist gescheitert. Und ihr habt unrecht. Unrecht in vielerlei Hinsicht. Ihr spracht von diesem und jenem, von Strategie, dem *punctum gravissimum*, vom Westen und vom Osten und von dem, was in der Welt der Menschen eures Erachtens Bedeutung hat.
Wir leben jedoch nicht nur in der Welt der Menschen. Ich sage euch, dass Papst Nikolaus und König Karl eine noch größere Schwäche hatten, als ihr gesehen habt. Ich kann nur beten,

dass wir ihr nicht auch erliegen werden. Ich sage euch: Sie hatten keinen Glauben! Und ohne Glauben waren all ihre Waffen und Pläne Stroh und Spreu, hinweggeweht vom Wind des Unmuts Gottes.

Daher sage ich euch: Wir benötigen weder einen neuen König noch eine neue königliche Blutlinie. Nein, was wir brauchen, ist ein Kaiser! Ein *Imperator Romanorum.* Denn wir, Kameraden – wir Deutschen sind das neue Rom. Wir brauchen einen *Imperator*, um dies kenntlich zu machen."

Die anderen starrten ihn schweigend an, während sich eine neue Vision in ihren Köpfen formte.

Arno mit den blonden Stoppeln, Gunthers Berater, brach das Schweigen. „Und wie soll dieser neue Kaiser ausgewählt werden?", fragte er vorsichtig. „Und wo ist solch einer zu finden?"

„Hört zu", sagte Rimbert, „und ich werde es euch sagen. Und ich werde euch auch das Geheimnis von Karl dem Großen verraten, dem letzten wahren Kaiser von Rom im Westen. Ich werde euch sagen, was einen wahren König ausmacht."

Kapitel 2

Der intensive Geruch von Sägemehl und Holzspänen erfüllte die Luft, während Shef und seine Begleiter, inzwischen erholt von dem langen Ritt nach Winchester, die Schiffswerft entlanggingen. Obwohl die Sonne den östlichen Horizont erst seit Kurzem beleuchtete, waren bereits Hunderte von Männern bei der Arbeit. Sie trieben mit Holz beladene und von geduldigen Ochsen gezogene Karren voran, sammelten sich um die Schmieden, liefen geschäftig die Seilerbahnen auf und ab. Das Geräusch von Hämmern und Sägen ertönte aus allen Richtungen, vermischt mit den aufgebrachten Stimmen der Vorarbeiter. Allerdings gab es kein Peitschenknallen, keine Schmerzensschreie, keine eisernen Sklavenhalsbänder.

Brand pfiff langsam durch die Zähne und schüttelte den Kopf, als er die Szenerie in Augenschein nahm. Da er gerade erst von seinem Krankenbett aufgestanden war, wurde er sorgsam von seinem Arzt beäugt, dem zwergenhaften Hund. Bisher hatte er noch nicht sehen können, was im Verlauf des langen Winters erreicht worden war. Selbst Shef, der an jedem einzelnen Tag die Arbeiten persönlich oder durch einen Stellvertreter vorangetrieben hatte, konnte sich kaum diesen Verdienst zuschreiben. Es war, als hätte er den Strom aus Tatkraft freigesetzt, statt ihn zu schaffen. Während des Winters hatte er immer wieder festgestellt, dass man seine Wünsche vorausgeahnt hatte.

Nachdem die Kämpfe letztes Jahr abgeebbt waren, standen ihm nun die Rohstoffe und der Reichtum eines Königreiches zur Verfügung. Seine erste und wichtigste Aufgabe hatte darin bestanden, die Verteidigung seines labilen Reiches zu festigen. Er gab die Befehle, und die Kommandanten machten sich eifrig an die Erfüllung: Sie bauten Kriegsmaschinen, bildeten deren Benutzer aus, rekrutierten Soldaten und vermischten seine voraussichtlich hart-

näckigen Gruppen freigelassener Sklaven, Wikinger des Weges und englischer Thanes, die im Gegenzug für ihre Pacht militärische Dienste leisteten. Nachdem dies getan war, hatte er sich an seine zweite Aufgabe gemacht: die Sicherstellung der königlichen Einnahmen. Die Arbeit, alle Details zu Land und Zöllen, Schulden und Steuern aufzuzeichnen, die davor mittels Brauch und aus dem Gedächtnis ausgeführt worden war, hatte er dem Priester Bonifatius übertragen, und zwar mit der Anweisung, das, was er in Norfolk begonnen hatte, in allen Grafschaften umzusetzen, die Shef nun beherrschte. Es würde Zeit und Können benötigen, aber die Ergebnisse hatten sich bereits gezeigt. Die dritte Aufgabe jedoch fiel ganz allein Shef zu, und zwar der Aufbau einer Marine. Wenn etwas klar war, dann, dass alle Schlachten der vergangenen zwei Jahre auf englischem Boden stattgefunden und das Leben von Engländern gekostet hatten. Um die Verteidigung zu sichern, das hatte Shef verstanden, musste man die Angreifer, insbesondere die Wikinger, die nicht dem Weg angehörten, dort aufhalten, wo sie unangefochten regierten: auf See. Mithilfe der gesammelten Reichtümer und Steuern von Ostanglien und Ostmercien hatte Shef sofort damit begonnen, eine Flotte aufzubauen.
Er konnte dabei auf reichlich Hilfe und Erfahrung zurückgreifen. Unter den Wikingern des Weges gab es viele ausgebildete Schiffsbauer, die durchaus bereit waren, ihr Wissen und ihre Fähigkeiten weiterzugeben, wenn man sie anständig entlohnte. Thorvin und seine Gefährten unter den Priestern des Weges waren äußerst interessiert und hatten sich mit Feuereifer ans Werk gemacht, als hätte ihnen im Leben nichts Besseres passieren können – was auch tatsächlich stimmte. Sie folgten ihrem Kodex, immer nach neuem Wissen zu streben und sich selbst und ihren Glauben allein durch ihre Werktätigkeit zu bestreiten. Schmiede, Schreiner und Frachtführer strömten aus ganz Ostengland zur Baustelle, die Shef am Nordufer der Themse für sein Dock ausgewählt hatte. Es lag innerhalb seines eigenen Reiches, jedoch mit Blick auf das Herrschaftsgebiet von König Alfred, in geringer Entfernung fluss-

abwärts vom Londoner Handelshafen, an dem Dörfchen Creekmouth, bereit, sowohl den Kanal als auch die Nordsee zu bewachen – oder zu bedrohen.
Das Problem war die Führung gewesen: dafür zu sorgen, dass all diese ausgebildeten und versierten Männer sich an den Plan hielten, den Shef erarbeitet hatte, aber der in direktem Widerspruch zu ihrer lebenslang gesammelten Erfahrung stand. Zunächst hatte Shef Thorvin gebeten, die Baustelle zu leiten, doch dieser hatte abgelehnt mit der Begründung, er müsse jederzeit die Möglichkeit haben, zu gehen, wenn die Erfordernisse seines Glaubens es von ihm verlangten. Danach hatte er an Udd gedacht, den ehemaligen Sklaven, der fast im Alleingang die Armbrust erfunden und das Torsionskatapult abgesichert hatte. Dies hatte in den Augen einiger zum Sieg über Ivar Ragnarsson, Verteidiger des Nordens, und Wochen später bei dem Ereignis, das die Männer inzwischen die Schlacht von Hastings im Jahre 866 nannten, über Karl den Kahlen, König der Franken, geführt.
Udd hatte vollkommen versagt und wurde alsbald ersetzt. Wenn man ihn sich selbst überließ, so stellte sich heraus, war er lediglich dazu in der Lage, sich für Dinge aus Metall zu interessieren. Außerdem konnte er noch weniger führen als der Bursche, der den Blasebalg trat, und zwar aufgrund seiner angeborenen Schüchternheit. Man hatte ihn seines Postens enthoben und ihm die wesentlich angenehmere Aufgabe erteilt, alles über Stahl herauszufinden, was ihm möglich war.
Als die Verwirrung wuchs, musste Shef sich überlegen, was er wirklich brauchte: einen Mann, der mit Meer und Schiffen vertraut war und die Arbeit anderer zu organisieren wusste, allerdings nicht so unabhängig, dass er Shefs Befehle abänderte, oder so konservativ, dass er sie nicht verstand. Shef kannte nur wenige Leute. Der Einzige von ihnen, der überhaupt infrage kam, war der Fischer Vogt von Bridlington, Ordlaf, der dadurch, dass er Ragnar Lodenhose gefangen gesetzt hatte, den Zorn Englands heraufbeschworen hatte.

Er war es, der sich nun umwandte, um Shefs Gruppe zu begrüßen.
Shef wartete, bis er niedergekniet und wieder aufgestanden war. Frühere Versuche, den formalen Kodex des Respekts abzuschaffen, waren an den beleidigten und unsicheren Blicken von Shefs Thanes gescheitert.
„Ich habe jemanden mitgebracht, um die Arbeit zu begutachten, Ordlaf. Dies ist mein Freund und einstiger Kapitän Viga-Brand. Er stammt aus Hålogaland weit, weit im Norden, und ist mehr Meilen gereist als die meisten Männer. Ich möchte seine Meinung zu den neuen Schiffen hören."
Ordlaf grinste. „Er wird genug sehen, dass ihm die Augen übergehen, Herr, wie weit er auch gesegelt sein mag. Dinge, die niemand zuvor erblickt hat."
„Wie wahr. Genau da ist etwas, das ich vorher noch nie gesehen habe", sagte Brand. Er zeigte mit einer Handbewegung auf eine Grube, die wenige Yards entfernt lag. Darin stand ein Mann und zog an einem Ende einer sechs Fuß langen Säge. Ein anderer stand auf dem riesigen Baumstamm und zog am anderen Ende. Griffbereite Hände hielten die Planke, während diese aus dem Baumstamm gesägt wurde.
„Wie funktioniert das? Ich habe bisher nur gesehen, wie Planken mit Dechseln herausgehauen wurden."
„Ich auch, bis ich hierher kam", sagte Ordlaf. „Das Geheimnis liegt in zwei Dingen. Bessere Zähne auf den Sägeblättern – die sind das Werk von Meister Udd. Und dass man diesen Holzköpfen da" – die Männer schauten auf und grinsten – „beibringt, die Säge nicht zu drücken, sondern *sie abwechselnd zu ziehen.* Spart viel Holz und viel Arbeit", fügte er in normalem Tonfall hinzu.
Die Planke wurde zu Boden gelassen, von zwei Helfern aufgefangen, und die beiden Säger tauschten die Plätze, wobei der untere sich Staub und Sägemehl aus den Haaren schüttelte. Als sie auf die jeweils andere Seite wechselten, bemerkte Shef, dass der eine Thors Hammer um den Hals trug wie die meisten Arbei-

ter auf der Baustelle, der andere ein kaum erkennbares christliches Kreuz.

„Aber das ist noch gar nichts, Sir“, fuhr Ordlaf an Brand gewandt fort. „Was der König Euch wirklich sehen lassen möchte, ist sein ganzer Stolz: die zehn Schiffe, die wir nach seinen Entwürfen bauen. Und das eine, Herr, das nun für Eure Inspektion bereit ist, wurde fertiggestellt, als Ihr in Winchester wart. Kommt und seht.“

Er führte sie durch ein Tor aus starken Pfählen zu einem Ring aus Stegen, die in ein kleines Nebengewässer des Flusses ragten. Dort lagen vor ihnen zehn Schiffe, an denen allesamt Männer arbeiteten, doch eines davon, das nächststehende, war offensichtlich fertiggestellt.

„Nun, Sir Brand, habt Ihr jemals so etwas auf dieser Seite von Hålogaland gesehen?“

Brand blickte erstaunt und überlegte. Langsam schüttelte er den Kopf. „Das ist das größte Schiff, das ich jemals gesehen habe. Es heißt, das größte Schiff der Welt ist Sigurth Schlangenauges eigene *Frani Ormr,* die *Schillernde Schlange*, die mit fünfzig Rudern bestückt ist. Dieses ist ebenso groß. All diese Schiffe sind genauso groß.“ Zweifel trübte seine Augen. „Woraus bestehen die Kiele? Habt ihr zwei Stämme genommen und sie miteinander verbunden? Wenn ja, tja … vielleicht auf einem Fluss oder vor der Küste bei gutem Wetter, aber auf hoher See oder bei einer langen Reise …“

„Aus einem einzigen Stamm“, sagte Ordlaf. „Was Ihr zu vergessen scheint, Sir, wenn ich das so sagen darf, ist nämlich, dass man hoch im Norden, wo Ihr herstammt, mit dem Holz arbeiten muss, das man bekommen kann. Und obwohl ich sehe, dass dort oben die Männer hochgewachsen sind, so gilt dies nicht für Bäume. Was wir hier haben, ist englische Eiche. Und man kann sagen, was man will – ich habe niemals besseres oder größeres Holz gesehen.“

Brand blickt wieder erstaunt, schüttelte erneut den Kopf. „Schön und gut. Aber was bei Hel habt ihr mit dem Mast angestellt? Ihr habt ihn … Ihr habt ihn an die falsche Stelle gesetzt. Und ihn nach vorne geneigt wie … wie den Schwanz eines Achtzehnjährigen! Wie soll damit ein solch großes Schiff gesteuert werden?" Aufrichtiger Schmerz schwang in seiner Stimme mit.

Sowohl Shef als auch Ordlaf grinsten breit. Diesmal ergriff Shef das Wort: „Die ganze Konzeption dieser Schiffe, Brand, ist nur auf einen einzigen Zweck ausgerichtet. Sie sollen weder den Ozean überqueren noch Männer mit Speeren und Schwertern tragen noch Waren transportieren. Dies sind Schiffe für die Schlacht. Schiffe für den Kampf gegen andere Schiffe. Nicht, indem sie längsseits gehen, sodass die Mannschaften einander entern. Nicht einmal, indem sie das tun, was laut Pater Bonifatius die alten Römerleute getan haben, nämlich rammen. Nein, sondern indem sie das gegnerische Schiff mit Mann und Maus versenken, und zwar aus der Distanz. Und es gibt nur eine Sache, von der wir wissen, dass sie dies vermag. Erinnerst du dich an die Zugschleudern, die ich in jenem Winter zum ersten Mal bei Crowland hergestellt habe? Was hältst du von denen?"

Brand zuckte die Achseln. „Gut gegen Menschen. Würde nicht wollen, dass einer dieser Steinbrocken auf mein Schiff fällt. Aber du weißt ja, du musst den richtigen Abstand haben, um einen Treffer zu landen. Zwei Schiffe, beide in Bewegung …"

„Sicher, keine Chance. Und was ist mit den Drehgeschützen, die wir gegen König Karls Lanzenreiter eingesetzt haben?"

„Könnten die Mannschaft töten, einen nach dem anderen. Könnten kein Schiff versenken. Der damit verschossene Pfeil würde das eigene Loch stopfen."

„Damit bleibt uns die letzte Waffe, diejenige, die Erkenbert der Diakon für Ivar hergestellt hat. Guthmund hat sie eingesetzt, um die Palisaden um das Lager über Hastings einzureißen. Das Ding, das die Römerleute *onager* genannt haben – der Wildesel. Wir nennen es das Maultier."

Auf ein Zeichen hin entfernten einige Matrosen das geteerte Leinen von einem niedrigen, viereckigen Objekt, das genau in der

Mitte des ungedeckten Rumpfs des nächstliegenden Schiffs montiert war.
„Was sagst du zu einem Treffer von so etwas?"
Brand schüttelte langsam den Kopf. Er hatte die Onager nur einmal schießen sehen, und damals aus großer Entfernung, aber er erinnerte sich, gesehen zu haben, wie Karren in Stücke zersplittert und ganze Reihen von Ochsen am Boden zerschmettert wurden. „Kein Schiff auf der Welt könnte das überstehen. Ein Treffer, und das gesamte Tragwerk würde in Stücke brechen. Aber der Grund dafür, dass ihr es Maulesel nennt, ist …"
„Wegen seines Ausschlags. Komm mit und sieh dir an, was wir gemacht haben."
Die Männer gingen den Steg hinauf und begutachteten die Waffe von Nahem.
„Sieh her", erklärte Shef. „Diese wiegen eineinviertel Tonnen. Das müssen sie auch. Verstehst du, wie das funktioniert? Das Seil wird an der Basis mit zwei Hebeln befestigt. Das Seil wird zu beiden Seiten gedreht. Es hält diesen Balken fest." Er klopfte auf einen fünf Fuß langen, aufrecht stehenden Balken, von dem an einer Klammer an der Oberseite eine schwere Lederschlinge hing. „Mithilfe einer Eisenklammer drückt man den Balken nach unten aufs Deck und dreht weiter. Wenn die Spannung am größten ist, löst man die Klammer. Der Balken schießt mit einem Stein in der Schlinge nach oben, die Schlinge wirbelt herum …"
„Der Balken trifft auf das Querstück." Ordlaf klopfte auf einen dicken Balken auf einem massiven Gestell, der zu beiden Seiten durch schwere Sandsäcke gepolstert war.
„Der Balken hält abrupt an, der Stein fliegt weiter. Das Geschütz schießt flach und hart bis zu einer halben Meile weit. Aber du erkennst das Problem. Wir müssen es schwer bauen, sodass es den Ausschlag aushält. Wir müssen es genau über der Mittellinie anbringen, damit wir das Gestell unten am Kiel befestigen können. Und weil es so viel wiegt, müssen wir es vorn und achtern ebenfalls ausmitteln."

„Aber da sollte doch der Mast sein", protestierte Brand.
„Also mussten wir den Mast versetzen. In dieser Hinsicht hat uns Ordlaf etwas gezeigt."
„Ihr seht, Sir Brand", erklärte Ordlaf, „wo ich herkomme, haben wir Boote wie Ihr, doppelendig und in Klinkerbauweise und so weiter. Aber weil wir sie zum Fischen brauchen, nicht für lange Überfahrten, takeln wir sie anders. Wir versetzen den Mast aus der Mitte nach vorn und kippen ihn zudem bugwärts. Außerdem, wie Ihr sehen könnt, schneiden wir die Segel anders. Nicht rechteckig wie bei Euch, sondern im Winkel."
Brand brummte. „Ich weiß. Wenn ihr also die Hände vom Steuerruder nehmt, fährt es mit dem Wind und reitet auf den Wellen. Fischerkniff. Sicher genug. Aber langsam. Besonders mit dem ganzen Gewicht, das es tragen muss. Wie schnell ist es?"
Shef und Ordlaf sahen einander an.
„Überhaupt nicht schnell", gab Shef zu. „Guthmund hat ein Proberennen gegen eines seiner Boote gefahren, bevor wir den Maulesel darauf montiert haben, und selbst ohne das Gewicht, nun … Guthmund ist im Kreis um sie herum gefahren.
Aber sieh, Brand, wir versuchen nicht, irgendwen einzuholen. Wenn wir auf offener See auf eine Flotte treffen, die gegen uns kämpfen will, versenken wir sie! Wenn die Schiffe davonsegeln, ist die Küste verteidigt. Wenn sie an uns vorbei kommen, folgen wir ihnen und versenken sie, wohin sie auch fahren. Dies ist kein Transportschiff, Brand. Sondern ein Schiff für die Schlacht."
„Ein Schlachtschiff", ergänzte Ordlaf zustimmend.
„Könnt ihr das Ding ausrichten?", fragte Brand. „Den Maulesel, meine ich. Könnt ihr ihn in verschiedene Richtungen drehen? Bei euren Pfeilwerfern wäre dies möglich."
„Wir arbeiten daran", sagte Shef. „Wir haben versucht, das ganze Ding auf einen Karren zu hieven, den Karren auf eine Achse zu montieren und das andere Ende der Achse in ein Loch einzubetten, das in den Kiel gebohrt wurde. Aber insgesamt war es zu schwer, um es zu drehen, und der Ausschlag hat dauernd die

Achse zerbrochen. Udd hat die Idee, das ganze Ding auf eine Eisenkugel zu setzen, aber … Nein. Es wird direkt auf dem Balken feuern. Was wir allerdings geschafft haben, ist, zwei Balken, zwei Seile, zwei Hebelsätze und so fort auf jeder Seite anzubringen. Natürlich nur eine Querstrebe. Das bedeutet aber, wir können mit beiden Balken schießen."

Brand schüttelte wieder den Kopf. Während sie dort standen, hatte er gespürt, wie sich das Schiff sanft unter ihm gehoben hatte, selbst auf dem Nebengewässer der Themse, und hatte versucht einzuschätzen, wie es sich auf offener See anfühlen würde. Eineinviertel Tonnen Gewicht, das meiste davon weit oben, sodass die Apparatur höher stand als das Seitendeck. Der Segeldruck weit über der Mittellinie. Eine breite Rah, sodass sie die Segel weit aufspannen konnten, wie er bemerkte. Aber schwer zu steuern. Er zweifelte nicht daran, dass der Fischer etwas von seiner Arbeit verstand. Und es stand außer Frage, was ein Treffer mit einem dieser Felsbrocken anstellen würde. Als er an die zerbrechlichen Gerüste aller Schiffe dachte, auf denen er jemals gesegelt war, deren Bohlen nicht einmal an die Spanten genagelt, sondern lediglich mit Flechsen umschlungen waren, konnte Brand vor sich sehen, wie die gesamte Konstruktion augenblicklich zerbarst und eine Mannschaft hinterließ, die sich durchs Meer kämpfte. Und nicht einmal Sigurth Schlangenauges eigene fünfzig Streiter konnten dagegen ankämpfen.

„Wie werdet ihr sie nennen?", fragte er plötzlich. „Fürs Glück." Seine Hand schoss unwillkürlich zu dem Hammeranhänger an seiner Brust. Ordlaf ahmte die Geste nach und fischte unter seinem Hemd das silberne Boot von Njörd hervor.

„Wir haben zehn dieser Schlachtschiffe", sagte Shef. „Ich wollte sie nach den Göttern des Weges benennen, *Thor, Freyr, Ríg* und so weiter, aber Thorvin ließ es nicht zu. Er meinte, es würde Unglück bringen, wenn wir sagen müssten, ‚Heimdall ist auf Grund gelaufen' oder ‚Thor steckt in der Sandbank fest'. Also haben wir unsere Meinung geändert. Wir haben uns entschlossen, jedes

Schiff nach einer der Grafschaften in meinem Reich zu benennen. Also ist dies die *Norfolk,* da drüben die *Suffolk,* die *Lincoln,* die *Isle of Ely,* die *Buckingham* und so weiter. Was meinst du?"
Brand zögerte. Wie alle Seeleute hatte er tiefsten Respekt vor dem Glück und hegte nicht den Wunsch, etwas Schlechtes zu sagen, das Unglück über die Unternehmung seines Freundes bringen würde.
„Ich glaube, dass du wieder etwas Neues in die Welt gebracht hast. Es kann sein, dass deine ‚Grafschaften' über die Meere gleiten werden. Mit Sicherheit würde ich nicht wollen, dass mir eine von ihnen begegnet, und die Männer nennen mich nicht den furchtsamsten unter den Nordmännern. Es mag sein, dass die Könige von England die zukünftigen Herrscher über die Meere sein werden, nicht die Könige des Nordens.
Sag mir", fuhr er fort, „wo möchtest du deine erste Fahrt unternehmen?"
„Am niederländischen Ufer", sagte Shef. „Dann die Küsten entlang, hinauf an den friesischen Inseln vorbei und in dänische Gewässer. Das ist die Hauptroute der Piraten. Wir werden jedes Piratenschiff versenken, das wir sehen. Von da an muss jeder, der uns angreifen will, den langen Seeweg von Dänemark nehmen. Am Ende aber werden wir ihre Basen zerstören, uns ihnen in ihren eigenen Heimathäfen stellen."
„Die friesischen Inseln", murmelte Brand. „Die Zuflüsse zu Rhein, Ems, Elbe und Eider. Nun, eins kann ich dir sagen, junger Mann. All das sind Lotsengewässer. Du verstehst, was ich meine? Ihr werdet einen Lotsen brauchen, der die Kanäle und die Landmarken kennt, sodass er seinen Weg durch Geruch und Gehör finden kann, wenn es nötig ist."
Ordlaf blickte stur drein. „Ich habe meinen Weg im Leben auch ohne Anführer, Ausguck und Logge gefunden. Auch habe ich nicht das Gefühl, dass mein Glück geschwunden ist, seit ich die Mönche verlassen habe, die meine Meister waren, und die Götter des Weges gefunden habe."

Brand knurrte. „Ich habe nichts gegen die Götter des Weges gesagt.“ Erneut berührten sowohl er als auch Ordlaf ihre Schutzamulette, und diesmal griff Shef mit einer verlegenen Geste ebenfalls nach seinem seltsam leiterähnlichen Glücksbringer und zog ihn hervor, das Zeichen seines Schutzgottes Ríg. „Nein, die Götter reichen zur Genüge. Was aber Anführer, Ausguck und Logge betrifft – vor Bremen braucht es schon mehr als das! Ich sage das, ich, Brand, Streiter der Männer von Hålogaland.“
Die zuhörenden Arbeiter wichen zurück und murmelten. Einige von den Neuen in der Werft stießen einander an und zeigten auf den unbekannten Anhänger von Ríg.

Sonnenlicht fiel schräg durch die hohen Fenster der großen Bibliothek im Dom zu Köln und auf die aufgeschlagenen Seiten mehrerer Bücher, die über das Lesepult verteilt lagen. Erkenbert der Diakon, der aufgrund seines kleinen Wuchses kaum über die oberen Kanten schauen konnte, stand gedankenverloren da. Er war allein. Der *librarius*, der wusste, dass er in der Gunst des Erzbischofs stand und der den Eifer bei seinen Nachforschungen schätzte, hatte ihn sich selbst überlassen, sogar mit der schweren und kostbaren Bibel, die auf die Haut von achtzig Kälbern geschrieben worden war.
Erkenbert verglich Texte. Konnte die fantastische Geschichte, die ihnen Erzbischof Rimbert vor Tagen erzählt hatte, tatsächlich wahr sein? Sie hatte alle bei der Zusammenkunft überzeugt, Erzbischöfe wie Berater gleichermaßen. Schließlich hatte sie ihren Stolz gestreichelt, an ihr Empfinden als eigene Nation gerührt, eine Nation, die von der Macht Roms beständig verschmäht und geringgeschätzt wurde. Erkenbert teilte dieses Gefühl nicht – oder jedenfalls noch nicht.
Die englische Nation hatte, sich ihrer Konversion durch den gesegneten Papst Gregor entsinnend, lange mit ihrer Treue gegenüber dem Papst und Rom geprahlt. Aber was hatte Rom im Gegenzug entsandt? Wenn das, was Rimbert sagte, die Wahrheit war,

dann wurde es vielleicht langsam Zeit, die Treue … anderweitig zu verlagern.
Nun zu den Schriften. Unter den ersten war eine, die Erkenbert gut kannte, sogar im Schlaf zitieren konnte. Nichtsdestotrotz, ein weiterer Blick war wichtig. Die Berichte der vier Evangelisten von der Kreuzigung Christi erzählten leicht unterschiedliche Geschichten. Ein Beweis für ihre Wahrheit, natürlich, denn wer weiß nicht, dass vier Männer, die alle dasselbe sehen, sich unterschiedliche Teile davon heraussuchen und diese wiedergeben? Aber Johannes … Johannes sagte mehr als die anderen. Die großen, steifen Seiten umblätternd, fand Erkenbert die Stelle, die er brauchte, und las sie, während er sich die lateinischen Worte leise vorsagte und sie im Geiste in seine Muttersprache Englisch übersetzte.
„… *sed unus militum lancea latus eius aperuit.* Einer von den Soldaten stach ihm aber mit der Lanze in die Seite."
Mit der Lanze, dachte Erkenbert. Mit der Lanze eines römischen Soldaten.
Erkenbert wusste besser als die meisten, wie die Waffen der römischen Soldaten aussahen. Dort, wo er einst sein Heim in der großen Klosterkirche von York gehabt hatte, hatte noch immer ein Großteil dessen gestanden, was zuvor die Stabsgebäude der Sechsten Legion von *Eboracum* gewesen waren. Die Legion hatte York und Britannien vor vierhundert Jahren verlassen, war abberufen worden, um in einem Bürgerkrieg auf dem europäischen Festland zu kämpfen, doch war ein Großteil ihres Arsenals zurückgeblieben, und vieles von dem, was nicht gestohlen oder verwendet wurde, lag noch immer in den Gewölben. Die unzerstörbaren Bronzearmaturen für die Katapulte, die Erkenbert für den Heiden Ivar gefertigt hatte, hatten aus echter alter Herstellung gestammt, so gut wie am Tag ihres Entstehens.
Eisen rostete, aber alles, was Erkenbert auf den Ständern gesehen hatte, war sauber und poliert wie eine Trophäe, die vollständige Ausrüstung eines römischen Legionärsheeres – Helm, Kürass, Kurzschwert, Beinschienen, Schild und selbstverständlich

der römische Wurfspeer mit dem Eisenschaft, das *pilum.* Auch *lancea* genannt.
Ja, dachte Erkernbert, so könnte es gewesen sein. Und es stand außer Frage, dass die Lanze, die Heilige Lanze, die Lanze, die in die Seite von Gottes Sohn gestoßen worden war, in physischer Form die Zeit überstanden haben konnte. Er selbst hatte Waffen gesehen und gehandhabt, die genauso alt sein mochten.
Aber wer konnte daran gedacht haben, etwas Derartiges aufzubewahren? Es hätte jemand sein müssen, der die Wichtigkeit jenes Gegenstandes im Augenblick ihres Gebrauchs erkannte. Die Waffe wäre ansonsten unter tausend anderen in die Kaserne zurückgebracht worden. Wer könnte eine solche Waffe beiseite geschafft haben? Nicht der fromme Jude Joseph von Arimathäa, den der Evangelist Johannes vier Verse später erwähnt, dachte Erkenbert, denn das hatten auch alle Bischöfe gesagt. Solch ein Mann, wenn er ein Jünger Jesu gewesen war, konnte womöglich in der Lage gewesen sein, den Leichnam von Pilates zu erbitten und den Heiligen Kelch zu bewahren, mit dem Jesus das letzte Abendmahl zelebriert hatte, wenngleich Johannes nichts darüber schrieb. Er hätte keine Infanteriewaffe der Römer in seinen Besitz bringen können.
Aber der Zenturio schon. Erkenbert blätterte die Seiten der Bibel gedankenvoll um, ging von einem Evangelienbericht zum nächsten. Der Zenturio wurde in drei von vier erwähnt, und alle drei verwendeten fast dieselben Worte: „Fürwahr, dies ist ein frommer Mensch gewesen“ bei Lukas; „Wahrlich, dieser Mensch ist Gottes Sohn gewesen“ bei Markus; „Wahrlich, dieser ist Gottes Sohn gewesen“ bei Matthäus. Und könnte im vierten Evangelium, dem des Johannes, der Verfasser mit „einem der Soldaten“ nicht den Zenturio gemeint haben? Wenn der Zenturio Jesus in die Seite gestochen hatte, wie es seine Pflicht war, und das Wunder gesehen oder gefühlt hatte – wäre es ihm nicht ein Leichtes gewesen, seine eigene Lanze zu behalten und pflegen?
Nun, wohin war der Zenturio nach der Kreuzigung gegangen? Erkenbert wandte sich einem anderen Buch zu, klein, schäbig, ohne

Titel, offenbar ein Buch mit Briefen, einer nach dem anderen, mit Geschwätz über Ländereien und Anleihen, von vielen Autoren verfasst, von jener Art, die viele tüchtige *librarii* weggegeben hätten zum Abschaben und zur Neuverwendung. Erkenbert konzentrierte sich auf ein Schreiben, von dem ihm Rimbert erzählt hatte. Es sah recht schlicht aus. Ein Brief aus römischer Zeit, auf Latein verfasst – kein gutes Latein, wie Erkenbert interessiert bemerkte, das Latein eines Mannes, der nur den Wortlaut von Befehlen kannte und für den Grammatik ein Rätsel war – und in dessen Kopfzeile stand, dass er von Gaius Cassius Longinus stammte, Zenturio der Legio XXX Victrix. Er beschrieb in bewundernden Begriffen die Kreuzigung eines Unruhestifters nahe bei Jerusalem und wurden nun in die Heimat des Zenturios geschickt, nach … Erkenbert konnte den Namen nicht lesen, aber es war mit Sicherheit etwas Deutsches, vielleicht Bingen oder Zöbingen.
Erkenbert zog an seiner Unterlippe. Eine Fälschung? Der Brief war zweifellos mehrere Male abgeschrieben worden, das war nur natürlich über die Jahrhunderte. Wenn der Kopist sich damit befasst hätte, dessen Wichtigkeit herauszustellen, hätte er dann solch eine schäbige Abschrift in derart minderwertiger Schreibkunst angefertigt? Was die Erzählung selbst betraf, so hatte Erkenbert keine Zweifel daran, dass im Jahre 33 unseres Herrn in Jerusalem durchaus ein Zenturio gewesen sein konnte, der aus dem Rheinland stammte. Oder genauso gut aus England. War der große Konstantin, der das Christentum zur Reichsreligion gemacht hatte, nicht genau an jenem Ort, an der Erkenberts Klosterkirche zu York stand, zum Kaiser ernannt worden?
Als Drittes kam der kritische Text, ein modernes Werk, vor nicht mehr als dreißig Jahren verfasst, zumindest schätzte Erkenbert dies anhand des Stils. Es war ein Bericht über das Leben und den Tod des mächtigen Kaisers Karls des Großen, dessen nach Ansicht des Erzbischofs Gunther degenerierte Nachfahren derzeit stümperhaft den Westen regierten. Ein Großteil davon war Erkenbert bereits bekannt: die Kriegszüge des Kaisers, seine Förderung der

Gelehrsamkeit. Nicht mal für einen Augenblick vergaß Erkenbert, dass Karl der Große Alkuin, einen weiteren Mann aus York, einen weiteren bescheidenen Diakon wie ihn selbst, aus der englischen Klosterkirche zu sich berufen hatte, um das Schicksal und die Gelehrsamkeit von ganz Europa zu bestimmen. Wahrlich, Alkuin war ein äußerst gelehrter Mann gewesen. Jedoch in der Literatur, nicht in den praktischen Künsten. Er war kein *arithmeticus* wie Erkenbert. Man konnte nicht behaupten, ein *arithmeticus* sei nicht genauso großartig wie ein Poet.
Allerdings stand in dieser Chronik über Karl den Großen etwas, das Erkenbert tatsächlich nie zuvor gehört hatte, bis Rimbert ihnen alles darüber erzählt hatte. Nicht, wie der Kaiser gestorben war, das war bekannt, sondern über die Vorzeichen, die dies verkündet hatten. Erkenbert verlagerte das Buch ins volle Sonnenlicht und las aufmerksam.
Im Alter von siebzig Jahren kehrte der Kaiser, wie es hieß, von seinem siebenundvierzigsten siegreichen Feldzug gegen die Sachsen majestätisch und machtvoll zurück. Doch dann hatte ein Komet wie ein Blitz den Abendhimmel durchzogen. *Cometa,* dachte Erkenbert. Was wir den langhaarigen Stern nennen. Langes Haar ist das Zeichen geheiligter Könige. Der behaarte Stern fiel. Und während er fiel, so behauptete die Chronik, scheute das Pferd des Kaisers und warf ihn ab. Es warf ihn derart heftig ab, dass sein Schwertgürtel abriss. Und die Lanze, die er in der linken Hand trug, flog davon und landete viele Yards entfernt. Zur gleichen Zeit war in der kaiserlichen Kapelle in Aachen das Wort „Princeps" oder „Prinz" von einer Inschrift verschwunden, die der Kaiser persönlich aufgestellt hatte, und tauchte nicht wieder auf. Der König war einige Wochen später verstorben, sagte die Chronik und bestand bis zum Letzten darauf, dass diese Vorzeichen nicht bedeuteten, Gott hätte ihm die Amtsgewalt entrissen. Trotzdem war das wichtigste Vorzeichen von allen, dass der Kaiser die Lanze hatte fallen lassen, die er zuvor überall bei sich getragen hatte – denn dieses Lanze, beharrte das Buch, war die *beata lancea* selbst,

die Lanze des germanischen Zenturios Longinus, in seiner Jugend von Karl dem Großen aus ihrem Versteck in Köln entnommen, die ihm bei seinen vielen Feldzügen und Siegen niemals von der Seite gewichen war.
Wer diese Lanze trägt, sagte die Chronik, bestimme das Schicksal der Welt. Allerdings weiß kein Gelehrter, wo sie sich befindet, denn die Grafen unter Karl dem Großen würfelten nach seinem Tode darum, und sie enthüllten nur untereinander, wer der Gewinner gewesen war.
Und laut Rimbert weiß es heute kein Mensch, dachte Erkenbert und stand von den Büchern auf. Denn nach diesem Bericht zu urteilen, wurde die Heilige Lanze von Graf Reginbald zu Hamburg in Besitz genommen und wie eine Reliquie behandelt, intarsiert mit Gold und Edelsteinen. Seit jedoch vor zwölf Jahren die Heiden aus dem Norden Hamburg plünderten, wurde sie nicht mehr gesehen. Gestohlen von irgendeinem Häuptling oder Kleinkönig. Vielleicht zerstört.
Aber nein. Wenn die Lanze wirklich eine heilige Reliquie ist, so wird Gott sie schützen. Und wenn sie durch die Verzierung mit Gold und Edelsteinen prächtiger geworden ist, werden sogar die Heiden sie respektieren.
Bedeutet das, dass irgendein unbedeutender Häuptling unter den Kirchenräubern der Herrscher über ganz Europa wird, ein neuer Karl der Große? Als er an Ragnar Lodenhose dachte, den er selbst in die Schlangengrube geworfen hatte, und an dessen Söhne Ubbi, Ivar der Knochenlose und, als schlimmster von allen, das Schlangenauge, kroch ihm die Angst das Rückgrat hinauf.
Das durfte nicht geschehen. Wenn sich die Reliquie in den Händen der Heiden befand, musste man sie zurückholen, worauf Rimbert so leidenschaftlich bestanden hatte. Zurückholen und dem neuen Kaiser übergeben, wer auch immer das sein würde, um das Christentum erneut zu einen. Aber welche Garantie gab es, dass die ganze Geschichte von der Lanze und der Kreuzigung und dem germanischen Soldaten nicht nur eine Mär war? Eine Fälschung?

Erkenbert ließ von den Büchern ab, ging hinüber zum Fenster und blickte auf die friedliche, frühlingshafte Szenerie hinaus. Er war in die Bibliothek gekommen, um die Bücher zu überprüfen, und genau das hatte er getan. Sie schienen glaubwürdig zu sein. Die Geschichte, die sie erzählten, war stimmig. Zudem, so wurde ihm klar, war es eine *gute* Geschichte. Er wollte sie glauben. Und er wusste, warum er sie glauben wollte.

Sein ganzes Leben lang, überlegte Erkenbert, hatte er sich in Händen von Stümpern befunden. Inkompetente Erzbischöfe wie Wulfhere, inkompetente Könige wie Ella und vor ihm der Narr Osbert, dumme Thanes und analphabetische Kleinpriester, die ihre Stellung nur durch irgendeine Verwandtschaft mit den Großen innehatten. England war ein Land, in dem alle Männer Strohleute waren.

Hier im Land der deutschen fürstlichen Erzbischöfe war es anders. Befehle wurden ausgeführt. Ratgeber wurden aufgrund ihres Verstandes und ihrer Gelehrsamkeit ausgewählt. Die Geldmittel waren weitaus größer. Erkenbert wusste, dass er die Aufmerksamkeit des mächtigen Gunther erregt hatte, einfach nur, weil er die hohe Qualität der Silberwährung des Erzbischofs erkannt und gefragt hatte, wie sie aufrechterhalten wurde. Durch die neuen Bergwerke im Harz, wie man ihm erklärte. Aber ein Mann, der weiß, wie man Silber veredelt und das Blei abscheidet, ist immer willkommen.

Ja, dachte Erkenbert, er bewunderte diese Leute. Er wollte, dass sie ihn anerkannten. Aber würden sie das? Er konnte ihren brennenden Stolz auf ihre eigene Rasse und Sprache spüren und wusste, dass er deswegen außen vor stand. Er war klein und dunkelhaarig und wusste, wie sehr sie die Stärke und das helle Haar schätzten, das sie als Zeichen ihrer Herkunft betrachteten. Konnte sein persönliches Schicksal jemals hier liegen? Er brauchte ein Zeichen.

Die Strahlen der Sonne hatten sich im Verlauf des Nachmittags stetig nach Westen bewegt, über das Lesepult und das Bücherregal daneben. Als Erkenbert sich vom Fenster abwandte, schien die Sonne auf eine aufgeschlagene Seite. Der große illuminierte Anfangsbuchstabe darauf glänzte golden und war in fantastische Malkunst aus ineinander verschlungenen Schlangen eingefasst, die in silbernen und rubinroten Mustern schimmerten.

Das ist englische Kunst, dachte Erkenbert. Er blickte wieder auf die große Bibel, deren Seiten er umgeblättert hatte, allein auf das konzentriert, was sie aussagten, nicht auf ihre Kunstfertigkeit oder Herkunft. Sicherlich englische Kunst und obendrein aus Northumbria. Vielleicht nicht aus York, aber aus Wearmouth oder aus dem *scriptorium* des großen Beda bei Jarrow, aus einer Zeit, bevor die Wikinger kamen. Wie war diese Bibel hierher gelangt?

Wie war das Christentum hierher gelangt? Hamburg und Bremen waren in den Augen Karls des Großen heidnische Städte. Es wurde durch englische Missionare hier eingeführt, von Männern meines Blutes, von den Gesegneten Willibrord und Wynfrith und Willebald, dem Zerstörer von Götzen. Meine Vorfahren brachten ihnen ein großartiges Geschenk, sagte Erkenbert sich selbst mit einem Anflug von Stolz. Die christliche Religion und die Gelehrsamkeit, mit der sie zu verstehen ist. Sollte mir jemand wegen meiner fremden Herkunft Steine in den Weg legen, werde ich ihn daran erinnern.

Sorgfältig legte er die wertvollen Bücher in ihre Regale zurück und verließ die Bibliothek. Arno, der Berater des Erzbischofs, saß draußen im Hof auf einer Bank. Er stand auf, als er den kleinen Diakon herauskommen sah.

„Nun, Bruder? Seid Ihr zufrieden?"

Erkenbert lächelte voller Zuversicht und Enthusiasmus. „Gänzlich zufrieden, Bruder Arno. Ihr könnt sicher sein, dass der heilige Rimbert seinen ersten Konvertiten von fremder Rasse gefunden hat. Ich segne den Tag, an dem er mir von dieser großartigsten aller Reliquien erzählt hat."

Arno grinste auf ihn hinab. Die kurzzeitige Anspannung war verflogen. Inzwischen respektierte er den kleinen Engländer für des-

sen Gelehrsamkeit und Weitsicht. Und schließlich – waren die Engländer nicht auch so etwas wie Sachsen?
„Nun denn, Bruder. Sollen wir uns an Gottes Werk machen? Die Suche nach der Heiligen Lanze."
„Ja", sagte Erkenbert inbrünstig. „Und danach, Bruder, tun wir das Werk, für das sie entsandt wurde. Die Suche nach dem wahren König, dem Imperator des Neuen Roms im Westen."

Shef lag ausgestreckt auf dem Rücken und wechselte zwischen Schlaf und Wachsein hin und her. Die Flotte sollte am nächsten Morgen ablegen, und nach allem, was Brand über die Härten auf See gesagt hatte, war es wichtig, dass man schlief, wenn man konnte. Es war allerdings ein anstrengender Abend gewesen. Shef hatte in der Pflicht gestanden, alle seine Kapitäne zu bewirten – die zehn englischen Skipper, die er unter Schwierigkeiten aufgetrieben hatte, um seine „Schlachtschiffe" zu kommandieren, sowie die mehr als vierzig Wikinger des Weges, die die gewöhnlichen Schiffe führten. Es hatte vieler Trinksprüche bedurft, da beide Gruppen darauf bedacht waren, sich nicht ausstechen zu lassen.
Dann, nachdem er sie losgeworden war und auf ein vertrauliches Gespräch mit Brand gehofft hatte, war sein genesender Freund in mieser Stimmung gewesen. Er hatte es abgelehnt, Shef auf der *Norfolk* zu begleiten mit der Begründung, er würde sein Schiff und seine Mannschaft vorziehen. Er hatte darauf bestanden, dass es Unglück brachte, mit so vielen Männern in der Flotte zu segeln, die nicht die *haf*-Wörter kannten, die komplizierte Tabusprache, durch die es Seeleute vermieden, solche Unglücksbringer wie Frauen, Katzen oder Priester unmittelbar zu erwähnen. Als er feststellen musste, dass selbst Thorvin den Vorschlag ablehnte und nicht die Absicht hatte, auf der *Norfolk* zu fahren, war er auf das Erzählen trauriger Geschichten aus seiner Heimat zurückgefallen. Erzählungen, die sich zumeist um unbekannte Meereskreaturen drehten, um Meerjungfrauen und Marbendills, um Män-

ner, die die Schärenelfen verärgert hatten und in Wale verwandelt worden waren; irgendwann erzählte er auch von einem Spötter und Verächter, dessen Boot das letzte Mal gesehen worden war, als ein langer, von grauen Haaren bedeckter Arm es unter Wasser zog. An diesem Punkt hatte Shef das Gespräch abgebrochen. Nun lag er da und fürchtete sich vor dem, was seine Träume ihm zeigen würden.

Als die Träume kamen, wusste Shef – ausnahmsweise – genau, wo er sich befand. Er war in Asgard, der Heimstatt der Götter, und mehr noch, er stand genau vor der größten Halle in Asgard, Walhalla, Odins Heim für Helden. In der Ferne, wenngleich immer noch in Asgard, konnte er eine weite Ebene erkennen, auf der so etwas wie eine verwirrte Schlacht stattfand: eine Schlacht ohne Schlachtenreihen, bei der jeder auf jeden einschlug und wie zufällig fiel und blutete.
Während der Tag fortschritt, fielen Männer und erhoben sich nicht mehr. Die Schlacht verlief sich in einer Reihe von Zweikämpfen zwischen einzelnen Männern. Die Verlierer fielen, die Sieger kämpften erneut. Am Ende blieb nur ein Mann übrig, der schrecklich verwundet war und auf einer mächtigen, blutigen Axt lehnte. Shef hörte dumpfen und entfernten Jubel: Hermod, Hermod.
Die Toten begannen, sich zu erheben, ihre abgetrennten Glieder vereinigten sich wieder, die Schnitte an ihren Seiten verheilten. Sie halfen einander auf, während die Männer, die einander getötet hatten, lachten und nachsahen, wie die Dinge gelaufen waren. Allmählich bildeten sie Reihen und marschierten zurück zur großen Halle, zwölf nebeneinander, eine tausendköpfige Kolonne, die Gestalt mit der mächtigen Axt vorneweg.
Nur wenige Fuß entfernt von Shef, der unbeachtet blieb, marschierten sie um das Gebäude herum, wandten sich nach links und stapften, ohne ihre Reihen oder ihren Schritt zu durchbrechen, auf die Doppeltüren der Halle zu, die nun offenstanden. Die Türen fielen krachend zu. Sogar in Asgard schwand das Licht. Aus dem Inneren erklangen die Laute eines Gelages.

Jetzt ging ein humpelnder, in grobe Kleidung gehüllter Mann zur Tür hinauf. Als Shef ihn betrachtete, wusste er, dass so eine Kreatur nur in Asgard überleben konnte. Sein Rückgrat war entzweigebrochen, sodass seine obere Hälfte hin und her schwankte, scheinbar ohne Verbindung zu seinen Beinen. Seine Rippen waren weit gespreizt, seine Körpermitte plattgedrückt, als hätte ihn irgendein riesiges Tier zerstampft. Herausgebrochene Innereien lugten unter dem Mantel hervor.

Er erreichte das Tor von Walhalla und starrte es an. Eine Stimme ertönte aus dem Inneren, eine der mächtigen Stimmen, die Shef schon oft zuvor gehört hatte. Nicht die amüsierte und zynische Stimme seines eigenen Schutzgottes und vielleicht seines Vaters, des Gottes Ríg, Anstifter zu geschickter Fertigkeit und Streichen. Nein, es war eine kalte und raue Stimme. Dies ist der Besitzer der Halle, dachte Shef. Dies ist Odin der Mächtige persönlich.

„Wer hat dich geschickt, kleiner Mann?“, fragte die Stimme.

Shef konnte die halblaute Antwort nicht hören, sondern nur die Stimme.

„Ah“, sagte sie. „Nun, ich kenne sein Mal. Er wird hier unter meinen Helden seinen Platz finden. Wenn die Zeit kommt.“

Der zerstampfte Mann sprach wieder, immer noch unverständlich.

„Du?“, sagte die mächtige Stimme. „Für deinesgleichen ist hier kein Platz. Wer bist du, dass du dich in die Reihen gegen die Fenrisbrut stellen willst, wenn ich Männer brauche? Hinfort mit dir. Geh nach hinten zu meinen Küchenleuten. Vielleicht benötigt mein Kämmerer Thialfi noch einen Tellerlecker.“

Der zertrampelte Mann drehte sich um und humpelte davon, um das Gebäude herum und in entgegengesetzte Richtung zu der, von wo das marschierende Heer gekommen war. Als er an Shef vorbeiging, sah dieser auf seinem Gesicht einen Ausdruck von solch trostloser Verzweiflung, wie er hoffte, nie wieder zu sehen.

Dies ist ein Mann, dem nicht einmal der Tod Frieden gebracht hat, dachte er. Ist es sogar den Göttern gestattet, jemandem solches Leid zuzufügen? Welches Verlangen ist es, das sie zu derartigen Schandtaten treibt?

Kapitel 3

Von seinem Aussichtspunkt am Heck des Führungsschiffes blickte Shef nach hinten auf die lange, folgende Linie. Die *Bedfordshire,* das vierte Schiff hinter der Vorhut, scherte erneut aus, wie sie es die ganze Zeit tat, seit sie durch Herumprobieren ihre jetzige Formation gefunden hatten. Alle zehn englischen „Schlachtschiffe", wie Ordlaf sie genannt haben wollte, fuhren mit dem Südwestwind querschiffs hinter sich genau nach Osten, eine so leichte Art des Segelns, wie man sich nur vorstellen konnte, eindeutig viel leichter als die schwerfällige Fahrt den ersten Teil der niederländischen Küste bis zur Rheinmündung hinauf,wo sie den Wind beinahe direkt hinter sich gehabt hatten. Nichtsdestotrotz driftete die *Bedforshire* allmählich wieder aufs offene Meer hinaus.

Es hatte keinen Zweck, dem hinteren Schiff etwas zuzurufen, die Botschaft von Mund zu Mund weiterzugeben, bis sie den Kapitän der *Bedfordshire* erreichte. Er wusste, wie wichtig es war, den Kurs zu halten, schließlich hatten die Skipper der anderen Schiffe es ihm reihum jedes Mal, wenn sie ihr Lager für die Nacht aufschlugen, wieder und wieder brüllend eingebläut. Es gab einen Mangel in der Bauweise seines Schiffes. Aus irgendeinem Grund machte sie zu viel Abdrift, worüber Ordlaf sich ständig beschwerte. Sie würden das Problem beheben, wenn sie zum Dock zurückkehrten. In der Zwischenzeit würde die *Bedfordshire* tun, was sie immer tat: Sie driftete aufs Meer hinaus, bis sie einhundert Yards außerhalb der Reihe war, dann brasste man die Segel und manövrierte sie umständlich wieder auf Kurs. Während die anderen Schiffe mehr oder weniger geradeaus fuhren, bestand ihre Fortbewegung aus einer Reihe seichter Zickzackkurse, vergleichbar den Mustern auf einem damaszierten Schwert.

Es tat keinem weh, zumindest für den Moment, entschied Shef. Eines war allerdings klar geworden, und zwar einige Tage zuvor, beinahe zur gleichen Zeit, als er und die übrigen Landratten aufgehört hatten, würgend über der Reling zu hängen. Der Grund dafür, dass die Wikinger über das Meer herrschten und sich trotz der Vorsichtsmaßnahmen und Verteidigungen der christlichen Könige auf jeden Ort der westlichen Welt stürzen konnten, war der, dass sie sehr, sehr gut in etwas ziemlich unerwartet Komplexem und Schwierigem waren: der Schifffahrt.

Die Seeleute und Skipper, die Shef in den Hafenstädten entlang der englischen Küste rekrutiert hatte, waren auf ihre Art recht gute Matrosen, aber dies war nicht die Art der Wikinger. Da sie fast ausnahmslos alle Fischer waren, waren sie gut darin, lebendig nach Hause zurückzukehren. Wenn es darum ging, die Bäuche der Kinder zu füllen, würden sie ebenso wie Ordlaf bei beinahe jedem Wetter in See stechen. Sie hatten jedoch kein Interesse daran, irgendwohin zu gelangen außer zu einem anderen Ufer oder einer anderen Untiefe, und erst recht nicht daran, irgendwo schnell und unerwartet hinzugelangen. Für die Mannschaftsmitglieder aus den Grafschaften im Landesinneren, die an Bord waren, um den Maulesel zu bemannen und mit den Armbrüsten zu schießen, war jede Einzelheit des Lebens auf See eine Bürde. Mindestens sechs von ihnen waren bereits über Bord gefallen, während sie dem Ruf der Natur folgten, und man hatte sie alle wieder aus ruhiger und seichter See gefischt. Der Hauptgrund, weswegen Shef darauf bestand, jede Nacht ein Lager aufzuschlagen, anstatt weiterzufahren, war, dass er das Ergebnis fürchtete, wenn sie auf See zu kochen versuchten.

Shef lenkte seine Aufmerksamkeit von dem Problem der *Bedfordshire* auf die niedrige, düstere, sandige Küste, die zur Rechten vorbeifloss – oder an „Steuerbord", wie die Matrosen es nannten, jene Seite des Schiffs, an der das lange Steuerruder angebracht war. Shef entrollte die lange Pergamentrolle, auf der er, auf seine frühere Erfahrung zurückgreifend, versuchte, eine Karte dieser unbekannten Länder einzuzeichnen. Die Einheimischen der Küsteninseln, an denen sie vorbeigekommen waren, hatten ihm vieles erklärt. Sie waren natürlich Friesen, und die Friesen verspürten eine starke Bindung sowohl zu den Engländern, mit denen sie verwandt waren, als auch zu den Männern des Weges, dessen Religion und Orden vor fünfzig Jahren von ihrem eigenen Herzog Radbod gegründet worden waren. Bemerkenswerter war jedoch, dass die Friesen auf den Inseln die Ärmsten der Armen waren. Auf den verlassenen Sandbänken, auf denen sie lebten und die manchmal zwanzig Meilen lang waren, aber niemals mehr als eine Meile durchmaßen, befand sich keine Hütte, keine Schafherde mehr als zehn Minuten von einem plündernden Wikinger entfernt. Die Inselbewohner lebten mit wenig und waren bereit, auch das jeden Moment stehen und liegen zu lassen.

Das bedeutete nicht, dass sie nicht liebend gern zurückschlugen. Sobald sich über die Inseln die Nachricht verbreitet hatte, dass die seltsame Flotte aus England stammte und gekommen war, um die Wikinger zu bekämpfen, zog es zu jedem Lagerfeuer Männer, die für einen Humpen Ale oder einen guten Silberpfennig des neuen Münzgeldes erpicht waren, den Mund aufzumachen.

Ihre Schilderung war deutlich. Sobald man das Ijsselmeer umrundete, begann die Inselkette und verlief wie die Küste, die sie umgab, leicht von Norden nach Osten. Die Namen der Inseln schienen immer bekannter zu werden, je weiter man fuhr. Vor drei Tagen waren sie an den Inseln Texel, Vlieland und Terschelling vorbeigesegelt. Shef wusste nicht, was diese Namen bedeuteten. Dann aber hatten sie Schiermonnikoog passiert und waren danach einer Reihe ähnlicher Namen begegnet: Langeoog, Spiekeroog und Norderney. All diese Namen waren leicht verständlich, denn –oog war das heiser klingende Friesisch für „ey", eine Insel, eine „eyot", und –koog war das in Norfolk bekannte „key", eine Sandbank.

Und all diese Inseln *waren* lediglich Sandbänke, Abdrift, der über die Jahrhunderte hinweg von den Flüssen aufgeschichtet wurde, die ins Meer flossen, und die ständig bedroht waren, vom Schlamm erstickt zu werden. Der erste dünne Durchbruch war durch die Ems entstanden. Weiter vorne, die beiden Meeresarme von Jade und Weser, zwischen denen irgendwo die befestigte Bischofsstadt Bremen lag. Genau vor ihnen, hinter Wangerooge, der Letzten in der langen friesischen Inselkette, die jetzt an Steuerbord vorbeiglitt, lag der größere Fluss Elbe mit der Hafenstadt und Festung Hamburg mit ihrem mächtigen Bischof. Hamburg, berühmt wegen seiner Plünderung vor einem Dutzend Jahren, wie Brand sagte, der daran teilgenommen hatte, hatte sich inzwischen wieder erholt und bildete die Speerspitze des christlichen Reiches, die auf Dänemark und Skandinavien dahinter gerichtet war.

Irgendwann würden sie Zeit haben, Hamburg und Bremen zu beschauen. Aber nicht jetzt. Jetzt sah der Plan vor, dass sie weiter den Meeresarm der Elbe befuhren bis zu jenem Punkt, an dem die Küstenlinie nach Norden zu den nordfriesischen Inseln führte, nach Jütland, zu den Süddänen. Und, wie einige der Matrosen meinten, zu den Tieflanden, von denen die Engländer ihrerseits gekommen waren, um Britannien zu plündern und das Römervolk zu stürzen. Shef verspürte eine gewisse Erregung. Wer konnte denn sagen, dass es dort oben nicht noch immer Engländer gab, die zum Sieg über diejenigen herbeigerufen werden konnten, die ihre dänischen Unterdrücker sein mussten? Jedoch würde es genügen, dorthin zu gelangen – hinzugelangen und zurückzukehren, die Schiffe ausprobiert und ihren Mannschaften Zuversicht eingeflößt zu haben.

Was er wirklich benötigte, überlegte Shef, der noch immer die Markierungen auf seiner Karte anstarrte, war eine Darstellung dessen, was *innerhalb* der Inselkette lag, zwischen den Inseln und der Küste des Festlands. Wenn sie dort entlangsegeln könnten, könnten seine Schiffe Wind, Wetter und Wasserknappheit trotzen und so mühelos fahren wie auf der Ouse oder der Stour daheim. Im Schutz lauern, um sich auf die Wikingerflotten zu stürzen.

Aber Ordlaf hatte sich schlichtweg geweigert, die Schiffe landwärts zu bringen, und Brand hatte voll und ganz hinter ihm gestanden. Gewässer befahren, hatte er wiederholt gesagt, versuch das nicht ohne einen Mann, der dort geboren und aufgewachsen ist und dem man trauen kann. Untiefen, Uferbänke, Strömungen, Gezeiten. Man kann ein Schiff ebenso leicht auf Sand oder Kies zerschellen lassen wie am Flamborough Head. Einfacher noch, hatte Ordlaf hinzugefügt. Zumindest kann man Flamborough Head sehen.

Shef fragte sich stur, wie viel von der Geringschätzung der Wikinger für die englische Seefahrt darin mitschwang. Diese war während der Tage ihrer Reise immer deutlicher hervorgetreten, als die Witze der Wikinger beständig bissiger wurden, bis Shef die Mannschaft der *Norfolk* davon abhalten musste, den Maulesel zu bemannen und ein paar der lautesten Witzbolde auf den Grund des Meeres zu schicken. Seitdem hatten sie ihre derzeitige Formation weiterentwickelt: Die zehn Schlachtschiffe segelten nahe der Küsten und bemühten sich nach allen Kräften, tüchtig Fahrt zu machen, während die vierzig Begleitschiffe – allesamt mit Wikingern bemannt, allesamt am Ufer des Kattegad oder an den norwegischen Fjorden gebaut, aber allesamt auf die Segel gestickt das Zeichen von Kreuz und dem Hammer des Weges tragend – herablassend weit voraus auf offener See ihre Bögen fuhren. Allerdings niemals außer Sicht. Immer verblieb ein Segel am Horizont, immer blieb ein waches Auge auf die hinterherlümmelnden Engländer gerichtet, während sie selbst von den schärfsten Augen in Brands kleiner Flotte, einen weiteren Horizont entfernt, beobachtet wurden.

Sie können lachen, dachte Shef. Und sie können segeln, ich gebe es zu. Aber dies ist wie die Plünderung von York, eine neue Art von Schlacht. Meine Männer müssen nicht die besten Seeleute seit Noah sein. Sie müssen nur auf See sein. Wenn die Ragnarssons oder irgendwelche anderen verdammten Piraten aus dem Norden an uns vorbeiwollen, müssen sie in Reichweite kommen. Dann versenken wir sie. Die besten Seeleute der Welt können auf zerschmetterten Planken nichts unternehmen.

Er rollte sein Pergament zusammen, steckte es in eine gewachste Tasche und ging nach vorne, um die beruhigende Masse des Maultiers zu tätscheln. Cwicca, nun leitender Katapulthauptmann der Flotte, grinste zahnlückig über diese Geste. Für seine Teilhabe an dem letztjährigen Erfolg hatte er vierzig gut bestückte Morgen und eine hübsche Braut erhalten, ein wortwörtlich unvorstellbarer Reichtum für jemanden, der ein Sklave der Mönche von Crowland gewesen war, ohne Besitz außer einem Dudelsack aus Knochen und Blase. Trotzdem hatte er all das, ebenso wie sein Seidenhemd, für diese Fahrt zurückgelassen. Schwer zu sagen, ob er auf mehr Reichtümer oder mehr Wunder hoffte.
„Sich drehendes Segel in dieser Richtung“, rief plötzlich der Ausguck von seinem unbequemen Stand auf der einzelnen Rah fünfzehn Fuß über Shefs Kopf. „Und mehr dahinter, ich kann sie sehen! Alle kommen genau auf uns zu.“
Die *Norfolk* krängte sofort, als die aufgeregten Mannschaftsmitglieder auf die linke Seite, nach Backbord, rannten, um selbst nachzusehen. Augenblicke der Verwirrung, als der Bootsmann und seine Maate sie zurückdrängten. Ordlaf kletterte geschickt das knotige Seil hinauf, das auf die Rah führte, und folgte dem ausgestreckten Finger des Ausgucks. Mit angespanntem Gesicht glitt er wieder nach unten, um Bericht zu erstatten.
„Es ist Brand, Herr. All seine Schiffe ziehen sich zusammen, so schnell sie fahren können, Wind querschiffs. Sie haben auf jeden Fall was gesehen. Sie werden kreuzen und längsseits gehen“, er zeigte auf den Himmel, „wenn die Sonne so weit ist.“
„Könnte nicht besser sein“, sagte Shef. „Ein ruhiger Morgen und ein langer Nachmittag zum Kämpfen. Kein Ort, wo die Piraten sich verstecken können. Serviert den Männern ein frühes Mittagsmahl.“ Er umfasste seinen Anhänger, die silberne Stableiter. „Möge mein Vater uns den Sieg schenken. Und wenn Odin Helden für Walhalla benötigt“, fügte er hinzu, sich an den Traum erinnernd, „dann soll er sie sich unter den Gegnern holen.“

„Also, was sagt man dazu?“, fragte Sigurth das Schlangenauge. Er sprach zu seinen beiden Brüdern, die ihn am Bug der *Frani Ormr* flankierten. „Eine Flotte vor uns, die wendet, um sich uns zu stellen, und dann plötzlich drehen alle ab und ziehen ab, als hätten sie gehört, dass ihre Weiber es jedem in der Heimat umsonst besorgen.“

Eine Stimme hinter ihm, der Kapitän der *Ormr,* Vestmar: „Verzeihung, Herr. Hrani hier, der Ausguck, möchte etwas sagen.“

Sigurth drehte sich um und musterte den jungen Mann, der nun nach vorne gestoßen wurde. Ein junger Mann, wenngleich beinahe jeder auf dem Schiff, Sigurths fünfzig handverlesene Recken, im besten Mannesalter war. Auch ein armer Mann, ohne einen Schimmer Gold am Leib und mit nur einem schlichten Knochenheft an seinem Schwert. Von Vestmar ausgewählt und zur Mannschaft hinzugefügt, entsann sich Sigurth, wegen seiner scharfen Augen.

Sigurth machte sich nicht die Mühe, etwas zu sagen, sondern hob lediglich eine Augenbraue.

Als er in die berühmten Schlangenaugen mit den weiß umrandeten Pupillen blickte, errötete Hrani und stotterte. Dann riss er sich zusammen, schluckte und begann: „Herr, bevor sie gewendet haben, konnte ich einen guten Blick auf das vorderste Schiff werfen. Dort stand ein Mann wie Ihr am Bug, Herr, und blickte uns an.“ Er zögerte. „Ich glaube, das war Brand. Viga-Brand.“

„Hast du ihn vorher schon gesehen?“, frage Sigurth.

Der junge Mann nickte.

„Denk jetzt scharf nach. Bist du sicher, dass er es war?“

Hrani zögerte wieder. Wenn er sich irrte … Sigurth stand in dem furchtbaren Ruf, rachsüchtig zu sein, und jeder Mann in der Flotte wusste um das zehrende Verlangen von ihm und seinen Brüdern, die Männer zu finden und umzubringen, die für den Tod ihres verrückten Bruders Ivar verantwortlich waren: Skjef der Engländer und Viga-Brand, Brand der Mörder. Wenn er die Brüder enttäuschte … Trotzdem, sie anzulügen oder zu verheimlichen, was man gesehen hatte, war gleichermaßen gefährlich. Hrani überlegte einen Augenblick, was er tatsächlich gesehen hatte, als das vorderste Feindesschiff auf einer Welle aufgestiegen war. Nein, er hatte keinen echten Zweifel. Die Gestalt, die er erblickt hatte, war zu groß gewesen, als dass es ein anderer Mann sein konnte.

„Ja, Herr. Am Bug des vordersten Schiffs stand Viga-Brand."

Sigurth hielt den Blick für einen Moment auf ihn gerichtet, dann streifte er langsam einen goldenen Reif von seinem Arm und hielt ihn ihm hin.

„Gute Neuigkeiten, Hrani. Nimm dies für deine scharfen Augen. Jetzt sage mir noch etwas. Warum, glaubst du, ist Brand abgedreht?"

Ein weiteres Schlucken, als der junge Mann das Gewicht des Armreifs abschätzte und sein Glück kaum fassen konnte. Abgedreht? Warum würde irgendjemand abdrehen?

„Herr, er muss die *Frani Ormr* erkannt haben und fürchtete, uns zu begegnen. Fürchtete, Euch zu begegnen", verbesserte er sich hastig.

Sigurth machte eine abweisende Geste mit der Hand und wandte sich wieder an seine Brüder.

„Nun", bemerkte er. „Ihr habt gehört, was der Idiot denkt. Aber was glaubt ihr?"

Halvdan starrte auf die Wellen, spürte den Wind auf seinen Wangen, beobachtete die fernen Punkte der Segel am Horizont. „Auskundschaften", stellte er fest. „Zurückgefallen für Verstärkung. Versucht, uns anzulocken."

„Wohin anzulocken?", fragte Ubbi. „Das waren vierzig von denen. Genau das haben wir erwartet von unseren eigenen Leuten, von denen man weiß, dass sie zu den", er spuckte aus, „Wegmännern gehören."

„Mehr Wegleute könnten nach Süden gesegelt sein", meinte Halvdan. „Ihre Priester könnten sie aufgewiegelt haben."

„Wir hätten davon gehört, wenn eine größere Anzahl von ihnen aufgetaucht wäre."

„Also, wenn die Verstärkung dort ist“, schloss das Schlangenauge, „dann muss sie aus England stammen. Engländer auf Schiffen. Etwas Neues. Und wo es etwas Neues gibt …“
„Da findet man Sigvarthsson“, beendete Ubbi den Satz und knurrte zähnefletschend.
„Er hat etwas vor“, sagte Sigurth. „Er hat etwas vor, andernfalls würde er es nicht wagen, uns herauszufordern, nicht auf See. Sehen wir nach, wie gut seine Überraschung ist. Und vielleicht können wir auch sie überraschen.“
Er wandte sich an Vestmar, der vorsichtshalber ein paar Schritte hinter ihm stand. „Vestmar, gib den Befehl weiter. Alle Schiffe bereit machen zum Kampf. Segel reffen, Ruder takeln. Aber nicht die Masten senken. Lasst die Rahen oben.“
Vestmar glotzte einen Moment lang. Er hatte an einem Dutzend Seeschlachten rund um die Küsten von Britannien und Dänemark, Norwegen und Schweden und auch Irland teilgenommen. Masten und Rahen wurden immer eingeholt und verstaut, um die Haupthindernisse zu verringern und dem Schiff jedes Yard Geschwindigkeit zu gewähren, das unter Rudern möglich war. Im Nahkampf standen keine Männer zur Verfügung, um die Segel zu trimmen, und auf keinen Fall konnte man etwas gebrauchen, das den Blick eines Mannes mit Pfeil oder Wurfspeer versperrte.
Er fasste sich, nickte, drehte sich um und brüllte seiner eigenen Mannschaft und dem Schiff, das ihm am nächsten war, die Befehle zu, Befehle, die weitergegeben werden sollten an die hundertzwanzig Langschiffe, die hinter und neben ihnen fuhren. Schnell und geschickt bereitete sich die Flotte der Ragnarssons auf das Gefecht vor.

Shef lehnte sich über die Backbordseite, als Brands Schiff, die *Walross*, am Ende einer langen Wende geschmeidig längsseits kam und damit das Schiff und die übrige Flotte der Wegmänner wieder auf gleiche Höhe mit seinen eigenen zehn brachte.
„Das Schlangenauge?“, rief er.

„Ja. Zweifellos liegt die *Frani Ormr* an der Spitze. Sie sind uns drei zu eins überlegen. Müssen sie jetzt bekämpfen. Wenn ihr versucht, davonzusegeln, haben sie euch eingeholt, bevor die Sonne sinkt."

„Deshalb sind wir hier", rief Shef. „Du kennst den Plan?"

Brand nickte, trat zurück und löste einen langen, roten Seidenschal von seinem Hals. Er trat an die Leewegseite und ließ ihn in der Brise flattern.

Sofort holten die Schiffe hinter ihm die Segel ein, die sie halb gerefft hatten, und wogten nach vorne, wobei sie in einer Reihe nebeneinander fuhren. Ein Schwall von Befehlen von Ordlaf und der *Norfolk* verringerte die ohnehin träge Geschwindigkeit des Schiffes noch mehr, während ihre Begleiter ebenfalls allmählich mit ihr auf gleiche Höhe kamen. Sie fuhren zwar nicht nebeneinander, aber bildeten eine geschlossene Linie, so eng, dass der Bug jedes Schlachtschiffs beinahe über das Heck des vorderen Schiffes ragte. Die Steuermänner hielten mit angespannter Vorsicht Ausschau, während ein schwerfälliges Schiff sich allmählich dem anderen näherte.

Auf einen Wink von Cwicca hin zogen die Katapultmannschaften ihre Wurfbalken bis zum Deck hinunter, befestigten sie mit den gut geölten Riegeln und warfen sich mit ihrem Gewicht auf die Winden, um die straffen Seile auf Höchstspannung zu bringen.

„Wind zu beiden Seiten", rief Cwicca mit Blick auf seinen Herrn. „So oder so könnten wir einen Treffer landen, Gott sei uns gnädig. Ich meine, Thor sei uns gnädig." Er zog sein Hammeramulett heraus und ließ es frei baumeln.

Langsam nahm die Flotte der Wegmänner die vereinbarte Schlachtenformation ein, wie ein umgedrehtes T, das auf den Feind zustößt. Vorneweg, nebeneinander aufgereiht, Brands Schiffe, nun mit eingeholten Segeln und gesenkten Masten, die sich nur unter Rudern langsam nach vorn bewegten. Shef konnte die Männer stöhnen hören, während sie sich in die Riemen legten und dem leichten Wellengang folgten. Hinter ihrer Mitte, in einer nach vorn gerichteten Linie und noch immer unter Segeln, die zehn englischen Schlachtschiffe.

Als die Formation Gestalt annahm, überkam Shef das bekannte Gefühl von Erleichterung. Ihm wurde klar, dass sich alle Schlachten für ihn inzwischen gleich anfühlten. Schreckliche, nagende Beklemmung, bevor es losging, während er an hundertundeine Kleinigkeit dachte, die den Plan zunichtemachen könnten – Skipper, die nichts verstanden, Mannschaften, die nicht schnell genug waren, der Feind, der sie unerwartet erreichte, bevor sie bereit waren. Dann die Erleichterung, gefolgt von einer verzweifelten Neugier. Würde es klappen? Gab es vielleicht etwas, das er vergessen hatte?

Brand brüllte Befehle vom Heck seines Schiffes, das nun ausbrach und rasch auf die Ragnarsson-Flotte zuhielt, inzwischen weniger als eine halbe Meile entfernt, und sich schnell mit dreschenden Rudern näherte. Was rief er? Shef hörte die Worte und verstand sie im selben Moment. Der Feind kam wie vorausgesehen zur Schlacht. Aber ihre Masten waren noch immer oben, obwohl die Segel eingeholt waren.

„… er riecht den Braten!“, ertönte die letzte Hälfte von Brands Ruf.

Gerochen oder nicht, dachte Shef, der Braten ist jetzt in Reichweite. Jetzt musste er nur noch anbeißen. Von seinem Hals zog er einen langen, blauen Schal – Godives Geschenk, dachte er plötzlich schmerzhaft, das sie ihm an dem Tag gemacht hatte, als sie ihm sagte, sie würde Alfred heiraten. Er ließ den Schal zum Leeweg flattern, bemerkte, wie sich die Köpfe drehten, als die Ausgucke das Signal sahen. Keine glückliche Erinnerung, dachte er. Er ließ das Seidentuch los, sodass der Wind es auf die gelblichtrübe See hinaustrieb.

Sigurth Ragnarsson, der am Bug seines Schiffes stand, bemerkte die seltsam geschnittenen Segel an der Nachhut von Brands schmalerer Reihe. Ebenso bemerkte er die riesige Gestalt Brands, der ihm direkt gegenüberstand und mit ironischem Gruß eine Axt schwang. Er hat was vor, dachte er wieder. Es gibt nur eine Möglichkeit, herauszufinden, was es ist. Mit übertriebener Vorsicht streifte er den langen, scharlachroten Umhang ab, drehte sich um, warf ihn auf den Boden des Schiffes. Im gleichen Augenblick zog ein Mann, der beim Mast postiert war, ruckartig an einem Seil. An der Spitze des Mastes, über der Rah, wehte plötzlich ein großes Banner mit einem schwarzen Raben: das Rabenbanner der Söhne von Ragnar, gewoben, wie es hieß, in nur einer Nacht, mit Magie im Durchschuss, um den Sieg zu garantieren. Seit Ivars Tod hatte es kein Mann wehen gesehen.

Als die Männer der Flotte sahen, wie es sich ausbreitete, legten sich die Ruderer für fünf Schläge ins Zeug, dann warfen sie die Ruder gleichzeitig aufrecht und schleuderten sie klappernd ins Tiefbett der Langschiffe. Sie stießen ein kurzes Jubelgeschrei aus, das das Getöse übertönte, und packten Schilde und Waffen. Jeder Steuermann riss sein abrupt beschleunigtes Boot so herum, dass es seinem Nachbarn so nahe wie möglich kam, während die Bootsmänner Enterhaken schwangen, um sie rasch festzuzurren. Wie es immer Brauch war, würde die Flotte Fahrt aufnehmen und sich dann zusammengezurrt auf den Gegner zutreiben lassen, um mit der feindlichen Flotte Bug an Bug zu stehen und dort den Kampf mit Speeren und Schwertern über die halb beplankten Vorderdecks aufzunehmen, bis die eine oder die andere Seite nachgab und versuchte – zumeist erfolglos –, frei zu kommen.

Brand sah das Banner wehen, sah die Männer, wie sie sich auf den letzten plötzlichen Spurt vorbereiteten. Gerade als die Ruder sich unter dem ersten festen Schlag zu biegen begannen, brüllte er mit einer Stimme, die ausgereicht hätte, einen Sturm auf dem Atlantik zu übertönen: „Ruder umdrehen und wenden!"

Die Wegmänner an vorderster Front, gut geübt, teilten sich sofort in der Mitte. Brands Schiff und all jene seewärts davon schwangen hart nach Backbord, die Ruder an Steuerbord zogen hart an, die Ruder an Backbord drehten zur anderen Seite. Alle küstenwärts gewandten drehten hart in die andere Richtung ab. Dann, als die Rudergänger sich abmühten, nicht mit ihren Kameraden zusammenzustoßen, drehten sich die Ruder erneut und die schnellen, wendigen Boote sprangen davon.

Shef, der neben dem Mast der *Norfolk* stand, sah, wie Brands Schiffe mit der Einmütigkeit von Zugvögeln nach links und rechts ausscherten. Mit einem Anflug von Angst – nicht um sich selbst, sondern um seinen Plan - erkannte er, dass die Ragnarsson-Flotte näher war, als er erwartet hatte, und schnell herankam. Wenn diese altgedienten Krieger längsseits von ihm anlegten, konnte das nur auf eine Art enden. Im gleichen Augenblick spürte er, wie die *Norfolk* einen Satz nach vorne machte, als Ordlaf das Segel zur Gänze ausbreitete. Langsam drehte das Schlachtschiff nach Backbord und bot den Drachenbugen, die keine hundert Yards entfernt waren, den steuerbordseitigen Deckbalken dar. Erneut nahm die *Norfolk* ein oder zwei Yards an Fahrt auf, weil der Wind nun direkter über das Heck wehte.

Shef hörte Ordlaf ermunternd rufen: „Der Wind frischt auf! Wir werden rechtzeitig wenden."

Vielleicht, dachte Shef. Aber sie waren trotzdem zu nahe. Zeit, sie aufzuhalten. Er nickte Cwicca zu, der erwartungsvoll am Auslöser hockte.

Cwicca zögerte nur einen Augenblick. Er wusste, dass der Plan vorsah, das vorderste Schiff in der Mitte zu versenken, das mit dem mächtigen, vergoldeten Schlangenkopf am Bug. Aber sein Maultier war noch nicht genau darauf ausgerichtet. Unmöglich, es herumzudrehen. Er wartete einen Sekundenbruchteil auf das Brechen der Wellen, dann riss er am Auslöser.

Eine blitzartige Bewegung, ein kräftiger Rumms gegen den gepolsterten Balken, ein Rumms, der das ganze Schiff erschütterte und es für einen Augenblick abzubremsen schien. Der schwarze Bogen des dreißig Pfund schweren Brockens fegte über das Wasser. Ein Bogen, der kurz hinter dem Bug des Schiffes endete, das sich direkt an Backbord der *Frani Ormr* befand.

Eine oder zwei Sekunden lang schien die herankommende Reihe von Schiffen weiterzufahren, als sei nichts geschehen, sodass Shef das Herz im Halse schlug. Dann, träge, unaufhaltsam, brach das Schiff auseinander. Der fliegende Felsen hatte den Steven zu Kleinholz verarbeitet. Die Planken, die sorgsam daran angebracht waren, sprangen aus ihren Kerben. Unter der Wasserlinie rauschte das Meerwasser herein, vorangetrieben durch die Eigenbewegung des Schiffes. Als es durch das Schiffsbett raste, rissen die Sehnen auseinander, die die Planken an die Rippen und die Rippen an den Kiel banden. Der Mast, dessen Kielschwein unter ihm weggerissen wurde, kippte nach vorne, einen Herzschlag lang gehalten von seinen Stagen, und senkte sich dann träge zu einer Seite ab. Wie die Keule eines Riesen raste er durch die sich teilende Menge der Mannschaft des nächstliegenden Schiffes.

Für die Beobachter aus den Reihen der Engländer sah es so aus, als wäre das Schiff plötzlich verschwunden, heruntergezogen von einer der Wasserhexen aus Brands Geschichten. Für einen oder zwei Augenblicke konnten sie Männer erkennen, die augenscheinlich auf dem Wasser standen, dann auf den losen Planken um ihr Gleichgewicht rangen, dann ins Meer tauchten oder versuchten, an den Seitendecks der Schiffe neben ihnen Halt zu finden.

Und dann ließ auch die *Suffolk* ihr Maultier ausschlagen. Ein weiterer Streifen raste in das Herz der Ragnarsson-Flotte. Und ein weiterer, als das dritte Schiff der Reihe wendete.

Plötzlich, während Shef mit offenem Munde dastand, schien die Schlacht eine Geräuschkulisse zu bekommen. Auf einmal gewahrte er das Schnappen der Armbrüste, das Singen der Seile, als Cwiccas Leute fieberhaft die Maschinen aufzogen, das Krachen von Stein auf Holz und Wellen, das Jubelgeschrei, als Brands Schiffe wendeten, um die Schiffe der Ragnarssons in die Zange zu nehmen. Gleichzeitig spürte Shef einen Regenschauer, und die Schiffe gegenüber verschwammen für einen Augenblick. Ein Regenschauer über dem Meer. Würde er die Seile durchweichen und im ungeeignetsten Moment seine Artillerie außer Gefecht setzen?

Aus dem Schleier tauchten drei Drachenbuge auf – erschreckend nah. Nicht der Schlangenkopf des feindlichen Flagschiffes, das nun einhundert Yards hinter ihnen lag, sondern die von anderen wachsamen feindlichen Kapitänen, die ihre Enterhaken ausgeworfen und die Ruder neu bemannt hatten, nachdem ihnen klar geworden war, dass ihr Gegner nicht die Absicht hatte, für einen anständigen Kampf näher heranzukommen. Wenn sie es schafften, längsseits zu gelangen …

Cwicca hob einen Daumen. Shef nickte. Wieder das markerschütternde Knallen, der fliegende Streifen, der dieses Mal fast so schnell endete, wie er begonnen hatte, und zwar am Fuß des Mastes des mittleren Schiffs. Erneut, plötzlich kein Schiff, nur ein Hagel aus Planken und prustende Männer im Wasser.

Die anderen beiden kamen weiterhin heran, nur noch wenige Yards entfernt, mit Männern auf jedem Bug, die ihre Enterhaken schwangen, zornige, bärtige Gesichter, die über ihre Schilde hinwegstarrten, ein gleichzeitiges, tiefes Knarren, als die Ruderer ein letztes Mal anzogen, um die Lücke zu überbrücken.

Ein Jubelsturm beinahe genau in Shefs Ohr und eine massige Gestalt wie ein großer Wal, die nur wenige Fuß vom Bug der *Norfolk* entfernt erbebend vorbeizog. Eines von Brands Schiffen kam unter Rudern heran auf Abfangkurs. Sein Bug fegte mit einer Annäherungsgeschwindigkeit von zwanzig Meilen pro Stunde über die Backbordseite des Ragnarsson-Schiffes, brach die Ruder ab, sodass die hinteren Enden zurückgeschleudert wurden und die Rippen einbrechen ließen, die die Rückgrate der Ruderer zerschmetterten. Während die beiden Schiffe übereinander schleiften, sah Shef, wie die Ruderer unter den Wegmännern sich von ihren Bänken erhoben und aus kürzester Entfernung einen Sturm aus Wurfspeeren über die Seite niedergehen ließen. Das dritte Ragnarsson-Schiff sah das Gemetzel, wendete hinter dem Heck der *Norfolk* und nahm Fahrt auf in Richtung der offenen See.

Shef packte Ordlaf bei den Schultern, zeigte über eine halbe Meile des Meeres, die voll war von zerschmetterten Schiffen, ertrinkenden Männern und verzweifelten Kämpfen zwischen einzelnen Schiffen und Gruppen. Durch die Schauer aus Regen und Gischt, die der aufkommende Wind aufgewirbelt hatte, konnte er erkennen, dass das Rabenbanner noch immer wehte. Allerdings drehte es schon ab und bewegte sich nach Osten. Die *Frani Ormr,* von Meisterhand geführt, hatte sich unbeschadet durch die englischen Reihen gewunden, hatte gewendet und bereits die Flucht angetreten. Während die beiden Männer zusahen, sank ihr Segel von der Rah herab, blähte sich, und das Schiff glitt mühelos in Sicherheit.

„Verfolgen", sagte Shef.

„Sie segelt zwei Rahen zu unserem."

„Schneidet ihnen den Weg zum offenen Meer ab, solange ihr die Möglichkeit habt. Treibt sie auf die Küste zu."

„Aber das ist das Elber Gat", erwiderte Ordlaf.

Shefs Finger gruben sich gebieterisch in seine Schulter.

Kapitel 4

Sigurth Ragnarsson starrte über die Heckseite seines Schiffes. Auffälligerweise hatte er seinen langen, scharlachroten Umhang nicht wieder aufgehoben, sondern den Arm freigelassen für die Schlacht. Er stemmte sich gegen den Kiel der *Ormr*, gestützt auf einen langen Speer mit eisernem Heft und einer schweren, dreieckigen Spitze. Seine Brüder standen mit dem Rücken zu ihm, ebenfalls augenscheinlich entspannt, aber mit gezogenen Waffen. Die Disziplin in der Ragnarsson-Flotte war grausam. Aber die Männer darin waren ebenfalls grausam, und diese hier waren ausgewählte Veteranen. Es gefiel ihnen nicht, einer Schlacht den Rücken zu kehren, und sie stellten sich bereits vor, was die Männer später über sie sagen würden. Fragten sich, ob das Schlangenauge verweichlichte.

Sinnlos, es ihnen erklären zu wollen. Sollten sie sich noch etwas länger wundern.

„Was hältst du von unserem Freund hinter uns?", sagte Sigurth zu Vestmar und zeigte auf die *Norfolk,* die sich eine lange Meile hinter ihnen vorankämpfte.

„Ein schwerfälliger Kahn, aber er kann ihn führen", erwiderte Vestmar kurz. „Das ist aber nur eine Sache. Er kennt seinen Weg nicht. Siehst du den Ausguck auf der Rah und den Skipper, der sich über den Bug beugt und Ausschau hält nach seichtem Wasser?"

„Davon gibt es hier ziemlich viel", sagte Sigurth. Er wandte sich um und blickte landeinwärts. Eine beinahe nichtssagende Küste. Sie waren bereits vorbei an den kleinen Inseln Neuwerk und Scharhörn. Der schlammige Strom der Elbe bewegte sich unter dem Kiel. Und danach nichts bis zum Boden von Jütland und den umkämpften Inseln zwischen Dänemark und dem Kaiserreich der Deutschen.

„Na gut. Segel streichen. Die Männer an die Ruder. Und stellt jemanden mit einem Lot an den Bug."
Vestmar glotzte, hätte fast protestiert. Ein Lot, dachte er. Aber ich kenne das Elber Gat so gut wie den Rücken meiner Frau. Und wenn wir die Segel streichen, werden diese Bastarde dahinten ihre *jöttun*-Felsen nach uns schleudern, während wir uns bei der Flucht das Rückgrat brechen. Er schluckte die Worte herunter und machte auf dem Absatz kehrt, wobei er einen heiseren Fluch ausstieß.

„Wir holen auf", rief Shef. „Cwicca, mach den Maulesel bereit!"
Ordlaf antwortete nicht. Er betrachtete angespannt den Himmel, blickte wieder auf das Schiff, das sie verfolgten, nahm das Lot, das der Matrose am Bug ihm übergeben hatte. Roch an dem Matsch, der noch immer an dem Wachs am Ende des Bleizylinders des fünf Faden langen Seils klebte. Streckte die Zunge heraus, schmeckte ihn.
„Wieso machst du das?"
„Weiß nicht", murmelte Ordlaf. „Manchmal kann man erkennen, ob es dort Schalentiere gibt, welche Art von Sand es ist … wenn sich eine Untiefe nähert."
„Hör zu", knurrte Shef. „Er weiß auch nicht, wo er ist; die letzten zwei Meilen hatte er einen Mann am Bug stehen, der genau wie du das Lot geschwungen hat. Bleibt hinter ihm, und wenn er nicht auf Grund läuft, dann ihr auch nicht."
Es ist nicht so einfach, junger Herr, dachte Ordlaf, nicht so einfach. Es gibt noch andere Dinge, etwa die Strömung. Ich sehe, dass er sich wie eine Schlange hindurchwindet, während sie unseren Kiel festhält. Und der Wind und diese verdammten Regenschwalle, die herunterkommen. Und die Gezeiten? Regen sie sich noch? Nun, wenn ich daheim in Yorkshire wäre, würde ich in meinen Knochen spüren, wenn sie ganz umgeschlagen wären. Aber wer weiß schon in diesen fremden Gewässern, wann sie sich ändern. Kann nicht mehr lange dauern.

„Noch eine Viertelmeile, dann sind wir nahe genug dran für einen Schuss", rief Shef. „Ruder ausfahren an Bug und Heck. Lasst nur Platz um den Maulesel herum."

Während die grinsenden Männer umständlich gegen die kurzen Schläge der Wellen hievten, nahm die *Norfolk* wieder ein wenig Fahrt auf, begann sich sichtlich dem langen, drachenförmigen Schiff zu nähern. Shef starrte und schätzte Entfernung und Kurs ein.

„Gut, das sollte reichen. Ziel wohl, Cwicca. Ordlaf, bring sie nach rechts, nein, nach Steuerbord, damit wir feuern können."

Als die *Norfolk* dem Ruder folgte, kippte das Segel zur Seite. Wütende Schreie von Cwicca, als ihm der untere Rand die Sicht nahm. Getrappel von Matrosen, die hastig an den Seilen zerrten, um es hochzuziehen. Ordlaf, der wütend fluchte, als die Ruderer in ihrem Schlag nachließen und der Bug nach vorne kippte, ausbalancierte, nach hinten sprang. Als das Seil endlich nach oben ruckte und den Blick freigab, glotzten Shef und Cwicca einen Augenblick lang und wunderten sich, wohin ihre Beute verschwunden war.

„Da!" In den Momenten der Verwirrung hatte die *Frani Ormr* wie ein Hase einen Haken geschlagen, hatte sich nach Backbord gedreht und war nun direkt an Steuerbord von ihnen, wobei sie in rasender Geschwindigkeit davonjagte, mit zuckenden Rudern wie in den letzten Augenblicken eines Rennens.

„Schon zu weit für einen Schuss!", brüllte Cwicca in Shefs Ohr, völlig von Sinnen vor Aufregung.

„Sie können das nicht lange durchhalten. Ordlaf, bring uns auf Kurs hinter sie."

Ordlaf zögerte und musterte die langen Kräusel aus seichtem Wasser zu beiden Seiten der fliehenden Wikinger. Gerade so zeigten sich Untiefen von einer halben Meile Breite zwischen zwei langen Uferbänken. Dahinter eine Öde aus unbekannten Bänken und Kanälen, die über Meilen zum konturlosen deutschen Ufer führten.

Die Erinnerung an das Lot des anderen Skippers beruhigte ihn. Gefährliches Gewässer, aber er kennt es auch nicht. Wenn jemand aufschlägt, dann zuerst er. Die *Norfolk* wendete, brachte den Wind auf ihre andere Seite, breitete erneut die Segel aus und hielt im Fahrwasser ihres Feindes auf den engen Kanal zu.

Das reicht, dachte Sigurth, der nur ein sehr leichtes Kratzen von Sand unter seinem Kiel spürte. Wir sind durch, ganz oben auf der Gezeitenwelle. In Vestmars Augen, die dieser hastig senkte, erkannte er ebenfalls einen Anflug von Erleichterung. Einer der Ruderer blies die Backen auf und hob mit großer Kühnheit die Augenbrauen in Richtung des Steuermannes. In den letzten Minuten hatten sie den Sog des Sandes unter ihren Schaufeln gefühlt, und da sie Seeleute waren, hatten sie unwillkürlich flacher gerudert. Nun spürten sie, wie das Wasser wieder tiefer wurde. Vielleicht hatte das Schlangenauge nicht sein gesamtes Glück eingebüßt. Vielleicht …

Hinter ihnen konnte Sigurth das englische Schiff sehen, das sich ihnen weiterhin näherte, Hammer und Kreuz halb sichtbar auf dem Segel. Und dahinter einen Schwall, der über die flache, offene Mündung raste, ein Schwall, der sie einholen würde … Jetzt.

Als der Regen mit dem plötzlichen Zorn eines Aprilschauers herunterprasselte, starrte Ordlaf angespannt über den Bug. Die Stimme des Lotsen schwoll in seinen Ohren zu einem Kreischen an: „Zwei Faden jetzt, Skipper, zwei Faden, und ich kann die Untiefe sehen!"

„Ruder einholen", bellte Ordlaf im selben Moment, „Segel bergen und bereit machen zum Rückzug."

Zu spät. Während er rief, spürte einer der Ruderer, der sich kräftig, aber ungelenk in die Riemen legte, wie sein Ruder sich unter ihm drehte, sich verzog und ihn gewaltsam von seiner Bank riss und halb über die Seite warf. In den Sand gerammt, hielt das feste Eschenholz das Gewicht des fahrenden Schiffes einen Augenblick lang, zog es herüber, brach und splitterte. Als das Schiff krängte, blieben weitere Ruder hängen und schleuderten die Ruderer in alle Richtungen davon. Der letzte Stoß der Bö erwischte das Segel, trieb den Kiel auf den Kamm einer Welle. Schmetterte sie mit einem knirschenden Krachen auf den Sand. Sekundenlang herrschte vollkommene Verwirrung, als Ordlaf und seine Maate wie verrückt schreiend Männer mit Tritten zur Seite trieben, zunächst versuchten, das Schiff vom Ufer zu heben, auf das es aufgelaufen war, dann, es zumindest auf einen stabilen Kiel zu bringen. Allmählich erstarb der Lärm, die Landratten, unter ihnen ihr König, stolperten nervös zur Schiffsmitte. Shef fand sich einem vorwurfsvollen Augenpaar gegenüber.

„Das hätten wir nicht tun sollen. Auf dem Kamm einer Tidenwelle direkt auf Grund laufen. Seht ..." Ordlaf zeigte über das Seitendeck auf die Sandbänke, die bereits zu beiden Seiten auftauchten, während auf dem Meer die lange, sechs Stunden dauernde Ebbe begann.

„Sind wir in Gefahr?", fragte Shef und erinnerte sich, wie vor zwei langen Frühlingen Ragnars beide Knorren auf Grund gelaufen und vor ihrer beider Augen zerschellt waren.

„Nein, nicht in Gefahr, zu zerbrechen. Der Sand ist weich, und wir sind recht langsam aufgefahren. Aber sie haben uns schön hereingelegt." Ordlaf schüttelte mit reumütiger Bewunderung den Kopf. „Ich wette, der Skipper wusste auf den Zoll genau, wo er war. Hat einfach das alte Lot schwingen lassen und uns abgelenkt. Und jetzt ist er eine Meile weit weg und auf dem Weg zurück aufs Meer."

Shef blickte sich scharf um in dem plötzlichen Bewusstsein, was geschehen könnte, wenn das Schlangenauge und seine handverlesene Mannschaft über die Untiefen gewatet kämen. Sie waren jedoch nirgends zu sehen. Er trat an den Bug und suchte langsam und bedächtig den grauen Horizont ab, suchte nach dem Mast, dem Rabenbanner, das vor nicht einmal zehn Minuten vor ihnen im Wind geweht war. Nichts zu sehen. In irgendeinem Zufluss oder einer kleinen Bucht lauerte die *Frani Ormr* wie eine giftige Schlange, wartete auf die Flut und einen freien Weg hinaus. Shef seufzte tief, die Anspannung hatte sich gelegt, und drehte sich wieder zu Ordlaf und der schweigenden Mannschaft um.

„Können wir vor Einbruch der Nacht wegkommen?"

Ordlaf zuckte die Achseln. „Wir können versuchen, sie zu warpen. Dann sind alle beschäftigt."

Stunden später hatte sich die Stimmung auf dem gestrandeten Schiff aufgehellt, aufgeheitert durch harte Arbeit, Schweiß und das wachsende Gefühl, dass die Schlacht zumindest gewonnen war, auch wenn einige Feinde entkommen waren.

Die zurückgegangene Flut – fünfzehn Fuß Rückgang in diesen Breiten – hatte allen gezeigt, was mit der *Norfolk* passiert war. Sie lag nun eine halbe Meile vom Hauptkanal der Elbe entfernt in einem seichten Tal zwischen zwei langen Sandbänken mit Rinnsalen und Bächen, die sich in alle Richtungen durch die runden Hügelchen der Untiefen zogen, nur hier und da unterbrochen von Planken und Spanten lang vergessener Wracks. Zunächst hatte Ordlaf die Mannschaft über die Seite befohlen, sodass die Männer sich rund unter dem Kiel durchgruben mit der Absicht, das Schiff rückwärts und in die Richtung zu ziehen, aus der es gekommen war. Als die Flut zurückging und der Abstand zum Hauptkanal erkennbar wurde, hatten sie diese Idee fallen gelassen. Nicht mehr als sechzig oder siebzig Fuß vor ihnen lag ein weiterer Tiefwasserkanal, der trotz des Rückgangs der Flut immer noch zehn Fuß tiefer war. Der Skipper der Ragnarssons hatte ihn dank seines genauen Wissens, dass er da war, erreicht und war dann nach links oder rechts geschwenkt, während die Aufmerksamkeit des Feindes abgelenkt war. Ob nun landeinwärts in Richtung Hamburg und auf den Hauptkanal oder hinaus auf See auf einer unbekannten Route, es machte keinen Unterschied mehr. Nun war es die Aufgabe der Mannschaft der *Norfolk,* ihr Schiff die notwendigen Fuß zu ziehen, damit sie über den fast unmerklichen Kamm der Untiefe hinauskam, und sie dann nach unten und in tieferes Gewässer zu setzen. Sie hatten bereits den Sand unter der Vorderseite fortgeschafft, sodass die Buge tatsächlich, wenn auch nur leicht, nach unten zeigten. Aber um sie zu verlagern, bevor die nächtliche Ebbe einsetzte, benötigten sie eine Talje.

Ordlaf hatte bereits ein Seil getakelt, an einem Ende des Schiffsankers befestigt, der fest im harten Sand steckte, es um den Fuß des Mastes geschlungen und dann dreißig Männern in die Hände gedrückt, die gemeinsam zogen. Das Schiff hatte sich gerührt, hatte geknarrt. Rührte sich nicht.

„Wir brauchen noch ein Seil", sagte Ordlaf. „Mit einem direkteren Zug, wenn's geht, und Platz für die übrigen Jungs zum Hieven. Wäre am besten, wenn wir es da drüben festmachen können." Er zeigte auf die Sandbank auf der anderen Seite des Kanals vor ihnen, die vielleicht dreißig Yards breit war.

„Habt ihr eins, das lang genug ist?", fragte Shef.

„Ja. Und wir haben einen zusätzlichen Anker aus Hellebardenspitzen zusammengebaut. Wir müssen ihn nur noch da rüber bringen."

Shef hörte einen stummen Appell. Die *Norfolk,* so groß sie auch im Vergleich zu anderen Schiffen ihrer Zeit war, war viel zu klein, als dass sie in dem engen Raum ein Beiboot unterbringen könnte, das alles, Mannschaft und Proviant, mitnehmen konnte. Stattdessen verfügte sie über ein kleines Boot, das aus über einen Pfahlrahmen gespanntem Leder bestand, eher ein Fellboot denn ein Kanu, schwer zu steuern, einfach zu kentern. Ordlaf oder jeder andere Fischer aus Norfolk konnte es handhaben, aber sie waren allesamt mit fachspezifischen Tätigkeiten beschäftigt. All die Landratten, aus denen sich die Ruderer und die Bemannung des Maulesels zusammensetzten, würden sicherlich kentern und ertrinken.

Shef seufzte. Vor einer Stunde hatte er den letzten Rest der knappen Vorräte aus dem Schiff geholt, auch die täglich erneuerte Menge an Feuerholz, und Cwicca gesagt, er solle auf dem Sand ein Feuer entzünden, den Eisenkessel daraufstellen und was immer er konnte aus den kargen Rationen zubereiten: Mehl, gesalzener Fisch und Gerstenmehl. Für einen hungrigen Mann war der Geruch, der allmählich aus dem Kessel stieg, verführerisch. Er betrachtete die Sonne, die bereits am Himmel hinabsank, stellte sich eine Nacht vor, die er sich abmühend in steigendem Wasser verbringen würde, und gab nach.

„Na gut. Ich schätze, ich war schon eine Sumpfratte, bevor sie mich zum Jarl oder zum König gemacht haben. Ich mach's."

„Schafft Ihr es?"

„Sieh einfach zu. Müsste ich nicht den Anker tragen, so könnte ich ohnehin mit einem Dutzend Züge hinüberschwimmen."

Ordlafs Bootsmann legte den Anker vorsichtig auf den Boden des Fellbootes, wobei er die scharfen Kanten von dem Leder fernhielt, und stellte sicher, dass das daran befestigte Seil sich nirgends verhakte. Shef schaute wieder auf den Kessel, berechnete den Abstand und die Möglichkeit einer Störung und nahm den goldenen Reif ab, den er als Rangabzeichen trug. Er übergab ihn an Hwithelm, einen gutaussehenden jungen Mann von nobler Abstammung und undurchdringlicher Dummheit, der ihm als zeremonieller Schwertträger aufgedrängt worden war und der bereits seinen Schwertgürtel trug.

„Halt das, bis ich zurück bin."

Hwithelm runzelte die Stirn ob der Beiläufigkeit dieser Geste, akzeptierte dann aber langsam ihren Sinn. „Und Eure Armreife, Herr?"

Shef überlegte einen Augenblick, dann schob er langsam die goldenen Armreife, die er an jedem Bizeps trug, nach unten und über seine Handgelenke und gab sie Hwithelm. Sie würden vermutlich nicht abfallen, doch wer wusste schon, was passieren konnte, wenn das Fellboot kenterte, was durchaus möglich war?

Er ging zum Rand des Kanals, ließ sich im Fellboot nieder, nahm das Paddel entgegen und stieß ab. Das Boot war schwierig zu steuern mit nur einem Paddel und einem sperrigen Gewicht, wegen dem das Meer bis auf drei Zoll an die Bootskante herankam. Der

Kniff dabei war, mit jedem Schlag das Paddel zu drehen, um das Boot zu begradigen. Vorsichtig navigierte Shef auf die andere Seite, gequält von dem Geruch des Essens, kam platschend an Land, stieß den Anker gemäß den geschrienen Anweisungen von Ordlaf in den Boden. Dann lief er, hastiger, als er das Geräusch von Tonschüsseln hörte, die ausgegeben wurden, schnurstracks zurück, um die Rückfahrt anzutreten.

Das Seil war über den Kanal gespannt. Statt zu paddeln, war es einfacher, mit dem Rücken zum Schiff zu sitzen und sich am Seil entlangzuhangeln, eine Hand nach der anderen.

Nach und nach erkannte Shef, dass das Gebrüll, das von den Schiffen kam, die Tonlage geändert hatte, sodass es dringlich, verzweifelt klang. Er wandte sich nach links, wie er es immer mit seinem einen Auge zu tun pflegte, um nachzusehen, was vor sich ging. Nichts war zu sehen außer Ordlaf, der mit erschrockenem Gesichtsausdruck gestikulierte und auf etwas zeigte. Nach rechts zeigte.

Shef drehte sich hastig zur anderen Seite und hätte durch den Ruck das Fellboot beinahe zum Kentern gebracht. Für einen Augenblick war alles, was er sehen konnte, eine schwarze Masse, die weißes Wasser schleuderte und fast über ihm war. Dann begriff sein Verstand, was er da sah.

Die *Frani Ormr* ragte über ihm auf, die Ruder zuckten, Bugwellen wogten zu beiden Seiten des engen Kanals. Mit niedergelegtem Mast und eingezogenem Schlangenbug sowie Drachenschwanz hatte sie, nicht höher als ein Kriegskanu, hinter irgendeinem namenlosen, unsichtbaren Gestade gelegen und auf ihre Gelegenheit gewartet. Jetzt hatte sie ihn erblickt und kam herab, als wolle sie ihre zerbrechlichen Feinde rammen und unter sich zermalmen. Im gleichen Augenblick, als Shef das Schiff erkannte, sah er einen Krieger in einem scharlachroten Umhang, der über dem

Bug lehnte und einen mächtigen Speer in der Hand hielt. Seine Zähne zeigten eine Grimasse aus Hass und Konzentration. Genau da wusste Shef, dass keine Möglichkeit bestand, dass der Wurf eines solchen Mannes sein Ziel verfehlte. Der Arm wurde gehoben, der Speer bereit gemacht.

Shef warf sich sofort über den Bootsrand hinunter ins Wasser und tauchte verzweifelt in die Tiefe. Eine kräftige Woge drückte ihn noch weiter nach unten, bis er den Sand über seine Brust schaben fühlte. Einen Moment lang glaubte er, zwischen Kiel und Meeresboden eingeklemmt zu werden, und krabbelte fieberhaft nach oben davon. Etwas streifte die Seite seines Kopfes, ein tiefgehendes Ruder, und er tauchte erneut ab. Dann hielten seine Lungen nicht mehr stand, er musste auftauchen und Atem holen, da war keine Wasseroberfläche. Mit hektischen Zügen arbeitete er sich nach oben …

Hinter dem Heck der *Ormr* schoss Shef keuchend an die Luft, starrte wild um sich, kraulte auf das nächstliegende Ufer zu. Fand sich selbst auf der Sandbank wieder, wo er den Anker versenkt hatte. Am gegenüberliegenden Ufer hatte jemand den Kessel umgekippt. Schwerter und Hellebarden wurden Männern zugeworfen, die sich um ihr Schiff scharten, während eine Linie aus Helmen auf dem Seitendeck auftauchte, als ein Dutzend Armbrustschützen ihre Waffen spannten. Ordlaf brüllte Anweisungen und bereitete sich darauf vor, einen Angriff auf dem Sand zurückzuschlagen. Der Maulesel konnte unmöglich zum Einsatz gebracht werden, so wie die *Norfolk* lag: Bug zum Kanal und eindeutig halb zu einer Seite gekippt.

Die *Frani Ormr* wendete in dem engen Kanal um ihre eigene Länge, die Backbordruder zogen, die an Steuerbord liefen dagegen. Sie wandte sich nicht der *Norfolk* zu, sondern Shef, der isoliert auf der falschen Seite des tiefen Gewässers stand. Shef überlegte, ob er abtauchen sollte und ob er es mit einem Dutzend Zügen zurück zu seinen Freunden schaffen würde, zögerte und stellte sich vor, wie eine Harpune seinen Rücken durchbohrte, während er schwamm. Zu spät. Die buglose *Ormr* kam mit beständigen Ruderschlägen auf ihn zu, während eine Handvoll Männer, die sich an den Seiten drängten, ihn aufmerksam beobachteten.

Shef wich zurück und weiter die Sandbank hinauf, außer Reichweite eines leichten Speerwurfs, und fragte sich, was als Nächstes kam. Er war unbewaffnet und allein. Ein Ruf, und die Ruder beendeten ihren Schlag und ragten lediglich aus den Dollen heraus. Ein Mann kletterte über die Seite auf eines der Ruder, lief in den Ziegenlederschuhen eines Matrosen hinab, sprang die letzten paar Fuß auf den harten Sand. Ein junger Mann, wie Shef erschöpft auf ein Dutzend Yards Entfernung erkannte. Jedoch groß und stark, mit einem goldenen Reif um den Bizeps.

Ein Zischen über ihm, dann noch eines. Armbrustbolzen von der Mannschaft der *Norfolk*, die ihm helfen wollte. Aber es war eine lange Strecke von dem gestrandeten Schiff über den Kanal mit der massiven *Ormr* im Weg. Shef wich weiter zurück, als der junge Mann sein Schwert zog. Drei weitere Männer traten auf die Ruder und kamen auf ihn zu. Shef, der seinen nächsten Gegner nur für einen kurzen Moment aus den Augen ließ, erkannte alle drei: Halvdan Ragnarsson, der Schiedsrichter über sein Inselduell bei York gewesen war; Ubbi Ragnarsson den Ergrauten und zwischen ihnen Sigurth, der Shef bei Bedricsward ein Auge genommen hatte. Als ob es sich daran erinnerte, floss plötzlich salziges Wasser aus Shefs leerer Augenhöhle. Die Ragnarssons hielten Axt, Schwert und Speer. Alle drei trugen Kettenrüstungen. Der junge Mann, der Shef am nächsten war, nicht.

Shef machte kehrt und begann, die Sandbank hinunterzurennen. Er entfernte sich damit von der *Norfolk,* aber da war nichts zu machen. Wenn er blieb, wo er war, würden sie ihn töten; wenn er über die Sandbank rannte, würde er nach wenigen Schritten wieder im Wasser strampeln. Ein Fehler, wie er einen Augenblick später feststellte. Er rannte in die gleiche Richtung, in die die *Ormr* zeigte, und sie hielt zu seiner Rechten problemlos mit ihm Schritt, schirmte seine Verfolger vor den Armbrustschützen ab, und auf ihr standen Männer, die bereit waren, ihre Bögen abzuschießen und ihre Wurfspeere zu schleudern. Er scherte nach rechts aus und hörte die stampfenden Schritte auf dem Sand hinter sich. Die Sandbank endete. Mit einem flachen Kopfsprung warf er sich nach vorne ins Wasser, vollführte drei, vier kräftige Züge, fühlte erneut den Sand unter seinem Bauch und kam strauchelnd wieder auf die Füße.

Ein Dutzend Schritte, dann wagte er einen Blick über die Schulter. Der junge Mann hatte am Rand des Wassers gezögert, platschte jetzt jedoch hindurch, gerade mal auf Hüfthöhe. Die Ragnarssons folgten ihm, ältere Männer, belastet durch ihre Kettenrüstungen, aber nichtsdestotrotz verteilten sie sich mit wenigen Yards Abstand über den kleinen Kanal und schnitten jeden Rückweg ab.

Sowohl vor ihm als auch zu beiden Seiten gab es nichts außer einem Gewirr aus runden Sandbänken mit Tümpeln und flachen Bächen, die in den Hauptkanal flossen. Der eine oder andere Bach war tief. Dort würden sie ihn, immer noch schwimmend, erwischen, wenn Sigurth mit dem Speer auf ihn zielte oder der junge Mann ihn einholte. Wenn er aber genügend Vorsprung gewann, konnte er einen der Bäche entlangschwimmen und entkommen. Männer in Kettenrüstungen wären nicht darauf erpicht, sich in einen tiefen Kanal zu trauen, und wenn doch, dann würden sie ihn aus den Augen verlieren.

Shef drehte sich um, als der junge Mann das Ufer erreichte, und rannte weiter. Rannte etwas langsamer, als er bestenfalls konnte, machte Schlenker und blickte alle paar Dutzend Yards über seine Schulter, als hätte er Angst. Fünfzig Yards, dann platschend durch einen flachen Tümpel. Fünfzig weitere und um eine steilere Uferbank herum. Die *Ormr* eine Achtelmeile entfernt und machtlos, sich einzumischen, die Ragnarssons verteilt und sich gegenseitig zurufend, damit sie ihn in Sicht behielten. Das Keuchen des jungen Mannes war unschwer zu hören, als er den Abstand verringerte und alle paar Schritte das Schwert hob, als hoffe er, zuschlagen zu können.

Wikinger waren schlechte Läufer, erinnerte sich Shef verbissen. Er wich in ein weiteres knietiefes Rinnsal aus, sprang auf der anderen Seite hinauf und drehte sich um.

Der junge Mann hielt im Wasser inne, grinste vor Freude und sprang vor, das Schwert zum Streich mit der Vorhand erhoben. Shef tauchte unter dem Streich weg, packte mit beiden Händen das rechte Handgelenk und trat seinem Feind mit der Hacke die Beine weg. Krachend landeten beide im Sand, das Schwert prallte fort.

Keine Zeit, danach zu greifen, und zu riskant, sich zu raufen. Der Wikinger musste ihn lediglich gepackt halten, bis die Ragnarssons eintrafen. Shef machte einen Schritt zurück, die Arme wie ein Ringer ausgebreitet. Der junge Mann trat ihm entgegen, noch immer keuchend und grinsend.

„Mein Name ist Hrani", sagte er. „Ich bin der beste Ringer in Ebeltoft."

Er kam näher und wollte ihn an Kragen und Ellenbogen packen. Shef duckte sich und schnappte nach dem Messer an Hranis Gürtel. Als Hrani eine Hand fallen ließ, um es zu bedecken, richtete Shef sich auf, schnellte seine Rückhand gegen Hranis Nacken und stieß ihn mit der Hüfte an. Aus dem Gleichgewicht geraten, stürzte der große Mann nach hinten ... auf ein Knie, das sein Rückgrat abfangen sollte. Im selben Augenblick schlug Shef mit beiden Armen und all seiner Körperkraft zu, die er sich durchs Schmieden angeeignet hatte.

Das Rückgrat brach, und Hrani blickte mit schreckerfüllten Augen nach oben. Shef hielt ihn immer noch auf dem Knie und tätschelte sanft seine Wange.

„Du bist immer noch der beste Ringer in Ebeltoft", sagte er. „Das war ein unfairer Wurf."

Er zog das Messer aus Hranis Gürtel und stieß es nach oben, tief unter den Brustkorb, rollte den Körper zur Seite, richtete sich auf und hob das Schwert mit dem einfachen Knochenheft auf. Ein tieferer Kanal nur wenige Yards entfernt. Shef trabte darauf zu, schleuderte das Schwert dreißig Fuß weit auf die andere Seite, sprang hinein und kraulte schnell hinüber. Er drehte sich um und stand am Ufer den Ragnarssons gegenüber, die, schwer atmend, gemeinsam angelaufen kamen. Er zog für einen Moment den Kopf ein, damit das Wasser aus seiner leeren Augenhöhle lief, dann sah er zu ihnen hinüber und erwiderte den Blick des Schlangenauges.

„Kommt herüber", rief er. „Ihr seid zu dritt, allesamt mächtige Krieger. Genau wie euer Bruder Ivar. Auch ihn habe ich im Wasser getötet."

Mit erhobenem Schwert trat Halvdan ins Wasser. Sein Bruder Ubbi packte ihn an den Schultern. „Er würde dich niedermachen, bevor du festen Boden betrittst."

Shef grinste, absichtlich übertrieben, und hoffte, einen Angriff zu provozieren. Wenn einer herüberkam, würde er versuchen, ihn zu töten, solange das Wasser seine Bewegungen behinderte. Wenn zwei oder drei das Gewässer überquerten, würde er wieder losrennen, da er sicher war, dass er sie zumindest abhängen würde. Er hatte jetzt die Initiative. Dies war ein Problem, das sie lösen mussten. Sie wussten nämlich nicht, dass er beschlossen hatte, zu rennen. Wenn sie gemeinsam hinübergingen, war es wahrscheinlich, dass sie ihn töteten, aber er würde zumindest vorher einen Schlag führen. Nachdem sie die Leiche ihres Schergen gesehen hatten, dachten sie vielleicht, er sei völlig im Kampfeswahn und würde sich ihrer Herausforderung stellen.

Ohne Vorwarnung und ohne sich zurückzulehnen, schleuderte Sigurth seinen Wurfspeer auf seinen Bauch, warf ihn, ohne auch nur eine Miene zu verziehen. Shef sah das Zucken, sprang mit der Reaktion der Jugend in die Luft und riss die Beine weit auseinander. Der Schaft streifte ihn schmerzhaft im Schritt, als er unter ihm hindurchflog. Shef landete in Hockstellung im Sand. Er biss sich auf die Lippe, um den Schmerz zu verbergen.

„Euer Bruder Ivar hat zumindest fair gekämpft und auf derselben Planke gestanden wie ich", rief er. „Hat euch jemand erzählt, wie er gestorben ist?" Seine Hoden von meinen Händen zerquetscht, dachte er, und das Gesicht in Fetzen gerissen, wo ich ihm mit dem Rand meines Helmes Kopfstöße verpasst habe. Ich hoffe, dass das nicht die Geschichte ist, die sie gehört haben. Denn auch wenn er fair gekämpft hat, ich sicher nicht.

Das Schlangenauge wandte den Kopf ab, machte sich nicht einmal die Mühe, sein Schwert zu ziehen. Er murmelte seinen Brüdern irgendetwas zu, und sie kehrten ebenfalls um, gingen zurück zu Hranis Leiche. Shef sah, wie Sigurth in die Hocke ging und den goldenen Armreif von Hranis Arm zog. Danach machten sich die drei Männer auf den Rückweg zu ihrem Schiff. Sie hatten die Herausforderung nicht angenommen.

Sigurth ist ein schlauer Mann, dachte Shef. Er hat gewendet und ist vor der Seeschlacht geflohen, anstatt anzugreifen, wie es mein Plan vorgesehen hat. Jetzt hat er wieder das Gleiche getan. Ich muss mir merken, dass dies nicht bedeutet, dass er aufgegeben hat.

Er sah sich um und schätzte die neue Situation ein.

Er war von der *Norfolk* abgeschnitten. Sie könnte von Sigurth und seiner Mannschaft angegriffen werden oder nicht, sie könnte den Zweikampf gewinnen oder nicht. Jedenfalls wagte er es nicht, wieder zum Schiff zurückzukehren. Unmöglich, zu sagen, welche Hinterhalte Sigurth auf den Sandbänken gelegt haben könnte. Er würde in die entgegengesetzte Richtung gehen müssen, auf das unbekannte Ufer zu, vielleicht eine Viertelmeile über weitere Sandbänke.

Er besaß die Kleider, in denen er aufstand, Feuerstein und Stahl an seinem Gürtel und ein schlecht gefertigtes Eisenschwert mit Knochenheft. Sein Magen erinnerte ihn daran, dass er seit dem Mittagsmahl nichts mehr gegessen hatte. In seinem durchweichten Hemd und den Hosen aus Wolle begann er bereits, unkontrolliert zu zittern. Das Salzwasser reizte sein leeres Auge, sodass

durch irgendeine Anomalie das andere ständig tränte. Die Sonne stand kaum eine Handbreit über dem Horizont. Die Flut stieg. Schon bald würde er lange schwimmen statt laufen müssen.
Er fühlte sich noch weniger als König als je zuvor. Andererseits, sagte er sich, hatte er sich überhaupt niemals wie ein König gefühlt. Zumindest gab es jetzt, da er ein Mann war, keinen Meister oder Stiefvater, der ihn schlug.
Er wandte sich dem deutschen Ufer an der Nordbank der Elbe zu und überlegte, den Wurfspeer mitzunehmen, den Sigurth nach ihm geworfen hatte. Eine herrliche Waffe, wie zu erwarten war, mit einem eisernen Heft einen Fuß unter der langen dreieckigen Spitze. Die Spitze selbst bestand aus ausgezeichnetem Stahl ohne Gebrauchsspuren. Keine Silberintarsien oder Verzierungen. Das Schlangenauge war ein vernünftiger Mann und verschwendete kein Geld für etwas, das er auf seine Feinde schleudern wollte. Dennoch waren Zeichen auf dem Stahl. Runen. Der von Thorvin gewissenhaft geschulte Shef brachte es fertig, sie zu lesen: „Gugnir“ stand darauf.
Das Schlangenauge dachte also, dass es keine Entweihung war, Odin selbst nachzuahmen. Es war kein Erbstück oder eine alte Waffe. Shefs Schmiedekenntnisse sagten ihm, dass sie erst vor Kurzem hergestellt worden war.
Gedankenverloren legte Shef den Speer quer über seinen Rücken, steckte sich Hranis Schwert in den Gürtel und schlug müde und vorsichtig den Weg über den schützenden Sand zum Nordufer der Elbe ein, die im Zwielicht gerade noch sichtbar war.

Weit nördlich der Sandbänke der Elbe, sogar noch weiter nördlich als die Feste der Ragnarssons im dänischen Sjælland, lag die Schule des Weges im weit entfernten Kaupang an der norwegischen Küste unter dickem Schnee. Das Eis verband die Fjorde von einer Böschung zur anderen. Männer, die im Freien unterwegs waren, suchten schleunigst die nächstgelegene Unterkunft auf.

Und doch hielt einer zwischen den schnellen Skifahrern inne, stand bewegungslos im Schnee: Vigleik mit den vielen Visionen, der am höchsten respektierte Priester des Weges. Wo er stand, stießen die Vögel flatternd vom Himmel herunter, landeten um ihn herum und bildeten einen Kreis. Als der Schwarm dichter wurde, zeigten Männer darauf, riefen einander zu, sie sollten zusehen. Allmählich bildete sich außerhalb des Rings aus Vögeln ein Kreis aus Menschen, Priester mit ihren Schülern und Dienern, die einen gebührenden Abstand von fünfzig Yards hielten.

Einer der Vögel, ein Rotkehlchen, flog aus der Menge, setzte sich auf Vigleiks Schulter, zwitscherte laut und lang. Vigleik stand unbewegt im Schnee, den Kopf zur Seite geneigt, als achte er auf etwas. Schließlich nickte er höflich und der Vogel flog davon. Ein zweiter Vogel kam und setzte sich auf seine behandschuhte Hand, mit der er seinen Skistock festhielt. Diesmal war es ein Zaunkönig, dessen Schwanz aufgestellt war wie die Sporen eines Reiters. Auch er sang ein langes Lied und wartete.

„Danke, Schwester", hörten die Priester Vigleik sagen.

Dann flogen alle Vögel hastig auf und davon in die Sicherheit des Geästs. Der Neuankömmling war eine große, schwarze Krähe, die sich nicht neben Vigleik niederließ, sondern vor ihm auf und ab ging und gelegentlich ein harsches, herausforderndes Krächzen ausstieß. Es klang, als würde sie jubeln. Noch immer stand Vigleik schweigend da. Schließlich hob der Vogel den Schwanz, spritzte einen Strom von Kot auf das Gras und flog ebenfalls davon.

Nach einer Weile hob Vigleik die Augen und starrte in die weite Ferne. Als er sie nach vorne richtete, hatte sein Gesicht wieder seinen üblichen Ausdruck angenommen. In dem Wissen, dass die Visionen ihn verlassen hatten, wagten es seine Kollegen, sich ihm zu nähern. Vorneweg ging Valgrim, der zum Oberhaupt der Schule und Priester von Odin Allvater ernannt war – es gab nur wenige, die eine solche Verantwortung auf sich genommen hätten.

„Wie lauten die Nachrichten, Bruder?“, sagte er schließlich.
„Nachricht vom Tod eines Tyrannen. Und schlechtere Botschaften. Mein Bruder, das Rotkehlchen, erzählte mir, dass Papst Nikolaus in Romstadt tot ist, erstickt mit einem Kissen von seinen eigenen Knechten. Nicht dafür, dass er Männer gegen uns sandte, zahlte er den Preis, sondern für die Niederlage.“
Valgrim nickte und ein zufriedenes Lächeln falzte seinen Bart. „Meine Schwester, der Zaunkönig, erzählte mir, dass auch König Karl der Kahle im Frankenland tot ist. Einer seiner Grafen erzählte ihm die Geschichte, wie Karls Vorfahren die langhaarigen Könige scheren ließen, um zu zeigen, dass sie keine Könige mehr waren, und sagte, Gott habe Karl mit einer Glatze bedacht, um zu zeigen, dass er niemals hätte König sein sollen. Als Karl seinen Männern befahl, den Grafen festzunehmen, erhoben sich die anderen Grafen und töteten stattdessen ihn.“
Valgrim lächelte wieder. „Und die Krähe?“, wollte er schließlich wissen.
„Das war die schlechteste Nachricht. Sie sagte mir, ein Tyrann sei noch am Leben, wenngleich dem Tode nahe: Sigurth Ragnarsson.“
„Er mag ein Tyrann sein“, sagte Valgrim. „Dennoch ist er trotz allem der Günstling von Odin. Wenn der Weg ihn auf seine Seite ziehen könnte, bekäme er einen mächtigen Streiter.“
„Das mag auch sein“, sagte Vigleik. „Dennoch behandelt uns sein Tier, die Krähe, als einen Feind, als Mörder seines Bruders. Sie hat mir, uns allen, mit seiner Rache gedroht. Und trotzdem hat die Krähe nicht die ganze Wahrheit gesagt, das weiß ich. Sie hat etwas verschwiegen.“
„Was?“
Vigleik schüttelte den Kopf. „Das bleibt mir bislang verborgen. Trotz deiner Worte, Valgrim, glaube ich nicht, dass der Pfad zum Sieg bei Ragnarök durch solche wie Sigurth Ragnarsson mit seinen Opfern und seiner Grausamkeit geebnet wird. Es sind nicht allein die mächtigen Streiter, die Loki und die Fenrisbrut bezwin-

gen werden. Ebenso wenig ist es Blut, das Balder von den Toten zurückbringen wird. Nicht Blut, sondern Tränen."
Sogar in der Kälte wurde Valgrims Gesicht rot, als seine Autorität angezweifelt wurde und unglückselige Namen und Taten genannt wurden. Er hielt sich zurück und fragte schließlich: „Und am Ende – als es aussah, als würdest du weit fort blicken?"
„Da sah ich die Adler in der Ferne. Der erste flog über dem anderen, dann flog der untere wieder höher. Ich konnte nicht sehen, wer von ihnen am Ende gewinnen würde."

Kapitel 5

Erkenbert der Diakon saß im Sonnenlicht hinter einem festen Tisch, vor sich Tinte und Pergament. Es war ein langes Tagwerk gewesen, das nun fast abgeschlossen war. Aber auch ein zufriedenstellendes. Erkenbert spürte, wie ihn Zuversicht, Respekt, beinahe Ehrfurcht überkam, als er den dicken Pergamentstapel zusammenschob, der Zeile über Zeile mit Namen gefüllt war – jedes einzelne Pergament eine Einladung, sich den Rängen des neuen Ordens anzuschließen, den die Erzbischöfe des Westens ausgerufen hatten: den Orden der Lanze oder, in ihrer Sprache, den *Lanzenorden.*

Während ihrer langsamen Reise gen Norden von Köln nach Hamburg hatte Erkenbert erkannt, dass es besondere Faktoren gab, die hier, in den deutschen Landen, die Gründung eines Ordens von Kriegermönchen begünstigten. In seiner angestammten Heimat Northumbria, ja, überall im familienorientierten England, waren die Thanes, die das Rückgrat eines jeden Heeres bildeten, lediglich in einer Sache gut: es sich auf den Ländereien, die ihnen der König gewährte, so bequem wie möglich zu machen. Und dann setzten sie Himmel und Erde in Bewegung, damit sie sie nicht nur behielten, wie alt, fett oder ungeeignet für den Militärdienst sie auch waren sondern damit die Ländereien auch in aller Form an ihre Kinder weitergegeben wurden. Gelegentlich schickten sie Söhne aus, damit diese für sie Dienste verrichteten, manchmal erarbeiteten sie sich die Gunst der Adligen und Mönche, indem sie die Urteile des Königs oder des Abtes durchsetzten und als Zeugen bei jedweder Sitzung anwesend waren, bei der es einer Stimme bedurfte, die mal hierfür oder mal dafür schwor. Wie auch immer sie es bewerkstelligten, selbst wenn sie ihre Töchter ausschickten, um die Lust irgendeines Magistraten zu reizen, war es in England selten, dass man eine Parzelle Land

ohne einen Adelssohn fand, der dachte, er hätte Anspruch darauf, oder einen Adelssohn, der am Ende enttäuscht sein würde.
Nicht so in Deutschland. Der dortigen Kriegerklasse war nicht erlaubt worden, sich niederzulassen und wohlhäbig zu sein. Der Dienst musste geleistet werden. Wenn nicht, wurde sofort ein besserer Ersatz gefunden. Ein Krieger in mittleren Jahren tat gut daran, für seine Absicherung zu sorgen, ehe sein Schwertarm steif wurde, denn sein Lehnsherr würde in keiner Verpflichtung stehen, dies für ihn zu tun. Was die Kriegersöhne betraf, so gab es viele mit wenig Aussicht, ohne sichere Zukunft. Gewissermaßen waren sie trotz all ihrer Sorgen um adliges Blut eher wie Bauern oder Knechte als Adlige, dachte Erkenbert ganz still für sich, denn sie konnten jeden Moment enteignet werden. Solchen Männern, so kämpferisch sie auch waren, zu erlauben, einem Orden beizutreten, der ihnen bis zum Tag ihres Todes ein Heim und Kameradschaft bot, als wären sie schwarze Mönche, konnte unerwartet reizvoll sein.
Allerdings hätten er und seine Kollegen nicht so viel Erfolg bei der Rekrutierung ihrer unfreien Krieger gehabt, wenn nicht die Redekunst von Erzbischof Rimbert gewesen wäre. Ein Dutzend Male hatte Erkenbert auf ihrer Reise gen Norden von Köln nach Hamburg gehört, wie er in jeder Stadt, die sie für ihre Rast ausgewählt hatten, die Massen zusammenrief, und seinen Predigten gelauscht.
Immer zog er die Worte des Heiligen Matthäus als Text heran: „Ich sende euch wie Schafe mitten unter die Wölfe." Er erinnerte seine Zuhörer daran, wie Jesus dem Heiligen Petrus verboten hatte, den Soldaten Widerstand zu leisten, als diese ihn im Garten von Gethsemane holen kamen, wie er seine Jünger ermahnt hatte, die andere Wange hinzuhalten, und wenn ein Mann sie nötigte, eine Meile mit ihm zu gehen, dann freiwillig zwei Meilen mit ihm zu gehen. Er verfolgte dieses Thema weiter, bis er die zweifelnden oder angewiderten Blicke auf den Gesichtern seiner streitbaren Zuhörer sah.

Und daraufhin sagte er ihnen, dass das, was Jesus gepredigt hatte, zweifellos wahr sei. Doch was, wenn ein Mann euch zwänge, sein Päckchen für eine Meile zu tragen, und ihr würdet es aus gutem Willen zwei Meilen tragen – und dann, statt euch zu danken, würde er euch verfluchen und euch befehlen, es weitere zwei, weitere zehn, weitere zwanzig zu tragen? Was, wenn ihr die andere Wange hinhieltet und euer Feind sie wieder und wieder schlüge, und zwar mit seiner schwersten Hundepeitsche? Während sich seine Zuhörer vor Zorn regten und murmelten, fragte er sie, warum sie diesen Zorn verspürten. Denn waren diese Dinge, die er ihnen vortrug, nicht weit weniger, hundertmal weniger schlimm als die Beleidigungen und die Verletzungen, die sie durch die Heiden aus dem Norden ertragen mussten? Und dann erzählte er ihnen, was er, Rimbert, während seiner vielen Jahre als Apostel im Norden gesehen hatte: geschändete Töchter und Ehefrauen, Männer, die gefangen genommen und in der Sklaverei zum Sterben zurückgelassen wurden, Christen auf ihren Knien im Schnee, heulend, während sie darauf warteten, bei Odense oder Kaupang oder, am schlimmsten, im schwedischen Uppsala den heidnischen Göttern geopfert zu werden. Wo immer es ihm möglich war, berichtete er dem Publikum, was den Männern und Frauen aus ebendieser Stadt oder ebendiesem Landkreis widerfahren war. Er schien über einen unerschöpflichen Vorrat an herzzerreißenden Geschichten zu verfügen; bei wem wäre das nicht der Fall, überlegte Erkenbert, wenn er dreißig Jahre lang der sinnlosen und hoffnungslosen Aufgabe nachgegangen war, vor den Heiden zu predigen.

Und sobald die Wut seines Publikums den Höhepunkt erreicht hatte, sobald die unfreien Ritter unter ihnen finster dreinblickten, ihre Hände rangen und vor Zorn ihre Lederkappen herunterrissen, sagte Rimbert seinen Spruch auf: „Ich sende euch wie Schafe mitten unter die Wölfe." Ja, sagte er, die guten Priester meiner Gesandtschaft, von denen nicht einer von zehn jemals wieder in seine Heimat zurückkehren wird, sie sind Schafe gewesen – und

Schafe werden sie bleiben. Doch von nun an – und wenn er das sagte, klang seine Stimme wie eherner Schall –, wenn ich meine Schafe sende, werde ich sehen, dass mit jedem Schaf kein anderes Schaf und, nein, kein Wolf mitgeht. Sondern ein großer Hund, eine mächtige Dogge aus deutscher Zucht mit einem ordentlichen Stachelhalsband und zwanzig anderen Wolfshunden, die ihn begleiten. Dann werden wir sehen, wie die Wölfe aus dem Norden den Predigten des Schafs lauschen! Mag sein, dass sie in Zukunft seinem Blöken gut zuhören werden.

Und Rimbert ließ sich zu Scherzen und Wortspielen herab, ahmte manchmal sogar den Laut eines Schafes nach und brachte sein Publikum dazu, lauthals zu lachen, wodurch die Spannung und der Zorn gelöst wurden. Und dann legte Rimbert ihnen langsam und ruhig seinen Plan dar. Eine Gesandtschaft nach der anderen sollte nach Norden geschickt werden zu den freundlicheren Häuptlingen und Königen der Heiden, wobei das Herz jeder Gesandtschaft ein gelehrter und frommer Priester sei, wie es immer Brauch war, doch zu jeder Gesandtschaft gehöre auch ein neuer und starker Leibwächter für den Priester: Männer von edler Abstammung und ritterlichem Stand, Männer ohne Frauen oder Kinder oder Bindungen, Männer, die Experten waren im Umgang mit Schwert und Lanze und Streitkolben und diese allein mit Knien und Fingerspitzen beherrschten – Männer, denen selbst die Piraten des Nordens mit Vorsicht begegnen würden aus Angst, sie sich zum Feind zu machen.

Und dann, sobald er ihre volle Aufmerksamkeit genoss, erzählte Rimbert ihnen von der Heiligen Lanze und davon, wie der Geist Karls des Großen wiederkehren und das Christentum erneut zum Sieg über all seine Feinde führen würde, wenn sie ins Reich zurückgelangte. Und er lud geeignete Anwärter ein, bei seinen Dienern vorzusprechen, um zu prüfen, ob sie eines Platzes im Lanzenorden würdig waren.

Darum hielt Erkenbert nun einen dicken Pergamentstapel in der Hand, beschrieben mit Reihen von Namen: die Namen der Anwärter, ihren Anspruch auf adlige Abstammung – denn ein Bauer oder Bauersohn wurde unter keinen Umständen zugelassen –, die Listen des weltlichen Reichtums, den sie in den Orden einbringen konnten, und die Einzelheiten über ihre persönliche Bewaffnung und Ausrüstung. Zu gegebener Zeit würden einige Namen ausgestrichen, manche aufgenommen werden. Die meisten würden ausgestrichen werden. Und die meisten davon nicht wegen eines Mangels an Wohlstand und Vornehmheit, sondern weil sie nicht die Prüfungen bestehen konnten, die der *man-at-arms,* der Waffenmeister des Erzbischofs, für sie erdacht hatte. Die nun, als Erkenbert seine Aufzeichnungen beendete, an verschiedenen Orten auf den weiten Exerzierfeldern außerhalb der hölzernen Palisade des vielgebeutelten Hamburg vonstattengingen. Männer schlugen mit stumpfen Schwertern und Schilden aufeinander ein. Männer auf Pferden vollführten einen komplizierten Kurs aus Sprüngen und Figuren, um mit einer Lanze nach unten zu stoßen. Männer rangen im Nahkampf im Ring miteinander. Und überall der ergraute Waffenmeister oder die Feldwebel aus seinem Stab, Notizen machend, vergleichend, Namen wiederholend.

Erkenbert blickte zu Arno hinüber, Gunthers Ratgeber, der zusammen mit Erkenbert in Rimberts Erzdiözese entsandt worden war, um zu beobachten, zu helfen, zu berichten. Sie grinsten einander mit dem seltsamen Gefühl von Kameradschaft an, das sich zwischen ihnen entwickelt hatte, dem dunklen Kleinen und dem großen Blonden, wobei jeder im anderen die Freude an der Tüchtigkeit und der Übung des reinen Geistes erkannte.

„Der Erzbischof wird seine ersten fünfhundert leicht erhalten“, meinte Erkenbert.

Bevor Arno antworten konnte, mischte sich eine andere Stimme ein. „Er wird gerade nur neunundneunzig brauchen“, sagte sie. Diakon und Priester blickten von ihren Stühlen auf zu dem Neuankömmling.

Er war kein großer Mann, bemerkte Erkenbert, den dieses Thema immer schmerzlich berührte. Seine Schultern allerdings waren au-

ßergewöhnlich breit, erschienen sogar noch breiter durch die zusammengepresste Taille, schmal wie die eines Mädchens. Er trug eine gefütterte Lederjacke, wie die Reiter sie unter ihren Kettenhemden anhatten. Erkenbert erkannte, dass zusätzliche Streifen eingenäht worden waren, um den Oberkörper breiter zu machen, ordentlich, aber ohne jeglichen Versuch, zueinander passende Farben zu finden. Unter der Jacke schien sich nur ein Barchentrock von billigster Art zu befinden, dazu trug er recht abgenutzte Wollhosen.
Die Augen, die hinabblickten, waren von hellem, durchdringendem Blau, das Haar so blond wie das Arnos, doch abstehend wie die Borsten einer Bürste. Er hatte gefährliche Gesichter gesehen und verrückte Gesichter, erinnerte sich Erkenbert und dachte an Ivar den Knochenlosen. Er konnte sich jedoch nicht entsinnen, jemals ein härteres Antlitz gesehen zu haben. Es schien aus Stein gehauen zu sein, die Haut straff über hervorstehende Knochen gezogen. Der Kopf, der auf einem Hals so dick wie der einer Bulldogge saß, erschien beinahe klein.
Erkenbert fand seine Stimme wieder. „Was meint Ihr?"
„Nun, Kamerad, der Erzbischof will einhundert, ich bin einer, einer weniger als einhundert – Ihr habt doch von der Kunst der Arithmetik gehört? Das macht neunundneunzig."
Erkenbert errötete ob der Stichelei. „Ich habe von Arithmetik gehört. Allerdings seid Ihr noch nicht ausgewählt worden. Zunächst müssen wir Euren Namen erfahren und den Namen Eurer Eltern und viele andere Dinge. Und Ihr müsst beim Waffenmeister vorstellig werden. In jedem Falle seid Ihr für heute zu spät."
Er spürte, wie sich eine Hand auf seinen Arm legte, und Arno sprach leise und bedächtig: „Kollege, du hast recht, aber ich glaube, in diesem Fall machen wir vielleicht eine Ausnahme. Der junge *Herra* hier ist mir, ist uns allen bekannt. Dies ist Bruno, Sohn von Reginbald, dem Grafen der Grenzmark. Es kann selbstverständlich hinsichtlich seiner Vorfahren kein Zweifel an seiner Tauglichkeit bestehen."

Erkenbert griff gereizt nach dem Pergament. „Nun gut. Wenn wir dies in angemessener Form machen sollen, dann müssen wir zu den Fragen nach Wohlstand und den Beiträgen übergehen, die der Anwärter in den Orden einbringen kann." Er begann zu schreiben. „Der Name lautet Bruno, der Sohn eines Grafen ist selbstverständlich Bruno von ...?"
„Bruno von nirgendwo", sagte die sanfte Stimme. Erkenbert spürte, wie seine Schreibhand in einem starken, unentrinnbaren Griff gehalten wurde, sanft, aber mit Metallkabeln, die sich darunter bewegten. „Ich bin der dritte Sohn des Grafen ohne Vermögen. Ich besitze nur meine Waffen, meine Rüstung und mein gutes Pferd. Aber lasst mich Euch ein paar Fragen stellen, kleiner Mann mit dem Pergament. Ihr sprecht gut *Teutsch*, aber ich weiß, dass Ihr keiner von uns seid. Auch habe ich nichts von Eurer vornehmen Familie gehört. Ich frage mich, wer das ist, der das Recht hat, festzusetzen, wer denn Ritter eines edlen Ordens werden soll? Nichts für ungut, hoffe ich."
Hastig mischte sich Arno ein: „Der gelehrte Diakon ist Engländer, Bruno. Er hat im päpstlichen Heer mitgekämpft, das besiegt wurde, und kam hierher, um uns die Geschichte zu erzählen. Er hat zudem den Tod der berühmten Wikinger Ivar Knochenlos und Ragnar Lodenhose gesehen. Er hat uns viel Wertvolles berichtet und er ist mit Herz und Seele unserer Sache verbunden."
Der Griff um Erkenberts Hand löste sich, der blonde Mann trat zurück, und Interesse zeigte sich in seinem zerfurchten Gesicht. „Gut", sagte er, „gut. Ich bin bereit, einen Engländer als Kameraden anzunehmen. Und da ist eine Sache, die der kleine Engländer gesagt hat – nichts für ungut, mein Freund, jeder von uns hat seine Stärken –, eine Sache, die wahr ist. Ich muss sicherlich am Waffenmeister vorbei." Seine Stimme hob sich zu einem Brüllen. „Dankwart! Hierher, du alter Schurke. Stell mir eine Prüfung. Nein, bemüh dich nicht. Ich stelle sie mir selbst."
Während der Unterhaltung mit Erkenbert war die Geschäftigkeit auf dem Feld abgeebbt. Der Waffenmeister, seine Feldwebel und

die bisher erfolgreichen Anwärter hatten ihre verschiedenen Aufgaben niedergelegt und kamen heran, um sich um den Neuankömmling zu scharen. Sie machten Bruno den Weg frei, als dieser vom Tisch fortging.

Mit vier langen Schritten hatte er das große, schwarze Pferd erreicht, das unangebunden in der Nähe stand. Er sprang in den Sattel, ohne Stegreif oder Sattelknopf zu berühren, packte eine Lanze, die im Boden steckte, und war bereits auf dem Weg zu dem Kreis aus Hindernissen und Stechpuppen. Als das Pferd die erste Hürde überwand, bemerkte Erkenbert, dass der Blonde seinen linken Arm theatralisch auf den Rücken gedreht hatte, um zu kompensieren, dass er keinen Schild trug. Die Zügel hingen herunter; er steuerte das Pferd allein mit Knien und Oberschenkeln. Ein Stoß von oben auf die erste Stechpuppe, eine sofortige Drehung und ein Satz. Als der Staub vom Feld aufstieg, konnte Erkenbert lediglich das Krachen herunterfallender Ziele und einen schwarzen Zentauren ausmachen, der alle paar Sekunden über einen Zaun nach dem anderen sprang. Die besser geschulten Zuschauer jubelten inzwischen bei jedem Sprung. Es schienen nur wenige Augenblicke zu vergehen, bis das Pferd zurückkehrte und der Reiter schwungvoll auf dem Boden landete, mit schwerem Atem und breitem Grinsen.

„Habe ich diesen Teil bestanden, Dankwart? Dann sage dem Mann mit dem Pergament, dass es nichts ausmacht, wenn er meinen Namen nicht niederschreibt. Doch nun, Dankwart, haben wir einen Experten, der zusieht, einen, der schon echten Schlachten beigewohnt und mächtige Streiter hat kämpfen sehen. Ich will ihm etwas zeigen und seine Meinung hören. Wer ist heute hier der beste Mann mit Schwert und Schild?“

Der grauhaarige Waffenmeister zeigte gelassen auf einen der Anwärter, der sich mit den Feldwebeln einen Probekampf lieferte. Ein großer junger Mann mit einem Waffenrock über dem Kettenpanzer.

„Dieser da, Bruno. Er ist gut.“

Bruno ging auf den ihm vorgeschlagenen Gegner zu, nahm dessen Hand zwischen seine beiden, blickte mit einer seltsamen Zärtlichkeit zu ihm hinauf wie eine Dame zu ihrem Geliebten. „Einverstanden?“, fragte er.
Der Hochgewachsene nickte. Die Feldwebel reichten jedem von ihnen einen Schild, einen schweren, in Form eines Flugdrachen, nach Art der Reiter. Dann ein schweres Schwert, die Klingen stumpf, die Spitze sorgfältig abgerundet. Die beiden Männer traten zurück, begannen einander zu umkreisen, wobei beide nach rechts gingen, außer Reichweite des gegnerischen Schwertes.
Erkenbert, der kein Experte war, sah nur eine verschwommene Bewegung, drei Hiebe nacheinander, als der Hochgewachsene zuschlug, tief, hoch, Rückhand, und das Schwert herumwirbelte, als hätte es kein Gewicht. Drei starke, entschlossene Paraden von Bruno, der jedes Mal das Handgelenk so herumdrehte, dass er jeden Schlag im richtigen Winkel mit seinem eigenen Schwert abfing, wobei er den Schild ignorierte. Dann, beim vierten Hieb, war er vorgetreten, riss den Rand seines Schildes hoch, um das herabsausende Schwert knapp über dessen Parierstange abzuwehren. Als der Hochgewachsene zurücktrat, um das Gleichgewicht wiederzufinden, riss Bruno sein Schwert hoch. Einen Augenblick lang schien es, als würden drei Schwerter gleichzeitig zuschlagen, während der Hochgewachsene verzweifelt nach allen Seiten hin parierte. Schließlich war sein Schild unten, sein Schwert oben, er selbst stand halb gebückt da, um einen Hieb abzuwehren, der nicht kam. Es schien sogar, als würde Bruno kurz innehalten, um abzuwägen, was zu tun sei.
Dann durchdrang sein Schwert die Lücke schneller, als das Auge sehen konnte. Ein dumpfer Schlag, ein Keuchen, und der Hochgewachsene lag ausgestreckt auf dem Rücken. Erkenbert erkannte eine Sekunde nach dem Stoß, dass der Sohn des Grafen sein Handgelenk im Moment des Aufpralls absichtlich gedreht hatte, um den Hieb abzuschwächen. Er hatte keinen Grund, seine volle Kraft einzusetzen.

Bruno hatte Schwert und Schild bereits fallen gelassen und half nun seinem Gegner mit derselben seltsamen Zärtlichkeit auf die Füße. Er tätschelte dessen Wange, blickte tief in die Augen des anderen und wedelte mit der Hand vor ihnen, um festzustellen, ob der Blick des anderen sich klären würde. Erleichterung war in seinem Gesicht zu erkennen, und er trat grinsend einen Schritt zurück. „Eine gute Runde, junger Ritter. Ich bin froh, dass wir Kameraden im Orden werden. Ein anderes Mal zeige ich Euch den Kniff hinter der Finte, sie ist einfach zu lernen." Er sah sich um, nahm den Applaus der Zuschauer entgegen und winkte so, dass sein Gegner ebenfalls in den Beifall miteinbezogen wurde.

Wieder etwas, das die Deutschen so an sich haben, dachte Erkenbert und entsann sich des empfindlichen, umständlichen Beharrens auf Rang und Rangordnung in seinem Heimatland. Sie arbeiten ohne Weiteres zusammen. Sie gründen gerne Vereine und Gruppen und Genossenschaften, und alle teilen Essen und Bier miteinander. Dennoch akzeptieren sie immer noch einen Anführer, der darauf besteht, einer von seinen Männern zu sein. Ist das eine Stärke oder eine Schwäche?

Bruno näherte sich wieder dem Tisch und in seinen Augen glänzte eine Art zauberhafte Freude. „Nun", fragte er, „werdet Ihr meinen Namen niederschreiben?"

Als Arno nach Stift und Pergament griff, lachte er, beugte sich vor, erhaschte Erkenberts Blick und sagte mit plötzlicher Ernsthaftigkeit: „Nun, Kamerad, man sagt, Ihr hättet die großen Streiter gesehen – Ivar Knochenlos und vielleicht den Krieger, den sie Mörder-Brand nennen. Sagt mir, wie nimmt sich einer wie ich verglichen mit denen aus? Sagt mir jetzt die Wahrheit, ich werde nicht beleidigt sein."

Erkenbert zögerte. Er hatte Ivar in der Schlacht gegen die Streiter von Mercien kämpfen sehen, wenn auch aus der Entfernung hinter dem Schlachtfeld. Aus der Nähe hatte er dem Zweikampf zwischen Ivar und Brand beigewohnt. Er erinnerte sich an Ivars schlangengleiche Gewandtheit, an die unerwartete Kraft in der

vergleichsweise schlanken Gestalt. Dachte daran, was er gerade gesehen hatte, wägte die Stärke und die Hebelkraft der breiten Schultern vor ihm ab.
„Ivar war sehr schnell“, sagte er schließlich. „Er konnte einem Hieb ausweichen, statt ihn abzublocken, und immer noch im Gleichgewicht bleiben, um zurückzuschlagen. Ich glaube, wenn Ihr auf offenem Felde gegen ihn kämpfen würdet, könntet Ihr ihn ermüden, denn Ihr wärt der Stärkere. Aber Ivar ist tot.“
Bruno nickte, sein Gesicht war angespannt. „Und was ist mit Mörder-Brand, demjenigen, der ihn getötet hat?“
„Nicht Brand hat ihn getötet. Ivar war zu schnell für Brand, so kräftig er auch sein mag. Nein.“ Der Hass in Erkenberts Herz schwoll an. „Jemand anderes hat Ivar getötet. Der Sohn eines Knechts, vom Teufel besessen. Er hatte nur einen Hundenamen, Shef, mit dem er sich selbst benennen konnte, und er kannte seinen Vater nicht. In einem fairen Kampf würdet Ihr einhundert Männer wie ihn besiegen. Und jetzt nennen sie ihn einen König!“
Die blauen Augen waren nachdenklich. „Dennoch hat er einen mächtigen Streiter getötet, sagt Ihr, ob fairer Kampf oder nicht. Solche Dinge geschehen nicht durch Zufall. Solch einen Mann sollte man nicht verachten. Die größte Gabe, die ein König besitzen kann, sagt man, ist Glück.“

Als Shef endlich festen Boden erreichte, war er durchgefroren und seine Zähne klapperten unkontrolliert. Die aufkommende Flut hatte ihn zweimal gezwungen, zu schwimmen, keine langen Distanzen, aber jedes Mal war er völlig durchnässt gewesen. Es gab keine Sonne, die ihn wärmen konnte. Ein Saum aus Seegras markierte die Grenze des Tidensandes, knapp dahinter lag ein flacher Deich, offensichtlich von Menschen gemacht. Shef kletterte nach oben und drehte sich um, um aufs Meer hinauszuschauen, wobei er der unmöglichen Hoffnung nachhing, dass er die *Norfolk* sehen würde, die bereitstand, um ihn zu retten, und dass er in ungefähr einer Stunde mit trockener Kleidung und einer Decke, einem Laib Brot und Käse, vielleicht sogar mit einem Feuer im Sand rechnen konnte, während jemand anderes Wache hielt. In diesem Augenblick konnte er sich keinen besseren Lohn dafür denken, dass er König war.

Nichts war zu sehen. Das graue Zwielicht ließ draußen auf dem Watt alles gleich aussehen: Graues Meer, grauer Himmel, graue Sandbänke, die nach und nach dem Wasser erlagen. Er hatte keinen Schlachtenlärm hinter sich gehört, als er sich zum Ufer durchgeschlagen hatte, aber das bedeutete gar nichts. Die *Norfolk* konnte durch Entern eingenommen worden sein. Oder sie schwamm wieder und setzte allein ihren Kampf gegen die *Frani Ormr* fort. Oder vielleicht waren beide Schiffe inzwischen wieder aufs offene Meer hinausgesegelt. In dieser Richtung lag keine Hoffnung.

Shef drehte sich zur anderen Seite um und betrachtete die trostlose Landschaft vor ihm. Gepflügte Felder mit sichtbaren Sprösslingen grüner Gerste. Irgendwo, ein paar hundert Yards entfernt in der trüben Schwärze, standen massive Körper, die durchaus grasende Kühe sein mochten. All dies zeugte von einem gewissen Selbstbewusstsein hier am Rande des Piratenmeeres. Waren die Männer dieses Landes mächtige Krieger? Oder Sklaven der Wikinger? Oder verließen sie sich für ihre Sicherheit auf die gefährlichen Untiefen? Wie auch immer die Wahrheit aussah, ihr Land war kein großer Siegespreis: flach wie die Hand eines Mannes, nur ein sechs Fuß hoher Deich hielt die Flut ab, matschig, durchnässt und monoton.

Wichtiger noch, nirgendwo gab es Aussicht auf Wärme. In einem bewaldeten Land hätte Shef einen umgestürzten Baum finden können, um sich gegen den Wind zu schützen, Äste, die er unter und über sich aufstapeln konnte, um die Nässe abzuhalten, vielleicht einen Haufen verfaulender Blätter, mit denen er sich hätte bedecken können. Jedoch zeigten die Kühe und die gepflügten Felder an, dass nicht weit von hier ein Dorf lag. Männer pflügten niemals mehr als wenige Meilen von ihren Häusern und Ställen entfernt. Die Zeit, die ein Ochse benötigte, um diesen Weg morgens und abends zu gehen, war das Maximum dessen, was ein vernünftiger Mann seinem Tagwerk hinzufügen würde. Also musste es ein Haus geben und in dem Haus Feuer, irgendwo in Sichtweite.

Shef suchte nach einem Lichtschein. Nichts. Man konnte auch nichts anderes erwarten. Jeder mit Licht und Feuer hätte genug Verstand, beides einzusperren. Shef wandte sich nach links, lediglich weil er sich damit vom Land der Christen und, weiter die Elbe hinunter, von Hamburg entfernte, und ging lebhaften Schrittes den Deich entlang. Wenn es sein musste, entschied er, würde er die ganze Nacht lang laufen. Irgendwann mussten seine Kleider ja trocknen. Bei Sonnenaufgang würde er einen Bärenhunger verspüren, da die Ressourcen seines Körpers durch das Abwehren der Kälte aufgezehrt wurden, aber das war auszuhalten. Während all der Monate, in denen er König und davor Jarl gewesen war, hatte er gut gegessen. Nun war es an der Zeit, etwas davon aufzubrauchen. Wenn er sich dagegen auf den Feldern niederlegte, würde er am nächsten Morgen tot sein.

Nach nur einigen Minuten des Umherstolperns stellte Shef fest, dass er einen Pfad überquerte. Es hielt inne. Sollte er ihm folgen? Wenn die Einwohner feindlich gesinnt waren, wäre er weit vor dem nächsten Morgen tot. Das Platschen des Regens auf seinen Schultern traf die Entscheidung für ihn. Er ging vorsichtig den Weg entlang, während sein eines Auge wachsam in die Dunkelheit blickte.

Das Dorf war nichts weiter als eine Ansammlung von Langhäusern, deren niedrige Wände nur unwesentlich dunkler waren als der Himmel. Shef überlegte. Keine Halle für einen Fürsten, keine Kirche für einen Priester. Das war gut. Die Langhäuser waren unterschiedlich groß, manche lang, manche kurz. Eines der kürzesten Häuser lag am nächsten. Im Winter würden diese Leute wie die Armen in Norfolk ihre Tiere um der Wärme willen mit ins

Haus nehmen. Ein kleines Haus bedeutete wenige Kühe. Entsprach es nicht der Wahrheit, dass die Nächstenliebe unter den Armen am meisten verbreitet war? Vorsichtig näherte er sich der Tür des nächsten Hauses, des kleinsten. Licht drang durch einen Spalt der hölzernen Fensterläden.

Er steckte den Speer des Schlangenauges mit dem stumpfen Ende in den Boden, zog sein Schwert aus dem Gürtel und hielt es an der Klinge. Mit der rechten Hand klopfte er an die schlecht eingesetzte Tür. Ein Huschen im Inneren, gemurmelte Worte. Sie öffnete sich quietschend.

Shef trat auf die schwach erhellte Türschwelle, das Schwert auf den Innenflächen beider Hände in einer Geste der Unterwerfung balancierend. Übergangslos fand er sich auf dem Rücken liegend wieder und starrte in den Himmel. Er hatte keinen Schlag gespürt, hatte keine Ahnung, was passiert war. Seine Arme und Beine schienen seinen hartnäckigen Befehlen, sich zu bewegen, keine Aufmerksamkeit zu schenken.

Er spürte, wie eine Faust ihn im Nacken am Kragen packte und ihn halb hochzog, während ihm eine Stimme in einem schweren, aber verständlichen Dialekt ins Ohr raunte: „Alles gut, komm mit, komm auf die Füße, rein mit dir und lass dich ansehen."

Auf wackeligen Beinen taumelte Shef hinein, die Arme um irgendjemandes Schulter gelegt, und sank auf einen Schemel bei einem schwachen Feuer.

Eine Zeit lang konnte er sich auf nichts konzentrieren außer auf die Wärme, die Hände danach ausgestreckt, darüber gebeugt. Als allmählich Dampf von seiner Kleidung aufstieg, schüttelte er den Kopf, kam schwankend auf die Füße und sah sich um. Ihm gegenüber stand ein stämmiger Mann, die Hände in die Hüften gestemmt, mit dickem Kraushaar auf dem Kopf und einem Ausdruck sonnigen Gemüts auf dem Gesicht. An der Dünnheit seines Bartes erkannte Shef, dass er noch jünger war als er selbst. Im Hintergrund standen zwei Ältere, ein Mann und eine Frau, die ihn verängstigt und misstrauisch ansahen.

Shef versuchte zu sprechen und stellte fest, dass sein Kiefer steif war und schmerzte. Seine suchende Hand entdeckte eine anschwellende Beule an der rechten Seite.
„Was hast du gemacht?", fragte er.
Der stämmige Mann grinste noch breiter als zuvor, machte eine fliegende Bewegung mit Händen und Körper. „Hab dir einen kleinen Klaps verpasst", antwortete er. „Du bist direkt hineingelaufen."
Erstaunt erinnerte Shef sich zurück. In England und unter den Wikingern schlugen sich die Männer oft genug mit den Fäusten, aber Ringen war der Sport der Krieger. Bis jemand seine Faust gehoben und sie geschwungen hatte, wäre selbst ein Großvater in der Lage, sich wegzuducken. Selbst wenn er in einen dunklen Raum getreten wäre, hätte er erwartet, einen Schwinger kommen zu sehen und hätte zumindest darauf reagiert. Noch weniger wäre zu erwarten, dass ein Schwinger einen Mann zu Boden schlägt. Ein Faustkampf war eine Angelegenheit aus anhaltender und umständlicher Prügelei, weshalb die Krieger ihn verachteten. Trotzdem hatte Shef weder etwas gesehen noch gespürt, bevor er zu Boden gegangen war.
„Sei nicht überrascht", sagte der alte Mann im Hintergrund. „Unser Karli macht das mit jedem. Er ist ein Streiter. Aber du sagst uns besser, wer du bist, oder er schlägt dich noch einmal nieder."
„Ich wurde von meinem Schiff getrennt", sagte Shef. „Musste über die Sandbänke laufen und schwimmen."
„Bist du einer von den Wikingern? Du sprichst eher wie einer von uns."
„Ich bin ein Engländer. Aber ich habe mich viel unter Nordmännern aufgehalten und kann ihre Sprache verstehen. Ich habe auch schon mit Friesen gesprochen. Ihr sprecht stark wie sie. Seid ihr Friesen? Die freien Friesen", fügte er hinzu, da er sich erinnerte, dass sie sich selbst gerne so beschrieben.
Sogar die alte Frau lachte. „Die freien Friesen", sagte der stämmige Jüngling. „Auf Sandbänken leben und jedes Mal um unser

Leben rennen, wenn wir Segel erblicken. Nein, wir sind Deutsche."

„Die Männer des Erzbischofs?", hakte Shef vorsichtig nach. Er konnte jetzt sein Schwert sehen, das in einer Ecke lehnte, wo er es hingestellt haben musste. Wenn die Antwort falsch war, würde er danach greifen und versuchen, den stämmigen Jüngling auf der Stelle zu töten.

Wieder lachten sie. „Nein. Einige von uns sind Christen, manche folgen den alten Göttern, ein paar nicht. Aber keiner von uns hat den Wunsch, den Zehnten zu zahlen oder vor einem Fürsten das Knie zu beugen. Wir sind das Volk von Dithmarschen", schloss der Jüngling stolz.

Shef hatte noch nie jemanden diesen Namen sagen hören. Er nickte. „Mir ist kalt und ich bin durchnässt. Und hungrig", fügte er hinzu. „Darf ich heute Nacht in eurem Haus schlafen?"

„Schlaf beim Feuer und sei willkommen", sagte der ältere Mann, der, wie Shef erkannte, der Vater des Stämmigen sein musste, der Herr des Hauses. „Was den Hunger angeht, so haben wir reichlich davon. Aber du kannst dich hier trocknen statt draußen in den Sümpfen. Morgen musst du für eine Entscheidung vor die Dorfgemeinschaft treten."

Ich bin früher schon in einen Entscheidungsring getreten, dachte Shef. Aber vielleicht fällt das Urteil der Bewohner von Dithmarschen ja milder aus als das des Großen Heeres. Erneut betastete er seinen geschwollenen Kiefer und ging hinüber zum Feuer, während die Familie des Hauses sich zum Schlafen hinlegte.

Kapitel 6

Am Morgen erwachte Shef und fühlte sich seltsam ruhig und erholt. Einige Augenblicke lang lag er auf der zerstampften Erde und fragte sich, warum. Das Feuer war ausgegangen, und in der Nacht hatte er sich vor dem Zittern nur bewahrt, indem er sich zusammengerollt und die Knie mit den Armen umfasst hatte. Seine Kleidung war durch die Körperwärme getrocknet, jetzt allerdings steif und rau vom Salzwasser. Sein Magen war vor Hunger zusammengepresst. Und er war allein und mittellos in einem fremden und vermutlich feindlichen Land. Warum also verspürte er scheinbar keine Furcht?
Shef stand auf, streckte sich wohlig und öffnete die hölzernen Fensterläden, sodass er das Sonnenlicht und die frische Luft hereinließ, die nach Gras und Blüten duftete. Er kannte die Antwort. Es war so, weil seine Sorgen und Pflichten von ihm abgefallen waren. Zum ersten Mal seit Monaten musste er nicht mehr an die Bedürfnisse anderer Leute denken: wie man sie mit Essen versorgte, wie man sie überzeugte, wie man sie lobte, damit sie seinem Willen nachkamen. Seine Kindheit hatte ihn an Kälte und Hunger gewöhnt. Ebenso an Schläge und drohende Sklaverei. Aber er war kein Kind mehr, sondern ein Mann in seinen besten Jahren. Wenn ihn jemand schlug, konnte er zurückschlagen. Shefs eines Auge erfasste die Waffen, die er in einer Ecke der Hütte angelehnt hatte. Hranis Schwert und Sigurths Speer. Sie waren nun sein einziger Besitz, abgesehen von dem Anhänger an seinem Hals, dem Feuerstein und dem Schälmesser, das an seinem Gürtel hing. Es musste reichen.
Aus dem Augenwinkel sah Shef, dass das ältere Paar sich aus ihrem Bettschrank erhoben hatte. Der Mann ging geradewegs zur Tür hinaus. Das konnte verdächtig sein. Die Frau zog einen Mahlstein unter dem groben Tisch hervor, schaufelte aus einem

Fass Getreide hinein und begann, es mir einer Mörserkeule zu zerstoßen. Das Geräusch trug Shef noch intensiver in seine Kindheit zurück. So weit er zurückdenken konnte, hatte jeder Tag auf die gleiche Art begonnen – mit dem Geräusch der Frauen, die Gerste zu Mehl zerrieben. Lediglich Jarls und Könige konnten weit genug von den alltäglichen Notwendigkeiten entfernt leben, um es nicht zu hören.

Es war die Aufgabe, die die Krieger am meisten hassten, doch wenn sie auf einem Feldzug waren, mussten sogar sie sie selbst erfüllen. Vielleicht hassten die Frauen sie auch, überlegte Shef. Zumindest zeigte dies, dass die Menschen hier Essen hatten. Als Antwort darauf zog sich sein Magen zusammen, und Shef blickte erneut zu seinen Waffen hinüber.

Jemand berührte ihn am Arm. Der junge Mann mit dem Kraushaar stand da und grinste wie üblich. In der schmutzigen Faust hielt er ihm einen Laib dunkles Brot hin, darauf lag ein aromatischer gelber Käse. Als Shef, dem sofort das Wasser im Munde zusammenlief, das Mahl in Empfang nahm, holte der junge Mann eine Zwiebel hervor, teilte sie in seiner Hand mit einem groben Messer und gab Shef die Hälfte.

Die beiden hockten sich auf den Boden und begannen zu essen. Das Brot war hart, alt, voller Kleie und grob, mit Steinchen aus der Handmühle. Shef riss es mit den Zähnen auseinander und genoss jeden Mundvoll davon.

Nach einer Weile, sein Magen war entspannt, weil er bekommen hatte, was er wollte, erinnerte Shef sich an den Schmerz in seinem Kiefer und die seltsamen Ereignisse der letzten Nacht. Als er die Hand hob, um die Schwellung zu betasten, erwischte er den jungen Mann – wie hatte ihn die Frau genannt? Unseren Karli? –, wie dieser ob der Geste grinste.

„Warum hast du mich geschlagen?“, fragte er.

Karli schien die Frage zu überraschen. „Ich wusste nicht, wer du bist. Einfachste Art, mit jemandem umzugehen. Einfachste Art, mit allem umzugehen.“

Shef spürte, wie Ärger in ihm aufstieg. Er schluckte den letzten Käsebrocken herunter, stand auf, breitete die Arme aus und spannte seine Rückenmuskulatur an. Er erinnerte sich an den Mann, den er gestern getötet hatte, an den jungen Wikinger aus Ebeltoft. Er war ein größerer Mann gewesen als Shef, und Shef überragte Karli um einen Kopf.

„Wenn es nicht dunkel gewesen wäre, hättest du es nicht getan."

Karli war ebenfalls aufgestanden, ein Ausdruck von Freude lag auf einem Gesicht. Er fing an, Shef mit einem seltsamen Schlurfen zu umkreisen, statt wie ein Ringer einen festen Stand einzunehmen. Er hob beide Fäuste, sein Kopf sank zwischen die Schultern. Ungeduldig trat Shef vor und versuchte, mit den Händen seine Handgelenke zu fassen. Eine Faust hieb nach seinem Gesicht. Er schlug sie beiseite. Etwas traf ihn an der rechten Seite unter seinen Rippen.

Einen Augenblick lang ignorierte Shef den Schlag und versuchte erneut einen Ringergriff. Dann schoss Schmerz von seiner Leber aus nach oben, er fühlte, wie ihn der Atem verließ, und er ließ unwillentlich die Hände fallen, um die Stelle zu schützen. Sofort wurde sein Kopf nach hinten gerissen, und Shef musste feststellen, dass er nach hinten gegen die Wand taumelte. Als er sich aufrichtete, rann ihm Blut aus dem Mund, seine Zähne fühlten sich locker an.

Eine Welle aus Zorn trieb Shef blitzartig nach vorn, er wollte den Körper rammen, ihn zu Fall bringen und ihn für den Knochenbrecher packen. Der Körper war nicht da, und als er herumwirbelte, um die huschende Gestalt zu erwischen, die nun hinter ihm stand, spürte er einen weiteren Hieb im Rücken, einen qualvollen Stich, der von den Nieren ausging. Wieder blockte er einen Schlag gegen sein Gesicht und erinnerte sich diesmal sofort daran, nach unten zu schlagen, um den Stoß gegen die Leber abzuwehren, der folgen würde. Immer noch kein Griff – und ein weiterer Schlag oben gegen den Wangenknochen, als er zögerte. Aber das Umrunden hatte Shef in gute Reichweite seines Speers gebracht, der gegen die Wand lehnte. Wie würde wohl das Grinsen aussehen …?

Shef stand kerzengerade und streckte die Arme zu einer Geste der Schutzlosigkeit aus. „Na schön", sagte er und sah Karli grinsen. „Na schön. Du hättest mich niedergeschlagen, selbst wenn es nicht finster gewesen wäre. Ich sehe, dass du mehr weißt als ich. Vielleicht viel mehr."

Karli grinste noch breiter als zuvor und ließ die Arme sinken. „Ich nehme an, dass du auch einiges weißt – ein Seefahrer wie du, sogar mit Speer und Schwert. Ich war niemals weg von Dithmarschen und sogar nur selten außerhalb des Dorfes. Wie wäre es mit einem Handel? Ich zeige dir, was ich weiß, und du zeigst mir, was du weißt. Ich könnte dir rasch beibringen, wie du schnell zuschlägst und dich mit den Fäusten schützt, wie wir es hier in Dithmarschen machen. Du bewegst dich sehr schnell. Zu schnell für die meisten dieser Ackerknechte."

„Abgemacht", stimmte Shef zu. Er spuckte auf seine Hand und musterte Karli, um zu sehen, ob der die Geste verstand. Sein Gegenüber grinste und spuckte ebenfalls. Die beiden ließen die Handflächen zusammenklatschen, um den Handel zu besiegeln. Während Shef sich mit der Rückseite seines Ärmels das Blut von der Nase wischte, hockten sie sich wieder kameradschaftlich hin.

„Hör zu", sagte Karli. „Jetzt gerade musst du wichtigere Dinge lernen als den Faustkampf. Mein alter Herr ist losgegangen, um den Dorfbewohnern zu sagen, dass du hier bist. Sie werden sich draußen versammeln, einen Ring bilden und entscheiden, was man mit dir tun soll."

„Wie werden sie sich entscheiden?"

„Erst einmal wird jemand sagen, dass du ein Sklave bist. Das wird Nikko sein. Er ist der reichste Mann im Dorf. Will ein Fürst sein. Aber Silber ist knapp in Dithmarschen, und wir versklaven einander nicht. Seine Gedanken kreisen die ganze Zeit darum, jemanden zu haben, den er in Haithabu verkaufen kann."

„Haithabu ist eine dänische Stadt“, sagte Shef.
Karli zuckte mit den Schultern. „Dänisch, deutsch, friesisch – interessiert uns nicht. Niemand versucht irgendwelche Schliche in Dithmarschen. Sie könnten den Weg durch das Sumpfland nicht finden. Und außerdem wissen sie, dass es hier kein Silber gibt. Ein Steuereintreiber hat hier viel zu verlieren und nichts zu gewinnen.“
„Wenn ich kein Sklave sein will, wie sieht die andere Entscheidung aus?“
„Du könntest ein Gastfreund sein.“ Karli blickte ihn von der Seite an. „Zum Beispiel bei mir. Das bedeutet den Austausch von Geschenken.“
Shef betastete seinen Bizeps und bereute die Entscheidung, in letzter Minute die goldenen Armreife abgestreift zu haben. Einer davon hätte ihm die Gastfreundschaft für ein ganzes Jahr erkauft. Oder ein Messer im Rücken. „Also, was habe ich? Einen Speer. Ein Schwert. Und das hier.“ Er zog die silberne Pfahlleiter von Ríg unter seinem Hemd hervor und blickte zu Karli, um zu sehen, ob er das Zeichen erkannte. Kein Interesse. Allerdings hatte Karli mehr als einmal zu den Waffen geschaut, die in der Ecke lehnten.
Shef ging hinüber und nahm sie auf, damit Karli sie betrachten konnte. Der Speer mit den Runen für „Gugnir“: ausgezeichneter Stahl, schimmernd, weil neu geschmiedet, lag herrlich in der Hand. Das Schwert: ziemlich brauchbar, aber ein bisschen zu schwer, die Klinge nicht mehr als geschärftes Eisen ohne eine besonders herausgearbeitete Schneide, auf der sich bereits leichte Rostflecke zeigten. Schwerter waren wertvoller als Speere und zudem das Markenzeichen berufsmäßiger Krieger. Trotzdem …
Shef hielt ihm das Schwert hin. „Nimm es, Karli.“ Er beobachtete, wie der junge Mann es nahm, die Art, wie er die Klinge leicht schräg hielt, verheerend für eine Parade. „Und ich schenke dir noch zwei weitere Dinge. Zum einen werde ich dir zeigen, wie man mit dem Schwert umgeht. Zum anderen werde ich es, soll-

ten wir an einer Schmiede Halt machen, für dich neu schmieden, um eine bessere Waffe daraus zu machen."

Das sommersprossige Gesicht wurde rot vor Freude, als die Tür aufging. Karlis Vater trat ein und zeigte mit dem Daumen über die Schulter.

„Komm mit, Fremder", sagte er. „Der Urteilsring steht draußen."

Draußen standen ungefähr vierzig Männer in einem groben Ring, während ihre Frauen und Kinder einen größeren Kreis außerhalb bildeten. Die Männer waren allesamt bewaffnet, jedoch nicht gut – Speere und Äxte, aber keine Kettenhemden oder Helme. Ein paar Schilde auf den Rücken, aber nicht umgelegt und bereit zum Kampf.

Wen die Bewohner von Dithmarschen aus der Hütte auftauchen sahen, war ein hochgewachsener Krieger, dessen Berufung unmissverständlich an seiner Haltung zu erkennen war: gerader Rücken, breite Schultern, kein Anzeichen von der Gebeugtheit oder den verkrampften Muskeln eines Bauern, der dem Pflug folgte oder sich jeden Tag über eine Harke oder Sichel beugte. Dennoch trug er kein Gold und kein Silber am Körper, hielt nur den langen Speer in der rechten Hand. Er war zudem vernarbt, wobei ein Augenlid über einer leeren Höhle hing und die gesamte Gesichtshälfte eingesunken wirkte. Blut verschmierte, von ihm unbemerkt, sein Gesicht, und sein einfaches Hemd sowie die Hosen waren dreckiger als bei einem Bauern. Der Kreis starrte ihn an, unsicher, wie diese Zeichen zu deuten waren. Halblaute Kommentare wurden hörbar, als Karli hinter ihm herauskam und in seiner ungeübten Hand das Schwert hielt, das ihm geschenkt worden war.

Shef blickte um sich und versuchte, die Situation einzuschätzen. Das Gefühl von Ruhe und Zuversicht nach dem Aufwachen war noch immer in ihm, ungebrochen von dem Gerangel mit Karli. Sorgfältig zog er den silbernen Ríg-Anhänger an der Kette heraus, sodass er über dem Hemd hing. Weiteres Murmeln von Kommentaren, Männer guckten genauer hin und versuchten, das Zeichen zu erkennen. Einige der zuschauenden Männer, vielleicht ein Viertel der Anwesenden, holten ebenfalls Anhänger hervor: Hämmer, Boote, Phalli. Keines wie Shefs.

Der Mann, der Shef direkt gegenüberstand, trat vor, ein wuchtiger Kerl in mittleren Jahren mit einem roten Gesicht.

„Du bist von den Schiffen gekommen", sagte er. „Du bist ein Wikinger, einer der Räuber aus dem Norden. Selbst jemand wie du sollte es besser wissen, als einen Fuß nach Dithmarschen zu setzen, wo die freien Männer leben. Wir werden dich versklaven und an deinesgleichen in Haithabu verkaufen. Oder an die Männer des Bischofs in Hamburg. Es sei denn, es gibt jemanden, der für deine Rückkehr bezahlt – unwahrscheinlich, wenn man dich so ansieht."

Irgendein Instinkt trieb Shef nach vorne durch den Ring, langsam schlendernd, bis er seinem Ankläger Auge in Auge gegenüberstand. Er musterte ihn und legte den Kopf in den Nacken, um zu unterstreichen, dass er größer war.

„Wenn du weißt, dass ich von den Schiffen komme", sagte er, „dann weißt du, dass es zwei Schiffe waren, die gekämpft haben. Eines war ein Wikingerschiff. Es war die *Frani Ormr,* das mächtige Schiff von Sigurth Ragnarsson. Hast du das Rabenbanner nicht gesehen? Das andere war meines, und Sigurth war vor ihm auf der Flucht. Bring mich dorthin zurück, und ich zahle das Gewicht eines Mannes in Silber."

„Welche Schiffe jagen Wikingerschiffe?", fragte der dickleibige Mann.

„Englische Schiffe."

Die zuhörende Menge stieß Laute der Überraschung, der Ungläubigkeit aus.

„Es ist wahr, dass das erste Schiff den Wikingern gehörte", sagte eine Stimme. „Aber es floh nicht. Es fuhr voraus. Und es hat den anderen Skipper schön zum Narren gehalten. Wenn das zweite

Schiff das der Engländer war, müssen sie alle Narren sein. Masten und Segel waren auch alle verkehrt."

„Bringt mich dorthin zurück", wiederholte Shef.

Hinter ihm ertönte Karlis Stimme: „Er könnte es nicht, selbst wenn er es wollte, Fremder. Keine Boote. Wir aus Dithmarschen trauen uns ohne Weiteres ins Moor, aber nur eine halbe Meile draußen auf See liegen die Piratengewässer."

Der stämmige Mann wurde rot und blickte verärgert in die Runde. „Sei es, wie es sei. Aber wenn du nichts anderes zu sagen hast, Einauge, dann gilt, was ich sage. Du bist mein Sklave, bis ich einen Käufer finde. Gib mir den Speer."

Shef warf den Speer in die Luft, fing ihn am Gleichgewichtspunkt und täuschte einen Ausfall vor. Er grinste breit, als sein Gegenüber ungeschickt wegsprang, dann wandte er ihm den Rücken zu, wobei er die drohende Axt ignorierte. Er begann, den Ring entlang zu laufen, blickte in ein Gesicht nach dem anderen und richtete seine Worte direkt an die Amuletträger im Kreis. Sie waren genau wie die Bauern in Norfolk, deren Dispute er als Jarl so oft beigelegt hatte, entschied er. Erwecke ihr Interesse und nutze die Trennung innerhalb des Dorfes aus.

„Eine merkwürdige Sache", bemerkte er. „Ein Mann wird am Ufer angespült, könnte am Leben sein, könnte tot sein – was macht man mit ihm? Wo ich herkomme, stecken die Fischer sich einen Silberring ans Ohr. Ihr wisst ja, wofür. Sie ertrinken, ihre Leichen werden an Land gespült, und die Leute werden so dafür bezahlt, dass sie sie begraben. Die Leute würden sie sowieso begraben, aus Pflichtgefühl, aber sie mögen die Vorstellung nicht, ihnen den letzten Dienst umsonst zu erweisen.

Jetzt bin ich hier, ohne Ring im Ohr, aber auch nicht tot. Warum sollte ich schlechter behandelt werden? Habe ich jemandem Leid zugefügt? Ich habe Karli dort ein Geschenk gemacht, und dafür hat er mich niedergeschlagen, mir die Nase blutig gehauen, meine Zähne gelockert und mir ein schmerzendes Kinn beschert – wir sind also allesamt gute Freunde."

Amüsiertes Grölen. Wie Shef sich gedacht hatte, war Karli etwas zwischen einem Objekt der Bewunderung und einer Witzfigur.
„Was mich jetzt überrascht, ist unser Freund hinter mir.“ Er wies mit dem Daumen über die Schulter auf den stämmigen Mann. „Er sagt, ich bin ein Sklave. Nun, mag sein. Sagt, ich bin *sein* Sklave. Bin ich in sein Haus gegangen? Hat er mich unter Einsatz seines Lebens eigenhändig gefangen? Vielleicht habt ihr ja alle entschieden, dass irgendwas, das von einem Schiff fällt, ihm gehört. Stimmt das?“
Diesmal ein entschieden ablehnendes Murmeln und etwas, das wie ein lauter Furz von Karli klang.
„Ich schlage also Folgendes vor.“ Shef hatte seine Runde nun fast vollendet und stand dem Untersetzten wieder Auge in Auge gegenüber. „Wenn du einen Sklaven aus mir machen willst, Nikko, dann bring mich nach Haithabu und steck mich in den Verkaufskreis. Wenn du einen Handel herausschlagen kannst, schön und gut. Aber dann musst du das Geld mit dem Dorf teilen. Bis du jedoch nach Haithabu gelangst, bleibe ich in Freiheit: keine Fesseln, kein Halsring. Und ich behalte meinen Speer. Sicher, du kannst mich so gut im Auge behalten, wie du willst. Und zuletzt, bis wir dorthin kommen, arbeite ich für meinen Unterhalt.“ Er klopfte auf den Anhänger. „Ich bin befähigt. Ich bin Schmied. Gib mir eine Schmiede und Werkzeug und ich bearbeite alles, was du mir gibst.“
„Klingt ziemlich vernünftig“, rief eine Stimme. „Ich habe eine Pflugschar, die langsam stumpf wird, braucht eine sorgfältige Hand.“
„Er spricht nicht wie ein Wikinger“, rief ein anderer. „Mehr wie ein Friese, allerdings nicht so kühl im Kopf.“
„Habt ihr den Teil übers Teilen gehört?“, fragte ein Dritter.
Shef spuckte sich in die Hand und streckte sie aus. Langsam, mit Hass in den Augen, spuckte der dicke Nikko ebenfalls. Sie drückten sich flüchtig die Hände. Als die Spannung nachließ, drehte Shef sich um und ging zurück zu Karli.

„Ich möchte, dass du nach Haithabu mitkommst“, sagte er. „Die Welt sehen. Aber wir beide haben noch viel zu lernen, bevor wir dort ankommen.“

Vierzig Meilen auf offener See, in Sichtweite der *Holy Island,* schwankte die englische Flotte mit aufgerollten Segeln auf den Wellen wie ein Schwarm riesiger Seevögel. In der Mitte waren vier Schiffe zur Beratung miteinander vertäut: die *Norfolk,* den schlammigen Kanälen des Elber Gat entronnen, die *Suffolk,* kommandiert von dem erfahrenen Skipper Hardred, Brands *Walross* und die *Seemöwe* von Guthmund dem Gierigen, der die Wegmänner der Wikinger repräsentierte. Die Gefühle kochten hoch, und laute Stimmen wurden übers Wasser zur zuhörenden Flotte getragen.
„Ich kann nicht glauben, dass ihr ihn auf dieser von Thor verlassenen Sandbank zurückgelassen habt“, sagte Brand in einem Ton, der hart an ein Brüllen grenzte.
Ordlafs Gesicht blieb störrisch. „Konnten sonst nichts tun. Er war außer Sicht verschwunden, Flut kam herein, Nacht brach an, keine Ahnung, ob Sigurth und seine ausgewählten Streiter nicht gleich hinter der nächsten Sandbank auftauchen würden. Wir mussten von da verschwinden.“
„Glaubst du, er hat überlebt?“, fragte Thorvin, der zu jeder Seite von einem Priesterkollegen des Weges flankiert wurde, die von ihren Schiffen herbeigerufen worden waren.
„Ich habe vier Männer gesehen, die hinter ihm her waren. Drei sind zurückgekommen. Sie waren nicht gerade erfreut. Mehr kann ich nicht sagen.“
„Also besteht die Möglichkeit, dass er irgendwo in Dithmarschen festsitzt“, folgerte Brand. „All die Bastarde da haben Schwimmhäute an den Füßen.“
„Man hat mir gesagt, er sei auch eine Sumpfratte“, sagte Ordlaf. „Wenn er dort ist, geht’s ihm wahrscheinlich gut. Warum gehen wir ihn nicht einfach suchen? Wir haben jetzt Tag und können die Flut erwischen.“

Diesmal war es an Brand, störrisch dreinzuschauen. „Keine gute Idee. Erstens, niemand geht an Dithmarschen an Land, nicht einmal für Wasser oder ein abendliches *strandhögg*. Zu viele Mannschaften sind verschwunden. Zweitens, wie ich schon vor Wochen gesagt habe, dies ist alles Lotsengewässer. Und du hast gesagt, du könntest den Weg allein mit Lot und Ausguck finden. Du bist gestrandet, und es könnte wieder passieren, das nächste Mal vielleicht an einem übleren Ort.
Drittens lauern hier irgendwo noch die Ragnarssons. Sie sind mit gut einhundert Schiffen in See gestochen – hundertzwanzig nach eurer Zählung. Was glaubst du, wie viele von denen haben wir versenkt oder gekapert?"
Hardred antwortete: „Wir haben sechs gekapert. Die Katapulte haben mindestens ein Dutzend weitere versenkt."
„Dann bleiben ihnen noch einhundert gegen unsere fünfzig. Weniger als fünfzig, da sie die *Buckinghamshire* gekapert und ein Loch in ihren Boden geschnitten haben, und ich habe ein halbes Dutzend Schiffe, die zu schwach bemannt sind, um von Nutzen zu sein. Und noch einmal werden wir sie nicht überraschen können."
„Was machen wir also?", fragte Ordlaf.
Ein langes Schweigen folgte. Hardred durchbrach es, und sein bedächtiges Angelsächsisch bildete einen seltsamen Kontrast zum Lagerdialekt, der aus dem Englischen und Nordischen der anderen entstanden war.
„Wenn wir, wie dargelegt wurde, den König nicht retten können", sagte er, „dann betrachte ich es als meine Pflicht, mit dem Rest der Flotte in englische Gewässer zurückzukehren und Anweisungen von König Alfred zu erhalten. Er ist mein Herr, doch die Vereinbarung zwischen ihm und König Shef", er zögerte, bevor er die Worte aussprach, „sah vor, dass der eine alle Rechte des anderen erhalten würde, sollte der andere vor ihm sterben. Wie es jetzt der Fall sein könnte."
Er wartete ab, bis der Sturm der Entrüstung sich gelegt hatte, dann fuhr er fort, wobei seine Stimme fester wurde: „Schließ-

lich ist diese Flotte nun der Hauptschutz und die Verteidigung der englischen Küste. Wir wissen, dass wir die Piraten versenken können, wenn sie auftauchen, und das werden wir. Das war das hauptsächliche Ziel von König Shef wie von König Alfred: eine friedliche Küste und ein friedliches Land dahinter. Wäre er hier, würde er uns befehlen, das zu tun, was ich vorgeschlagen habe."

„Du kannst ja gehen", sagte Cwicca, der befreite Sklave. „Geh zurück zu deinem Herrn. Unser Herr ist derjenige, der uns die Halsringe abgenommen hat, und wir werden nicht fortgehen und zulassen, dass irgendeine schwimmflossige Halbbrut ihm einen Halsring anlegt."

„Wie sollen wir dorthin gelangen?", fragte Hardred. „Schwimmen? Brand wird euch nicht mitnehmen. Ordlaf wagt es nicht, nicht alleine."

„Wir können nicht einfach davonsegeln", flehte Cwicca.

Thorvins tiefe Stimme mischte sich ein: „Nein. Aber mir steht der Sinn danach, weiterzusegeln. Zumindest einige von uns können das. Irgendetwas sagt mir, dass es nicht Shef Sigvarthssons Schicksal ist, still zugrunde zu gehen oder zu verschwinden. Jemand könnte ihn für ein Lösegeld festhalten. Oder um ihn zu verkaufen. Wenn wir eine größere Hafenstadt ansteuern, wo Neuigkeiten zusammenkommen, könnten wir etwas von ihm hören. Ich schlage vor, ein paar von uns begeben sich nach Kaupang."

„Kaupang", sagte Brand. „Zur Schule des Weges."

„Es stimmt, ich habe meine Gründe, dorthin zu gehen", sagte Thorvin. „Aber der Weg hat viele Anhänger und viele Mittel, und die Schule ist sehr besorgt um Shef. Wenn wir dorthin gehen, werden wir Hilfe erhalten."

„Ich nicht", erklärte Hardred rundheraus. „Zu weit, zu riskant, feindliche Gewässer bis da hin, und wir wissen inzwischen, dass die ‚Grafschaften' nicht für Fahrten auf hoher See geeignet sind."

Ordlaf nickte in bedrückendem Einvernehmen.

„Einige fahren zurück, einige fahren weiter", sagte Thorvin.

„Die meisten fahren zurück, glaube ich", sagte Brand. „Vierzig Schiffe, selbst fünfzig Schiffe, reichen nicht aus, um durch alle Flotten von Norwegen und Dänemark hindurchzugelangen – die Ragnarssons, König Halvdan, die Jarls von Hlathir, König Gamli und alle anderen. Es ist besser, sie kehren zurück und beschützen den Weg in England. Es gibt genügend, die ihn gerne ausgemerzt sähen.
Ich nehme die *Walross,* befahre die tiefen Gewässer, umarme nicht die Küste. Ich werde durchkommen. Dich, Thorvin, und deine Gefährten nehme ich mit nach Kaupang und zu der Schule. Wer noch? Wie steht's mit dir, Guthmund?"
„Nimm uns mit!" Cwicca war aufgestanden, das Gesicht rot vor Zorn. „Nimm mich und meine Kameraden mit, und auch unser Katapult. Wir können es von der *Norfolk* verladen, wenn dieser Furz aus Yorkshire nicht seine Haut riskieren will. Kuhpeng, Ditmoor, wir legen uns mit allen an, wenn es sein muss."
Zustimmender Lärm von den seitlichen Schiffen zeigte, dass die befreiten Sklaven der Katapultmannschaft mitgehört hatten.
„Mich auch", sagte eine fast unhörbare Stimme einer schmalen Gestalt, die hinter dem Mast kauerte. Brand sah in verschiedene Richtungen, bis ihm klar wurde, dass sie von Udd kam, dem Stahlmeister, dem nur aufgrund seiner früheren Funktion als Ersatzmann für das Katapult erlaubt worden war, mitzufahren.
„Weshalb willst du nach Norwegen fahren?"
„Für das Wissen", sagte Udd. „Ich habe Männer vom Jarnberaland reden hören. Vom eisentragenden Land", fügte er als Übersetzung hinzu.
Eine weitere Gestalt erschien und stellte sich stumm neben ihn. Hund der Heiler, Shefs Freund aus Kindertagen, nun mit dem silbernen Apfel von Iduna um den Hals.
„Nun gut", sagte Brand entschieden. „Ich nehme meine eigene Mannschaft und die *Seemöwe* als Begleitung. Ich habe für nicht mehr als zehn Freiwillige Platz. Du, Hund, du, Udd, und du, Cwicca. Für den Rest entscheidet das Los."

„Und uns als Passagiere“, sagte Thorvin und nickte seinen Priesterkollegen zu. „Bis wir die Schule erreichen.“

Kapitel 7

Shef trat einen Schritt zurück, und seine Füße versanken im weichen Morast. Er drehte den abgeschälten Ast in seinen Händen und musterte Karli ganz genau. Der kleine Mann grinste nicht mehr, sondern hatte einen Ausdruck von nervöser Entschlossenheit angenommen. Zumindest hatte er gelernt, sein Schwert richtig zu halten: Klinge und Parierstange parallel zur Linie seines Unterarms, sodass Hieb oder Parade nicht abgelenkt werden konnten. Shef trat vor, hieb mit Vorhand, Rückhand, Stoß und Ausfallschritt, wie Brand es ihm vor Monaten in den Lagern bei York beigebracht hatte. Karli parierte mit Leichtigkeit, wobei er es nicht ganz schaffte, das leichte Holz mit seiner schwereren Klinge zu erwischen, aber er passte sich jedes Mal an – seine Reaktionsgeschwindigkeit war ausgezeichnet. Trotzdem gab es immer noch dasselbe Problem.

Shef erhöhte das Tempo ein wenig, deutete einen niedrigen Stoß an und verpasste Karli einen schnellen Schlag auf den Schwertarm. Er trat zurück und ließ den Stock sinken.

„Denk immer daran, Karli“, sagte er. „Du schneidest kein Unterholz. Was du da hast, ist ein zweischneidiges Schwert, keine einschneidige Hippe. Was glaubst du, wofür die zweite Schneide da ist? Nicht für deinen Hauptschlag, weil du immer mit derselben Schneide zuschlägst, um die volle Wucht auszunutzen.“

„Sie ist für den schnellen Rückschlag“, wiederholte Karli seine Lektion. „Ich weiß. Ich weiß. Ich kann meine Muskeln nur nicht dazu bringen, wenn ich nicht darüber nachdenke, und wenn ich darüber nachdenke, ist es zu spät. Also sag mir, was würde passieren, wenn ich gegen einen echten Schwertkämpfer antrete, gegen einen Wikinger von den Schiffen?“

Shef streckte die Hand nach dem Schwert aus, das er neu geschmiedet hatte, und betrachtete kritisch die Klinge. Es war keine schlechte Waffe, jetzt nicht mehr. Doch mit dem, was er in der Schmiede in dem Dorf in Dithmarschen bei sich gehabt hatte, hatte er es nicht gewagt, mehr zu tun. Die Waffe war schließlich zur Gänze aus einem Metall gefertigt, ohne die Mischung aus weichem und hartem Eisen, die einem besseren Schwert seine Flexibilität und Stärke verlieh. Auch hatte er es nicht geschafft, auf den gehärteten Stahl Schneiden zu schweißen, die das Zeichen einer meisterhaft geschmiedeten Waffe waren – kein gutes Metall und eine Esse, die das Eisen lediglich bis zur roten Glut erhitzte. Und nun, da sie das Dorf verlassen hatten, zeigten jedes Mal, wenn er mit Karli geübt und dabei seinen „Gugnir"-Speer wie eine Hellebarde eingesetzt hatte, die Eisenränder des minderwertigen Schwertes Kerben, die mit Hammer und Feile ausgebessert werden mussten. Trotzdem konnte man mittels der Kerben lernen. Wenn sie im richtigen Winkel von der Klinge abstanden, focht Karli richtig. Durch eine verpfuschte Parade entstanden Risse und Metallkräusel, die in einem seltsamen Winkel abstanden. Diesmal nicht.

Shef gab das Schwert zurück. „Würdest du dich einem echten Streiter stellen, wie dem Mann, der mich ausgebildet hat, wärst du tot", sagte er. „Genau wie ich. Aber es gibt viele Bauernsöhne in den Wikingerheeren. Du könntest einem von denen begegnen. Und vergiss nicht", fügte er hinzu, „wenn du einem echten Streiter gegenüberstehst, musst du nicht fair kämpfen."

„Das hast du gemacht", riet Karli. Shef nickte.

„Du hast vieles getan, worüber du mir nichts erzählst, Shef."

„Du würdest es mir nicht glauben, wenn ich es dir erzählte."

Karli schob das Schwert zurück in die hölzerne, mit Wolle ausgelegte Scheide, die sie für die Waffe angefertigt hatten, die einzige Sache, die den Rost durch die ewige Feuchtigkeit von Dithmarschen abhalten würde. Die beiden Männer drehten sich um und blickten zurück auf das behelfsmäßige Lager auf der Lichtung dreißig Yards entfernt, von dem ein träger Rauch von einem Kochfeuer in die neblige Luft aufstieg.

„Und du sagst mir genauso wenig, was du vorhast", fuhr Karli fort. „Wirst du einfach in den Sklavenkreis treten und zulassen, dass Nikko dich verkauft, wie du sagst?"
„Ich werde auf jeden Fall in den Sklavenkreis in Haithabu steigen", sagte Shef. „Danach werden die Dinge ihren Lauf nehmen. Jedoch habe ich nicht vor, als Sklave zu enden. Sag mir, Karli, wie mache ich mich?"
Er bezog sich auf die Stunden, in denen Karli ihm als Gegenleistung für die Fechtlektionen beibrachte, wie man eine Faust ballte, wie man nach vorne schlug, statt wie üblich den Arm herumzuschwingen, wie man nach vorne trat und das Körpergewicht in einen Haken legte, wie man mit den Händen blockte und den Kopf ruckte.
Karlis gewohntes Grinsen machte sich wieder auf seinem Gesicht breit. „So gut wie ich, schätze ich. Wenn du einen echten Streiter triffst, einen Faustkämpfer aus dem Sumpf, dann macht er dich fertig. Du kannst aber trotzdem einen Mann niederschlagen, wenn er stillsteht."
Shef nickte nachdenklich. Dies war zumindest eine Fertigkeit, die zu lernen sich lohnte. Seltsam, dass die Leute in diesem unbereisten Winkel der Welt sich derart auf eine Kampfkunst spezialisiert hatten. Vielleicht trieben sie so wenig Handel und hatten so wenig Metall, dass sie sich entschieden hatten, mit leeren Händen zu kämpfen.
Lediglich Nikko machte sich die Mühe, aufzublicken, als sie zum Lager zurückkehrten. Er warf den beiden einen zornigen Blick zu.
„Morgen erreichen wir Haithabu", sagte er. „Dann hört eure Tanzerei auf. Ich sage, eure Tanzerei hört auf", wiederholte er mit lauter Stimme, als Shef ihn ignorierte. „Der Herr, den du in Haithabu finden wirst, wird dich nicht herumalbern und so tun lassen, als wärst du ein Schwertmeister. Du wirst den ganzen Tag schuften und Leder auf deinem Rücken spüren, wenn du dich drückst! Du hast es schon gefühlt, ich habe dich ohne Kleidung gesehen!

Du bist nicht durch Glück Krieger geworden, du bist ein Ausreißer!"
Karli lupfte eine Handvoll Matsch geradewegs in Nikkos Lagerfeuer, und das Geschrei verebbte zu einem gereizten Murmeln.
„Das ist unsere letzte Nacht", sagte Karli mit leiser Stimme. „Ich habe eine Idee. Weißt du, wir verlassen Dithmarschen. Sind morgen auf der Hauptstraße und auf trockenem Land, wo die Dänen wohnen. Du kannst mit ihnen reden, aber ich bin nicht so gut darin. Aber es gibt eine halbe Meile entfernt ein Dorf, wo die Mädchen die gute Marschensprache sprechen, so wie ich – und du auch, du redest wie ein Friese, aber sie werden dich verstehen. Warum setzen wir uns nicht einfach ab und suchen uns im Dorf Mädchen, die ein bisschen Abwechslung von den Matschläufern wünschen, an die sie gebunden sind?"
Shef sah Karli mit einer Mischung aus Verärgerung und Zuneigung an. Während der Woche, die er in dem Dithmarschen-Dorf am Meer verbracht hatte, war ihm klar geworden, dass Karli – fröhlich, offenherzig, gedankenlos – zu den Männern gehörte, die Frauen unwiderruflich mochten. Sie reagierten auf seinen Humor, seine Sorglosigkeit. Er schien sein Glück bei jeder Frau im Dorf versucht zu haben, und für gewöhnlich mit Erfolg. Einige Ehemänner und Väter wussten davon, manche drückten beide Augen zu, alle achteten darauf, dass sie Karli keinen Grund lieferten, seine Fäuste einzusetzen. Allgemein hatten sie es jedoch gutgeheißen, dass Karli zusammen mit Nikko und den anderen auf ihre Handelsreise nach Haithabu ging, ob sie nun Shef als Handelsware betrachteten oder nicht. Die letzte Nacht in der Hütte, die Karli mit seinen Eltern teilte, war durch beständiges Kratzen an den Fensterläden und heimliches Verdrücken in die Büsche draußen gezeichnet gewesen.
Es waren nicht Shefs Frauen, also hatte er keinen Grund zur Beschwerde. Dennoch machte Karli ihn auf einer tieferen Ebene nervös. In seiner Jugend, als er in der Schmiede bei Emneth im Sumpf gearbeitet hatte und mit Arbeitsaufträgen in den umlie-

genden Dörfern unterwegs gewesen war, hatte Shef viele lustvolle Begegnungen mit Mädchen gehabt – mit Töchtern von Knechten, sogar mit Töchtern von Thralls, keine jungen Damen, deren Jungfräulichkeit gehütet und beschützt wurde, sondern Frauen, die bereitwillig seiner Unwissenheit abgeholfen hatten. Zwar hätten sie ihn niemals aufgesucht wie Karli, vielleicht hatte sie seine unfrohe Sorge um die Zukunft abgeschreckt, vielleicht hatten sie eine innere Besessenheit gespürt, aber wenigstens hatte er keinen Grund, zu glauben, dass ihm etwas fehlte oder er abartig war.
Dann war es zur Plünderung von Emneth durch die Wikinger gekommen, zur Verkrüppelung seines Ziehvaters, anschließend zur Entführung und schließlich Befreiung von Godive. Der Augenblick in der kleinen Hütte im Wäldchen in jenem Sommer, als er Godives „erster Mann" geworden war und geglaubt hatte, er wäre am Ziel seiner Wünsche angekommen. Und seitdem hatte Shef nichts mehr mit irgendeiner Frau zu tun gehabt, nicht einmal mit Godive, nachdem er sie zurückerobert hatte, auch dann nicht, als sie ihm den Goldreif der Königswürde auf den Kopf gesetzt hatten und er sich die Hälfte aller Dirnen in England hätte nehmen können. Shef fragte sich manchmal, ob Ivars Drohung, ihn zu kastrieren, seinen Geist beeinflusste. Er wusste, dass er noch immer ein ganzer Mann war – doch hatte das Gleiche für Ivar gegolten, zumindest hatte Hund darauf bestanden, und er war trotzdem „der Knochenlose" genannt worden. Hatte er sich vielleicht die Impotenz von dem Mann zugezogen, den er getötet hatte? Hatte sein Halbbruder, Godives Ehemann, ihn mit einem Fluch belegt, bevor er gehängt worden war?
Es hatte etwas mit seinem Geist zu tun, wie Shef wusste, nicht mit seinem Körper. Etwas mit der Art, wie er die Frau, die er liebte, als Köder und als Braut benutzt hatte, eine innere Übereinkunft mit ihrer Ablehnung ihm gegenüber und ihrer Eheschließung mit Alfred, dem ehrlichsten Mann, dem Shef jemals begegnet war. Wie auch immer, er kannte keine Heilung. Der Weg mit Karli konnte lediglich in einer Demütigung enden. Morgen würde er im Skla-

venkreis stehen, und am Tag darauf könnte er den Kastrierern gegenüberstehen.

„Glaubst du, ich habe eine Chance?“, fragte er und berührte sein ruiniertes Auge und Gesicht.

Karlis Gesicht zerfurchte sich vor Freude. „Natürlich! Ein starker, großer Kamerad wie du mit Muskeln wie ein Waffenschmied. Fremder Akzent, ein Hauch des Geheimnisvollen. Denk immer daran: Die Mädchen da draußen, die sind *gelangweilt*. Nie passiert irgendetwas. Man lässt sie nicht in die Nähe der Straße, weil irgendjemand sie packen könnte. Niemand kommt jemals in den Sumpf. Sie sehen die gleichen Gesichter vom Tag ihrer Geburt bis zum Tag ihres Todes. Ich sage dir ...“ Karli weitete seine Schwärmereien darauf aus, wie die Frauen von Dithmarschen sich in Ermangelung gut aussehender Fremder – oder in diesem Fall hässlicher Fremder – selbst ihre Freuden suchen mussten, während Shef im Suppentopf herumrührte und Teigstreifen um Zweige wickelte, um sie im Feuer zu rösten. Er glaubte nicht, dass Karlis Plan aufgehen würde, zumindest nicht, was ihn betraf. Aber er war ohnehin nur aus einem Grund auf diese Schiffsexpedition gegangen: um das üble Gefühl loszuwerden, das die Hochzeit von Alfred und Godive hinterlassen hatte. Er würde jede Gelegenheit nutzen, um den Zauber zu brechen, der auf ihm lag. Allerdings ohne irgendwelche Erwartungen. Es würde mehr als einer Sumpfgattin bedürfen, um seine Erinnerungen auszulöschen.

Stunden später, als er in tiefschwarzer Nacht zum Lager zurückkehrte, wunderte sich Shef über seinen eigenen Mangel an Sorge. Die Dinge verliefen größtenteils so, wie er es vorhergesehen hatte: die Ankunft im Dorf zu der Stunde, wenn die Leute über ihre Türschwelle traten und umhergingen, zwanglose Gespräche mit den Männern, um Neuigkeiten weiterzugeben, Karlis bedeutungsvolle Blicke und schnelle Worte mit einem zuhörenden Mädchen und dann einem anderen, während ihre männlichen Beschützer ständig ein Auge auf Shef hatten. Dann der pompöse

Abschied bei Einbruch der Abenddämmerung, gefolgt von einem heimlichen Umweg zurück zu einem Wäldchen aus Weiden, die über stehendem Wasser hingen. Die Ankunft der Mädchen, keuchend, ängstlich und aufgeregt.

Shefs Mädchen war angenehm mollig mit einem schmollenden Gesichtsausdruck. Zunächst war sie kokett gewesen. Dann spöttisch. Und schließlich, als sie bemerkte, dass Shef selbst keine Hoffnung oder Sorge bezüglich seines eigenen Versagens hegte, besorgt. Sie hatte sein ruiniertes Gesicht gestreichelt, die Narben auf seinem Rücken unter dem Hemd gefühlt. „Du hast schwere Zeiten durchgemacht“, sagte sie, halb fragend.

„Schwerer, als diese Narben zeigen“, hatte er geantwortet.

„Auch für uns Frauen sind die Dinge schwer, weißt du?“, hatte sie zu ihm gesagt.

Shef dachte an das, was er bei der Plünderung von York und in den Ruinen von Emneth gesehen hatte, dachte an seine Mutter und ihre Lebensgeschichte, an Godive und Alfgar und an die blutige Rute, an die Geschichten über Ivar den Knochenlosen und seinen Umgang mit Frauen, erinnerte sich schließlich an die Knochen der Sklavenmädchen, die mit gebrochenem Rückgrat lebendig begraben worden waren, über die er im Hügelgrab des alten Königs gestolpert war, und sagte nichts. Dann hatten sie eine Weile dagelegen, ohne zu sprechen, bis die eindringlichen Geräusche von Karli und seiner Partnerin allmählich nachließen.

„Ich werde es niemandem sagen“, hatte sie geflüstert, als das andere Paar schließlich klamm und matschig aus der Mulde aufgetaucht war.

Er würde sie niemals wiedersehen.

Es sollte ihn bekümmern, überlegte Shef, kein ganzer Mann zu sein. Irgendwie war dem nicht so. Er hielt inne, überprüfte die Festigkeit des Weges vor sich mit dem stumpfen Ende seines Speers. In der Dunkelheit des Moores gurgelte und platschte etwas, und Karli zog keuchend sein Schwert.

„Es war nur ein Otter“, meinte Shef.

„Vielleicht. Weißt du nicht, dass es Dinge im Moor gibt?"
„Welche Dinge?"
Karli zögerte. „Wir nennen sie Thursen."
„Ja, wir auch. Mächtige, große Wesen, die im Schlamm leben und Kinder fangen, die sich beim Spielen zu nahe herantrauen. Riesenfrauen mit grünen Zähnen. Arme mit langen, grauen Haaren, die nach oben greifen und das Boot eines Vogelfängers zum Kentern bringen", fügte Shef hinzu und schmückte eine der Geschichten aus, die er von Brand gehört hatte. „Fischvolk, das dasitzt und sich gütlich tut an …"
Karli packte ihn am Arm. „Genug! Sag's nicht. Sie könnten dem Ruf folgen und herkommen."
„Solche Dinge gibt es nicht", sagte Shef, der nun mehr Zuversicht in sein Gleichgewicht hatte und auf den etwas festeren Grund zwischen zwei Tümpeln trat. „Menschen erfinden solche Geschichten, um zu erklären, warum Leute nicht zurückkommen. In einem Moor wie diesem braucht man keinen Thursen, damit jemand verschwindet. Schau, hinter diesen Erlen ist das Lager."
Karli sah zu ihm auf, als sie die Lichtung mit dem Lager erreichten, auf der bereits Männer bewegungslos in Decken gewickelt waren. „Ich verstehe dich nicht", sagte er. „Du bist immer so sicher, dass du alles am besten weißt. Aber du handelst wie ein Schlafwandler. Wurdest du von den Göttern geschickt?"
Shef bemerkte Nikko, der wach war und still dasaß, während er sie aus den Schatten heraus beobachtete. „Wenn ja", sagte er, „dann hoffe ich, dass sie mir morgen ein wenig Beistand leisten."

In seinem Traum in dieser Nacht hatte er das Gefühl, jemand würde ihn mit stählernen Fingern im Nacken greifen und ihn zwingen, mal hierhin und mal dorthin zu blicken.
Das Erste, was er sah, war etwas auf einer trostlosen Ebene. Ein junger Krieger stand dort, der sich nur mit Mühe aufrecht hielt. Schwarzes Blut bedeckte seine Rüstung, und noch mehr rann unter seinem Kettenhemd seine Beine hinab. Er hielt ein geborstenes Schwert in

der Hand und zu seinen Füßen lag ein weiterer Krieger. Irgendwo aus der Ferne hörte Shef eine Stimme singen:

„Sechzehn Wunden habe ich, durchstoßen ist meine Rüstung,
geschlossen sind meine Augen, kann nicht sehen, wohin ich gehe.
Agantyrs Schwert durchstieß mich bis ins Herz,
der scharfe Blutvergießer, vom Gift gehärtet."

Man kann kein Schwert mit Gift härten, dachte Shef. Härten ist eine Frage großer Hitze und plötzlicher Abkühlung. Warum kühlt Wasser nicht schnell genug? Vielleicht ist es der Dampf, der daraus aufsteigt. Warum überhaupt Dampf?
Die Finger in seinem Nacken kniffen ihn plötzlich, als wollten sie ihn zwingen, aufzupassen. Auf der anderen Seite der Ebene sah Shef Raubvögel fliegen, und die Singstimme fuhr fort:

„Den hungrigen Raben treibt es aus dem Süden,
der weißschwänzige Aasvogel folgt seinem Bruder.
Das letzte Mal habe ich für sie die Tafel bereitet.
Nun ist es mein Blut, von dem die Kriegsbestien zehren."

Einen Augenblick lang glaubte Shef, hinter den Vögeln Frauen zu erkennen, weibliche Gestalten, die auf dem Wind ritten, und dann hinter ihnen große Türen, die sich öffneten: Türen, die er zuvor schon gesehen hatte, die Pforten von Walhalla.
So sterben die Helden, sagte eine weitere Stimme, nicht die singende. Selbst in der Lähmung seines Traums durchfuhr Shef ein Schaudern, als er die grimmige, ironische Stimme seines Beschützers erkannte, des Gottes Ríg, dessen Leiterzeichen er um den Hals trug. Dies ist der Tod von Hjalmar dem Großmütigen, fuhr die Stimme fort. Kämpfte gegen einen schwedischen Berserker, lieferte zwei Rekruten an meinen Vater Odin.
Die Szene verschwand; Shef spürte, wie sein Blick auf übernatürliche Weise in eine andere Richtung gelenkt wurde. Ein Moment ver-

strich, dann kam eine andere Vision ins Blickfeld. Jetzt schaute Shef hinab auf eine Pritsche auf irdenem Boden. Sie lag etwas von den Haupträumen entfernt, vielleicht in einem blinden Flur irgendwo fernab von geschäftigen Füßen, aber kalt und unbequem. Darauf streckte sich eine alte Frau aus, vorsichtig und unter Qualen. Shef wusste, dass ihr gerade von einem Heiler oder einem klugen Mann oder einem Tierarzt gesagt worden war, dass sie sterben würde. Nicht durch die Lungenkrankheit, die häufig die alten Leute im Winter befiel, sondern durch irgendeine Wucherung oder etwas Böses in ihr. Sie litt furchtbare Schmerzen, wagte aber nicht, darüber zu sprechen. Ihr blieben keine Verwandten. Wenn sie einen Mann oder Söhne gehabt hatte, dann waren diese tot oder fort, sie lebte nun in der ungewissen Duldung durch jene, die nicht von ihrem Blut waren. Wenn sie auf irgendeine Art Kummer bereitete, würde man ihr sogar die Pritsche und das Brot entziehen. Sie war ein unwichtiger Mensch.

Sie war die junge Frau, die er im Moor zurückgelassen hatte, die ihrem Lebensende entgegensah. Oder sie konnte es sein. Sie konnte auch jemand anderes sein. Shef dachte an Godives Mutter, die irische Sklavin, die sein Ziehvater Wulfgar sich als Geliebte genommen und dann ohne ihr Kind verkauft hatte, als seine Gattin eifersüchtig wurde. Aber es gab noch andere, so viele andere. Die Welt war voll von verzweifelten alten Frauen und auch alten Männern, die mit letzter Kraft versuchten, in Ruhe zu sterben und keine Aufmerksamkeit zu erregen. Dann konnten sie in ihre Gräber kriechen und aus dem Gedächtnis verschwinden. Einst waren sie jung gewesen.

Von dieser Szene wogte eine solche Welle von Hoffnungslosigkeit über Shef hinweg, wie er sie niemals zuvor verspürt hatte. Und dennoch war etwas Seltsames daran. Dieses langsame Sterben konnte viele Jahre in der Zukunft liegen, wie er zunächst gedacht hatte, als ihm schien, er hätte die Frau erkannt. Oder sie mochte Jahre in der Vergangenheit liegen. Einen Augenblick lang aber schien Shef eines zu wissen: Die alte Frau, die auf der Pritsche um einen unbeachteten Tod betete, war er. Oder war er es gewesen?

Shef erwachte ruckartig und mit einem Gefühl von Erleichterung. Um ihn herum schliefen die Lagernden ruhig in ihren Decken. Er ließ die eingesogene Luft entweichen und entspannte nach und nach seine verkrampften Muskeln.

Mit fast schon lockerem Schritt verließen sie am nächsten Morgen das Moor. Im einen Moment wateten sie im kalten Nebel durch die dunklen Tümpel und über die seichten Bäche, die überall hin zu fließen schienen. Dann hob sich der Boden unter kahler Erde, und Shef konnte die Heeresstraße sehen, die sich am Horizont entlangzog, sowie ein beständiges Hin und Her von Reisenden darauf. Er blickte zurück und bemerkte, dass Dithmarschen unsichtbar unter einer Nebeldecke lag. Sie würde sich in der Sonne lichten und bei Einbruch der Nacht neu bilden. Kein Wunder, dass die Bewohner von Dithmarschen von der Hand in den Mund lebten und keine Eindringlinge kannten.

Shef war zudem amüsiert darüber, wie sich seine Begleiter veränderten, als sie hinaus auf die Straße traten. Im Moor waren sie sicher und zuversichtlich gewesen und bereit, die Außenwelt und ihre Nachbarn zu verspotten. Hier wirkte es, als würden sie die Köpfe einziehen und hoffen, dass sie unbemerkt davonkamen. Shef stellte fest, dass er aufrecht stand und sich umsah, während die anderen sich klein machten und sich aneinander drängten.

Kurz darauf holte sie eine Gruppe von Reitern ein, zehn oder zwölf Mann, die neben Packtieren herritten. Eine Salzkarawane auf dem Weg nach Norden zur Halbinsel von Jütland. Als sie an den Männern aus Dithmarschen vorbeiritten, riefen sie einander auf Nordisch zu.

„Hier, da seht ihr die Matschläufer aus dem Moor. Warum kommen sie herausgekrochen? Schaut, da ist ein Großer, muss Mutters kleiner Liebling sein. He, Sumpfmann, was sucht ihr? Ein Heilmittel für eure gescheckten Bäuche?"

Shef grinste denjenigen an, der am lautesten lachte, und rief fließend in der Nordsprache, die er von Thorvin und dann von

Brand und seiner Mannschaft gelernt hatte, zurück: „Was willst du denn davon wissen, Jütländer?“ Er übertrieb die heiseren Kehllaute des Ribedialekts, den sie sprachen. „Ist das Nordisch, was ihr redet, oder eine Erkrankung der Kehle? Rührt mal etwas Honig in euer Bier, vielleicht könnt ihr sie dann heraushusten.“

Die Händler hielten ihre Pferde an und starrten ihn an. „Du kommst nicht aus Dithmarschen“, sagte einer von ihnen. „Du klingst auch nicht wie ein Däne. Woher kommst du?“

„Enzkr em“, sagte Shef bestimmt. „Ich bin Engländer.“

„Du klingst wie ein Norweger, und dazu noch aus der hintersten Ecke. Ich habe Stimmen wie deine gehört, die mit Fellen handelten.“

„Ich bin Engländer“, wiederholte Shef. „Und es sind keine Felle, mit denen ich handle. Diese Leute und ich sind auf dem Weg zum Sklavenkreis in Haithabu, wo sie mich, wie sie hoffen, verkaufen können.“ Er zog seinen Leiteranhänger heraus, damit sie ihn sehen konnten, wandte sein Gesicht gänzlich den Dänen zu und zwinkerte feierlich mit seinem einen Auge. „Kein Grund, es geheim zu halten. Schließlich muss ich einen Käufer finden.“

Die Dänen blickten einander an, ritten weiter und ließen Shef zufrieden zurück. Ein Engländer mit einem Auge und einer silbernen Stableiter um den Hals. Dies brauchte nur ein Freund von Brand oder ein Anhänger des Weges oder sogar nur einer der Skipper des letztjährigen Feldzuges zu erfahren, der in seine Heimat zurückgekehrt war, um seinen Ruhestand anzutreten, und Shef sollte über genügend Ansehen verfügen, um eine Überfahrt nach England zu erhalten. Allerdings wollte er nicht von Haithabu an der Ostseeküste in See stechen.

Nikko funkelte ihn böse an, da er spürte, dass ihm die Situation entglitt. „Ich bekomme deinen Speer, bevor wir den Markt erreichen.“

Shef zeigte mit der Waffe auf die Holzpalisade um Haithabu, die jetzt in Sicht kam.

Während er am nächsten Tag langsam in der Schlange aus Handelswaren voranging, spürte Shef, wie sein Herz schneller schlug. Er besaß immer noch diese innere Ruhe – oder war es Gleichgültigkeit? –, die ihn nicht verlassen hatte, seit er in Karlis Hütte aufgewacht und kein König mehr war. Zwar wusste er, was er vorhatte, konnte aber nicht vorausahnen, wie es aufgenommen werden würde. Es hing davon ab, wie die Rechte eines Mannes aussahen. Auf dem Sklavenmarkt von Haithabu vermutlich so, wie er und seine Freunde sie durchsetzen konnten.

Der Markt selbst war kaum mehr als ein freigeräumter Platz am Ufer mit einer wenige Fuß hohen Anhöhe, auf der den Käufern die Waren gezeigt wurden. Dahinter plätscherte die tidenlose Ostsee sanft auf einen dünnen Sandstreifen. Auf einer Seite ragten hölzerne Landungsstege weit ins seichte Gewässer hinaus, sodass die Knorren mit ihren breiten Hüllen mit ihrer Ladung hinein- und wieder hinausfahren konnten. Um das gesamte Gelände verlief eine stabile Palisade aus Baumstämmen, recht schwach im Vergleich zu den römischen Mauern des weit entfernten York, aber gut in Schuss und schwer bewacht. Shef hatte nur wenig über die Taten von König Horik gehört, der in Haithabu und von dort über die dänischen Kanäle dreißig Meilen südlich herrschte. Seine Einnahmen jedoch stammten gänzlich aus den Zöllen, die er von den Händlern im Hafen erhob, und er schützte und beherrschte die Stadt mit schneller und harter Hand. Shef blickte gelegentlich zu den Galgen, die gut sichtbar auf dem äußersten Steg aufgestellt waren und von denen ein halbes Dutzend bärtiger Leichen baumelte. Horik war bestrebt, den Händlern zu zeigen, dass ihre Rechte geschützt wurden. Eines der vielen Dinge, die Shef nicht wissen konnte, war, ob man seinen Plan als Entmutigung zum Handeln betrachten würde. Auf jeden Fall wurde seine Laune jedoch immer betrübter, während der Morgen verging und die Schlange sich vorwärts bewegte.

Die Gruppe, die gerade aufgestellt wurde, bestand nur aus Frauen: Sechs wurden von einem Haufen grinsender Wikinger nach

vorne geschoben. Die Männer hielten jede am Arm fest, während ihr Anführer um die Anhöhe lief und lautstark ihre Vorzüge anpries. Alles junge Mädchen, wie Shef sehen konnte. Auf ein Wort hin wurden ihnen die Mäntel heruntergezogen und jede stand in einer kurzen Tunika da, die Beine nackt bis über die Knie, und das weiße Fleisch zog im Sonnenlicht alle Blicke auf sich. Rufe erfüllten die Luft, Anzüglichkeiten wurden über die Menge gebrüllt.
„Woher kommen sie?", fragte Shef den bewaffneten Wächter, der neben der Sklavenreihe stand.
Der Mann musterte neugierig Shefs Statur und Haltung, dann brummte er eine Antwort: „Wenden. Du siehst die weiße Haut und das rote Haar. Sie fangen sie an der Südküste der Ostsee."
„Und wer sind die Käufer?" Jetzt konnte Shef eine Gruppe von dunkelhäutigen Männern in seltsamer Kleidung erkennen, die sich nach vorne drängten, um die Frauen näher zu beäugen. Sie trugen Kopftücher, statt behelmt oder barhäuptig dazustehen, und die gekrümmten Dolche an ihren Gürteln bestanden aus glänzendem Edelmetall. Einige von ihnen blickten beständig nach außen, als würden sie einen Überraschungsangriff erwarten.
„Männer aus den Südlanden. Sie beten irgendeinen Gott an, der ein Rivale des Christengottes ist. Sie kaufen viele Frauen, und sie bezahlen mit Gold. Müssen dieses Jahr viel bezahlen."
„Wieso das?"
Der Wächter sah ihn erneut neugierig an. „Du sprichst Nordisch, hast aber keine Ahnung? Der Preis für Frauen ist hochgegangen, nachdem der englische Markt sauer geworden ist. Früher kamen gute Mädchen aus England."
Die Córdoba-Araber stellten nun mithilfe eines Dolmetschers Fragen. Ein Nebenstehender gab sie an die Menge weiter.
„Er will wissen, ob sie alle Jungfrauen sind."
Brüllendes Gelächter. Eine dröhnende Stimme ertönte: „Ich weiß, dass die Große da keine ist, Alfr, ich habe gesehen, wie du sie gestern hinter deinem Stand ausprobiert hast."

Der Anführer der Käufer schaute verärgert um sich und versuchte, die Kasernenstimmen mit finsteren Blicken zum Schweigen zu bringen. Die Araber riefen nach ihrem Dolmetscher und drängten sich zusammen. Schließlich ein Angebot. Vorhaltung, Verweigerung. Aber keine Gegenangebote. Ein abgeschlossener Handel – Shef sah das Geld aufblitzen, als es ausgezahlt wurde, und sog beim Anblick die Luft ein, denn es war kein Silber, sondern goldene Dinare. Dem Auktionator wurde eine Abgabe gezahlt, eine weitere an König Horiks Jarl, der alle misstrauisch beäugte, und die Frauen wurden verhüllt und weggeschafft.

Als Nächstes trat eine seltsame Gestalt vor, ein Mann in mittlerem Alter, gekleidet in die Überreste einer schwarzen Robe. Er sah kahl aus, doch wuchs ein dünner schwarzer Flaum auf seinem Skalp. Ein christlicher Priester, erkannte Shef, mit einer Tonsur, die seit Kurzem nicht mehr rasiert wurde. Als er vortrat, bahnte sich ein weiterer Mann den Weg durch die Menge und schien den anderen umarmen zu wollen: noch ein Priester, noch eine schwarze Robe, doch diesmal mit frischer Tonsur. Ein Wächter stieß ihn zurück, jemand anderes rief nach Geboten.

Eine sofortige Antwort von einer Gruppe hochgewachsener, kräftig gebauter Männer, die selbst im frühjährlichen Sonnenlicht Felle trugen. Schweden, dachte Shef und erinnerte sich an den Akzent von Guthmund dem Gierigen und einigen anderen, denen er in den Scharen des Großen Heeres der Ragnarssons begegnet war.

Sie boten acht Unzen Silber. Einer von ihnen zog eine Geldbörse vom Gürtel und warf sie auf den Boden, um das Angebot zu bekräftigen.

Der Priester, der zurückgestoßen worden war, drängte sich wieder nach vorne, wich den Wachen aus, breitete die Arme aus und rief leidenschaftlich etwas.

„Was sagt er?“, murmelte der Wächter bei Shef.

„Er versucht, den Verkauf zu verbieten“, antwortete Shef, der etwas von dem Gebrabbel aus Nordisch und Niederdeutsch verstand, das der Priester gebrauchte. „Sagt, sie hätten kein Recht, einen Priester des wahren Gottes zu verkaufen."

„Den werden sie auch verkaufen, wenn er nicht das Maul hält", sagte der Wächter.

Tatsächlich hatten die Schweden eine weitere Börse auf den Boden geworfen, einige Worte mit dem Auktionator gewechselt und gingen nun mit selbstgefälligen Gesichtern auf beide Männer zu.

Ein weiterer Mann trat aus der Menge heraus, und die Selbstgefälligkeit verschwand, wich vorsichtiger Berechnung. Shef, der daran gewöhnt war, Krieger einzuschätzen, erfasste sofort den Grund. Der Neuankömmling war kein großer Mann, kleiner als der kleinste unter den Schweden. Aber seine Schultern waren äußerst breit. Mehr noch, er ging mit einem lässigen Selbstvertrauen, das die Männer zurückweichen ließ. Er trug eine gefütterte Lederjacke, die abgetragen war und der hier und da verschiedene Streifen eingenäht waren. Seine linke Hand ruhte auf dem Knauf eines langen Reiterschwertes. Sein Haar stand wie ein steifer, blonder Busch über einem angespannten, sauber rasierten Gesicht, das hart war wie Stein. Aber er lächelte.

Der Blonde schob einen Zeh unter eine der Börsen und trat sie zu den Schweden zurück, dann ließ er die andere folgen.

„Ihr könnt ihn nicht haben", sagte er in gekünsteltem Nordisch, und seine Stimme brachte ein plötzliches Schweigen mit sich. „Keinen von beiden. Sie sind Geistliche Christi, und sie stehen unter meinem Schutz. Unter dem Schutz des Lanzenordens", rief er plötzlich mit lauterer Stimme und machte eine ausladende Geste mit dem Arm. Shef bemerkte, dass ein Dutzend ähnlich gekleideter und bewaffneter Männer nahe dem Kreis stand. Sie waren den Schweden zahlenmäßig überlegen. Allerdings sahen zweihundert Nordmänner zu, ebenfalls allesamt bewaffnet. Wenn sie gemeinsam gegen die Christen vorgingen … Oder wenn König Horiks Männer beschlossen, ihren Handel und ihren Markt zu verteidigen …

„Wir bezahlen für einen von ihnen“, sagte der Blonde beschwichtigend. „Acht Unzen. Das Geld von Christen ist genauso gut wie das von Heiden.“
„Zehn Unzen“, sagte der Anführer der Schweden.
Der Auktionator blickte den Blonden fragend an.
„Zwölf Unzen“, sagte er in langsamem, bedächtigem Ton. „Zwölf Unzen, und ich vergesse zu fragen, wie einer von euch an einen christlichen Geistlichen gekommen ist – und wofür ihr anderen einen christlichen Geistlichen braucht. Zwölf Unzen, und ihr könnt euch glücklich schätzen.“
Der Schwede ließ die Hand weiter den Griff seiner Axt heruntergleiten und spuckte auf den Boden.
„Zwölf Unzen“, sagte er. „Und das Geld Odins klingt süßer als das Geld irgendeines glattgesichtigen Kastraten von Christ.“
Shef spürte, wie der Wächter neben ihm sich regte, und sah, dass Horiks Jarl ebenfalls vortrat. Als er geendet hatte, warf der Schwede seine Axt in die Luft und wollte sie in Schlagposition packen. Doch bevor er die Bewegung zu Ende geführt hatte, war da ein Zucken in der Luft, ein dumpfer Schlag, ein Keuchen. Mit offenem Mund starrte der Schwede nach unten auf ein Messingheft, das aus seiner Körpermitte ragte. Shef wurde klar, dass der Blonde niemals vorgehabt hatte, sein Schwert zu ziehen, sondern stattdessen blitzschnell ein schweres Messer aus dem Gürtel gezogen und heimtückisch geworfen hatte. Bevor sich der Gedanke geformt hatte, war der Blonde bereits drei Schritte vorgetreten, hatte blankgezogen und stand nun da, während die Spitze seines langen Schwertes genau auf dem Adamsapfel des Verkäufers ruhte.
„Kommen wir ins Geschäft?“, rief er und blickte kurz zur Seite auf den zögernden Jarl.
Der Verkäufer nickte – langsam und bedächtig.
Der Blonde zog das Schwert ruckartig weg. „Nur eine private Unstimmigkeit“, bemerkte er zu dem Jarl. „Hat keinen Einfluss auf den Markt. Wäre froh, die Angelegenheit mit seinen Freunden

außerhalb der Stadt zu bereinigen." Der Jarl zögerte, nickte dann ebenfalls und ignorierte die Rufe der Schweden, die sich über die Leiche ihres Anführers beugten.

„Zahlt das Geld und nehmt euren Mann mit. Und für den Rest von euch: Gebt Ruhe. Wenn ihr Männer mit Schimpfnamen belegt, solltet ihr lieber lernen, schneller zu sein. Wenn ihr einen Groll hegt, könnt ihr ihn gerne ausfechten. Aber nicht hier. Schlecht fürs Geschäft. Kommt schon, jemand soll die nächste Gruppe nach oben bringen."

Als sich die christlichen Priester umarmten und der Blonde wieder zu dem Grüppchen seiner kettengepanzerten, vor Waffen strotzenden Unterstützter trat, spürte Shef, wie er nach vorne und auf den Hügel geschubst wurde. Einen Augenblick lang wurde er von Angst gepackt, wie ein Schauspieler, der wegen eines unerwarteten Stichworts seinen Text vergessen hatte. Dann, als Nikko übereifrig nach vorne ging und er das besorgte Gesicht von Karli sah, der genau hinter ihm stand, erinnerte er sich wieder daran, was er tun musste.

Langsam zog er das kratzende Wollhemd aus.

„Was haben wir hier?", sagte der Auktionator. „Ein starker, junger Mann, in der Lage, einfache Schmiedearbeiten zu verrichten, zum Verkauf angeboten von – einem Schwimmfuß, wen schert's?"

Shef warf das Hemd auf den Boden, richtete den silbernen Anhänger in der Mitte seiner Brust und spannte die Muskeln in einer Parodie dessen, wie sich Landarbeiter auf einem Verdingungsjahrmarkt gaben. Im Sonnenlicht zeigten sich auf seinem Rücken die alten Narben der Prügel, der Hiebe, die er vor Jahren durch die Hände seines Stiefvaters erhalten hatte.

„Ist er fügsam?", rief eine Stimme. „Jedenfalls sieht er nicht danach aus."

„Man kann einen Sklaven fügsam machen", rief Nikko, der neben dem Auktionator stand.

Shef nickte bedächtig und ging zu den beiden hinüber. Dabei streckte er die Finger seiner linken Hand aus und ballte sie dann

zu einer festen Faust mit dem Daumen über dem zweiten Gelenk, wie Karli es ihm gezeigt hatte. Es musste dramatisch aussehen. Kein Schubsen, kein Raufen.
So, wie Karli es ihm gezeigt hatte, trat er mit dem linken Fuß vor, vollführte mit dem linken Arm einen kurzen Bogen, wobei er sein gesamtes Körpergewicht hineinlegte, und zielte, als wollte er, dass seine Faust über der rechten Schulter anhielt. Der linke Haken traf nicht Nikkos Kinn – Karli hatte ihm als Anfänger davon abgeraten –, sondern dessen rechte Schläfe. Der untersetzte Mann, völlig unvorbereitet, ging sofort in die Knie.
Im selben Moment packte Shef ihn am Kragen, riss ihn auf die Füße und wandte sein Gesicht der Menge zu.
„Ein Schwimmfuß", rief er auf Nordisch. „Redet viel. Kann nichts. Was bietet ihr mir?"
„Ich dachte, er verkauft dich", rief eine Stimme.
Shef zuckte die Schultern. „Ich habe meine Meinung geändert." Er ließ den Blick über die Menge schweifen und versuchte, sie alle mit einem Auge zu überwältigen. Was machte einen Thrall aus? Am Ende musste es zu einer Einwilligung kommen. Ein Thrall, der einfach nicht gehorchte, sich einfach wehrte, konnte getötet werden, aber war nichts wert.
Er bemerkte, dass es am Rand des Kreises zu einem kleinen Aufruhr kam, als Nikkos Sohn und sein Neffe nach vorne traten, um ihm zu helfen, nur um feststellen zu müssen, dass Karli ihnen mit erhobenen Fäusten den Weg versperrte.
„Schon gut, schon gut", knurrte der Jarl beinahe in Shefs Ohr. „Ich sehe, dass ihr beiden unverkäuflich seid. Aber ich sage euch eines: Ihr schuldet noch immer eine Auktionsgebühr, und wenn ihr nicht zahlen könnt, dann werde ich es aus euch beiden herausprügeln."
Shef schaute sich um. Ein riskanter Augenblick. Er hatte gehofft, vorher ein freundliches Gesicht zu sehen, wenn die Dänen, die er auf der Straße getroffen hatte, die Nachricht verbreitet hatten. Nun musste er sich allein mit dem Gebühren-Jarl auseinander-

setzen. Ihm waren nur zwei Besitztümer geblieben. Eine Hand schloss sich um den silbernen Anhänger – sein letztes Mittel. Das andere?

Der Speer „Gugnir“ landete vor seinen Füßen im Boden. Karli, der strahlte und sich die Knöchel rieb, winkte ihm fröhlich zu. Shef wollte den Speer aus dem Boden ziehen, um dem herablassenden Jarl die Runen zu zeigen, um einen Handel zu schließen.

„Wenn er zum Verkauf steht, der Einäugige“, rief eine Stimme, „kaufe ich ihn. Ich kenne jemanden, der ihn dringend haben will.“

Mit einem unheilvollen Gefühl im Herzen drehte sich Shef zu der Stimme um. Er hatte gehofft, dass ihn ein Freund wiedererkennen würde. Er hatte nicht die Möglichkeit vergessen, dass es ein Feind sein könnte, doch hatte er alles darauf gesetzt, dass die Anhänger der Ragnarssons, die Überlebenden, die er im Großen Heer kennengelernt hatte, auf der anderen Seite Dänemarks mit der Ragnarsson-Flotte auf See waren. Er hatte nicht mit den losen Zusammenschlüssen in der Welt der Wikinger gerechnet, den beständigen Beitritten und Treuebrüchen.

Dies war Skuli der Kahle, der im Jahr zuvor einen Belagerungsturm bei Shefs Erklimmung der Mauern von York befehligt hatte, aber dann sein Glück bei den Ragnarssons gesucht hatte, die sie alle verraten hatten. Er trat nun vor, die Schiffsmannschaft in geordneter Formation dicht hinter sich.

Im gleichen Augenblick sagte eine innere Stimme Shef, dass ihn ein weiteres Gesicht unverwandt anstarrte. Er drehte sich um und blickte in ein Paar dunkle, unerbittliche Augen. Er erkannte sie sofort. Erkenbert der schwarze Diakon, dem er zum ersten Mal bei Ragnars Tod in der Schlangengrube begegnet war und den er zum letzten Mal gesehen hatte, als er nach der Niederlage der christlichen Kreuzfahrer bei Hastings auf ein Transportschiff gebracht worden war. Er stand neben dem geretteten schwarzberobten Priester, redete schnell auf den blonden Deutschen ein und zeigte mit dem Finger auf etwas.

„Skjef Sigvarthsson Ivarsfluch“, sagte Skuli, der nur wenige Fuß entfernt war, grinsend. „Ich bin bereit, mehr als den Marktpreis für dich zu zahlen. Ich wette, Ivars Brüder werden mir das Gewicht eines Mannes in Silber zahlen, wenn ich dich zurückbringe.“
„Wenn du es schaffst“, schnaubte Shef, der auf Abstand ging und über seine Schulter blickte, ob er eine Wand fand, mit der er seinen Rücken decken konnte. Er bemerkte, dass Karli bei ihm war. Er hatte sein Schwert gezogen und schrie nun seinen Trutz in das anwachsende Stimmengewirr hinaus. Shef erkannte sofort, dass er alles Beigebrachte vergessen hatte und das Schwert wie ein Strohdecker hielt, der Ried schnitt. Wenn die Spannung aufbrach, würde Karli innerhalb von fünf Herzschlägen tot sein.
Der blonde Deutsche stand nun ebenfalls in Shefs Blickfeld, ebenso mit gezogenem Schwert, während seine Männer versuchten, sich in eine Reihe zwischen Shef und Skuli zu stellen. Auch er rief irgendetwas von einem Preis. Im Hintergrund verteilten sich die Händler und Sklaventreiber. Einige versuchten, sich davonzumachen, andere zogen blank und schienen sich dem einen oder dem anderen Lager anzuschließen. Die Wächter von König Horik, die der plötzliche Aufruhr unter den Kunden überrascht hatte, versuchten, einen Keil zu bilden, den sie zwischen eine mögliche Schlacht treiben konnten.
Shef atmete tief durch und packte seinen Speer. Er würde Skuli direkt angreifen und sein Glück gegen Erkenbert und die Christen versuchen. Zuerst ein Akt der Mildtätigkeit. Er drehte sich um und wollte den nichtsahnenden Karli mit dem Speerschaft niederschlagen. Wenn der kleine Mann am Boden lag, würde ihn vielleicht niemand umbringen - was passieren würde, wenn er versuchte, zu kämpfen.
Etwas krachte auf die Speerspitze, hielt sie unten und behinderte ihn. Etwas kam über sein Gesicht, blendete ihn. Als er verzweifelt an der Decke zerrte und versuchte, sich freizukämpfen, traf ihn ein sanfter Schlag an der Seite seines Schädels und er fand sich auf den Knien wieder, bemüht, aufzustehen, bemüht, zu sehen.

Wenn er das Bewusstsein verlor, würde das Nächste, was er erkannte, ein Gesicht der Ragnarssons sein, erpicht darauf, ihm den Blutadler in die Rippen zu schnitzen.

Jemand trat Shef die Beine weg, und sein Kopf schlug auf dem Boden auf.

Kapitel 8

„Tut mir leid“, sagte das fette Gesicht an der anderen Seite des Tisches. „Hätte ich ein bisschen früher von dir erfahren, hätte ich dich persönlich deinen Freunden aus Dithmarschen abgekauft, und niemand hätte irgendetwas bemerkt. Aber da du selbst ein König bist, musst du wissen, wie das ist. Kein König ist klüger als die Informationen, die er bekommt.“
Shef starrte geradeaus, versuchte, sich auf das Gesicht zu konzentrieren, schüttelte den Kopf, um ihn klar zu bekommen, und zuckte zusammen.
„Na, bitte“, sagte das Gesicht. „Ich glaube nicht, dass du auch nur ein Wort von dem gehört hast, was ich sage. Wo tut's denn weh?“
Shef rieb seine linke Schläfe und bemerkte gleichzeitig, dass die Beule an seinem Kopf auf der rechten Seite spross. Eine Hand fuhr vor seinen Augen vorbei, und ihm wurde klar, dass man ihn auf eine Gehirnerschütterung hin untersuchte.
„Beule auf der einen Seite, Schmerzen auf der anderen. Da denkt man, das Hirn hätte sich im Schädel gelockert, oder?“, fuhr das Gesicht im Plauderton fort. „Deshalb sind so viele altgediente Krieger ... nun ... ein bisschen seltsam. Wir nennen es *vithrhogg*, Gegenschlag. Aber ich sehe, dass du dich bereits erholst. Lass mich einfach wiederholen, was ich gesagt habe. Ich bin König Horik von Haithabu und Südjütland. Und du?“
Shef grinste plötzlich und verstand den Kern dessen, was ihm gesagt wurde. „Ich bin ein König wie du, König Shef des Ostens und von Mittelanglien.“
„Gut. Ich bin froh, dass dein Gedächtnis zurückkehrt. Solche Aufstände haben wir ziemlich häufig auf dem Markt, verstehst du, und die Jungs wissen, was sie zu tun haben. Segeltuch über alle Waffen werfen und dann alle festhalten, die gefährlich ausse-

hen, während sie versuchen, ihre Waffen freizubekommen. Wir mögen es nicht, wenn wir unsere Kunden gänzlich verlieren." Eine große Hand füllte Wein in etwas, das, wie Shef bemerkte, ein goldener Kelch war. „Vermisch das mit etwas Wasser, und schon bald geht's dir besser."

„Du hast heute einen Kunden verloren", sagte Shef und erinnerte sich an das Messer, das aus dem Herzen des schwedischen Käufers geragt hatte.

„Ja, eine üble Angelegenheit. Aber mein Jarl berichtet, dass der Mann provoziert hat. Außerdem ..."

Ein dicker Finger zog aus dem Hemd Shefs Anhänger hervor, den, wie ihm klar wurde, jemand gefunden und ihm wieder um den Hals gelegt hatte.

„Du bist ein Mann des Weges, richtig? Also hast du nicht viel übrig für Christen. Überhaupt nichts, nach dem, was ich von deinem Sieg über die Franken gehört habe, und ich wage zu behaupten, sie haben noch weniger für dich übrig. Aber hier unten muss ich sie sehr genau im Auge behalten. Es gibt nur den Dänendamm zwischen mir und weiß Odin wie vielen deutschen Lanzenreitern. Es stimmt, dass sie sich untereinander bekämpfen, und es stimmt noch mehr, dass sie mehr Angst vor uns haben als ich vor ihnen. Dennoch will ich wirklich keinen Ärger machen, insbesondere nicht in Fragen der Religion.

Also habe ich zugelassen, dass die Christen ihre Priester nach hier oben senden und um Bekehrte bitten, und ich habe niemals ein Wort gesagt, als sie anfingen, die Sklaven und Frauen zu taufen. Natürlich, wenn die armen Seelen aufs Land abwandern und es damit endet, dass sie verkauft oder in den Sumpf geworfen werden, weil das Glück bringen soll, kann ich nichts dagegen tun. Ich halte die Ordnung in Haithabu und entlang der Handelsstraße, und ich richte am Thing über Streitigkeiten. Meinen Untertanen zu sagen, was sie glauben oder wen sie in Ruhe lassen sollen ..." Der fette Mann lachte. „*Du* weißt, wie gefährlich das sein könnte.

Das hier aber ist etwas Neues. In diesem Frühling, als die Priester, drei oder vier von ihnen, aus Hamburg nach Norden kamen, hatte jeder von ihnen eine Eskorte dabei. Nicht groß genug, um es ein Heer zu nennen, nicht einmal groß genug, um eine ernsthafte Bedrohung darzustellen, und mit genügend Geld, um sich ihren Weg zu bahnen. Also habe ich sie reingelassen. Aber ich sage dir eines", das Gesicht lehnte sich vor, „von König zu König: sehr gefährliche Männer. Ich wünschte, ich könnte ein halbes Dutzend von ihnen anheuern. Der, den du gesehen hast, der Blonde mit einem Haarschopf wie aus festem Draht ... Der Hauptmann meiner Wächter sagte mir, er sei der Schnellste, den er jemals gesehen hat. Auch sehr verschlagen."

„Schneller als Ivar Ragnarsson?", fragte Shef.

„Der Knochenlose? Ich habe fast vergessen, dass du ihn besiegt hast."

Shefs Sehvermögen schien sich zu klären, während der Wein seine Arbeit tat, und er hatte einen schärferen Blick auf den dicken Mann, der sich in seinem Holzstuhl zurücklehnte, bis die feste Rückenlehne knarzte. Ein goldener Reif auf seinem Kopf, eine schwere Goldkette um seinen Hals und breite Reife um seine Arme. Eine Miene einfacher Gutmütigkeit, wie der Wirt einer friedlichen Dorfkneipe. Jedoch scharfe Augen unter buschigen Brauen und ein Netz aus Narben auf dem muskulösen rechten Unterarm, jener Stelle, an der Duellanten Schnitte abbekamen. Ein erfolgreicher Duellant, denn die gescheiterten lebten nicht lange genug, damit die Narben abheilen konnten.

„Tja. Dafür stehe ich in jedem Fall in deiner Schuld. Er hat mir ziemliche Sorgen bereitet, und seine Brüder tun es immer noch." Ein tiefer Seufzer. „Hier unten ist das Leben für einen König schwer, mit dem Reich und den Christen, die auf der anderen Seite des Dänendeiches die Zähne fletschen, und mit fünfzig Meereskönigen im Norden, die darum zanken, wer der König über alle werden soll. Die Christen sagen jetzt, dass sie einen Kaiser brauchen. Manchmal glaube ich, wir brauchen auch einen.

Aber da haben wir's. Wenn wir so dächten, müssten wir entscheiden, wer es sein soll. Vielleicht ich. Vielleicht du. Vielleicht Sigurth Ragnarsson. Wenn er, dann würden weder du noch ich den nächsten Tag erleben – oder erleben wollen.
Aber ich vergesse mich. Du hast eine schwere Zeit hinter dir, das kann ich sehen, und du siehst aus, als könntest du auch ein gutes Abendessen vertragen. Warum setzt du dich nicht diesen Nachmittag irgendwo in die Sonne, bis es Zeit wird fürs Nachtmahl? Ich sorge dafür, dass alles sicher ist."
„Ich schulde jemandem Geld", sagte Shef. „Der Mann, den ich im Sklavenkreis niedergeschlagen habe … Er hat mich hergebracht und eine Woche lang mit Essen versorgt. Ich sollte ihn bezahlen. Und dann brauche ich Geld für die Heimreise. Wenn englische Händler im Hafen sind, kann ich bei ihnen Geld leihen, auf meine Ehre und die meines Mitkönigs Alfred."
Horik hob seine beringte Hand. „Alles erledigt, alles bezahlt. Ich habe die Männer aus Dithmarschen glücklich nach Hause geschickt. Ich versuche immer, mich mit ihnen gut zu stellen, aber sie können wirklich lästig werden, wenn sie wütend sind. Der Junge hat allerdings darauf bestanden, hier zu bleiben. Dank mir nicht, du kannst mir jederzeit das Geld zurückzahlen. Was allerdings die Heimreise betrifft ... Tja, das geht noch nicht."
Shef blickte in das schlaue, fröhliche Gesicht. In der Ecke dahinter konnte er sehen, dass der Speer „Gugnir" gegen die Wand gelehnt stand. Er machte sich keine Illusionen, dass er herankommen könnte.
„Heißt das, bei dir bleiben?"
„Eigentlich habe ich dich weiterverkauft", sagte Horik und zwinkerte.
„Verkauft? An wen?"
„Keine Sorge, nicht an Skuli. Er hat mir fünf Pfund Silber geboten. Die Christen sind auf zehn raufgegangen, zusammen mit einem Ablass für alle Sünden durch den Papst, geschrieben mit purpurner Tinte."

„An wen dann?“

Horik blinzelte wieder. „Deine Freunde aus Kaupang. Die Priesterschule des Weges. Haben mir ein Angebot gemacht, das zu gut war, um es abzulehnen. Haben etwas von einer Prüfung gesagt. Immer noch besser, als von Sigurth Schlangenauge geprüft zu werden. Meinst du nicht?“

Mit einem Stück fester Blutwurst im Gürtel, einem langen, dunklen Brotlaib unter dem Arm und einer Prise Salz in einer Hand trat Shef hinaus in den starken Sonnenschein des Nachmittags, nachdem ihm König Horik angeboten hatte, hinauszugehen und sich bis zum Abendessen auszuruhen. Ein halbes Dutzend Wachen umringten ihn, die dort waren, um sicherzustellen, dass er nicht belästigt wurde oder aus der Stadt floh. Karli, ausnahmsweise recht kleinlaut, begleitete ihn, das Schwert am Gürtel, während er Shefs Speer über einer Schulter trug.

Einige Minuten lang lief die Gruppe durch die überfüllten Straßen von Haithabu, die voll waren von Buden, an denen Bernstein, Honig, Wein aus dem Süden, gute Waffen, Knochenkämme, Schuhe, Roheisen und alles andere angeboten wurde, was in oder aus den skandinavischen Ländern verkauft werden konnte. Schließlich, als Shef müde wurde vom ständigen Geschiebe und Gedränge, entdeckte er einen kleinen, grünen Hügel, innerhalb der städtischen Palisade, aber ohne Gebäude oder Menschen darauf. Er zeigte wortlos darauf und ging hin. Der Schmerz in seinem Kopf war verflogen, trotzdem ging er langsam und vorsichtig aus Angst, er könne ihn durch irgendeine Bewegung wieder hervorrufen. Zudem hatte er das Gefühl, dass Informationen von außen nur langsam zu ihm durchdrangen, als läge er einen Fuß tief in klarem Wasser. Er musste vieles aufnehmen und darüber nachdenken.

Er erreichte den Hügel und setzte sich ganz oben hin, blickte hinaus auf die Bucht der Schlei und auf die grünen Felder nördlich davon. Karli zögerte, dann trieb er das stumpfe Ende des Speers in die weiche Erde und ließ sich ebenfalls nieder. Die Wächter wechselten Blicke. „Ihr habt keine Angst vor dem Hügelgrabrücken?“, fragte einer von ihnen.

„Ich war schon einmal in einem Hügelgrab“, sagte Shef.

Er bemerkte, dass das Messer in seinem Gürtel fehlte. Horik ging kein einziges Risiko ein. Er gab Karli die Wurst, damit er sie aufschnitt, und begann, das Brot zu brechen. Vorsichtig setzten und hockten sich die Wächter in einem Kreis um sie.

Nach einer Weile, sein Magen war gefüllt, der Rücken angenehm von der Sonne erwärmt, zeigte Shef auf das fruchtbare Stück Land, das außerhalb der Eingrenzung der Stadt zu sehen war. Die Schlei floss nördlich der Stadt und am gegenüberliegenden Ufer konnte Shef eingezäunte Felder erkennen, Pflüger, die ihre Ochsen antrieben, braune Furchen, die sich entlang des Grüns erhoben, sowie sich kräuselnden Rauch aus Kaminen, der hier und da zwischen den Bäumen aufstieg. Für einen Engländer galten die Länder der Wikinger als Heimat von Feuer und Gemetzel, ihre Bewohner als Seeleute und Räuber, nicht als Ackerbauern oder Köhler. Doch hier, im Auge des Wikingersturms, wirkte das Land friedlicher als Suffolk an einem Sommertag.

„Ich habe gehört, dass die Engländer vor langer Zeit von dort gekommen sind“, sagte Shef zu einem der nächststehenden Wächter. „Leben noch immer Engländer dort drüben?“

„Nein“, sagte der Wächter. „Nur Dänen. Einige von ihnen nennen sich Jüten, wenn sie nicht mit den Meereskönigen von den Inseln in Verbindung gebracht werden wollen. Aber sie alle sprechen die dänische Sprache, genau wie Ihr. Das Stück Land dort wird jedoch weiterhin Angel genannt. Es ist der Punkt zwischen der Schlei und der Flensburger Förde auf der anderen Seite. Ich würde sagen, dass die Engländer genau von dort kamen.“

Shef sann weiter nach. So viel zu seiner früheren Hoffnung, die Engländer von der dänischen Herrschaft hier in Dänemark zu befreien. Trotzdem war es erstaunlich, dass die Leute aus Dithmarschen kein Dänisch sprachen, da sie doch in nächster Nachbarschaft zu den Dänen lebten. Seltsam war auch, was sie sprachen: weder Englisch noch Dänisch, auch nicht die merkwürdige Sprache, die die Priester an diesem Morgen gebraucht hatten, eine Art Deutsch. Sie sprachen etwas mit Stücken aus allem, und dennoch vielleicht am ähnlichsten dem Friesischen, an das Shef von den Männern von den Inseln vor der holländischen Küste gewohnt war. Vor langer Zeit war dieses Grenzland ein Schmelztiegel verschiedener Stämme gewesen. Inzwischen wurden sorgfältig Grenzen gezogen: Christen auf dieser Seite, Heiden auf jener, hier sprach man Deutsch, dort Nordisch. Dennoch war der Übergang noch lange nicht beendet. Die Wachen nannten seine Sprache Dänisch, *dönsk tunga,* andere nannten dieselbe Sprache Nordisch, *norsk mal.* Dieselben Menschen bezeichneten sich an einem Tag als Dänen und am nächsten als Jüten. Shef war König der Ostangeln und Alfred der Westsachsen, aber beide Seiten würden zustimmen, dass sie unterm Strich Engländer waren. Die deutschen Stämme wurden von demselben Papst und der gleichen Königsfamilie regiert wie die fränkischen, aber sie betrachteten sich nicht als verbunden. Schweden und Gauten, Norweger und Gaddgedlar. Eines Tages müsste all dies auseinandersortiert und klargestellt werden. Den dringenden Wunsch danach gab es bereits. Aber wer würde diese Grenzen erfolgreich ziehen und auf einer höheren Ebene Gesetze einbringen, die über Horiks moralisches Verständnis von „gut fürs Geschäft“ hinausgingen?

Ohne große Überraschung beobachtete Shef den blonden Deutschen, der von außerhalb der Stadt auf sie zuging, jenen Mann, der heute Morgen den Schweden getötet und den Priestersklaven gerettet hatte. Horiks Wächter sahen ihn ebenfalls und reagierten ohne auch nur den Anschein von kriegerartiger Ruhe. Sofort versperrten ihm zwei mit gezogenen Schwertern und erhobenen Schilden den Weg, während die anderen vier auf zehn Fuß Entfernung die Wurfspeere hoben. Der Blonde lächelte, löste mit übertriebener Umsicht den Schwertgürtel und ließ ihn zu Boden fallen. Als der Befehlshaber der Wache ihm Anweisungen entgegenbrüllte, zog er auch seine Jacke aus, legte sie ab, schälte ein schweres Wurfmesser aus dem Ärmel und eine kurze Nadelspitze aus der Innenseite seines Stiefels. Ein Mann ging zu ihm vor und tastete ihn grob und gründlich ab. Schließlich traten sie widerwillig zurück und ließen ihn, noch immer mit erhobenen Wurfspeeren, vorbei. Als er die letzten paar Fuß auf Shef zuging, zog auch Karli sein Schwert und stand mit einer Haltung skeptischen Trotzes da.

Der Blonde sah, wie Karli das Schwert hielt, seufzte und setzte sich dann im Schneidersitz Shef gegenüber. Diesmal deutete sein Lächeln eine verborgene Komplizenschaft an.

„Mein Name ist Bruno“, bemerkte er. „Ich bin hier auf einer Mission vom Erzbischof von Hamburg-Bremen zu den Dänen. Lösen einige unserer Leute aus, wisst Ihr? Und man sagt mir, Ihr wärt der berühmte Shef Sigvarthsson, der Fluch des noch berühmteren Ivar.“ Er sprach Nordisch mit einem markanten Akzent, der den Namen „Sigvarth“ beinahe wie „Siegfried“ klingen ließ.

„Wer hat Euch das erzählt?“

Wieder das komplizenhafte und verständnisvolle Lächeln. „Tja. Wir Ihr erraten habt, war es Euer kleiner Landsmann, der Diakon Erkenbert. Er ist ein leidenschaftlicher Zeitgenosse und will nichts Gutes über Euch hören. Dennoch kann er nicht verhehlen, dass Ihr Schwert gegen Schwert mit Ragnarsson gekämpft und gesiegt habt.“

„Schwert gegen Hellebarde“, stellte Shef richtig. Er fügte keine weiteren Einzelheiten hinzu.

„Ach so. So ein Spiel gewinnt man nur selten. Aber Ihr benutzt seltsame Waffen. Darf ich einen Blick auf Euren Speer werfen?“

Bruno stand auf und betrachtete den Speer, den Karli neben Shef in den Boden gesteckt hatte, achtete sorgsam darauf, ihn nicht zu berühren, die Hände hinter dem Rücken.

„Eine ausgezeichnete Waffe. Neu geschmiedet, wie ich sehe. Ich interessiere mich für Speere. Und auch für andere Dinge. Darf ich sehen, was Ihr um den Hals tragt?“

Shef ignorierte das zweifelnde Knurren von Karli, zog den Anhänger mit dem Zeichen von Ríg hervor und ließ zu, dass Bruno, der sich wieder hingesetzt hatte, ihn genau musterte.
„Und wie würdet Ihr dies nennen?"
„Es ist ein *kraki*", sagte Shef. „Eine Stableiter. Eine Mittelstange mit Sprossen auf beiden Seiten. Es ist das Zeichen meines Gottes."
„Trotzdem glaube ich, dass Ihr als Christ getauft worden seid. Solch eine Schande, dass jemand, der dem wahren Gott angehören sollte, einem heidnischen Idol folgt. Verspürt Ihr nicht den Drang, erneut den Glauben zu wechseln? Vermutlich schon, wenn man bestimmte … Hindernisse … aus Eurem Weg räumen würde."
Zum ersten Mal während des Gesprächs lächelte Shef und entsann sich des Grauens, das ihm und den anderen durch die schwarzen Mönche widerfahren war, durch Wulfgar und Bischof Daniel. Er schüttelte den Kopf.
„Ich würde nicht erwarten, dass Ihr Eure Meinung gleich beim ersten Mal ändert, wenn es jemand vorschlägt. Aber lasst mich Euch zwei Dinge zum Nachdenken mitgeben", fuhr der Blonde fort.
„Eines ist dies: Ich zweifle nicht daran, dass all dieses Kämpfen und Rangeln aussieht, als ginge es um Land und Geld. Und so ist es auch! Horik wollte nicht, dass ich Euch bekomme, weil er dachte, er könne anderweitig ein besseres Geschäft machen. Außerdem will er uns auf keinerlei Weise stärken. Ich weiß, dass Ihr die englischen Königreiche auf Eure Seite der ketzerischen Freiheit für alle Götter gezogen habt, indem Ihr den Zehnten abgeschafft habt, den alle Menschen der Kirche zahlen müssen. Doch wie Ihr sicher wisst, liegt unter der Oberfläche dieses Kampfes etwas Tieferes verborgen. Ein Kampf nicht nur zwischen Menschen, sondern zwischen anderen Mächten."
Shef erinnerte sich an die seltsamen Bilder, die er gesehen hatte, an die verlockenden Stimmen seiner Beschützer und der ande-

ren Götter der fremdartigen Asgardwelt in seinen Träumen, und nickte langsam.
„Es gibt Mächte, bei denen für keinen Menschen je etwas Gutes herauskommt, wenn er sich mit ihnen einlässt. Unsere Kirche nennt sie Teufel und Dämonen. Ihr glaubt vielleicht, dies seien einfach nur Vorurteile der Kirche und sie schütze bloß ihr – wie heißt das Wort? – ihr Handelsmonopol auf die Rettung von Seelen. Nun, ich kenne die Priester auch, und auch ich verachte ihre Sorge um das Geld, um das Kaufen und Verkaufen von Dingen Gottes.
Aber ich sage Euch, Shef Siegfriedsson, von Krieger zu Krieger: Ein Wandel steht bevor, und es wird der Eine kommen, um ihn zu vollziehen. An diesem Tage werden die Königreiche niedergeworfen und in eine neue Form gegossen, und die Priester, ja, sogar die Erzbischöfe und der Papst, die glauben, sie würden sie beherrschen, werden beherrscht werden. An diesem Tage wollt Ihr nicht auf der falschen Seite stehen."
„Und woher soll irgendjemand wissen, welche die richtige Seite ist?", sagte Shef und bemerkte den leidenschaftlichen Glanz auf dem harten, steinernen Gesicht.
Als sie den Klang in Brunos Stimme hörten, rückten die Wächter näher heran, als würden sie einen plötzlichen Gewaltausbruch erwarten.
Brunos Gesicht nahm erneut ein unerwartetes und seltsam gewinnendes Lächeln an. „Oh, es wird ein Zeichen geben. Etwas recht Unverwechselbares, nehme ich an. Ein Wunder, eine Reliquie, etwas von Gott Gesandtes, das in der Welt wirkt, ein Anführer, der es nutzt." Er erhob sich, bereit, zu gehen.
„Ihr meintet, Ihr hättet mir zwei Dinge zu sagen", forderte Shef ihn auf. „Auf der richtigen Seite zu sein, wenn die Königreiche erschüttert werden, war das eine. Das andere?"
„Ach, ja. Natürlich. Ich muss Euch sagen, dass Ihr teilweise falsch liegt, was Euer Zeichen betrifft. Hoffentlich erkennt Ihr andere besser. Was Ihr um den Hals tragt, könnt Ihr im Nordischen ein

kraki nennen oder eine ‚Leiter' in Eurer Sprache und der meinen. Im Lateinischen allerdings … Ihr habt doch Latein von den Priestern gehört? Nun, sie würden es *graduale* nennen. Von *gradus,* einem Schritt, wisst Ihr?"
Shef wartete, nicht sicher, worauf er hinauswollte.
„Es gibt jene, die an das Heilige Graduale glauben. Die Franken nennen es den Heiligen Gral. Furchtbar, wie die Franken Latein sprechen – könnt Ihr Euch eine Sprache vorstellen, in der *aqua* zu *eau* wird? Ja, das Heilige Graduale – oder der Gral – ist das, was Ihr um den Hals tragt. Angeblich geht er mit der Heiligen Lanze einher, sagt man."
Bruno ging zu dem Haufen aus seinen Kleidern und Waffen, auf dem die ganze Zeit Wurfspeere gelegen hatten, und nahm sie langsam auf. Schließlich blickte er zu Shef hinüber, nickte zum Abschied und schlenderte friedlich zurück zur Stadt und zum Markt.
„Worum ging bei dem Ganzen?", fragte Karli argwöhnisch.
Shef antwortete nicht. Das Gefühl, unter Wasser zu sein, wurde immer stärker, als befände er sich mehrere Klafter tief, allerdings in klarem Wasser, sodass er alles sehen konnte. Während er weiterhin über die friedlichen Felder der Angeln blickte, spürte er einen Stich im Nacken, der ihm sagte, dass sein Blick gelenkt wurde. Über die grünen Felder, die Furchen und die sich kräuselnden Rauchfahnen aus den Hütten legten sich allmählich andere Bilder.

Er blickte immer noch genau auf denselben Ort, doch die Häuser von Haithabu waren nicht mehr da, es gab mehr Bäume, weniger Ackerland. Das sind die Angeln, wie sie waren, als die Engländer sie verließen, sagte ihm etwas. Zehn lange Kriegsschiffe fuhren in die Schlei ein, denen von Sigurth Ragnarsson recht ähnlich, aber anders, von primitiverer Bauweise: weder mit Masten noch mit Segeln, nur mit Rudern und von einer steiferen, verschrobeneren Konstruktion, ohne die lebendige Geschmeidigkeit eines voll entwickelten Wi-

kingerschiffes. Kriegskanus mit Dollen. Shefs Blick folgte ihnen, als sie flussaufwärts fuhren, einen Nebenarm fanden, dort entlang ruderten und in einen kleinen, flachen See hineinfuhren. Die Mannschaften schwärmten aus, wobei sie nie mehr als hüfttief im Wasser waren, verteilten sich über das Land, die Ersten kamen erst spät am Tag zurück, beladen mit Metall, mit Säcken und Fässern, Vieh und Frauen. Sie ließen sich bei ihren Schiffen nieder, entzündeten Feuer, als die Nacht hereinbrach, und begannen, die Rinder zu schlachten und die Frauen zu vergewaltigen. Shef sah unbewegt zu. Er hatte in der wirklichen Welt schon Schlimmeres gesehen ohne den Abstand durch eine Vision.

Die Männer des Landes waren nicht verschwunden, sondern nur geflohen, um ihre Waffen zu holen und ihre Kräfte zu vereinen. Jetzt hatten sie einen Anführer. Wo die Ruderboote in den See eingefahren waren, fällte er Bäume und warf sie ins Wasser, um den Ausweg zu versperren. Dann näherten sich die Menschen vom Land allmählich der Szenerie aus Vergewaltigung und Aufruhr. Pfeile schossen aus den Bäumen. Die Räuber unterbrachen ihre Belustigungen, rannten zu ihren Waffen, sammelten sich, um den Angriff abzuwehren. Einige Frauen entkamen, krochen in die Dunkelheit hinaus oder in das finstere Wasser des Sees. Andere wurden von fliegenden Pfeilen getroffen, von zornigen Räubern niedergemacht.

Die Menschen des Landes formten eine Linie und drangen mit erhobenen Schilden nach vorne. Die Räuber traten ihnen entgegen, beide Seiten hieben für einige Minuten über Schilde aus Lindenholz aufeinander ein, dann zogen sich die Landmenschen zurück. Wieder kamen Pfeile aus den Bäumen geschossen. Eine Stimme erscholl aus dem dunklen Wald und versprach, alle Räuber dem Kriegsgott zu überantworten, sie als Fraß für die Vögel an den Bäumen aufzuhängen. Die Räuber sammelten ihre Boote, versuchten bei Tagesanbruch, auf dem Weg zu fliehen, den sie gekommen waren, stießen auf die Barrikade aus wirr aufeinander liegenden Baumstämmen. Während eines langen Kampfes am Morgen sah Shef – beschleunigt, als kämpften zwei Heere aus Ameisen miteinander –, wie die Räuber geschla-

gen wurden, sich aufteilten, wie Decken über ihre Waffen geschleudert wurden, sodass die Überlebenden niedergeworfen oder zwischen ihren Schilden eingeklemmt wurden. Am Ende lagen zehn Kriegsschiffe mit zerhackten und zersplitterten Seitendecks am Rande eines schwarzen Morasts, und hundertzwanzig Gefangene mit grimmigen Gesichtern standen oder lagen daneben.

Die Sieger säuberten den Ort von Leichen und Waffen, brachten sie alle zu den gekaperten Schiffen, angetrieben von den Befehlen ihres Anführers. Shef erwartete zu sehen, dass man den Gefangenen Rüstungen und Wertgegenstände abnehm, die Beute aufteilte. Stattdessen begannen die Männer, Löcher in die Schiffsplanken zu schlagen. Sie trieben die erbeuteten Speere in Baumstämme und verbogen sie derart, dass die Eisenschäfte nutzlos wurden. Sie zerbrachen Bögen und Pfeile, schlugen Löcher in Bronzehelme, nahmen die Schwerter, erhitzten die Klingen im Feuer, damit sich ihre Härte auflöste, und dann rollten sie die Klingen mit Zangen zu verdrehten Spiralen auf. Schließlich wandten sie sich den Gefangenen zu, trieben sie einzeln zu einem Kessel, beugten jeden darüber, schnitten ihm die Kehle durch und ließen ihn ausbluten wie ein Michaelisschwein. Die Leichen wurden in den Booten gestapelt, zum Sinken hinaus auf den See gestoßen, die zerbrochenen Waffen am schlammigen Ufer liegen gelassen.

Alle gingen davon. Jahrelang blieb alles so, wie man es zurückgelassen hatte, der Ort wurde von allen gemieden, die Ausnahme bildeten vereinzelte eingeschüchterte oder wagemutige Kinder. Die Boote und Leichen und Waffen sanken langsam, von Maden zerfressen, in den dunklen Morast. Noch langsamer trocknete der See aus. Nun weideten dort Kühe, alle Erinnerungen an die Geschehnisse vor so langer Zeit waren gelöscht, sowohl bei den siegreichen Angeln, deren Nachfahren inzwischen weit entfernt auf der anderen Seite des Meeres lebten, als auch bei den Männern der Inseln, die niemals von dem gescheiterten Feldzug Nachricht erhalten hatten.

Und warum tun sie das?, fragte Shef sich überrascht. Der Umfang dessen, was er sah, veränderte sich; er blickte nicht länger auf realen

Boden, auf reale Geschichte, sondern schien stattdessen eine Zeichnung zu betrachten, eine Zeichnung, die sich bewegte. Die Sonne erhob sich über einer unscheinbaren Ebene. Nur war es keine Sonne, sondern ein Ball aus Feuer in einem Streitwagen, gezogen von Pferden. Die Pferde rannten schaumbedeckt und erschrocken davon. Hinter ihnen hetzte ein riesiger Wolf mit heraushängender Zunge über den Himmel, erpicht darauf, die Pferde niederzureißen und die Sonne zu verschlingen. Etwas sagte zu ihm: Wenn Sonne oder Mond verborgen ist, so fällt der Schatten eines Wolfes darauf. Eines Tages wird der Wolf sie einholen, und Blut wird vom Himmel regnen, bevor Sonne und Mond verlöschen.

Aus der Ebene wuchs ein großer Baum, schenkte Luft und Schatten und Leben an alle Welten unter seinem Geäst. Als Shef genauer hinsah, bemerkte er, dass der Baum sich ständig unter Schmerzen wand. Er konnte sehen, wie unter der Erde eine riesige Schlange an der Hauptwurzel nagte, während Gift aus ihrem Kiefer troff. Im Meer schwamm eine noch monströsere Schlange, die hin und wieder aufstieg, um ein Schiff unter vollen Segeln mit einem Schnappen ihres Kiefers in die Tiefe zu reißen. Tief unter der Schlange des Baumes und der des Meeres konnte Shef dank seines neuen Sehvermögens die trüben Umrisse einer noch riesigeren Gestalt erkennen, die an die Grundfesten der Welt gekettet war, aber sich vor Schmerz wand, sodass die Erde bebte. Auch sie wurde gequält, schlug beständig zurück, eines Tages würde sie ebenfalls freikommen und den Wolf des Himmels und die Schlange des Meeres antreiben.

Das ist die Welt, von der die Heiden wissen, dachte Shef. Kein Wunder, dass sie ihre Götter hassen und versuchen, sie durch Grausamkeit zu besänftigen. Auch ihre Götter haben Angst, selbst Odin Allvater fürchtet Ragnarök, weiß aber nicht, wie es abzuwenden ist. Wenn es einen besseren Pfad für die Heiden gäbe, würden sie ihn einschlagen. Er dachte an Thorvins Predigten über den Weg von Asgard. Dachte auch an den Weißen Christus, an das leidende Gesicht unter der Dornenkrone, die er einmal auf einer Holzstatue in der Kathedrale von Ely gesehen hatte, an König Edmund, der unter Ivars Meißel den Märtyrertod gestorben war. Etwas sagte ihm: Das ist allerdings nicht die ganze Geschichte. Nur ein Teil davon. Eines Tages wirst du die Welt vielleicht so sehen, wie die Christen sie sehen. Bis dahin erinnere dich daran. Erinnere dich an den Wolf am Himmel und die Schlange im Meer.

Die angenehme Wärme auf Shefs Rücken war vergangen. Als seine gewohnte Sicht zurückkehrte, stellte er fest, dass er noch immer mit weit aufgerissenem Auge und ohne zu blinzeln auf die Schlei hinausblickte. Die grünen Felder waren noch da, aber die Nachmittagssonne war verblasst, hinter Wolken verborgen. Seine Wachen hatten sich zurückgezogen und murmelten einander nervös etwas zu, während sie ihn anstarrten.

In seiner Nähe hockte ein Mann mit gebeugtem Knie und sah ihm eindringlich ins Gesicht. Shef erkannte das weiße Gewand und die Halskette aus Vogelbeeren, die einen Priesters des Weges kennzeichneten, bemerkte das silberne Boot, das zeigte, dass dies ein Priester von Njörd, dem Meeresgott, war.

„Ich bin Hagbarth", sagte der Priester. „Ich bin hier, um Euch nach Kaupang zu bringen. Meine Kollegen waren sehr gespannt darauf, Euch zu treffen, Euch auf eigenem Boden zu prüfen. Ein Glück für uns, dass Ihr von England hierher kamt." Er zögerte. „Wollt Ihr mir sagen, was Ihr gerade eben gesehen habt?"

„Nichts, außer der Welt, wie sie ist", sagte Shef.

„Es ist eine seltene Gabe, die Dinge so zu sehen, wie sie sind", erwiderte Hagbarth. „Und noch seltener bei hellem Tageslicht. Vielleicht seid Ihr der wahre Prophet, von dem Thorvin spricht, und nicht der falsche Bote von Loki, den andere verkünden. Ich werde Zeugnis für Euch ablegen. Wir müssen nun gehen."

„Zu Horiks Halle?"

„Und nach Kaupang."

Shef erhob sich vom Boden, steifer und verkrampfter, als er hätte sein sollen. Als er von dem Hügel hinunter in Richtung Haithabu stapfte, dachte er über das nach, was er gesehen hatte. War es sein eigener Verstand, der ihn hieß, das Angebot des Christen Bruno anzunehmen? War es eine Warnung, die ihm die wahre Natur der Welt zeigte, in die er eintrat, die Welt der Meereskönige, über einhundert Generationen lang geformt durch Blut und Schrecken?

Als sie den Stadtrand erreichten, sahen sie, wie ein Sklavenzug vorbeiging. Shef musterte sie, überrascht zu sehen, dass es für solch erbärmliche Menschen einen Markt geben sollte: alte Männer, alte Frauen, die hinkten, allesamt mit Gesichtern, die gezeichnet waren von einem Leben voller Mühe, lediglich Knochensäcke wie alte Ochsen, die nur noch gut waren zum Schlachten und für den Suppentopf.

„Sind die es wert, dass man sie zum Markt bringt?", fragte er.

„Die Schweden kaufen sie, um sie bei Uppsala zu opfern", sagte einer der Wachmänner. „Sommer und Winter, einhundert Ochsen, einhundert Pferde, einhundert Männer und Frauen, die sie opfern und in die großen Eichenhaine bei Uppsala hängen. Sie sagen, ohne das Opfer würde das Königreich der Schweden untergehen und der Himmel ihnen auf den Kopf fallen. Wenn man aus einem Thrall keine Arbeit mehr herauspressen kann, kann man sich auf diesem Wege immer noch eine letzte Bezahlung holen."

Ein anderer Wächter lachte. „Deswegen arbeiten alle Thralls auch so hart, wie sie nur können. Vielleicht sind wir diejenigen, die die Schweden bezahlen sollten."

Kapitel 9

Gegen den erstaunlich blauen Himmel hob sich die Gebirgskette in blendendem Weiß ab. Furche über Furche stürzte die Kette in das schwarze Wasser an ihrem Fuß – schwarz allerdings nur dort, wo der strömende Fluss eine Rinne offenließ. An anderen Stellen bedeckte dickes Eis das flache Gewässer in der Bucht und verband das Festland mit den Inseln, die vor der Küste verteilt lagen. Eine dünne Schicht frischen Pulverschnees bedeckte die Bäume auf den Inseln und das Eis zwischen ihnen. Wo der Wind den Schnee weggeweht hatte, lag das Eis, immer noch über mehrere Fuß dick, alt und durchsichtig da, hatte allerdings die Farbe der dunklen Tiefen darunter angenommen.
Shef und Karli blickten ehrfürchtig vom Bug des Langbootes. In dem Land, das sie verlassen hatten, war der Frühling schon weit fortgeschritten, waren die Knospen aufgegangen, und die Vögel sangen und bauten ihre Nester. Hier gab es kein frisches Grün, nur die düstere Traurigkeit der Nadelhölzer, und das helle Sonnenlicht schien lediglich von dem harten Schnee zurückgeworfen zu werden. Das Langboot bewegte sich nur noch langsam voran, nur unter Rudern und auch nicht schneller als mit Paddelgeschwindigkeit. Hagbarth hatte in der Nacht die Segel eingeholt, sobald er gespürt hatte, dass zu beiden Seiten Land zu sehen sein würde, sobald er wusste, dass sie sich innerhalb der tiefen Bucht befanden, die am Ende in die Stadt Oslo führte. Nun hörte die Mannschaft von Zeit zu Zeit das harte Klopfen von Eisbrocken, die gegen die brüchigen Bohlen des Bootes schlugen. Ein Matrose stand über ihnen auf dem Rand des Seitendecks, wo er sich nur mit einer Hand festhielt, während er nach außenbord blickte. Er rief dem Steuermann am Ruder kurze Anweisungen zu und lotste ihn von den größeren Eisklumpen weg, den kleinen Inseln, die mit dem Strom vom Land weggetrieben wurden.

„Keine große Gefahr durchs Eis im Spätfrühling“, hatte Hagbarth gesagt, als die Passagiere aus dem Süden beim Krachen unter ihren Füßen zum ersten Mal vor Schreck in die Luft gesprungen waren. „Wir werden aber trotzdem kein Risiko eingehen.“
Shef war ausgesprochen froh und Karli noch froher über die Rücknahme der Geschwindigkeit, nicht nur aus Angst vor dem, was sie am Ende ihrer Reise erwartete. Keiner der Männer, nicht einmal Shef, hatte je eine schnelle Fahrt mit einem Langschiff der Wikinger unternommen. Diese Erfahrung, so wurde Shef nun klar, unterschied sich völlig von dem behäbigen Watscheln der *Norfolk* entlang der holländischen Küste, von dem Übelkeit erregenden Schlingern, wenn man mit einem Fischerboot aus Yorkshire ausfuhr. Das Wikingerschiff, Hagbarths eigene *Aurvandill,* schien über das Wasser zu gleiten wie eine mächtige, geschmeidige Schlange. Jede Welle, die auf sie zukam, erhob sich weit über das Seitendeck, blickte hinab auf den unbedeckten Rumpf, schien mit Sicherheit mit der Wucht einer Überschwemmung darauf niederzugehen. Dann hob sich der Bug, kletterte empor, schien wie ein intelligentes Lebewesen zur anderen Seite hinüberzublicken und begann, geschmeidig nach unten zu gleiten, während der Achtersteven noch immer aufstieg. Nach einer Weile, als Shef allmählich seine Nerven wiedergefunden hatte, entdeckte er Karli, der dasaß und mit Schrecken auf die niedrigen Bohlen unterhalb der Wasserlinie blickte. Sie bewegten sich beständig, entfernten sich vom Spant des Schiffes und zogen sich dann zurück, lediglich zusammengehalten von einem Tauwerk aus verzwirbelten Wurzeln oder Flechsen. Häufig waren die Lücken so groß, dass ein Mann einen Fuß, eine Hand oder gar einen Kopf hindurchstecken könnte. In solchen Augenblicken schien es, als würden die Seitenbohlen überhaupt nur durch Gewohnheit zusammengehalten. Eine Weile danach saßen Karli und Shef beisammen, tief im Inneren überzeugt, dass das Meerwasser hindurchrauschen würde, wenn ihre angespannte Aufmerksamkeit nachließ.

Der Gedanke, irgendetwas könne gegen die Seiten schlagen, die dünn wie Eierschalen waren, war unerträglich. Shef hatte Hagbarth einmal gefragt, ob die Nordmänner jemals Pferde oder Ochsen von einem Ort zum anderen transportierten, und wenn ja, wie sie die Tiere davon abhielten, in Panik hin und her zu rennen. Hagbarth hatte gelacht. „Wenn man ein Pferd auf meine *Aurvandill* stellt“, sagte er, „so habe ich immer bemerkt, dass jeder Gaul, selbst der wildeste Hengst, sich einmal genau umsieht und dann sehr, sehr stillsteht.“ Shef konnte verstehen, wieso.

Und dennoch hatten sie sich beeilen müssen, Eis hin oder her, waren bei Tageslicht unter vollen Segeln gefahren und mit einer Geschwindigkeit unterwegs gewesen, die nur um Weniges unter dem vollen Galopp eines Pferdes oder dem schnellsten Sprint eines jungen Mannes lag, der kein Gewicht tragen und nicht mehr als eine Viertelmeile hinter sich bringen musste. Stunde um Stunde. Während der ersten zwölf Tagesstunden ihres ersten Tages, dachte Shef, waren sie über hundertfünfzig Meilen gereist, obwohl sie beständig laviert hatten und nicht unbedingt in gerader Linie unterwegs gewesen waren. In den zwei Nächten und zwei Tagen ihrer Reise waren es insgesamt vielleicht vierhundert. Vierhundert Meilen, die sie aus dem Frühling des flachen Dänemark in die beständige Kälte Norwegens und der Berge gebracht hatten.

Die ganze Fahrt über hatte Hagbarth erklärt, warum sie es so eilig hatten, und auf die unmittelbaren Gefahren hingewiesen, die sie auf beiden Seiten erwartete. Schiffe von König Horik hatten sie bei Nacht die Küste von Südjütland hinauf und durch den Großen Belt, die wässrige Kluft zwischen dem dänischen Festland und Odins eigener Insel Fünen, begleitet. Hier gab es keine großen Gefahren, hatte Hagbarth gesagt. Horik hat ein Übereinkommen mit König Gamli von Fyn. Doch dann, bei Sonnenaufgang und mit dem Abdrehen von Horiks Eskorte, hatten sie scharf ins Meeresinnere gewendet. König Arnodd von Aalborg, hatte Hagbarth erklärt. Nicht feindlich, macht Geschäfte wie jeder andere. Aber Teil seines Geschäfts ist das Plündern von Schiffen. Und zwar jeden ohne seine Genehmigung, der nicht mit ihm oder einem seiner Jarls verwandt oder einfach zu schwach ist, um sich zu wehren. Wie auch immer, er fühlt sich jetzt bedroht. Muss seinen Ruf wahren.

„Wer bedroht ihn?“, hatte Shef gefragt und sich bereits gewundert, ob der Seemannsgang, den er sich Wochen zuvor angewöhnt hatte, bei den plötzlichen Stößen der *Aurvandill* die Seekrankheit abhalten würde. Hagbarth hatte sorgfältig an Karli, der sich übergab, vorbeigespuckt und mit dem Daumen nach Steuerbord gezeigt, auf die trüben Umrisse von Fünen und Seeland.

„Die wirklichen Bastarde“, hatte er kurz angebunden gesagt. „Eure Freunde. Die Ragnarssons. Ihr Stützpunkt ist da drüben, die Braethraborg, und nicht einmal der Herrscher der Griechen persönlichen würde ihnen auf See begegnen wollen. Keine Sorge“, hatte er hinzugefügt, „soweit wir wissen, hat das Schlangenauge seine ganze Bande nach Süden geschickt, um Euch abzufangen, und bis jetzt sind sie noch nicht zurückgekommen. Wenn doch, dann würden sie ungefähr diese Spitze da drüben an Backbord umfahren. Es sei denn, sie haben sich genau vor uns von einer Küste zur anderen verteilt und so eine lange Linie gebildet.“

Selbst nachdem sie die Bedrohung durch Skaggerak überwunden hatten und nun mit dem Wind dwars zehn Meilen vor der Küste Südschwedens segelten, bestand Hagbarths Gesprächsthema aus einer langen Liste von menschlichen Bedrohungen: König Teit von Östergötland, König Vifil von Westergötland, Berichte über unabhängige Piraten vor den Wederinseln, Gerüchte über eine Flotte aus zerrütteten Männern aus Småland, die ihr Glück oben Richtung Norwegen versuchten, König Hjalti vom Gehöft und immerzu – zumindest hatte Hagbarth dies behauptet, wenngleich Shef inzwischen vermutete, dass er ihn absichtlich erschrecken wollte – die Möglichkeit, dass die gefürchteten Könige der Westförden ausnahmsweise ihre üblichen Raubgründe auf den atlantischen Inseln und gegen die Iren verlassen und

herkommen würden, um die Schweden zu belästigen, die ihnen verhasst waren.
„Kann sich in Eurem Land“, hatte Karli einmal blass vor Übelkeit und Schrecken gefragt, „jeder selbst zum König ernennen?“
„Nicht *jeder*“, hatte Hagbarth voller Ernsthaftigkeit geantwortet. „Es hilft allerdings, wenn man sich selbst als Gottesblut bezeichnen kann, und es gibt viele Leute, die dies prüfen. Wir zum Beispiel, wir Priester des Weges. Und es gibt einige, die zu stolz sind, um wegen ihrer Abstammung zu lügen, beispielsweise die Jarls von Hladir – wenn die von jemandem abstammen, dann müssen es Trolle sein.
Aber in der Regel ist es so, wenn man eine Flotte ausheben kann, sagen wir, ungefähr sechzig Schiffe, und einen Stützpunkt an Land finden kann, selbst wenn er nur eine Quadratmeile groß ist wie die Braethraborg – die Ragnarssons haben sie dem alten König Kolfinn von Seeland abgenommen und ihn herausgefordert, sie zurückzuerobern –, dann kann man sich selbst König nennen. Normalerweise sagen sie Meereskönig.“
„Und wie wird man König von sonstwo? Zum Beispiel vom Gehöft oder von Småland oder vom Misthaufen oder vom Fürderen Kuhstall?“, fragte Shef, dessen Gemüt durch die Angst angespannt war.
„Man muss von einem Thing anerkannt werden“, sagte Hagbarth kurz. „Am einfachsten ist es, wenn man sich mitten in die Lichtung stellt und sagt, man sei König und würde nun jeden besteuern. Wenn man aus der Lichtung herauskommt, ist man wahrscheinlich König. Gottesblut oder nicht.“
Die Spannung hatte sich erst zur Dämmerung dieses Tages gelöst, als Hagbarth, der beim ersten Lichtschimmer vorsichtig um sich blickte, erklärte, sie hätten die Gewässer der norwegischen Könige Olaf und Halvdan erreicht.
„Könige von Norwegen?“, hatte Shef gefragt.
„Könige von Østfold und Vestfold“, antwortete Hagbarth. Jeder von einem, aber Mitkönige von beiden. Und schaut nicht so: Was

ist mit Euch und Alfred? Ihr seid nicht einmal Brüder. Das heißt, Halbbrüder."

Jede weitere Debatte war unterbunden worden, als zu beiden Seiten stark bemannte Kriegsschiffe mit gehissten langen Wimpeln auftauchten, jedes anderthalb Mal so groß wie die *Aurvandill*. Shef wusste genug über die Seefahrt, um zu erkennen, dass diese Schiffe ausschließlich zur Verteidigung der Küste eingesetzt wurden, da sie sich aufgrund ihrer genieteten Kiele nicht für Fahrten auf hoher See oder in stürmischem Wind eigneten, aber durchaus in der Lage waren, für eine kurze Zeit Hunderte von Kriegern aufzunehmen, ohne Essensrationen oder Wasser mitführen zu müssen.

Als das Eis zu beiden Seiten dichter heranrückte, kamen die Schiffe näher und bildeten schließlich achtern eine Reihe, wobei jedes Schiff sanft in den Strudel hineinpaddelte, den das vorherige verursachte, wenn die Ruder in das dunkle Wasser eintauchten und anzogen.

Vor sich konnte Shef etwas erkennen, das wie eine bedeutende Kleinstadt wirkte. Viele Blockhäuser, aus denen durchweg Rauchschwaden aufstiegen. Im Zentrum erhob sich eine große Halle mit Hörnern, die aus First und Giebel herausragten. Weiter entfernt, außerhalb der Stadt, aber unterhalb des Gebirges, konnte er mit seinem scharfen Auge eine Ansammlung größerer Gebäude sehen, manche seltsam geschnitten, aber alle halb hinter den Tannen verborgen. Wo die Stadt sich zum Ufer hinab erstreckte, lagen Dutzende von Booten aller möglichen Größen an Stegen. Und auf dem größten und längsten Steg konnte er etwas erkennen, das aussah wie ein Empfangskomitee. Oder eine Gruppe von Gefängniswärtern. Shef blickte sehnsüchtig zu den Inseln hinüber, die dicht gedrängt zur Linken lagen. Inzwischen war das Eis kaum fünfzig Yards entfernt. Dann nur noch wenige Hundert Yards bis zum Land, und auf jeder Insel Rauchschwaden, die Obdach und Wohnstatt signalisierten.

Alles unter der Herrschaft der Mitkönige, von welcher Fold auch immer. Wenn das Herz nicht stehenblieb, sobald man das eiskalte Wasser berührte. Wenn man nicht steifgefroren war, sobald man herauskam.

Erst im Nachhinein begriff Shef, dass er selbst kaum eine königliche Figur abgab. Er hatte die Fahrt in genau demselben Hemd, denselben Hosen und Lederschuhen angetreten, die er andauernd getragen hatte, seit er sich zwei Wochen zuvor ans Ufer von Dithmarschen gekämpft hatte: voller Schlamm, salzverkrustet, verschmiert mit seinem Blut und dem des Wikingers, den er auf den Sandbänken getötet hatte, mit einer zweiwöchigen Ansammlung aus Teerflicken, verschütteter Brühe und Schweiß. Es war nicht schlimmer als das, was er in seiner Kindheit in den Sümpfen von Norfolk getragen hatte; aber Wikinger waren, wie er festgestellt hatte, reinlicher als Engländer oder zumindest als englische Knechte. Nur Karli saß neben ihm, wenn es Essen gab. Als sie weiter nach Norden gesegelt waren und der Wind schärfer blies, hatte Hagbarth ihnen dicke Decken zugeworfen, in die sie sich nun einwickelten.

Als Kontrast zu ihrer eigenen Schmutzigkeit erkannte Shef auf dem Anlegesteg blutrote Umhänge, glänzende Rüstungen, polierte Schilde, die das Sonnenlicht reflektierten, und am Wasserrand eine massive Gestalt in der blendend weißen Kleidung eines Priesters des Weges, die mit dem Schnee dahinter wetteiferte. Shef fuhr sich erfolglos mit einer Hand durchs Haar, löste dabei eine Laus und wandte sich ratsuchend zu Hagbarth. Dann drehte er sich wieder um, erfüllt von einer plötzlichen, unglaublichen Freude.

Eine Gestalt dort am Ufer stach sogar aus all den hochgewachsenen Schemen um sie herum heraus. Ganz sicher, das musste Brand sein. Shef blickte rasch den Steg entlang und bemerkte, dass sich dort noch weitere Männer zusammendrängten, kleiner als der Rest, wohingegen Brand größer war. Und einer von ihnen war in einem hellen Scharlachrot erschienen – es war die Seidentunika, die der ehemalige Sklave Cwicca zu besonderen Anlässen trug. Da Shef nun wusste, wonach er zu suchen hatte, konnte er sie problemlos erkennen: Brand stand ganz vorne, Guthmund der Gierige neben ihm und in einer unauffälligen Gruppe dahinter Cwicca und Osmod, der Hellebardenhauptmann, sowie ein Trupp ihrer Schiffskameraden. Shef sah wieder zu den weißen Hemden und Mänteln der Priester des Weges, die ganz am Rand des Anlegesteges standen. Ja, Thorvin war dort unter ihnen, ebenso Skaldfinn und Hund. Allerdings waren sie zahlenmäßig einer Ansammlung anderer Priester unterlegen, von denen einer, eine Gestalt nahe der Front, beinahe so groß war wie Brand. Zudem gab es noch eine weitere Gruppe, die sowohl von den Priestern als auch von Brand und seinen Freunden entfernt stand. Ein Windstoß aus den Bergen erfasste die Wimpel, die die Standartenträger hielten, und einen Augenblick lang sah Shef den Hammer des Weges, weiß auf schwarz, und bei der Gruppe, die er nicht zuordnen konnte, einen blauen Wimpel mit einem seltsamen Muster, das er nicht erkannte. Er blickte mit einer stummen Frage zu Hagbarth.

„Dies ist das Greiftier", sagte Hagbarth, nun mit leiser Stimme, da der Steg nur noch fünfzig Yards entfernt war.

„Von König Halvdan? Oder König Olaf?"

„Weder noch", sagte Hagbarth mit einem Anflug von Grimm. „Von Königin Ragnhild."

Die Matrosen warfen die Ruder von sich, ließen sie klappernd auf den Boden des Schiffes fallen. Von Bug und Heck flogen Seile, wurden aufgefangen und um Pfähle aus Baumstämmen geschlungen. Die *Aurvandill* kam langsam seitlich des Steges zum Stehen. Die Landungsbrücke wurde hinübergeschlagen.

Shef zögerte, da ihm sein Aussehen peinlich war. Ihm gegenüber blickte der hochgewachsene, unbekannte Priester nach unten, offenbar mit einem Ausdruck von Verachtung und Misstrauen auf dem Gesicht. Shef erinnerte sich an das letzte Mal, als er einem Feind auf einem Landungssteg gegenübergestanden hatte: als er Ivar, den Streiter des Nordens, getötet hatte. Niemand sonst konnte das von sich behaupten. Nachdem er die Decke abgelegt und den Speer „Gugnir" aus Karlis Hand entgegengenommen hatte, trat er auf die Landungsbrücke und schlenderte darüber, um den Priester zum Zurückweichen zu zwingen.

Als er das andere Ende erreichte, stieß ein Arm so dick wie der Fuß eines Mastes den Priester stumm beiseite und Brand bahnte sich einen Weg nach vorne; er hielt ihm einen gewaltigen Pelzumhang entgegen, der aus dem Fell eines weißen Bären gefertigt war und dessen Brosche und Kette aus Gold bestanden. Sogleich warf er ihn Shef über und befestigte die Kettenglieder. Dann beugte er ein Knie, woraufhin sich sein Gesicht immer noch knapp unter Shefs Augenhöhe befand.

„Heil, König von Ost- und Mittelanglien!", rief er.

Auf dieses Signal hin jubelten Cwicca und seine Kameraden sowie die weiter hinten stehenden Mannschaften der *Walross* und der *Seemöwe* und ließen ihre Waffen klirren. Brand, der noch nie in seinem Leben auf die Knie gegangen war, blinzelte mit einem Auge und ruckte fast unmerklich mit dem Kopf in Richtung der anderen auf dem Anleger. Shef verstand den Hinweis und drehte sich zu Hagbarth um, der ihm über die Landungsbrücke gefolgt war.

„Ihr dürfte Eure Kameraden vorstellen", sagte er gebieterisch.

„Nun, dies ist …ähm … König Shef, darf ich Euch Valgrim den Weisen vorstellen, Oberhaupt der Schule des Weges und Priester von Odin. Valgrim, dies ist …"

Valgrim achtete nicht auf ihn. Mit einem bösen Blick zu Brand streckte er eine Hand aus, packte den Speer, den Shef festhielt, und drehte ihn so, dass er die Runen darauf lesen konnte. Einen Augenblick später ließ er den Speer los, drehte sich um und ging wortlos davon.

„Das hat ihm gar nicht gefallen", murmelte Brand. „Was bedeuten die Runen?"

„Gugnir. Das ist sowieso nicht mein Speer, ich hab ihn Sigurth Ragnarsson abgenommen."

Die meisten anderen Priester des Weges waren ihrem Anführer gefolgt und ließen Thorvin und Hund zurück. Als sie fortgingen, bemerkte Shef, wie die andere Gruppe unter dem blau-silbernen Banner auf sie zukam. Er blickte hinauf: Ein seltsames Muster, ein Tier mit einem zähnefletschenden Gesicht, das sich scheinbar mit einer Pfote selbst erwürgte, während es mit der anderen sein Fußgelenk festhielt. Er senkte die Augen und fand sich von Angesicht zu Angesicht mit der beeindruckendsten Frau wieder, die er je gesehen hatte.

Er hätte sie sich nicht als schön vorgestellt, hätte jemand sie beschrieben. Seit seiner Kindheit hatte Shef seine Vorstellung von Schönheit an Godive gemessen: groß, jedoch von schlanker Gestalt, mit braunem Haar, grauen Augen und der vollkommenen Hautfarbe, die sie von ihrer irischen Mutter geerbt hatte, die eine Sklavin und Konkubine gewesen war. Wenn Godive ein geschmeidiger Leopard war, so war diese Frau im Vergleich dazu ein Tiger: so groß wie Shef, mit breiten Wangenknochen und großen, grünen Augen, die weit auseinander standen. Ihre Brüste quollen aus dem dunkelgrünen Gewand, das sie trug, und beim Gehen zeichneten sich ihre Hüftknochen darunter ab. Zwei lange Zöpfe umrahmten ihr Gesicht und fielen über ihre Schultern, zusammengehalten von einem schweren Goldreif, den sie tief auf der Stirn trug. Sie war keine junge Frau mehr, wie Shef verspätet erkannte, sondern doppelt so alt wie Godive. An ihrer Seite ging ein junger Bursche, vielleicht zehn Jahre alt.

Verwirrt und nicht gewillt, sich dem Blick der Frau zu stellen, ließ er sich auf ein Knie nieder, war nun auf Augenhöhe mit dem Knaben.

„Und wer bist du?“

„Ich bin Harald, Sohn von König Hálfdan und Königin Ragnhild. Was ist mit Eurem Auge passiert?“

„Jemand hat es mit einer heißen Nadel herausgerissen.“

„Hat es wehgetan?“

„Ich bin in Ohnmacht gefallen, bevor es zu Ende war.“

Der Knabe sah ihn verachtungsvoll an. „Das war nicht *drengili-gr.* Krieger fallen nicht in Ohnmacht. Hast du den Mann getötet, der es getan hat?"
„Ich habe den Mann getötet, der dafür verantwortlich war. Der Mann, der es getan hat, steht dort drüben, zusammen mit demjenigen, der mich festgehalten hat. Sie sind Freunde."
Der Knabe sah verblüfft drein. „Wie können sie Freunde sein, wenn sie Euch geblendet haben?"
„Manchmal nimmt man von seinen Freunden etwas an, das man von seinen Feinden nicht annimmt."
Erst da bemerkte Shef verspätet, dass die Hüfte der Mutter des Jungen nur wenige Zoll von seiner blinden Seite entfernt war. Er kam wieder auf die Füße, wobei er sich der starken weiblichen Wärme bewusst war. Hier auf dem Anlegesteg und von Dutzenden von Männern umgeben konnte Shef fühlen, wie seine Männlichkeit sich rührte – etwas, das alle Frauen in Dithmarschen trotz ihrer Mühen nicht vollbracht hatten. Im nächsten Augenblick verspürte er den Drang, sie auf das Holzdeck zu werfen – wenn er stark genug dazu wäre, was er bezweifelte.
Die Königin musterte ihn prüfend und war sich augenscheinlich bewusst, wie er sich fühlte. „Also werdet Ihr kommen, wenn ich Euch rufe", sagte sie, dann wandte sie sich ab.
„Wie die meisten Männer", murmelte Brand in Shefs Ohr.
Während er zusah, wie das grüne Gewand sich in voller Pracht in Richtung des Schnees zurückzog, hörte Shef über Brands Stimme einen Laut, den er früher trotz aller Ablenkungen mitbekommen hätte: das Kling-Kling, Dong-Dong leichter und schwerer Hämmer, die in einer Schmiede arbeiteten. Und noch weitere Geräusche, die er nicht zuordnen konnte.
„Es gibt viel, was wir dir zeigen möchten", sagte Thorvin und ging endlich auf seinen früheren Schüler zu.
„Gerne", sagte Brand. „Aber zuerst das Badehaus. Ich kann die Läuse in seinem Haar sehen und es ekelt mich an, auch wenn Königin Ragnhild Gefallen daran findet."

„Er ist an Land stolziert mit einem Auge und einem Speer in der Hand mit den Runen ‚Gugnir' darauf", knurrte Valgrim. „Was muss er sonst noch tun, um sich selbst zu Odin zu erklären? Ein achtbeiniges Pferd reiten? Er ist ein Gotteslästerer!"
„Viele Männer haben nur ein Auge", erwiderte Thorvin. „Und was die ‚Gugnir'-Runen angeht, so hat er sie nicht eingravieren lassen. Er besitzt den Speer allein deswegen, weil Sigurth Schlangenauge ihn nach ihm geschleudert hat. Wenn jemand ein Gotteslästerer ist, dann Sigurth."
„Du hast uns erzählt, als er zum ersten Mal vor zwei Wintern aus dem Nichts vor dir aufgetaucht ist, hätte er gesagt, er käme aus dem Norden."
„Ja, aber er meinte einfach nur, dass er aus dem Norden seines Königreiches kam."
„Und dennoch hast du es vor uns so dargestellt, als sei dieser Zufall der Beweis dafür, dass er der Eine ist, den wir erwarten. Dass er der Eine ist, der aus dem Norden kommen wird, um die Christen niederzuwerfen und die Welt auf einen besseren Pfad zu führen. Wenn diese Nachäffung Odins ein Zufall war, dann war auch das, was er zu dir gesagt hat, Zufall. Doch wenn das, was er zu dir gesagt hat, ein Zeichen der Götter ist, dann ist auch dies ein Zeichen. Er schwingt sich dazu auf, Odin zu sein. Und ich, Priester Odins an dieser Schule, ich sage, dass er daher nicht in der Gunst Odins stehen kann. Hat er nicht das Opfer an Odin verweigert, als das christliche Heer seiner Gnade ausgeliefert war?"
Thorvin verfiel in Schweigen, da er keine Möglichkeit sah, Valgrims Logik zu umgehen.
„Ich kann euch sagen, dass er jemand ist, der Visionen hat", warf Hagbarth ein. „Und nicht nur im Schlaf."
Die zuhörenden Priester, ein Dutzend, die beisammen standen, blickten ihn interessiert an. Sie hatten weder einen heiligen Kreis gebildet noch die heilige Kordel aus Vogelbeeren um den Speer und das Freudenfeuer gelegt. Was sie sagten, war nicht von besonderer Autorität, wurde nicht unter der Führung der Götter

gesprochen. Trotzdem war es ihnen nicht verboten, von heiligen Dingen zu sprechen.

„Woher weißt du das?“, knurrte Valgrim.

„Ich habe ihn in Haithabu gesehen. Er saß auf einem Hügel außerhalb der Stadt, einem Grabhügel, der Ruhestatt eines alten Königs. Man sagte mir, er hätte den Weg dorthin spontan angetreten.“

„Das bedeutet nichts“, sagte Valgrim. Verächtlich zitierte er Zeilen aus einem traditionellen Gedicht aus der Vergangenheit:

„Der Bastard alsdann saß auf dem Grab,
als die Fürsten die Beute teilten.“

„Bastard oder nicht“, fuhr Hagbarth fort, „ich sah ihn mit weit offenen Augen, er sah nichts und reagierte auf niemanden. Als der Anfall vorüber war, fragte ich ihn, was er erblickt hatte, und er antwortete, er sähe die Dinge, wie sie wären.“

„Wie sah er aus, der ihn der Anfall überkam?“, fragte ein Priester, der das Zeichen von Uller, dem Jagdgott, um den Hals trug.

„Wie er.“ Hagbarth zeigte mit dem Daumen auf den am meisten respektierten Priester der Versammlung, auf Vigleik mit den Visionen, der am Ende des Tisches saß, ohne etwas zu sagen.

Langsam rührte sich Vigleik. „An eines müssen wir uns noch erinnern“, trug er an. „Den Beweis von Farman, Priester Freyas, unser Bruder, der noch immer in England ist. Er sagt – und er ist ein Mann von großer Einsicht –, dass er vor zwei Wintern im Lager der Ragnarssons war, um nach neuem Wissen zu suchen und zu prüfen, ob sogar unter der Brut Lokis der Eine sein könnte, den wir erwarten. Er hatte Thorvins Lehrling gesehen, den sie heute Shef nennen“, im Gegensatz zu den meisten Nordmännern konnte er den „Sch“-Laut am Anfang des Namens aussprechen, „aber er erkannte ihn nicht, hielt ihn lediglich für einen englischen Ausreißer. Doch am Tag nach der großen Schlacht mit König Jatmund hatte er ebenfalls eine Vision – bei Tageslicht. Eine Vision der Götterschmiede. Darin sah er Thorvins Lehrling in der Gestalt und am Platz von Wölund, dem lahmen Schmied. Und er sah, wie Odin zu ihm sprach. Allerdings sagte Farman mir, dass Odin ihn nicht unter seinen Schutz nahm. Es mag also sein, dass Valgrim, der Priester Odins, ihn zu Recht fürchtet. Es könnte andere Pläne geben als die Odins."

Valgrims Brust schwoll vor Zorn an, sowohl aufgrund des Zweifels an Odins Plänen als auch aufgrund des Gedankens, er könnte der Furcht anheimfallen. Er wagte es nicht, Vigleik zu widersprechen. Unter den Priestern, die sich aus ganz Norwegen und den anderen skandinavischen Ländern in der Schule versammelt hatten, kannten mehr Vigleik den Seher als Valgrim den Weisen – weise in Bezug auf die Gepflogenheiten der Könige und die Kunst des Regierens. Eine der Künste des Regierens lag darin, zu schweigen, bis der richtige Augenblick kam.

„Wir werden eventuell Führung erhalten", sagte er friedfertig.

„Durch wen?", fragte ein Priester aus Ranrike im Norden.

„Durch unseren geheiligten Kreis, sobald die Zeit kommt, ihn zusammenzurufen."

„Außerdem", sagte Vigleik, „von König Olaf, wenn wir Glück haben. Er ist der weiseste unter den Königen der Erde, wenn auch nicht der glücklichste. Ich schlage vor, wir laden ihn ein, an unserer Versammlung teilzunehmen, außerhalb des Kreises zu sitzen. Er ist nicht der Eine, obgleich wir einst glaubten, er könnte es sein. Wenn jedoch irgendjemand einen wahren König erkennen kann, dann er."

„Ich dachte, Olaf Geirstad-Alfr sei tot", raunte der Priester aus Ranrike einem seiner Landsleute aus der hintersten Provinz zu.

Shef hatte sich von Kopf bis Fuß in einer Wanne mit heißem Wasser gewaschen, sein Haar war kurz geschoren und immer wieder mit Lauge abgeschrubbt worden. Nun ging Shef vorsichtig über den alten, festgedrückten Schnee im Hof der Schule. Seine Kleidung war fortgebracht worden und ersetzt durch ein Hanfhemd und eng anliegende, wollene Unterhosen, eine dicke Wolltunika und darüber Hosen. Brand hatte den Bärenfellmantel wieder an sich genommen und gemurmelt, sollte er Läuse darin finden, würde er Shef ausschicken, um einen neuen zu erjagen, hatte ihn aber durch einen hausgesponnenen Umhang ersetzt. Seine Goldreife glänzten wieder auf Shefs Bizepsen, wenngleich er sich geweigert hatte, den Stirnreif der Königswürde wieder auf sein geschorenes Haupt zu setzen. Er ging unbeholfen in einem Paar dicker Winterstiefel, die er von Guthmund geliehen hatte und die mit gewickelten Stofffetzen ausgelegt waren. Trotz der Kälte und des Schnees war ihm zum ersten Mal seit Tagen warm.

Udd, der kurzgeratene Meister des Stahls, hielt mit ihm Schritt. Nach dem groben Administrationsakt durch Brand hatte Shef Cwicca und den Rest seiner Truppe von Getreuen begrüßt, ihnen den misstrauisch und finster dreinblickenden Karli übergeben und ihnen erklärt, sie sollten ihn als neuen und geschätzten Rekruten betrachten. Dann hatte er entdeckt, dass abseits Udd stand, der wie immer die Zähne nicht auseinander bekam. Man bemerkte Udd nur, wenn er irgendetwas zu sagen oder zu zeigen hatte. Es hatte dann sicherlich etwas mit Metall zu tun. Shef entsann sich der Schmiedegeräusche, die er auf dem Anleger gehört hatte, klopfte Udd auf die Schulter, ermahnte Karli ein letztes Mal, er solle sich benehmen, und folgte Udd ins offene Gelände. Cwicca und die anderen ehemaligen Sklaven aus England, die in dieses unbekannte Land im Norden gekommen waren, hatten prompt die Tür zugeschlagen, jegliche Ritze verkeilt, die sie finden konnten, und waren zu ihrer üblichen Gewohnheit zurückgekehrt, sich um das Feuer zu scharen und so viel tierische Wärme zu ergattern wie möglich.

Udd ging nicht zu dem Ort zu, von dem die vertrauten Schmiedelaute kamen, sondern zu einem kleinen Haus, das abseits der stark frequentierten Hallen und Schlafsäle stand. Während sie gingen, schoss plötzlich eine Gestalt mit einer solchen Geschwindigkeit vorbei, dass niemand hätte mithalten können. Shef sprang zur Seite, tastete ungeschickt nach dem Schwert an seinem Gürtel und sah die Gestalt den Abhang hinunter und auf die Siedlung weit unten zu fegen.

„Was war das?“, keuchte er. „Laufschuhe? Auf dem Schnee? Hügelabwärts?“

„Sie nennen sie Skier“, sagte Udd. „Oder Skiläufer oder so was. Holzbretter, die man sich an die Füße bindet. Die benutzen alle hier oben. Komisches Völkchen. Aber seht Euch das an.“ Er stieß die Tür auf und führte Shef in eine leere Hütte.

Ein paar Augenblicke lang konnte Shef im dunklen Inneren nichts erkennen. Dann, als Udd unbeholfen einen Fensterladen öffnete, sah er ein schweres Steinrad, das in der Mitte der Hütte lag. Als sich sein Auge an das Halbdunkel gewöhnt hatte, erkannte Shef, dass dort in Wirklichkeit zwei Räder lagen, eines auf dem anderen. Eine Art Maschine.

„Was machen die?“, fragte er.

Udd hob eine Falltür, zeigte auf einen Kanal unter der Hütte. „Wenn der Schnee schmilzt, verläuft hier ein Strom. Seht Ihr das Rad da unten? Mit den Schaufeln dran? Wasser fließt, dreht die Schaufeln. Achse an dem Rad dreht die beiden darüber. Die Flächen, die einander berühren, sind mit Furchen versehen. Tut Getreide rein. Getreide wird gemahlen.“

Shef nickte und erinnerte sich an das monotone Geräusch, das die alte Frau in der Hütte in Dithmarschen beim Mahlen von Korn erzeugt hatte, an die Arbeit, die niemals aufhörte, die Arbeit, die Krieger hassten.

„Geht viel schneller als bei den Frauen mit Stößel und Mörser“, fügte Udd hinzu. „Vergesst nicht, seit wir hierher gekommen sind, ist alles zugefroren. Sie sagen, wenn es arbeitet, mahlt es so viel Getreide, wie vierzig Frauen an einem Tag erarbeiten. Die Leute kommen aus der Stadt rauf und bezahlen die Priester für die Nutzung.“

Shef nickte wieder und überlegte, wie die Mönche des Heiligen Johannes oder des heiligen Petrus solch ein zusätzliches Einkommen zu schätzen gewusst hätten. Er sah das Potenzial in dieser Vorrichtung. Udds Interesse aber konnte er nicht verstehen. Es war allgemein bekannt, dass der kleine Mann sich um nichts scherte außer Metall. Es war besser, ihn nicht zu hetzen. Schweigend führte Udd seinen König aus der Hütte und den Abhang hinunter zu einem zweiten Schuppen.

„Das ist wie die zweite Sprosse", sagte er mit einem kurzen Blick auf Shefs Leiteremblem. „Und das ist uns zuzuschreiben. Versteht, schon seit dem letzten Jahr sind die Priester hier fasziniert von dem, was sie über unsere Katapulte gehört haben. Cwicca und seine Kameraden haben schon ein paar davon gebaut, um ihnen zu zeigen, wie wir's machen. Aber die Idee mit den kleinen Rädern hatten sie schon vorher – mit den Zahnrädern, wisst Ihr? Und ein Priester, der bei der Mühle gearbeitet hat, kam auf die Idee, wirklich große Zahnräder zu verwenden, nicht zum Spannen von Katapulten, sondern um eine ganz andere Mühle zu bauen."

Die beiden erreichten das zweite Haus. An dessen Wand war ein weiteres großes Holzrad mit Schaufeln befestigt, das genau dem Ersten glich, allerdings war es senkrecht und nicht waagerecht in die vom Schnee bedeckte Schlucht gesetzt. Es war klar, dass das Wasser dieses Rad noch effektiver und mit besserem Bezug drehen würde. Aber welchen Zweck hatte eine Achse, die zwei waagerechte Mühlsteine drehte? Das Getreide würde geradewegs hindurchrinnen und überhaupt nicht gemahlen werden. Es war das Gewicht des Steins, welches das Mahlen übernahm.

Noch immer schweigend führte Udd Shef hinein und zeigte auf das Getriebe. Am Ende der Mühlradachse war senkrecht ein enormes Zahnrad aufgesetzt. Seine Zähne griffen in die eines passenden, waagerechten Rades, das an einer stabilen Achse aus Eichenholz angebracht war. Darunter, auf derselben Achse, die zwei bekannten Räder aus Stein. Darüber zeigte ein Trichter an, wo ein Mann stehen würde, um säckeweise Samenkerne einzufüllen.

„Ja, Herr, das ist gut durchdacht. Was ich aber sagen wollte: Es gibt etwas, das damit zu tun hat und woran die Leute hier noch nicht gedacht haben. Versteht, Herr", Udd senkte die Stimme, obwohl niemand in der Nähe war, nicht einmal im Umkreis von

einer Achtelmeile, „was ist unser Problem mit Eisen? Ich meine, mit der Herstellung?"
„Das Hämmern", sagte Shef.
„Wie lange braucht ein Mann, um fünfzig Pfund aus, sagen wir, der fünffachen Menge Erz herauszuhämmern?"
Shef pfiff, während er sich an die Stunden erinnerte, die er damit verbracht hatte, die Schlacke aus seinem ersten selbst hergestellten Schwert herauszuschlagen. „Zehn", schätzte er. „Hängt davon ab, wie stark der Schmied ist."
„Darum müssen Schmiede stark sein", stimmte Udd zu und blickte an seiner eigenen mickrigen Gestalt hinab. „Ich könnte niemals einer sein. Aber dann dachte ich, wenn die Mühle die Arbeit von vierzig Frauen machen kann, die sich beim Mahlen abplagen, könnte sie dann nicht auch die Arbeit von, sagen wir, zwanzig Schmieden verrichten?"
Shef spürte langsam das vertraute, warnende Kribbeln in seinem Hirn. Viele kluge Köpfe arbeiteten hier, wie sie daran gearbeitet hatten, die Katapulte zu bauen, die mit Winden gespannten Armbrüste. Einige Priester des Weges hatten an Wassermühlen gedacht. Irgendein längst toter Römer hatte die Zahnräder hinterlassen. Shef und seine Mannschaft hatten die Katapulte nachgebaut. Und nur durch Hörensagen waren ein paar Priester darauf gekommen, wie man in anderem Ausmaß die Kraft in der Strömung eines Flusses auf die benötigte Arbeit übertragen konnte. Nun hatte Udd diesen Gedankengang auf seine eigene Besessenheit zurückgeführt. Es war, als seien auch Menschen Zahnräder, von denen eines in das andere griff, ein Hirn das nächste drehte.
„Wie könnten Räder aus Stein Eisen mahlen?", fragte er vorsichtig.
„Tja, Herr, was mir eingefallen ist, ist dies." Udd senkte die Stimme noch weiter. „Was alle immer denken, klingt ungefähr so: Ein Rad treibt ein Rad an. Aber ich dachte: Was, wenn nicht? Was, wenn es etwas mit einer anderen Form antreibt? Und etwas viel,

viel Größeres? Ihr seht, die Achse dreht sich hier. Dreht ein Gebilde wie dieses. Das Gebilde dreht sich, und die ganze Zeit, in der es sich dreht, hebt es ein schweres Gewicht, so schwer wie ein Mühlrad. Nur eben kein Mühlrad, sondern einen Hammer. Aber wenn es diesen Punkt erreicht, hebt es kein Gewicht mehr. Stattdessen fällt der Hammer. Ein wirklich schwerer Hammer, ein Hammer, den keine sechs Schmiede heben könnten, nicht einmal wenn sie so stark wären wie Brand. Und er hämmert so schnell, wie sich die Achse auf dem Mühlrad dreht. Wie lange würde es dann dauern, bis fünfzig Pfund Eisen ausgehämmert sind? Fünfhundert Pfund?"

Das fahle Gesicht des kleinen Mannes strahlte vor Erregung, der Begeisterung des Erfinders. Shef fühlte es ebenfalls, und ihn juckte es in den Fingern, mit der Arbeit zu beginnen.

„Hör zu, Udd", sagte er und versuchte, einen kühlen Kopf zu bewahren. „Ich verstehe nicht, wie du dir das Gebilde, das sich heben und fallen soll, vorstellst."

Udd nickte energisch. „Darüber denke ich jede Nacht in meiner Koje nach. Was wir brauchen, glaube ich, ist etwas wie das hier ..."

Auf dem Boden der Hütte, dessen Bohlen mit einer dünnen Schicht von Schnee bedeckt waren, der unter der verzogenen Tür hindurch heineingeweht war, fing Udd an, den Querschnitt einer hin- und hergehenden Nocke zu zeichnen. Nach ein paar Augenblicken nahm Shef einen Halm und begann ebenfalls zu zeichnen.

„Wenn es sich so dreht", sagte er, „braucht man eine Kerbe im Griff des Hammers, damit er nicht davonfliegt. Aber muss es die Form eines Hammers haben?"

Eine Stunde später sah Thorvin, der Schmiedepriester, der von seiner fragwürdigen Versammlung kam, den hochgewachsenen König und den mickrigen Freigelassenen, wie sie den verschneiten Pfad hinuntergingen und mit den Armen fuchtelten, während sie imaginäre Maschinen entwarfen. Einen Augenblick lang verstand er Valgrims Zweifel. Farman und Vigleik mochten den Einen König in ihrer Vision sehen. Er war sich sicher, dass keine Vision oder Prophezeiung jemals ein Wort hatte verlauten lassen über dürre, ausländische Helfer, die als Sklaven geboren worden waren.

Kapitel 10

In den skandinavischen Ländern waren Anno Domini 867 die Völker größtenteils dieselben, die Länder selbst aber ganz anders. Trotz Jahrhunderten des Streitens, des Neids und des Krieges waren die Dänen, Schweden und Norweger einander doch ähnlicher als sonst jemandem. Allerdings gibt es große Unterschiede zwischen den fruchtbaren Weiden der dänischen Inseln und der jütlandischen Halbinsel oder der langen Küstenlinie Schwedens in der geschützten, gezeitenlosen Nordsee und den von Fjorden zerklüfteten, dem Atlantik zugewandten Gebieten von Norwegen mit seinem gewaltigen, beinahe unbegehbaren Gebirgsgrat, dem Kjølen. Die Norweger sagten damals sogar den Dänen nach, nur die Dänen könnten als höchsten Punkt in ihrem Königreich ein achtzehnhundert Fuß hohes Hügelchen haben und ihn Himinbjörg nennen: Himmelsberg.

Die Dänen sagten von den Norwegern, wenn man zehn Norweger zusammenbrächte, würden sich elf von ihnen Könige nennen und fünf Heere gegeneinander in den Krieg führen. Die Scherze gründeten in Tatsachen, Geografie und Geschichte. Das Reisen war für die Norweger nicht allzu schwierig, denn überall entlang der Küste mit ihren Abertausenden von Inseln gab es Wege, und im langen Winter konnten die Skiläufer schneller über den Schnee reisen, als irgendein Pferd galoppieren konnte. Dennoch konnte es zwei Tage dauern, wenn man ein Gebiet auf See umrunden musste, um nicht ein steil aufragendes Gebirgsmassiv von zehntausend Fuß zu überqueren. In Norwegen war es leichter, zu entzweien, statt zu einen. In einem Land, wo es an jedem der tausend Fjorde eine Werft gab, war es zudem leicht, eine Flotte auszuheben und sie mit einer Mannschaft aus den jüngeren Söhnen auszustatten, die das Ackerland ihrer Väter in Bruchteilen von Morgen rechneten.

In diesem Land aus kleinen Königreichen und kurzlebigen Bündnissen hatte es vor vierzig Jahren einen König namens Gudrød gegeben. Er war König von Vestfold, dem Land westlich der großen Fjorde, das hoch bis nach Oslo verläuft und das norwegische Festland von der Grenze zu Schweden trennt. Er war kein besserer oder schlechterer König als seine Nachbarn und Rivalen, die Könige von Østfold, Ranrike, Raumaríki, Hedmark, Toten, Akerhus und all den anderen. Seine Untertanen, einige zwanzigtausend und gerade genug, um eine anständige englische Grafschaft zu bevölkern, nannten ihn „den Jäger" wegen seines Zeitvertreibs, nämlich der Jagd auf Frauen – ein gefährliches und schwieriges Steckenpferd, selbst für einen König, in einem Land, in dem jeder Hüttencarl Speer und Axt besaß und ein halbes Dutzend Wikingerzüge hinter sich hatte.

Gudrød aber machte beharrlich weiter. Schließlich starb seine erste Frau Turith, Tochter des Königs von Rogaland, ausgezehrt durch den Verdruss über die ständige Untreue ihres Gatten, den Ärger und die Ausgaben, die sie verursachte, und sofort dachte Gudrød daran, sie zu ersetzen. Sein Blick fiel auf die Tochter des Königs des kleinen Reiches Agder, das aus nicht mehr als einer Stadt und einer Handvoll Dörfer bestand: Ása, Tochter von Hunthjof dem Starken, eine Jungfrau von unvergleichlicher Schönheit. Für Gudrød war es, als würden ihre Reize in ihm erneut die Jugend wecken, die zu vergehen schien. Aber Hunthjof der Starke schlug Gudrøds Angebote aus und sagte, seine Tochter hätte es nicht nötig, an den Betten anderer Frauen zu schnüffeln, um zu sehen, wer darin gelegen hatte. Schwer getroffen von der Beleidigung und der Ablehnung beging Gudrød seine einzige große Tat, die über das hinausging, was man normalerweise von einem König eines kriegerischen Volkes erwartete: Er versammelte seine Männer und fiel in einer dunklen Winternacht kurz nach dem Julfest auf Skiern über Agder her, als die Männer dort noch immer ihren Rausch vom Julbier ausschliefen. Er tötete Hunthjof den Starken in einem fairen Kampf an der Tür zu dessen Schlafgemach, wenngleich es wahr ist, dass Gudrød ganz bei Sinnen und voll gepanzert war, während Hunthjof halb betrunken und splitternackt war. Danach ergriff er Ása, schnürte sie wie ein Bündel auf den Schlitten und zog sie, festgebunden an den Schlittenpfosten, zurück nach Vestfold. Dort wurden sie von Gudrøds persönlichen Priestern verheiratet, und Ása wurde nolens volens in die Bettkammer geschleift.

Ihre Schönheit erfüllte Gudrøds Erwartungen, und neun Monate später brachte sie ihren Sohn Hálfdan zur Welt, der später wegen seines Haars und seiner Zornesausbrüche der Schwarze genannt wurde.

Langsam ließ Gudrød den Atem entweichen, den er solange angehalten hatte, und unterließ es, jede Nacht Ásas Handgelenke an die Bettpfosten zu binden, wenn er schlief, weil er wusste, dass Frauen vernünftiger und weniger nachtragend waren als vorher, sobald sie ein Kind zu hüten hatten. Trotzdem achtete er darauf, dass selbst das Messer, das sie zum Schälen von Äpfeln benutzte, keine Spitze hatte und gerade scharf genug war, um weichen Käse zu schneiden.

Er hatte allerdings vergessen, dass eine Frau nicht nur eigenständig, sondern genauso gut auch durch andere Männer handeln kann. An einem finsteren Abend kurz nach dem Julfest in dem Jahr nach dem Tod von Ásas Vater leerte Gudrød das große Auerochsenhorn mit Bier, das er ohne Ständer an seiner Tafel ließ, sodass es in einem Zug ausgetrunken werden musste, und wankte kurz danach nach draußen, um in den Schnee zu pissen. Während er mit den Händen an seinen Hosen herumfummelte und bevor er angefangen hatte, seine Blase zu leeren, trat ein junger Mann um die Ecke der königlichen Halle, stieß einen Speer mit breitem Blatt durch Gudrøds Bauch und floh sofort danach auf seinen Skiern. Gudrød lebte noch lange genug, um berichten zu können, dass der Mörder gesagt hatte: „Wer betrunkene Männer tötet, sollte immer nüchtern bleiben“, dann starb er, während er weiterhin versuchte, zu Ende zu pinkeln.

Gudrød hatte einen anerkannten und legitimen Sohn von seiner ersten Frau Turith, einen starken Burschen namens Olaf. Die Männer erwarteten von ihm, dass er den Geist seines Vaters beschwichtigen würde, indem er Königin Ása mit ihm zusammen in den Grabhügel schickte, und dass er Tabula rasa machen würde, indem er das Kind Hálfdan, seinen Halbbruder, draußen im Wald den Wölfen überließ. Er tat es nicht. Und wenn man nach dem Grund fragte – dass die Männer ihn fragen konnten, zeigte, dass sie ihn nicht so fürchteten, wie ein König gefürchtet werden sollte –, sagte er, er habe einen Traum gehabt. Darin sah er, wie ein mächtiger Frühlingsbaum dem Schoß seiner Mutter entsprang, ein Baum mit blutroten Wurzeln, einem weißen Stamm und grünen Blättern, der sich über ganz Norwegen ausbreitete und sogar noch weiter über die Welt. Daher wisse er, dass Ásas Kinder ein rühmliches Schicksal erwartete, und er würde den Göttern nicht in die Quere kommen und Unglück auf sich laden, indem er versuchte, es abzuwenden.

Also verschonte Olaf seine Stiefmutter und beschützte seinen Halbbruder, seit dieser Zeit jedoch wurden ihm nur wenig glückliche Fügungen zuteil, und die Männer sagten, er hätte sein eigenes Glück verschleudert. In den darauffolgenden Jahren wurde er in der Schlacht von seinem Halbbruder, Ásas Sohn, übertroffen, der für sich ein Königreich entlang des Fjordes von Østfold eroberte. Und Olafs Sohn, Ragnvald, den die Männer wegen seines Mutes und seiner Geschenke an die Dichter den Herrlichen nannten, starb, als ein unbedeutender Kratzer aus einem Scharmützel anschwoll und faulte und selbst den Heilern des Weges widerstand.

Im Gegensatz dazu eroberte Hálfdan nicht nur das neue Königreich Østfold für sich, das er treu mit seinem einzigen Beschützer teilte, sowie Agder, das Königreich seines Großvaters, sondern auch eine Gattin, die nicht einmal die herrische Königin Ása verachten konnte, wie sie es bei allen anderen Frauen tat. Dabei handelte es sich um Ragnhild, Tochter von König Sigurd Hjort von Rigerike. Genau wie Ása war auch sie ihrem Vater entrissen worden, allerdings nicht durch Hálfdan. Während ihr Vater die Berge durchquerte, geriet er in den Hinterhalt eines Gebirgshäuptlings, eines Wilden und Berserkers namens Haki. Trotz seines Berserkerganges verwundete Sigurd Haki dreimal, bevor er getötet wurde, und trennte ihm den linken Arm ab, sodass Haki einen langen Winter über bettlägerig war und sich nicht mit seiner jungfräulichen Braut vergnügen konnte. Ungefähr zu der Zeit, da man annahm, er habe sich genug erholt, um die Tat zu vollbringen, schlug Hálfdan wie sein Vater als Erster zu. Er führte fünfzig ausgewählte Männer ins Gebirge und steckte Hakis Halle in der Nacht in Brand. Als Ragnhild hinausrannte, um ihre Retter zu begrüßen, nahmen sie sie mit und fuhren mit ihr hinaus auf den gefrorenen See. Als die Verfolger am See anlangten und die von Rentieren gezogenen Schlitten verschwinden sahen, wusste Haki, dass er sie niemals einholen oder die Scham überstehen würde, sowohl seinen Arm als auch seine Braut verloren zu haben. Er warf sich auf die Spitze seines Schwertes, um unversehrt in Walhalla wiederaufzuerstehen. Und so gewann Hálfdan die schönste Braut im Norden und die einzige Frau, die dem Gemüt der Schwiegermutter etwas entgegenzusetzen hatte, und er gewann sie sogar rechtzeitig, um trotz der Art, wie sie ihm begegnet war, ihre Jungfräulichkeit zu genießen – zumindest dachte er das immer. Es dauerte nicht lange und sie gebar ihm einen Sohn, Harald, den die Männer Schönhaar nannten im Gegensatz zu seinem Vater.

So waren denn dies die Herrscher von Vestfold zu der Zeit, als die Priester des Weges dort siedelten und die Handelsstadt Kaupang zu ihrem Zentrum und ihrem Hauptsitz machten: zuerst König Gudrød, dann König Olaf, schließlich die Könige Olaf und Hálfdan gemeinsam, wobei Harald Schönhaar von beiden der einzige Sohn war, der je nachrückte. Und ebenso wichtig wie jeder der Männer waren Königin Ása, die Mutter von Hálfdan, und Königin Ragnhild, die Mutter von Harald.

Auf einer Bank vor einem offenen Fenster in Haithabu sitzend, betrachtete Erkenbert der Diakon die Namen König Hálfdans (des Schwarzen) sowie König Olafs (Geirstad-Alfr, was auch immer das heißen mochte) und fügte sorgfältig die Namen ihres Königreiches beziehungsweise ihrer Königreiche an: die Østfold und die Vestfold, beides Teile einer größeren Gruppierung, die die Männer *Northvegr* nannten, den Nordweg. Er glaubte nicht, dass einer dieser Männer derjenige war, den er suchen sollte. Olaf der Elf – sicher nicht. Aus Erkenberts Notizen ging hervor, dass dieser Mann bereits über fünfzig war und berüchtigt für sein Pech, obgleich es dennoch schien, dass er sein Königreich halten konnte. Er erschien allerdings auch auf keiner der von Erkenbert angefertigten Listen – wenngleich sie zweifelhaft waren und auf ungenauen Erinnerungen beruhten – von jenen, die während des großen Überfalls auf Hamburg, bei dem die Heilige Lanze des Longinus verschwunden war, anwesend gewesen waren oder nicht.
Der andere schien eher infrage zu kommen. Er wurde weithin gefürchtet und respektiert, eine Art Eroberer nach dem winzigen, deprimierenden Maß der Nordinseln, und man sagte ihm nach, in Norwegen sei er das größte Hindernis für das Ziel der Ragnarssons, ihre Macht auszubreiten. Seine Schiffe stritten rasch und hielten alle Eindringlinge auf Abstand. Trotzdem glaubte Erkenbert ebenfalls nicht, dass dieser Hálfdan geeignet war. Als Bruno ihm die Aufgabe erteilt hatte, sämtliche zur Verfügung stehenden Informationen über die Könige, Häuptlinge und Jarls von Skandinavien zusammenzutragen, damit sich feststellen ließ, wer die Heilige Lanze besitzen mochte, hatte er ihm aufgetragen, nach drei Dingen zu suchen. Erstens Erfolg. Zweitens Verbindungen zum Überfall auf Hamburg. Drittens plötzlicher Wandel: Eine Niederlage, die unerwartet zum Erfolg wurde, würde eher als alles andere von dem machtvollen Einfluss der bedeutenden Reliquie zeugen. Bei Hálfdan zeigte sich nichts dergleichen. Er schien sich seit seiner Geburt oder zumindest seit seiner Jugend den Weg zur Macht hart erarbeitet zu haben.

Gegen seinen Willen – denn er hatte nicht auf diese Mission in den Norden mitkommen wollen und wäre lieber in Köln oder Trier oder sogar Hamburg oder Bremen geblieben, um dort mehr über die Geheimnisse der Macht herauszufinden – spürte Erkenbert allmählich die geistige Herausforderung in dem Rätsel, das Bruno der Grafensohn ihm vorgesetzt hatte.
„Jemand muss die Antwort kennen", hatte Bruno gesagt. „Derjenige weiß nur nicht, dass er sie kennt. Befragt jeden, den wir treffen, zu allem. Schreibt alle Antworten auf. Sucht und seht, welches Muster sich ergibt." Und genau das hatte Erkenbert getan: Zuerst hatte er die wenigen Christen befragt, die sie in Haithabu konvertiert hatten – das waren Informanten von geringem Wert, zumeist Frauen und Thralls, die nichts von der Reputation und den Aufzeichnungen der großen Männer wussten –, dann die christlichen Priester, die sie gerettet hatten, dann jene Wachmänner von König Horik, die aus Höflichkeit mit ihnen sprachen, und schließlich, teuer bezahlt mit Wein aus dem Süden, die Kapitäne und Steuermänner der anlegenden Schiffe, häufig selbst berühmte Krieger und ebenso sensibel wie Huren für Veränderungen des Ansehens.
Ein Schatten verdunkelte die Tür, und der ranghöchste Ritter des Lanzenordens, Bruno persönlich, zwängte seine abnorm breiten Schultern durch die Öffnung.
Er lächelte, wie er es gerne tat. „Wie stehen die Wetten heute?", fragte er. „Irgendwelche neuen Läufer für unser kleines Pferderennen?"
Erkenbert schüttelte den Kopf. „Wenn wir die Antwort bereits erhalten haben, wie Ihr sagt, dann kann ich sie nicht erkennen", sagte er. „Derjenige, der am ehesten ins Bild passt, bleibt der junge Mann, der Ivar getötet und Karl besiegt hat. Er ist aus dem Nichts aufgetaucht. Jeder spricht von seinen Taten und seinem Glück. Er ist ein enger Vertrauter von Viga-Brand, Brand dem Mörder, der mit Sicherheit bei der Plünderung Hamburgs zugegen war."

Bruno schüttelte bedauernd den Kopf. „Das habe ich mir auch gedacht“, sagte er. „Bis zu dem Zeitpunkt, an dem ich mit ihm gesprochen habe. Er ist ein seltsamer Bursche, und ich glaube, dass er mit der ganzen Sache etwas zu tun hat. Allerdings trug er nur eine Waffe, und obwohl es ein Speer war, war es sicherlich nicht *der* Speer. Zu neu, falsche Form, mit heidnischen Runen versehen, auch wenn ich sie nicht lesen konnte. Ich glaube, er beschäftigt Euch, und Ihr könnt nicht von ihm ablassen. Vielleicht hindert dies Euch daran, den wahren Träger zu erkennen. Erzählt mir mehr über einige dieser heidnischen Könige.“
Erkenbert zuckte die Achseln und hob erneut den ständig wachsenden Pergamentstapel auf.
„Von den Königen von Dänemark habe ich Euch bereits berichtet“, sagte er. „Nun gibt es in Schweden und Götaland und dazwischen ungefähr zwanzig weitere. Im Norden König Vikar von Roslagen, fünfzig Jahre alt, vor zwanzig Jahren am Ros-Thing gewählt, angeblich reich, aber friedlich, fordert Tribut von den Finnen und kommt niemals nach Süden.“
Bruno schüttelte den Kopf.
„Was ist mit König Orm von Uppland? Beherrscht das mächtige Königreich Oak und die Tempelopfer bei Uppsala, angeblich machtvoll, aber persönlichen Kämpfen abgeneigt, nahm das Königreich vor zwanzig Jahren mit Gewalt ein.“
„Er klingt ein wenig wahrscheinlicher, aber nicht sehr. Wir behalten ihn im Auge. Wisst Ihr“, überlegte Bruno, „trotz all ihrer kürzlichen Niederlagen frage ich mich, ob nicht doch Sigurth Ragnarsson oder einer seiner Brüder unser Mann sein könnte. Schließlich hatte selbst Karl der Große einige Schlappen gegen die Sachsen einstecken müssen.“
Erkenbert konnte einen ungewollten Schauder nicht unterdrücken.
„Ich denke, wir müssen hautnah dabei sein, um ganz sicherzugehen …“, fuhr Bruno fort.

In der Hütte, die man ihnen im Bezirk der Schule von Kaupang zugewiesen hatte, tauschten die englischen Freigelassenen und Karli aus Dithmarschen Geschichten über das Verborgene Volk aus. In dem warmen, engen Raum herrschte gesellige Stimmung. Hama, einer der Katapultschützen, hatte eine gespaltene Lippe. Ein Auge von Cwicca war geschwollen. Karli pflegte sein angebissenes Ohr und trug eine Beule an einer Seite seines Kopfes, wo ihm Osmod mit einem Holzscheit eins über den Schädel gegeben hatte, nachdem er gesehen hatte, wie ein Mann nach dem anderen von Karlis Fäusten niedergestreckt wurde. Die Zusammensitzenden hatten aufgehört, einander wegen ihrer Akzente zu verspotten, und versuchten, Gemeinsamkeiten zu finden, indem sie die seltsame Welt um sich herum erklärten.

„Wir glauben an Dinge, die man Thursen nennt", sagte Karli.

„Wir auch", stimmte Cwicca, der Fennmann, zu. „Sie leben in Löchern im Sumpf. Wenn du nach Wildenten stocherst, solltest du deinen Stab nicht in eines der alten Thursennester stecken. Ein Vogelfänger, der das macht – der kommt nicht zurück."

„Woher kommen diese Wesen?", fragte einer der Männer.

„Sie kommen von nirgendwoher, sie waren schon immer hier."

„Was ich gehört habe", sagte Cwicca, „ist dies: Ihr wisst, dass wir angeblich von Adam und Eva abstammen. Nun, eines Tages kam Gott der Herr hinab und bat Eva, ihm ihre Kinder zu zeigen. Sie zeigte ihm also ein paar, aber einige waren nicht gewaschen, weil sie eine faule Schlampe war. Darum sagte sie ihnen, sie sollten sich verstecken. Und schließlich sprach Gott der Herr: ‚Die Kinder, die du vor mir verbirgst, sollen verborgen bleiben.' Und seitdem sind diejenigen von uns, die von Evas Kindern abstammen, die gesehen wurden, eben wir Menschen, aber diejenigen, die nach den anderen kommen, die bilden das Verborgene Volk und leben in den Sümpfen und Mooren."

Die Männer dachten über die Geschichte nach, mochten sie aber nicht sonderlich. Alle Männer in der Hütte, abgesehen von Karli, waren Sklaven der Kirche gewesen, von Shef und dem Heer des

Weges zunächst rekrutiert und dann befreit. Die christliche Lehre war ihnen vertraut, aber sie verbanden sie mit Sklaverei.

„Ich verstehe nicht, was das mit dem zu tun hat, was sie hier oben haben“, sagte eine andere Stimme. „Keine Thursen hier, weil's keine Sümpfe gibt. Was die hier oben haben, sind Nixen. Im Wasser. Nur ist da kein Wasser, weil alles zugefroren ist.“

„Und Trolle“, warf ein anderer ein.

„Das Wort hab ich nie gehört“, sagte Osmod. „Was ist ein Troll?“

„Riesige graue Dinger, die in den Felsen leben. Und man nennt sie Trolle, weil sie den Hügel runter auf einen zu rollen.“

„Einer der Einheimischen hat mir das erzählt“, sagte Hama mit der gespaltenen Lippe. „Da war ein Mann namens Lafi, der in den Bergen lebte. Und eines Tages, als er auf der Jagd war, fingen ihn zwei Trollfrauen und schleppten ihn in ihr Versteck in den Bergen und gebrauchten ihn als Zuchthengst. Sie trugen nichts als grobes Pferdeleder und sie lebten von nichts als Fleisch und Fisch. Manchmal kam das Fleisch von Pferden oder Schafen, aber gelegentlich wollten sie ihm nicht verraten, woher es stammte, aber er musste es trotzdem essen. Nach einer Weile tat er so, als wäre er krank geworden, und während die junge Trollfrau draußen auf der Jagd war, fragte ihn die andere, was ihn heilen würde. Und er sagte, nichts außer verdorbenem Fleisch, das fünf Jahre vergraben war. Also sagte sie, sie wisse, wo es das gäbe, und ging fort. Aber weil sie dachte, er sei zu krank, um aus dem Bett aufzustehen, schob sie den Stein vor der Höhle nicht vollständig vor den Eingang. Und er gelangte hinaus und rannte davon. Sie nahmen seine Witterung auf und kamen hinter ihm her, aber er roch Holzrauch und lief, bis er zu einem Lager von Köhlern kam, und die zogen ihre Waffen und stellten sich den Trollfrauen entgegen und hielten sie fern. Und dann gingen alle das Gebirge hinunter und waren in Sicherheit.

Aber neun Monate später, als er aus dem Haus trat, lag ein Säugling auf seiner Türschwelle, über und über mit grauen Haaren be-

deckt. Danach hatte er Angst, jemals im Dunkeln nach draußen zu gehen. Ich weiß nicht, was mit dem Säugling passiert ist."
„Es sind also keine Tiere. Sie können sich irgendwie mit uns paaren", überlegte Osmod. „Vielleicht ist an Cwiccas Geschichte ja etwas Wahres dran."
„Vielleicht lassen wir Karli besser draußen für die Trollfrauen", schlug jemand vor.
„Richtig, und wenn irgendein alter Trollpapa Ärger macht, kann er ihn einfach niederschlagen."

Brand stand draußen, ignorierte das Gelächter aus der Hütte und versuchte, ein ernsthaftes Gespräch mit Shef zu führen.
„Ich sage dir", sagte er, „sie ist eine Gefahr. Eine tödliche Gefahr. Das gefährlichste Wesen, dem du begegnet bist, seit du auf die Laufplanke getreten bist, um dich Ivar zu stellen. Sogar noch schlimmer als er, denn als du ihm gegenübertratst, wusste er bereits, dass er am Ende verlieren würde. Sie denkt das nicht. Für sie steht mehr auf dem Spiel."
„Ich weiß gar nicht, warum du so besorgt bist", sagte Shef. „Ich habe kaum mit ihr gesprochen."
„Ich habe bemerkt, wie du sie angesehen hast. Und sie dich. Du musst verstehen, dass sie nur an einer einzigen Sache interessiert ist, und das ist ihr Sohn Harald. Es gibt Prophezeiungen über ihn. Die Leute dachten zuerst, die Prophezeiungen würden seinen Vater betreffen. Dann änderten sie ihre Meinung und dachten, es ginge um ihn. Ragnhild glaubt mit Sicherheit, dass es um ihn geht.
Doch jetzt kommst du daher, und die Leute sagen inzwischen, dass vielleicht du der große König bist, auf den alle gewartet haben, derjenige, der über ganz Norwegen herrschen wird."
„Ich wäre nicht mal nach Norwegen *gekommen,* wenn sie mich Horik nicht abgekauft und hierher gebracht hätten."
„Tja, jetzt bist du hier. Und Leute wie Thorvin – er will nichts Böses, aber er ist trotzdem verantwortlich –, Leute wie Thorvin

sagen allen, du bist der Sohn der Götter und derjenige, der aus dem Norden kommt und was weiß ich noch. Du hast Visionen, bist *in* den Visionen, Hagbarth sagt das eine und Vigleik das andere. Du musst damit rechnen, dass die Leute zuhören. Denn dahinter stehen Dinge, die man nicht einfach als Altweibergeschwätz abtun kann: Du bist ein Thrall, der König geworden ist, ich habe es selbst gesehen. Du hast Alfred beiseitegeschoben, und er war ein Gottesblut, ein Nachfahre Odins, selbst die Engländer haben das zugegeben. Du hast die Kapitulation des Frankenkönigs entgegengenommen. Was bedeuten dagegen schon die Prophezeiungen irgendwelcher Vetteln? Natürlich glaubt Ragnhild, dass du gefährlich bist. Deshalb ist sie es auch."

„Was geschieht morgen?", fragte Shef.

„Die Priester des Weges kommen im heiligen Kreis zusammen. Sie müssen eine Entscheidung deinetwegen treffen. Du wirst nicht teilnehmen. Ich auch nicht."

„Was, wenn sie entscheiden, dass Thorvin unrecht hat? Sicherlich können sie dann einfach beschließen, dass ich nichts mit ihnen zu tun habe und mich gehen lassen. Schließlich bin ich ein Unterstützer des Weges, ich trage seinen Anhänger, ich habe ihnen geholfen, sich auf christlichem Boden zu etablieren. Jeder ihrer Priester ist eingeladen, jederzeit mein Königreich zu besuchen und nach neuem Wissen zu forschen. Mehr als nur eingeladen", fügte Shef hinzu und dachte daran, was er und Udd besprochen hatten.

„Und wenn sie andersherum entscheiden – dass du derjenige bist, den sie suchen?"

Shef zuckte mit den Schultern. „Wenn es irgendeine Veränderung in der Welt geben soll, dann werde ich sie eher in England herbeiführen, als wenn ich hier festsitze, wo niemand je hinkommt."

Brand runzelte die Stirn, nicht glücklich, zu hören, wie er Norwegen gering schätzte. „Und wenn sie entscheiden, dass du nicht derjenige bist, den sie suchen, sondern dich als ihn ausgegeben hast? Oder, was noch wahrscheinlicher ist, dass du nicht der bist, den sie suchen, sondern ein Rivale und ein Feind? Das ist es, was Valgrim der Weise glaubt, und er hat nicht ganz unrecht. Er ist überzeugt, dass die große Umwälzung in der Welt, die die Macht der Christen zerschlagen wird, von Odin kommen muss. Und alle sind sich einig, dass du nicht von Odin kommst." Er stieß seinen kräftigen Zeigefinger auf Shefs Brust. „Obwohl du so herumläufst und aussiehst, als ob du es solltest, mit deinem einen Auge und dem verdammten Speer. Valgrim glaubt, du würdest Odins Pläne gefährden. Er wird versuchen, dich dafür verurteilen zu lassen."

„Valgrim glaubt also, ich gefährde Odins Plan. Und Ragnhild glaubt, ich gefährde die Zukunft ihres Sohnes. Und alles nur, weil ich gelernt habe, Katapulte und Armbrüste zu bauen, Seile zu drehen, Räder zu schmieden und Stahl zu verbiegen. Ihnen sollte klar sein, dass Udd die eigentliche Gefahr darstellt."

„Udd ist nur fünf Fuß groß", knurrte Brand. „Die Leute glauben nicht, dass er gefährlich ist, weil sie nicht einmal wissen, dass er da ist."

„Darin besteht somit die wirkliche Gefahr für euch", erwiderte Shef. Sinnend fügte er einige Worte hinzu, die er von Thorvin gelernt hatte:

„Alle Tore, ehe ihr sie passiert,
blicken um euch, schauen um euch,
ohne, dass jemand ahnt, wo Nicht-Freunde sitzen
in jeder Halle."

Weit oben auf einem Berghang saß in der Dunkelheit ein Mann, der das Familienglück verwirkt hatte, der gespürt hatte, wie es ihm entglitt. Einige Männer konnten das Glück sehen, das *hamingja* einer Familie oder eines Landes oder eines Königreiches: normalerweise eine Riesenfrau, voll bewaffnet. Olaf hatte dieses Bild nicht erblickt. Aber er hatte dennoch gefühlt, wie das Glück aus ihm herausgeflossen war. Der Verlust des Glücks war der Tod seines Sohnes Ragnvald des Herrlichen gewesen. Sein Vater hatte ihn getötet.

Nun musste dieser Vater entscheiden, ob das Opfer, das er gebracht hatte, sinnlos gewesen war. Es ging um den Neuen, den Einäugigen. Olaf hatte ihn beobachtet, wie er an Land gekommen war, wie er von den Anhängern des Weges und von seiner Schwägerin, diesem gefährlichen Miststück, begrüßt wurde. Selbst aus der Entfernung hatte Olaf das Glück gespürt, das von ihm ausströmte. Es war so mächtig, dass es das Glück der Könige von Wessex überwältigt hatte, die das Blut Odins in sich trugen. Genauso leicht mochte es das Schicksal überwältigen, das Olaf für die Familie seines Halbbruders vorhergesehen hatte. Denn wie Olaf wohl wusste, stand die Zukunft nicht fest. Sie war eine Frage von Eventualitäten. Und Eventualitäten konnte man ändern.

Sollte er sich einmischen? Olaf hatte den Weg vor vielen Jahren nach Vestfold gebracht, und zwar sowohl aus Respekt vor dessen materieller Macht durch neues Wissen als auch vor der spirituellen Macht seiner Visionäre und Träumer. Mit materieller Macht hatte er wenig zu tun gehabt. Viel mit der mystischen Macht. Wäre er kein König gewesen, hätte er Vigleik in nichts nachgestanden, was Visionen betraf. Nur, dass Vigleik sah, was geschehen war, was jetzt geschah. Olaf sah, was geschehen könnte. Wenn er das Verlangen danach tilgen konnte.

Olaf dachte wortlos darüber nach, welche Rolle er am Morgen spielen würde, wenn die Männer des Weges ihren Kreis bildeten und ihn baten, außerhalb zu sitzen, zuzuhören und Rat zu erteilen. Wenn er sich entschied, den Einäugigen niederzuwerfen, würde er, wie er wusste, die Mehrheit erhalten und den Plan wiederbeleben, für den er sein Leben und das seines Sohnes geopfert hatte. Aus weiter Ferne fühlte Olaf das undeutliche Kribbeln eines Gedankens, der seinen eigenen suchte, Ausschau hielt nach dem, was er wusste, und aus den wirren Andeutungen einen eigenen Pfad herauszupicken versuchte. Es gab christliche Geistliche, die bei ihren Erkundigungen ebenso feinfühlig waren wie er. Sie kamen dennoch zu spät. Er wusste bereits, wonach sie suchten, er war näher am Gleichgewichtspunkt.

Während die Sonne den Himmel gänzlich verließ, nahm der Mann im Hain seine Skier, ging hinüber zu der Stelle, wo der Schnee an die schützenden Bäume grenzte, und schlängelte sich den Hügel hinab. Hinter ihm erscholl Wolfsgeheul.
Als seine Skier an den umliegenden Höfen vorbeizischten, sahen ihn die Binder und murmelten ihren Frauen zu: „Da ist der Elbenkönig. Er war wieder am Steinring, in Geirstad, um Rat von den Göttern zu erhalten."

Kapitel 11

In der großen schiffsförmigen Halle hatten die Priester des Weges ihren heiligen Kreis gezogen. Weiße Kordeln trennten ihn von der Außenwelt ab, und an ihnen hingen die geheiligten Vogelbeeren, deren herbstliches Scharlachrot jetzt, mit dem herannahenden Frühling, verblasste. Innerhalb des Kreises saßen mehr als vierzig Priester beisammen, die größte Versammlung, an der jemals einer von ihnen teilgenommen hatte, zusammengezogen zum größten Teil aus Norwegen, wo der Weg stark war, aber auch aus Dänemark und Schweden, und es gab sogar einige verstreute Konvertiten oder Missionare von den atlantischen Inseln, aus Irland und aus Friesland, wo der Weg vor beinahe zweihundert Jahren seinen Anfang genommen hatte. Einer kam sogar aus England, Hund der Heiler, der eine Woche zuvor durch die Bürgschaft seines Meisters Ingulf formal anerkannt worden war.

Auf der einen Seite des Kreises stand der silberne Speer Odins, auf der anderen das brennende Freudenfeuer Lokis. Der Tradition nach durfte dieses Feuer weder geschürt werden, sobald die Versammlung begonnen hatte, noch durfte die Versammlung fortgeführt werden, nachdem das Feuer so weit heruntergebrannt war, dass man keinen Funken mehr in der Asche sehen konnte.

Valgrim der Weise stand neben dem Speer Odins, zwar ohne ihn zu berühren, denn kein Mann hatte das Recht, ihn für sich zu beanspruchen, doch er erinnerte so alle daran, dass er der einzige Priester unter ihnen war, der den gefährlichen Dienst an Odin auf sich genommen hatte. Er diente dem Gott der Gehängten, dem Verräter an den Kriegern, statt den traulicheren oder freundlicheren Göttern wie Thor, der den Bauern half, oder Freya, die Mensch und Tier Fruchtbarkeit brachte. Zehn Schritte hinter ihm, beinahe verborgen in den Schatten der geschlossenen Halle, stand ein großer Stuhl aus geschnitztem Holz mit geschlossenen

Seiten und einem Baldachin, bedeckt mit einer Schnitzerei aus ineinander verflochtenen Drachen. Ein fahles Gesicht blickte aus den tiefen Schatten hervor, und der goldene Reif auf der Stirn fing das rötliche Leuchten von Lokis Feuer ein: König Olaf, Gastgeber und Hüter des Weges, auf Einladung gekommen, um zu beobachten und nötigenfalls Rat zu geben, aber ohne das Recht, abzustimmen oder ohne ausdrückliche Aufforderung zu sprechen.

Das Rücken von Stühlen und die gemurmelten Gesprächen ebbten allmählich ab. Valgrim geduldete sich, bis alles verstummt war, wartete auf seinen Augenblick. Er wusste, dass es Widerstand gab, und er benötigte jeden Vorteil, um ihn zu überwinden. Als Einziger stehend, blickte er sich um und wartete, bis alle Augen auf ihn gerichtet waren.

„Der Weg ist an einem Wendepunkt angelangt“, sagte er abrupt. Wieder wartete er. „Wir haben unseren ersten falschen Propheten.“

Das ist es also, was wir entscheiden sollen, dachte Thorvin. Doch er ließ Valgrim fortfahren. Es war besser, die Angelegenheit offen zu besprechen.

„Seit hundertfünfzig Jahren hat sich der Weg ausgebreitet. Zunächst langsam und nur hier im Norden, wo die Worte von Herzog Radbod verwurzelt sind. Allmählich finden sich unsere Anhänger an vielen Orten. Sogar solche von fremdem Blut und fremder Sprache sind darunter. Sogar Anhänger, die in ihrer Kindheit für den Christengott getauft wurden. Und wer wollte bezweifeln, dass dies gut ist?

Denn wir müssen uns daran erinnern, was unser Ziel und Zweck ist. Aye, und unsere Vision. Herzog Radbod sah voraus, dass wir, die wir die wahren Götter verehren, von dem Christengott weggefegt werden, wenn wir nicht tun, was seine Anhänger tun: das Wort predigen, eine Botschaft aufsagen, Neuigkeiten darüber bringen, wo unsere Seelen hingehen und wo sie herkommen. Und eines tun, was sie nicht tun: Erlauben, dass alle Worte und alle Botschaften ausgesprochen werden, und nicht wie die Christuspriester sagen, dass jene, die ihnen nicht in jeder Hinsicht gehorchen, gefoltert werden sollen für keine andere Sünde als den Ungehorsam.

Dies war unser erstes Ziel. Uns, unsere Leute und unsere Lehren gegen Männer zu verteidigen, die sie gänzlich vernichten würden. Doch nach diesem Ziel kam die Vision. Ich habe sie nicht erschaut, aber es sind andere hier in der Halle, die sie sahen. Andere Männer", Valgrim blickte sich im Kreis um, nickte dem einen oder anderen Gesicht zu und zeigte den übrigen so, dass er genau wusste, wen er meinte, und dass sie zugegen waren, um ihm zu widersprechen, wenn sie nicht zustimmten, „andere Männer, die dennoch die Vision sahen.

Und diese Vision ist aus einer anderen Welt als dieser. Einer Welt, in der jedes uns bekannte Land, auch das unsere, dem christlichen Gott gehorcht. In der jedoch Männer wie Tiere in Sklavenstätten leben, so überfüllt, dass sie kaum atmen können, beherrscht von Herrschern, die sie niemals zu Gesicht bekommen, in einen Krieg entsandt wie Schweine zur Schlachtbank. Und noch viel Schlimmeres. Unsere weisen Männer und Seher nennen dies die Welt von Skuld: die Welt, die sein wird – wenn wir sie nicht aufhalten.

Doch wir können sie aufhalten! Die Weisen haben noch eine andere Welt erschaut. Aye, und diese habe ich selbst gesehen." Valgrims grauer Busch von einem Bart nickte, während er um sich blickte. „Eine derart seltsame Welt, dass wir nur Bruchstücke von ihr erkennen und sie alle nicht verstehen können. Ich habe Männer gesehen, die irgendwo zwischen den Welten in der Schwärze eines luftleeren Meeres treiben, und dachte zunächst, dies wären die verkommensten aller Sünder, aus allen Welten verbannt, weil nicht einmal Nidhöggr es ertragen konnte, ihre Knochen abzunagen. Dann jedoch sah ich ihre Gesichter und erkannte, dass sie wie Männer auf einem großartigen Abenteuer wirkten. Und manche von ihnen waren von unserem Blut und sprachen unsere Sprache, derart mächtige Weltenfahrer, dass jeder Kapitän, der heute lebt, nicht mehr für sie wäre als ein Kind. Ich weiß nicht, wie dies zustande kam oder zustande kommen wird, aber ich weiß, dass dies der wahre Pfad für wahrhaftige Männer ist: nicht der Pfad der Christusfürchtigen. Also habe ich mein Lebtag lang nach neuem Wissen gesucht.

Noch eines weiß ich, und zwar, warum wir abgesehen von dem Verlangen nach Wissen und Macht und Herrlichkeit diesen Pfad beschreiten müssen. Der Grund ist, dass wir nicht allein sind."

Valgrim blickte erneut um sich und versuchte, diese letzten Worte, seine eigene Überzeugung, den Männern einzuschärfen, die vermutlich allem zugestimmt hätten, was er bislang gesagt hatte.

„Alle Menschen wissen, dass um uns herum das Verborgene Volk lebt. Hier unten in den Siedlungen stellen sie keine Gefahr dar, sondern nur vielleicht für die Jäger im Gebirge und die Kinder, die am Wasser spielen. Aber sie sind nicht das einzige Verborgene Volk. Wir wissen, dass es irgendwo da draußen Kreaturen gibt, die ebenso mächtig sind wie die Götter – keine Trolle oder Nixen, sondern die *jötnar* selbst, Feinde der Götter und Menschen. Und genauso die Brut Lokis, jene, die nicht nur eine Haut haben, jene, die in verschiedenen Gestalten umherwandeln, halb Mensch, halb Drache oder halb Wal.

Am Ende, so glauben wir, wird der große Tag kommen, an dem die Götter und die Menschen auf der einen Seite gegen die Riesen und das Verborgene Volk auf der anderen Seite in die Schlacht ziehen – und auch auf der anderen Seite werden Menschen stehen, die Christusanbeter, die Abtrünnigen. Jene, die getäuscht wurden. Deshalb nimmt Odin Krieger bei sich auf, um das Heer zu bilden, das an diesem Tag an Ragnarök aus Walhalla herausmarschieren wird.

Andere Heere werden ebenfalls dort sein: aus Thrudvang für Thor, aus Himinbjörg für Heimdall und Heere von allen anderen, Seeleute und Skiläufer und Heiler und Bogenschützen. Odins Heer jedoch wird das größte und kühnste sein, und die größte Hoffnung auf den Sieg liegt darin.

Wir wagen es nicht, unsere Heere aufzuteilen. Die Schlacht ist noch nicht gewiss. Wenn der Weg jetzt den falschen Pfad einschlägt, werden wir gespalten und verloren sein. Ich sage, der einäugige Engländer, der den Speer Odins trägt und doch Odin nicht verehrt … Ich sage, er ist der falsche Prophet, der uns auf den falschen Pfad führt. Wir müssen ihn sofort verstoßen, um unser wahres Schicksal zu erfüllen: und zwar den Einen König zu begrüßen, den Einen König, von dem unsere Prophezeiungen sagen, dass er aus dem Norden zu uns kommen wird. Der Eine König, der die Welt verändern und am Tag von Ragnarök Sieg statt Niederlage bringen wird."

Valgrim endete und drückte das Speeramulett fest auf seine breite Brust. Er wartete auf den Widerspruch, von dem er wusste, dass er kommen würde.

Er kam von einer Gruppe, von der er sich Unterstützung erhofft hatte. Vigleik mit den vielen Visionen bewegte sich auf seinem Stuhl, blickte hinab auf das ungewöhnliche Zeichen, das er trug, die Schüssel von Suttung, dem Hüter des Mets, Bringer der Eingebung, und sprach: „Was du über Visionen sagst, mag wahr sein, Valgrim, aber obwohl das, was wir sehen, eine Sache ist, so ist das, was wir davon verstehen, eine andere. Nun, ich habe dir dies bereits gesagt, und wenn du es nicht leugnen kannst, musst du mir sagen, was es bedeutet. Wir wissen, dass unser Bruder Farman den einäugigen Engländer gesehen hat – ihn gesehen hat, als er zwei Augen hatte. Er sah ihn in einer Vision in Asgard, der Heimstatt der Götter, wo er am Platz von Wölund saß, dem lahmen Schmied der Götter. Und Farman sah, wie Allvater zu ihm sprach. Niemand von uns hat das jemals bei einem Sterblichen beobachtet. Warum soll ich also nicht glauben, dass dieser Mann göttlicher Bestimmung folgt?"

Valgrim nickte. „Ich weiß, dass deine Visionen wahr sind, Vigleik, und auch die von Farman. Du hast letzten Monat den Tod des Tyrannen gesehen, und inzwischen kamen mit den Handelsschiffen die Nachrichten, dass es so war, wie du es erschaut hast. Und

ich akzeptiere, dass du den Einäugigen als Wölund gesehen hast. Aber wie du schon sagtest: Sehen ist das eine, verstehen das andere. Was genau sagt uns die Geschichte von Wölund?"
Er blickte um sich und war sicher, dass das Publikum an seinen Lippen hing, allesamt äußerst interessiert an der Geschichte ihres geheiligten Mythos'. „Wir alle wissen, dass Wölunds Gattin eine Schwanenjungfrau war, aber dass er, nachdem sie ihn verlassen hatte, von Nidung aufgenommen wurde, dem König der Njaren. Nidung verlangte es nach seiner Schmiedekunst, er fürchtete aber, er könne entkommen, also durchtrennte er mit einem Messer seine Kniesehnen und setzte ihn in der Schmiede bei Sævarstad an die Arbeit. Und was tat Nidung dort?"
Valgrims Stimme verfiel in den tiefen Singsang eines Priesters des Weges.
„Er saß dort, schlief nicht, hieb mit dem Hammer.
Ständig schmiedete er Raffiniertes für Nidung.
Er fertigte für ihn herrliche Armreife und Halsketten aus Gold und Edelsteinen. Er fertigte ihm Schalen für sein Bier und schnelle Kufen für seinen Schlitten. Er fertigte ihm Schwerter, die durch ihre Schärfe Leinen und durch ihre Stärke Ambosse zerteilten. Doch als Nidungs zwei junge Söhne kamen, um die Wunder zu bestaunen, was tat er da? Er lockte sie in seine Schmiede, versprach, ihnen die herrlichen Dinge zu zeigen, zeigte ihnen eine Truhe."
Wieder verfiel Valgrims Stimme in den Singsang:
„Sie kamen zur Truhe, verlangten den Schlüssel.
Es war Übel, das sie öffneten beim Blick hinein.
Er tötete sie, er begrub ihre Leichen unter der Esse, aus ihren Zähnen fertigte er Halsketten, Kelche aus ihren Schädeln, Broschen aus ihren glänzenden Augäpfeln. Schenkte alles Nidung. Und als Nidungs Tochter kam, damit er ihr einen Ring ausbesserte, was tat er da? Betäubte sie mit Bier, schändete sie, warf sie hinaus. Weinend erzählte sie es ihrem Vater. Er kam zu Wölund, um ihm den Kopf abzuschlagen. Und Wölund, dessen Kniesehnen durch-

trennt waren – er nahm die Flügel auf, die er in der Schmiede gefertigt hatte, und flog davon. Was war das Raffinierte, das er für Nidung schmiedete? Es war seine Rache. Denn dies ist sein Name: Wölund. Von dem Raffinierten, *vel.*"

Die Versammelten saßen schweigend da und sannen über die Geschichte nach, die sie alle kannten.

„Jetzt frage ich euch", sagte Valgrim, „wer ist der Held dieser Erzählung? Wölund wegen seiner Schläue, wie man uns sagt? Oder Nidung wegen seines Versuchs, sie zu bändigen? Ich sage dir, Vigleik, was diesen Engländer betrifft, so ist er zweifellos Wölund. Und wir sind Nidung! Er wird unsere Söhne töten und unsere Töchter schänden. Das heißt, er wird uns unsere Belange versagen und uns in Kreaturen verwandeln, die seinen Gewinn vermehren. Nidung machte lediglich einen Fehler, nämlich dass er versuchte, Wölunds Können zu nutzen, und glaubte, er sei sicher vor ihm, einfach weil er gelähmt war. Er hätte ihn töten sollen, und zwar endgültig! Vor Männern wie Wölund oder dem Engländer ist man nicht sicher, auch wenn sie verkrüppelt sind. Denn sie sind wie Wölunds Gattin, die Schwanenjungfrau: Sie sind keine Menschen mit nur einer Haut. Aber es ist kein Schwan, in den sich der Engländer auf der anderen Seite verwandelt. Eher ein Drache oder ein Grabunhold, ein Mann aus Schimmel. Hagbarth, ich frage dich: Hast du nicht berichtet, er hätte gesagt, *er sei schon einmal in einem Hügelgrab gewesen?*"

Alle in der Halle zitterten vor Aufregung und in Anerkennung von Valgrims unerwarteter Erklärung. Sie sahen, wie Hagbarth langsam nickte und zögerlich bestätigte, was Valgrim gesagt hatte.

Thorvin stieß eine Antwort hervor, wie Valgrim bereits geahnt hatte: „Das ist alles schön und gut, Valgrim, aber du verdrehst lediglich die Worte. Natürlich war der Junge schon einmal in einem Hügelgrab – er hat den Schatz des alten Königs daraus hervorgeholt. Mit einer Hacke grub er sich einen Weg und kämpfte sich nach draußen wie ein Held. Er hat nicht in einem Grab *ge-*

lebt. Wenn Viga-Brand hier wäre, würde er dich dafür verspotten, dass du sagst, er hätte das Geld in der Erde lassen sollen. Ich bitte euch alle: Schaut hinter die Worte. Schaut auf Taten. Shef Sigvarthsson, nennt ihn bei seinem richtigen Namen, kehrte ein ganzes Land dem Weg zu. Er hat die Christuskirche vertrieben. Wenn er die Christuspriester bleiben ließ, dann nur, wenn sie zu uns gehörten, gezwungen, für sich selbst zu sorgen und für ihre eigenen Gläubigen zu arbeiten. Er hat Ivar Ragnarsson getötet. Und besteht irgendein Zweifel daran, dass er ein Suchender nach Wissen ist, der für dieses Wissen alles aufgeben würde?" Thorvin hob die Hand und gebot Schweigen. „Wenn ihr mir nicht glaubt, dann horcht."

Draußen, nicht weit entfernt, konnten die Priester einen bekannten Laut vernehmen, aber keinen, den sie während ihrer gemeinsamen Versammlung erwartet hatten. Über den Hof der Schule, über den alten, festgetretenen Schnee, ertönte das Kling-Kling eines schweren Hammers, nur wenig stärker als das Brüllen des gepressten Luftzugs eines Blasebalgs. Männer, die in einer Schmiede arbeiteten.

In der Schmiede hatte Shef gerade das sorgsame Neuschmieden und erneute Härten des Schwertes abgeschlossen, das er Karli geschenkt hatte. Jetzt lag es zum Kühlen auf der Seite, bevor Klinge, Handschutz, Heft und Knauf wieder zusammengefügt würden. Nun hatte Udd übernommen. Der kleine Mann leitete eine Vorführung. Er stand auf einer Seite der Esse und gab Anweisungen, während Shef, nur in seine Hosen und eine schützende Ledermontur gekleidet, mit einer Zange Teile aus Eisen und Stahl handhabte. Cwicca kniete auf dem Boden und pumpte den ledernen Blasebalg, mit dem die Luft auf die koksgraue Esse geblasen wurde. Die übrigen englischen Katapultschützen, sieben an der Zahl, Hama, Osmod und die anderen, sowie Karli als achter Mann hockten auf den Fußballen entlang der Wand, genossen die Wärme und gaben Kommentare ab.

„Gut", sagte Udd. „Alle sind glühend heiß. Nehmt zuerst den Dorn und legt ihn auf die Seite."
Shef ergriff einen rot glühenden Dorn, das Grundmaterial für einen Dolch oder eine Speerspitze, und legte ihn vorsichtig auf den Rand einer Tonschüssel, darauf bedacht, nicht die noch immer gefrorene Erde auf dem Boden zu berühren.
„Nehmt den nächsten und legt ihn sofort in das Schneewasser."
Shef packte ihn mit der Zange und tauchte ihn in einen Ledereimer voll mit kaum geschmolzenem Schnee, der vor wenigen Minuten draußen gesammelt worden war. Mit einem heftigen Zischen stieg eine Dampfwolke auf.
„Wenn das Metall kalt ist, nehmt es und verbiegt es zwischen Euren Händen."
Shef wartete ein bis zwei Minuten, holte den Dorn heraus, betastete ihn behutsam, um sicherzugehen, dass keine Resthitze vorhanden war. Bog ihn zwischen den Händen. Er konnte sich genau vorstellen, was passieren würde, war aber zufrieden damit, Udd die Demonstration auf seine Weise durchführen zu lassen. Während die Muskeln von Shefs Oberarm vortraten, brach der Metalldorn plötzlich entzwei. „Versucht es jetzt mit dem anderen."
Shef nahm den Dorn, der trotz der kalten Luft noch immer warm war, mit zwei Lappen auf. Diesmal brauchte er keine Gewalt anzuwenden. Das Metall in seiner Hand bog sich wie ein Draht, blieb verbogen ohne ein Anzeichen dafür, dass es zurückschnellen würde, sobald er es losließ.
„Das gleiche Metall", schulmeisterte Udd. „Wenn man es abschreckt, wird es hart und brüchig – lässt sich gut schärfen, ist aber nicht fest. Aber wenn man es nur abkühlen lässt, biegt es sich. Weder hart noch fest."
„Genauso nützlich wie der Schwengel von einem alten Mann", sagte ein Katapultschütze gesellig.
„Nützlicher als deiner", erwiderte Karli.
„Seid still", sagte Udd, der nur forsch wurde, wenn es um die Herstellung von Stahl ging. „Nun, Shef - ich meine, mein Herr.

Nehmt das gebogene Stück. Biegt es wieder gerade. Legt es zurück ins Feuer und lasst es erneut glühend heiß werden. Schreckt es nun ab."

Wieder das Zischen und die Dampfwolke.

„Legt es zurück ins Feuer. Lasst es aber diesmal nicht glühend heiß werden. Erhitzt es behutsam ... Langsamer mit dem Blasebalg da unten, Cwicca. Lasst es die Farbe von Stroh annehmen." Udd blickte mit seinen kurzsichtigen, aufgeregten Augen hinüber. „Gut, das reicht. Nehmt es heraus und lasst es gemächlich abkühlen."

Shef folgte den Anweisungen, dieses Mal nicht ganz sicher, was passieren würde. Als tätiger Schmied kannte er sehr wohl die Vorzüge des Abschreckens und die Gefahren des Glühens. Seine Art, die Eigenschaften Festigkeit, Härte und Geschmeidigkeit miteinander zu kombinieren, hatte bisher allerdings darin bestanden, verschiedene Sorten von Metallstreifen gemeinsam zu bearbeiten. Der Gedanke, einen Streifen weiterzuverarbeiten, nachdem er geglüht worden war, war ihm nie in den Sinn gekommen. Genauso wenig verstand er die Bedeutung der dritten, sanften Erhitzung. Während das Metall abkühlte, betrachtete er mit Zufriedenheit die zurückkehrenden Blasen auf seinen Händen. Sie waren zu weich geworden, während er damit beschäftigt war, König zu spielen.

„Sehr gut", sagte Udd. „Probiert es jetzt."

Shef nahm den Eisendorn in die Hand und verbog ihn. Das Eisen bog sich kräftig, gab etwas nach, doch dann wollte es in seine ursprüngliche Form zurückkehren.

„So hast du die Streifen für die Armbrüste hergestellt", meinte er.

„Ja, Herr, schon. Aber das hier ist anders." Udds Stimme wurde leiser und nahm eine Art verehrungsvollen Ton an. „Dieses Eisen ist das beste, das mir je untergekommen ist. Das Erz, aus dem es stammt, muss nur halb so lang – ein Viertel so lang – bearbeitet werden wie das, an das wir gewöhnt sind. Wie lange braucht

man in einer Schmiede in England, um zehn Pfund Eisen herzustellen?“
„Zwei Tage“, schlug Shef vor.
„Hier würde man in der gleichen Zeit mit der gleichen Arbeit vierzig herausbekommen. Ich glaube, das ist ein Grund, warum die Wikinger so gut bewaffnet sind. Ihr Eisen ist besser. Man braucht weniger Zeit und weniger Holzkohle, um es herzustellen. Das heißt, jeder Mann kann Werkzeuge und Waffen aus Eisen bekommen, nicht nur die Reichen. Das Eisen stammt aus Jarnberaland, weit im Osten jenseits der Berge. Die Leute vom Weg sagen, sie hätten ein Bergwerk dort und Männer, die es leiten.
Aber wir haben noch mehr entdeckt, Herr.“
Inmitten der Schmiede lag ein Haufen von etwas, das wie Asche aussah. Mit einer langen Zange hob er den Haufen auf, zog ihn auf den irdenen Boden, fegte grob die Asche beiseite und offenbarte eine Metallplatte.
„Seit letzter Nacht hat das hier stundenlang im Feuer gelegen. Ich habe die ganze Zeit das Feuer am Laufen gehalten, während der Rest von euch geschnarcht hat.“
„Karli hat nicht geschnarcht, er war draußen auf Frauenjagd.“
„Halt die Klappe, Fritha. Diese Platte wurde bearbeitet wie der Dorn – durch Kühlen, dann Abschrecken und erneutes Erhitzen, damit sie fest und flexibel wird. Dann habe ich sie noch einmal erhitzt und im Feuer gelassen. Und die ganze Zeit, während sie im Feuer lag, habe ich immer wieder Holzkohle drumherum gelegt. Und nun, Herr, wenn sie abgekühlt ist, möchte ich, dass Ihr mit dem Speer zustoßt, mit dem feinen Speer, den Ihr dem Schlangenauge abgenommen habt.“
Shef hob eine Augenbraue. Die schwere Spitze des Speeres „Gugnir“ bestand aus dem besten Stahl, den er jemals gesehen hatte. Die Platte, an der Udd gearbeitet hatte, war vielleicht ein Achtelzoll dick, die Dicke eines Metallschutzes, der in der Mitte eines Schildes die Hand eines Kriegers schützte. Noch dicker, und der Schild wäre zu schwer, um ihn mühelos zu bewegen. Shef zweifel-

te allerdings nicht daran, dass die stählerne Speerspitze hindurchgehen würde.
Als die Platte abgekühlt war, lehnte Udd sie direkt an die Holzpfosten der Schmiedewand. „Stoßt jetzt zu, Meister."
Shef trat einen Schritt zurück, balancierte den Schaft aus und stellte sich vor, er hätte einen tödlichen Feind vor sich. Er setzte den linken Fuß nach vorne, schwang Körper, Arm und Schulter und versuchte, Platte und Wand bis zu einem Punkt zu durchstoßen, der einen Fuß dahinter lag, wie Brand es ihm oft gezeigt hatte.
Der Schaft erzitterte in seinen Händen, prallte zurück. Ungläubig starrte Shef auf die dünne Platte. Kein Kratzer. Keine Delle. Wieder blickte er auf die Spitze von „Gugnir". Einen halben Zoll breit war die dreieckige Spitze plattgedrückt worden.
„Das ist gehärteter Stahl", sagte Udd entschieden. „Ich dachte, er wäre gut für Kettenpanzer. Man kann ihn allerdings nicht bearbeiten. Er ist unbiegsam. Aber wenn man erst den Panzer herstellt und ihn dann härtet ..."
„Oder wenn man Platten wie diese herstellt und sie aufnäht ..."
In die gedankenvolle Stille hinein bemerkte einer der Katapultschützen: „Was ich nicht verstehe, ist, wie all das von demselben Zeug kommen kann. Einiges ist hart und brüchig, anderes weich und biegsam, manches ist flexibel, manches so hart, dass man keinen Kratzer reinhauen kann. Was macht den Unterschied aus? Ist da etwas im Wasser?"
„Einige Wikinger denken das", sagte Udd. „Sie glauben, es ist am besten, das Blut von Sklaven für die letzte Abhärtung zu nehmen."
Die Freigelassenen sahen einander an und sannen darüber nach, welchem Schicksal sie entgangen waren.
„Oder manche versuchen es mit Öl. Das ergibt schon Sinn. Der ganze Dampf. Habt ihr gesehen, wie Schweiß von einer heißen Klinge gesprungen ist? Nun, Wasser will von heißem Metall weg, und wenn ihr es abschreckt, dann wollt ihr nicht, dass es verschwindet. Also könnte Öl besser sein.

Aber ich glaube nicht, dass es das ist. Es ist das Erhitzen und Abkühlen, das ausschlaggebend ist. Und ich nehme an, es hat auch etwas mit der Holzkohle zu tun. Wenn man dafür sorgt, dass das Metall immer die Kohlen berührt, geht irgendwas von dem einen auf das andere über. Das ist es, was ich denke."

Shef ging zur Tür, starrte über den Schnee hinaus zum Fjord und zu den darin liegenden Inseln, die immer noch von dickem Eis umschlossen waren. Da draußen, auf einer der entferntesten Inseln, so wusste er, hielt sich die Königin auf, der er bei seiner Ankunft begegnet war: Königin Ragnhild mit ihrem Sohn, während ihr Gatte fort war und sich in der Østfold um die Steuern kümmerte. Dort draußen auf der Insel, die sie Drottningholm nannten, Insel der Königinnen. Er sah zu, wie sein Atem in der eiskalten Luft kondensierte, und dachte über Schweiß auf Eisen nach, Eisen, das im Wassereimer zischte, Männer, die auf ihre Hände hauchten, um sie zu wärmen, Dampf, der in der kalten Luft von warmen Körpern aufstieg. Was war Dampf?, fragte er sich.

Über den Schnee trugen zwei Männer einen Eimer auf ihn zu, der zwischen ihnen an einer Stange hing. Etwas an dem Bild war seltsam. Normalerweise würde man erwarten, dass Sklaven mit einer derartigen Aufgabe betraut wurden, aber diese Männer waren keine Sklaven: zu groß, zu gut gekleidet, Schwerter an ihren Gürteln. Shef konnte hören, wie hinter ihm Cwicca Karli an den Blasebalg beorderte und nun seinerseits Udds Anweisungen folgte. Über das ungeschickte Hämmern konnte er das leise Knarzen von Lederschuhen im Schnee hören.

Die Männer erreichten die Tür zur Schmiede und setzten den Eimer sorgsam ab. Wie so oft bei den Norwegern musste Shef den Blick heben, um ihnen in die Augen sehen zu können.

„Ich bin Stein von der Wache der Königin Ragnhild", sagte einer von ihnen.

„Ich wusste nicht, das Wachen Eimer tragen", stellte Shef fest.

Stein machte ein finsteres Gesicht. Die Geräusche aus der Schmiede waren verstummt, als die Männer darin die Unterhaltung hör-

ten, und Shef wusste, dass sie sich an der Tür drängten, immer bereit, ihrem Anführer nötigenfalls zu Hilfe zu kommen.
„Dies ist ein besonderer Eimer“, sagte Stein, seinen Zorn zügelnd. „Ein Geschenk für Euch, den Ivarsfluch. Es ist Winterbier. Wisst Ihr, was das ist, Südmann? Wir brauen unser stärkstes Bier, und beim härtesten Frost stellen wir unsere Fässer nach draußen. Das Wasser im Bier gefriert, wir brechen das Eis oben weg und werfen es fort. Je länger man dies macht, desto mehr verliert das Bier an Wasser und desto stärker ist das, was übrig bleibt. Ein Getränk für Helden – wie Euch, wenn Ihr denn Ivar erschlagen habt.“
Steins Gesichtsausdruck zeigte Zweifel, der sich noch vertiefte, als Cwicca und die anderen sich nach draußen schoben, um einen Blick auf das gelbbraune Gebräu zu werfen. Keiner der Engländer war weniger als eine Kopf- und Schulterhöhe kleiner als die beiden Nordmänner, und selbst der kräftige Karli wurde von ihnen überragt.
Stein fummelte an seinem Gürtel herum. „Die Königin befahl mir, Euch Folgendes zu sagen: Der Trunk ist für Euch und nach Eurem Ermessen für Eure Männer. Aber die Königin sagte, Ihr wäret mit nichts an Land gekommen, also sendet sie Euch einen Becher. Dieser Becher ist für Euch allein. Für Euch allein.“
Er löste das, was er bei sich getragen hatte, und übergab es Shef. Überrascht drehte Shef das Geschenk in seinen Händen hin und her. So, wie Stein sprach, hätte man einen Kelch aus Gold oder Silber erwartet, irgendetwas Kostbares. Stattdessen handelte es sich um einen einfachen Becher aus ausgehöhltem Buchenholz, aus dem jeder beliebige Knecht trinken mochte. Als er ihn umdrehte, bemerkte er Einkerbungen am Boden. Runen. Eine Nachricht.
Da sein Auftrag erfüllt war, drehte sich Stein zusammen mit seinem Begleiter um, wartete nicht einmal den Dank ab. Shef fand seine Fassung wieder und rief seinen Kameraden zu: „Na schön, bringen wir es rein, wo es warm ist. Fritha, lauf hinunter zur Hütte und hol die Becher und einen Schöpflöffel, wenn du einen

finden kannst. Lasst uns zumindest etwas trinken. Und Udd, erhitze ein paar der Dornen – wir können das Bier erwärmen und prüfen, wie es heiß schmeckt. Genau das Richtige in diesem Land. Hama, übernimm du den Blasebalg für ihn; Osmod, hol mehr Holz fürs Feuer."

Während die ehemaligen Sklaven geschäftig herumliefen, trat Shef in das kalte, helle Sonnenlicht hinaus, um die eingeritzten Runen zu lesen. Sie waren im nordischen Stil geschrieben, den Thorvin ihm beigebracht hatte, aber auf irgendeine Art unvertraut. Langsam erfasste er ihren Sinn.

„Bru er varthat, en iss er thykkr", lauteten sie. „Die Brücke ist bewacht, aber das Eis ist dick."

Welche Brücke? Erneut blickte Shef über den Fjord. Dort draußen lagen die Inseln in dichtem Eis. Nun, da er nach ihnen suchte, konnte er schmale Stege erkennen, die eine Insel mit der anderen verbanden: lange Reihen aus Baumstämmen, die jeden Herbst ins Wasser gelegt wurden und die man dort festfrieren ließ. Die am weitesten entfernte Insel war Drottningholm. Er hatte gesagt, er würde zu ihr kommen, wenn sie ihn riefe. Und das hatte sie nun getan.

Shef bemerkte, dass Karli ihn mit hochgezogenen Brauen beobachtete. Für ihn allein, hatte sie gesagt. Doch wenn er wie ein Kater umherschleichen wollte, war es vermutlich besser, einen erfahrenen Gefährten dabei zu haben.

In der Versammlungshalle kochte die Stimmung hoch. Umso höher, da alle Anwesenden wussten, dass sie schon bald eine endgültige Entscheidung fällen mussten. Das Freudenfeuer war längst von einem Lodern zu einem Glühen heruntergebrannt, und inzwischen leuchteten in der dunkler werdenden Halle nur noch wenige Kohlestückchen. Das Feuer würde nicht wieder in Gang gebracht werden, und ebenso wenig würde die Versammlung fortfahren, sobald kein Funke mehr zu sehen war.

„Was schlägst du also vor?", sagte Valgrim zu Thorvin.

Während die Debatte fortgeschritten war, waren die beiden Männer als Anführer je eines Lagers hervorgetreten, die einander immer energischer widersprachen. Hinter Thorvin stand die Mehrheit der Priester von Thor, Njörd und Idun, pragmatische Männer mit eindeutigen Fertigkeiten, denen sie verpflichtet waren: Schmiedekunst, Seefahrtskunst und Schiffbau, Medizin und Chirurgie. Diese Männer begrüßten die Fortschritte und Experimente von Shefs Königreich des Weges und waren erpicht darauf, diesem Pfad weiterhin zu folgen. Unter Thorvins Anhängern waren zudem die ausländischen Priester, die Friesen, jene, deren Muttersprache nicht Nordisch war. Gegen ihn standen Valgrim, der eine Priester Odins, und die Mehrheit der Priester Freyas, darunter auch diejenigen von Ull, Heimdall, Tyr und den niederen Gottheiten. Die Hinwendung zu ihnen war gerade in Norwegen am stärksten und wurde von denjenigen Anhängern des Weges praktiziert, die am wenigsten reisten und am isoliertesten waren.
„Lasst den Burschen nach England zurückkehren", sagte Thorvin prompt. „Möge er so viele von uns wie möglich mitnehmen. Sein Königreich zum stärksten im Norden machen, einem Ort, wo wir Reichtum und Anhänger sammeln können. Von dort aus fordern wir den Christengott heraus. Noch nie haben wir Jünger von ihm genommen, immer wieder haben sich seine Priester in unsere Länder eingeschlichen und unsere Jünger gestohlen. Lass uns dies unterstützen – den ersten wahren Erfolg, den wir hatten.
Und was schlägst du vor, Valgrim?"
Der große Mann antwortete ebenso rasch: „Hängt ihn als Opfer für Odin an einen Baum. Stattet mithilfe von König Olaf und König Hálfdan die größtmögliche Flotte aus und segelt hinunter, um sein Königreich zu erobern, bevor die Engländer ahnen, was aus ihm geworden ist. Tu dann, was du sagtest, Thorvin. Allerdings unter dem Kommando der Priester des Weges, nicht unter irgendeinem unbekannten Findling."
„Wenn ihr ihn an einem Baum aufknüpft, dann weist ihr den Boten der Götter ab!"

„Er kann nicht der Bote der Götter sein. Er ist kein Nordmann, nicht einmal ein Däne. Vor allem du, Thorvin, müsstest das einsehen. Er mag einen Anhänger tragen, er mag Visionen sehen, aber er hat keinen Glauben. Er ist kein wahrer Gläubiger!"
„Du sprichst wie ein Christ!"
Valgrims Gesicht lief puterrot an, dann schritt er auf Thorvin zu, der seine Hand nach unten auf den Griff seines Zeremonienhammers gleiten ließ. Als die anderen Priester von ihren Stühlen aufstanden, um sich zwischen die beiden Männer zu stellen, durchschnitt eine andere Stimme die kalte Luft, eine Stimme, die während des zornigen Streitgesprächs nicht gesprochen hatte: die von Vigleik mit den Visionen.
„Du, Valgrim, redest davon, eine Flotte auszuheben; und du, Thorvin, redest davon, ein Königreich zu bilden. Vielleicht ist es an der Zeit, den Rat eines Königs und Befehlshabers einzuholen, bevor das Freudenfeuer ausgeht. Ihr habt unsere Worte gehört, König Olaf Geirstad-Alfr. Welche Weisheit könnt Ihr uns unterbreiten?"
Die Gestalt in dem geschnitzten Stuhl erhob sich und ging bis zum Rand des mit Kordeln abgetrennten Kreises. Sein Gesicht war finster, von Sorgenfurchen durchzogen. Darauf lag eine Miene der Erhabenheit – allerdings nicht die sofortiger Entscheidungen, wie man sie bei Jarls und Kapitänen sah, ganz zu schweigen von Königen. Seine Augen schienen durch das, was vor ihm war, hindurch zu blicken, auf ein Ereignis oder eine Möglichkeit dahinter.
„Steht es mir frei, zu sprechen?", fragte Olaf. Er wartete auf das gebrummte Einverständnis der Versammelten. „Nachdem ich alles mit angehört habe, was auf beiden Seiten gesprochen wurde, habe ich Folgendes zu sagen:
Ich glaube, ihr alle wisst, obwohl ihr es mir nicht ins Gesicht sagen wollt, dass ich ein Mann bin, der sein Glück verloren hat. Das Glück seiner Familie. Ich kann euch sagen, dass ich es weder verloren noch weggegeben habe. Ich wusste lediglich, dass es ver-

schwinden würde, und dann war es verschwunden. Ich unterscheide mich nur insofern von anderen Männern, als dass ich es wusste, anstatt es viel später oder niemals herauszufinden. Ich weiß sehr viel über das Glück.

Einige Männer werden euch erzählen, dass das Glück einer Familie, das *hamingja,* wie wir sagen, wie eine vollbewaffnete Riesenfrau ist, dass die Glücklichen sie sehen können, wie sie die Geister des Landes sehen. Es gibt Geschichten über Menschen, die gesehen haben, wie ihr Schutzgeist sie verließ und zu jemand anderem ging. Vielleicht sind sie wahr. Aber das ist nicht das, was ich erblickt habe. Eigentlich habe ich nichts gesehen – außer dem Traum von dem mächtigen Baum, von dem ihr zweifellos gehört habt.

Was ich gespürt habe, war das Gefühl kurz vor einem Blitzschlag. Ich wusste, dass der Blitz kommen würde, ich wusste, er würde von mir auf jemand anderen übergehen. Ich wusste, dieser andere würde der Blutlinie meines Bruders entstammen. Als ich jung war, dachte ich, es wäre mein Bruder Hálfdan. Jetzt weiß ich, dass dem nicht so war. Bis vor ein paar Tagen dachte ich, es wäre der Sohn meines Bruders, Harald, den sie Schönhaar nennen.

Nun bin ich wieder nicht sicher. Denn erneut spüre ich es, das Gefühl vor dem Blitz. Mir scheint, als würde sich das Glück wieder wenden, meine Blutlinie gänzlich verlassen – und vielleicht auf den jungen Mann Shef übergehen."

Die Zuhörer regten sich, und die Männer in Valgrims Lager beäugten einander misstrauisch.

„Dennoch lag ich schon vorher falsch, was Hálfdan betraf. Vielleicht habe ich wieder unrecht. Ich glaube allerdings, nicht ganz. Je älter ich werde, desto mehr kommt es mir vor, als sei das Glück keine Sache, die man hat oder nicht, wie Jugend oder Kraft. Es ist mehr wie ein Licht: Ein schwächeres Licht bleibt, wie es war, aber es kann nicht mehr gesehen werden, wenn es von einem helleren Licht überstrahlt wird. Wie eine Kerze, die in einem sonnendurchfluteten Zimmer brennt. Nur mit dem Unterschied viel-

leicht, dass das hellere Licht von dem schwächeren Licht wegnimmt, es sogar auslöscht.
Ich habe von dem Werdegang des jungen Mannes Shef gehört. Er brachte seinem eigenen König Jatmund Unglück. Er erzitterte nicht vor Ivars Glück. Wie man mir berichtete, wurde er von einem der Gottblütigen gerettet, dem König Alfred, Nachkomme Odins. Kurz nach der Rettung wurde dieser König zum Bettler, der seinerseits gerettet werden musste. Ich glaube, dieser junge Mann bezieht das Glück von anderen. Wo er hingeht, verschwindet das Glück. Er könnte es genauso gut aus meinem Blut nehmen, in dem, wie ich dachte, das Glück von Norwegen ruht – wo es tatsächlich ruhte, bis ihr ihn hierher gebracht habt, um es anzufechten."
„All das ist pures Gerede", grummelte Valgrim. „Wir brauchen Beweise."
„Beweise kommen durch Prüfung. Lasst uns sein Glück gegen das von Harald und Hálfdan prüfen und gegen die Königinnen Ása und Ragnhild."
„Wie gehen wir es an?"
„Stimmt der Prüfung zu und ich werde es euch sagen. Doch macht schnell, bevor das Freudenfeuer ausgeht."
Die vierzig Priester blickten auf den winzigen, glühenden Funken, der als letzter verblieben war, und murmelten untereinander. Dann, langsam, nickten Thorvin und Valgrim und gaben ihr Einverständnis. Als ein Tyr-Priester sich hinkniete und sanft auf die verbliebene Glut pustete, begann König Olaf zu sprechen. Bevor er geendet hatte, schüttelte Valgrim bereits unzufrieden den Kopf.
„Zu unsicher", knurrte er. „Ich brauche ein klareres Zeichen."
„Ihr werdet vielleicht ein klareres Zeichen erhalten, als Euch lieb ist, Valgrim. Ich sprach von Licht und Glück. Es gibt noch eine andere Möglichkeit, es zu erkennen. Manche von euch glauben, dass all unsere Leben von den drei Weberinnen gesponnen werden, von Urd, Verdandi und Skuld. Aber sie weben keinen einzel-

nen Faden, sondern eher ein weites Netz, in dem sich die Stränge überkreuzen. Wo die Stränge sich überkreuzen, zerfasern sie! Hütet Euch vor dem Mann mit einem starken Lebensfaden, Valgrim. Erst recht, wenn dieser Strang den Euren kreuzt."
Vigleik regte sich und sprach. „Ich habe die Weberinnen gesehen", sagte er. „Die Gewichte ihres Webstuhls sind Schädel, ihre Schiffchen sind Schwerter und Speere, ihr Netz sind menschliche Eingeweide."
„Das ist die Welt von Skuld", sagte Thorvin ausdruckslos. „Sie ist es, die wir ändern wollen."

Kapitel 12

Die beiden Männer schlichen vorsichtig durch die dunklen Wälder am Rand des Eises. Der Schnee hatte sie stark behindert, da er in unebenen Verwehungen in den Mulden lag und sie zwang, sich durch den Wirrwarr aus Tannenzweigen zu arbeiten. Trotzdem hatten sie es nicht gewagt, die Pfade durch die Wälder zu nehmen – jeder, der sie sah, könnte ihr Tun hinterfragen, und obwohl ihnen nicht verboten war, des Nachts unterwegs zu sein, wollten sie doch keine Unruhe stiften oder irgendetwas erklären müssen. Karli hatte zuerst gegrollt, als der Schnee von den Bäumen ihm in den Nacken fiel, und wiederholt erklärt, er wüsste, wo man ohne diesen ganzen Aufwand nette Frauen finden könne. Als Shef jedoch ungerührt weiterging, war Karli in Schweigen verfallen und hatte diese Expedition als jene seltsame Vorliebe für eine bestimmte Frau akzeptiert, die selbst der vernünftigste Mann empfinden mochte. Schließlich, sagte er sich, war es eine Heldentat, eine Königin zu verführen. Vielleicht fiel sogar eine Prinzessin für ihn ab.

Wo der Wald ins Eis überging, gab es keinen Schnee mehr, er war entweder vom Wind weggeweht oder geschmolzen im Sonnenlicht, das während der länger werdenden Tage durch die Tannen fiel. Shef und Karli kamen leichter voran und blieben einige Augenblicke lang stehen, wobei sie die Umgebung betrachteten und ihren Weg überdachten.

Von der Schule und der Stadt dahinter hatten sie einen Bogen geschlagen und standen nun am Ende einer langen Spitze, die auf die Westseite der Bucht hinausragte. Auf der anderen Seite der Bucht, vielleicht eine Viertelmeile entfernt, lag eine Inselkette, die nach Drottningholm führte. Der Mond war nicht zu sehen, und der Himmel war bedeckt von dicken Wolken, die von einem kräftigen Wind nach Südwesten getrieben wurden, aber dennoch konnten sie die mit Bäumen bedeckte Insel ausmachen, die dem Ufer am nächsten lag und sich schwarz gegen die Düsternis des Meeres und des Himmels abhob. Gerade so als schwarze Schliere zu erkennen war die lange Reihe von Baumstämmen, die Festland und Insel verband. Sie konnten die Wachposten an beiden Seiten nicht entdecken, aber sie waren zweifellos da. Die Frage war nur, ob die Wachen die Silhouetten der beiden Männer sehen konnten, die sich vom Eis abhoben.

„Der Wind hat den Schnee weggeweht", flüsterte Shef Karli zu. „Wir werden uns nicht gegen das Weiß abheben."

„Aber warum ist das Eis nicht auch weiß?", erwiderte Karli.

Beide Männer knieten sich hin und betrachteten die Eisdecke vor ihnen. Sie wirkte dunkel und Furcht einflößend, war jedoch so dick wie die Wände einer Kathedrale. Sie würde nicht nachgeben und war sicherlich bis hinunter zum Schlamm am Grund zugefroren.

Shef trat vorsichtig auf das Eis, sprang mit seinen lederbesohlten Stiefeln auf und ab. Beide Männer hatten Rohleder um ihr Schuhwerk gebunden, damit sie nicht ausrutschten und weniger Geräusche verursachten.

„Es ist fest. Wir können das schaffen. Und wenn das Eis schwarz ist, umso besser für uns."

Zaghaft traten beide auf Eis und schritten behutsam darüber zur Mitte der Insel vor ihnen. Beide gingen in die Hocke, als könne man sie dadurch schwerer bemerken. Bei jedem Schritt setzten sie ihre Füße vorsichtig und achtsam auf, als würde das Eis jeden Moment unter einem plötzlichen Stoß brechen. Hin und wieder verkrampfte sich einer von ihnen, weil er dachte, er würde das erste Zittern dünnen Eises spüren. Dann trotteten sie weiter. Shef hielt seinen Speer in einer Hand. Die Spitze war sorgsam geglättet und gefeilt, sodass sie wieder nadelspitz war. Karli hatte die hölzerne Schwertscheide vom Gürtel gelöst aus Angst, er könne darüber stolpern, und hielt nun Schwert und Scheide zusammen in beiden Händen wie eine Balancierstange.

Als die Insel näherkam, atmeten beide Männer viel leichter. Zur gleichen Zeit wuchs in ihnen das Gefühl, dass sie preisgegeben waren. Die Bäume vor ihnen waren eine dunkle Bedrohung, sie selbst standen im Freien ohne die geringste Deckung. Ihr Verstand sagte ihnen, dass die schwarze Nacht und die niedrigen Wolken ihnen Schutz boten, dass es kein Licht am Himmel gab, das sie verraten konnte. Trotzdem, wenn sie die Insel sehen konnten, so konnte die Insel sie mit Sicherheit auch sehen. Als sie das Ufer heraufliefen, beschleunigten sie ihre Schritte und rannten sofort in die Schatten der Bäume.

Sie saßen eine Weile mit hämmernden Herzen da und warteten auf das Geräusch einer Bewegung oder eines Rufes. Nichts war zu hören. Nur das beständige Zischen des Windes.

Shef wandte sich zu Karli und murmelte: „Wir gehen am Rand um die Insel herum und bleiben auf dem Eis beim Ufer. Sobald wir die nächste Brücke vor uns sehen, entscheiden wir, was wir unternehmen wollen."

Minutenlang schlichen sie vorsichtig am Rand der Insel entlang. Einmal rochen sie den Rauch von Holz und blieben stocksteif stehen. Die Baumreihen blieben jedoch ungebrochen, nicht einmal der Steg eines Häuslers ragte ins Wasser. Sie gingen weiter.

Die Brücke, die zur nächsten Insel führte, hätte sie beinahe überrascht. Sie gingen um eine Landzunge herum und entdeckten sie keine zwanzig Yards entfernt vor sich, zudem, schwer zu übersehen, zwei hochgewachsene Männer, die auf ihren Speeren lehnten. Sie konnten sogar ihre leise Unterhaltung mithören. Rasch zogen sich die beiden Eindringlinge in den Schutz der Nacht zurück.

„Als Nächstes", flüsterte Shef, „sollten wir einen Umweg aufs Meer raus machen, um genug Abstand von denen zu haben."

„Ich weiß nicht recht", brummte Karli. „Ich will da bleiben, wo das Eis dick ist."

„Wenn das Eis nicht dick genug wäre, hätte sie uns nicht gesagt, dass wir hinübergehen sollen."

„Frauen sind seltsam. Und sie könnte sich irren. Außerdem ist sie nicht hier draußen mit fünfzig Fuß kaltem Wasser unter sich."
Shef dachte einen Augenblick nach. „Dann versuchen wir Folgendes: Wie gehen von hier los und bewegen uns parallel zur Brücke, wo das Wasser am seichtesten und das Eis am dicksten ist. Aber wir gehen nicht, wir kriechen. Wir bleiben unten, sodass sie nicht viel erkennen können. Außerdem beobachten sie den Weg, nicht das Eis."
Als sie sich auf den Weg machten, in ihrer schweren Kleidung unbeholfen dahinkrochen, während ihre Bärte über das Eis kratzten, begann Karli zu grübeln. Wenn das Eis so dick ist, warum bewachen diese Norweger nur die Brücken? Warum werden sie überhaupt bewacht? Sind diese Leute so dumm? Oder ist die Königin …?
Sein Freund war mehrere Yards vor ihm und bewegte sich wie eine wütende Natter. Keine Zeit für Diskussionen. Und das Eis schien dick wie immer. Karli kroch rasch hinterher und versuchte, nicht dauernd auf die scheinbare Sicherheit der zwanzig Yards entfernten Baumstammbrücke zu schielen.
Sobald sie die zweite Insel erreichten, krochen beide Männer zur Seite und weg von der Brücke, schlängelten sich um einen der vielen kleinen Ausläufer, die vom Ufer hervorragten, standen auf und rannten erneut keuchend in die Deckung der Bäume. Die Kälte des Eises war durch die Lagen aus Wolle und Leder gedrungen. Vorsichtig legten sie ihre Waffen ab, streiften die Fäustlinge aus Schafwolle ab, die Brand ihnen gegeben hatte, und hauchten auf ihre eiskalten Hände. Shef zog langsam eine Lederflasche aus dem Gürtelriemen und zog den Pfropfen heraus.
„Winterbier", murmelte er. „Der letzte Rest."
Jeder nahm einen großen Schluck.
„Schmeckt wie Bier", murmelte Karli, „fühlt sich aber nicht so an. Man kann spüren, wie einem der Schlund glüht, wenn es runter fließt, egal wie kalt es ist. Schade, dass wir das Zeug dort, wo wir herkommen, nicht machen können."

Shef nickte und dachte wieder einen Moment an Wasser, das auf Bier festfror, an Dampf, der von einer heißen Klinge aufstieg. Keine Zeit, den Gedanken weiterzuverfolgen.
„Drottningholm ist die nächste Insel", sagte er. „Wir wissen, dass der König nicht da ist und es keinem Mann erlaubt ist, dort die Nacht zu verbringen. Noch eine Überquerung …"
„ … und wir sind zwei Hähne im Hühnerstall", beendete Karli den Satz.
„Zumindest können wir erfahren, was die Königin von uns will."
Ich weiß, was sie von *dir* will, dachte Karli, schwieg aber. Langsam arbeiteten sie sich um das Ufer der zweiten Insel vor.
Diesmal war die Brücke leicht zu entdecken, jedoch weit entfernt von dem Punkt, von dem aus sie Drottningholm zuerst gesehen hatten. Sie standen zwischen den Bäumen, blickten hinüber und rechneten ihre Chancen aus. Sie befanden sich an der Westspitze einer weiteren kleinen Bucht, und Drottningholm war vielleicht eine Achtelmeile entfernt. Der östliche Punkt lag ebenfalls eine Achtelmeile entfernt, und die Brücke verlief von dessen Spitze zu der weiter entfernten Insel.
„Wir können genauso gut von hier losgehen wie über die Brücke", sagte Shef. „Und wir müssen nicht kriechen. Wir sind weit genug vom Wachposten entfernt, sodass uns keiner sieht, und wir werden uns immer weiter davon entfernen."
„Alles klar", sagte Karli. „Ich schätze, wenn das Eis hätte brechen können, dann wäre es schon passiert. Wir haben keine Löcher darin gesehen. Es hat nicht geknackt oder so."
Shef fasste ihn an der Schulter, nahm den Speer in beide Hände und machte sich auf den Weg über die flache, schwarze, windgepeitschte Fläche.

„Na gut, wo ist er?" Brand stand in der Tür der stinkenden Gemeinschaftshütte und blickte finster auf die acht Engländer hinab, die ihm gegenüberstanden. Er hatte, erfüllt von Unruhe, zusammen mit Guthmund und den Mannschaften in einer Kneipe am Hafen von Kaupang getrunken, als er durch die Nachricht fortgerufen wurde, dass die Versammlung der Wegpriester geendet hatte. Nach einer kurzen Unterredung mit Thorvin war er geradewegs zu der Unterkunft gegangen, die Shef mit Karli teilte, der inzwischen als dessen Leibwächter betrachtet wurde. Er stellte fest, dass beide nicht da waren, und ging direkt zur Hütte der Katapultschützen.

Angesichts eines zornigen Mannes, der eher sieben denn sechs Fuß groß war, waren die ehemaligen Sklaven zu ihrer unterwürfigen Art zurückgekehrt. Fast unmerklich hatten sie sich zu einer dichten Gruppe zusammengerottet, an deren Spitze Osmod und Cwicca standen, die kräftigsten und selbstsichersten Männer unter ihnen. Ihre Gesichter nahmen einen Ausdruck gefühlloser Ignoranz an.

„Wo ist wer?“, fragte Osmod, der auf Zeit spielte.

Brands riesige Fäuste öffneten und schlossen sich. „Wo – ist – euer – Herr – Shef?“

„Keine Ahnung“, sagte Cwicca. „Nicht in seiner Unterkunft?“

Brand trat mordlüstern einen Schritt vor, hielt inne, als er sah, wie Osmod, einst Hauptmann der Hellebardiere, einen Blick auf den Waffenständer warf. Er machte kehrt, marschierte hinaus und knallte die Tür zu.

Draußen im krustigen Schnee stand geduldig Hund, Shefs Freund aus Kindertagen und nun ein gläubiger Priester der Idun.

„Sie wollen nicht mit mir reden“, knurrte Brand. „Du bist Engländer. Sie wissen, dass du sein Freund bist. Sieh nach, ob du etwas darüber rausfinden kannst, was mit ihm los ist.“

Hund betrat die Hütte. Ein Gemurmel von Stimmen, alle sprachen Englisch mit jenem tiefen Dialekt aus Norfolk, der ihnen gemein war. Schließlich tauchte Hund wieder auf und bat Brand, erneut in die Hütte zu kommen.

„Sie sagen, dass sie es nicht genau wissen“, dolmetschte er. „Aber nachdem sie eins und eins zusammengezählt haben, sind sie ziemlich sicher, dass er eine Art Botschaft erhalten hat. Sie nehmen an, dass er losgegangen ist, um Königin Ragnhild auf Drottningholm zu besuchen. Er hat Karli mitgenommen."

Brand machte Stielaugen. „Nach Drottningholm? Kein Mann darf über Nacht auf der Insel bleiben. Und die Brücken werden alle bewacht."

Cwicca grinste und zeigte seine Zahnlücken. „Ist alles in Ordnung, Skipper", sagte er in dem Kauderwelsch aus Angelsächsisch und Nordisch, das im Heer der Wegmänner in England gesprochen wurde. „Wir sind nicht so blöd. Wir wissen das. Wenn er gegangen ist, dann wird er übers Eis schlittern, klar? Wir sind am Nachmittag runtergegangen und haben nachgesehen. Es ist immer noch ziemlich dick, kein Anzeichen für Risse."

Brand starrte Cwicca und die anderen an, das Entsetzen stand ihm ins Gesicht geschrieben. Er versuchte, etwas zu sagen, schaffte es nicht, versuchte es erneut.

„Wisst ihr englischen Trottel denn gar nichts?", flüsterte er heiser. „Zu dieser Jahreszeit reißt das Eis an den Fjorden nicht auf. Es löst sich von unten nach oben auf. Füllt sich mit Wasser. Dann, eines Morgens, ist es nicht mehr da. Es bricht nicht. Es versinkt einfach!"

Der Wind schlug ihnen mit doppelter Stärke entgegen, als wären sie aus dem Windschatten irgendeiner unsichtbaren Landzunge getreten, sobald Shef und Karli auf dem letzten Stück des Eises waren. Mit dem Wind kam ein Wirbel aus waagerechtem, treibendem Regen. Shef zuckte zusammen, als die ersten Tropfen ihn trafen, weil er stechenden Hagel oder Eissturm erwartete. Dann hob er die Hand zu den Tropfen, die sein Gesicht hinabrannen, und wunderte sich. Regen. Der Frost hatte sich also aufgelöst. Würden sie zurückkehren können, wenn sie drüben waren? Keine Zeit, sich jetzt darüber Gedanken zu machen. Und im Regen mussten sie nicht befürchten, dass die Brückenwachen sie entdeckten.

„Hör mal", sagte er zu Karli, „dieser Regen gefällt mir nicht. Das Eis könnte brechen. Wir können beide schwimmen. Was du tun musst, wenn das Eis unter uns bricht, ist, deinen Kopf oben zu halten. Gerate nicht unter das Eis, sodass du nicht weißt, wo du hin sollst. Wenn wir in ein Loch im Eis geraten, dann schwimm zum Rand und leg dich mit deinem ganzen Gewicht aufs Eis. Wenn es bricht, mach weiter und versuch es noch mal. Wenn wir an eine Stelle kommen, wo das Eis dick genug ist und uns tragen kann, dann kriech nach draußen und krabbel weiter. Und, Karli, steck das Schwert wieder in den Gürtel. Wahrscheinlich wirst du beide Hände brauchen."

Während Karli umständlich gehorchte, blickte Shef, einem Impuls folgend, das dunkle Ufer hinauf, das noch immer einhundert Yards vor ihnen lag, packte den Speer „Gugnir" mit beiden Händen, ging vorsichtig zwei Schritte vorwärts, drehte sich um und warf den Speer in hohem Bogen nach vorne. Er sah, wie er dahinflog, landete und das Eis entlangrutschte, wobei das Klappern vom Rauschen des Regens übertönt wurde.

Als sein Fuß den Boden berührte, spürte er, wie das Eis nachgab. Einen Moment lang standen beide Männer bewegungslos da und horchten nach dem Knacken. Nichts. Weiterhin Eis unter ihren Füßen.

„Vielleicht hat es sich einfach am Ufer gelöst", murmelte Karli.

Sie gingen weiter, vorsichtig, und setzten ihre Füße mit aller Feinfühligkeit auf. Ein Schritt. Zwei.

Kälte brannte in Shefs Stiefel, als er ihn aufsetzte. Wasser. Eine Pfütze auf dem Eis? Wasser im anderen Stiefel. Plötzlich war die Kälte in seinen Knien, seinen Oberschenkeln; er spürte, wie seine lebenswichtigen Organe sich krampfhaft zusammenzogen. Shef blickte sich um und suchte nach einem Riss im Eis, aber nichts war zu sehen, er stand immer noch fest auf beiden Füßen, aber das Eis sank nach unten …

Das dunkle Wasser schlug über Shefs Kopf zusammen, und er kämpfte verzweifelt darum, über Wasser zu bleiben. Da waren

Hände um seinen Hals, die ihn von hinten umklammerten, Hände wie die von Ivar, als sei Ivar von den Toten zurückgekehrt.
Wie wild wand sich Shef in Karlis panischem Griff hin und her, bis sie einander ins Gesicht sahen, brachte seine Hände in Karlis Umarmung zusammen, verschränkte sie und schwang sie mit der Kante nach unten auf Karlis Nasenwurzel. Tauchte aus dem Wasser auf und schlug wieder zu, spürte, wie der Knorpel unter dem Hieb nachgab. Erhob sich wieder, um erneut zuzulangen, spürte, wie sich der Klammergriff löste.
„Tut mir leid, schon gut, mir geht's gut." Karli ließ los und fing an, Wasser zu treten. Sofort fühlte Shef das üble Brennen des eisigen Salzwassers. Oft genug war er im Sumpf durch kaltes Wasser geschwommen, zum Spaß oder um Stellen zu überqueren, an denen es keine Brücken gab. Das hier war anders. Die Kälte hatte sich durch jedes Kleidungsstück gearbeitet, das er trug, hatte sie alle durchdrungen, zog ihm mit jedem Augenblick, der verging, die Stärke aus dem Körper, die Kälte und die durchnässte Wolle und das Leder zogen ihn gemeinsam hinunter in den Schlamm. Und er hatte jegliche Orientierung verloren. Shef stieß seinen Körper so weit wie möglich aus dem Wasser, ließ das eine Auge schweifen auf der Suche nach der Insel oder nach dem anderen Ufer oder nach Eis, das noch immer fest genug war, um dorthin zu schwimmen. Nichts. Nichts.
Was war dort? War das ein tieferes Schwarz als das der Nacht? Er erkannte die Umrisse von Drottningholm, die sich gegen den Himmel abhoben, packte Karlis Schulter, zog ihn in die richtige Richtung. Mit der Stärke der Angst machten beide Männer kräftige Züge, erst ungelenke Züge mit den Oberarmen, dann, als ihre durchnässten Kleider sie hinabzogen, keuchende, kurze Brustzüge. Ihre Beine trieben unter ihnen. Stoß die Stiefel ab, dachte Shef. Sie sagen immer, stoß die Stiefel ab. Aber meine sind mit Lederriemen festgeschnürt und außerdem ... Außerdem ist es kalt. Ich muss rauskommen oder sterben. Bei der ersten Berührung mit dem Schlamm unter seinen Füßen versuchte er so-

fort aufzustehen, und sein Kopf versank direkt wieder unter der Wasseroberfläche. Er zog sich hoch, schlug wieder mit erhobenen Armen um sich, bis er Schlamm unter seinem Bauch fühlte. Er taumelte nach oben, spürte, wie seine Füße unter ihm wegglitten, packte eine Baumwurzel am Ufer und zog sich nach vorne und aus dem Wasser. Hinter ihm ertönte ein Keuchen, ein schwaches Platschen. Shef merkte sich die hilfreiche Wurzel, drehte sich um, sprang wieder ins Wasser, packte Karli und zog ihn mit schierer Gewalt die letzten Yards zum Ufer. Mit einer Hand ergriff er erneut die Wurzel, fasste mit der anderen Karli am Schopf und schleuderte ihn nach vorne auf das eisige Gestade. Beide Männer richteten sich keuchend und prustend auf die Knie auf.

Dabei wurde Shef unzweifelhaft klar, dass sie etwas unternehmen mussten, ansonsten würden sie in der Kälte sterben, und zwar schneller, als ein nachlässiger Priester die Messe las. Das Wasser hatte wie Feuer gebrannt. Nun, da sie an der Luft waren, wurde die Kälte noch schlimmer. Seinen Körper spürte er bereits kaum noch, das Gefühl bitteren Schmerzes verflog, er fühlte, wie ihn eine angenehme Erschlaffung nach unten zog.

„Ausziehen", knurrte er Karli an. „Weg mit der Kleidung. Auswringen."

Mit ungeschickten Fingern suchte er nach den Schnallen seines Umhangs, schien sie nicht finden zu können. Karli hatte irgendwie sein Schwert aus dem Gürtel und der Scheide bekommen und sägte gerade an seinen eigenen Riemen. Er reichte es Shef, der es aus seinen tauben Fingern fallen ließ. Mehrere Augenblicke dauerte das verzweifelte Bemühen im Dunkeln, als sie Schicht um Schicht ablegten. Endlich nackt, wurden sie vom Wind gepeitscht, krümmten sich. Aber der Regenschauer war vorüber, der raue Wind trocknete sie innerhalb von Sekunden. Shef griff nach seinem Hemd, wrang es aus, legte es doppelt zusammen, wrang es nochmals aus und trieb das halbgefrorene Salzwasser hinaus. Als er sich bemühte, es wieder anzuziehen, verspürte er kurz die Illusion verhältnismäßiger Wärme.

Reine Einbildung. Sie würden trotzdem vor Tagesanbruch hier am Ufer sterben. Zumindest aber konnte er einen Moment lang nachdenken.

Als Shef nach seinen Hosen griff, bemerkte er eine Bewegung zwischen den Bäumen. Keine Menschen. Zu klein für die Wächter der Königin. Wolfähnliche Wesen krochen näher, die Bäuche am Boden, die Lefzen bereits über gebleckte Zähne nach hinten geschoben. Aber keine Wölfe. Die Wolfshunde der Königin, zu einem sagenhaften Preis in Dublin gekauft und jede Nacht zu ihrer Sicherheit freigelassen.

Nur der Wasserrand rettete die beiden Männer vor ihrem ersten Ansturm, denn die Männer hatten sich durch irgendeinen Urinstinkt dorthin zurückgezogen, und die Hunde konnten nicht von allen Seiten über sie herfallen. Als der große Rudelführer lautlos hineinlief, hieb Karli, der das Schwert rasch aufgehoben hatte, kraftvoll nach dessen Kopf. Die Klinge, noch immer in ungeübten Händen, drehte sich beim Aufschlag, und der Hund packte mit seinem Kiefer Karlis Handgelenk.

Er hatte einen Kämpfer mit blitzartigen Reflexen gepackt, auch wenn er ein schlechter Fechter war. Sofort hatte Karli ihm den linken Daumen tief ins Auge gestoßen, den Hund, der verrückt vor Schmerz war, abgeschüttelt und das Schwert Shef in die Hand gedrückt, wobei er etwas Unverständliches knurrte. Shef begegnete dem ersten Angreifer mit einem barfüßigen Tritt gegen die Kehle. Als das Tier zurückkam und seinen Schritt anspringen wollte, ergriff er das Schwert, rammte die Spitze nach unten und durchstieß das Herz des Tieres im Sprung.

Der vor Schmerz irre gewordene Anführer hatte einen anderen Hund mit dem Maul gepackt, und die beiden rollten in einem knurrenden Knäuel umher. Ein viertes Tier von der Größe eines Kalbes tapste um sie herum, bereitete sich vor und sprang gegen Karlis Kehle. Er trat ihm wie einem raufenden Kämpfer bei den Prügeleien in Dithmarschen entgegen, senkte sofort den Kopf, um dem Tier die Zähne einzuschlagen, packte den Körper mit beiden Händen, versuchte, die Rippen zu brechen, die Leber zu zerquetschen. Aus dem Gleichgewicht gebracht, zog sich der Hund zurück, fing sich und machte sich bereit für einen zweiten Sprung. Gleichzeitig lehnte Shef sich vor und schlug ein Vorderbein am Kniegelenk ab, stieß die Spitze blitzschnell in die Schnauze eines Hundes, der ihm gefährlich wurde, hieb mit der Vorhand nach dem Hundekampf, der nur ein Yard vor ihnen weiterging, und erwischte mit der Rückhand kurz danach den letzten Hund, der ihn ansprang. Nicht den tödlichen Hieb führen, dachte er. Einfach nur verstümmeln. Hunde sind ungefährlicher als Männer, denn man muss nur ihre Mäuler fürchten.

Ein Wolfshund lag tot da, ein weiterer humpelte auf drei Beinen davon. Dem halbblinden Anführer, der durch den Schnitt an der Seite noch weiter kampfunfähig gemacht worden war, hatte der Hund, den er angriffen hatte, die Kehle herausgerissen. Nur ein Hund stand ihnen noch gegenüber, die Zähne gefletscht, sprang ein paar Zoll vor und zog sich zurück, als er die drohende Schwertspitze sah. Karli, dessen Kopf und Handgelenk nun bluteten, wühlte im Wasser nach einem Stein, zog einen heraus und schleuderte ihn wild auf drei Fuß Entfernung. An der Schulter getroffen, bellte der Hund empört, drehte sich um und flitzte in die Schatten.

Die beiden halbnackten Männer taumelten erneut auf ihre Kleider zu, griffen in den eiskalten Haufen aus Wolle und Leder, mühten sich wieder damit ab, sie auszuwringen und anzuziehen. Als das Adrenalin von dem Kampf nachließ, bemerkte Shef, dass er die Finger an seiner linken Hand überhaupt nicht mehr bewegen konnte. Er konnte sie als Haken verwenden, aber es war ihm unmöglich, eine Schnur zuzubinden oder einen Gürtel festzuzurren.

Langsam schloss er seine Finger wieder um den Schwertgriff und kniete sich neben die Leiche des Hundes, den er aufgespießt hatte. Er trieb die Spitze tiefer in dessen Bauch, schnitt kraftlos nach unten. Der widerliche Geruch von einem durchstoßenen

Darm und den Windungen blasser Innereien drang nach außen. Shef ließ das Schwert fallen, schob seine gefrorenen Hände in die Körperhöhle und griff nach dem Herz der Kreatur.
Die Körpertemperatur eines Hundes ist höher als die eines Menschen. Das noch immer warme Blut rann über Shefs Finger wie flüssiges Feuer, schien seinen Körper hinaufzugleiten. Er schob seine Arme tiefer und bis zu den Ellenbogen in die Körperhöhle und wünschte sich, er könnte ganz hineinkriechen. Karli, der zugesehen hatte, was er getan hatte und warum, humpelte schmerzerfüllt hinüber und folgte tastend seinem Beispiel.
Als das Gefühl zurückkehrte, trat Shef zurück, zog seine nassen, aber nicht mehr tropfenden Hosen an, befestigte den Gürtel, schlüpfte in seinen vom Wasser durchgeweichten Ledermantel. Sein Wollhut lag irgendwo in den Gewässern des Fjordes, seine Fäustlinge aus Schafswolle hatte er in der Dunkelheit verloren. Im Gegensatz zu seinen warmen Händen fühlten sich seine Füße wie Eisblöcke an. Noch einen Hund aufschlitzen? Obwohl es fast absolut notwendig erschien, konnte er sich dennoch nicht dazu durchringen. Ungelenk schüttete er das Wasser aus seinen Stiefeln, stieß die Füße hinein und hatte das Gefühl, als würden seine Zehen jeden Moment abbrechen. Er machte sich nicht die Mühe, die durchschnittenen Riemen an Stiefeln und Umhang neu zu befestigen.
„Was tun wir jetzt?“, fragte Karli. Er übergab Shef das Schwert und hielt die Scheide aus Holz wie einen improvisierten Knüppel.
„Wir sind hergekommen, um die Königin zu besuchen“, sagte Shef.
Karli öffnete den Mund, als wolle er antworten, dann schloss er ihn. Das Weib hatte ihnen eine Falle gestellt, das war offensichtlich. Es sei denn, ihr Gatte hatte die ganze Zeit hinter allem gesteckt. Solche Täuschungen hatte er früher schon erlebt. Jedoch waren die Halle der Königin und die Nebengebäude die einzige Unterkunft auf dieser Insel. Wenn sie weder Unterschlupf noch

Feuer bekamen, würden sie noch vor Sonnenaufgang tot sein. Karli trottete hinter Shef her durch das Dickicht aus Tannen in der Hoffnung, auf einen Pfad zu stoßen. Er hatte auf eine Prinzessin gehofft. Jetzt würde er sich mit einer freundlichen Nutte begnügen, mit irgendeiner Schlampe von Hausmagd, mit einem Feuer und einer Decke in der Ecke.

Im hintersten Zimmer der Halle der Königin von Drottningholm saßen sich zwei Frauen auf je einer Seite eines hellen Feuers gegenüber. Jede saß mit geradem Rücken in einem harten Holzstuhl, jede glänzte vor Schmuck, jede umgab die Aura einer Frau, die nicht zurückgewiesen wurde, und wenn, dann niemals gefahrlos. Das waren die einzigen Ähnlichkeiten zwischen ihnen. Vom Augenblick ihres ersten Treffens an hatten sie einander gehasst.
Königin Ása, Witwe und Mörderin von König Gudrød, Mutter von König Hálfdan, hatte all ihre Hoffnungen in ihren Jungen gesetzt. Doch sobald er dem Kindesalter entwachsen war, hatte er sie gefürchtet und ihr misstraut. Hatte sie nicht seinen Vater getötet? In seiner Jugend war er wie sein Vater und in Missachtung seiner Mutter den Frauen nachgejagt, im Mannesalter war er zum Wikinger geworden und verbrachte jeden Sommer auf Raubzügen, jeden Winter mit der Planung des nächsten oder mit der Festigung des letzten. Die Enttäuschung hatte Ása dahinwelken lassen, machte sie braun, verschrumpelt und grausam.
Königin Ragnhild, Ehefrau König Hálfdans, hatte nichts für ihre Schwiegermutter oder deren Sohn übrig, mit dem sie gelegentlich das Bett teilte. Sie fragte sich oftmals, wen sie selbst ausgewählt hätte, wenn es ihrem Vater erspart geblieben wäre, eine Ehe für sie zu arrangieren. Sie fragte sich manchmal, ob nicht sogar Haki, der einarmige Berserker, der Bergtroll, eine bessere Partie abgegeben hätte. Während sich ihre Stärke und ihr Einfluss voll entfalteten, tröstete sie sich nötigenfalls mit dem einen oder anderen Getreuen aus ihrer Wache. Ihr Gatte bestand darauf, dass kein Mann über Nacht auf der Insel bleiben durfte, um seines

guten Namens und der Legitimierung ihres einen Kindes willen. Am Tag aber konnte man vieles erreichen. Nur in einer weiteren Sache war Ragnhild Ása ähnlich: Ihr ganzes Leben drehte sich um ihren einzigen Sohn, den Jungen Harald. Hätte Ragnhild es gestattet, hätte die Großmutter vielleicht einen kleinen Teil ihrer enttäuschten Liebe vom Sohn auf den Enkel übertragen. Dies war der eine Punkt, in dem beide an einem Strang zogen.

„Bereits Mitternacht", sprach Ragnhild in die warme Stille hinein. „Er wird nicht kommen."

„Vielleicht hat er es nicht mal versucht."

„Männer kehren einer Einladung von mir nicht die Rücken zu. Ich habe seine Gedanken gespürt, als er am Anleger stand. Er konnte mich ebenso wenig abweisen wie einer meiner Hunde ein läufiges Weibchen."

„Du beschreibst dich selbst sehr gut. Aber du hättest all das ohne das Schauspiel erreichen können. Als Weibsstück, das du bist, hättest du auch deinen Hund Stein schicken können, um ihn niederzustrecken."

„Seine Freunde vom Weg hätten ihn beschützt. Das hätte Olaf auf den Plan gerufen."

„Olaf!" Die alte Königin spie den Namen förmlich aus. Der Nachsicht ihres Stiefsohnes verdankte sie ihr Leben und das ihres Kindes. Umso mehr hasste sie ihn, und noch mehr, da ihr Sohn ihre Gefühle nicht teilte, seinen älteren Stiefbruder immer respektierte und sich ihm beugte, trotz Olafs unglücklichem Namen und Hálfdans Geschichte voller Raubzüge.

„Und dein Sohn, mein Gatte, hätte seinen Bruder unterstützt", fügte Ragnhild hinzu und drehte noch einmal das Messer herum, von dem sie wusste, dass es da war. „So ging es besser, als wenn ich es getan hätte. In einer Woche wird man seine Leiche finden, wenn sie aufgedunsen ist, und die Männer werden sagen, was für Narren die *Enzkir* sind, dass sie sich aufs morsche Eis hinauswagen."

„Du hättest ihn lassen können", deutete Ása an, entschlossen, ihrer Schwiegertochter nicht nachzugeben. „Er war kein Risiko.

Ein einäugiger Grünschnabel aus einem weit entfernten Land, einem Sklavenland. Wer würde einen solchen Mann für eine Gefahr für einen wahren König wie Hálfdan halten? Oder selbst für deinen kümmerlichen Harald? Du solltest besser diesen Halbtroll Viga-Brand fürchten."

„Nicht Größe macht einen König aus", sagte Ragnhild. „Oder einen Mann."

„Du musst es ja wissen", zischte Ása.

Ragnhild lächelte verächtlich. „Der Einäugige hatte Glück", sagte sie. „Das hat ihn so gefährlich gemacht. Doch das Glück hält nur so lange an, bis es auf ein stärkeres Glück trifft. Das Glück, das in meinem Blut ist, das Glück der Hartings. Wir sind es, die den Einen König des Nordens krönen werden."

Die Tür hinter ihnen ging knarzend auf und ließ einen Stoß eisiger Luft herein. Beide Frauen sprangen auf die Füße, und Ragnhild griff nach dem Eisenstab, mit dem sie immer ihre Thralls rief. Durch die Tür kamen zwei Männer gestolpert, einer groß, einer klein. Der Kleine schob die Tür zu, klappte den Riegel herunter und befestigte sogar den Zapfen, damit die Tür nicht von außen geöffnet werden konnte.

Shef richtete sich gerade auf, ging, das Schwert noch immer in den Händen, müde durch den Raum, zwang sich, nicht vor den herrlichen glühenden Kohlen auf die Knie zu fallen. Seine Gesichtszüge waren kaum erkennbar, verkrustet vom Schlamm und dem Dreck von Ufer und Wald. Blut und Schleim bedeckten seine Hände und verfilzten die Haare auf seinen Unterarmen. Dort, wo die Haut entblößt war, war sie blau vor Kälte mit einem Hauch von tödlicher Blässe auf Nase und Stirn.

„Ihr habt mir eine Botschaft gesandt, Herrin", sagte er. „Ihr habt mich wegen der Brückenwächter gewarnt, aber bezüglich des Eises gelogen. Auch bin ich Euren Hunden begegnet, hier und da am Ufer. Seht, dies ist ihr Herzblut."

Ragnhild hob den Eisenstab, den sie gepackt hatte, und schlug damit auf ein eisernes Dreieck, das über dem Feuer hing. Als Shef mit erhobenem Schwert vortrat, stand sie bewegungslos da. Die Sklavenmädchen waren zwar noch nicht entlassen, hatten jedoch außer Sichtweite auf Pritschen geschlafen. Vier von ihnen taumelten durch die Tür, die in die Haupthalle und zu den anderen Gemächern führte, rieben sich die Augen und zogen ihre Kleider zurecht. Es war zu solch einer nachtschlafenden Zeit unklug, nicht schnell genug dem Ruf einer der beiden Königinnen zu folgen. Wie Ása oft sagte, würde sie schon bald in ihren Grabhügel gebettet, und noch hatte sie sich nicht entschieden, wer ihr im Tode Gesellschaft leisten sollte. Die Frauen, teils in jungen, teils in mittleren Jahren, aber alle mit müden, verhärmten Gesichtern, stellten sich hastig in einer Reihe auf und wagten kaum, einen Seitenblick auf die beiden fremden Männer zu werfen. Männer? Oder Marbendills aus der Tiefe? Königin Ragnhild könnte sogar einen Marbendill in ihre Dienste zwingen.

„Heiße Steine in den Dampfraum“, schnappte Ragnhild. „Mehr Holz für das Feuer. Heizt das Wasser in den Trögen und bringt Handtücher. Bringt zwei Decken – nein, eine Decke für den da und meine gute Hermelinrobe für den englischen König. Und, Mädchen …“ Die Frauen hielten in ihrem ersten gehorsamen Gewusel inne. „Wenn mir zu Ohren kommt, dass irgendjemand davon erfahren hat, dann werde ich nicht fragen, wer von euch es verraten hat. Es liegt immer ein schwedisches Schiff am Hafen, und es gibt immer einen Platz am Tempelbaum von Uppsala.“

Die Frauen rannten hinaus. Ragnhild hatte sich zu voller Größe erhoben und blickte auf Shef hinab, der weiterhin unschlüssig vor ihr stand, und dann hinüber zu Ása.

„Mit dem besseren Glück streitet man nicht“, sagte sie. „Am besten, man schließt sich an.“

Kapitel 13

Shef saß auf einer breiten Holzbank, die beinahe gänzlich den kleinen, dunklen Raum ausfüllte, der lediglich durch einen Docht, der in einer Schüssel mit Walöl schwamm, erhellt wurde. Darunter strahlte ein abgedeckter Trog mit heißen Steinen Hitze aus, brütende Hitze, die die Lippenränder verschrumpeln ließ und zusammen mit dem Gestank des Pinienharzes der Holzwände in die Nase stach. Er suhlte sich darin und fühlte, wie die tiefe Eiseskälte von seinen Knochen taute. Spürte auch, wie der Wunsch nach einer sofortigen Entscheidung schwand. Er befand sich nun in den Händen von anderen. Er war nicht einmal mehr für Karli verantwortlich. Er wusste nicht, wo sie ihn hingebracht hatten.

Auf Anweisung der Königin hatten die Sklavenfrauen ihn fortgebracht, seine dreckige, klamme Kleidung ausgezogen. Eine von ihnen hatte sein Gesicht heftig mit mehreren Handvoll Schnee aus den schnell schrumpfenden Verwehungen draußen abgerieben, um den Frostbeulen vorzubeugen, die sein Gesicht bereits angegriffen hatten. Andere hatten ihn mit warmem Wasser übergossen, ihn mit Lauge eingerieben, Dreck und Blut und Tierfett von seinen Händen geschrubbt. Undeutlich war ihm bewusst geworden, dass sie ihm auch das Schwert abgenommen hatten, dass irgendwie das Gleiche auch mit Karli passierte, aber das plötzliche Eintauchen in die Wärme hatte ihn in einen halb betäubten Zustand versetzt. Danach hatten sie ihn in den Dampfraum geführt und allein gelassen.

Eine Zeit lang saß er da, schwitzte nicht einmal in der glühenden Hitze, ließ die Wärme einfach bis ins halbgefrorene Mark durchdringen. Als ihn schließlich die Müdigkeit übermannte, ließ er sich zurücksinken, bettet seinen Kopf auf einen Holzscheit und verfiel in einen leichten, unruhigen Schlaf.

Irgendwo in der Finsternis über ihm wurde über sein Schicksal diskutiert. Er hörte das inzwischen bekannte Grollen mächtiger Stimmen. Einer sprach für ihn, wie er bemerkte, einer gegen ihn.
„Er hätte im Eis sterben sollen", sagte die feindliche Stimme: kalt, gebieterisch, nicht an Widerspruch gewöhnt, nicht nur die Stimme des Vaters, sondern des Herrschers aller Götter und Menschen.
„Niemand sollte einem Mann vorwerfen, dass er sich selbst rettet", argumentierte die zweite Stimme. Shef wusste, dass er sie schon viele Male gehört hatte, erkannte sie als die Stimme seines Schutzherrn, vielleicht seines Vaters, Ríg des Listigen.
„Er hat den Speer fortgeworfen, den Speer mit meinen Runen darauf. Er hat mir das Opfer entsagt. Er folgt nicht dem Weg der Helden."
„Noch ein Grund weniger also, ihn zu dir zu bringen. Er würde keinen Platz in Walhalla finden, würde kein unterwürfiger Rekrut werden für deine Einherjer.*"*
Die erste Stimme schien zu zögern. „Und doch … Da ist Gerissenheit. Zu wenige von meinen Streitern besitzen sie. Vielleicht ist dies eine Eigenschaft, die ich am Tag von Ragnarök brauchen werde."
„Noch brauchst du sie nicht. Lass ihn, wo er ist; lass uns sehen, wohin sein Glück ihn führt. Er mag dir auf seine Weise dienlich sein."
Shef wusste, dass die zweite Stimme log, erkannte es an den süßen Argumenten, die ihr von der Zunge tropften. Sie schindete Zeit für ihn.
„Glück!", sagte die erste Stimme auf einmal amüsiert. „Dann lass uns abwarten. Wenn er Glück hat, wird es sein eigenes sein, denn meines hat er fortgeworfen. Und er wird großes Glück brauchen, um die Gefahren von Drottningholm zu überstehen. Wir werden zusehen."
Die beiden Stimmen trieben in einem Knurren von Argumenten davon.

Shef kam plötzlich wieder zu sich. Wie lange hatte er geschlafen? Nicht lange, dachte er. Es war zu heiß, als dass jemand hier bequem liegen könnte. Er schwitzte nun, und die Bank unter ihm war feucht. Zeit, aufzustehen und sich umzusehen. Er entsann sich der Gedichtzeile, die er von Thorvin gehört hatte:

„Ohne, dass jemand ahnt, wo Nicht-Freunde sitzen
in jeder Halle.“

Als er auf die Füße kam, ging die Tür des kleinen Raumes quietschend auf. In der Kammer dahinter war ein Feuer entzündet worden, und dank des Leuchtens hinter ihr erkannte er, dass die Gestalt, die in der Tür stand, die Königin war, Ragnhild. Er konnte nicht sehen, was sie trug. Sie schloss die Tür, und als sie näherkam, drückte sie sich an ihn.

„Ihr habt Euren Schmuck abgenommen, Königin“, sagte er mit rauer Kehle. Er konnte spüren, wie ihn der Frauengeruch aufwühlte, der ihr entströmte, stärker als der der Pinien.

„Niemand kann im Raum der heißen Steine Gold tragen“, erwiderte sie. „Es würde ihn verbrennen. Also habe ich meine Ringe und Armreife abgelegt. Seht, sogar meine Brosche ist weg.“

Sie fasste ihn bei den Händen, drückte sie an ihre Robe, ließ sie den Aufschlag entlanggleiten. Das Kleid ging auf. Shefs Hände umfassten die schweren Schwellungen ihrer Brüste und er erkannte, dass sie nichts trug außer dem offenen Gewand. Seine Arme umschlangen sie, seine Hände strichen den langen, muskulösen Hang ihres Nackens hinab, packten wild ihre Hinterbacken. Sie drängte nach vorne, stieß ihr Becken gegen ihn, drängte ihn zurück. Mit der Rückseite der Knie stieß er gegen die Bank, sodass er auf einmal wieder saß.

Als ihm plötzlich der Schweiß aus allen Poren drang, setzte die Königin sich rittlings auf ihn und stieß hinab auf sein steifes Glied. Zum ersten Mal, seit er vor zwei Jahren im Wald von Suffolk in Godive eingedrungen war, spürte er die innere Wärme eines weiblichen Körpers. Es war, als hätte sich ein Zauber gelöst. Halb erstaunt über seine eigene Befähigung riss er das Gewand beiseite, packte die Königin bei den Hüften und begann, noch immer im Sitzen, wie wild nach oben zu stoßen.

Ragnhild lachte, hielt sich an seinen Schultern fest. „Ich habe noch niemals in diesem Raum einen Mann gesehen, der so rege war. Normalerweise sind sie durch die Hitze so langsam wie ein kastrierter Stier. Ich sehe schon – dieses Mal werde ich keine Birkenzweige brauchen."

Nach unbestimmter Zeit ging Shef hinüber zur äußeren Tür der Halle, öffnete sie, lugte vorsichtig hinaus. Vor sich im Osten konnte er einen schmalen Streifen Licht erkennen, der sich auf der anderen Seite des Fjords über die Hügel von Østfold erstreckte. Ragnhild blickte ihm über die Schulter.

„Dämmerung", sagte sie. „Stein und die Wachen werden schon bald hier sein. Du wirst dich verbergen müssen."

Shef stieß die Tür auf und ließ die Luft über seinen nackten Körper gleiten. In den letzten Stunden war er zunächst erfroren und dann beinahe geröstet worden. Nun fühlte sich die Luft lediglich angenehm kühl und frisch an. Tief atmete er die klare Luft ein, dachte, er könne sie im grünen Geruch des Grases wahrnehmen, das sich durch den verschwindenden Schnee nach oben reckte. In Norwegen kam der Frühling spät, doch dann machten Pflanzen und Tiere und Menschen die verlorene Zeit wieder wett. Seit dem Knabenalter hatte er sich nicht mehr lebendiger und aufgeweckter gefühlt. Die Gefahr, die in seinen Träumen drohte, war vergessen.

Er drehte sich um, umfasste Ragnhild erneut und drückte sie langsam auf den Boden. Lachend widerstand sie. „Die Männer werden gleich hier sein. Du strotzt vor Kraft. Hast du vorher nicht genug bekommen? Nun, ich verspreche dir – du wirst es heute Nacht wieder bekommen. Aber jetzt müssen wir dich verstecken. Die Mädchen werden nicht reden, und die Männer werden nicht suchen. Sie wissen es besser. Aber wir dürfen Hálfdan keinen Grund geben, später Ärger zu machen."

Sie zog den noch immer nackten Shef von der Tür weg.

Karli fragte sich, wo sie seinen Freund versteckt hatten – er nahm an, dass er ihn von nun an seinen Herrn nennen musste. Er selbst lag auf einer Strohmatratze in einer Dachstube, die durch die Gemächer der Sklavenfrauen über eine Leiter erreicht wurde. Durch ein kleines Fenster ohne Läden fiel Licht, aber man hatte ihn gewarnt, nicht nach draußen zu schauen. Seine zerschnittenen Handgelenke und sein Kopf waren bandagiert worden, und er lag eingewickelt in einer warmen Decke.

Die Leiter knarzte, und er griff nach dem Schwert, das er aufgehoben hatte, als sie ihn von Shef getrennt hatten. Es waren jedoch nur zwei Sklavinnen, die gemeinsam heraufkamen. Er kannte ihre Namen nicht. Nichtssagende, braunhaarige Frauen, eine in seinem Alter, eine zehn Jahre älter, das Gesicht voller tiefer Falten. Sie hatten seine Kleider dabei, gewaschen und am Feuer getrocknet, einen Laib hartes Brot, einen Tontopf mit Bier und einen weiteren mit Weißkäse.

Karli setzte sich auf, grinste, griff dankbar nach dem Bier. „Ich würde ja aufstehen und mich ordentlich bei euch bedanken, meine Damen", sagte er. „Aber ich habe nur diese Decke, und was ich dahinter habe, könnte euch erschrecken."

Die Jüngere lächelte zaghaft, die Ältere schüttelte den Kopf. „Es gibt nur wenig, was die Bewohner dieser Insel erschreckt", sagte sie.

„Wie das?"

„Es gibt anderes, worüber wir uns Sorgen machen. Die Königinnen spielen ihre Spiele – mit den Männern und dem König und dem Knaben Harald. Am Ende wird eine von ihnen verlieren und das Pfand bezahlen und in den Grabhügel getragen werden. Königin Ása hat bereits damit begonnen, die Dinge beiseitezuschaffen, die ihr beigegeben werden sollen – der Schlitten und der Karren und der Schmuck und die feinen Kleider. Aber weder sie noch Ragnhild werden alleine gehen, wenn es soweit ist. Sie werden Begleiterinnen mitnehmen – vielleicht eine, vielleicht zwei. Von allen hier bin ich die Wertloseste. Vielleicht nimmt Ása mich mit, oder Ragnhild schickt mich. Edith hier ist die Jüngste. Mag sein, dass Ragnhild eifersüchtig wird und sie schickt."

„Edith", sagte Karli, „ist kein nordischer Name."

„Ich bin Engländerin“, sagte die Jüngere. „Martha hier ist Friesin. Sie haben sie im Nebel von ihrer Insel verschleppt. Ich wurde von den Sklavenjägern gefangen genommen und auf dem Markt von Haithabu verkauft.“ Karli starrte sie an. Bisher hatten alle drei Nordisch gesprochen, die Frauen ziemlich fließend, Karli weiterhin unsicher. Jetzt wechselte er zur Sprache von Dithmarschen über, die mit Friesisch und Englisch verwandt war und von der er wusste, dass Shef sie problemlos verstand.

„Wusstet ihr, dass auch mein Freund und ich keine Nordmänner sind? In England ist er ein König. Man sagt aber, dass er einst ein Thrall war wie ihr. Und erst vor ein paar Wochen haben sie versucht, ihn in Haithabu zu verkaufen.“

„Versucht?“

„Er hat den Mann niedergeschlagen, der behauptete, sein Herr zu sein, und hat gedroht, ihn an seiner statt zu verkaufen. Ein guter Witz und kein schlechter Schlag. Aber hört zu: Ich kenne meinen Freund und ich weiß, dass er nichts für Sklavenhalter übrig hat. Wenn wir zu unseren Freunden zurückkehren, soll ich ihn dann bitten, euch den Königinnen hier abzukaufen? Er würde es tun, wenn er wüsste, dass du Engländerin bist, Edith, und auch Martha würde er mitnehmen.“

„Ihr werdet nicht zu euren Freunden zurückkehren“, sagte Martha geradeheraus. „Wir hören viel. Königin Ragnhild fürchtet deinen Freund. Sie glaubt, dass er vielleicht den Platz einnehmen wird, den sie für ihren Sohn ausersehen hat. Gestern Nacht wollte sie euch beide töten. Nun hat sie vor, die Männlichkeit deines Freundes zu nutzen, um ein Kind von ihm zu bekommen, falls sein Blut zum Herrschen auserkoren ist. Sobald sie das Kind in ihrem Bauch hat, wird dein Freund Bilsenkraut in seinem Haferbrei finden. Und du auch.“

Karli blickte unsicher auf den Laib Brot, an dem er geknabbert hatte.

„Nein“, fuhr die Frau fort, „noch seid ihr sicher. So sicher wie wir. Bis sie bekommen hat, was sie will.“

„Und wie lange wird das dauern?"
Zum ersten Mal lachte Martha, ein kurzes und freudloses Bellen. „Ein Kind in den Bauch einer Frau zu kriegen? Du bist ein Mann, du solltest es wissen. So lange man braucht, um eine Meile zu gehen? Bei den meisten von euch weniger."
„Bei mir länger", murmelte Karli. Seine Hand kroch wie von selbst und ohne Einwände ihrerseits Ediths Knie hinauf.

Valgrim der Weise begutachtete den tropfenden Speer, dessen Stahl bereits Spuren von Rost zeigte. Er buchstabierte die Runen auf dem Eisenschaft.
„Wo hast du das gefunden?", fragte er.
„Am Ufer von Drottningholm", sagte Stein der Wächter. „Als wir an diesem Morgen wie gewohnt zur Insel zurückgekehrt sind, habe ich meine Männer losgeschickt, damit sie die Hunde zusammentreiben, wie wir es immer tun. Sie konnten sie nicht finden, und Königin Ragnhild sagte mir, sie wäre durch ihr Geheul gestört worden und hätte ihre Mägde ausgeschickt, um die Tiere hereinzuholen. Als ich weiter nachfragte, geriet sie in Zorn und sagte mir, ich solle hinausgehen, bevor sie mir die Ohren abschneiden lässt. Ich dachte mir, dass irgendetwas faul sei, und schickte ein Wachboot hinaus, das das Ufer entlangfahren sollte, da ja das Eis geschmolzen war. Sie haben das hier gefunden."
„Auf dem Wasser treibend?"
„Nein, die Spitze ist zu schwer. Sie haben gesagt, er hätte nahe dem Ufer gelegen, ungefähr drei Fuß tief im Wasser. Die Spitze war in den Boden gerammt, aber der Schaft guckte noch heraus."
„Was meinst du, was hat das zu bedeuten?"
„Vielleicht sind sie im morschen Eis ertrunken", schlug Stein vor. „Früh letzte Nacht ging alles recht schnell, als der Regen eingesetzt hat."
„Aber glaubst du das auch?"
„Es ist wegen der Hunde", sagte Stein. „Die Sache stinkt, und Ragnhild verbirgt irgendetwas."

„Vielleicht einen Mann?"
„Wahrscheinlich einen Mann."
Beide Köpfte drehten sich zu dem dritten Mann im Raum, zu der unnahbaren, unbeugsamen Gestalt von König Olaf.
„Dies scheint Einfluss auf den guten Namen Eurer Familie zu haben", sagte Valgrim ein wenig unsicher.
Der König lächelte. „Ihr glaubt, dies sei wieder eine zuverlässige Prüfung des Glücks. Wenn König Shef gestern Nacht auf dem morschen Eis war und überlebt hat, hat er eine Prüfung bestanden. Wenn er an den Wolfshunden vorbeigekommen ist, war das eine weitere. Wollt Ihr, dass ich ihm eine dritte stelle?"
„Aller guten Dinge sind drei", sagte Stein.
„Ich stimme zu. Also eine dritte Prüfung und dann keine mehr von Euch oder von mir. Einverstanden."
Valgrim nickte zögerlich und mit berechnendem Blick.
„Dann werde ich meinem Bruder eine Botschaft zukommen lassen, dass es Grund zu der Annahme gibt, etwas sei auf Drottningholm nicht in Ordnung. Ich habe das nie zuvor getan, und er weiß, dass ich es nicht leichtfertig täte. Also wird er mir glauben und eine gründliche Durchsuchung der Insel und aller Gebäude darauf erlauben, von einem Ende zum anderen. Denk daran, wie du es handhaben würdest, Stein. Und falls man dort Eindringlinge findet, die sich verbergen, dann müssen sie vor die Gerichtsbarkeit des Königs gebracht werden. Es wird hart, wenn er glaubt, dass der gute Name seines Sohnes Harald auf dem Spiel steht.
Bis dahin, Stein, verdoppelst du besser die Wachen an den Brücken, sowohl von Drottningholm zur zweiten Insel als auch von dort zur dritten und zum Festland. Ein dreister Mann könnte auch von einer Insel zur anderen schwimmen, also solltet ihr eure Wachboote dorthin ausschicken. Ich muss dir ja nicht sagen, dass es kein Boot gibt, das ein Mann nicht stehlen kann.
Wenn dies eine Prüfung sein soll, dann lege ich es in deine Hände, sicherzustellen, dass sie streng ist. Komm hinterher nicht zu mir und sage mir, es sei keine gerechte Prüfung gewesen, jeder Mann

hätte entkommen können. Du musst dafür sorgen, dass der einzige Ausweg über Wölunds Pfad führt – durch die Luft! Wenn König Shef entkommt, wissen wir, dass er Wölund ist, in welcher Gestalt auch immer."

Stein und Valgrim nickten wieder.

„Und kein Wort zu seinen Freunden", fügte Valgrim hinzu. Aus dem Fenster des hohen Raumes, in dem sie saßen, konnte er Thorvin sehen, der über den Hof der Schule ging, Brand an seiner Seite. Beide Männer wirkten zutiefst besorgt.

„Kein Wort zu seinen Freunden", stimmte Olaf zu. „Diesmal spiele ich anständig, Valgrim. Ihr tut besser das Gleiche. Ansonsten ist es keine Prüfung für das Glück eines Königs."

Als er sich abwandte und hinausging, blickten Valgrim und Stein einander an.

„Er sagte, es soll eine strenge Prüfung sein", sagte Stein. „Ich könnte sie etwas strenger machen, als er plant."

„Tu das", sagte Valgrim und betrachtete erneut die „Gugnir"-Runen auf dem Speer, den er noch immer in der Hand hielt. „Keine Strenge ist zu hart für den Mann, der vorgibt, von Allvater zu kommen."

„Und wenn sich sein Glück als stärker erweist?"

Valgrim packte den Speer fester, schüttelte ihn wie ein Mann, der gleich zustoßen wollte. „Ich glaube, es hat ihn bereits verlassen. Ich habe ihn dafür gehasst, dass er meinen Herrn Odin nachäfft. Jetzt hasse ich ihn noch mehr, weil er das Symbol meines Herrn fortgeworfen hat."

Aus den Schatten der großen Halle heraus beobachtete Karli seinen Freund und Herrn nachdenklich. Alle Zeichen sind da, dachte er. Ich hätte es früher erkennen müssen.

Beinahe seit dem Augenblick ihrer ersten Begegnung – ganz sicher seit ihrem ersten Gespräch – hatte Karli unbewusst angenommen, dass Shef der Ältere von ihnen beiden war, der Klügere, derjenige, der weiter gereist war und geübter im Umgang mit

Waffen. Karli hatte sich deswegen nicht untergeordnet gefühlt. Sein eigener animalischer Geist war zu stark dafür, und er ließ sich nicht in seiner Überzeugung erschüttern, dass er jeden Mann mit seinen Fäusten niederschlagen und, wenn schon nicht jede Frau, so doch zumindest jede recht gut gelaunte Frau ins Bett kriegen konnte. Er fühlte sich Shef nicht unterlegen. Aber er hatte angenommen, dass Shef genauso viel wusste wie er.

Ein Fehler. Er hätte erkennen müssen, dass dieser hochgewachsene Mann mit den Narben und mächtigen Freunden in Bezug auf Frauen nicht mehr als ein Junge war. Er benahm sich derzeit wie ein Junge. Ein Junge, der seiner ersten Frau begegnet war. Was er den ganzen Tag mit Königin Ragnhild getrieben hatte, wusste Karli nicht, aber nun, da die Nacht hereingebrochen war und die Wachen abgezogen worden waren, konnte er noch immer nicht den Blick oder die Hände von ihr lassen. Während er den kräftigen, salzigen Eintopf in seinen Mund löffelte, lag seine linke Hand auf dem bloßen Arm der Königin und streichelte ihn sanft. Jedes Mal, wenn sie sprach, lehnte er sich nahe an ihren Mund, lachte, nahm jede Gelegenheit wahr, sie zu berühren. Karli hatte Geschichten über Hexen gehört, die einem Mann die Männlichkeit aussaugten. Seiner Erfahrung nach war Hexerei nicht nötig. Sexuelles Können, bewusst eingesetzt, wirkte bei jedem Mann – zumindest beim ersten Mal. Sobald einem klar wurde, dass mehr Fische im Meer schwammen, als jemals herausspringen würden, konnte man sich schützen. Allerdings wusste Shef das noch nicht. Und es gab keine Möglichkeit, es ihm zu sagen. Als Karli zu ihm gekommen war, nachdem man ihn aus der Dachstube herausgelassen hatte, war Shef froh gewesen, ihn zu sehen, allerdings dumpf, abgeneigt zu reden oder zu planen oder überhaupt darüber nachzudenken, was geschehen war. Die Ritze hatte ihn geschluckt.

Also war es an ihm. Karli zweifelte nicht daran, dass er und Shef trotz der Wärme und des Essens und der fürsorglichen Aufmerksamkeit in größerer Gefahr schwebten als vorher auf dem Eis. Was

Edith, Martha und ihre beiden Freundinnen ihm erzählt hatten, hatte ihn bis ins Mark erschüttert. Shef war gegen Sklaverei, weil man ihm mit Sklaverei gedroht hatte. Karli war dagegen, weil er keine Erfahrung damit hatte. Im ungesitteten und verarmten Dithmarschen gab es weder Platz noch Arbeit für Sklaven. Die Einwohner mochten schiffbrüchige Fremde an andere Fremde verkaufen, aber sie selbst hielten keine Thralls. Der Gedanke an die beständige Angst, unter der Thralls wie Edith oder Martha litten, war neu für ihn.
Und Angst machte aus Menschen gute Zuhörer. Ihr Leben hing davon ab, dass sie wussten, was vor sich ging, damit sie die wenigen erbärmlichen Vorsichtsmaßnahmen ergriffen, die ihnen offenstanden. Daher ertrug Martha nicht nur die Verachtung und die Schikanen durch die norwegische Haushälterin, die jeden Morgen mit den Wächtern kam und jede Nacht wieder mit ihnen ging. Sie begünstigte beides, machte Fehler, um Prügel und eine Flut von Schimpfwörtern zu provozieren. Nachdem Martha die Pfanne fallen ließ, hatte die kräftige Vigdis gesagt, dass die Zeit für die faulen Schlampen bald käme. Aye, und vielleicht nicht nur für sie. Warum wurden sonst die Wachen verdoppelt? „Und denk nicht einmal daran, wie dein Vater, der rückgratlose Aal, davonzuschwimmen. Die Männer haben Boote auf die Kanäle zwischen den Inseln gebracht. Wenn der König kommt, werden wir sehen, wer nützlich genug ist, um zu leben, und wer nur noch zur Grabbraut taugt."
Vigdis wusste offenbar nicht, zu welchem Zweck die Wachen da waren, und glaubte an irgendeine königliche Intrige: Vielleicht war König Hálfdan es leid geworden, darauf zu warten, dass seine Mutter starb, oder er hatte genug von seiner Frau und ihrer Unabhängigkeit. Aber die Sklavinnen wussten es besser. Die Hunde, sagten sie. Männer tauchten auf und schauten in ihre Gehege, fragten, wo die anderen wären, warum sie nicht alle heimgekehrt seien, warum man sie nicht bellen hörte, wenn sie noch immer auf der Insel frei herumliefen. Wir haben die Leichen vor dem

ersten Tageslicht fortgeschafft, hatte Edith gesagt, und der Regen wusch das Blut weg, aber auf dem weichen Untergrund brauchte man keinen Fährtensucher, um zu sehen, dass irgendjemand dort etwas angestellt hatte.
Die Gnade einer Nacht oder von zweien, dachte Karli, der weiterhin Ragnhild und Shef beobachtete, während die übel gelaunte Königin Ása beide vom anderen Ende des Tisches böse anstarrte. Ich weiß es. Die Sklavenfrauen wissen es. Shef wird nicht zuhören. Und Vigdis hat den Königinnen nichts erzählt. Nun, eines steht fest: Sie werden nicht merken, wenn ich weg bin. Leise trat er durch die Tür in das kleine, beengte Zimmer, wo das Sklavengefolge wartete.
„Hast du darüber nachgedacht, was zu tun ist?", flüsterte Edith.
Er drückte ihre Hüfte. „Ich komme aus Dithmarschen", sagte er. „Ich kenne mich ein bisschen mit Wasser aus. Ich muss etwas bauen, ein …", zögerlich suchte er nach dem richtigen Wort, „… ein Boot?"
„Es gibt keine Boote auf der Insel. Keine Bretter, kein Werkzeug. Es würde Wochen dauern, Bäume zu fällen. Und außerdem würden sie dich hören!"
„Ich meine nicht so ein Boot", sagte Karli. „Ich meine …" Er wandte sich an die Friesin Martha. „Wir nennen es einen *Stechkahn.*"
„Für die Entenjagd", sagte Martha und nickte. „Was brauchst du, um einen zu bauen?"

Stunden später beugte sich Karli schwitzend über das Gebilde, das er am dem Meer zugewandten Ufer der Insel, das am weitesten von den Wachposten entfernt war, zusammengebaut hatte. Der flache Boden bestand lediglich aus einer Tür. Es hatte nur eine gegeben, deren Fehlen am nächsten Tag nicht sofort auffallen würde – diejenige, die zur stinkenden Latrine der Sklavinnen führte. Wahrscheinlich wussten weder die Wachen noch die Königinnen, dass es einen solchen Ort gab, geschweige denn, ob er

eine Tür hatte oder nicht. Karli hatte sie gewaltsam aus den Angeln gehoben und hinausgetragen. Wäre er bloß in der Lage gewesen, in seichtem Gewässer zu bleiben, dann könnte er als Einziger auf der Tür stehen und hindurchstaken. Er wusste allerdings, dass er mehr zustande bringen und einen seewärtigen Kreis ziehen musste, bevor er wieder am Ufer anlegte. Er benötigte einen Platz, an dem er stehen konnte, ohne dass er bei jeder Welle ins Wanken geriet. Und so etwas wie einen Bug, der das Wasser durchschnitt. Gebaut ohne Werkzeuge und ohne Lärm.
Langsam und umständlich hatte er den Rand der Tür mit dem Schwert weggeschnitten, das scharf, aber nicht gezahnt war. Mit Eisenspießen aus der Küche hatte er am Heck Holzscheite festgenagelt, eingeschlagen mit einem flachen Stein, das Hämmern gedämpft durch mehrere Schichten aus Stoff. Darüber hatte er ein flaches Holztablett mit vier Nägeln befestigt, die er mit den Fingern gelockert und heimlich aus einer verzierten Holzdiele im hinteren Teil der Halle gezogen hatte. Ungeduldig und auf das Glück vertrauend, dass der Schaden am nächsten Morgen nicht bemerkt werden würde, hatte er schließlich eine Reihe von Dielen tief am Boden herausgerissen und über einem Knie durchgebrochen. Er versuchte gerade, drei weitere Nägel durch die Dielen in den abgeschnittenen Rand der Tür zu treiben, um einen steilen, rechtwinkligen Bug herzustellen. Sobald das geschafft war, hätte er eine behelfsmäßige Imitation eines Bootes gebaut, wie es die Vogelfänger aus Dithmarschen durch ihren unendlichen Sumpf steuerten. Er würde weder rudern noch staken, sondern es übers Heck wriggen mit einem einzigen Ruder – ebenfalls aus zerbrochenen Dielen, eingekeilt in einen gespaltenen Tannenzweig. Es würde funktionieren, wenn das Wasser ruhig blieb. Wenn ihn niemand aus einem der Wachboote in der Nähe ausmachte oder aus einem der riesigen patrouillierenden Kriegsschiffe des Königs weiter draußen. Wenn er keiner Kreatur aus der Tiefe begegnete.
Beim letzten Gedanken sträubten sich Karli die Haare. Tief im Inneren wusste er, dass er Angst hatte. Nicht vor Wasser, nicht

vor Menschen. Er und die englischen Katapultschützen hatten allzu viele Stunden damit zugebracht, einander Geschichten über Monster zu erzählen und jene weiterzugeben, die sie von den Wikingern gehört hatten. Karli fürchtete die Sumpfthursen in seinem eigenen Land. Die Engländer fürchteten Boggarts, Vetteln und Grendeln. Die Wikinger erzählten Geschichten von allen diesen Wesen und von noch merkwürdigeren Kreaturen – Skoffins und Nixen und Marbendills und Schärentrollen. Wer wusste schon, wem man alles begegnen konnte, draußen auf See in der Finsternis? Es brauchte nur eine mit grauen Haaren bedeckte Hand, die nach oben griff und ihn am Knöchel packte, während er lediglich sechs Zoll über dem Wasser wriggte. Dann würden die Dinger am Meeresgrund schmausen.

Karli schüttelte sich, schlug den letzten Nagel mit einem flachen Stein ein, streckte sich.

Eine Stimme murmelte in sein Ohr: „Auf Fischfang?"

Karli, bereits verängstigt, sprang geradewegs über seinen Stechkahn hinüber, drehte sich in der Luft um, landete fluchtbereit und starrte, um zu sehen, welche Bedrohung sich an ihn herangeschlichen hatte. Fast hätte er sich entspannt, als er das amüsierte, verächtliche Gesicht von Stein sah, dem Hauptmann der Wache, der in voller Bewaffnung dastand, jedoch immer noch die Daumen im Gürtel verhakt.

„Überrascht, mich zu sehen?", meinte Stein. „Glaubtest wohl, bis zum Morgen würde ich nicht zurückkommen? Tja, ich dachte, ein bisschen zusätzliche Sorgfalt kann ja nicht schaden. Immerhin, wenn nach Einbruch der Dunkelheit keine Männer auf Drottningholm gestattet sind, dann gilt das auch für dich. Na? Jetzt sag mir, Kurzbein, wo ist dein größerer Freund? Spielt er drüben in der Halle den Zuchthengst? Er wird mehr als nur ein Auge verlieren, wenn wir ihn König Hálfdan vorführen. Willst du ihn begleiten?"

Das Schwert, das Shef für Karli neu gehärtet hatte, lag noch immer an der Stelle am Boden, wo er es verwendet hatte. Karli sprang vor, packte das Heft, erhob sich. Der Schreck war abgeebbt. Keine Hexe aus der Tiefe. Nur ein Mann. Allein, wie es aussah. Mit Helm und Kettenrüstung, aber ohne Schild.

Stein ließ die Hand auf den eigenen Schwertgriff fallen, zog blank und ging um das Boot herum. Karli war kein Zwerg, aber Stein überragte ihn um eine Kopf- und Schulterhöhe, wog um die fünfzig Pfund mehr als er. Wie schnell war er? Viele Bauernsöhne wären in Wikingerheeren, hatte Shef gesagt.

Karli spannte seinen Ellenbogen und warf sein Gewicht in einen Vorhandhieb, nicht gegen den Kopf, zu einfach auszuweichen, sondern gegen die Stelle, wo sich Hals und Schulter trafen, wie Shef es ihm beigebracht hatte.

Stein sah den Anfang der Bewegung, wusste, bevor das Schwert zurückgezogen wurde, worauf der Hieb abzielte, wo er treffen würde. Er hatte Zeit, einmal mit dem Fuß zu wippen, bevor er konterte. In einer einzigen Bewegung drehte er das eigene Schwert in seiner Hand, riss die Basis der Klinge in einem kurzen Streich nach oben, um den längeren Bogen von Karlis Schlag zu unterbrechen. Die Klingen schlugen einmal klirrend aufeinander. Karlis Schwert schoss, aus seinen Händen geschlagen, hoch in die Luft. Eine Drehung mit dem Handgelenk, und die Spitze von Steins Schwert ruhte auf der Kuhle von Karlis Hals.

Kein Bauernsohn also, dachte Karli gallig.

Steins Gesicht verzog sich vor Abscheu. Er ließ die Spitze zu Boden sinken.

„Es ist nicht das Fell, das den Bären ausmacht“, bemerkte er. „Noch das Schwert den Krieger. Also gut, du kleiner, sommersprossiger Bastard – rede oder ich zerhacke dich zu Fischfutter.“

Er lehnte sich vor, reckte das Kinn vor und nach oben. Karlis Füße schoben sich von der Fechtposition, die er eingenommen hatte, in diejenige, die ihm im Blut lag. In gewohnter Manier täuschte er mit der linken Hand an und legte sofort mit einem rechten Haken gegen die Unterkieferseite nach. Diesmal ließen Stein seine seit Jahrzehnten geschärften Reflexe völlig im Stich.

Der Schlag traf ihn, während er gerade und still dastand. Als er sein Schwert zum tödlichen Gegenschlag anhob, riss ein weiterer Hieb seinen Kopf nach hinten, und ein dritter aus sechs Zoll Entfernung krachte gegen seine Schläfe. Als er nach vorne sank, trat Karli zur Seite und hieb mit der Handkante nach seinem Nacken: regelwidrig im Ring von Dithmarschen, aber erlaubt gegen Gatten oder Rivalen, denen man nachts begegnete. Der Veteran fiel mit seinen sechs Fuß und vier Zoll der Länge nach vor Karlis Füße.

Aus den Schatten erschien Martha, die Sklavin mittleren Alters. Schrecken stand in ihren Augen, als sie den niedergestreckten Mann erblickte.

„Ich bin gekommen, um nachzusehen, ob du schon fort bist. Das ist Stein der Hauptmann. Es ist das erste Mal, dass er nachts herumspioniert. Sie müssen wissen, dass ihr hier seid! Ist er tot?"

Karli schüttelte den Kopf. „Hilf mir, ihn zu fesseln, bevor er zu sich kommt."

„Ihn fesseln? Bist du verrückt? Wir können ihn nicht ewig bewachen oder ruhigstellen."

„Nun … Was machen wir dann mit ihm?"

„Ihm die Kehle durchschneiden natürlich. Tu es jetzt, rasch. Leg die Leiche auf dein Boot und wirf ihn ins Wasser. Es wird Tage dauern, bis man ihn findet."

Karli hob sein Schwert auf, blickte auf den bewusstlosen Mann. „Aber ich habe noch nie jemanden getötet. Er … Er hat mir kein Leid zugefügt."

Mit steinerner Miene trat Martha vor, beugte sich über den Mann, der nun versuchte, vom Boden aufzustehen. Sie griff nach dem Messer, das er in einer Scheide am Gürtel trug, betastete einen Augenblick lang die Klinge, warf seinen Helm beiseite und riss seinen Kopf am Schopf nach hinten. Streckte die Hand aus und um den Kopf herum, trieb die Spitze tief unter das linke Ohr. Zog sie in einem tiefen, schneidenden Halbkreis herum. Blut spritzte aus den durchtrennten Arterien, Stein schrie, und seine

Stimme ertönte als ersterbendes Pfeifen aus dem breiten Loch in seiner Luftröhre.

Martha ließ seinen Kopf los, ließ den Körper vornüber fallen, wischte das Messer ohne nachzudenken an ihrer schmutzigen Schürze ab. „Ihr Männer“, sagte sie. „Es ist nicht anders, als wenn man ein Schwein tötet. Nur dass Schweine nicht andere Schweine aus ihrer Heimat entführen. Man darf sie nicht lebendig begraben. Dir hätte er kein Leid zugefügt! Wie viel haben er und seinesgleichen mir angetan? Mir und den Meinen?

Steh da nicht so rum, Mann! Verschwinde endlich. Und nimm diesen Kadaver mit. Wenn du in zwei Tagen nicht zurück bist, werden wir ihm alle nachfolgen. Wo auch immer er hingegangen ist.“

Sie drehte sich um und floh erneut ins Dunkel. Mit trockener Kehle begann Karli, dem mulmig zumute war, sein klobiges Boot in das niedrige Wasser zu ziehen und dann das tote Gewicht darauf zu legen.

Kapitel 14

Eine Stunde später klemmte Karli das einzige Ruder sorgsam zwischen seine Oberschenkel, richtete sich auf dem unsicher wackelnden Boot auf und dehnte seine überanstrengten Schultermuskeln. Sobald er losgefahren war, hatte er bemerkt, wie sehr sich das Meer, sogar das Meer eines vom Land umschlossenen Fjordes, von den seichten, schlammigen Wasserwegen des Marschlandes unterschied. Selbst durch die sanftesten Wellen wurde die Tür hin und her geworfen. Um überhaupt das Gleichgewicht zu halten, musste er sich soweit wie möglich über die Mitte strecken, was bedeutete, dass seine Ruderbank hinter ihm war und nicht da, wo er sie brauchte. Durch Herumprobieren hatte er eine Möglichkeit gefunden, zu stehen: ein Fuß weit vorgestreckt, einer gegen den Rand des Holztabletts gedrückt. Glücklicherweise hatte er ein Ruder gefertigt, das lang genug war, um trotzdem bis ins Wasser zu reichen.
Ein Vogelfänger aus Dithmarschen hatte zwei Möglichkeiten zum Wriggen, eine schwere und eine einfache. Das Gleichgewichtsproblem schloss die einfache Möglichkeit aus – auf einem Bein aufrecht stehend mit dem Ruder in der Kehle des anderen Knies und mit beiden Händen schwingen. Er hatte sofort die schwere Möglichkeit wählen müssen – das Ruder unter einem Arm, während der andere Arm das Ruder in einer beständigen Acht rauf und runter, von links nach rechts bewegte. Karli besaß einen ungewöhnlichen Gleichgewichtssinn für einen Mann seines Gewichts, eine ungewöhnliche Stärke in Armen und Schultern. Er konnte es schaffen. Gerade so und nur sehr langsam.
Trotzdem, niemand hatte ihn bisher bemerkt. Am Anfang war er in Gewässer gestakt, das tiefer war, als das Ruder lang war, hatte dann erleichtert die Leiche über den vorderen Rand geworfen und bemerkt, wie sich die Holzdielen hoben. Die Kettenrüstung zog

den Körper nach unten. Er würde bald wieder auftauchen, doch bis dahin würde Shef gerettet sein oder Karli würde Stein in die nächste Welt nachfolgen.

Dann war er in gerader Linie von der Insel weg und auf die schwarzen Umrisse der Hügel von Østfold auf der anderen Seite des Fjordes zugestakt. Fünfhundert beschwerliche Ruderschläge, während er sich den ganzen Weg lang bemühte, das Gleichgewicht zu halten. Anschließend hatte er sich umgedreht, vorsichtig hinter sich geblickt auf Drottningholm und die Inseln. Er konnte sie erkennen, allerdings ohne Einzelheiten. Er glaubte nicht, dass in dieser bewölkten, mondlosen Nacht irgendeiner der Wachposten einen gebückten Mann auf einem unsichtbaren Floß auf dem finsteren Meer erspähen konnte.

Er hatte sich umgewandt und machte sich nun auf den Weg zum Hafen von Kaupang im Norden. Wind und Flut lagen hinter ihm. Er wechselte wiederholt von einem Arm zum anderen, während er immer müder wurde. Es war entmutigend, nichts zu sehen – kein Licht, kein Anzeichen für sein Weiterkommen. Er hätte sich genauso gut auf einem uferlosen Meer befinden können, paddelnd von nirgendwo nach nirgendwo.

Solange nichts weiteres mit ihm hier draußen war! Karli wurde klar, dass er über das Fauchen des Windes und das Gurgeln der See noch etwas anderes wahrnahm. Ein ständiges Knarzen, etwas Rhythmisches, etwas, das durchs Wasser stieß. Er blickte hinter sich, war plötzlich erfüllt von Angst vor einer fremdartigen Wasserhexe, die hinter ihrer Beute her schwamm.

Schlimmer als das. Gegen die finstere See und den dunklen Himmel konnte Karli eine Gestalt ausmachen, einen grimmigen, hoch erhobenen Kopf, wie der eines Monsters, das nach Schwimmern Ausschau hielt. Der Drachenbug von einem von König Hálfdans riesigen Kriegsschiffen, draußen auf der Fahrt seiner endlosen Sommerblockade. Karli konnte die weiße Gischt unter den Ruderschlägen sehen, das rhythmische Ächzen der Dollen hören und ebenso das Grunzen der Ruderer, während sie sich in die Riemen legten. Sie ruderten sehr langsam in keine bestimmte Richtung und sparten ihre Kräfte auf. Ausgucke standen an Bug und Heck, hielten aufmerksam Ausschau nach Skippern, die König Hálfdans Steuern entgehen wollten, nach Piraten, die heimlich vorbeifuhren, um Østfold oder Vestfold anzugreifen. Karli ließ sich sofort auf die Dielen fallen, ihm war völlig egal, ob das Wasser ihn durchnässte. Er senkte das Gesicht, zog die Hände in die Ärmel und verbarg das Ruder unter seinem Körper. Da er häufig Ehemännern und Vätern aus dem Weg gehen musste, wusste Karli, dass in einer dunklen Nacht nichts so hervorstach wie weiße Haut. Er versuchte, wie ein Stück schwimmendes Wrackgut auszusehen, und seine Haut kribbelte, als er sich vorstellte, wie die Bogenschützen zielten.

Die Ruder donnerten in seinen Ohren, die Tür kippte und hob sich, als das riesige Kriegsschiff vorbeizog. Kein Ruf, kein Schuss. Als im Augenwinkel der Heckausläufer an ihm vorbeikroch, hörte er den Ausguck irgendetwas rufen, eine undeutliche Antwort. Wieder kein Zuruf. Nichts, was mit ihm zu tun hatte.

Vorsichtig und zitternd kam er wieder auf die Füße, nahm das Ruder auf, wriggte langsam dem verschwindenden Heck des Kriegsschiffes hinterher. Als er erneut ansetzte, seine Ruderschläge zu zählen, spürte er, wie die Tür sich unter seinen Füßen hob. Eine weitere Bugwelle? Nein, etwas Größeres, etwas Näheres, sodass das ganze schwerfällige Gebilde beinahe zur Seite kippte. Karli fiel auf die Knie, packte die Ränder und hörte gleichzeitig ein lautes Schnaufen im Wasser, keine sechs Fuß entfernt.

Eine Finne von seiner Größe glitt sanft vorbei, stand gerade und beinahe im rechten Winkel aus dem Wasser. Darunter wälzte sich ein schwarzer und glänzender Körper vorwärts. Die Finne drehte sich vor ihm, kreuzte und ging auf Abfangkurs. Ein Kopf erhob sich aus dem Wasser, breit genug, um die Tür mit einem Happs zu verschlingen. Kurz erblickte Karli das Aufblitzen eines grellweißen Streifens unter dem schwarzen Oberkörper, sah dann, wie ein intelligentes Auge ihn musterte.

Der Schwertwal, ein Orcabulle, der dem Rest der Gruppe auf der Suche nach Robben voranschwamm, überlegte, ob er das Menschending von seiner Scholle werfen und im Wasser in kleine Stücke zerkauen sollte, entschied sich aber dagegen.

Menschendinger gaben kaum eine richtige Beute ab, sagte ihm eine sanfte, unwiderstehliche Stimme, es war nicht aufregend, sie zu jagen. Manchmal folgten Tümmler ihren Schiffen, und Tümmler waren ein guter Fang. Nicht heute Nacht. Der Orca folgte dem Kriegsschiff nicht mehr, ignorierte das Ding auf der Scholle, schwamm unaufhaltsam davon und kehrte zu seinen Kameraden zurück.

Karli richtete sich auf und merkte, dass die Wärme in seinen Hosen seine eigene Pisse war. Zitternd hob er das Ruder auf, begann, die Schläge zu zählen. Dieses Land war nicht sicher. Menschen und Tiere waren einfach zu groß.

In ihrer Hütte bereiteten die englischen Katapultschützen ihr Frühstück vor und prüften gleichzeitig ihre Waffen. Gerade erst zeigte sich ein Leuchten am Himmel, aber die Freigelassenen standen aus Gewohnheit früh auf. Außerdem fühlten sie sich trotz der Anhänger, die sie trugen, trotz der Tatsache, dass sie sich im Herzen des Glaubens befanden, den sie angenommen hatten, nervös, isoliert und unsicher. Ihr Anführer war verschwunden, niemand wusste, wohin. Sie waren von Männern mit einer fremden Sprache und unberechenbaren Launen umgeben. Tief im Inneren wussten sie, dass die meisten Nordmänner, denen sie begegneten, dachten, alle Ausländer seien lediglich Sklavengut, das darauf wartete, ergriffen zu werden. Sie waren als Männer in einem Erobererheer nach Kaupang gekommen. Allmählich schien sich ihr Ansehen aufzulösen. Wenn man sie entwaffnete, würden sie wieder Felder bestellen und Ziegen hüten, würden erneut unter der Knute schuften. Wortlos hatte jeder von ihnen entschieden, dass es nicht dazu kommen durfte. Wenn nötig, würden sie ausbrechen. Aber wohin?

Im Heer des Weges in England hatte es drei Hauptabteilungen gegeben: Armbrustschützen, Hellebardiere und Katapultschützen. Niemand hatte sich die Mühe gemacht, sie zu Schwertkämpfern auszubilden, wenngleich jeder ein breites, einschneidiges Sachsenmesser im Gürtel trug, das für Feuerholz ebenso nützlich war wie gegen Feinde. Udd hatte allerdings dafür gesorgt, dass jeder Mann dort, welches Handwerk er ursprünglich auch ausgeübt hatte, mit der neuesten Art von Armbrust umgehen konnte, die nicht länger mit Riemenscheiben aufgezogen wurde, sondern deren Stahlfeder man durch einen langen, hervorstehenden Hebel spannte. Er passte unter die Armbrustsehne und lag an den eingesetzten Bolzen an. Mit einem einzigen kräftigen Zug wurde der Bogen gespannt, wobei die Ziehkraft einem Fußbügel an der Vorderseite des Holzrahmens der Armbrust entgegengesetzt war. Osmod und drei weitere trugen zudem ihre unhandlichen Hellebarden, jene Kombination aus Axt und Speer, die Shef für sich selbst erfunden hatte, um seinen Mangel an Gewicht und Übung wettzumachen.
Allerdings stand die Hauptwaffe der Gruppe draußen vor der Hütte: der Maulesel, das Felsbrocken schleudernde Katapult, das sie von der *Norfolk* ausgeschifft und auf Brands *Walross* verladen hatten. Seit ihrer Ankunft waren die Priester Thors emsig gewesen: Sie musterten das Katapult, sahen ihnen beim Schießen zu, brachten sie dazu, weitere Modelle der beiden anderen Katapultarten zu bauen, die sie kannten, die Pfeilwurfmaschine mit gedrehten Seilen und die einfachere, Steine schleudernde Zugblide, die der Weg bereits auf drei Schlachtfeldern eingesetzt hatte. Es hieß, König Hálfdan hätte Experimente angeordnet, um Maulesel auf Plattformen an Bug und Heck seiner Küstenstreifenschiffe anzubringen, die groß genug waren, sie aufzunehmen, wenn auch zu schwach auf dem Kiel, um den wiederholten Rückstoß auszuhalten. Doch bis dahin war der Maulesel dort draußen der einzige seiner Art im Norden.
Es gab noch eine weitere Neuheit, die bisher niemand ausprobiert hatte. Udds Erfindung, der gehärtete Stahl, erschien bislang völlig

nutzlos. Sobald das Material gehärtet war, war es zu fest, als dass sie es mit irgendwelchen ihrer Werkzeuge bearbeiten konnten. Udd hatte gehärtete Armbrustbolzen vorgeschlagen, aber die anderen hatten darauf hingewiesen, dass die Bolzen, die sie besaßen, ohnehin jede bekannte Rüstung durchschlugen, warum sich also Sorgen machen? Schließlich hatte Udd eine dünne runde Platte von zwei Fuß Durchmesser aus dem neuen Stahl gefertigt und sie an einem einfachen Schild aus Lindenholz befestigt. Nur wenige Krieger, wenn überhaupt, trugen Eisenschilde. Das Gewicht war so hoch, dass man den Schild bloß wenige Augenblicke lang handhaben konnte. Stattdessen verwendete man leichtes Lindenholz, um die Speerspitze oder Klinge eines Feindes abzufangen und festzuhalten, gewöhnlich mit einem Eisenring als Handschutz. Die Platte, die Udd hergestellt hatte, war so dünn, dass sie gar nicht zum Schutz beigetragen hätte, hätte sie aus gewöhnlichem Eisen bestanden. Der gehärtete Stahl aber konnte jedes gewöhnliche Schwert, jeden gewöhnlichen Speer oder Pfeil ablenken und wog nicht mehr als eine zweite Holzschicht. Udd und die anderen hatten noch nicht ausbaldowert, welchen Nutzen der neue Schild hatte – überhaupt keinen für Männer, die kämpften wie sie.

Dies war ein Fall, in dem eine neue Technik noch keinen Verwendungszweck gefunden hatte.

Im frühmorgendlichen Trubel hörte zunächst niemand das Kratzen an der Tür. Dann, als es sich wiederholte, hielt Cwicca inne. Die anderen verstummten. Fritha und Hama griffen nach den Armbrüsten, spannten sie. Osmod trat an eine Seite der Tür, hob die Hellebarde. Cwicca zog einen Stift heraus, hob den Riegel und riss die Tür auf.

Karli fiel auf Hände und Knie, konnte sich kaum aufrecht halten. Die sieben Männer glotzten ihn an, knallten dann die Tür zu und kamen ihm zu Hilfe.

„Auf einen Schemel mit ihm", schnappte Osmod. „Er ist durchgeweicht. Ha, und nicht nur vom Wasser! Zieht ihm die Klamotten aus, einer von euch soll ihm eine Decke bringen. Rubbel ihm die Hände, Cwicca, er ist halb erfroren."

Karli, der sicher auf dem Schemel saß, zeigte auf einen Krug. Osmod gab ihm das starke, aufgewärmte Bier und sah zu, wie es mit einem Dutzend Schlucken geleert wurde. Karli setzte ab, atmete aus, saß etwas gerader.

„In Ordnung. Mir geht's gleich wieder gut. Einfach nur kalt und nass und todmüde. Aber ich habe Neuigkeiten.

Erstens, Shef lebt, er ist auf Drottningholm. Die Botschaft, die er erhalten hat, war eine Falle, aber wir sind trotzdem hingekommen. Deswegen ist er auf der Insel, er lebt, aber nicht mehr lange, wenn er dort bleibt. Das Problem ist, dass die Königin da ihm das Hirn rausvögelt und er nicht weggehen will. Wir müssen hin und ihn holen. Aber er wird nicht freiwillig mitkommen, und sie haben die Wachen an den Brücken verstärkt. Außerdem ist er nicht der Einzige da, der gerettet werden muss …"

Karli erzählte seine Geschichte einem Ring aus Gesichtern, die immer grimmiger wurden, je weiter er kam. Am Ende reichte ihm Osmod schweigend einen nachgefüllten Krug und sah zu Cwicca, der als Hauptmann der Katapultschützen in Shefs Abwesenheit die Führung mit ihm teilte.

„Wir müssen ihn von der Insel holen. Wir könnten es selbst tun, aber wir würden hinterher nicht wieder wegkommen. Genau darüber müssen wir nachdenken. Also, wem können wir hier vor Ort trauen?"

„Wie wäre es mit Hund dem Heiler?", fragte Cwicca.

Osmod überlegte einen Augenblick lang. „Ja, ich hätte ihn gerne bei uns. Er ist Engländer und der älteste Freund des Herrn, und außerdem ist er ein Priester des Weges."

„Vielleicht Thorvin der Priester?", schlug einer der Hammerträger vor. Die Gesichter um ihn herum zuckten misstrauisch.

Cwicca schüttelte den Kopf. „Er zeigt mehr Treue gegenüber dem Weg als König Shef. Das ist irgendwie Sache des Weges. Man kann nicht wissen, welchen Pfad er einschlägt."

„Können wir irgendwem dieser Norsker trauen?", fragte einer der anderen.
„Vielleicht Brand."
Stille, während sie darüber nachdachten.
Schließlich nickte Osmod. „Vielleicht Brand."
„Nun, wenn wir ihn auf unsere Seite ziehen können, ist es einfach. Er ist sieben Fuß groß und gebaut wie eine Steinmauer. Er ist der Streiter von sonst wo, oder? Er wird durch die Wachen gehen wie Pisse durch Schnee."
„Da bin ich mir nicht sicher", murmelte Osmod. „Letztes Jahr hat man seinen Bauch mit einem Schwert aufgespießt. Sie haben ihn zusammengeflickt, das schon. Aber seinen Kopf haben sie nicht zusammengeflickt, oder? Ich weiß nicht, ob er überhaupt noch Sieger von irgendwo ist."
„Willst du damit sagen, er ist feige geworden?", fragte Fritha ungläubig.
„Nein. Aber ich sage, er ist etwas vorsichtig geworden, was er niemals vorher war. In diesem Land voller Berserker, oder wie auch immer sie die nennen, ist das fast dasselbe."
„Du glaubst aber immer noch, dass er uns helfen wird?"
„Solange wir nicht zu viel verlangen." Osmod blickte in die Runde und runzelte die Stirn. „Sieben von uns hier, dazu Karli. Wo ist Udd?"
„Was glaubst du? Jetzt, wo das Wasser läuft, ist er oben bei den Mühlen und schaut, wie sie funktionieren. Hat beim ersten Licht einen Brocken Brot mitgenommen."
„Na schön, jemand soll losgehen und ihn holen. Ihr anderen, hört zu. Denn wir werden Folgendes tun …"

„… So sieht unser Plan aus", schloss Osmod und schaute grimmig über den Tisch zu Brand. „Und genau das werden wir tun. Die einzige Frage, die wir an dich haben, ist: Bist du dabei oder nicht?"
Brand blickte nachdenklich nach unten. Obwohl beide Männer saßen, befand sich Brands Gesicht immer noch einen Fuß

über dem des Engländers. Es war wirklich überraschend, überlegte er, wie Shefs Männer sich verändert hatten. Brands Erziehung, Kultur und Erfahrung hatten ihm sein ganzes Leben lang beigebracht, dass ein Sklave ein Sklave und ein Krieger ein Krieger war, und es gab keine Möglichkeit, aus dem einen das andere zu machen. Ein Krieger konnte nicht zum Sklaven werden – oder nur unter großen Vorsichtsmaßnahmen, wie sie König Nidung bei Wölund getroffen hatte, und seht nur, was es ihm gebracht hat. Und Sklaven konnten nicht zu Kriegern gemacht werden. Weder hatten sie die Befähigung noch das Herz dazu. Während der Schlachten in England ein Jahr zuvor hatte Brand seine Meinung überdacht, zumindest ein wenig. Freigelassene waren nützlich, hatte er geschlossen, für einen Krieg mit Maschinen, weil sie selbst zu Maschinen gemacht werden konnten: Sie taten, was man ihnen sagte, auf Befehl zogen sie an Seilen und legten Hebel um. Das war alles. Jetzt jedoch war einer hier, der nicht nur einen eigenen Plan schmiedete und der ihm, Brand, sagte, was er tun würde, sondern er forderte ihn auch noch heraus, ihn aufzuhalten. Der riesenhafte Hålogaländer verspürte eine Mischung aus Irritation, Belustigung und so etwas wie – Besorgnis? Furcht war nichts, was er freiwillig zugeben würde.

„Ja, ich bin dabei", sagte er. „Aber ich will nicht, dass meine Mannschaft sich darauf einlässt. Und ich will mein Schiff nicht verlieren."

„Wir wollen dein Schiff, um damit zu entkommen", sagte Osmod. „Dann segeln wir zurück nach England und verschwinden von hier."

Brand schüttelte den Kopf. „Keine Chance", sagte er. „König Hálfdan hat die Küste so fest zugeschnürt wie einen Froscharsch. Und die *Walross* kann gegen keines der Patrouillenschiffe kämpfen. Sie sind doppelt so groß wie wir."

„Benutz den Maulesel."

„Du weißt, wie lange es dauern würde, nicht nur der Transport, sondern auch das Aufmontieren, damit man damit schießen kann. Außerdem wird jedes Schiff, das nicht speziell dafür ausgelegt ist, einfach zerspringen, wenn ihr das Ding abfeuert."

„Wie können wir also entkommen, nachdem wir König Shef von dieser Königin runtergeholt haben? Willst du sagen, es ist nicht machbar?"

Brand kaute auf seiner Lippe. „Wir können es schaffen. Vielleicht. Aber nicht über den Seeweg. Ich glaube, so geht es am besten: Ich denke mir irgendeine Erledigung aus und gehe sofort ... Sagen wir, ich gehe zum Zeitvertreib raus in die Hügel, das werden sie glaubwürdig finden nach einem Winter, den man zusammengepfercht drinnen verbracht hat. Ich kaufe Pferde für euch alle. Wenn ihr eure Sache erledigt habt, trefft mich an einem Ort, den ich euch nenne. Dann müssen wir allesamt reiten wie Rauch, bis wir aus dem Territorium von Hálfdan und Olaf heraus sind. Sie werden nicht gleich wissen, welchen Weg wir genommen haben. Dann reiten wir querfeldein bis zum Gulafjord. Mein Steuermann Steinulf übernimmt ab da für mich. Ich wage zu behaupten, mit dem Weg hinter sich, oder zumindest mit Thorvin, Skaldfinn und ihren Freunden, kann er mit der *Walross* davonkommen und sie um die Küste herumfahren, um uns zu treffen. Selbst wenn es Ärger gibt, sollte es Guthmund gelingen, mit der *Seemöwe* zu entkommen. Alle treffen sich bei Gula und fahren zurück nach England, wie du gesagt hast."

„Willst du nicht bei dem Angriff dabei sein?"

Brand schüttelte schweigend den Kopf. Osmod wiederum starrte über den Tisch. Er hatte auch immer geglaubt, dass Sklaven und Krieger zwei unterschiedliche Arten waren, so verschieden wie Schafe und Wölfe. Dann hatte er herausgefunden, wenn es einen Grund und nur die kleinste Chance gab, hatte er einen Wolf in sich. Jetzt dachte er über die riesenhafte Gestalt ihm gegenüber nach. Dies war ein Mann, der sogar unter den wilden, streitsüchtigen, stets wetteifernden Helden des Nordens bekannt war. Warum trat er nun beiseite? Überließ anderen die gefährliche Arbeit? Stimmte es, dass ein Mann, der von einer Wunde genas, die ihn an die Schwelle des Todes gebracht hatte, niemals wieder derselbe sein würde? Er hatte auf der Schwelle gestanden und gespürt, wie der kalte Wind hindurchwehte …

„Überlass es dann uns“, sagte Osmod. „Uns, den Engländern“, fügte er hinzu und streute noch Salz in die Wunde. „Glaubst du, wir können es schaffen?“

„Ich glaube, ihr könnt es so machen, wie du es gesagt hast“, antwortete Brand. „Ihr Engländer. Was mir Sorge bereitet, ist, wie ihr alle übers Gebirge zum Gulafjord kommt. Bisher habt ihr nur die zivilisierten Norweger getroffen. Diejenigen, die in den Hügelrücken leben, wo wir hingehen – die sind anders.“

„Wenn wir mit König Hálfdans Wachen fertigwerden, dann auch mit denen. Und was ist mit dir? Du bist der Streiter der Männer aus Hålogaland, oder nicht?“

„Ich glaube, wenn man euch Zwerge durch Norwegen führt, braucht man einen Streiter. Ich werde mich wie ein Hund fühlen, der eine Horde Mäuse durchs Katzenland begleitet. Sie werden euch Burschen einfach für eine kostenlose Abendmahlzeit halten.“

Osmod presste die Lippen zusammen. „Zeig mir, wo wir dich mit den Pferden treffen sollen, Herr Hund. Ich und die anderen Mäuse werden da sein. Vielleicht mit ein paar Katzenfellen.“

Der kleine Wagenzug, der sich auf die Brücke und die Insel dahinter zubewegte, sah so zerlumpt und unbedrohlich aus, wie es nur ging. Vorneweg lief ein alter Ackergaul, der einen ramponierten Karren zog und neben dem ein Mann ging, der dem Pferd aufmunternd zuschnalzte. Die Ladung des Karrens war verborgen, jedoch hielt eine dreckige Plane, deren eines Ende lose flatterte, alles nieder. Auf der anderen Seite des Pferdes lief Udd, der kleinste unter den Männern, und stierte kurzsichtig auf das Kummet: eine norwegische Erfindung, die nur wenige außerhalb der Katapultmannschaft je gesehen hatten. Es befähigte einen Gaul, doppelt so viel Gewicht zu ziehen, wie mit einem Ochsenjoch möglich war, und Udd hatte aufgrund der Faszination für das neue Artefakt den Zweck ihrer Reise vergessen, wie es für ihn typisch war.

Neben und hinter dem Karren trotteten neun weitere Männer: die sieben verbliebenen englischen Katapultschützen, Hund der Heiler, dessen weißes Priestergewand unter einem grauen Mantel verborgen war, und Karli. Keiner trug abgesehen vom Messer am Gürtel eine sichtbare Waffe. Die Hellebarden waren unauffällig auf Nägeln an den Seiten des Karrens befestigt worden. Die Armbrüste, bereits gespannt, lauerten unter der losen Plane.

Als der Karren sich den Weg zum Ufer hinab neigte, richteten sich zwei Wachmänner neben der Brücke auf und hoben ihre Wurfspeere vom Boden auf.

„Die Brücke ist geschlossen“, rief einer von ihnen. „Niemand ist mehr auf der Insel. Seht ihr nicht die Sonne, die fast untergegangen ist?“

Osmod ging weiter und rief etwas Unverständliches in schlechtem Nordisch. Er wusste, dass dort sechs Männer auf Posten waren. Er wollte, dass sie alle herauskamen. Der Mann, der das Pferd führte, schloss sich an und ging ebenfalls weiter geradeaus.

Einer der Wachmänner hatte genug. Er sprang zurück, den Wurfspeer erhoben, und schrie lauthals. Plötzlich kamen andere Männer aus den Hütten auf der einen Seite. Sie hielten Äxte, hoben Schilde auf. Vier weitere, zählte Osmod im Stillen. Das stimmte. Er drehte sich um und zeigte den anderen, die sich um den Karren geschart hatten, seinen erhobenen Daumen.

Sofort waren alle Armbrüste draußen und ausgerichtet, sechs Stück, während Udd sich zurückzog, um seine eigene zu holen und sich den anderen anzuschließen.

„Zeigt’s ihnen“, sagte Osmod kurz.

Fritha, der Schütze der Gruppe, zielte und schoss. Ein scharfes Surren und ein sofortiger Aufschlag. Einer der Männer mit Schild keuchte, sein Gesicht wurde plötzlich bleich, er starrte auf den eisernen Bolzen, der seinen Schild durchdrungen und sich tief in seinen Unterarm gebohrt hatte. Fritha ließ die Armbrust nach unten sinken, rammte den Fuß in den Bügel, zog an dem Ziegenfußhebel, legte einen zweiten Bolzen ein.

„Ihr seid alle Ziele“, rief Osmod. „Diese Armbrüste schießen durch Schild und Rüstung. Ihr könnt uns nicht bekämpfen. Nur sterben. Lasst alles fallen, was ihr tragt, und geht in die Hütte.“

Die Wachen sahen einander an, mutige Männer, aber nervös dadurch, dass ihnen niemand Auge in Auge gegenüberstand, durch die Bedrohung, aus der Entfernung niedergeschossen zu werden.

„Die Schwerter könnt ihr behalten“, bot Osmod an. „Lasst einfach die Wurfspeere fallen. Geht in die Hütte.“

Langsam ließen sie ihre Speere fallen, schlurften zurück in die Hütte, während ihre Feinde sie die ganze Zeit über im Auge behielten. Zwei Engländer rannten mit Brettern, Hämmern und Nägeln dorthin, nagelten die Bretter schnell und grob über die Tür und das verschlossene Fenster.

„Wir haben ein wenig von König Shef gelernt“, bemerkte Cwicca. „Immer überlegen, was man tun wird, bevor man es tut.“

„Sie werden schon bald ausbrechen“, sagte Karli.

„Dann werden sie glauben, sie hätten uns in der Falle. Das verschafft uns ein bisschen mehr Zeit.“

Der Karren rollte über die Brücke, im Winter Baumstämme, umschlossen von Eis, im Sommer mit Brettern auf den Stämmen, die derzeit schwammen. Die Männer trugen die Armbrüste und Hellebarden nun offen, im langen Zwielicht des Nordens jetzt leicht zu erkennen. Aber es gab niemanden, der sie sah oder herausforderte, bis sie die andere Seite der ersten Insel und die nächste Brücke erreichten.

Da sie den Karren auf sich zurollen hörten und wussten, dass niemand dort sein sollte, waren die beiden Wachmänner, die die zweite Brücke bemannten, vorgewarnt und hatten mehr Zeit, zu entscheiden, was sie tun sollten. Angesichts der Reihe von Armbrüsten machte einer von ihnen sofort und vernünftigerweise auf dem Absatz kehrt und rannte davon in der Hoffnung, zu entkommen und Hilfe zu holen. Fritha zielte sorgfältig und jagte ihm einen Bolzen durch den Oberschenkel, was ihn unverzüglich zu Fall brachte. Der zweite Mann legte bedächtig seine Waffe auf den Boden, und in seinen Augen brannte die Rachsucht.

Hund trat von seinem Posten an der Nachhut nach vorne, um sich die Wunde anzusehen, die der Armbrustbolzen geschlagen hatte, und schnalzte beim Anblick des sich ausbreitenden Blutes mit der Zunge: Der Bolzen hatte sich fest in den Knochen gegraben.

Osmod trat zu ihm. „Üble Sache, das Ding rauszukriegen", bemerkte er. „Trotzdem, besser lebendig als tot, und drüben in der Schule bei Kaupang sind die besten Heiler der Welt."

Hund nickte. „Du, Kamerad, wenn du ihn zu Meister Ingulf bringst, um sein Bein richten zu lassen, dann grüße ihn von Hund dem Priester und sage ihm, der Engländer hätte sein Leben auf mein Drängen hin verschont. Bis dahin, verbinde die Wunde, stille die Blutung." Er zeigte ihm seinen silbernen Apfelanhänger, das Zeichen von Idun, der Göttin der Heilung, und wandte sich ab.

Der Karren rollte über die zweite Brücke, über die zweite Insel und das letzte Stück Richtung Drottningholm. Die Freigelassenen blickten gelegentlich über ihre Schultern nach Anzeichen, ob sie verfolgt wurden, und schlossen sich dichter zusammen. Sie wussten, dieses Mal würden sie kämpfen müssen.

Der dritte Wachposten war der größte – ein Dutzend Männer. Sie hatten den Tag bereits in ernster Anspannung verbracht, die auf das Verschwinden ihres Hauptmanns Stein gefolgt war. Sie hatten jeden Winkel der Insel außer den Gemächern der Königin abgesucht und nichts gefunden. Inzwischen warteten sie lediglich auf den Befehl König Hálfdans, bevor sie auch die Halle der Königin durchsuchten, trotzdem erwarteten sie nicht, ihn zu finden. Sie wussten, dass Feinde in der Nähe waren, entweder mordende Menschen oder Monster aus der Tiefe. Ein paar von ihnen hatten eine Schule von Orcas vorbeigleiten sehen, deren riesige Finnen emporragten, und sich gefragt, ob Stein dumm genug gewesen war, ins Wasser zu gehen. Die schwachen Rufe, die sie von dem kurzen Kampf im Norden gehört hatten, hatten sie noch mehr beunruhigt.

Als der Karren und dessen Begleitschutz in Sicht kamen, gingen sie zur Brücke, um sie zu blockieren, vier Mann nebeneinander in drei Reihen.

Aus der hinteren Reihe flog ein Pfeil, der auf den Kopf des Pferdes zielte. Wie auch immer der Karren aussah und welche Ladung er trug, sie mussten ihn aufhalten.

Wilfi, der weiterhin den Gaul führte, trug jetzt den verstärkten Schild. Er hob ihn hoch und hielt den Pfeil geradewegs auf. Er prallte mit stumpfer Spitze ab.

Cwicca, Osmod, Hama und Lulla traten vor, die Hellebarden bereit, ließen sich jeder auf ein Knie nieder und bildeten eine Hecke aus Spitzen, die auf die Nordmänner vierzig Fuß vor ihnen zeigten. Hinter ihnen standen vier Armbrustschützen.

„Werft die Waffen weg", rief Osmod.

Er hegte keine Hoffnung, dass man seinen Befehl befolgen würde. Ein Dutzend erfahrener Krieger, die sich Fremden ergaben, die ihnen zahlenmäßig unterlegen waren? Ihre Mütter würden sie verleugnen. Dennoch verspürte Osmod einen Hauch von Bedauern, Männer niederzuschießen, die eigentlich hilflos waren, hilflos gegenüber einer Waffe, die sie nicht verstanden. Er wartete ab, bis die Armbrüste gespannt, die Wurfspeere gehoben waren, bevor er erneut rief: „Schießt!"

Vier Armbrüste surrten gleichzeitig. Auf vierzig Fuß und gegen stehende Ziele konnte niemand danebenschießen. Die vorderste Reihe der Wikinger brach zusammen, ein Mann wurde vom Einschlag des Bolzens von den Füßen gerissen, da mehrere Pfund pro Fuß an Energie im geschleuderten Stahl lagen und nur einen Augenblick später auftrafen. Ein Mann in der zweiten Reihe keuchte und zuckte zurück, als ein Bolzen durch seinen Vordermann hindurchschoss und sich in seinen Brustkorb bohrte. Ein anderer brach aus dem Haufen der Gefallenen aus, die um seine Füße lagen, und warf sich nach vorne, das Schwert zurückgeschwungen für einen mächtigen Hieb. Schaum spritzte von seinem Schnurrbart, während er rannte, erbittert auf Ehre und einen Schlag aus. Heiser rief er Odin an, als er heranstürmte. Ein Armbrustbolzen, den der kurzsichtige Udd abschoss, zischte an seinem Ohr vorbei, ein weiterer von dem ungeübten Karli flog über seinen Kopf hinweg.

Als er bis auf drei Schritte herangekommen war, erhob sich Osmod aus seiner kauernden Stellung, packte seine lange Hellebarde knapp vor dem Ende des Stiels, stieß von einem niedrigen Punkt aus weit nach vorne. Der heranrasende Berserker stürmte direkt hinein, spaltete sein eigenes Herz mit dem Klingenblatt und rannte mit der letzten Kraft seines Körpers weiter, bis die querliegende Axtklinge und der Dorn ihn ruckartig aufhielten. Sein letzter Atem verließ ihn mit einem Grunzen, seine Augen starrten geschockt geradeaus. Das Schwert fiel ihm aus der Hand, das Leben wich aus ihm. Osmod drehte den Schaft einmal, säuberte die Klinge, zog sie zurück, fiel wieder in eine kniende Position. Eine Reihe von Klicklauten ertönte, als die Armbrüste erneut gespannt wurden. Die sechs Männer vor ihm trennten sich und rannten davon, vier zur Seite das Ufer entlang, zwei zurück über die Brücke nach Drottningholm.

Osmod machte eine kurze Geste. „Erledigt die beiden", sagte er. „Lasst die anderen laufen."

Leichen wurden beiseite geschafft und der Karren rollte ein letztes Mal vorwärts, der alte Gaul nun zu einem Trab angespornt, einige der Engländer liefen rückwärts hinterher und achteten auf Verfolger. Osmod und Cwicca liefen vor den anderen, ihre Blicke suchten das Zwielicht nach dem ab, von dem man ihnen gesagt hatte, sie sollten es erwarten.

„Da", sagte Cwicca und zeigte auf die Stelle. „Sagt Udd und Hund, sie sollen das Boot sichern, wir kommen gut ohne sie aus. Sie müssen nur ablegen und um die Spitze herumfahren."

Osmod gab die Anweisungen, und die beiden Männer trennten sich von der Gruppe. „Der Rest von euch, mit den Schultern gegen den Wagen und schiebt ihn den Abhang rauf. Die Halle steht auf der anderen Seite, und wir müssen uns jetzt sputen."

Gezogen und geschoben von dem Pferd und den Männern, schaukelte der Wagen einen kurzen Abhang hinauf, fuhr durch ein Tannengehölz und brach in eine Lichtung. In der Mitte stand die Halle der Zwei Königinnen mit einem Steildach und Hirschgeweihen, die über die Türen genagelt waren. Kein Lebenszeichen außer einem erschreckten Gesicht, das hinter einem niedrigen Fensterladen hervorlugte, allerdings stieg Rauch aus dem einen Kamin nach oben.

Die Männer wendeten den Karren, sodass das Heck auf die Halle zeigte, rissen die Plane fort, kippten das Fuhrwerk und sammelten sich um die gedrungene Masse des Maulesels auf dem Wagenlager.

„Nicht dahin!", rief Karli. „Ihr zielt auf die Sklavenräume. Er muss dort sein, in den Privatgemächern. Nach rechts drehen, sechs Fuß weiter rechts."

Der eineinviertel Tonnen schwere Maulesel konnte nicht ohne erheblichen Kraftaufwand auf seinem Lager gedreht werden. Stattdessen schob der Pferdeführer den Gaul herum, sodass sich der Karren langsam seitwärts auf der festen Achse drehte.

„Weiter!", rief Cwicca heiser und hob den Arm, wie die Gruppe es geübt hatte.

Fritha, der Lader, hob einen zwanzig Pfund schweren und vom Wasser polierten Felsen aus dem Wagenlager, legte ihn in die Schlinge. Alle Mannschaftsmitglieder außer Cwicca und dem Schießmann Hama sprangen über die Seiten des Karrens. Sie hatten ihre Waffe mit dem ungeheuerlichen Rückstoß noch nie aus einem geschlossenen Raum abgeschossen und waren nicht sicher, welche Auswirkungen es haben würde.

Cwicca schätzte noch einmal das Ziel ab, ließ dann den Arm fallen und gab das Zeichen zum Abschuss.

Shef lehnte sich völlig entspannt in dem großen Federbett zurück. Bisher hatte er in seinem Leben nie so viel Zeit im Liegen verbracht, außer als er wegen des Sumpffiebers das Bett hüten musste. Ein Mann, der wach war, sollte arbeiten oder essen oder sich in unregelmäßigen Abständen belustigen. Das war es, was alle glaubten, die er kannte. Der Gedanke ans Ausruhen kam ihnen nicht in den Sinn.

Sie hatten unrecht. Einen Tag und eine Nacht lang hatte er sich kaum aus dem großen Bett bewegt, außer, um seine Mahlzeiten zu essen. Selbst diese waren ihm tagsüber von den Sklavinnen gebracht worden. Er hatte sich niemals besser gefühlt.

Vielleicht lag es aber auch an der Königin. Sie war auch am Tag regelmäßig zu ihm gekommen, sogar öfter, als er sich jemals vorgestellt hätte. In Shefs ernstem und düsterem Heim, das von seinem frommen, zornigen Stiefvater Wulfgar beherrscht wurde, waren alle Formen von Sexualität verboten gewesen, insbesondere an Sonntagen, am Vorabend von Sonntagen, während der Bußzeit, während der Adventszeit und während der christlichen Fastenzeit. Die Diener hatten seine Regeln selbstverständlich umgangen, erst recht die Leute aus dem Dorf, aber Sexualität war immer mehr zu etwas Verstohlenem geworden, etwas, das man erhaschte, zwischen Arbeitszeiten hinter sich brachte oder zwischen Schlafen und Wachsein. Jemand wie Königin Ragnhild war der Stoff gewesen, aus dem Träume waren, weit jenseits der Vorstellungskraft oder der Erfahrung eines jeglichen Dorfjünglings.

Und was er getan hatte, hatte ebenfalls jenseits seiner Vorstellungskraft gelegen. Zu seiner Überraschung und bei der Vorstellung dessen, was er bereits vollbracht hatte, fühlte Shef, wie sich bei dem Gedanken an das, was er gesehen und gespürt hatte, sein Fleisch erneut erhob. Doch die Königin würde eine Weile nicht zurückkehren: Sie hatte gesagt, sie würde hinausgehen, um am Ufer spazieren zu gehen. Er sollte seine Kräfte aufsparen. Sollte lieber wieder schlafen, warm und gut genährt. Als er die Augen schloss und sich auf das mit Entendaunen gefüllte Polster zurücklehnte, dachte Shef flüchtig an Karli. Er sollte nachsehen, was er machte. Eine der Sklavinnen würde es wissen. Er hatte sie nie nach ihren Namen gefragt. Seltsam. Vielleicht benahm er sich endlich doch wie ein König.

In seinem Traum stand Shef wie schon zuvor neben einer Esse. Es war nicht die großartige Schmiede der Götter von Asgard, die er einmal besucht hatte, dennoch ähnelte sie dieser Schmiede insofern, als dass der gesamte Arbeitsraum mit Kisten, Holzscheiten und groben Tischen ausgefüllt war. Hier und dort waren an der Wand mithilfe von Nägeln Griffe angebracht worden.

Sie waren dort, erinnerte sich Shef, weil der Schmied lahm war. In dem Körper, den er nun bewohnte, erinnerte er sich an den scharfen Schmerz, als man ihm die Sehnen mit dem Messer durchtrennte, an das lachende Gesicht seines Feindes Nidung, an das Versprechen, das Nidhad ihm gegeben hatte.

„Du wirst nicht mehr weit laufen können, Wölund, da deine Kniesehnen durchschnitten sind, weder zu Fuß noch auf Skiern, Jäger des Waldes. Und durchtrennte Sehnen wachsen nicht nach. Allerdings sind deine Hände unversehrt, und du hast noch deine Augen. Also arbeite, Wölund, mächtiger Schmied! Arbeite für mich, Nidung, fertige mir kostbare Dinge bei Tag und Nacht. Denn für dich gibt es kein Entkommen, weder über Land noch übers Wasser. Und ich verspreche dir, auch wenn du der Gatte der Walküre bist: Wenn du dir nicht dein täglich Brot verdienst, wirst du die Peitsche spüren wie der niedrigste Hund eines Finnen unter meinen Thralls!“

Und Nidung hatte ihn hier und jetzt aufhängen und ihn als Beweis das Leder schmecken lassen. Noch immer erinnerte sich Wölund an den Schmerz auf seinem Rücken, an die Scham, ohne Gegenwehr geschlagen zu werden, an die glänzenden Augen von Nidungs Königin, während sie zusah. Der Ring seiner Frau hatte dabei an ihrem Finger geglänzt, denn sie hatten ihn nicht nur verstümmelt, sondern auch beraubt. Shef, der nun Wölund war, hieb wild auf das glühende Eisen ein, während er sich erinnerte und sich in seiner Wut nicht an das Kupfer oder Silber oder das Rotgold heranwagte, das Nidung am meisten begehrte.

Als er von einer Seite zur anderen humpelte und sich zog, spürte er helle Augen auf sich ruhen. Vier von ihnen. Es waren die beiden jungen Söhne Nidungs, gekommen wegen des Feuers und des Getöses und der glänzenden Edelsteine. Wölund hielt inne, sah sie an. Nidung ließ sie ungehindert zu ihm gehen, sicher, dass sein Sklave niemals entkommen konnte, sicher, dass Wölund, so sehr es ihn auch nach Rache gelüstete, niemals Vergeltung üben würde, deren Gegenschlag er nicht entgehen konnte. Nach den Glaubensvorstellungen des Nordens würde er damit eins gegen zwei eintauschen, was weder vernünftig noch ehrenhaft war. Eine Rache galt erst nach ihrer Erfüllung als solche.

Hoch über ihm, zwischen den Dachsparren, zu denen die Arme des großartigen Schmiedes hinaufschwingen konnten, lagen die Flügel, die Wölund hergestellt hatte: die magischen Flügel, die ihn davontragen würden. Doch erst galt es, Vergeltung zu üben. Vollkommene Vergeltung.

„Kommt und seht", rief Wölund den zuschauenden Gesichtern zu. „Seht, was ich hier in der Truhe habe."

Er griff hinein und holte eine Kette mit goldenen Gliedern heraus, von denen jedes einzelne mit einem Juwel besetzt war, rot, blau und grün in aufwendigen Mustern. „Oder das hier." Einen Augenblick lang zeigte er ihnen ein Kästchen aus Walross-Elfenbein, in das Szenen eingeschnitzt waren, besetzt mit silbernen Intarsien. „Seht, in der Truhe gibt es noch viel mehr. Kommt, schaut in die Truhe, blickt einfach über den Rand, wenn ihr euch traut."

Langsam traten die beiden Jungen, einander an den Händen haltend, ins Licht des Feuers. Einer war sechs, der andere vier, die Kinder von Nidung und seiner zweiten Frau, der Zauberin, weit jünger als ihre Halbschwester, die Jungfer Bodvild, die auch manchmal kam, um ihn aus den Schatten zu beobachten. Sie waren brave Burschen, scheu, aber freundlich, noch nicht verdorben durch die Gier ihres Vaters und die Durchtriebenheit ihrer Mutter. Einer von ihnen hatte ihm am Tag zuvor einen Apfel aus seinem eigenen Mahl geschenkt. Wölund winkte sie herüber, öffnete die Truhe, hielt den schweren Deckel mit einer Hand auf. Er achtete darauf, ihn am Griff festzuhalten. Viele Stunden, gestohlene Schlafenszeit, hatte er damit zugebracht, ihn zu schleifen, die schärfste Klinge, die er je im Leben hergestellt hatte. Sie waren gute Kinder, und er wollte nicht, dass sie Schmerz empfanden.

„Kommt, seht!“, sagte er wieder. Sie spähten über den Rand und quietschten vor Aufregung wie Mäuse. Ihre Hälse schwebten über dem eisernen Rand der Truhe. Wölund, der grausame Mann, wandte den Blick ab, als er sich bereit machte, den Deckel zuzuschlagen …

Ich will nicht in diesem Körper sein, dachte Shef und kämpfte gegen die Finger des Gottes an, der ihn festhielt, ihn zwang, zuzusehen. Welche Lektion mir auch beigebracht wird, ich will sie nicht lernen.

Nachdem er sich auf ihm unbekannte Weise herausgewunden hatte, sah er etwas anderes weit unter der Schmiede, etwas in den tiefen felsigen Eingeweiden, nicht von Midgard, sondern von den Wällen, die die neun Welten der Menschen und Götter und Riesen zusammen umgaben. Eine mächtige Gestalt mit dem wilden, launenhaften Gesicht eines Gottes, mit riesigen Fesseln an die Grundfesten des Universums gebunden. Eine große Schlange zischte und spie ihm Gift ins Gesicht, sein Antlitz war vor Qual verzerrt und dennoch weiterhin bei Bewusstsein, weiterhin denkend, weiterhin über den Schmerz hinwegblickend.

Shef erkannte, dass die Gestalt der angekettete Gott Loki war, von dem die Priester des Weges glaubten, er sei für den Mord an seinem Bruder Balder von seinem Vater Odin gefesselt und gefoltert worden. Trotzdem würde er freikommen und zurückkehren, um sich an Göttern und Menschen zu rächen, gemeinsam mit seinen Scheusalen von Kindern des Letzten Tages. Shef sah, dass die enorme Klammer an einer Handgelenkfessel fast ganz aus der Wand herausgezogen worden war. Wenn sie herausgerissen wurde, hätte Loki eine Hand frei, um die Schlange zu erwürgen, die von seinem Vater Odin geschickt worden war und ihn folterte. Er schien sich bereits so weit befreit zu haben, dass er winken konnte, seinen Verbündeten Zeichen geben konnte, jenen Monsterbruten in Wäldern und Meerestiefen. Einen Moment lang wirkte es, als würden seine zornigen Augen aus seinem Gefängnis hinauf auf Shef blicken.

Als er sich losriss, spürte Shef erneut ein einziges Rinnsal der Gedanken Wölunds. Tu es, sagten sie. Tu es jetzt. Und danach, danach die Schädel ausschöpfen und sie wie Walrosszahn schnitzen, danach die Zähne polieren, damit sie glänzen wie Perlen, danach die leuchtenden Augen aus ihren Höhlen nehmen …

Wieder in seinem eigenen Körper, fühlte Shef einen furchtbaren Schlag, sah für einen Augenblick, wie der geschärfte Deckel herabsauste.

Der Schlag war echt. Er konnte spüren, wie die Erschütterung noch immer das Bett zum Beben brachte. Shef trat mit den Füßen das Leinenbetttuch und die Wolldecke beiseite, sprang aus dem Bett, griff nach Hemd, Hosen und Schuhen. Hatte der Gatte der Königin ihn aufgespürt?

Die Tür schwang auf und der Junge Harald stürmte herein. „Mutter! Mutter!“ Er hielt inne, als er nur Shef sah, der auf dem Bett seiner Mutter saß. Ohne abzuwarten, zog er das kleine Schälmesser aus seinem Gürtel und hieb nach Shefs Kehle.

Shef wehrte den Schlag ab, packte das dürre Handgelenk, drehte es, sodass das Messer hinunterfiel, ignorierte die wilden Tritte und die Schläge durch die freie Hand. „Langsam, langsam“, sagte er. „Ich habe hier nur gewartet. Was geht draußen vor sich?“

„Ich weiß es nicht. Männer mit einem … mit etwas, das Felsen schleudert. Die Wand ist völlig zertrümmert.“

Shef ließ den Jungen los, hastete durch die Tür aus der Bettkammer und in die Stube der Königinnen. Gleichzeitig brach ein gemeinschaftliches Kommando durch die Tür aus der Haupthalle, und eine Woge von Männern mit gezogenen Messern und zielenden Armbrüsten ergoss sich hinein. Shef erkannte Cwicca im sel-

ben Augenblick wie Cwicca ihn, trat einen Schritt vor und fuchtelte verzweifelt mit den Armen, damit sie anhielten.
Karli sprang aus dem Pulk hervor und kam nach vorne, wobei er in dem Stimmengewirr etwas Unhörbares schrie.
„Das ist nicht nötig!“, brüllte Shef zurück. „Mir geht es gut. Sag ihnen, sie sollen aufhören.“
Karli legte ihm eine Hand auf den Arm und versuchte, ihn zur Tür zu zerren. Wütend schüttelte Shef sie ab und verstand sofort, dass Karli vorhatte, ihn erneut niederzuschlagen. Er duckte sich unter dem rechten Hieb hinweg, hob rechtzeitig den Arm, um den rechten Schwinger abzuwehren, verpasste Karlis ohnehin gebrochener Nase einen Kopfstoß und packte ihn bei den Armen, wobei er versuchte, zu verhindern, dass er einen sauberen Schlag führen konnte. Während sie miteinander rangen, spürte Shef andere Hände auf sich, auf Armen und Beinen, Männer, die ihn gewaltsam aufheben und wie einen Sack wegtragen wollten. Er hörte eine Stimme in seinem Ohr keuchen: „Schlag ihn mit dem Sandsack, Cwicca, sonst wehrt er sich weiter.“
Shef ließ Karli fallen, ließ die Männer, die seine Arme festhielten, gegeneinander laufen, befreite sich mit einem Tritt von dem Mann, der sein Bein umklammerte, füllte seine Lungen für ein weiteres und noch gebieterischeres Brüllen.
Hinter ihm hatte die alte Königin Ása ebenfalls den Raum betreten. Einer der englischen Räuber starrte mit großen Augen auf den Kampf vor ihm, konnte sich aber nicht dazu durchringen, sich anzuschließen und Hand an seinen Herrn zu legen. Die alte Königin packte den Eisenstab, mit dem sie ihre Sklavinnen rief, und hieb ihn ihm geradewegs über den Schädel. Dann zog sie ihm das Sachsenmesser vom Gürtel, als er zusammensackte, und machte drei humpelnde Schritte auf Shef zu, der ihrem Sohn Hörner aufsetzte, eine Gefahr für ihren Enkel darstellte und weiterhin ahnungslos mit dem Rücken zu ihr stand.
Im selben Augenblick fühlte der kleine Junge Harald, der ebenfalls dastand und dem Kampf zusah, das Drängen von Generati-

onen kriegerischer Vorfahren. Mit einem schrillen Schrei hob er wieder das Messer und rannte vorwärts, um die Eindringlinge in seiner Halle anzugreifen. Als er längs einer Reihe von erwachsenen Männern an Shef vorbeirannte, hob Shef ihn hoch und umschlang ihn mit seinem eigenen Körper, umfasste ihn mit beiden Armen, um zu verhindern, dass er sich wehrte. Wieder versuchte er, zu rufen: „Bleibt doch alle stehen!“

Die Gesichter vor ihm drehten sich alarmiert um, Männer sprangen vor. Shef drehte sich mit der Geschwindigkeit um, die er sich im Ring angeeignet hatte, Harald noch immer gegen seinen Körper gedrückt.

Königin Ása stieß mit dem breiten Messer wild nach oben. Shef spürte einen Stoß, einen kurzen Schmerz über seinen Rippen. Blickte hinunter zu dem Jungen in seinen Armen. Sah, wie dieser das Gesicht hob, eine ungläubige Frage stellen wollte. Sah, dass das Messer glatt Herz und Körper des Jungen durchdrungen hatte. Das Messer in den Händen seiner Großmutter.

Von irgendwoher hörte Shef erneut das Zuschlagen eines Deckels. Wieder und wieder.

Der Raum war gänzlich ruhig und still geworden. Shef löste seinen Griff, streckte den kleinen Körper langsam aus, legte ihn auf den Boden.

Als er hinabschaute, schien sein Blick einen Moment lang zu verschwimmen. Irgendwie blickte er nicht auf die dünne Gestalt eines Zehnjährigen, sondern auf die eines erwachsenen Mannes, hochgewachsen und kräftig, mit einer Mähne aus Haupthaar und Bart.

Dies war Harald Schönhaar, sagte eine kalte, belustigte, bekannte Stimme. *Harald Schönhaar, wie er hätte sein können. Du bist nun sein Erbe. Du hast den Schatz König Edmunds geerbt und mit deiner Jugend dafür bezahlt. Du hast das Glück König Alfreds geerbt und mit deiner Liebe bezahlt. Nun hast du das Schicksal König Haralds geerbt. Mit was wirst du diesmal bezahlen? Und versuch nicht wieder, meiner Vision zu entkommen.*

Der Augenblick verging. Shef war wieder in der Stube und starrte auf die blutverschmierte Gestalt hinab. Harald war jetzt tot. Shef hatte gespürt, wie das Leben aus ihm gewichen war. Abermals packten ihn Arme an der Schulter, schoben ihn fort, und diesmal wehrte er sich nicht. Hinter ihm ging Königin Ása mit einem langsamen Schritt nach dem anderen auf die Leiche ihres Enkels zu und streckte eine tastende, zitternde Hand aus. Shef verlor sie aus dem Blickfeld, als sie ihn durch die Tür zur Halle stießen, hinaus durch die Haupttür, die durch den geschleuderten Stein eingeschlagen worden war, und ins Freie.

Draußen begann der Trubel von Neuem, jemand schrie: „Aber sie hat immer noch mein Messer", andere Stimmen knurrten ihn an, während Osmod zählte: „Sieben, acht, neun, alles klar, alle da, los geht's." Von irgendwoher erschien Cwicca mit einer Brandfackel und einem Fass mit dem trockenen Anzündholz, das die Sklaven benutzten, warf erst eines, dann ein weiteres auf den Karren, sah zu, wie die Flammen sich ausbreiteten, während er die Stränge des Pferdes losschnitt.

„Unseren Maulesel kriegen sie nicht!", rief er.

„Was machst du mit den Frauen?", schrie Osmod, als Karli ins Licht trat mit einer Frau an jeder Hand und zwei weiteren, die verängstigt hinter ihm her liefen.

„Sie müssen mit uns kommen."

„Wir haben nur ein Boot mit sechs Rudern, da ist kein Platz."

„Sie müssen mitkommen. Jetzt erst recht, da der Junge tot ist. Man wird ihnen bei seiner Bestattung die Kehlen durchschneiden."

Osmod, selbst ein ehemaliger Sklave, diskutierte nicht weiter. „Na schön, los."

In einer unordentlichen Reihe rannten neun Männer und vier Frauen den Pfad hinunter, der zu dem schmalen Strand führte, an dem Martha am Abend zuvor Stein getötet hatte, wobei Cwicca und Osmod mit erhobenen Armbrüsten die Nachhut bildeten. Auf halbem Weg hörte Shef, wie ein lautes Kreischen die Luft hinter ihm zerschnitt. Ragnhild kehrte von ihrem Spaziergang am

Ufer zurück. Hinter ihr brüllten Männerstimmen. Die Wachen, die sie zurückgelassen hatten, zusammengetrommelt und begierig auf Rache für ihre Niederlage.

Der Lauf verwandelte sich in einen überstürzten Spurt, wobei alle auf den Strand zuhielten und auf das wartende Boot, das sie sahen, darin Udd und Hund, die Ruder bereit, um sofort ablegen zu können. Männer und Frauen strömten über die Ruderbänke, packten die Riemen oder wurden beiseitegeschoben. Das überladene Boot blieb im Kies stecken, Shef und Karli sprangen wieder heraus und schoben es mit Gewalt sechs Fuß, zehn Fuß hinaus, bis der Strand abfiel und sie wieder ins Boot gezogen wurden, das sich nur wenige Zoll über dem Wasser befand. Sechs Männer nahmen ihre Plätze ein, stützten ihre Füße ab, zogen einmal an, dann noch einmal, während Osmod heiser die Schläge zählte.

Eingerahmt vom Licht des nun lichterloh brennenden Karrens sah Shef die Gestalt von Königin Ragnhild mit ausgestreckten Armen den Strand hinuntergehen. Pfeile, die die Männer hinter ihr abschossen, hüpften über das Wasser, doch Shef ignorierte sie, hielt die angelegten Armbrüste davon ab, zu antworten.

„Glücksdieb!“, schrie sie. „Verderben meines Sohnes. Mögest du allen um dich herum Verderben bringen. Mögest du niemals wieder eine Frau berühren. Möge dir kein Sohn nachfolgen.“

„Es war nicht seine Schuld“, murmelte Fritha vom Bug her und rieb seinen Kopf, wo die Eisenstange ihn getroffen hatte. „Es war diese dumme alte Frau, die mein Messer genommen hat.“

„Halt den Mund wegen deines Messers“, knurrte Osmod. „Du hättest es festhalten sollen.“

Während die Streiterei weiterging, fuhr das Boot stetig weiter in die schwarze Dunkelheit und wartete, bis es verborgen war, bevor es um Hálfdans Kreuzer einen Bogen machte und auf das Festland zuhielt, das nicht mehr als eine kurze Meile entfernt lag.

Shef starrte, bis er nichts mehr erkennen konnte, über das Heck auf die Frau, die noch immer tobend und weinend am Ufer stand.

Kapitel 15

Alfred, König von Westsachsen, Mitherrscher mit dem abwesenden König Shef über alle englischen Grafschaften südlich des Trent, beobachtete mit leichter Sorge seine junge Braut, als sie die letzten Schritte zur Spitze des Hügels hinaufging, der Winchester überblickte. Es bestand bereits die Möglichkeit – die Heiler konnten noch nicht ganz sicher sein –, dass sie sein Kind in sich trug, und er fürchtete, sie könne sich überanstrengen. Er wusste allerdings, dass sie Schonung hasste, und hielt seine Zunge im Zaum.
Sie erreichte die Spitze, drehte sich um und ließ den Blick über das Tal schweifen. Es war bereits erfüllt von einer Masse weißer Blüten, wo die Bauern von Hampshire die Apfelbäume für ihren geliebten Cidre gepflanzt hatten. Auf den weiten Feldern auf der anderen Seite der umzäunten Stadt konnte man Gespanne pflügen sehen, Männer, die den langsamen Ochsen die Furchen auf und ab folgten; sehr lange Furchen, denn die Gespanne mit den acht Tieren brauchten recht lange für eine Runde.
Alfred folgte ihrem Blick, zeigte auf einen Punkt in mittlerer Entfernung.
„Schau“, sagte er, „dort drüben pflügt ein Gespann mit vier Pferden statt acht Ochsen. Auf deinem eigenen Gut. Der Vogt Wonred hat die Pferdekummete gesehen, die die Männer des Weges für ihre Katapultgespanne eingesetzt haben, und er meinte, er würde sie fürs Pflügen ausprobieren. Er sagt, dass Pferde zwar mehr fressen als Ochsen, aber wenn sie ordentlich angeschirrt sind, sind sie stärker und schneller und verrichten viel mehr Arbeit. Er sagt, er wird auch damit anfangen, Pferde nach Größe und Stärke zu züchten. Und es gibt noch einen Vorteil, an den niemand gedacht hat. Einen Bauern kostet es einen Gutteil des Tages, um auf die äußeren Felder zu gelangen und wieder zurück-

zukehren, wenn er ein Gespann aus Ochsen führt. Mit den Pferden reiten sie hinaus und zurück, sodass sie mehr Zeit auf den Feldern verbringen können."

„Oder mehr Zeit, um auszuruhen, hoffe ich", sagte Godive. „Einer der Gründe, warum arme Bauern so kurz leben, ist doch, dass sie keine Zeit zum Ruhen haben, außer am Sonntag, und den nimmt ihnen die Kirche."

„Früher einmal", berichtigte Alfred. „Jetzt liegt es im Ermessen des Bauern."

Er zögerte einen Augenblick, berührte sie sanft an der Schulter. „Es funktioniert, weißt du", sagte er. „Ich glaube nicht, dass je einem von uns klar geworden ist, wie reich ein Land sein kann, wenn man es in Ruhe lässt, ohne Herren. Oder mit nur einem Herrn, der sich um das Land kümmert. Aber jeden Tag erreichen uns gute Nachrichten. Was König Shef, dein Bruder, mir gesagt hat, ist absolut richtig. Es gibt immer jemanden, der die Antwort kennt, aber es ist fast immer jemand, den keiner zuvor gefragt hat. Eine Gruppe von Schürfern hat mich gestern besucht, Männer aus den Bleiminen in den Hügeln. Früher gehörten sie den Mönchen bei Witchcombe. Inzwischen sind die Mönche fort, in den Bergwerken arbeiten sie für sich, für meinen Vogt und den Ratsherrn von Gloucester. Sie sagten mir, das alte Römervolk hätte in den gleichen Bergwerken Silber abgebaut, und sie glauben, sie könnten dasselbe tun.

Silber", überlegte er. „Wenn die schwarzen Mönche das gewusst hätten, hätten sie ihre Sklaven gegeißelt, bis sie auf der Suche danach gestorben wären. Also haben die Sklaven es ihnen nicht gesagt. Sie sagen es mir, weil sie wissen, dass ich ihnen einen Teil überlasse. Und was das neue Silber angeht – es ist gar nicht so lange her, dass jedes Mal, wenn wir Münzen prägten, das Geld schlechter wurde, und schon bald wäre das Geld aus Canterbury so schlecht wie das aus York. Mit dem Silber, das ich dem Kirchenhort entnehme, ist ein Penny aus Wessex nun genauso gut wie irgendeiner aus dem Frankenland oder den deutschen Lan-

den dahinter. Und die Händler kommen von überall her, aus Dorestad und Compostella, auch die Frankenländer, wenn sie der Ächtung durch den eigenen König entgehen können. Sie alle zahlen Hafengebühren, und die nehme ich, um meine Bergarbeiter zu bezahlen. Die Händler sind glücklich, und die Schürfer sind glücklich, und ich bin auch glücklich.
Also, wie du siehst, Godive, stehen die Dinge nicht so schlecht wie früher, auch nicht für die Bauern. Es mag nicht so aussehen, aber sogar in Lent bedeuten ein Pferd zum Reiten und ein voller Bauch für viele Glückseligkeit."
In der alten Klosterkirche in der Stadt unter ihnen begann eine Glocke zu läuten, und ihre Schläge hallten durch das schroffe Tal. Vielleicht Geläut für eine Braut. Die Priester, die in Wessex geblieben waren, hatten eingesehen, dass sie, wenn sie irgendwelche Anhänger für den Weißen Christus behalten wollten, ihre Vorzüge in Sachen Musik und Ritual einsetzen mussten, die wesentlich eindrucksvoller waren als die merkwürdigen Erzählungen der Missionare des Weges aus dem Norden.
„Noch beruht alles auf Krieg", erwiderte sie.
Alfred nickte. „Schon immer. Als ich ein Junge war, habe ich dieses Tal als Ödland aus verbrannten Feldern gesehen. Die Wikinger fielen in die Stadt ein und brannten jedes Haus nieder, mit Ausnahme der steinernen Klosterkirche. Sie hätten sie niedergerissen, wenn sie die Zeit dazu gehabt hätten. Wir haben sie damals bekämpft und bekämpfen sie noch immer. Allerdings liegt der Unterschied darin, dass wir sie jetzt auf See bekämpfen, sodass das Land verschont bleibt. Und je mehr es verschont bleibt, desto stärker werden wir und umso schwächer werden sie."
Er zögerte wieder. „Vermisst du deinen … deinen Bruder? Ich weiß sehr wohl, dass all dies auf ihn zurückgeht. Wäre er nicht gewesen, wäre ich tot oder ein brotloser Verbannter oder bestenfalls ein Marionettenkönig, dessen Fäden Bischof Daniel hält. Oder vielleicht irgendein Wikingerjarl. Ich schulde ihm alles." Er tätschelte ihre Hand. „Sogar dich."

Godive senkte den Blick. Inzwischen sprach ihr Ehemann von Shef immer als ihrem Bruder, obwohl sie wusste, dass er wusste, dass zwischen ihnen keine Blutsverwandtschaft bestand, dass sie lediglich Stiefgeschwister waren. Manchmal glaubte sie, dass Alfred die Wahrheit über ihre Beziehung kannte, vielleicht auch jene Wahrheit, dass ihr erster Gatte tatsächlich ihr Ziehbruder gewesen war. Wenn er es allerdings vermutete, so war er umsichtig genug, nicht weiter nachzufragen. Er hatte keine Ahnung, dass sie während ihrer ersten Ehe zwei Mal – absichtlich – eine Fehlgeburt herbeigeführt hatte, indem sie die gefährliche Osterluzei eingenommen hatte. Wenn sie an irgendeinen Gott geglaubt hätte, den der Christen oder an das fremde Pantheon des Weges, hätte sie zu ihm oder ihnen für eine sichere Geburt für das gebetet, was sich nun vielleicht in ihrem Schoß befand.

„Ich hoffe, er lebt."

„Zumindest hat ihn noch keiner tot gesehen. All unsere Händler wissen, dass auf Neuigkeiten eine Belohnung ausgesetzt ist, und eine noch größere für denjenigen, der ihn zurückbringt."

„Nicht viele Könige würden zahlen, damit ihr Rivale zurückkehrt", sagte Godive.

„Ich sehe ihn nicht als Rivalen. Meine Rivalen befinden sich dort, jenseits des Kanals, oder hoch im Norden, wo sie Unheil stiften. Wenn wir hier auf diesem Hügel sitzen und über die Felder blicken, erscheint alles sicher. Ich sage dir, ich würde mich zwanzigmal besser fühlen, wenn Shef wieder in England wäre. Er ist unsere größte Hoffnung. Die Knechte nennen ihn *sigesaelig,* weißt du, den Siegreichen."

Godive drückte den Arm ihres Mannes. „Dich nennen sie Alfred *estaedig.* Der Barmherzige. Das ist ein besserer Name."

In dem großen Zelt aus gestreiftem Tuch, viele Tage an Märschen und Seereisen entfernt im Norden, war die Unterredung weniger erfreulich. Das Zelt war mit der Rückseite zum Wind aufgestellt und die Vorderwand aufgerollt worden, sodass die Männer darin nach draußen blicken konnten. Sie schauten über eine trostlose Landschaft aus Mooren und Heidekraut, hier und da geprägt von aufsteigenden Rauchsäulen, dem Zeichen der Plünderer, die in Gruppen über diesen oder jenen erbärmlichen Pulk von Hütten herfielen. Die drei Ragnarssons, die noch am Leben waren, saßen auf ihren Lagerschemeln, Bierhörner in Händen. Neben jedem steckte eine Waffe im Boden, Speer oder stachelbewehrte Axt, zudem trugen sie ihre Schwertgürtel. Seit der Schlacht vor der Elbe hatte schon zwei Mal in diesem Frühjahr der eine oder andere Jarl versucht, gegen ihren Machtanspruch aufzubegehren. Da sie sensibel wie Katzen auf das ständige Auf und Ab des Ansehens reagierten, auf dem die Macht beruhte, wussten alle drei, dass sie ihren Anhängern ein Vorhaben bieten mussten. Ein Schmiergeld. Einen Vorschlag. Ansonsten würden des Nachts Zelte abgebrochen, würden Schiffe beim nächsten Treffen fehlen, Männer fortgehen, um ihr Schicksal in den Diensten eines Meereskönigs zu suchen, den das Glück eher begünstigte.

„So bleiben die Burschen beschäftigt“, sagte der ergraute Ubbi und nickte in Richtung der Rauchsäulen. „Gutes Rindfleisch, gutes Hammelfleisch und Frauen zum Nachjagen. Keine nennenswerten Verluste.“

„Kein Geld“, ergänzte Halvdan. „Auch keine Ehre.“

Sigurth das Schlangenauge wusste, dass seine Brüder ihm lediglich das Problem vorsetzten, damit er es löste, und keine Kritik übten. Die Brüder stritten nie, waren sich selten uneinig. Ihre Beziehung hatte sogar den irren Ivar überstanden. Die anderen beiden warteten auf eine Antwort von ihm.

„Wenn wir in den Süden zurückkehren“, sagte er, „treffen wir wieder auf diese Felsenwerfer. Wir können im Kreis um sie herumfahren, das wissen wir. Aber sie sind jetzt im Vorteil. Sie wissen, dass wir hier oben in Schottland sind, denn sie lassen uns nicht in den Kanal hinein. Sie müssen lediglich in einem Hafen irgendwo an der Küste nahe ihrer Nordgrenze anlegen, wo auch immer sie diese ziehen. Wenn wir die Küste hinuntersegeln, erwischen sie uns. Wenn wir sie umfahren – und wir wissen nicht, wo sie sind –, werden sie davon erfahren, uns jagen und uns im Hafen abfangen, wo wir auch sind. Es besteht die Gefahr, dass wir ihnen auf See begegnen, oder dass unsere Schiffe in Trümmer geschossen werden, während wir an Land sind. Am Ende müssen wir uns wahrscheinlich von Küste zu Küste durchkämpfen. Ich glaube nicht, dass die Jungs, so großmäulig sie sind, Gefallen daran finden, den Felsenwerfern erneut auf See zu begegnen. Man kann nicht kämpfen, wenn man nur auf zusammengebundenen Planken steht."

„Wir sind also besiegt", ließ sich Ubbi vernehmen.

Die drei Männer lachten.

„Vielleicht brauchen wir selbst ein paar Felsenwerfer", schlug Halvdan vor. „Das hat Ivar gedacht. Er hat diesen kleinen Bastard in der schwarzen Robe … Wie hieß er gleich? Erkinbjart? - Er hat ihn dazu gebracht, welche zu bauen. Schade, dass der kleine Bastard entwischt ist."

„Fürs nächste Jahr", sagte Sigurth. „Man kann keine Pferde in der Strommitte wechseln, und in diesem Jahr müssen wir mit dem auskommen, was wir haben. Dieses Jahr verbreiten wir auf den Sklavenmärkten die Kunde, dass wir hohe Preise für Männer bezahlen, die diese Dinger bauen können. Steckt einen von denen mit einem echten Schiffsbauer zusammen und wir kriegen etwas, das schneller fährt als diese schwerfälligen englischen Kähne und das auch besser kämpft.

Aber jetzt brauchen wir etwas, das Mut in die Herzen unserer Meute und Silber in ihre Taschen bringt. Oder zumindest die Hoffnung auf Silber in ihre Köpfe."

„Irland", schlug Halvdan vor.

„Dazu müssten wir jetzt im Norden um die Spitze von Schottland herumfahren; dort wird es von Norwegern wimmeln, bevor wir ankommen."

„Friesland?", meinte Ubbi zweifelnd.

„Arm wie Schottland, nur flacher."

„Klar, die Inseln. Aber was ist mit dem Festland? Wir könnten es wieder in Hamburg versuchen. Oder in Bremen."
„Das war in diesem Jahr kein gutes Gewässer für uns", sagte Sigurth.
Seine Brüder nickten, beide fletschten mit unwillkürlichem Knurren die Zähne. Sie erinnerten sich an die Demütigung auf der Sandbank, die Rückkehr von einer fruchtlosen Jagd ohne Beute und mit einem fehlenden Mann. An die Schmach, überlistet worden zu sein, sodass sie vor der Herausforderung durch einen einzelnen Mann weichen mussten.
„Aber ich glaube, das ist die richtige Idee", sagte Sigurth. „Oder fast die richtige Idee. Wir werden die Jungs hier noch ein paar Wochen beschäftigt halten, das gesamte Land richtig aufwühlen. Lasst sie wissen, dass sie sich einfach amüsieren sollen und was Besseres wartet. Dann fahren wir über die Nordsee zurück, direkte Überfahrt, Richtung Granitinseln."
Seine Brüder nickten. Sie wussten, dass er die Inseln von Nordfriesland meinte, die Dithmarschen vorgelagert waren, Föhr und Amrum und Sylt, drei Felseninseln inmitten einer Öde aus wälzendem Sand.
„Dann fahren wir die Eider hinunter und greifen Haithabu an."
Halvdan und Ubbi starrten einander nachdenklich an.
„Das sind unsere eigenen Leute", sagte Halvdan. „Irgendwie. Auf jeden Fall sind sie Dänen."
„Na und? Haben sie uns irgendwelche Gefälligkeiten erwiesen? Dieser fette Händlerkönig Horik wollte den Mann, den wir haben wollten, nicht mal an Skuli verkaufen. Er hat zugelassen, dass die Wegpriester ihn zu ihrem Unterschlupf mitgenommen haben."
„Vielleicht sollten wir stattdessen sie angreifen?"
„Richtig. Ich denke", sagte Sigurth, „wenn England derzeit für uns ausscheidet, finden wir in unseren eigenen Ländern bessere Erträge, als wenn wir diese kärglichen Orte ausrauben. Riskanter, ich weiß. Doch wenn wir Haithabu und Horiks Gold haben, wer-

den wir umso mehr Unterstützung bekommen, wenn wir gegen Hálfdan und seinen idiotischen Bruder Olaf vorgehen. Sicher, es wird immer welche geben, die ausscheiden, einen Bruder in Kaupang haben oder einen Vater in Haithabu. Bleiben genug. Und diejenigen, die wir an einem Ort besiegen, werden sich uns für den nächsten anschließen."

„Erst den Norden abwickeln", sagte Halvdan. „Dich zum Einen König der gesamten Nordländer machen. Dann zurückkehren nach Süden."

„Mit eintausend Kielen und Felsenwerfern vor ihnen", bestätigte Ubbi.

„Ein für alle Mal die Christen erledigen ..."

„Endlich den vor langer Zeit geleisteten Schwur gegenüber Bragi erfüllen ..."

„Rache üben für Ivar."

Halvdan stand auf, trank das Horn leer und zog die stachelbewehrte Bartaxt aus dem Boden.

„Ich gehe um die Zelte", sagte er. „Lasse hier und da einen Hinweis fallen. Sage, wir haben einen Plan, und alle werden geschockt sein, wenn sie davon erfahren. Müssen sie nur ein paar Wochen länger ruhig halten."

Erkenbert der Diakon stand in dem riesenhaften Ring aus uralten Steinen. Es war der Versammlungsring des Völker von Småland, den Kleinen Ländern zwischen dem schwedischen Skåne und der großen Vereinigung der Schweden, die sich Hunderte von Meilen nach Norden erstreckte, ein Land mit vielen Königen, die andauernd danach strebten, ein *Svearike* zu errichten, ein Königreich der Schweden. Dies war die Frühlingsversammlung der Småländer, zu der die Männer aus ihren verschneiten Hütten kamen und Vorbereitungen für den kurzen, jedoch willkommenen Sommer trafen.

Erkenbert hatte seine abgetragene schwarze Robe sorgfältig gefärbt, sodass sie noch schwärzer glänzte, ein markanter Kontrast zu den Fellen und selbstgestrickten Kleidern, die ihn umgaben. Sein Diener hatte zudem einmal mehr jeden Zoll seiner Tonsur rasiert, sodass der kahle Ring auf seinem Kopf noch stärker hervorstach. „Wir wollen uns nicht verbergen“, hatte Bruno gesagt. „Das ist die alte Art. Der Versuch, durch stillschweigende Duldung zurechtzukommen. Wir wollen, dass sie uns sehen. Sie sollen das Christentum vor Augen haben.“ Erkenbert hatte eine scharfe Erwiderung über die Tugend der Bescheidenheit erwogen, sich aber zurückgehalten. Zum einen machten sich nur noch wenige Männer die Mühe, dem Meister des Lanzenordens, wie sie ihn bereits nannten, Widerworte zu geben. Zum anderen erkannte Erkenbert den Sinn in diesem Vorgehen.

Die Småländer verkauften wie üblich Sklaven. Die meisten waren kaum mehr als Gerippe, schlecht ernährt während des Winters und nun eine zweifelhafte Spekulation für den Sommer und die Arbeitsperiode. Die Gesandten des Königs von Uppsala, Orm, erwarben die billigsten – wie üblich. Um die meisten braucht Ihr Euch nicht zu kümmern, hatte Bruno gesagt. Die Gelder sind gering. Aber diesen da musste er haben.

Ein stämmiger Bauer drängte sich nach vorne in den Ring, als er an der Reihe war, und zog mit einer Faust eine abgemagerte Gestalt hinter sich her. Der Sklave trug kaum mehr als Fetzen und zitterte unkontrolliert vor Kälte. Unter den Lumpen zeichneten sich die Rippen ab. Alle paar Sekunden wurde er von einem Hustenanfall gequält, und er stank nach dem Misthaufen, in dem er der Wärme wegen geschlafen hatte.

Seine Ankunft wurde durch einen Chor aus Spott seitens der Nachbarn des Verkäufers begrüßt. „Was willst du für ihn haben, Arni? Wenn er ein Huhn wäre, müsste er bei dir in die Suppe wandern. Nicht mal die Schweden werden ihn haben wollen. Bis zum nächsten Opfer wird er nicht überleben.“

Arni stierte empört in die Runde. Sein Blick fiel auf Erkenbert, der bewusst über den Handelsplatz auf ihn zukam. Erkenbert ging gefasst zu dem dürren Mann, legte seine Arme um ihn,

drückte ihn an sich. „Keine Angst, Sirrah, wir haben von dir gehört, wir sind hier, um dich zu retten."
Der Gestank setzte Erkenberts Nase zu, aber er hielt aus, wobei er sich an das Buch Hiob erinnerte. Der Dürre begann zu weinen, was die Menge erneut zu einem Schwall aus Spott und Gejohle veranlasste.
„Wie könnt ihr mich retten, sie werden euch auch gefangen nehmen, sie sind Tiere, sie scheren sich nicht um Gottesrechte …"
Erkenbert löste sich sanft von ihm und zeigte hinter sich auf die Gruppe, aus der er herausgetreten war. Zehn Ritter des Lanzenordens standen in zwei Reihen dort, jeder Mann mit Kettenhemd, Helm und Metallhandschuhen angetan, die allesamt glänzten. Jeder Mann hielt in der rechten Hand eine kurze Pike, Knauf im Boden, die Spitze bei allen im selben Winkel nach vorne gerichtet. „Diese Leute sind gute Krieger", hatte Bruno gesagt. „Aber sie kennen keine Disziplin. Wir werden sie ihnen beibringen. So bleiben sie unsicher."
„Was wollt Ihr für diesen Mann?", fragte Erkenbert. Er sprach laut, sodass die Zuschauer ihn hören konnten.
Arni, ein frommer Anhänger von Freyr, spie auf den Boden. „Für dich, Christenmann, zwanzig Unzen Silber."
Hohn aus der Menge. Für einen Mann mit voller Kraft waren acht Unzen ein guter Preis, für ein hübsches Mädchen drei.
„Ich gebe Euch vier", rief Erkenbert, der weiterhin der Menge zuspielte. „Die übrigen sechzehn habt Ihr über den Winter ja an Essen und Kleidung gespart."
Arni verstand den Scherz nicht. Sein Gesicht lief puterrot an, und er stapfte nach vorne auf den viel kleineren Mann zu.
„Pfaffe! Vier Unzen! Du hast hier keine Rechte. Nach dem Gesetz von Småland hat jeder Mann, der einen Christenpriester fängt, das Recht, ihn zu versklaven. Was hindert mich daran, mir dich und dein Silber zu nehmen?"
„Ihr habt das Recht, einen Christenpriester zu versklaven", erwiderte Erkenbert ungerührt. „Aber habt Ihr auch die Stärke?"

In diesem psychologischen Moment bahnte sich die unheimliche Gestalt von Bruno einen Weg durch die Menge, und zwar von einer Stelle gegenüber den wachsamen Rängen der Ritter aus. Er schob sich sanft durch Zuschauer, drängte sie mit seinen affenartigen Schultern zur Seite. Er trug zwar keine Pike, doch die gleiche Rüstung wie seine Männer. Seine linke Hand ruhte auf dem Knauf seines angehängten überlangen Schwertes.

Arni blickte finster um sich, bemerkte die plötzliche Stille, erkannte, dass von jetzt auf gleich er derjenige geworden war, der einer Prüfung unterzogen wurde. Er versuchte, die Menge um sich zu scharen.

„Wollen wir uns das bieten lassen? Lassen wir diese Männer einfach herkommen und uns die Sklaven stehlen?"

„Sie zahlen bar", bemerkte eine Stimme aus der Menge.

„Und was werden sie mit den Männern tun, die sie mitnehmen? Solche wie der …" Außer sich vor Wut drehte Arni sich um und verpasste seinem Sklaven eine derart harte Ohrfeige gegen dessen Kopfseite, dass er der Länge nach weinend zu Boden ging. „Solche wie der sollten in die Haine von Uppsala kommen, als Opfer für die wahren Götter, und nicht zurückgehen und noch mehr Lügen verbreiten über die Söhne von Jungfrauen und Tote, die auferst…"

Arnis Stimme brach mitten in der Silbe ab. Geschwind wie der buschige Waldluchs hatte Bruno die vier Schritte zwischen ihnen überbrückt. Seine Hand schoss schneller hervor, als irgendjemand sehen konnte. Aber alle konnten sehen, dass die behandschuhten Finger sich um den Knorpel des Kehlkopfs gelegt hatten, um den Adamsapfel des Småländers wie in einer Stahlzange festzuhalten. Er hob leicht den Arm, und der Bauer richtete sich strampelnd auf seine Zehenspitzen auf.

„Abschaum", sagte Bruno. „Du hast Hand angelegt an den Diener des lebendigen Gottes. Du hast gegen unseren Glauben gelästert. Ich werde dich nicht im Versammlungskreis töten, wo kein Blut vergossen werden darf. Aber wagst du es, dich mir im Duellring zu stellen, mit Schwert und Faustschild oder Axt und Speer oder einer Waffe deiner Wahl?" Außerstande, sich zu rühren oder zu sprechen, stierte der Bauer bloß hilflos.

„Wie ich's mir dachte." Bruno ließ ihn los, machte auf dem Absatz kehrt, bellte einen Befehl. In einer einexerzierten Bewegung stampfte die vordere Reihe der Ritter nach vorne, eins, zwei, drei, stand erneut stramm. „Weitermachen mit dem Verkauf."

„Vier Unzen", wiederholte Erkenbert. Wir dürfen sie nicht ausrauben, hatte Bruno gesagt, sonst *werden* sie kämpfen. Aber wir müssen auch nicht übermäßig viel hinlegen. Dennoch müssen wir Sirrah Eilif den Priester retten. Nur er weiß etwas über den König im Hinterland hinter Birka. Wir brauchen ihn, damit er uns bei unserer Suche unterstützt. Ich gespannt darauf, mehr über diesen König Kjallak von dort oben an den Grenzen zu diesem Eisenland zu erfahren.

Der Bauer massierte seinen Hals und fragte sich, ob er um mehr feilschen sollte, blickte in Erkenberts dunkle, feindselige Augen und entschied sich dagegen. Er nickte.

Erkenbert warf ihm eine kleine Börse vor die Füße, nahm den Priester Eilif sanft beim Arm und zog sich mit ihm in die Reihen der Ritter zurück, denen sich Bruno nun wieder anschloss. Der Priester und der Diakon traten in die Sicherheit der Mittelreihe, Bruno gab einen kurzen Befehl, die Gepanzerten schulterten ihre Piken und marschierten davon, wobei ihre Füße wie die eines einzigen Mannes über den Boden donnerten.

Die Schweden und Smäländer blickten ihnen nach, dann widmeten sie sich wieder ihren Geschäften.

„Was hältst du davon?", fragte ein großer Schwede einen anderen.

„Wovon? Das ist der Bastard, der die Männer von König Orm bei Haithabu getötet hat. Wir sehen hier eine neue Art von Christen." Der anderen nickte nachdenklich, blickte um sich, um nachzusehen, ob sie jemand hören konnte. „Wenn es eine neue Art von Christen gibt, vielleicht brauchen wir dann alle einen neuen König, um mit ihnen fertigzuwerden."

Kapitel 16

Brand hatte wegen des unerwarteten Auftauchens der vier Frauen auf dem Boot kurz und heftig protestiert. Nicht genug Pferde. Wir müssen sie zurücklassen. Als sie ihm erzählten, was auf Drottningholm vorgefallen war, ebbte sein Protest ab. „Wir verschwinden besser von hier", war alles, was er sagte. „Jetzt, da sein Sohn tot ist, wird Hálfdan nicht eher ruhen, bis jeder, der damit zu tun hatte, ebenfalls tot ist. Oder er. Ich glaube nicht, dass er Hand an meine Mannschaft legen wird, zumindest nicht, bis er herausfindet, dass ich mit euch losgegangen bin. Aber wir müssen Vestfold schneller verlassen als sonst jemand zuvor. Wenn ihr zurückfallt – dann bleibt ihr zurück."

Shef sagte nichts zu alledem. Strauchelte, während er lief und mit seinen düsteren Gedanken noch immer auf der Insel war. Und bei dem toten Jungen. Ein Teil von ihm steckte dort weiterhin fest, umschlossen von warmen Schenkeln, versunken in große Brüste.

Sie waren aufgebrochen und folgten einem Pfad, der direkt ins Gebirge hinaufführte, sich durch den unvergänglichen Wald aus Kiefern und Tannen wand und schlängelte. Zehn Engländer, vier Frauen, Karli und Brand, dazwischen ein Dutzend Pferde. Dazu würde am Morgen sicherlich eine tödliche Hetzjagd beginnen.

Allerdings schienen Brands Ängste von Anfang an weniger begründet zu sein, als er dachte. Einer der früheren Sklaven, Wilfi, hatte sogleich gesagt, dass er während seines Lebens in England ein Vorbote gewesen war, derjenige Sklave, der von seinem Herrn vorgeschickt wurde, wenn dieser auf Reisen war, um sich bei jedem Halt um Unterkunft und Verpflegung zu kümmern. Ein Lauf von vierzig Meilen pro Tag, sagte Wilfi, sei für ihn ebenso leicht wie ein Spaziergang von zwanzig Meilen für einen anderen. Er brauchte kein Pferd. Die Frauen saßen mit auf den Pferden oder ritten allein, während die Männer abwechselnd neben ihnen hertrotteten, eine Hand auf dem Sattel. Der nächtliche Ritt dauerte lange, die Dämmerung kam nur langsam. Beim ersten Licht rief Brand, sie sollten haltmachen, um zu kochen, die Pferde am Bach zu tränken und den Gebirgsponys die Möglichkeit zu geben, sich an dem rasch wachsenden Gras satt zu fressen. Die Sklaven entfachten rasch ein Feuer, zerstießen Getreide und kochten ihren üblichen Haferbrei. Danach waren sie wieder bereit zum Aufbruch, während Brand nach wie vor stöhnte und seine steifen Oberschenkelmuskeln massierte. Als er sich überrascht umblickte, da die Kolonne sich bereits formte, sagte Osmod genussvoll zu ihm: „Du vergisst, Herr, ein Sklave muss weitergehen, ob er will oder nicht. Es sind die Freien, die überzeugt werden müssen oder die glauben, dass eine Blase oder Hunger oder Durst eine ausreichende Ausrede sind, um anzuhalten.“

Und Wikinger, so schnell sie auch nach den geruhsamen Standards der Heere des christlichen Westens sein mochten, waren Seeleute oder Skiläufer, keine Reiter. Trotz seines Drängens war Brand derjenige, der die Gruppe aufhielt. Kein Pferd konnte seinen riesenhaften Körper lange tragen. Im Verlauf des langen Tages, der auf die lange Nacht folgte, übernahm Osmod schließlich die Führung, verteilte die Reittiere um, sodass alle Männer und Frauen der Gruppe abwechselnd gingen oder ritten, und wies Brand an, zwei Pferde zu nehmen, sodass er auf einem ritt, während er das andere führte oder ansonsten, wenn der Streckenabschnitt flacher und breiter wurde, zwischen beiden herlief, einen kräftigen Arm unter jeden Sattelknauf gehakt.

„Schaffen wir's?“, fragte Cwicca schließlich, als sie zum zweiten Mal anhielten, um die Pferde auf einen Fleck mit dichter, neuer Vegetation zu führen. Die übrigen Mitglieder der Gruppe lauschten gespannt auf die Antwort. Brand sah sich um und versuchte, abzuschätzen, wo sie sich befanden und wie weit sie gekommen waren.

„Ich glaube schon“, sagte er. „Wir sind weiter gekommen, als ich für möglich gehalten habe. Und wir müssen auch einen ziemlichen Vorsprung bekommen haben, da Hálfdan nicht weiß, wo wir langgegangen sind."

„Wird er's trotzdem herausfinden?", fragte Cwicca zweifelnd.

„Inzwischen werden Reiter unterwegs sein, um ihm zu berichten, wer ihr Hoheitsgebiet durchquert. Aber sie müssen zu ihm gelangen, ihre Befehle bekommen, zurückkehren und versuchen, sie auszuführen. Die ganze Zeit über sind wir in die entgegengesetzte Richtung unterwegs. Noch drei weitere Etappen wie die beiden, die hinter uns liegen, und wir sind raus aus Vestfold. Wird Hálfdan zwar nicht davon abhalten, uns Mordgesellen nachzuschicken, aber er kann niemandem befehlen, die Straße zu blockieren."

„Wir gehen aber kein Risiko ein", sagte Osmod. „Sobald die Pferde sich satt gefressen haben, geht es weiter."

„Wir müssen auch manchmal schlafen", protestierte Brand.

„Nicht in den nächsten Tagen. Wenn die Leute allmählich vom Pferd fallen, dann können wir schlafen. Oder wir binden sie fest."

Wieder arbeitete sich die Gruppe voran, müde, mit schmerzenden Füßen und knurrenden Mägen. Doch kein Wort der Beschwerde. Die Frauen gingen voraus und blickten beim kleinsten Anzeichen von Ermüdung scharf nach hinten.

Allmählich begriffen sie jedoch, dass die wahre Gefahr nicht hinter ihnen, sondern vor ihnen lag. Im gebirgigen und wenig bereisten Norwegen verliefen alle Straßen und Pfade natürlich durch jegliches Gehöft am Weg. Eine Möglichkeit für die isoliert lebenden Bauern, Nachrichten zu erhalten oder weiterzugeben, eine Möglichkeit für Handelsreisende, Kleidung, Wein oder Salz zu verkaufen. Anfangs hatte Brand bei jedem Gehöft, zu dem sie kamen, um zusätzliche Pferde gefeilscht, eins hier und zwei dort gekauft, bis die Gruppe voll beritten war und außerdem Ersatzpferde hatte. Doch obwohl er sofort mit guten Silberpfennigen zahlte, schienen die Bauern einem Verkauf abgeneigt zu sein.

„Ich bin zu schnell", erklärte er. „Sie wollen, dass ich bleibe und einen halben Tag lang schachere. Hier geschieht nicht viel. Sie ziehen die Dinge gern in die Länge. Den verlangten Preis zahlen und dann weiterreisen – das erscheint denen unehrlich. Abgesehen davon fragen sie sich natürlich, wer wir sind. Neun Winzlinge, die die Sprache nicht ordentlich sprechen, vier Frauen in Sklaventracht, ein verträumter Mann", er zeigte auf den stummen Shef, „und ich. Sie können nicht anders, als nervös werden. Ich hab's ja gesagt, ich führe einen Haufen Mäuse durchs Katzenland."

Der Ärger kam am ersten Tag, nachdem Brand erklärt hatte, sie hätten Vestfold verlassen. Sie hatten eine Wasserscheide überquert und wanden sich durch ein abschüssiges Tal, während das Wasser zu beiden Seiten hinabrauschte und die Tiere, die man gerade erst aus ihren geschlossenen Wintergehegen gelassen hatte, dankbar grasten, wo sich frisches Gras zeigte. Wie schon ein Dutzend Mal zuvor kam die Gruppe zu einem Gehöft, einem Zusammenschluss aus Häusern, die grob im Quadrat angelegt waren. Die Arbeit wurde sofort eingestellt, da die Männer des Hofes zu ihnen gingen, um die Neuankömmlinge in Augenschein zu nehmen, ein paar Worte mit Brand zu wechseln und die Frauen und Kinder herauszurufen. Allmählich bemerkte Shef, dessen Gedanken sich weiterhin beständig um den kleinen Jungen drehten, der in seinen Armen gestorben war, dass die Stimmung in diesem Gehöft irgendwie anders war. Die Männer waren nicht nervös oder skeptisch, sie waren vergnügt. Sie waren zu einer Art Schlussfolgerung gelangt. Shef sah sich noch wachsamer um. Wie viele von ihnen gab es? Waren es immer noch so viele wie zu Anfang? Wie groß war seine eigene Gruppe?

Plötzlich erscholl hinter dem Kuhstall ein Schrei. Eine Stimme rief auf Englisch. Die Stimme von Edith, der jüngsten und schönsten der Frauen. Wortlos ergriffen Cwicca, Osmod und die anderen ihre Armbrüste und stürmten vorwärts, Brand, Shef und die Bauersleute rannten hinterher.

Als sie um die Ecke des Stalles bogen, sahen sie zwei Nordmänner, die Edith festhielten. Einer hatte sie von hinten gefasst und versuchte, ihr die Hand über den Mund zu legen. Der andere hatte

ein Bein ergriffen und versuchte, auch das andere zu packen. Als er hinter sich Schritte hörte, ließ der zweite Mann los und drehte sich um.
„Sie ist es gewohnt“, sagte er. „Seht sie euch an. Nur eine Hure von Sklavin. Treibt’s die ganze Zeit. Warum sollen wir nicht auch mal drankommen?“
„Sie ist keine Sklavin“, schnappte Osmod. „Und sie war niemals eure Sklavin.“
„Wer bist du, das zu sagen?“ Die übrigen Bauern, ein halbes Dutzend, waren inzwischen um die Ecke gekommen. Sie stellten sich auf seine Seite und die des Mannes, der Edith noch immer gepackt hielt. „Sie hat hier keine Rechte. Du auch nicht. Wenn ich sage, dass du ein Sklave bist, wirst du bald einer sein.“
Shef drängte sich nach vorne und zwang den Nordmann, ihm in die Augen zu sehen. Sie waren hier nicht in Gefahr, dachte er, zumindest nicht in unmittelbarer Gefahr. Er hatte die Armbrüste klicken hören, und obwohl die Nordmänner Äxte und Messer zur Hand hatten, würden sie mit Bolzen gespickt sein, bevor sie die Möglichkeit bekämen, sie einzusetzen. Doch selbst wenn sie es taten, selbst wenn sie alle Frauen und auch die Kinder umbrachten, wie die Wikingerräuber es in England getan hätten, würde sich die Nachricht verbreiten, und man würde Zeter und Mordio schreien. Man musste diese Männer zwingen, nachzugeben. Allerdings hatten sie auf ihre gedankenlose Art entschieden, dass sie es mit niederen Kreaturen zu tun hatten.
„Lasst uns diese einfach hier“, schlug der Nordmann vor, „und ihr anderen könnt weiterreiten.“
Edith schrie hinter der Hand, die über ihrem Mund lag, und schlug wild um sich. Sie glaubt, dass wir das einfach tun würden, dachte Shef.
Brand, der hinter ihm gestanden hatte, trat nach vorne und ließ die Axt, die er vom Sattel genommen hatte, über seine riesige Handfläche gleiten. Es war eine mächtige Waffe; der Griff war ein drei Fuß langer Schaft aus Esche, die gebogene, konvexe Klin-

ge von Horn zu Horn ein Fuß lang. Die Eisenspitze war mit silbernen Intarsien mit Schlangenmustern verziert, das damaszierte Stahlblatt hob sich glänzend von dem dunkleren Eisen ab. Ein langer Dorn ragte aus der Rückseite der Spitze heraus – für die Balance und den Rückhieb. Es war die Waffe eines Streiters.

„Lasst sie gehen“, sagte er. „Es sei denn, ihr wollt gegen mich kämpfen. Alle gleichzeitig oder einzeln. Das ist mir gleich.“

Der Nordmann, der zuerst gesprochen hatte, blickte zu ihm auf. Er war nicht so groß wie Brand – das war niemand, dem Shef je begegnet war –, doch wurde Shef erneut klar, was für Riesen die Norweger waren. Der Nordmann war gut und gerne vier Zoll größer als Shef selbst, außerdem viel breiter und schwerer. Er überdachte die Herausforderung, erkannte Shef. War es das wert? Welches Risiko bestand?

Brand warf die Axt in die Luft, ließ sie kreisen, fing sie auf, ohne hinaufzuschauen.

Der Norweger nickte bedächtig. „Na schön. Thorgeir, lass sie los. Ich glaube nicht, dass sie's wert ist. Diesmal. Aber irgendjemand wird euch erwischen, bevor ihr aus dem Gebirge rauskommt, Großer. Dann werden wir sehen, warum ihr Sklaven durch Buskerud schmuggelt. Vielleicht steckt in dir ja auch Sklavenblut.“

Shef sah, wie Brands Fingerknöchel auf dem Axtgriff ob der Beleidigung weiß hervortraten, aber er rührte sich nicht. Die freigelassene Edith lief sofort in die Mitte der Gruppe, die ihr gegenüberstand, die Armbrüste gespannt und ausgerichtet. Langsam, nach außen blickend, zogen sich die Frauen, die Engländer und Brand zu ihren Pferden zurück, hoben schweigend ihre Besitztümer auf. Zwei der Pferde fehlten, gestohlen während der kurzen Auseinandersetzung.

„Kein Getue deswegen“, murmelte Brand. „Reitet los und weiter.“

Die Kolonne wand sich zwischen Bauernhäusern und Misthaufen hindurch. Ein Kind warf mit einem Erdklumpen nach ihnen, als sie fortritten, und dann schlossen sich die anderen an, vermischten Erde und Steine mit Spott und Gejohle, das ihnen eine halbe Meile lang auf ihrem Weg folgte.

In dieser Nacht lagerte die Gruppe bequemer als je zuvor. Sie breiteten ihre kargen Vorräte auf Decken aus und nahmen sich die Zeit, das gepökelte Fleisch und die getrockneten Zwiebeln, die sie einen Tag zuvor gekauft hatten, zu kochen. Sie aßen jedoch schweigend und ängstlich. Die ganze Zeit über stand jemand Wache und beobachtete den Pfad vor und hinter ihnen.

Als die anderen sich zum Schlafen zusammenrollten, gingen Osmod und Cwicca beiseite und setzten sich neben Shef und den immer noch schweigenden Brand.

„Auf diese Weise werden wir nicht weit kommen", sagte Osmod. „Die Nachricht wird uns vorauseilen auf Pfaden, die wir nicht kennen. An jeder Hofstatt können wir Ärger bekommen. In einem Dorf oder in einer Stadt könnte es noch schlimmer werden."

„Ich hab's gesagt", erwiderte Brand. „Als würde man ein Mäusenest durchs Katzenland tragen."

„Wir haben uns auf unseren Hund verlassen", sagte Cwicca.

Shef blickte mit plötzlichem Schrecken Brand an. Er hatte während des winterlichen Feldzuges häufig gesehen, wie Brand in den Lagern um York oder Ostanglien herum herausgefordert oder provoziert worden war. Erheblich behutsamer oder vorsichtiger provoziert als jetzt und von Männern, die um vieles respekteinflößender waren als Cwicca. Die Antwort war jedes Mal ein sofortiger Hieb oder ein Handgemenge gewesen: ein gebrochener Arm, ein ohnmächtig geschlagener Mann. Diesmal saß Brand bewegungslos da, scheinbar tief in sich gekehrt.

„Richtig", sagte Brand schließlich. „Ihr habt euch auf mich verlassen. Ihr könnt euch immer noch auf mich verlassen. Ich habe mein Wort gegeben, euch sicher zum Gulafjord zu bringen, und ich werde mein Bestes tun, dieses Versprechen zu halten. Aber es gibt da etwas, das ihr wissen solltet. Ich weiß es jetzt, auch wenn das vorher nicht der Fall war.

Seit fünfundzwanzig Wintern bin ich ein Krieger. Wenn ich all die Männer zählen sollte, die ich getötet habe, oder die Schlachten, die ich gesehen habe – nun, es würde wie eine Saga von einem von König Hrólfs Streitern klingen oder von Ragnar Lodenhose selbst. Niemand kann sagen, ich hätte in all der Zeit je Fersengeld gegeben oder mich zurückgehalten, wenn die Speere sich kreuzten."

Er blickte wütend in die Runde. „Ihr habt es gesehen! Ich müsste mich hier nicht brüsten.

Aber der Kampf gegen Ivar hat mir etwas weggenommen. Ich bin viele Male verwundet und mehr als einmal zum Sterben zurückgelassen worden. Niemals habe ich mich im Herzen gefühlt, als sei ich tot. Als Ivar meinem Hieb auswich und mir sein Schwert in den Leib trieb, spürte ich die Klinge tief in meinen Eingeweiden, und ich wusste, ich wusste, selbst wenn ich sie herausziehen und diesen Tag überleben würde, dann würde ich in den nächsten zwei Tagen sterben. Ich wusste es. Es dauerte weniger als einen Herzschlag, aber ich konnte es niemals vergessen. Nicht einmal, nachdem Hund da drüben meine Eingeweide und meinen Bauch wieder zusammengenäht und mich während des Fiebers und dem austrocknenden Eiter gepflegt hat. Ich bin so stark wie eh und je. Aber ich kann nicht vergessen, was ich einmal erkannt habe."

Wieder blickte er die anderen in der Runde an. „Und wisst ihr, das Problem ist, dass jeder Bezirk hier in den Bergen einen eigenen Streiter hat, und sie betreiben *mannjafnathr*, die ganze Zeit, und sie vergleichen die Männer, um herauszufinden, wer ihrer Meinung nach der Stärkste ist. Sie können es fühlen. Der Mann da hinten wusste, dass er es nicht mir aufnehmen konnte – wusste, dass ich bereits ein Dutzend Landarbeiter getötet hatte, bevor mein Bart vollständig gewachsen war. Aber er wusste auch genau, dass ich nicht mit dem Herzen dabei war. Ein wenig mehr Zeit zum Nachdenken, und er wäre das Risiko eingegangen."

„Du bist stark wie eh und je", sagte Osmod. „Du hättest ihn getötet. Besser für uns alle, hättest du's getan."

„Ich nehme an, dass ich ihn getötet hätte", stimmte Brand zu. „Er war nur der Hahn auf dem eigenen Misthaufen. Es geschehen aber merkwürdige Dinge, wenn ein Mann sein Herz verliert. Ich habe große Krieger gekannt, die einfach dastanden, während ihnen die Pisse die Hosen hinunterlief, bis sie niedergestreckt wurden. Sie erstarren, und die Walküren, Odins Töchter, die Totenkieserinnen, werfen die Fesseln der Furcht über sie."

Die Engländer saßen schweigend da. Schließlich sprach Osmod wieder. „So ist das also. Von jetzt an reiten wir alle dicht beieinander und kampfbereit durch jeden Ort, in den wir gelangen. Mit gezückten Hellebarden und gespannten Armbrüsten. Ich wünschte, diese dummen Bastarde hier oben hätten gesehen, wie eine Armbrust funktioniert. Dann hätten sie mehr Angst. Wir können aber niemanden erschießen, nur um es ihnen zu demonstrieren. Noch etwas", fügte er hinzu. „Edith ist nicht hinter den Stall gegangen, weil sie dumm ist, wisst ihr? Sie wurde gerufen. Von einer Frau. Von einer Frau, die Englisch sprach, nicht Nordisch. Sie muss gehört haben, wie wir untereinander redeten. Eine Sklavin. Ist seit zwanzig Jahren hier."

Brand nickte heftig. „Seit fünfzig Jahren verschleppen sie schon Sklaven aus England. Ich wage zu behaupten, dass es auf jedem Hof im gesamten Norden englische Mühlsklaven gibt, oder zumindest auf einem halben Dutzend von ihnen, und auch männliche Thralls, die draußen auf den Feldern schwere Arbeiten erledigen. Was hat sie gewollt?"

„Sie wollte natürlich, dass wir sie mitnehmen. Hat mit Edith gesprochen, weil sie dachte, sie hätte Mitgefühl. Dann kamen die Männer um die Ecke. Müssen zugesehen haben."

„Hast du mit der Sklavin gesprochen?", fragte Shef und durchbrach endlich seinen eigenen inneren Kampf. „Was hast du zu ihr gesagt?"

„Hab ihr gesagt, sie könne nicht mitkommen. Zu viele Probleme für uns. Ich hätte das Gleiche zu Edith und den anderen sagen sollen, selbst wenn es dazu gekommen wäre, dass man ihnen über

dem Grab von irgendeinem Prinzenbalg die Kehlen durchgeschnitten hätte. Die Frau da stammte aus Norfolk", fügte Osmod hinzu. „Sie haben sie vor zwanzig Jahren aus Norwich geraubt, als sie ein Mädchen war. Jetzt wird sie hier oben alt werden und sterben."
Er und Cwicca standen auf, gingen davon und begannen, ihre Decken auszubreiten.
Shef blickte Brand an, wagte nicht, zu sprechen. Was der große Mann gesagt hatte, musste ihm genauso viel Kummer und innere Scham bereitet haben wie einem Unbedeutenderen, öffentlich in Tränen auszubrechen. Shef fragte sich, was für ein Mann er in Zukunft sein würde. Konnten sie jemals seine geistige Gesundheit wiederherstellen, wie Hund es mit seinem Körper getan hatte? Lange, nachdem alle im Lager außer dem patrouillierenden Wächter eingeschlafen waren, saß Brand ruhelos da, brach übellaunig Zweige auseinander und warf sie ins Feuer.

Am nächsten Morgen, als sie durch die Kiefernwälder des Gebirges trabten, nun ohne die fieberhafte Eile, rasch aus Hálfdans Königreich zu entkommen, bemerkte Shef, dass Udd neben ihm her ritt. Ein wenig überrascht sah er nach unten. Udd hatte für gewöhnlich wenig oder gar nichts zu sagen, außer, wenn es Schmiedearbeiten zu tun gab.
„Ich habe über diese Mühlsteine nachgedacht", sagte Udd. „Hier oben nutzen sie nicht viel, weil das Wasser nur ein halbes Jahr lang fließt. Und wenn, dann so." Er zeigte auf einen Gebirgsbach vor ihnen, der in einem tiefen Kanal über eine Aneinanderreihung von sechs Fuß hohen Wassergefällen den Hang hinunterfloss.
„Was sie hier brauchen, ist etwas, das die ganze Zeit über ungefähr gleich bleibt."
„Und was?"
Udd leckte einen Finger ab, hielt ihn in die Luft. „Wind gibt es hier genug, oder?"
Shef lachte. Der Gedanke, dass der Wind, ein Phänomen, das niemand sehen oder abmessen oder wiegen oder gar fangen konn-

te, die massivsten Dinge, die der Mensch einsetzte, nämlich das schwere Gewicht von Mühlsteinen, bewegen könnte, war unmöglich.

„Wind kann doch Schiffe vorantreiben, oder nicht?", sagte Udd, als könne er die Gedanken seines Anführers lesen. „Wenn er ein Schiff bewegen kann, das zehn Tonnen wiegt, warum nicht auch einen Stein, der nur eine Tonne wiegt?"

„Wind ist nicht wie Wasser", sagte Shef. „Er kommt aus unterschiedlichen Richtungen."

„Das hindert die Seeleute aber nicht, oder? Nein, woran ich gedacht habe, ist dies …" Während sie weiterritten, begann Udd mit der Darlegung seiner Vorstellung von einer segelgetriebenen Windmühle, die auf einem rotierenden Gestell aufgebracht wurde und durch einen Pfahl mit dem Wind gedreht werden konnte wie das Ruder eines Schiffes. Während er widersprach, Antworten erhielt, seine eigenen Vorstellungen hinzufügte, fühlte sich Shef mehr und mehr zu der tiefen, nicht auszudrückenden Aufregung des Erfinders hingezogen.

Cwicca, der hinter ihm ritt, knuffte Karli in die Seite. „Er hat ihn zum Reden gebracht. Wurde auch Zeit. Ich hab mir schon Sorgen gemacht, mit zwei Anführern durch das Gelände zu reiten, die beide in irgendeiner anderen Welt sind. Ich wünschte, wir könnten das Gleiche bei dem anderen machen." Er zeigte auf die riesenhafte Gestalt von Brand, der gekrümmt an der Spitze der Kolonne schlich und einen Arm um den Sattel seines überlasteten Pferdes gelegt hatte.

„Er könnte mehr Probleme machen", mischte sich Hund hinter ihnen ein. „Ich wünschte, wir könnten ihn einfach zum Schiff bringen."

Die Herausforderung kam nicht in einem der Gehöfte, die sie an diesem sowie dem nächsten Tag passierten, wenngleich sie durch alle hindurchritten und lediglich von gesenkten Gesichtern und Männern begrüßt wurden, die stumm neben ihren Scheunen und

Ställen standen. Shef, der vorgewarnt war, hielt an jedem Ort, an den sie kamen, genau Ausschau nach Anzeichen von den anderen, die sich neben den Männern dort aufhielten. Zwei Mal bemerkte er dürre Gesichter, die hinter Fensterläden hervorlugten: Frauen, die auf ein Wunder hofften oder vielleicht nur auf ein freundliches Wort in ihrer eigenen Sprache. Im Schlaf dachte er, er könnte das Schleifen der steinernen Handmühlen hören, das zwanzig, dreißig Jahre andauerte und ein Leben hoffnungsloser Schufterei anzeigte.

Allerdings erstreckten sich die Gehöfte über nur wenige Yards, in denen sich nie mehr als zehn oder zwölf Männer und Jungen jeglichen Alters aufhielten, die es an Stärke kaum mit einer gut gerüsteten Gruppe der gleichen Zahl hätten aufnehmen können, selbst wenn die Fremden einer Sklavenjagd entkommen waren und von einem verdächtigen Streiter angeführt wurden. Als der Weg über die Gebirgspässe endlich in ein Tal abfiel, das in zwei weitere Täler mündete, sah der kleine Reiterzug eine Gruppe von Häusern vor sich, die sich dort, wo sich die Bäche kreuzten, ausbreiteten. Über sie erhob sich ein größeres, mehr als ein Stockwerk hohes Gebäude, dessen Giebel und Seitenpfähle zu fantastischen Drachen geschnitzt waren.

Brand zügelte sein Pferd und drehte sich zu den anderen um. „Das ist Flå", sagte er. „Es ist die Hauptstadt des Landkreises Hallingdal. Sie haben einen Tempel hier. Reitet einfach hindurch, als wäre es ein weiterer Bauerngarten."

Als sie, die massive Stabkirche zu ihrer Linken, über den kleinen Platz im Zentrum der Siedlung ritten, tauchten Männer zwischen den Häusern auf und blockierten den Weg nach vorne und zu den Seiten. Sie waren voll bewaffnet mit kampfbereiten Speeren und Schilden sowie Bögen in den Händen der Halbwüchsigen und Jungen hinter den Kriegern. Shef hörte das Klicken der Armbrüste, die wieder einmal gespannt wurden. Sie könnten ihre eigene Anzahl an Gegnern töten oder verkrüppeln, dessen war er sicher. Danach hätten sie kaum eine Chance gegen die dreißig oder vierzig Männer, die übrigbleiben würden. Eine Richtung wählen und ausbrechen?

Ein Mann trat vor, um sie zu begrüßen, keine Waffe gezogen, die rechte Hand zur Unterhandlung gehoben. Er und Brand starrten einander an.

„Sieh an, Vigdjarf", sagte Brand. „Wir haben uns seit Hamburg nicht mehr gesehen. Oder war es seit dem Angriff auf die Orkneys?"

„Es waren die Orkneys", sagte der andere Mann. Er war irgendwie kleiner als Brand, aber kräftiger gebaut mit einem breiten Nacken und einer angehenden Glatze. Hervortretende Muskeln an gedrungenen Armen unter Goldreifen: beides ein schlechtes Zeichen. Dieser Mann hatte aus irgendetwas hohen Profit geschlagen, und hier in den armen Gebirgsländern wohl kaum aus der Viehzucht.

Vigdjarf blickte demonstrativ auf den Hammeranhänger auf Brands Brust, dann an ihm vorbei auf den Pulk aus Pferden, Männern und Frauen hinter ihm.

„Du bist in seltsamer Gesellschaft unterwegs", bemerkte er. „Vielleicht nicht ganz so seltsam. Sobald die Leute anfangen, irgendetwas um ihren Hals zu tragen, denke ich immer, dass es praktisch das Gleiche ist, wie Christ zu werden. Und was dann? Sie fangen an, mit den anderen Sklaven zu sprechen, fangen an, ihnen bei der Flucht zu helfen. Wirst schon selbst zu einem. Steht es so schlecht um dich, Viga-Brand? Oder ist noch ein Teil von deinem alten Ich übrig?"

Brand glitt von dem Pony, auf dem er geritten war, und trat nach vorne, die Axt in der Hand. „Spar dir das Gerede, Vigdjarf", sagte er. „Bei unserem letzten Treffen habe ich keinen Pieps von dir gehört. Jetzt glaubst du, du wärst jemand. Also, was soll's sein? Werdet ihr, du und deine Vettern, uns anspringen? Wenn ja, werden wir viele von euch töten, das ist sicher."

Hinter ihm hob Osmod seine Armbrust, zielte auf das dicke Eichenholz der Tempeltür, drückte den Abzug mit der sorgsam geschliffenen Abzugsstange. Ein Blitz, der zu schnell war für das Auge, ein Krachen, das über den stillen Platz hallte. Osmod lud ohne Hast nach – vier einfache Bewegungen, ein Klicken, ein weiterer Vierkanteisenbolzen war eingelegt.

„Versuch mal, den herauszuziehen", fuhr Brand fort. „Oder hast du einen anderen Vorschlag? Vielleicht nur du und ich, Mann gegen Mann?"

„Nur du und ich", bestätigte Vigdjarf.

„Und wenn ich gewinne?"

„Freier Durchgang für euch alle."

„Und wenn du gewinnst, Vigdjarf?"

„Nehmen wir alles. Pferde, Sklaven, Männer, Frauen. Wir können einen Platz für die Frauen finden. Nicht für die Männer. Thralls, denen man erlaubt hat, herumzulaufen und zu glauben, sie seien Menschen, kommen auf dumme Gedanken. Sie kommen an den heiligen Baum, gehängt für Odins Raben. Vielleicht behalten wir ein paar, wenn wir den Eindruck haben, dass sie ungefährlich sind. Aber du weißt ja, wie wir hier oben mit Ausreißern verfahren. Wenn wir sie nicht töten, kastrieren und brandmarken wir sie. Ist das einzig Sichere.

Aber für dich gibt es einen anderen Ausweg, Brand. Für dich persönlich, meine ich. Lass sie einfach stehen. Sie sind nicht deine Leute. Du schließt dich uns an, übergibst sie uns, kein Ärger für dich und mich, du bekommst sogar einen Teil unseres Profits."

„Nichts da", sagte Brand. Er warf die Axt nach oben und packte sie mit beiden Händen. „Hier und jetzt?"

Vigdjarf schüttelte den Kopf. „Zu viele Leute wollen zusehen. Ich hab ihnen gesagt, du würdest das vorschlagen. Jetzt kommen sie aus allen Gärten aus drei Tälern hierher. Wir haben einen Zweikampfplatz unten am Fluss markiert. Morgen früh. Ich gegen dich."

Während Shef dastand und dem Gespräch zuhörte, der Unterredung, die ihn zu Kastriereisen, Brandmal und Halsring aus Eisen verurteilen konnte, spürte er das gewohnte Stechen in seinem Nacken, welches bedeutete, dass sein Blick gelenkt wurde. Diesmal sträubte er sich nicht gegen den Anblick, der ihm gezeigt wurde. Wie damals, als er auf dem Grabhügel bei Haithabu gesessen hatte, blieben seine Augen offen, er sah noch immer den kleinen, schlammigen Platz, den hölzernen Tempel, die Bewaffneten, die angespannt warteten. Zur gleichen Zeit jedoch zog ein anderes Bild über sein Blickfeld, erfüllte sein Hirn, als sei der Augapfel, den man ihm abgenommen hatte, woanders und erstattete von dort ebenso Bericht über das, was er sah, wie derjenige, der sich immer noch in seinem Kopf befand.

Er sah eine mächtige Mühle wie jene, die Udd ihm bei der Schule von Kaupang gezeigt hatte – zwei waagerechte Mühlsteine, von denen sich einer über dem anderen bewegte, gespeist aus einem Trichter darüber. Aber keine Zahnräder, kein fließendes Wasser. Stattdessen war der Mühlraum trocken wie in der Mitte des Sommers in einem heißen Jahr, und der Staub hob sich erstickend vom Boden, ohne durch einen Tropfen Wasser besänftigt zu werden.

Durch den Staub bewegte sich ein Mann, eine einzelne Gestalt, die langsam und gleichmäßig einen Balken vor sich herschob. Der Balken, dick wie die Ruderpinne eines Kriegsschiffes, war in den oberen Mühlstein eingesetzt, und während der Mann schob, drehte sich der Mühlstein um und um. Und der Mann drehte sich um und um, immer im selben Kreis, ohne Pause, ohne zum Ende zu gelangen und ohne etwas anderes zu sehen als denselben Raum voller Staub.

Allerdings konnte er eigentlich nichts sehen, stellte Shef fest, denn der Mann war blind, die Augenhöhlen waren leer. Der Mann ließ etwas im Gehen nach und versuchte, einen festen Griff für einen besseren Stand zu bekommen. Sofort ein Peitschenhieb von irgendwoher, ein roter Streifen spross plötzlich aus dem nackten, dreckigen Rücken. Obwohl er blind war, blickte der Mann nach hinten, als würde er von irgendeiner Fliege belästigt, der er nicht wirklich zu Leibe rücken konnte. Seine Hände waren mit Eisenfesseln an den Balken gekettet, den er schob. Als er sich wieder gegen den Balken stemmte, sah

Shef, wie die ungeheuerlichen Muskeln an Armen und Rücken und Seiten hervortraten. Zwischen ihnen und der Haut schien es nichts zu geben. Der Mann war so stark wie Brand und verfügte über eine ebenso straffe Muskulatur wie Shef selbst. Langes, schwarzes Haar kräuselte sich über seine Schultern.
Das ist eine Art des Mahlens, an die Udd nicht gedacht hat, überlegte Shef, als die Vision allmählich nachließ und er wieder zu sich selbst fand. Setze einen Mann ein statt eines Ochsen oder eines Pferdes oder eines Dutzend Mühlsklaven mit steinernen Handmühlen. Aber ich glaube nicht, dass mein Beschützer in Asgard mir dies gesandt hat, um mir etwas über Getreidemahlen zu zeigen, genauso wenig, wie er mir die Vision von Wölund geschickt hat, um mich vor offenen Truhen zu warnen. Damals wollte er mir sagen, dass der Junge sterben musste. Und das Zuschlagen der sich schließenden Truhe war das Krachen eines Katapultsteins, eines Mauleselfelsens. Jetzt der Mühlstein … Er hat eine unmittelbarere Bedeutung als Zahnräder oder Getriebe.

„Morgen früh“, sagte Brand und wiederholte Vigdjarfs Worte. „Ich gegen dich.“
Shef trieb sein Pferd nach vorne, bis es genau neben Brand stand. „Morgen früh“, sagte er und blickte von seinem Pferd hinunter auf den stämmige Vigdjarf. „Aber nicht du gegen ihn. Unser Streiter gegen euren.“
Als die Krieger auf die Armbrüste schauten und die Münder zum Protest aufrissen, ging Shef rasch dazwischen: „Euer Streiter hat die Wahl der Waffen.“
Vigdjarf sah nachdenklich aus, skeptisch, beäugte die Gruppe hinter Brand, nickte dann einvernehmlich.
Von irgendwoher, nicht weit entfernt – oder war es in seinem eigenen Kopf? – konnte Shef das langsame Knarzen eines sich drehenden Mühlsteins hören.

Kapitel 17

Shef bemerkte, dass ein Mann auf seine kleine Gruppe zukam, die in einem eingezäunten Hof am Rand des gemeinschaftlichen Weidelands des Dorfes lagerte. Er sah eher unsicher aus denn feindlich oder aggressiv. Als er die Gruppe erreichte, hielt er sogar inne und deutete etwas an, das vielleicht eine unbeholfene Verbeugung sein sollte – dargeboten von jemandem, der von der Sitte gehört, aber niemals gesehen hatte, wie sie ausgeführt wurde. Seine Augen ruhten auf Hunds weißer Priesterkleidung, die inzwischen stark verschmutzt war, und auf dem Idun-Apfel, der ihm um den Hals hing.

„Ihr seid ein Heiler", sagte er.

Hund nickte und blieb sitzen.

„Viele im Dorf sind krank oder haben Wunden, die nicht verheilt sind. Mein Sohn hat sich das Bein gebrochen, wir haben es verbunden, aber es ist verkrümmt, er kann kein Gewicht darauflegen. Meine Mutter leidet an der Augenkrankheit. Es gibt noch andere – Frauen, die bei der Niederkunft eingerissen sind, Männer, die seit Jahren Kieferschmerzen haben, egal welchen Zahn wir ziehen … Heiler kommen niemals hier hinauf. Werdet Ihr sie Euch ansehen?"

„Warum sollte ich?", sagte Hund. Die Priester des Weges glaubten nicht an Bescheidenheit, hatten niemals von Hippokrates gehört. „Wenn unser Streiter morgen verliert, werdet ihr uns hängen oder verstümmeln und versklaven. Wenn ihr mich morgen brandmarken wollt, warum sollte ich dann heute eure Kranken heilen?"

Der Mann blickte unbehaglich die anderen Gruppenmitglieder an. „Vigdjarf hat nicht bemerkt, dass Ihr ein Heiler seid. Ich bin sicher … Was auch geschieht … Euch hat er nicht gemeint."

Hund zuckte mit den Schultern. „Er hat meine Kameraden gemeint."

Shef stand auf, schaute auf Hund herab, blinzelte kaum wahrnehmbar mit seinem verbliebenen Auge. Hund, der Shef seit ihrer Kindheit kannte, verstand den Wink. Er sah mit undurchdringlichem Gesicht zur Seite.

„Er wird kommen", sagte Shef. „Sobald er seine Heilerwerkzeuge ausgepackt hat. Warte da drüben auf ihn."

Während der Mann fortging, sagte Shef nachdrücklich zu Hund: „Behandle diejenigen, die er dir zeigt. Verlange dann, die anderen zu sehen. Sogar die Thralls. Frage alle, die dir vertrauenswürdig erscheinen, nach der Mühle. Der Mühle, die wir knarzen hören können. Was auch passiert, sei bei Sonnenuntergang wieder zurück."

Die Sonnenscheibe schwebte schon beinahe über den zerklüfteten Gebirgsspitzen, als Hund zu den anderen zurückkehrte. Er sah erschöpft aus. Braune Flecken getrockneten Blutes zeigten sich auf den Ärmeln seiner Tunika. Gelegentlich hatten die Zuhörer an diesem Nachmittag entfernte Schmerzensschreie gehört: ein Heiler bei der Arbeit an einem Ort, an dem sogar Mohn und Bilsenkraut unbekannt waren.

„Viel zu tun da oben", sagte Hund, setzte sich und nahm die Schüssel mit Essen entgegen, die Shef ihm gab. „Ich musste dem Kind das Bein noch einmal brechen, um es ordentlich zu richten. So viel Schmerz in der Welt. Und so viel davon ist einfach zu heilen. Warmes Wasser und Lauge auf den Händen der Hebammen würden die Hälfte der Frauen retten, die bei der Geburt sterben."

„Was ist mit der Mühle?", wollte Shef wissen.

„Als es bereits spät war, haben sie mit eine Thrall-Frau gebracht. Sie wollten es nicht, sagten mir, es wäre nutzlos, ebenso wie sie. Sie hatten recht. Es war nutzlos. Sie trägt eine Geschwulst in sich, und ich bezweifle, dass ich sie selbst in Kaupang mit Helfern und meinen besten Tränken retten könnte. Ich habe jedoch versucht, ihre Schmerzen zu lindern. Ihre körperlichen Schmerzen, meine ich. Für das, was in ihrem Geist vorgeht, gibt es keine Heilung.

Sie war eine Irin, vor vierzig Jahren aus ihrer Heimat verschleppt, als sie fünfzehn war. Man hat sie an irgendeinen Mann hier oben verkauft. Sie hat niemals wieder ihre eigene Sprache gehört, hatte fünf Kinder von verschiedenen Herren, die man ihr alle weggenommen hat. Ihre Söhne sind jetzt Wikinger und rauben selbst Frauen. Man muss sich nicht fragen, warum es so viele Wikinger gibt, so viele Wikingerheere. Jeder Mann zeugt so viele Söhne mit Sklavinnen, wie er kann. Das tun sie, um die Reihen zu füllen."

„Die Mühle", sagte Shef nachdrücklich.

„Sie hat mir erzählt, es gäbe eine Mühle, wie du gesagt hast. Sie wurde letztes Jahr von einem Wegpriester errichtet, der hier heraufkam, einer von Valgrims Freunden. Außerdem brachten sie letztes Jahr einen Mann hierher, der sie drehen sollte. Wie kann ein Mann eine Mühle drehen?"

„Ich weiß es", sagte Shef, wobei er sich an die göttliche Vision erinnerte, die er gesehen hatte. „Sprich weiter."

„Sie sagt, der Mann sei Engländer. Er ist die ganze Zeit dort eingesperrt. Zweimal ist er entkommen und in die Hügel geflüchtet. Beide Male haben sie ihn eingefangen. Das erste Mal haben sie ihn vor dem Tempel mit Leder ausgepeitscht. Sie sagte, sie hätte es gesehen. Sie sagte, er sei ein Mann von großer Stärke. Sie peitschten ihn so lange aus, wie es dauert, einen Morgen zu pflügen, und er hat nicht einmal geschrien, außer um sie zu verfluchen. Nachdem er zum zweiten Mal fortgerannt ist, haben sie ... etwas anderes getan."

„Was denn?", fragte Brand, der aufmerksam zugehört hatte.

„Wenn sie sagen, dass Sklaven kastriert werden, dann meinen sie normalerweise, dass sie ihnen die Hoden abschneiden, wie bei einem Ochsen oder einem beschnittenen Hengst. Damit sie zahm und fügsam werden. Das haben sie ihm nicht angetan. Stattdessen haben sie ihm andere Dinge abgeschnitten, die einen Mann ausmachen. Sie haben ihm die Hoden gelassen. Er ist noch immer so stark wie ein Stier und ebenso stürmisch. Er verspürt das Verlangen eines Mannes. Aber er kann nie wieder wie einer handeln."

Die Männer, die zuhörten, blickten einander an, und jeder einzelne fragte sich, wie sein Schicksal am nächsten Morgen aussehen mochte.
„Ich sage euch eins“, sagte Cwicca entschieden. „Mir ist egal, wer welche Versprechungen macht. Wenn Brand morgen verliert – und möge Thor dies verhüten –, wird der Mann, der ihn besiegt hat, von meinem ersten Bolzen durchbohrt. Und dann fangen wir alle an zu schießen. Wir werden vielleicht nicht entkommen, aber ich lasse mich hier nicht zum Thrall machen. Diese Bergtrolle sind genauso übel wie die schwarzen Mönche.“
Ein zustimmendes Gemurmel erhob sich von den anderen, Männern wie Frauen.
„Eines hat sie noch gesagt“, fuhr Hund fort. „Sie sagte, er sei wahnsinnig.“
Shef nickte nachdenklich. „Ein wahnsinniger Engländer“, bemerkte er. „Stark wie ein Stier und ebenso stürmisch. Wir werden ihn heute Nacht freilassen. Ich weiß, dass wir von Wachen beobachtet werden. Sie werden allerdings erwarten, dass wir versuchen, uns mit den Pferden davonzustehlen. Sobald die Sonne untergegangen ist, geht jeder von uns einzeln zur Latrine, aber drei von uns werden sich auf der anderen Seite verstecken, bis es vollkommen dunkel geworden ist. Ich. Du, Karli. Du, Udd. Steck deine Schmiedewerkzeuge ins Hemd, Udd. Und eine Flasche mit Fett aus dem Fleischtopf. Also, Hund, zeige uns so gut es geht, wie das Dorf aufgebaut ist …“

Stunden später, in tiefer Finsternis, die nur durch die Sterne erhellt wurde, drängten sich die drei Männer im Schatten außerhalb einer grob gezimmerten Hütte am Rand des Dorfes: dem Ort, wo die Mühle stand.
Shef blickte zu dem lichtlosen Haus, das nicht weit entfernt stand, und winkte Udd nach vorne. Eine schwere Tür, verriegelt, der Balken eingespannt und von einem schweren Eisenriegel gehalten. Kein Schloss an dem Riegel. Er war nur da, um zu ver-

hindern, dass jemand hinausgelangte. Udds Fertigkeiten wurden noch nicht gebraucht. Der kleine Mann schob den Riegel beiseite, hob den Balken, war bereit, die Tür zu öffnen.

Shef fummelte mit Lampe und Schlageisen herum, brachte einen Funken zustande, blies auf den Zunder, der schließlich den Docht entzündete, der in dem Behälter mit Walöl schwamm, und schob dann die dünn geschabte, durchscheinende Hornwand nach unten, die zwar Licht durchließ, aber den Docht vor Wind schützte. Riskant, hier draußen Licht zu machen, so sorgsam es auch durch Hemd und Körper abgeschirmt war. Doch wenn es stimmte, was Hund sagte, war es viel gefährlicher, blind in die Höhle der Bestie einzudringen.

Als das Licht endlich brannte, gab Shef das Signal an Udd, der die Tür mit einem Ruck aufzog. Shef glitt hinein wie eine Schlange, Udd und Karli knapp hinter ihm. Er hörte, wie die Tür leise geschlossen wurde, während er in die riesige Mühle hineinblickte ... auf die zusammengesunkene Gestalt unter Sackleinen an der Wand wenige Fuß entfernt. Er machte einen Schritt, zwei, sein Blick angezogen von dem massiven Balken, der aus der Mitte des oberen Rades herausragte, von der dicken Kette, die von dort aus ...

Eine blitzschnelle Bewegung, und irgendetwas hieb nach seinem Fußknöchel. Shef sprang in die Höhe, hielt dabei die Lampe weiterhin unpassenderweise nach vorne, kam drei Fuß weiter hinten wieder zum Stehen.

Die Hand verfehlte seinen Knöchel um einen Zoll. Ein markerschütternder Knall. In dem unsteten Licht blickte Shef nun in ein Paar zornige, weit auseinanderstehende Augen. Der Knall war durch die Kette entstanden, die von einem Ring um einen dicken Hals bis zum letzten Glied gezerrt worden war. Die Augen, die wütend nach oben starrten, zeigten nicht die geringste Pein, nur bitteren Zorn darüber, versagt zu haben.

Shefs Blick wanderte die Kette entlang. Ja, vom Balken bis zum Halsring. Eine weitere Kette vom Ring bis zu einem Bügel, der tief in die Wand eingelassen war. Die Hände gefesselt und ebenfalls an den Halsring gekettet, sodass sie sich lediglich von der Hüfte zum Mund bewegen konnten. Wozu das Ganze? Damit, so verstand Shef allmählich, der gefesselte Mann von der Wand zu dem Balken und vom Balken zurück zur Wand geschleift werden konnte, ohne dass jemand in seine Reichweite kam. Der Raum stank. Ein Latrineneimer. Es war zweifelhaft, dass der Mann ihn benutzte. Ein Topf für Wasser. Den musste er benutzen. Kein Essen, kein Licht, lediglich Sackleinen, mit dem er sich in der kalten Luft des Gebirgsfrühlings zudecken konnte. Wie hatte er den Winter überstanden? Der Mann trug nur eine zerlumpte Tunika, so zerfetzt, dass man das zottelige Haar auf Brust und Körper erkennen konnte.

Der gefesselte Mann wartete noch immer, beobachtete noch immer, ohne überhaupt zu blinzeln. Wartete auf den Schlag. Hoffte, der Prügelknecht würde in seine Reichweite gelangen. Langsam schlurfte er zurück, versuchte, mit einem beschränkt listigen Blick verängstigt dreinzuschauen. Versuchte, Shef nach vorne zu locken, in Reichweite der Kette.

Irgendetwas regte sich in Shefs Gedächtnis. So verunstaltet er auch war, Haar und Bart nur dann geschnitten, wenn sie der Länge nach auf den kreisenden Mahlbalken fielen, kam ihm der Mann bekannt vor. Und erstaunlicherweise stieg auch in seinen Augen so etwas wie Erkennen auf.

Shef setzte sich hin, vorsichtshalber außer Reichweite. „Wir sind Engländer“, sagte er. „Und ich habe dich schon einmal gesehen.“

„Und ich dich“, sagte der Mann. Seine Stimme klang gebrochen, als hätte er sie über viele Tage hinweg nicht gebraucht. „Ich habe dich in York gesehen. Ich habe versucht, dich zu töten, Einauge. Du warst ziemlich weit vorne bei den Männern, die eingebrochen sind. Hast neben diesem Hurensohn von Wikinger gestanden, dem Riesen. Ich habe nach ihm geschlagen, und du hast den Hieb pariert. Ich hätte ihn mit dem Rückhandschlag getötet und dich einen Augenblick später. Aber die anderen sind dazwischengegangen. Und jetzt bist du im Wikingerland, um dich über mich lustig zu machen, Verräter."

Er verzog das Gesicht zu einer Grimasse.

„Aber Gott wird so gut zu mir sein wie zu meinem König Ella. Endlich kann ich sterben. Gott hat mir vorher freie Hand gegeben!"

„Ich bin kein Verräter", sagte Shef. „Nicht an deinem König Ella. Vor seinem Tod habe ich ihm einen Gefallen erwiesen. Auch dir kann ich einen erweisen. Aber sage mir, wer du bist und wo ich dich getroffen habe."

Wieder die irre Grimasse, wie ein Weinender, der beschlossen hat, niemals eine Träne zu vergießen.

„Einst war ich Cuthred, Hauptmann von König Ellas Landmännern, seinen ausgewählten Streitern. Ich war der beste Krieger zwischen Humber und Tyne. Die Männer der Ragnarssons hielten mich mit ihren Schilden fest, nachdem ich ein halbes Dutzend von ihnen getötet hatte. Legten mich in Ketten und verkauften mich wegen meiner Kraft."

Der Mann lachte leise und warf den Kopf zurück wie ein Wolf. „Trotzdem gab es etwas, was sie nie erkannten, wofür sie Gold bezahlt hätten, um es zu erfahren."

„Ich weiß", sagte Shef. „Du hast ihren Vater in die Schlangengrube geworfen, damit er am Natternbiss starb. Ich war da. Ich habe es gesehen, und da habe ich dich getroffen. Ich weiß auch etwas. Es war nicht dein Werk, sondern das des Diakons Erkenbert. Ella hätte ihn freigelassen."

Er lehnte sich nach vorne, wenn auch nicht zu nahe. „Ich habe gesehen, wie du Ragnars Daumennagel auf den Tisch geworfen hast. Ich habe hinter dem Stuhl von Wulfgar gestanden, meinem Stiefvater, den die Wikinger zu einem *heimnar* gemacht hatten. Der Mann, der Ragnar nach York brachte."

Jetzt standen die wilden Augen vor Überraschung und Unglaube weit offen. „Ich glaube, du bist der Teufel", knurrte Cuthred. „Geschickt als letzte Versuchung."

„Nein. Ich bin dein Schutzengel, falls du noch immer an den Weißen Christus glaubst. Wir werden dich befreien. Wenn du versprichst, eine Sache für uns zu tun."
„Was?"
„Kämpfe morgen gegen den Streiter Vigdjarf."
Wieder legte er den Kopf zurück wie Wolf, auf dem Gesicht ein Ausdruck grausamer Freude. „Ah, Vigdjarf", hauchte Cuthred. „Er hat mich verstümmelt, während sie mich festhielten. Er ist niemals wieder in meine Nähe gekommen. Trotzdem hält er sich für einen mutigen Mann. Vielleicht wird er mir doch die Stirn bieten. Ein Mal. Ein Mal würde mir genügen."
„Du musst uns näherkommen lassen, damit wir die Fesseln abbekommen. Den Halsring herunterkriegen."
Shef winkte Udd nach vorne. Der kleine Mann, ein Bündel Werkzeuge in der Hand, trat vor wie eine Maus, die auf eine Katze zugeht. Ein Schritt, zwei Schritte. In Reichweite. Und Cuthred hatte ihn: eine große Pranke auf dem Gesicht, eine packte das Genick, bereit, es zu brechen.
„Ein schlechter Tausch gegen Vigdjarf", erinnerte Shef ihn.
Langsam ließ Cuthred Udd los, musterte seine eigenen Hände, als traue er ihnen nicht. Karli ließ die Spitze seines Schwertes sinken. Udd trat wieder zitternd vor, betrachtete kurzsichtig das Eisen, fing an, es zu lösen. Nach ein paar Augenblicken drehte er sich erneut zu Cuthred um, starrte auf den Halsring.
„Am besten, wir feilen den Ring ab, Herr. Könnte Lärm machen. Ich werde ihm auch wehtun müssen."
„Schmier weiter die Feile. Hörst du, Cuthred? Er könnte dir wehtun. Schlag nicht um dich. Spar's dir für Vigdjarf auf."
Das Gesicht des Mannes aus Yorkshire verzog sich. Er saß unbewegt, während Udd feilte und schmierte und wieder feilte. Die Lampe verbrannte das Öl, begann zu flackern. Schließlich trat Udd zurück. „Wir sind durch, Herr. Muss auseinandergezogen werden." Vorsichtig trat Shef vor, während Karli mit neuerlich erhobenem Schwert außer Reichweite stand. Cuthred scheuch-

te ihn weg, grinste, hob die Hände, packte die beiden Enden des dicken Rings, der noch immer um seinen Hals geschlungen war. Zog. Fasziniert sah Shef zu, wie die Muskeln auf Armen und Brust gleich dicken Seilen hervortraten. Das stabile, kalte Eisen verzog sich zu einem Bogen, als wäre es geschältes Frischholz. Cuthred trat heraus, ließ Halsring und Ketten krachend zu Boden fallen. Er kniete sich nieder, nahm Shefs beide Hände in seine, drückte sie an seine Stirn, presste seinen Kopf an Shefs Knie.

„Ich bin dein Mann", sagte er.

Schließlich ging die Lampe aus. In der Finsternis schoben sich die vier Männer vorsichtig zur Tür, gingen hinaus in die sternbeleuchtete Nacht. Wie Schatten huschten sie erneut durchs Dorf, liefen in Schlangenlinien zurück zum Lager, ließen die angepflockten Pferde zwischen sich und den norwegischen Wächtern.

Als er die Frau sah, kam ein erstickter Laut aus Cuthreds Kehle, und er schien wieder bereit zum Sprung.

„Sie ist auch Engländerin", flüsterte Shef. „Edith, gib ihm alles zu essen, was wir haben. Sprich leise mit ihm. Sprich auf Englisch mit ihm." Als die anderen sich bereits in ihren Decken rührten, schlich er zu Cwicca. „Und du sprichst auch mit ihm, Cwicca. Gib ihm eine Pinte Bier, wenn noch was übrig ist. Aber zuerst spannst du leise deine Armbrust. Wenn er sich auf irgendjemanden stürzt, erschieß ihn. Ich lege mich jetzt bis zum Morgengrauen schlafen."

Shef regte sich, allerdings nicht beim ersten Licht, sondern als die Sonne sich allmählich über den Gipfeln zeigte, die das Tal zu beiden Seiten umgaben. Es war kalt, und dicke Tautropfen lagen auf der einzelnen Decke. Ein paar Augenblicke lange sträubte sich Shef dagegen, wach zu werden, den kleinen Kokon aus Wärme zu durchbrechen, den sein Körper geschaffen hatte. Dann erinnerte er sich an die wahnsinnigen Augen von Cuthred und schreckte hoch. Cuthred schlief noch, sein Mund stand offen. Er lag da mit einer Decke über sich, den Kopf auf die Brust von Edtheow gebettet, der ältesten und mütterlichsten der Sklavinnen. Sie war wach, bewegte sich jedoch nicht, einen Arm um Cuthreds Kopf gelegt.

Und dann war er wach. Seine Augenlider sprangen übergangslos auf, er nahm wahr, wie Shef in anstarrte, nahm die Männer wahr, die begannen, Feuer zu entzünden, Decken zusammenrollten, zur Latrine gingen. Der Blick fiel auf Brand, der ebenfalls aufgestanden war und Cuthred gleichermaßen musterte.

Shef sah nicht, wie Cuthred sich bewegte. Er sah, wie die Decke zur Seite flog, dahinter musste Cuthred mit einer einzigen Bewegung aus dem Liegen auf die Füße gesprungen sein. Bevor sich sein Blick geschärft hatte, hörte er ein Krachen und ein schweres Schnaufen, als Cuthred seine Schulter in Brands Leib rammte. Beide lagen am Boden und wälzten sich hin und her. Shef sah, wie Cuthred seine Daumen in Brands Augen rammte, sah Brand, der mit seinen schaufelgroßen Pranken die Handgelenke des Engländers packte und versuchte, sie beiseite zu biegen. Dann waren die beiden für einen Moment ineinander verkeilt, Cuthred oben, wobei keiner von ihnen den anderen mit Gewalt wegdrücken konnte. Cuthred wand seine Hände aus dem Griff, riss das Messer von Brands Gürtel und sprang mit der gleichen unheimlichen Geschwindigkeit auf die Füße. Brand war ebenfalls bemüht aufzustehen, doch Cuthred ließ das Messer zum tödlichen Hieb unter das Kinn nach vorne sausen.

Osmod ergriff seinen Unterarm, als er zuschlug, riss das Messer zur Seite. Dann rollte Osmod über den Boden, zur Seite geschleudert von einem Rückhandschlag mit dem Knauf. Cwicca packte mit beiden Händen das Handgelenk, welches das Messer hielt. Shef mischte sich ein, bekam Cuthreds linken Arm zu fassen, verdrehte ihn zu einem Armbrechergriff. Es war, als würde man die Fessel eines Pferdes packen – zu dick zum Halten. Während Cwicca auf der einen und Shef auf der anderen Seite mit jeweils einem Arm rangen, trat Karli vor, dessen Gesicht vor Aufregung glühte.

„Ich bringe ihn zur Ruhe", schrie er. In Stellung gegangen und mit gesenkten Schultern schlug er mit beiden Händen zu, links-rechts-links, hieb mit einem Seitwärtshaken auf Cuthreds ungeschützten Bauch ein, trieb die Faust nach oben unter die Rippen und auf die Leber.

Cuthred hob Shef mit einer Hand vom Boden, schmetterte den Ellenbogen gegen die Seite seines Kopfes, riss den Arm los. Wie ein Knüppel sauste eine Faust auf Karlis Kopf nieder, stampfte gewaltsam auf Cwiccas Füße, schaffte es nicht, sich aus dem verzweifelten Griff um sein Gelenk mit dem Messer zu lösen, langte hinüber, um das Messer mit der Linken zu ergreifen.

Shef kam taumelnd auf die Füße, sah Udd, der bewusst mit einer Armbrust zielte, wollte „Halt!" schreien, erkannte dann aber, dass im Nu entweder Cwicca ausgeweidet oder Cuthred erschossen werden würde.

Brand trat zwischen Cuthred und die Armbrust. Er sagte nichts, versuchte nicht, den anderen Mann zu packen. Stattdessen hielt er ihm auf beiden Handflächen die Axt hin.

Cuthred starrte darauf, ließ von dem Messer ab, griff stattdessen nach dem Stiel der Axt. Hielt inne. Cwicca keuchte, ließ langsam los und verzog sich außer Reichweite. Ein halbes Dutzend Armbrüste zielte inzwischen auf ihn. Cuthred ignorierte sie, starrte lediglich auf die Axt. Langsam streckte er die Hand aus und nahm sie, fühlte die Balance, schwang sie vor und zurück.

„Jetzt erinnere ich mich", knurrte er heiser in seinem northumbrischen Englisch. „Ihr wollt, dass ich Vigdjarf töte. Ha!" Er warf die Axt in die Luft, wobei er sie so drehte, dass sie sich im Flug überschlug und das Licht von der glänzenden Schneide reflektiert wurde, fing sie am Gleichgewichtspunkt auf, als sie herunterkam. „Vigdjarf töten!" Er blickte um sich, als erwarte er, dass sein Feind bereits in Sichtweite war, dann marschierte er auf das Dorf zu wie eine Lawine.

Brand sprang ihm in den Weg, die Arme ausgebreitet, und rief in seinem primitiven Englisch: „Ja, ja, Vigdjarf töten. Nicht jetzt.

Heute. Alle zuschauen. Jetzt essen. Bereitmachen. Waffe wählen."
Cuthred grinste und zeigte zwei Zahnfleischreihen, in denen nur einige Vorderzähne erhalten geblieben waren. „Essen", stimmte er zu. „Hab schon vorher versucht, dich zu töten, Großer, in York. Versuche es später wieder. Jetzt – Vigdjarf töten. Erst essen." Mit einem dumpfen Krachen versenkte er den Axtkopf tief in einem Baumstumpf, schaute sich um, bemerkte Edtheow, die mit einem Laib Brot auf ihn zukam, nahm es ihr ab und begann, daran zu nagen. Sie streichelte ihn sanft wie ein nervöses Pferd und rieb durch die dreckige Tunika seinen Arm.
„Oh, ja", sagte Brand und blickte zu Shef, der noch immer sein klingelndes Ohr rieb. „Oh, ja. Ich mag den da. Wir haben einen Berserker hier. Wirklich nützliche Leute. Aber man muss ihnen den richtigen Weg zeigen."
Gemäß Brands Anweisungen wurde Cuthred von allen im Lager umsorgt, und sie schwirrten um ihn herum wie Männer um das beste Rennpferd. Zuerst: Essen. Während er sich durch die Kruste des Brotes arbeitete, das Edtheow ihm gegeben hatte, bereiteten die ehemaligen Sklaven ihren typischen Haferbrei zu, gaben ihm eine Schüssel davon, wärmten den Eintopf auf, den sie am Abend zuvor aus unvorsichtigen Hühnern gekocht hatten, die in der Nähe des Lagers gepickt hatten, gaben geschnittene Zwiebeln und Knoblauch hinein. Cuthred aß fortwährend unter den gemeinsam wachsamen Augen von Brand und Hund. Sie gaben ihm nur kleine Mengen auf einmal, ließen ihn die Schüssel bis zum Holz auskratzen, bevor sie ihm die nächste Portion gaben.
„Er braucht das Essen für seine Kraft", murmelte Brand. „Aber sein Magen hat sich verkleinert. Kann nicht viel auf einmal vertragen. Gebt ihm eine Pinte Bier, um ihn zu bremsen. Zieht ihm jetzt die Tunika aus. Ich werde ihn waschen und einölen."
Die Katapultmänner holten heiße Steine aus der Auflage des Lagerfeuers, ließen sie in einen ledernen Wassereimer fallen, sahen zu, wie der Dampf aufstieg. Aber als Shef vortrat und Anstal-

ten machte, ihm die Tunika auszuziehen, blickte Cuthred finster, schüttelte heftig den Kopf. Sein Blick wanderte zu den Frauen hinüber.
Shef erkannte, dass der Mann aus Scham seine Verschandelungen nicht zeigen wollte, scheuchte die Frauen fort und streifte sein eigenes Hemd ab. Er drehte sich absichtlich um, damit Cuthred die Narben von den Peitschenschlägen sah, Narben, die ihm sein Stiefvater beigebracht hatte, und zog das Hemd wieder an. Fritha und Cwicca breiteten eine Decke auf dem Boden aus und bedeuteten durch Zeichen, dass Cuthred sich mit dem Gesicht nach unten hinlegen sollte, dann schnitten sie die Tunika mit ihren Sachsenmessern von seinem Körper.
Als sie seinen Rücken sahen, blickten die Freigelassenen einander erneut an. An einigen Stellen war das Fleisch bis zum Rückgrat weggepeitscht worden und nur eine dünne Schicht aus Narbengewebe bedeckte die Wirbel. Mit Lauge und warmem Wasser begann Fritha, Dreck und tote Haut eines ganzen Winters abzuwaschen. Als er fertig war, brachte Brand ihm sein eigenes Paar Ersatzhosen und bedeuteten Cuthred, sie anzuziehen. Die Männer starrten umständlich in die Ferne, während Cuthred sie anlegte. Dann setzten sie ihn auf einen Baumstumpf, während Fritha ihm Arme, Gesicht und Brust bearbeitete.
Shef musterte ihn währenddessen genau. Cuthred war tatsächlich ein großer Mann, weit größer als irgendeiner der ehemaligen Sklaven, um Längen größer als Shef selbst. Nicht so groß wie Brand – die Hosen waren an den Knöcheln zweimal aufgerollt und hingen lose an der Taille, sodass Brands Gürtel zweimal um ihn herumgegangen wäre.
Aber er unterschied sich von den meisten Männern, denen Shef jemals begegnet war, von allen Kriegern, die er in Brands Mannschaft oder im Großen Heer kennengelernt hatte. Jemand wie Brand hatte weder eine Wampe noch einen Bierbauch, aber er war untersetzt, er aß jeden Tag gut, seine Muskeln waren mit einer dicken Schicht aus Fettpolstern bedeckt, die die Kälte ab-

hielten. Wenn man ihn oberhalb der Rippen packte, könnte man eine Handvoll Fleisch herausreißen.
Im Vergleich zu Cuthred war Brand formlos. An dem Mühlensklaven, der mit Armen und Beinen und Rücken und Bauch Stunde um Stunde, Tag für Tag, Woche für Woche ein schweres Gewicht geschoben und nur wenig mehr als Brot und Wasser zu essen bekommen hatte, standen die Muskeln hervor, als wären sie auf Pergament gezeichnet. Wie jene des Blinden, den Shef in seiner flüchtigen Vision gesehen hatte. Es war die Verbindung aus Stärke und Schlankheit, die ihn so blitzschnell machte, erkannte Shef. Dies und sein Wahnsinn.
„Fangt bei Händen und Füßen an“, befahl Brand. „Schaut, er hat Zehennägel wie Bärenkrallen. Schneidet sie, sonst bekommen wir keine Schuhe an ihn, und die braucht er für festen Stand. Lasst mich seine Hände sehen.“ Brand drehte sie hin und her und prüfte, ob sie sich bogen. „Hände wie aus Horn“, raunte er. „Gut für einen Seemann, schlecht für einen Schwertkämpfer. Gebt mir etwas Öl, ich massiere es ein.“
Cuthred saß da, während sie ihn umsorgten, ohne die Kälte wahrzunehmen, und schien die Aufmerksamkeit als etwas zu sehen, das ihm zustand. Vielleicht war er aus einem früheren Leben daran gewöhnt, dachte Shef. Er war Hauptmann der Gefährten des Königs von Northumbria gewesen, ein Rang, den man nur erreichen konnte, wenn man sich den Weg nach oben erkämpfte. Cuthred musste mehr Zweikämpfe ausgefochten haben, als er sich erinnern konnte. Neben den Zeichen der Folter waren unter dem zotteligen Haarschopf alte Narben von Spitzen und Klingen zu sehen. Wie einem Pferd musste ihm in der unbeheizten Hütte während des Gebirgswinters ein eigenes Fell gewachsen sein. Mit der einen wertvollen Schere, die die Gruppe besaß, begannen sie, ihm Haupthaar und Bart zu stutzen. „Ich will nicht, dass ihm irgendetwas ins Gesicht weht“, erklärte Brand.
Er übergab ihm seine zusätzliche Tunika, die zu den Hosen passte, ein hübsches Stück aus grün gefärbter Wolle. Cuthred wand

sich hinein, lockerte die Hose, stopfte das Oberteil hinein und schnürte den Seilgürtel um seine Taille wieder zu. Sah er gewaschen, frisiert und angekleidet anders aus als die erbärmliche Kreatur, die sie gerettet hatten?, fragte Shef sich.
Nein, er sah genau gleich aus. Jeder vernünftige Mensch, der Cuthred auf einem Pfad oder einer Straße begegnete, würde zur Seite springen und einen Baum hinaufklettern, als wäre er einem Bären oder einem Wolfsrudel begegnet. Er war ebenso verrückt und gefährlich wie ... wie Ivar der Knochenlose oder sein Vater, Ragnar Lodenhose. Er sah sogar wie Ragnar aus, entsann sich Shef. Irgendetwas in der Haltung, in den gleichgültigen Augen.
Brand zeigte Cuthred nach und nach die Waffen, die sie zur Verfügung hatten. Eine dürftige Auswahl. Cuthred beäugte Karlis wertvolles Schwert, schnüffelte daran und verbog es wortlos über einem Knie. Bei Karlis geschocktem und protestierendem Knurren blickte er auf, wartete, ob es sich wiederholte, und grinste, als der stämmige Mann aus Dithmarschen verstummte. Die Sachsenmesser warf er verächtlich beiseite. Osmods Hellebarde machte ihn neugierig und er focht ein paar Sekunden mit ihr, wobei er das schwere Gewicht mit einer Hand hin und her schnellen ließ, als wäre sie ein Weidenstock. Aber sie war nicht als Einhandwaffe ausbalanciert. Er legte sie beiseite, betrachtete Brands mit Silberintarsien versehene Axt.
„Wie heißt sie?“, fragte er.
„*Rimmugygr*“, sagte Brand. „Das bedeutet ‚Kampftroll‘.“
„Ah“, sagte Cuthred und drehte die Waffe um und um. „Trolle. Sie kommen im Winter aus den Bergen, schielen durch die Läden auf angekettete einsame Männer. Dies ist keine Waffe für mich. Du, Häuptling“, sagte er zu Shef, „du trägst Gold an deinem Arm. Du musst ein berühmtes Schwert besitzen, das du mir leihen kannst.“
Shef schüttelte den Kopf. Nach der Schlacht bei Hastings hatten seine Thanes darauf bestanden, dass ein König eine bedeutende Waffe tragen müsse, hatten für ihn ein Schwert aus bes-

tem schwedischem Stahl ausgesucht mit einem goldenen Heft und einem Namen, der in die Klinge eingraviert war. *Atlaneat* hatte er gelautet. Er hatte es auf der *Norfolk* zurückgelassen, das Schwert des unglücklichen Hrani Karli gegeben, lediglich den einfachen Entersäbel eines Seemanns bei Kaupang von Brand erhalten, sogar diesen bei seinem Ausflug nach Drottningholm zurückgelassen und nur den Speer „Gugnir" mitgenommen. Allerdings hatte Cwicca den Säbel mitgenommen, als sie ihn gerettet hatten; er hatte ihn in den Gürtel zurückgesteckt. Er zog ihn heraus und übergab ihn. Cuthred betrachtete die Waffe mit ungefähr demselben Gesichtsausdruck, mit dem er Karli angeschaut hatte. Es war ein einschneidiges Schwert mit einer schweren Rückseite, leicht gebogen, geschmiedet aus einfachem Eisen, allerdings mit einer guten Stahlklinge versehen, die Shef selbst angebracht hatte. Keine Waffe, mit der man kämpfte, sondern nur ein Schwert zum Hacken.

„Kein Rückschwung damit", raunte Cuthred. „Aber Kraft im ersten Schlag. Ich nehme es."

Einer Eingebung folgend, gab ihm Shef noch den Schild, den Udd hergestellt hatte und auf dem der gehärtete Stahl auf dem einfachen Holz festgenagelt war. Cuthred blickte interessiert auf das dünne Metall, betrachtete die seltsame Farbe, versuchte, den Schild anzulegen. Der Riemen passte nicht über seinen Unterarm, bis sie ein zusätzliches Loch einstanzten. Er stand auf, das nackte Schwert in der Hand, den Schild angelegt. Sein Gesicht grinste wie die Maske eines hungrigen Wolfs.

„Nun", sagte er. „Vigdjarf."

Kapitel 18

Ein Mann stand am Rand des Lagers, voll gepanzert, einen kurzen Stab in der Hand: ein Marschall, der gekommen war, um sie zum Kampfplatz zu rufen. Shef erhob sich, um Cuthred vor ihm zu verbergen, ruckte mit dem Kopf in die Richtung von Brand, der das Reden übernehmen sollte.

„Seid ihr bereit?“, rief der Marschall.

„Bereit. Wiederholen wir noch einmal die Bedingungen des Zweikampfs.“

Während die anderen zuhörten, gingen Brand und der Marschall die Bedingungen des Zweikampfs durch: nur Hiebwaffen, Streiter gegen Streiter, freies Geleit gegen die Rückgabe aller mutmaßlichen Thralls zur Verfügung des Siegers. Als diese Bedingung dargelegt wurde, spürte Shef, wie die Spannung unter den Engländern, Männern wie Frauen, anstieg.

„Sieg oder Niederlage, das lassen wir uns nicht gefallen“, meinte Osmod. „Ihr alle haltet eure Armbrüste und Bolzen bereit. Ihr Frauen, haltet die Pferde an den Zügeln. Wenn unser Mann verliert – was natürlich nicht passieren wird“, fügte er mit einem hastigen Blick auf Cuthred hinzu, „werden wir versuchen, von hier auszubrechen.“

Shef sah, wie sich Brands Schultern spannten, als er Osmods unsportliche Befehle hörte, aber er redete weiter. Der Marschall, der überhaupt kein Englisch sprach, achtete nicht darauf. Cuthred grinste noch breiter als vorher. Im Moment saß er hinten auf seinem Platz, nahm sich stark zurück und machte keine Anstalten, sich zu zeigen. Entweder hatte ihn das bekannte Ritual vor einem morgendlichen Zweikampf ergriffen oder er genoss einfach die Überraschung, die sie für Vigdjarf geplant hatten.

Der Marschall wandte sich ab, und Brand ging zu der Gruppe zurück, die schon bereit war zu verschwinden, die Pferde bepackt, die Taschen festgeschnallt. Im letzten Augenblick fiel Cuthreds Blick auf das kleine Beil, das sie zum Hacken von Feuerholz gebrauchten. Er riss es aus der Schnalle und gab es Udd. „Mach es mit deiner Feile scharf", befahl er.

Die Gruppe ging die kurze, bereits verlassene Dorfstraße hinauf. Auf dem kleinen Platz vor dem Tempel drängten sich nicht nur sämtliche Einwohner des Städtchens, sondern auch Dutzende mehr, Männer, Frauen und Kinder aus dem gesamten Tal, die unbedingt den Kampf zwischen zwei Streitern sehen wollten. Sie hatten eine Straße für Brands Leute freigehalten, damit sie ungehindert durchkommen konnten, doch nachdem sie hindurch waren, traten Männer mit Speeren und Schilden in die Lücke und versperrten den Weg hinaus. Osmod blickte abschätzend um sich und versuchte, die schwächste Stelle in dem sie umgebenden Kreis zu finden. Fand keine.

Ihnen direkt gegenüber, außerhalb der eigentlichen Tempeltür, zeichneten scharlachrote Umhänge Vigdjarf und seine Sekundanten aus. Brand sah sich um, beäugte Cuthred vorsichtig, nickte Osmod und Cwicca zu, die ihn zu beiden Seiten flankierten. „Wartet", sagte er und hielt einen Finger hoch. „Wartet auf das Signal."

Cuthred nahm keine Notiz. Er hatte das geschärfte Beil mitgenommen und hielt es zusammen mit dem Schildriemen in der linken Hand. Mit der anderen Hand hatte er begonnen, Shefs Säbel in die Luft zu werfen, brachte die unbalancierte Waffe immer wieder zum Kreisen, fing sie anschließend jedes Mal, wenn sie wieder herunterfiel, an dem ungeschützten Heft auf. Ein Raunen ging durch die Menge, als einige ihn erkannten, ihnen klar wurde, dass er der Thrall aus der Mühle war, spekulierten, was das zu bedeuten hatte.

Mit Shef an seiner Seite ging Brand los, um die anderen zu treffen. „Hätten wir versuchen sollen, ihm eine Rüstung zu geben", raunte Shef. „Dein Kettenhemd? Einen Helm? Vielleicht ein Lederwams? Vigdjarf hat alles."

„Hat keinen Sinn bei einem Berserker“, sagte Brand knapp. „Wirst schon sehen.“
Er hielt sieben Schritte vor den anderen an, hob seine Stimme, damit sowohl die zuschauende Menge als auch die Herausforderer ihn hören konnten.
„Bereit, dein Glück zu versuchen, Vigdjarf? Du weißt, vor Jahren hättest du es bei mir versuchen können. Aber damals war dir nicht danach.“
„Und dir ist jetzt nicht danach“, erwiderte Vigdjarf grinsend. „Habt ihr euch entschieden, wer sich mir stellen wird? Du? Oder dein einäugiger Freund da mit seinen bloßen Händen?“
Brand zeigte mit dem Daumen über seine Schulter. „Wir dachten, wir versuchen es mit dem in dem grünen Hemd hinter uns. Er ist ziemlich versessen darauf, gegen dich zu kämpfen. Ihm ist *wirklich* danach.“
Vigdjarfs Grinsen verging, als er über den Platz zu der Stelle schaute, wo Cuthred nun ohne die anderen und unübersehbar stand und weiterhin das Schwert nach oben warf und auffing. Inzwischen warf er auch das Beil von einer Hand in die andere, warf es von links nach rechts, während das Schwert noch in der Luft hing.
„Du kannst ihn nicht schicken, um gegen mich zu kämpfen“, sagte Vigdjarf. „Er ist ein Thrall. Mein eigener Thrall. Ihr müsst ihn in der Nacht entführt haben. Ich kann nicht gegen meinen eigenen Thrall kämpfen. Ich erhebe Einspruch bei den Marschällen.“ Er blickte zu den beiden bewaffneten und gepanzerten Männern, die zu beiden Seiten des Platzes warteten.
„Viele Leute nennt Ihr vorschnell Thralls“, sagte Shef. „Zuerst sagt Ihr, dass ein paar Reisende Thralls sind, und sie müssen gegen Euch kämpfen, um zu beweisen, dass sie es nicht sind. Wenn dann einer gegen Euch kämpfen will, nennt Ihr ihn auch einen Thrall. Es wäre vielleicht einfacher, wenn Ihr sagtet, alle seien Thralls. Dann müsstet Ihr nur dafür sorgen, dass sich auch alle wie Thralls benehmen. Denn wenn sie es nicht tun … sind sie keine.“

„Ich kämpfe nicht gegen ihn“, sagte Vigdjarf schlüssig. „Er ist mein Eigentum, des Nachts entführt, und ihr alle seid nächtliche Diebe.“ Er wandte sich an die Marschälle, erhob erneut Einspruch.

Brand schaute über seine Schulter. „Wenn du nicht gegen ihn kämpfen willst, ist das deine Sache“, bemerkte er. „Aber eines kann ich dir mit Sicherheit sagen: Er wird gegen dich kämpfen. Und gegen jeden, der ihm in die Quere kommt.“

Mit einem heiseren Brüllen war Cuthred von seinen Betreuern weggetreten und schritt nun über den Platz. Seine Augen blickten starr und unverwandt, und als er herankam, fing er an, zu singen. Aus seiner kurzen Karriere als Minnesänger erkannte Shef das Lied. Es war die alte northumbrische Ballade über die Schlacht bei Nechtansmere, wo das Heer von König Ecgfrith von den Pikten ausgelöscht worden war. Cuthred sang gerade den Teil, in dem die tapferen Dienstmänner sich weigern, zu fliehen oder zu kapitulieren, und stattdessen einen Schildwall bilden, um bis zum letzten Mann zu kämpfen. Hastig gingen ihm Brand und Shef aus dem Weg, sahen ihn vorbeigehen, noch immer langsam, aber mit jedem Schritt auf einen Angriff gefasst.

Vigdjarf, der sich ihm gegenüber befand, packte den Umhang seines Sekundanten, gestikulierte wieder in Richtung der Marschälle, sah, wie sie alle zurückwichen und ihn Auge in Auge mit dem erzürnten Mann stehenließen, den er kastriert hatte.

Auf fünf Schritte griff Cuthred an. Keine Finte, kein Herantasten. Keine Verteidigung. Eher der Angriff eines wutentbrannten Knechts, eines Schweinehirten oder Pflügers denn der eines königlichen Streiters. Der erste Hieb begann damit, dass die Spitze des gekrümmten Säbels, die Cuthreds Rückgrat berührte, in einem raschen Bogen auf Vigdjarfs Helm herabsauste. Allein der Reflex hätte ausgereicht, um den Hieb zu blocken, wenn man nicht gerade ein Großvater mit Gelenksperre war. Vigdjarf, der den Marschällen weiterhin Proteste zurief, hob den Schild, ohne nachzudenken, sodass die volle Wucht des Schlages den Schildbu-

ckel traf. Er ging beinahe in die Knie, nach unten gedrückt durch das schiere Gewicht des Hiebes. Und der zweite war bereits in der Luft und der dritte folgte. Ohne Anstalten, sich zu schützen, tanzte Cuthred um seinen Feind herum und schlug aus jedem Winkel zu. Mit jedem Hieb flogen Splitter von dem mit Eisen umrahmten und mit einem Buckel versehenen Lindenschild, nach wenigen Augenblicken schien Vigdjarf nur noch ein zerhacktes Überbleibsel in der Hand zu haben. Ein lautes Klirren hallte über den Platz, als Vigdjarf es zum ersten Mal schaffte, sein Schwert hochzureißen und zu parieren.
„Ich glaube nicht, dass die Sache lange dauern wird", sagte Brand. „Und sie wird übel ausgehen. Alle aufsitzen. Shef, hol ein Seil."
Cuthreds Angriffe hatten keinen Augenblick lang nachgelassen, aber Vigdjarf, ein Veteran, schien sich zusammengerissen zu haben. Er benutzte sein Schwert und die Reste seines zertrümmerten, halbmondförmigen Schildes, die ihm geblieben waren, um die Hiebe zu blocken. Er hatte zudem bemerkt, dass Cuthred niemals parierte, niemals dafür in Position ging. Der Schild in seiner Hand mochte genauso gut nur dem Gleichgewicht dienen. Rasch konterte er zweimal hintereinander aus der Parade und stach nach dem Gesicht. Beide Male war Cuthred bereits zur Seite gesprungen und stellte sich auf einen weiteren Streich ein.
„Einen Schlag wird er landen", raunte Brand. „Und dann …"
Als hätte er seinen Verstand zusammengenommen, änderte Cuthred plötzlich die Taktik. Anstatt auf Kopf und Körper einzuschlagen, ging er in die Hocke und hieb mit der Rückhand nach dem Knie. So etwas hatte Vigdjarf viele Male gesehen, viel öfter als die wahnsinnigen Attacken, die er gerade erst überlebt hatte. Er sprang über den Schlag hinweg, landete in der Hocke und schlug seinerseits zu.
Die zuschauenden Engländer stöhnten vor Schreck auf, als sie sahen, wie der Streich mit voller Wucht Cuthreds Oberschenkel erwischte. Sie warteten auf das herausspritzende Arterienblut, auf den letzten qualvollen Schlag, der mit Leichtigkeit geblockt

werden würde, das Seitwärtskippen und den tödlichen Streich oder Stich. So endete es immer. Vigdjarf zeigte dem ganzen Platz die Zähne, während er darauf wartete, dass Cuthred zusammenbrach.

Doch nicht dieses Mal. Cuthred sprang auf, zielte mit wirbelndem Schwert auf den Kopf seines Feindes und hieb in derselben ungelenken Bewegung mit dem Beil in seiner Schildhand zu. Ein einziges dumpfes, fleischiges Geräusch erklang, und das Beil steckte tief in Helm und Schädel.

Cuthred ließ das Beil los und packte das Gelenk von Vigdjarfs Schwerthand mit seiner Schildhand. Während Vigdjarf verzweifelt und vergeblich mit dem zerbrochenen Schild auf ihn einschlug, trat Cuthred vor, trieb ihm den Säbel tief unter dem Kettenhemd in den Leib und begann absichtlich, die Klinge wie eine Säge zu bewegen. Vigdjarf fing an zu schreien, ließ das Schwert fallen, versuchte, mit den Händen den Säbel wegzuzerren. Cuthred sprach zu ihm, wobei er ihn nun hochhielt und Wörter in sein sterbendes Gesicht schrie.

Von Grauen gepackt – nicht ob des Todes, sondern ob des Verlustes der Würde – stürmten die Marschälle und Vigdjarfs Sekundant nach vorne. Shef bemerkte, wie die besonnenen Männer in dem Kreis anfingen, ihre Frauen und Kinder fortzudrängen, zurück durch die engen Gassen oder in Hauseingänge. Nach wie vor unbewaffnet trat er vor und rief den Marschällen zu, sich zurückzuhalten.

Cuthred ließ seinen noch immer blutenden Feind zu Boden fallen und griff ohne Warnung erneut an. Einer der Marschälle, der weiterhin seinen Stab ausgestreckt hielt und versuchte, irgendeine Warnung auszustoßen, wurde niedergemacht, aufgeschlitzt vom Hals bis zum Brustbein. Als das Schwert auf Knochen stieß, rammte Cuthred zum ersten Mal seinen Schild gegen den anderen, ließ ihn zurücktaumeln, riss dem sterbenden Marschall das Schwert aus der Hand und hieb dem zweiten das Bein am Knie ab. Dann kam er wieder in Bewegung und raste ohne Pause oder

Zögern auf die Menge von Vigdjarfs Unterstützern zu, die sich außerhalb des Tempels zusammengefunden hatten.
Ein Speer flog auf ihn zu, ein schwerer, eisenbeschlagener Kampfspeer, geschleudert mir voller Kraft aus zehn Schritten Entfernung. Geradewegs auf die Körpermitte. Cuthred ließ den gehärteten Schild auf Höhe seines Herzens sinken. Der Speer schlug voll ein, drang nicht ein, riss den Schildarm herunter, sprang zurück wie „Gugnir", als Shef zum ersten Mal das Metall ausprobiert hatte.
Ein Schrei der Überraschung und des Schreckens, und auf einmal sah man nur noch ihm zugewandte Rücken, auf die Cuthred einhieb, Männer fielen oder flohen, und Schreie ertönten: „Berserker! Berserker!"
„Nun denn", sagte Brand und blickte über den plötzlich leer gewordenen Platz, „ich glaube, wenn wir ganz, ganz leise davonreiten … Vielleicht nehmen wir ein paar dieser nützlichen Stücke mit, die hier herumliegen, wie dieses Schwert da? Du brauchst es doch nicht mehr, oder Vigdjarf? Für einen ordentlichen *drengr* warst du mir immer etwas zu streng zu den weiblichen Thralls. Und jetzt war das dein Tod."
„Nehmen wir den armen Cuthred nicht mit uns?", frage Edtheow empört. „Ich meine, er hat uns alle gerettet."
Brand schüttelte angewidert den Kopf. „Ich glaube, wir sind alle besser dran, wenn wir nichts mit ihm zu tun haben."
Cuthred lag bewegungslos fünfzig Fuß entfernt im Matsch der Straße aus dem Städtchen; zwei Köpfe lagen neben ihm, das lange Haar fest in seinen Händen. Shef wurde plötzlich von Hund beiseite gestoßen, der fasziniert auf den linken Oberschenkel blickte, wo Vigdjarfs blutiger Streich ihn erwischt hatte.
Ein tiefer, tiefer Schnitt, sechs Zoll lang, an dessen Grund weiß der Knochen glänzte. Aber wie bei einem Schnitt in totes Fleisch gab es kaum eine Spur von Blut.
„Wie ist das passiert?", fragte Hund. „Wie kann ein Mann daran nicht verbluten? Weitergehen mit durchtrennten Muskeln?"

„Ich weiß es nicht", sagte Brand, „aber ich habe so etwas schon gesehen. Das ist es, was einen Berserker ausmacht. Die Leute sagen, dass kein Stahl in sie hineinfährt. Er tut es zwar doch. Aber sie spüren es nicht. Erst viel später. Was machst du?"
Hund hatte Nadel und Darmgarn hervorgeholt und hob an, die Ränder der breiten Wunde zuzunähen, machte erst grobe Stiche, dann begann er von vorne und nähte erneut mit kleinen, präzisen Handgriffen wie ein Schneider. Als er dies tat, sickerte und quoll auch Blut aus der Wunde. Er kam zum Ende, legte eine Wickelbandage an, drehte seinen Patienten um, schob dessen Augenlider zurück. Schüttelte verwundert den Kopf.
„Legt ihn über ein Pferd", befahl er. „Er sollte eigentlich tot sein. Aber ich glaube, er schläft nur tief und fest."
Mit dem Messer hatte er die Haare der abgetrennten Köpfe durchgeschnitten, um sie aus Cuthreds Griff zu lösen.

„Richtig", sagte Brand vernünftig. „Es gibt viele Theorien über Berserker. Ich persönlich schenke ihnen nur wenig Beachtung."
Wie schon seit Tagen ritten sie den Grat eines Höhenzuges entlang; zunächst ging es aufwärts, dann befanden sie sich mehr oder weniger auf einer Ebene, nun dauerten die nach unten führenden Strecken womöglich länger als diejenigen, die hinauf geführt hatten. Zu ihrer Rechten lag ein Landstrich voller Täler, in denen Wasser und hier und da das helle Grün frischen Grases glänzten. Zu ihrer Linken fiel die Landschaft noch steiler ab in einen Überschwang aus Tannen und Kiefern, und vor sich konnten sie nur wenig erkennen außer dem Höhenrücken, der sich hob und senkte, sowie einer blauen Gebirgskette, die sich weit in der Ferne erhob. Die Luft war kalt und klar, erfüllte die Lungen jedoch mit Leben und dem scharfen Geruch von Kiefernholz.
Hinter Brand und Shef sowie dem neugierigen Hund, der knapp hinter ihnen ritt, erstreckte sich auf einer Länge von einhundert Yards eine Reihe von Ponys, und vereinzelt liefen Leute inmitten der Reiter. Mehr Menschen als noch vor einer Woche, als sie Flå

verlassen hatten. Während die Engländer durch inzwischen verlassenes Land ritten – ein Land, das sich vor ihnen leerte –, hatten sich Gestalten herausgetraut, um sich ihnen anzuschließen; sie tauchten aus den Wäldern am Weg auf, schlichen leise in den Lichtkreis des Feuers, wenn sie ihr Lager aufschlugen: entlaufene Sklaven, die noch immer einen Halsring trugen und von denen die meisten Englisch sprachen. Angelockt durch die Gerüchte, dass die Freien durchs Land zogen, angeführt von einem Riesen und einem einäugigen König und beschützt von einem wahnsinnigen Berserker ihres eigenen Volkes. Die meisten, die gekommen waren, waren Männer, und nicht alle von ihnen waren seit der Geburt Thralls oder Knechte gewesen. In einem fremden Land brauchte man Entschlossenheit und Mut, wenn man seinem Herrn entkommen wollte. Und wenn sie sie in die Finger bekamen, waren die Wikinger mehr als bereit, frühere Thanes oder Krieger zu versklaven, die wegen ihrer Stärke wertvoll für sie waren. Nach einer kurzen Debatte hatte Shef zugestimmt, all jene aufzunehmen, die den Weg zu ihnen fanden, allerdings würde er nicht die Höfe durchkämmen oder die Besitzer verfolgen, um die Menschen aus der Gegend zu befreien. Männer und auch Frauen, die sich selbst befreien konnten, würden ihre Reihen verstärken. Sie mussten die Hoffnung fahren lassen, unbemerkt irgendwo vorbeizukommen.

„Manche sagen, das Wort bedeutet eigentlich *bare-sarks*", fuhr Brand fort. „Das heißt ‚Bloß-Hemd', weil sie nur in ihren Hemden kämpfen, ohne Rüstung. Ich meine, du hast unseren Freund dahinten gesehen …" Er zeigte mit dem Daumen auf Cuthred, der sich erstaunlicherweise soweit erholt hatte, dass er auf einem Pony sitzen konnte. Er ritt recht weit hinten im Gefolge, umgeben von denjenigen, die er augenscheinlich ertragen konnte. „Überhaupt keine Verteidigung und auch kein Interesse daran. Ich bin überzeugt, hätten wir ihm eine Rüstung angelegt, hätte er sie heruntergerissen. Also ergibt ‚Bloß-Hemd' schon irgendwie Sinn.

Es gibt aber andere, die sagen, dass es eigentlich ‚Bär-Sarks' heißt, wie ‚Bär-Hemd'. Weil sie sich wie Bären benehmen, die auf einen zustürmen und nicht verjagt werden können. Was sie meinen, ist, dass sie in Wirklichkeit, weißt du …", Brand blickte vorsichtig um sich und senkte die Stimme, „… wie Ivar sind, *Männer mit nicht nur einer Haut.* Sie wechseln irgendwie die Gestalt, wenn sie einen Anfall bekommen."

„Du meinst, sie sind Werwölfe", bemerkte Shef.

„Werbären, ja", stimmte Brand zu. „Aber eigentlich ergibt das keinen Sinn. Zum einen ist die Wergestalt erblich. Aber ein Berserker kann jeder sein."

„Kann dieser Zustand durch Rauschmittel erzeugt werden?", fragte Hund. „Mir scheint, dass es mehrere Dinge gibt, die einen Mann verändern können, ihn dazu bringen können, dass er beispielsweise glaubt, es sei ein Bär. In kleinen Mengen könnte das der Saft der Nachtschattenbeere bewerkstelligen, wenngleich es sich auch um ein tödliches Gift handelt. Manche sagen, man kann es mit Schweinefett zu einer Salbe vermischen und diese auftragen. Sie bringt Leute dazu, zu glauben, dass sie aus ihren Körpern herausschweben. Und es gibt noch andere Gewächse mit ähnlichen Wirkungen."

„Vielleicht", sagte Brand. „Aber du weißt, dass das bei unserem Irren nicht der Fall war. Er hatte nichts anderes als das, was wir auch gegessen haben, und er war schon so verrückt, bevor wir ihn gefüttert haben.

Nein, ich glaube nicht, dass es so schwer zu verstehen ist. Manche Männer mögen es, zu kämpfen. Mich eingeschlossen, wenn auch vielleicht nicht so sehr wie früher. Aber wenn man es mag und daran gewöhnt ist und man gut darin ist, dann sind der Lärm und die Aufregung erhebend, man kann spüren, wie es in einem anschwillt, und auf dem Höhepunkt hat man das Gefühl, zweimal so stark und so schnell zu sein wie sonst, und man tut Dinge, bevor man weiß, dass man sie getan hat. Ein Berserker zu sein, ist genau so, und noch viel, viel mehr. Und ich glaube, man kann diesen Zustand nur erreichen, wenn man eine besondere Ursache in sich trägt. Denn die meisten Männer, selbst wenn sie sich von Aufregung mitreißen lassen, erinnern sich tief in ihrem Inneren daran, wie es sich anfühlt, wenn man getroffen wird, und dass man nicht nur mit einem Stumpf heimkehren will, oder wie die Freunde aussehen, wenn man sie in einem Loch vergräbt. Also benutzen sie weiterhin ihre Schilde und Rüstungen. Ein Berserker aber hat all das vergessen. Um tief im Herzen ein Berserker sein zu wollen, darf man keinen Lebenswillen haben. Man muss sich selbst hassen. Ich habe solche Männer gekannt, die so geboren oder dazu gemacht wurden. Wir alle wissen, warum Cuthred sich selbst hasst und keinen Lebenswillen besitzt. Er kann die Schmach darüber, was sie mit ihm gemacht haben, nicht ertragen. Er ist nur dann glücklich, wenn er es auf jemanden abwälzen kann."

„Du glaubst also, dass mit den anderen Berserkern, die du gekannt hast, irgendetwas nicht stimmte", sagte Shef nachdenklich. „Allerdings nicht mit ihren Körpern."

„Das war der Fall bei Ivar Ragnarsson", bestätigte Hund. „Sie nannten ihn den Knochenlosen wegen seiner Impotenz, und er hasste Frauen. Aber sein Körper war normal, das habe ich selbst gesehen. Er hasste die Frauen für das, was er nicht tun konnte, und er hasste die Männer dafür, dass sie tun konnten, was er nicht tun konnte. Vielleicht gilt das Gleiche für unseren Cuthred, nur wurde er in seinem Fall durch andere so gemacht, nicht durch sich selbst. Ich bin erstaunt darüber, wie er genesen ist. Dieser Schnitt ging ganz durch den Oberschenkel und bis zum Knochen. Aber die Wunde hat nicht angefangen zu bluten, bis ich sie versorgt habe, und sie ist geheilt wie ein oberflächlicher Kratzer. Ich hätte sein Blut schmecken sollen, um herauszufinden, ob irgendetwas Seltsames darin ist", fügte er nachdenklich hinzu.

Brand und Shef blickten einander für einen Moment erschrocken an. Dann wurde ihre Aufmerksamkeit auf etwas anderes gelenkt. Der Pfad entlang des Grats bog an einem Steinhaufen scharf nach

links ab, und als sie der Biegung folgten, schien sich das Land vor ihnen zu teilen.
Dort, weit unter ihnen, lag ein tiefes Tal und an dessen Ende ein neues silbernes Glänzen. Zu groß für die Gebirgsbäche, die sie überall sehen konnten. Es war ein Glänzen, das sich zum Horizont hin verbreiterte. Darauf befanden sich, sichtbar für diejenigen mit den scharfen Augen von Seeleuten, kleine bunte Flecken.
„Das Meer", raunte Brand, streckte die Hand aus und ergriff Shefs Schulter. „Das Meer. Und seht, da liegen Schiffe vor Anker. Das ist der Gulafjord, und wo die Schiffe sind, da ist auch der Hafen für den großen Gula-Thing. Wenn wir dorthin gelangen … Vielleicht liegt die *Walross* auch dort. Wenn König Hálfdan sie nicht gekapert hat. Ich glaube – zu weit weg –, aber ich meine, dass sie eines der Schiffe ist, die weit draußen vertäut sind."
„Auf zehn Meilen kann man kein Schiff von einem anderen unterscheiden", sagte Hund.
„Ein Kapitän erkennt sein Schiff auf zehn Meilen im Nebel", gab Brand zurück. Er trat mit den Hacken in die fassartigen Flanken seines müden Ponys und ritt rasch nach vorne und den Abhang hinunter. Shef folgte ihm wesentlich langsamer und winkte den anderen, damit sie aufschlossen.

Sie holten Brand samt seinem überlasteten und erschlafften Pony ein und überredeten ihn, für die Nacht haltzumachen, da sie noch mehrere Meilen von der Stätte des Gula-Things und dessen Hafen entfernt waren.
Als sie schließlich in die eine halbe Meile umfassende Gruppe aus Zelten, Torfhütten und provisorischen Unterkünften, die allesamt Rauch in die atlantische Brise bliesen, ritten beziehungsweise gingen, wurden sie von einer kleinen Gruppe aus Männern begrüßt. Keine Krieger in ihren besten Jahren, die Rüstungen trugen, wie Shef besorgt feststellte, sondern ältere Männer, sogar Graubärte. Sprecher für die Gemeinde, für die Landkreise,

denen der Thing diente, und für die Kleinkönige oder Jarls, die den Frieden garantierten.

„Wir haben gehört, ihr wärt Räuber und Nachtdiebe“, sagte einer von ihnen ohne Vorrede. „Wenn dem so ist, dann werden alle freien Männer, die diesen Thing besuchen, euch straffrei jagen und töten, und ihr habt keinen Anteil an seinem Frieden.“

„Wir haben nichts geraubt“, sagte Shef. Das stimmte nicht ganz – er wusste, dass seine Männer von jedem Gehöft Hühner gestohlen und ohne Gewissensbisse Schafe für ihren Kochtopf geschlachtet hatten. Allerdings glaubte er nicht, dass diese Kleindiebstähle das Problem waren. Wie Osmod sagte, hätten sie für das Essen bezahlt, wenn jemand angeboten hätte, es ihnen zu verkaufen.

„Ihr habt Menschen geraubt.“

„Diese Männer wurden schon vorher geraubt. Sie sind aus freien Stücken zu uns gekommen, wir haben nicht nach ihnen gesucht. Wer kann es ihnen verdenken, dass sie sich selbst befreit haben?“

Die Gula-Männer sahen unsicher aus.

Brand ergänzte in einem versöhnlicheren Tonfall: „Innerhalb des Kreises des Things werden wir nichts stehlen und den Frieden in jeder Hinsicht wahren. Seht, wir haben Silber. Viel davon, und auch Gold.“ Er klopfte auf seine klirrende Satteltasche, zeigte auf die Edelmetalle an Shefs Ausrüstung und an seiner eigenen.

„Ihr versprecht, keine Thralls zu rauben?“

„Wir werden keine Thralls rauben und keinen Thralls Schutz gewähren“, sagte Brand entschieden und brachte Shef mit einer Geste zum Schweigen. „Doch wenn irgendein Mann, der uns folgt oder bereits hier ist, behaupten will, dass jemand aus unserer Gefolgschaft sein Thrall ist oder jemals war, dann werden wir gegen ihn Widerklage erheben, weil er einen freien Mann ohne Recht oder Rechtsspruch versklavt hat, und wir werden selbst Ansprüche gegen ihn erheben für jede Verletzung, jeden Schlag, jede Beleidigung oder jede Verstümmelung, die während der Sklaverei erlitten wurde. Auch für jedes Jahr, das in Sklaverei verbracht wurde, und für den Verlust rechtmäßigen Einkommens während dieser Zeit. Darüber hinaus …"

Da er um die intensive Freude wusste, mit der die Wikinger selbst den unwichtigsten Rechtlichkeiten nachgingen, schnitt Shef ihm das Wort ab. „Urteilsfindungen werden auf dem Kampfplatz durch benannte Streiter entschieden", fügte er hinzu.

Die norwegischen Gemeindevorsteher sahen einander ziemlich unsicher an.

„Darüber hinaus werden wir diesen Ort so schnell verlassen, wie wir nur können", bot Brand an.

„In Ordnung. Aber vergesst nicht: Wenn einer von euch Dummheiten macht", der alte Mann blickte über Shefs Schulter auf die düstere Gestalt von Cuthred, der gebeugt auf seinem Pony saß, während Martha und Edtheow ihm jeweils einen Arm tätschelten, „dann seid ihr alle verantwortlich. Hier gibt es fünfhundert Männer. Wenn nötig, können wir es mit euch allen aufnehmen."

„In Ordnung", sagte Shef wiederum. „Zeigt uns, wo wir lagern können, zeigt uns die Wasserstelle und wo wir Nahrungsmittel kaufen können. Und ich muss für einen Tag eine Schmiede mieten."

Die Sprecher teilten sich und ließen den kleinen Reiterzug passieren.

König Alfreds Silberpfennige stießen im Thing sofort auf Zustimmung, und innerhalb weniger Stunden war Shef, erneut nackt bis zur Hüfte und mit einer versengten Lederschürze angetan, in einer gemieteten Schmiede dabei, mit geliehenen Werkzeugen Metall zu bearbeiten. Brand war geradewegs zum Hafen gegangen, der eine halbe Meile entfernt lag, den Übrigen war befohlen worden, mit Seilen und Pflöcken eine Umgrenzung anzulegen und nicht außerhalb davon herumzustreunen. Cuthred hatte man mit einer sorgfältig organisierten Gruppe von Aufpassern zur Ruhe gebracht. Seine Vorlieben und Abneigungen waren inzwischen allen bekannt. Aus irgendeinem Grund reagierte er gut auf Udd, vermutlich, weil der kleine Mann überhaupt keine Bedrohung darstellte, und er hörte stundenlang Udds langweiligen Monologen über die Metallverarbeitung zu. Er mochte die mütterliche Zuneigung der älteren und unscheinbareren Frauen. Jedes Anzeichen für sexuelle Reize oder Intimität seitens jüngerer Frauen, ob nun eine zufällige Drehung der Hüften oder ein kurzes Aufblitzen einer Wade, verlieh seinem Gesicht mit hoher Wahrscheinlichkeit einen mordlüsternen Ausdruck. Er tolerierte die Schwächsten unter den Thralls und Freigelassenen, hatte Shef bemerkt, verspottete Brand, reagierte reizbar auf jedes Zeichen von Stärke oder Konkurrenz anderer Männer. Wenn Karli, jung, kräftig und beliebt bei den Frauen, auch nur in Sichtweite kam, folgte Cuthred ihm mit Blicken. Shef, der dies erkannt hatte, hatte Karli gesagt, er solle sich jederzeit soweit wie möglich von ihm fernhalten. Zudem hatte er Cwicca und Osmod befohlen, einen Turnus einzuführen: Zwei Männer mit Armbrüsten sollten Cuthred beständig im Auge behalten, ohne dabei gesehen zu werden. Ein zahmer Berserker war nützlich, insbesondere bei einer Reise durch Feindesland. Unglücklicherweise gab es keine zahmen Berserker.

Shef hatte angefangen, als eine Art von Schutz für umherstreifende Ausreißer ein Dutzend Wegmann-Anhänger herzustellen. Nur aus Eisen, denn das Silber, das die Wegmänner bevorzugten, wurde derzeit anderweitig gebraucht. Zumindest aber würden sie auffallen. Um sie noch auffälliger zu machen, hatte Shef sie nach seinem eigenen Abzeichen gefertigt, der Stableiter von Ríg. Keiner der Leute, die sie gerettet hatten, wusste, was es bedeutete, aber sie würden es als Glücksbringer tragen.

Seine nächste Aufgabe bestand darin, dafür zu sorgen, dass jeder Mann zumindest eine Art Waffe besaß: nicht für den Gebrauch, oder zumindest hoffte er das, sondern als Zeichen von Stand in einer Welt, in der jeder freie Mann wenigstens Speer oder Messer trug. Shef hatte ein Bündel zehn Zoll langer Nägel gekauft, die zum Befestigen von Holz verwendet wurden, wo Dübel nichts nutzten, und war gerade dabei, jeden zu einer Speerspitze zu hämmern, die in einen Griff aus Eschenholz eingelassen und fest mit angefeuchteten Lederriemen umwickelt werden sollte. Damit würden sie ihre neuesten Rekruten ausstatten. Die Katapultmänner behielten weiterhin ihre Hellebarden, Messer und Armbrüste. Shef hatte seinen Säbel von Cuthred zurückgeholt und begradigte erneut Karlis billiges und nutzloses Schwert. Der Kampf in Flå hatte ihnen eine Handvoll anderer Waffen eingebracht, die sie aufgelesen und Cuthred übergeben hatten, darunter auch Vigdjarfs Schwert.

Nachdem die letzte Speerspitze fertig war, machte sich Shef an seine letzte Arbeit: die Umwandlung des gehärteten Schildes in eine Angriffswaffe für Cuthred. Auch wenn er seine gesamte Ausbildung in systematischer Kampfkunst mit Schild und Breitschwert vergessen zu haben schien, behielt er den Schild doch die ganze Zeit bei sich. Man hatte ihn nur mit größter Mühe davon trennen können, und er stand dabei und sah zu, während Shef, der sich an Muirtach und Ivars Anhänger unter den Gaddgedil zurückerinnerte, entschieden hatte, die beiden Ledergriffe für Hand und Unterarm zu entfernen und genau in der Mitte auf der Innenseite des Schildes einen geraden Griff anzubringen. Cuthred brummte etwas, das Zustimmung sein konnte, danach ließ er Shef ziemlich widerwillig den Schild zur Schmiede bringen, wo er einen der zehn Zoll langen Dornen an der Mitte der Außenseite anbrachte. Es war unmöglich, ein Loch durch das Metall zu treiben, ohne es durch ein Dutzend Stanzlöcher zu verschandeln, also verschweißte er den Dorn mit der gehärteten Oberfläche. Eine schwierige Angelegenheit, die äußerste Anstrengungen erforderte, während eine Reihe von Männern die Blasebalge betätigten, damit das Metall so glühend heiß wie möglich blieb.

Shef streckte sich schließlich, nahm den Schild auf, drehte ihn mit der linken Hand von einer Seite zur anderen und überlegte, dass das, was ihm trotz seiner schmiedegetrimmten Muskeln schwerfiel, für Cuthred leichte Arbeit gewesen wäre. Er drehte sich um, ging aus der gemieteten Hütte und fand sich einem Neuankömmling gegenüber. Er rieb sich den Rauch aus den Augen, blinzelte im Sonnenlicht und erkannte den grinsenden Thorvin sowie genau hinter ihm Brand.

„Ich sehe, dass du wieder du selbst bist“, sagte Thorvin und ergriff seine Hand. „Ich habe zu Brand gesagt, wenn du wieder wohlauf bist, brauchen wir nur dem Geräusch des Hammers zu folgen.“

Kapitel 19

„Nachdem König Hálfdan erfuhr, dass sein Sohn tot ist", erklärte Thorvin eine Stunde später, als er bequem und mit einem Becher Bier in der Hand auf einem Lagerschemel saß, „wurde er absolut rasend. Er sagte zu seiner Mutter, sie hätte lange genug gelebt, legte ihr eine Schlinge um den Hals und befahl ihr, sich als Opfergabe für Odin selbst gleichzeitig zu erstechen und zu erhängen, damit der kleine Harald sich den Kriegern in Walhalla anschließen kann. Sie hat es freiwillig getan, zumindest habe ich es so gehört. Dann fand er heraus, dass Brand fehlte, ebenso Shefs Männer, und beschloss, alles an Brands Schiff und seiner Mannschaft auszulassen. Sie verbarrikadierten sich aber in einer Halle in der Schule des Weges und riefen einige der anderen von uns als Beistand. Valgrim schlug sich auf Hálfdans Seite, ebenso viele seiner Anhänger, und für eine Weile sah es sogar innerhalb der Schule des Weges nach einem Bürgerkrieg aus.

Hálfdan aber tat etwas anderes. Man konnte nicht vor ihm verbergen, dass Shef sich auf der Insel Drottningholm aufgehalten hatte, und einer von Steins Wachmännern gestand, dass er dorthin eingeladen worden war. Also fand Hálfdan auch in Ragnhild eine Schuldige und schwor, dass sie seiner Mutter ins Grab folgen würde wegen ihrer Untreue und der Achtlosigkeit gegenüber seinem Sohn.

Tja." Thorvin trank einen weiteren Schluck von seinem Bier. „Tags darauf war er tot. Tot in seinem Bett. Starb einen Strohtod wie ein ausgedienter Thrall."

„Welche Symptome hatte er?", fragte Hund, der in der Nähe auf dem Boden saß.

„Ingulf sagte, Bilsenkrautvergiftung."

Karli, dem man erlaubt hatte, dem informellen Rat beizuwohnen, rollte die Augen, öffnete den Mund, um etwas zu sagen, und schloss ihn wieder, als er Thorvins Blick bemerkte. „Danach haben sich dann überall Männer zusammengerauft und es gab Racheschwüre auf beiden Seiten. Es hieß, König Hálfdans Eroberungszüge böten die Möglichkeit, sich aus der Herrschaft der Vestfold zu befreien, Königin Ragnhild sollte zu ihren Leuten zurückkehren und ein Heer ausheben, um die Mörder ihres Sohnes zu jagen, die Kapitäne der Küstenwacheschiffe kehrten alle in den Hafen zurück, um ihre eigenen Interessen zu schützen, Brands Mannschaft gelangte zur *Walross* und bat mich, mit ihnen gemeinsam die Flucht anzutreten."

„Hast du aber nicht?", riet Shef.

Thorvin schüttelte den Kopf. „Zuerst mussten Angelegenheiten des Weges geregelt werden. Außerdem beruhigte sich plötzlich alles. Dann zeigte König Olaf, was er in der Hand hatte. Habt ihr euch jemals gefragt", wollte Thorvin wissen, „warum man ihn König Olaf *Geirstad-Alfr* nennt – Elf aus Geirstad?"

Die Zuhörer schüttelten stumm die Köpfe. Einen Augenblick später meldete sich Cwicca zu Wort: „*Alfr* heißt bei uns *alf*. Wie in Alfred oder Alfwyn. Ein Geschöpf aus dem Verborgenen Volk, aber nicht so hässlich oder hinterhältig wie ein Sumpfthurse oder ein Bergtroll. Elfenfrauen paaren sich manchmal mit Menschenmännern und auch umgekehrt, so heißt es zumindest. Sie sind weise, besitzen aber keine Seelen." Er blickte um sich und sah das unsichere Schulterzucken und Kopfschütteln seiner Zuhörer.

„Was geschieht mit ihnen, wenn sie sterben?", fragte Thorvin.

„Niemand von uns weiß es, auch wenn einige sagen, dass sie in eine eigene Welt eingehen, eine von den neun Welten, von denen diese hier genau in der Mitte liegt. Andere sagen jedoch, dass sie sterben. Und dann wieder zurückkehren. Und manche sagen, dass das Gleiche mit Menschen geschehen kann, die von Frauen geboren wurden. Genau das ist es, was König Olaf von sich selbst glaubt. Er sagte, dass er schon einmal auf dieser Erde gelebt hätte und dass er erneut zurückkehren würde in Gestalt einer Person seines eigenen Blutes. Oder wenn nicht – denn derzeit lebt nie-

mand von seinem Geblüt oder dem seines Bruders –, dann würde sein Leben auf einen anderen Hüter übergehen.
Er sagte, Shef, er habe zusammen mit Valgrim eine Prüfung für dich ersonnen und du hättest sie bestanden. Er sagte, du hättest das Glück seiner Blutlinie mitgenommen, und von jetzt an würden sein Glück und sein Geist durch dich hindurchfließen. Und er befahl mir, dir zu sagen, dass du seine Prüfung und die von Valgrim bestanden hättest und er von nun an sowohl Østfold als auch Vestfold für dich halten würde. Als dein Unterkönig."
Thorvin erhob sich, ging zu Shef und schloss dessen Hände sanft um seine. „König Olaf sagte mir, dass ich an seiner statt meine Hände in deine legen soll. Er erkennt dich als wahren König an, als den Einen, der aus dem Norden kommen soll, und bittet dich im Gegenzug, deinen rechtmäßigen Platz in seinem Königreich und in der Schule des Weges einzunehmen."
Shef starrte in den Kreis aus gleichermaßen überraschten Gesichtern. Schon allein der Gedanke an einen Unterkönig war sowohl Nordländern als auch Engländern fremd. Ein König war jemand, der per Definition keinen Oberen duldete. Wie konnte ein Unterkönig, der einen Oberkönig akzeptierte, selbst König sein und nicht nur ein einfacher Jarl oder *hersir*?
„Wie haben seine Männer es aufgenommen?", fragte Shef zögerlich. „Olaf wird doch seit vielen Jahren durch seinen Bruder unterstützt, oder nicht? Daher sagt man, er hätte sein Glück an ihn verloren. Wenn die Verwaltungsbezirke an einen Aufstand dächten, könnte Olaf kaum etwas dagegen unternehmen. Erst recht, wenn er sich zum Unterkönig eines Ausländers erklärt."
Thorvin lächelte. „Niemand hatte Zeit, irgendetwas zu sagen. Nach all den Jahren ist Olaf vorgegangen wie … wie ein Ragnarsson. Er hat Ragnhilds Bruder in seiner Halle verbrannt, bevor der seine Stiefel anziehen konnte. Er ließ alle bedeutenden Männer aus Østfold, die von einem Aufstand gesprochen hatten, in ihren Hemden und mit einer Schlinge um den Hals vor sich treten und zwang sie, vor ihm um Gnade zu betteln. Er rief eine Zusammen-

kunft aller Priester des Weges ein, in geheimer Versammlung mit dem brennenden Feuer, zwang Valgrim, vor der Versammlung zu verkünden, dass er dich geprüft habe, und brachte ihn dazu, zuzugeben, dass du die Prüfung bestanden hättest. Niemand bot ihm die Stirn. Und nun ist er unterwegs, reist in seinem eigenen Hoheitsgebiet von Thing zu Thing und bringt die Menschen jedes Bezirks dazu, seinen Herrschaftsanspruch anzuerkennen – und auch deinen."

„Und was ist mit Ragnhild?", fragte Shef. „Wie ist Olaf mit ihr umgesprungen?"

Thorvin seufzte. „Sie ist entkommen. Ist irgendwo ins Hoheitsgebiet ihres Vaters zurückgekehrt. Ich glaube, Valgrim hat sie begleitet. Olaf konnte die meisten seiner Anhänger überzeugen, aber seine Bosheit dir gegenüber war zu stark. Er hatte das Gefühl, du hättest ihn übertroffen."

„Trotzdem. Der Weg ist frei für uns, sodass wir zurückkehren können. Zurück nach Kaupang und dann zurück nach England. Wie schnell bist du bereit zum Aufbruch, Brand?"

Brand kratzte sich am Kopf. „Wir haben hier zwei Schiffe, die *Walross* und Guthmunds *Seemöwe*. Aber du hast auf dem Weg durchs Land einen Haufen Leute aufgelesen, die Schiffe müssen Proviant für so viele Passagiere aufnehmen. Zwei Tage nach dem nächsten Sonnenaufgang."

„So sei es", sagte Shef. „Wir kehren zwei Tage nach dem nächsten Sonnenaufgang nach Süden zurück."

„Als wir uns das erste Mal begegnet sind", sagte Thorvin, „sagtest du, du würdest aus dem Norden stammen. Jetzt willst du so schnell wie möglich nach Süden zurückkehren. Bist du sicher, dass du so weit, wie du musst, den *northvegr* entlanggekommen bist, den Weg des Nordens?"

„Ihr meint, es gibt Orte nördlich von *hier*", murmelte eine nicht identifizierbare englische Stimme aus dem Kreis der Zuhörer. „Ich dachte immer, nördlich von *hier* würden nur Trolle leben."

Viele Hundert Meilen südlich, in dem prachtvollen Palast des Erzbischofs zu Köln, kamen die Verschwörer, die Papst Nikolaus beiseitegeschafft hatten, erneut zusammen. Nicht alle, die am ersten Treffen teilgenommen hatten, waren anwesend: Hincmar von Reims fehlte, aufgehalten durch die eigenen Angelegenheiten. Seine Abwesenheit wurde allerdings mehr als wettgemacht durch eine Schar niederer Prälaten, Bischöfe und Äbte aus allen deutschsprachigen Ländern, die nur allzu bereit und begierig darauf waren, sich mit den Gründern und Herrschern des berühmten Lanzenordens zu verbünden. Erzbischof Gunther blickte sowohl befriedigt als auch verächtlich in die Runde. Es war gut, derart viele Unterstützer zu finden, auch war es ein gutes Zeichen für die Schwächung der Macht des neuen Papstes, dass so viele bereit waren, einer Versammlung beizuwohnen, die der alte Papst Nikolaus zumindest als verräterisch verurteilt hätte. Mit zunehmender Zahl jedoch wurde die Stärke des Zwecks verwässert. Die anwesenden Männer waren Jünger des Erfolgs. Man musste ihnen Erfolge vorlegen. Glücklicherweise gab es viele davon.

Gunthers Kaplan und Assistent Arno kam gerade zum Ende seines Berichtes, um dessen Vortrag er gebeten worden war. „Also", schloss er, „die Anzahl der Rekruten für den Lanzenorden wächst stetig. Zusammenschlüsse von Priestern und Wächtern sind in die gesamten nordischen Länder vorgedrungen. Viele Gefangene sind gerettet oder freigekauft und in die Heimat geschickt worden, darunter viele unserer Brüder in Christus, die etliche Jahre lang von den Heiden versklavt wurden. Und während wir uns in den Ländern der Heiden frei bewegen können, haben ihre Angriffe auf uns und unsere fränkischen Mitstreiter nachgelassen oder sogar gänzlich aufgehört."

Weil sie Angst haben, den Kanal hinunterzufahren, dachte Gunther grimmig. Sie fürchten die englischen Abtrünnigen, nicht uns. In seinem Gesicht ließ er keinen seiner Zweifel erkennen, als er den Applaus anstimmte. Sobald dieser abebbte, durchschnitt eine andere Stimme Arnos lächelnde Freude. Die Stimme von

Rimbert, dem asketischen Erzbischof von Hamburg-Bremen und der treibenden Kraft hinter der Verbreitung des neuen Ordens.

„Trotz alledem“, sagte er, „trotz aller Rekruten und dem Geld und den geretteten Sklaven sind wir dem wahren Ziel des Ordens keinen Schritt näher gekommen. Noch haben wir die Lanze nicht gefunden, das heilige Relikt Karls des Großen. Und ohne sie sind unsere gesamten Erfolge nur Geklimper, so eitel wie die Bänder an den Ärmeln einer Dirne.“

Gunther schloss für einen Moment die Augen, während die Stimme weiterkrächzte, öffnete sie und bemerkte dann die Sorge, die sich auf vielen Gesichtern ausbreitete. Denn wenn nicht einmal der heilige Rimbert an sein eigenes Werk glaubte, wer dann?

„Ja“, erwiderte Arno und schob seine Pergamente zusammen. „Das ist wahr. Dennoch habe ich hier einen Bericht von dem mutigsten Trupp im Heidenland, einen Bericht, den der englische Diakon Erkenbert geschickt hat, stark in der Macht des Herrn, nach den Instruktionen seines Befehlshabers Bruno, des Sohns von Reginbald.“

Allein die Erwähnung von Brunos Namen bewirkte, wie Gunter bemerkte, eine Welle der Erleichterung. Selbst Rimbert nickte zustimmend und führte seine Verurteilung nicht fort.

„Der gelehrte Erkenbert berichtet, dass er und Bruno und ihre Männer immer tiefer ins Heidentum vordringen und keine Verfolgung fürchten. Sie prüfen jeden König und jedes Königreich auf Zeichen des Wirkens der Lanze und haben bisher nichts entdeckt. Dennoch, sagt der gelehrte Erkenbert, dürfen wir nicht vergessen, dass man jedes Mal, wenn man nichts erfährt, an Wissen dazugewinnt.“

Arno blickte auf, stellte fest, dass dieser Gedanke für seine Zuhörer zu schwer verständlich war, und versuchte es erneut. Er sprach zu einem Publikum, das immerhin theoretisch belesen war, und konnte zumindest versuchen, sich auf das Geschriebene zu berufen. „Er meint, wenn man eine Liste von Namen hat, wie die Liste von Zeugen auf einer Urkunde, von denen jeder unter dem anderen steht ..." Ratloses Nicken von den meisten Bischöfen und Äbten, die ihm bis dahin folgen konnten. „... Dann gibt es jedes Mal, wenn man einen solchen Namen *ausstreicht*, weniger Namen, über die es nachzudenken gilt. Wenn man jeden Namen bis auf einen ausstreicht, dann muss dieser der Name desjenigen sein, den man sucht. Ihr seht also, selbst ein negatives Ergebnis – auch wenn man nichts findet – sagt einem etwas."

Seine Ausführung stieß auf Schweigen. Die Gesichter wirkten keineswegs überzeugt.

Schließlich brach Erzbischof Rimbert das Schweigen. „Die Bemühungen unserer Brüder im Heidentum können nicht genug gelobt werden", sagte er. „Wir müssen sie mit jedem Mann und jeder Mark, die wir haben, unterstützen." Er blickte herausfordernd um sich. „Ich sage, mit jedem Mann und jeder Mark! Denn trotz allem glaube ich nicht, dass die Lanze des Longinus, die Lanze Karls des Großen, die Lanze des zukünftigen Kaisers ... Ich glaube nicht, dass sie allein durch Menschenhand ans Licht gebracht wird."

Während Brand und Guthmund für Proviant für ihre Fahrt nach Süden sorgten, verbrachte Shef einen Großteil seiner Zeit damit, den großen Thing zu durchwandern, der eine Mischung zwischen einem Grafschaftshof und einem Sommervolksfest darstellte, und zuzusehen, wie die Menschen im Norden ihren Geschäften nachgingen. Diejenigen aus seinem Trupp, denen man erlauben konnte, frei herumzulaufen, taten das Gleiche, auch wenn es nur wenige waren – Cuthred wurde die ganze Zeit bewacht, und die entlaufenen Sklaven verließen die Eingrenzung nicht, die Shef gezogen hatte, außer, um in Gruppen und unter der Aufsicht von Brand oder Guthmund die Gemeinschaftslatrinen aufzusuchen.

Der Thing war ein seltsamer Brauch, entschied Shef. Genau genommen hatte er noch nicht begonnen. Traditionell lag die Zeit für den Gula-Thing um den Mittsommertag, und bis dahin vergingen noch Wochen. In diesem Zeitraum würden viele Rechtsfälle geregelt werden durch die sechsunddreißig Gewählten aus den Thing-Ländern, den drei *fylker* Sogn, Hordaland und Førde. Dies waren die Gegenden, die viele der Piratenhorden stellten, welche jeden Sommer nach Süden fuhren. Es war daher keine einfache Angelegenheit, einen Mann wegen Mordes, eines Streits um Land oder eines Vaterschaftsfalls zum Mittsommer herbeizuzitieren, wenn er fort sein konnte oder wenigstens so tat. Also trat zumeist ein kleines Gericht zusammen und versuchte normalerweise, irgendeine Einigung zu erzielen, ohne dass die Sache zur endgültigen Entscheidung den Weisen vorgelegt wurde. Gleichzeitig gingen Handel und Geschäfte stetig weiter, da immer wieder Schiffe kamen und ablegten.

Shef war beeindruckt von der zur Schau gestellten Pracht. England war reich an Land und Nahrung, wie ihm während der kurzen Zeit klar geworden war, als er einen Teil davon regiert hatte. Aber in den Wikingerlanden gab es gemünztes Silber und sogar Gold, das ihnen seit zwei Generationen oder länger schon zufloss. Die Gutbetuchten unter den Einwohnern zahlten hohe Preise für Luxusgüter, sodass es für stark bemannte Schiffe lohnenswert war, von Süden hinaufzufahren, vorbei an den Piraten von Rogaland. Und die Menge an Gütern aus dem Norden beinhaltete Luxuswaren, die Shef niemals zuvor gesehen hatte. Inzwischen war er selbst reich geworden durch die Steuern aus Ostanglien, von denen Brand einen Teil zum persönlichen Gebrauch in der *Walross* behielt. Auf Brands Drängen hin kaufte Shef sich einen Kapuzenmantel aus bestem, wasserdichtem Seehundfell, dessen Kapuzensaum mit Wolfspelz besetzt war, auf dem der Atem eines Mannes niemals gefror, nicht einmal bei kältestem Wetter. Ein zweischneidiges Schwert aus bestem finnischem Stahl, dessen Heft aus dem schraubenförmigen Horn irgendeines Fabeltieres aus dem nördlichen Meer stammte, das Brand einen Narwal nannte. Einen Sack zum Schlafen, außen ebenfalls aus Seehundfell, innen mit Wolle und dazwischen dicke Schichten aus Daunen von den Nordvögeln. Shef gab zwar nur ungern Geld aus, von dem er meinte, dass es nicht seines war, aber er hatte genügend Nächte frierend in dünner Kleidung und mit nur einer Decke zugebracht, sodass er niemals wieder die Kälte spüren wollte. Er war erstaunt über die Geduld, mit der diese Produkte zusammengenäht worden waren, und fragte sich, wie lange es dauerte, die seltenen Eidervögel, die die wärmsten Daunen der Welt abgaben, zu fangen und zu rupfen. Brand jedoch lachte, als er es erwähnte.

„Wir fangen sie nicht", sagte er. „Das überlassen wir den Finnen."

„Finnen?" Shef hatte das Wort niemals zuvor gehört.

„Oben im Norden", Brand zeigte in die Richtung, „wo Schweden und Norwegen näher beieinanderliegen, und noch hinter Hålogaland, wo ich lebe, verwandelt sich die Welt in einen Ort, an dem kein Mensch irgendetwas Essbares anbauen kann, weder Roggen noch Gerste, nicht einmal Hafer. Die Schweine erfrieren, und die Kühe müssen den gesamten Winter über im Stall gefüttert werden. Dort leben die Finnen ohne Häuser und in Lederzelten und wandern mit ihren Rentierherden von Ort zu Ort. Wir erlegen ihnen eine Abgabe auf, den *finnskatt,* die Finnensteuer. Jeder von ihnen muss so viele Abgaben pro Jahr leisten – in Fellen, Pelzen und Daunen. Sie verbringen ihre Zeit mit Jagen und Fischen, was es ihnen leicht macht. Was sie über die Abgabe hinaus fangen, kaufen wir ihnen ab und verkaufen es an die hiesigen Händler oder an die weiter im Süden. Die Könige der Welt kleiden sich in Pelze, die meine Finnen gefangen haben, und dafür zahlen sie auch einen königlichen Preis! Aber ich kaufe die Sachen zuerst für Butter und Käse. Kein Finne kann eine Kuh melken und kein Finne kann an einer Schüssel Milch vorbeigehen. Ein guter Handel."

Gut für dich, dachte Shef. Die Steuer muss schwierig einzutreiben sein.

Nachdem er mit dem Einkauf fertig war, war er zu dem Platz gegangen, an dem Rechtsfälle entschieden wurden. Zumeist waren es nur Männer, die voll bewaffnet in Gruppen herumstanden und sich auf ihre Speere lehnten, aber größtenteils zuhörten, was ihre Freunde oder ihre Prozessgegner zu sagen hatten, und den Ratschlägen der weisen Männer aus ihrem Bezirk lauschten. Im Gula-Thing galten strenge Gesetze, allerdings wussten nur wenige Männer, was sie aussagten, weil sie niemals niedergeschrieben worden waren. Es war die Aufgabe der Weisen, so viele Gesetze wie möglich zu lernen – oder alle, wenn sie Rechtsprecher werden wollten – und diese den Streitenden vorzutragen. Sie mochten sich dann winden oder spitzfindig sein und versuchen, andere Gesetze zu finden, die besser auf ihren Fall passten, oder ihre Gegner einzuschüchtern, damit diese einem billigeren Vergleich zustimmten, aber sie würden nicht schlichtweg die Existenz eines Gesetzes leugnen.

Es gab jedoch einige Fälle, die zumeist mit Verführung, Vergewaltigung, Ehebruch oder Frauenraub zu tun hatten, in denen das Gesetz zwar klar war, die Gemüter aber trotzdem hochkochten. In den zwei Tagen hatte Shef mehrmals plötzlich laute Stimmen und Waffengeklirr gehört. Zweimal war Hund gerufen worden, um jemanden zusammenzunähen und zu verbinden, und einmal waren Männer mit harten Gesichtern und einer Leiche, die über einem Pferd gelegen hatte, davongeritten.

„Irgendjemand wird in Flammen aufgehen wegen dieser Sache", bemerkte Brand. „Harte Menschen hier, die kommen mit allem eine geraume Weile davon. Dann raufen sich die Nachbarn zusammen, gehen hin und fackeln alles ab. Töten jeden, der fliehen will. Funktioniert irgendwann auch bei Berserkern. Wie das Gedicht sagt:

‚Jeder weise Mann betrachte sich selbst als streitbar
mit Mäßigung.
Oder erkenne, wenn er unter Wilde gerät,
es gibt immer einen Ebenbürtigen.'"

Am Nachmittag des zweiten Tages faulenzte Shef in der Sonne, während er zusah, wie Guthmund heftig um zwei Fässer mit gepökeltem Schweinefleisch verhandelte – seine Art zu feilschen wurde sehr geschätzt, sogar von seinen Opfern, die schworen, dass sie niemals geglaubt hätten, so ein berühmter Abteiplünderer könne wegen einem halben Pfennig derart leidenschaftlich werden. Schließlich bemerkte Shef, wie die Aufmerksamkeit der Männer nachließ, Köpfe sich drehten und dann ein allgemeines Fluten zu den Steinen des Entscheidungsringes einsetzte. Guthmund brach ab, ließ den Kragen des Schweinefleischverkäufers los, klatschte das Geld auf den Tisch und folgte dem Strom. Shef hastete hinter ihm her.

„Was ist los?", fragte er.

Guthmund hatte die Geschichte aus der Menge aufgeschnappt. „Zwei Männer haben beschlossen, ihre Sache nach Rogaland-Art zu bereinigen."

„Rogaland-Art? Was heißt das?"

„Die Rogaländer sind arm, konnten sich bis vor Kurzem keine ordentlichen Schwerter leisten, trugen nur Säbel mit sich herum, wie du einen hast, oder Äxte zum Holzfällen. Trotzdem meinen sie es wirklich ernst. Wenn sie sich also entschließen, einen Zweikampf auszutragen, dann stehen sie sich nicht in einem geschlossenen Bereich gegenüber, der von Haselnusszweigen eingegrenzt wird, oder kämpfen in einem formellen Holmgang wie du einmal. Nein, man breitet ein Stierfell aus, und beide Männer stellen sich darauf. Keiner darf heruntergehen. Dann kämpfen sie mit Messern."

„Das klingt nicht sonderlich gefährlich", meinte Shef vorsichtig.

„Zuerst werden ihre Handgelenke zusammengebunden."

Der Austragungsort für diese Art von Zweikampf war eine Mulde, sodass die Männer am Rand stehen und zusehen konnten. Shef und Guthmund fanden einen Platz weit oben. Sie beobachteten, wie das Stierfell sorgsam ausgebreitet und die Gegner nach vorne geführt wurden. Ein Priester des Weges sprach Worte, die sie nicht verstehen konnten, und langsam zogen die beiden Männer ihre Hemden aus und traten nur in Hosen vor. Jeder von ihnen hielt ein langes, breites Messer in der rechten Hand, ähnlich den Sachsenmessern, die Shefs Katapultmänner trugen, aber mit einer geraden Klinge und scharfer Spitze – eine Stich- und Hiebwaffe gleichzeitig. Ein Lederriemen wurde erst um ein Handgelenk, dann um das andere gebunden. Shef bemerkte, dass der Riemen auf einer Länge von drei Fuß lose herunterhing. Jeder der beiden Männer nahm jeweils eine Hälfte des losen Bandes und hielt es in seiner umschlungenen Hand, sodass der Kampf damit begann, dass sich die Rückseiten der beiden linken Fäuste berührten. Der eine Mann war jung, groß und hatte langes blondes Haar, das geflochten war und auf seinen Rücken fiel. Der andere war zwanzig Jahre älter, stämmig und kahl, und sein Gesicht zeigte einen Ausdruck grimmigen Zorns.

„Worum geht es?", raunte Shef.

„Der Junge hat die Tochter des anderen geschwängert. Er sagt, sie hätte eingewilligt, der Vater sagt, er hätte sie auf dem Feld vergewaltigt."

„Was sagt sie?", fragte Shef, der sich an ähnliche Fälle aus seiner Zeit als Richter erinnerte.

„Ich glaube nicht, dass jemand sie gefragt hat."

Shef machte den Mund auf, um eine weitere Frage zu stellen, und erkannte, dass es zu spät war. Noch mehr gesprochene Worte, eine rituelle Frage, ob man eine Schlichtung annehmen würde, was inzwischen ohne Blamage unmöglich war. Zwei Köpfe wurden geschüttelt. Der Rechtsprecher trat vorsichtig von dem Stierfell und gab ein Signal.

Sofort gerieten die beiden Männer in Bewegung und umkreisten einander. Der Vater hatte beim ersten Zucken der Hand des Richters zugestochen, einen Stoß tiefer unter der gefesselten Hand ausgeführt. Doch im gleichen Augenblick hatte der Jüngere seinen losen Teil fallen gelassen und war zurückgesprungen, so weit es der Riemen zuließ.

Auch der Vater ließ seinen losen Teil fallen, griff nach dem Riemen, der vom Handgelenk seines Gegners hing. Wenn er ihn zu packen bekam, konnte er den Jüngeren in Reichweite festhalten, auf nicht mehr als Armeslänge, ihn vielleicht näher heranziehen und das Messer in seinen Körper rammen. Aber sich auf einen tödlichen Stoß festlegen hieß, ungedeckt zu sein für einen tödlichen Konter. In dieser Art von Zweikampf war es leicht, seinen Gegner zu töten - wenn man ihm die Möglichkeit einräumen wollte, das Gleiche zu tun.

Der Griff des Älteren ging ins Leere, der Jüngere sprang davon und blieb nahe am Rand des Fells. Plötzlich lehnte er sich vor und schnitt seinem Gegner über die Seite des Arms. Ein Rufen ertönte, als das Blut hervorquoll, Hohn als Reaktion des Verwundeten.

„In diesem Spiel ist es einfach, jemandem einen Kratzer zu verpassen", bemerkte Guthmund. „Aber ein Kratzer ist nicht entscheidend. Blutverlust schon, wenn er lange andauert – was niemals der Fall ist."

Der Kampf verlief nun in einer Art Muster: Ein Mann versuchte, nahe heranzukommen, stach immer unterhalb der beiden Arme zu, griff nach dem Riemen, der sie zusammenhielt, und riss daran. Der andere ignorierte den Riemen, blieb auf Abstand, hieb rasch nach einem Arm oder Bein, achtete aber darauf, dass sein Messer nicht gepackt und dass er nicht abgefangen wurde.

Das tat er einmal zu oft. Der kahle Vater, der bereits aus einem Dutzend Wunden blutete, erlitt einen weiteren Schnitt oben am linken Bizeps. Er griff mit seiner eigenen gebundenen Linken nach der zurückzuckenden Hand, der Messerhand, fing an, sie brutal herumzudrehen, schrie etwas, das Shef über den Lärm der Menge nicht hören konnte. Der Verführer schlug nun mit seiner linken Hand zu, bemühte sich seinerseits verzweifelt, die Messerhand des anderen zu packen. Doch der Ältere hatte sich gedreht, hielt das Messer hinter seinem Rücken und außer Reichweite, täuschte einen tiefen Hieb an, dann einen hohen und verdrehte das Handgelenk weiter.

Mit letzter Hoffnung sprang der Gefangene nach oben, versuchte, die Oberschenkel des anderen wie in einer Schere zu umklam-

mern, brachte ihn ins Straucheln. Als die beiden ineinander verschlungen zu Boden gingen, sah Shef Blut spritzen, hörte das Keuchen ausgestoßenen Atems der nahe stehenden Zuschauer. Der Richter trat vor, zog die beiden Männer auseinander. Shef erblickte ein Messer, das tief in der Brust des jungen Mannes steckte. Als sie den anderen Mann herumdrehten, erkannte er, dass ein zweiter Griff aus dem Auge des Älteren hervorstand.
Frauen kreischten und rannten nach vorne. Shef wandte sich zu Guthmund um und wollte schon ansetzen, ein Verfahren zu schelten, durch das eine Frau Ehemann und Vater innerhalb eines Herzschlags verlor und ein Kind einen Vater und Großvater. Aber die Worte erstarben in seiner Kehle.
Cuthred schritt hinab in die Kuhle, den dornbesetzten Schild in einer, das Schwert in der anderen Hand. Hinter ihm gingen Fritha und Osmod, Udd ein oder zwei Schritte hinter ihnen. Sie alle trugen Armbrüste, aber sahen hilflos aus. Während Shef sich mit den Ellenbogen einen Weg nach vorne bahnte, hörte er Cuthreds wahnsinnige Stimme, die er in gebrochenem Nordisch erhob: „Stümper! Feiglinge! Müssen angebunden werden, damit sie nicht wegrennen. Einen Mann zum Schneiden festhalten. Kämpft gegen einen Engländer, traut euch, einen mit freien Händen. Eine Hand gebunden, lasse euch die Wahl. Bastarde, Hurensöhne! Du, du da!"
Weißer Speichel spritzte aus seinem Mund, und der Kreis wurde um ihn herum immer weiter, sodass er allein mit den beiden Toten zu seinen Füßen dastand. Cuthred starrte hinab und hieb plötzlich nach einem, sodass sich eine klaffende Wunde auf dem Gesicht des jungen Mannes auftat. Er begann, mit den Füßen zu stampfen und tief Luft zu holen, bereit, alle in der Menge anzugreifen.
Shef trat vor ihn, wartete darauf, dass sich das Erkennen in seinen irren Augen zeigte. Zögerliches Erkennen.
„Sie werden nicht kämpfen", sagte Shef langsam. „Wir müssen auf einen besseren Zeitpunkt warten. Und eine Leiche zu schla-

gen, ist Schiebung, Cuthred. Schiebung für einen *ordwiga,* einen *herekempe,* einen *frumgar* wie dich, den Streiter eines Königs. Warte auf die Ragnarssons, auf die Mörder deines Königs Ella."
Curthreds Gesicht zuckte bei der Aneinanderreihung seiner Ehrentitel, die er allesamt in seinem früheren Leben als Hauptmann der Garde des Königs von Northumbria erworben hatte. Er blickte auf sein blutbeflecktes Schwert, auf die Leiche, die er geschlagen hatte, warf die Waffe zu Boden und brach in quälende Schluchzer aus. Udd und Osmod näherten sich zu beiden Seiten, nahmen ihn beim Arm, machten sich daran, ihn wegzuführen.
Shef wischte sich den Schweiß von der Stirn, drehte sich um und blickte in das missbilligende Gesicht des Zweikampfrichters, des Rechtsprechers.
„Die Verschandelung eines toten Körpers", sagte der Nordmann, „wird mit einer Geldstrafe von …"
„Wir bezahlen", sagte Shef. „Wir bezahlen. Aber jemand sollte für das zahlen, was dieser Lebenden widerfahren ist."

Am nächsten Morgen stand Shef neben dem schmalen Landungssteg, der zu Brands gehegtem und gepflegtem Schiff hinaufführte: der *Walross.* Guthmunds *Seemöwe*, die bereits beladen war, schaukelte zwanzig Yards entfernt leicht im Wasser, während eine Reihe von Gesichtern über das niedrige Seitendeck blickte. Das Beladen der Schiffe war nicht einfach gewesen. Jedes hatte achtzehn Ruder pro Seite und trug normalerweise eine vierzigköpfige Mannschaft. Dazu kamen Shef, Hund, Karli und Thorvin, die acht Männer der Katapultmannschaft, die vier Frauen, die sie von Drottningholm gerettet hatten, Cuthred sowie der Zug der Ausreißer, die sie auf ihrem Ritt durch Upland und Sogn angezogen hatten – mit insgesamt fast dreißig eine hohe Anzahl Menschen, die sich in die engen Kabinen von zwei schmalen Schiffen hinzugesellten.
Jetzt allerdings waren nicht alle da: Lulla, Fritha und Edwi aus der Katapultmannschaft fehlten. Hatte man ihnen irgendwie den Weg abgeschnitten? Wurden sie irgendwo in der Umgebung des

Things versteckt, aus Rache oder gar als Opfergabe zu Sklaven bestimmt? Bei der Vorstellung, dass seine Männer am Tempelbaum irgendeines Hinterwäldlerstädtchens aufgeknüpft wurden, riss Shef der Geduldsfaden.

„Alle Mann runter", rief er Brand zu. „Du auch, Guthmund. Wir können insgesamt hundert Mann aufbringen. Wir durchsuchen den Ort und drehen jedes Zelt um, bis sie uns unsere Männer zurückgeben. Wer Scherereien macht, bekommt einen Bolzen in den Bauch."

Shef wurde klar, dass Cwicca und die anderen nicht mit dem Enthusiasmus reagierten, den er erwartet hatte. Sie hatten diesen glasigen Blick angenommen, immer ein Zeichen dafür, dass sie etwas wussten, das sie nicht offen zu sagen wagten.

„Na schön", sagte Shef. „Was ist mit den drei?"

Osmod, für gewöhnlich der Sprecher bei schwierigen Anlässen, meldete sich. „Es ist so", hob er an. „Wir sind rumgegangen, ein paar von uns, haben uns Sachen angesehen. Und die reden hier nur über Katapulte und Armbrüste und so. Die Leute haben viel über sie gehört, wissen nur nicht, wie sie funktionieren. Also haben wir natürlich gesagt, wir wüssten alles über Katapulte, und was die Armbrüste betrifft, nun, Udd hat sie ja praktisch erfunden. Also sagen sie, nachdem sie uns schon ein bis zwei Getränke spendiert haben … Sie sagen: ‚Sehr interessant. Wisst ihr Männer, was unten im Süden vor sich geht?' – ‚Nein', sagen wir selbstverständlich, weil wir's nicht wissen. Und dann sagen sie …"

„Komm zum Punkt!", donnerte Shef.

„Sie bezahlen viel Geld für erfahrene Katapultmänner, Männer, die wissen, wie man sie baut und abschießt. Viel Geld. Wir vermuten, Lulla, Edwi und Fritha haben sich entschlossen, da mit einzusteigen."

Shef starrte einen Augenblick vor sich hin, unsicher, wie er reagieren sollte. Er hatte diese Männer befreit. Daheim in England waren sie bereits Grundbesitzer. Wie konnten sie fortgehen und in irgendjemandes Dienste treten und dabei ihren Herrn verlassen? Auf der anderen Seite aber waren sie freie Männer, weil er sie befreit hatte …

„In Ordnung“, sagte er. „Lass gut sein, Brand. Osmod und der Rest von euch, danke trotzdem, dass ihr geblieben seid. Ich hoffe, dass es euch dadurch nicht schlechter ergeht. Gehen wir an Bord und fahren wir los. In zwei Wochen sind wir zurück in England, wenn Thor uns einen guten Wind schickt.“

Tat er nicht, zumindest nicht sofort. Den gesamten Weg den Fjord entlang, wo der Gula sich mit dem Sogn zum offenen Meer hin traf, kämpften die beiden Schiffe beständig rudernd gegen den Biss einer frischen Brise an, während sie aufgrund des Gewichtes durch Passagiere und Ladung tief im Wasser lagen. Brand teilte die Ruderer ein, sodass sich die männlichen Passagiere mit seinen eigenen Männern abwechselten.

„Fahrt um das Vorgebirge herum“, bemerkte er. „Dann haben wir den Wind auf unserem Kiel, können aufhören zu rudern und nach Süden segeln. Was ist das da vorne?“

Um die Spitze der Landzunge herum, die kaum eine halbe Meile entfernt den Gulafjord schützte, kam ein Schiff. Ein seltsames Schiff, nicht wie die Handelsschiffe und Fischerboote, an denen sie bereits ein halbes Dutzend Mal vorbeigefahren waren. Sein blau und weiß gestreiftes Segel blähte sich in der Brise hinter ihm, eine Dreieckflagge wehte am Mast und wurde in ihre Richtung geblasen, sodass sie sie nur ruckweise erkennen konnten, wenn ein Windstoß sie drehte. Etwas war falsch an dem Segel. Etwas war falsch an der Größe.

„Thor, hilf uns“, sagte Brand am Steuerruder. „Das ist eines von Hálfdans Küstenwacheschiffen. Aber es hat zwei Segel. Es hat sogar zwei Masten. Mein Lebtag lang habe ich so etwas noch nicht gesehen. Wofür haben sie sich die ganze Mühe gemacht?“

Shefs scharfes Auge erfasste das Banner mit dem Muster des Greiftieres.

„Abdrehen“, sagte er. „Wir müssen hier weg. Das ist Königin Ragnhild. Und sie will uns nichts Gutes.“

„Das Schiff ist groß, aber wir sind zwei zu eins überlegen, wir könnten gegen sie kämpfen …"
„Abdrehen!", rief Shef und bemerkte etwas an den Bewegungen der Männer an Deck.
Brand erfasste es im gleichen Augenblick und riss die *Walross* derart heftig herum, dass die Ruderer auf ihren Bänken wegrutschten. „Steuerbord zurück", rief er. „Nach Backbord. Zusammenziehen. Hievt hart, Fahrt aufnehmen. Und rauf mit Segel und Schot, ihr da mittschiffs, helft ihm, Narr, Ansgeir. Guthmund …" Seine Stimme wurde übers Wasser und zu seinem Kameraden herübergetragen, der eine Achtelmeile hintendran war. Mit dem Wind hinter sich jagte die *Walross* den Weg zurück, den sie gekommen war.
Als er das sie verfolgende Schiff beobachtete, bemerkte Shef, dass es gierte und den Kiel umwandte, wie er erwartet hatte.
„Auf mein Kommando hart backbord", sagte er ruhig. „Los."
Schnell drehte sich die *Walross.* Im gleichen Augenblick rief Brand seiner Mannschaft zu, die Ruder hochzunehmen, das Schiff frei unter Segel fahren zu lassen. Alle Ruder wurden blitzschnell aus dem Wasser gehoben. Ein Surren in der Luft, drei Ruderer sprangen gleichzeitig von ihren Sitzen, landeten im Bauch des Schiffes, fluchten oder stöhnten. Zersprengte Ruderteile flogen durch die Luft, platschten Stück für Stück ins Meer. Der vom Maulesel geschleuderte Felsbrocken, der sie knapp über Kopfhöhe zerschlagen hatte, flog weiter, prallte aufs Wasser, hüpfte von einer Welle zur anderen, bevor er unterging.
„Sie haben darüber geredet, eins von den Dingern aufzubringen", sagte Brand. „Aber sie meinten, das Schiff würde den Rückstoß nicht aushalten. Sie müssen es innen zusammen mit den Masten neu getakelt haben."
„Aber wer bemannt den Maulesel?", fragte Shef, der weiterhin ein Auge auf das Schiff hatte, das die eingebüßte Entfernung wieder wettzumachen versuchte, auf eine zweite Wende gefasst, durch die der Maulesel wieder ausgerichtet werden könnte. Sie hat-

ten Glück, dass dies eine Heckjagd war und Ragnhilds Männer nicht über den Bug hinweg schießen konnten. „Meine Überläufer? Aber wo sollten sie die herhaben?“

„Der Weg ist immer sehr interessiert an dem, was du tust“, warf Thorvin ein, der neben Brand stand. „Sie haben all deine Maschinen nachgebaut. Valgrim könnte den Maulesel angefertigt und eine Mannschaft zusammengestellt haben. Einige seiner Freunde sind Priester von Njörd; die würden wissen, wie man ein Schiff nachbaut. Was werden wir jetzt tun? Zurück zum Gulafjord fliehen und hoffen, sie an Land zu bekämpfen?“

Shef starrte erneut angespannt auf die Geschäftigkeit am Bug des Verfolgerschiffes. Es war langsamer geworden, nachdem es zum Feuern auf dem Kiel gedreht worden war, und nun fuhren beide Schiffe unter Segel, wobei die *Walross* und ihre Begleitschiffe mit jeder Welle Boden gutmachten. Die Schiffe hatten die Jagd mit einer halben Meile Abstand begonnen. Jetzt war er mit Sicherheit größer. Doch selbst auf diese Entfernung war Shef sicher, dass er eine hochgewachsene Gestalt erkennen konnte, eine große weibliche Gestalt, die mit vom Wind zerzaustem Haar auf dem Schiffsbug stand. Es war Ragnhild, die ihn verfolgte. Ihn jagte, wie schnell er auch segelte, hinein in einen langen Fjord ohne anderen Ausweg. Und sie taten eindeutig etwas Seltsames drüben am Bug. Hatten sie vielleicht einen Maulesel gebaut, der nicht tief unten in der Mitte des Schiffes eingebettet werden musste?

Licht zeigte sich hinter Ragnhild: Feuer, ein starkes Feuer, das hell loderte. Im gleichen Augenblick erkannte Shef die Bewegungen der Männer rundherum. Er hatte noch nie ein Katapult gesehen, das auf der Vorderseite gespannt wurde, aber genau das taten sie – hatten sie getan, denn gerade erst waren sie zur Seite gesprungen, damit der Schütze klare Sicht hatte, genau wie Cwiccas Mannschaft. Kein Maulesel – einer der großen Pfeilwerfer, die er selbst eingesetzt hatte, um Ella zu befreien und Ivar Ragnarssons Heer aufzureiben. Als Shef sich umdrehte, um Brand zuzurufen, er solle erneut wenden, sah er, wie das Licht plötzlich und mit unglaublicher Geschwindigkeit auf ihn zuraste, sich kaum mehr als sechs Fuß über die Wellen erhob und absank. Zum ersten Mal in seinem Leben duckte sich Shef. Beugte sich nach vorne, Arme über den Bauch gelegt, sicher, dass die Maschine ihm einen großen Bolzen von der Länge eines Wurfspeeres durch Körper und Rückgrat jagen würde.

Ein dumpfer Aufschlag knapp unter seinen Füßen, der ihn ins Wanken brachte. Der sofortige Gestank von brennendem Teer, brennendem Holz. Brand brüllte heiser, es gab einen Ruck, als er seinen Posten am Steuer verließ, um über die Seite zu schauen. Dann wurde Shef beiseite gestoßen von Männern, die mit Schöpfeimern vom Mittschiff angerannt kamen und fieberhaft versuchten, sich weit genug vorzulehnen, um an das Wasser zu kommen, es zu schöpfen und über den langen Feuerpfeil zu kippen, der sich in die *Walross* gebohrt hatte, drei Fuß von Shefs Beinen entfernt geradewegs die hintere Verschalung durchschlagen hatte und nun gleichzeitig Planken und Ruderbänke in Brand setzte.

„Benutzt das Trinkwasser!", brüllte Brand.

Die Meerwassertropfen, die seine Mannschaft aus den kaum zu erreichenden Wellen geschöpft hatten, hatten keine Wirkung auf die Masse aus Pech und Teer auf der Spitze des Bolzens, der in den Planken steckte. Und das Feuer breitete sich aus. Wenn es die Segel erfasste … Ein Mann kam vom Wasserfass am Fuß des Mastes gerannt, verlor das Gleichgewicht und stürzte, der Eimer flog im hohen Bogen in den Kielraum. Die anderen zögerten, hin und her gerissen zwischen dem Meer, das nur knapp außer Reichweite war, und dem Wasserfass, das zu weit weg stand.

Cuthred kam von seinem Platz nahe dem Bug angeschlurft. Niemand hatte sich getraut, ihn zu bitten, dass er ruderte. Er trug eine Axt in der Hand. Über dem Feuerpfeil stehend, hieb er dreimal kräftig durch die schwache Verschalung der *Walross,* lehnte sich über die Seite, trieb den Bolzen weiter nach außen, bis die Spitze weit genug von der Innenseite des Schiffes abstand.

Schwang die Axt erneut, durchtrennte mit einem Hieb das dicke Holz. Hob die abgetrennte Spitze auf, ignorierte die Flammen, die seinen Arm hinaufkrochen, warf sie über Bord. Während Cuthred sich grinsend zu Brand umdrehte, bemerkte Shef, dass das Schiff hinter ihnen erneut den Kurs gewechselt hatte.

Maschinenkrieg, dachte er angeekelt. Er kommt zu schnell. Selbst ein mutiger Mann will aufhören und rufen: „Wartet, bis ich bereit bin!“ Hilflos sah er zu, wie der vom Maulesel geschleuderte Brocken auf ihn zugerast kam, offenbar wieder auf ihn gerichtet, nicht auf das Schiff, sondern auf ihn selbst, mit seinem Brustkorb als Ziel, sodass seine dünnen Knochen zersplitterten und sein Herz barst.

Der Fels flog zu kurz und traf dreißig Fuß entfernt aufs Wasser, prallte wie der Hüpfstein eines Kindes ab, sprang erneut und traf die *Walross* wie ein Hammer knapp vor dem Steuerruder. Planken wurden durchlöchert, eine Ruderbank wurde aus der Fassung gerissen, grünes Wasser drang ein. Aber nur ein Loch, nicht die vollständige Zerrüttung und Auflösung eines Schiffes, dessen Kiel oder Steven getroffen worden war.

Du warst schon König, sagte sich Shef. Jetzt sagen sie, du wärst ein Oberkönig. Und was tust du? Duckst dich. Wartest auf Hilfe von einem Wahnsinnigen. So benimmt sich kein Anführer. Du hast schon einmal Männer aus der Entfernung vernichtet. Du hast nie darüber nachgedacht, wie du handeln würdest, wenn die andere Seite die ganze Maschinerie besäße.

Shef trat wieder aufs Heck und überließ es den anderen, sich um das Leck zu kümmern. Ragnhilds Schiff verfolgte sie immer noch, während die Männer daran arbeiteten, ihre Maschinen zu spannen, sich auf die nächste Salve vorbereiteten. Der eine oder andere Schuss würde sie versenken, sobald sie gelernt hatten, ihre Hände stillzuhalten, bis sie in vernünftiger Reichweite waren. Inzwischen waren sie unter vollen Segeln beinahe wieder am Ausgangspunkt angelangt. Shef konnte unten am Thing-Hafen eine Menschenmenge sehen, die sie beobachtete. Und genau vor ihnen lag die

Insel, die Gula-ey, auf der in den vergangenen Jahren der eigentliche Thing abgehalten worden war. Shef musterte den engen Kanal zwischen der Insel und dem Ufer, schätzte die Größe von Hálfdans Kriegsschiff ab, erinnerte sich an den Streich, den Sigurth Schlangenauge ihm gespielt hatte. Er glaubte nicht, dass ein erfahrener Wikingerkapitän darauf hereinfallen würde.
Er legte eine Hand auf Brands Schulter und zeigte nach vorne. „Bring uns da durch."
Brand öffnete den Mund, um Einwände zu erheben, und schloss ihn, als er den absolut ernsten Ton in Shefs Stimme hörte. Schweigend lehnte er sich gegen das Ruder, steuerte das Schiff zwischen die Felsen, winkte Guthmund entschieden, ihm zu folgen. Nach einem Augenblick wagte er zu sagen: „Gleich werden wir den Wind verlieren."
„Verstanden." Shef beobachtete das Schiff hinter ihnen. Wie er erwartet hatte, hatte es den Kurs geändert. Würde nicht folgen. Würde die Insel links umfahren, wie sie es rechts taten. Den Wind auf den Kiel legen, die Geschwindigkeit halten, die Schiffe einholen, die es verfolgte, sie auf kurze Distanz vernichten. Wahrscheinlich dachte der Skipper, seine Feinde hätten vor, auf Strand zu setzen und zu Fuß zu entkommen. Auch da würde Ragnhild vorgesorgt haben.
Doch einige Augenblicke lang würde sich die Insel zwischen ihnen befinden.
„Auf mein Kommando", sagte Shef ruhig, „Segel bergen, wenden und so schnell zurückrudern, wie ihr nur könnt. Sobald wir vorbei sind, wird es zu einem Ruderwettbewerb. Gegen ein Schiff von dieser Größe und mit so viel Zusatzgewicht sollten wir gewinnen."
„Es sei denn, es liegt da und wartet auf uns. Dann rudern wir zurück und sehen uns auf fünfzig Yards den Katapulten gegenüber."
Shef nickte. „Jetzt wenden."
Die *Walross* und die *Seemöwe* wendeten gemeinsam, fingen an, in die andere Richtung zu rudern, wobei die Männer sich in ange-

spannter Stille in die Riemen legten. Das einzige Geräusch, das sie hören konnten, wie Shef feststellte, war das Raunen der Stimmen am Ufer einhundert Yards entfernt. Er hoffte, dass die Finger, die auf sie zeigten, nicht seinen Plan preisgaben. Es stimmte, was Brand gesagt hatte. Sie waren wie zwei Kinder, die einander um den Küchentisch jagten. Wenn der Verfolger einfach anhielt, würde derjenige, der umkehrte, genau in ihn hineinlaufen. Shef glaubte nicht, dass seine Verfolgerin anhalten würde. Er wusste, dass dieses Schiff dort, so erfahren der Kapitän auch war, von Ragnhild befehligt wurde. Sie würde nicht innehalten, um nachzudenken. Sie wollte ihn zur Strecke bringen. Außerdem hatte er die Männer gesehen, die an der Reling standen, mit den Waffen fuchtelten und brüllten. Sie hatten Maschinen bekommen, aber sie dachten noch nicht wie Maschinenkrieger. Ihr Instinkt und ihre Ausbildung hießen sie, sich dem Gegner zu nähern und ihn zu überwältigen, die Linien mittels Gewalt und Druck zu durchbrechen. Nicht, sich zurückzulehnen und aus der Entfernung zu schießen, die Reichweite ihrer Waffen auszunutzen.

Während die *Walross* aus dem Kanal hinaus den Weg zurücklenzte, den sie gekommen waren, blickte Shef über die Steuerbordseite. Erleichterung überkam ihn. Hálfdans Schiff war um die Insel herumgejagt, die Mannschaft erkannte zu spät, was passiert war, wendete erst jetzt in einer Hektik flatternder Segel. Auch schlecht gehandhabt. Mannschaft und Kapitän waren offenbar noch nicht auf die Probleme ihrer zweimastigen Takelung eingespielt. Eher eine Meile Entfernung als eine halbe und keine Möglichkeit zum Aufholen. Brands Ruderer warfen sich nun ordentlich in die Riemen, wobei einer von ihnen sang und die anderen jedes Mal den Refrain zum Besten gaben, wenn sie die Rudergriffe nach vorne bewegten. Drei Männer bogen die Planken zurecht und verstopften die Lücken mit Seehundfell und Segeltuch. Der Weg war frei, um aufs offene Meer und erneut nach Süden zu gelangen.

Karli packte Shef am Arm und zeigte nach vorne. Ein kleines Skiff, das nur von einem Mann gerudert wurde, paddelte aus dem

Hafen, um sie abzufangen. „Das ist Fritha", sagte er. „Muss seine Meinung geändert haben."

Shef runzelte die Stirn, trat wieder vor zum Bug und packte ein Seil. Als die *Walross* nahe an das Skiff herangekommen war, warf er das Seil hinüber, sah, wie Fritha es ergriff. Er machte keine Anstalten, sein Boot längsseits zu ziehen, sondern verließ es, ließ die Ruder fallen und schwang sich bis zur Hüfte durchs Wasser, bis er die Seite der *Walross* zu fassen bekam. Shef packte ihn am Kragen, hob ihn herüber und blickte bedrohlich auf ihn herab.

„Was war los? Ist das Silber nicht pünktlich bezahlt worden?"

Fritha keuchte, kam mit Mühe auf die tropfenden Füße. „Nein, Herr. Ich musste es Euch sagen. Der Thing ist voll von Neuigkeiten. Ein Schiff kam vor dem da an. Wir wussten vor Euch, dass Königin Ragnhild kommen würde. Aber auf dem Schiff sagte man etwas anderes. Während sie die Küste entlangsegelte, erklärte sie – die Königin –, wenn Ihr entkommt, würde sie in jedem Hafen an der Küste ein Kopfgeld auf Euch aussetzen. Ein sehr hohes Kopfgeld: ihr gesamtes Erbe. Jeder Pirat in Rogaland sucht jetzt nach Euch. Die gesamte Küste entlang. Volle zweihundert Meilen."

Und die Rogaländer sind arm, überlegte Shef, aber sie machen keine halben Sachen.

Er blickte zu Thorvin. „Sieht aus, als wäre der Weg nach Süden blockiert. Ich werde wohl doch derjenige sein, der von Norden her kommt."

„Wir sprechen die Worte aus", sagte Thorvin. „Aber die Götter legen sie uns in den Mund."

Kapitel 20

„Sie werden uns sicher verfolgen“, sagte Brand. Er hielt die Flosse einer Robbe in der Hand, nagte vorsichtig an dem langen Knochen, saugte den Speck geräuschvoll aus der Haut, warf die Reste ins Meer. Nachträglich fiel ihm ein, seine beiden fettigen Hände sorgsam an seinem Bart abzuwischen, dann stand er auf und latschte zum Bootshaus von Hrafnsey, seiner Heimatinsel. Er rief über die Schulter: „Aber sie werden uns nicht finden. Und wenn ja, sehen wir sie zuerst.“

Shef blickte ihm im Davongehen nach. Brand bereitete ihm immer mehr Sorgen. Shef kannte ihn nun seit bald zwei Jahren, und zu keiner Zeit war Brand ein Vorbild höfischer Etikette gewesen. Trotzdem, an den zugegeben niedrigen Standards eines Wikingerheeres gemessen, war sein Auftreten recht normal gewesen: grob, brutal und laut, allerdings auch zu zarteren Gefühlen und sogar einem Hauch von Effekthascherei fähig. Brand hatte bei der Hochzeit von Alfred und Godive eine gute Figur abgegeben. Als Shef in Kaupang angekommen war, hatte Brand ziemlich überzeugend einen Höfling nachgeahmt, der einen geehrten König willkommen hieß. Er war immer sauber gewesen und hatte genau auf die Hygiene im Lager geachtet.

Während die Schiffe immer weiter nach Norden gefahren waren, mit dem Wind im Rücken die scheinbar endlose Küste Norwegens entlang rasend, stets mit der langen, zerklüfteten Küste steuerbord und einem Chaos aus Riffen, Inseln und Gezeitenschären zwischen sich und dem Atlantik backbord, hatte sich Brands Verhalten kontinuierlich gewandelt. Genau wie sein Akzent und der seiner Mannschaft aus Hålogaland. Im Vergleich zu anderen Norwegern hatten sie immer merkwürdig gesprochen. Während sie sich dem ewigen Eis näherten, war ihr Akzent immer dicker geworden, ihre Stimmen rauer, es schien, als hätten sie angefangen, sich an Öl und Fett zu weiden. Sie aßen ihr Brot getunkt in Seehundfett und streuten Prisen von Salz darauf. Den Fisch, den sie fingen, verzehrten sie roh und manchmal lebend. Shef hatte zugesehen, wie ein Mann einen Hering mit der Leine aus dem Meer gefischt und sofort hineingebissen hatte, während der Fisch noch in seiner Hand zappelte. An einem Tag hatte Brand die Segel gerafft, als würde er aufmerksam nach Landmarken Ausschau halten, und schließlich einen Strand angesteuert. Seine Mannschaft war jubelnd an Land gesprungen, bevor das Schiff überhaupt gelandet war, die Männer waren den Strand bis zu einem Steinhaufen hinaufgelaufen und hatten sofort angefangen, die Steine abzutragen und im Sand darunter zu graben. Der Gestank, der entwich, ließ Shef und seine englische Mannschaft zurücktaumeln und auf sicheren Abstand gehen, wo sich ihnen Guthmund und dessen Schweden von der *Seemöwe* anschlossen, zum ersten Mal gänzlich auf Seiten der Engländer gegen die Norweger.

„Was in Hels Namen habt ihr da?“, hatte Shef von der sicheren Seite eines Holzfeuers aus gerufen, dessen Rauch ihm in die Nase stieg.

„Verfaulte Haileber“, hatte Brand zurückgerufen. „Wir haben sie auf dem Hinweg vergraben, damit sie etwas altern kann. Wollt ihr einen Bissen probieren?“

Wie ein Mann entfernten sich die Schweden und Engländer weitere fünfzig Yards über den Strand, verfolgt von Gelächter und Rufen wie: „Es ist gut für euch! Hält die Kälte fern! Beiß einen Hai und er beißt dich nicht!“

Nach ihrer Ankunft auf Hrafnsey war es noch schlimmer geworden. Die Insel selbst war ungefähr fünfzig Meilen lang, zwei Meilen breit und vergleichsweise flach. Auf großen Teilen konnte man Vieh grasen lassen, auf manchen sogar pflügen. Sie lag der einsamsten Küste gegenüber, die Shef je im Leben gesehen hatte, sogar noch trüber und zerklüfteter als das norwegische Gebirge, das den Oslofjord säumte. Auch nach Mittsommer war überall Schnee zu sehen. Die Berge schienen geradewegs und unbeirrbar in das eisige Wasser zu laufen, nur hier und da war ein winziges bisschen Grün auf kleinen Schelfen und Vorsprüngen zu erkennen, wobei alle, die man sehen konnte, weder vom Wasser noch von den Berggipfeln darüber aus zugänglich waren. Viele Tage lang hielt Shef es für unmöglich, dass jemand dort leben und Nahrung finden konnte. Dennoch waren Brands Männer größtenteils in der felsigen Wildnis verschwunden wie Wasser im Sand, waren in Zweier- oder Viererbooten oder Fischerbooten mit Segeln davongefahren. In jedem Fjord schien es einen Bauernhof zu geben oder wenigstens eine Bude oder eine Ansammlung von Hütten mit Steinwänden und Torfdächern.

Tatsächlich verhielt es sich so, hatte Shef festgestellt, dass diese Leute, obwohl sie an begünstigten Plätzen etwas Hafer und Gerste anbauten, eigentlich Fleischfresser waren. Im eiskalten Wasser wimmelte es von Fischen, die sich leicht für den Winter in Lake einlegen ließen. Zudem gab es überall Seehunde, die mit den Menschen um den Fisch stritten, wodurch es einen doppelten Wert hatte, sie zu töten. Im Sommer gab es genügend Gras, um Kühe und Schafe weiden zu lassen und Heu zu machen, um sie während des Winters zu füttern. Ziegen konnten rausgelassen werden, sodass sie sich im Gebirge selbst versorgten. Diese Nordmenschen im höchsten Norden legten großen Wert auf Milch und Butter, Molke und Bruch und Käse; zweimal täglich melkten sie im Sommer alle Tiere, Schafe wie Ziegen, und was sie nicht sofort verbrauchten, legten sie ein. Es war tatsächlich ein reiches Land, in dem sie lebten, auch wenn es so aussah, als würde es nur aus Felsen bestehen. Aber es bedurfte bestimmter Eigenschaften, um dort zu überleben. Ein paar von Brands Männern hatten Karli mitgenommen, den Flachlandbewohner aus Dithmarschen, und einige von Guthmunds Vogelnestern nach der Eierlegung, die man während der Paarungszeit auf jeder Klippe und Schäre finden konnte. Nach einem Tag waren sie zurückgekehrt und konnten sich vor Lachen kaum halten, nachdem sie den bleichen Ausländer mit übertriebener Vorsicht am Ufer abgesetzt hatten. Nur jemand völlig ohne Angst und Schwindelgefühl konnte sich die eisenbeschlagenen Klippen lediglich mit Fingerspitzen und Fußhaltern hinunterhangeln. Ein Mann durfte nicht heiraten, hatte Brand Shef erzählt, bis er einen bestimmten Stein in zweihundert Metern Höhe über den zerklüfteten Küstenfelsen erreichte, darauf balancierte – denn der Stein bewegte sich im Wind – , sich über den Rand beugte, seine Zehen berührte und dann in die Brandung unterhalb pisste. Seit den Zeiten seines Großvaters war niemand mehr ausgerutscht: Die Angst vor dem Fall war aus Brands Blutlinie und der all seiner Anhänger weggezüchtet worden.

Nichts davon machte es leichter, mit den Hålogaländern zusammenzuleben. Von Anfang an hatte Shef gegrübelt, wie sie hier wegkommen sollten. Dann hatte er sich Sorgen darüber gemacht, wie sie, wenn sie nicht wegkamen – und Brand schien sich damit zufriedenzugeben, auf die Verfolger zu warten, statt zu versuchen, einen Gegenschlag zu führen oder sie zu meiden –, durch den Winter kommen sollten mit ihrem langen Schlepptau an nutzlosen Mündern, Engländern und Schweden, die keine Seehunde harpunieren, Klippen erklimmen oder die begrabenen Lebern der massiven Riesenhaie verdauen konnten. „Fangt mehr Fisch", war alles, was Brand dazu sagen würde. Er schien sich über nichts Gedanken zu machen, war einfach zufrieden, wieder in seinem fremden Heim zu sein und Pläne für die Eintreibung der Finnensteuer zu schmieden.

Außer um Brand musste Shef sich noch um viele andere Dinge Gedanken machen. Sie bedrängten ihn, während er schlaflos im kurzen Zwielicht des nördlichen Sommers lag. Zum einen hatte er während der langen Reise die Küste entlang Zeit gehabt, mit allen Mitgliedern seiner Mannschaft zu sprechen, mit Cwicca, Hama, Udd, Osmod und den anderen, die ihre Zeit auf dem Gula-Thing damit zugebracht hatten, so viele Gerüchte wie möglich aufzuschnappen. Die Norweger, die den Thing besuchten, waren überraschend gut informiert – obgleich es nicht ganz so erstaunlich war, wenn bedachte, in welchem Ausmaß sie ihre Finger in Handel und Kriegswesen hatten. Shef fügte zusammen, was sie gesagt hatten, und erkannte, dass seine eigenen Handlungen in den skandinavischen Ländern mehr Auswirkungen hatten, als er sich jemals vorgestellt hatte. Die ganze nordischsprachige Welt brummte vor Neugier über die neuen Waffen, mit denen die Franken und die Ragnarssons geschlagen worden waren. Aus diesem Grund wurden echten Experten hohe Summen angeboten. Von der Seeschlacht vor der Küste der Elbe war ebenfalls in allen Einzelheiten berichtet worden, und Pläne zum Anbringen von Katapulten auf Schiffen waren weit fortgeschritten. Einige sagten, es habe keinen Sinn mehr, im Süden auf Raubzüge zu gehen, bis die Nordmänner gleich gut oder besser ausgerüstet waren als ihre englische Beute.

Auch stieg die Erwartung auf einen Gegenschlag der Ragnarssons. Laut Osmod, dem sorgfältigsten Informanten, hatte man auf jeden Fall den Eindruck, dass die Ragnarssons etwas unternehmen mussten. In Northumbria hatten sie versagt, hatten es nicht geschafft, ihren Vater angemessen zu rächen. Hatten einen der Ihren verloren, auch dabei versagt, ihn zu rächen. Hatten am Anfang ihres großen Gegenraubzuges im Frühling versagt und es zudem nicht geschafft, den Mann zu kaufen, den sie als Urheber ihres Unglücks betrachteten, als er auf dem Sklavenblock gestanden hatte. Die Geschichte war wohlbekannt, sagte Osmod, die Männer lachten freiheraus, wenn sie sie hörten. Die Weiseren hatten das Gefühl, dass die Ragnarssons tatkräftig vorgehen mussten. Erst im vergangenen Jahr war allgemein bekannt geworden, dass Sigurth das Schlangenauge vorgehabt hatte, seine Brüder auf die Throne von England und Irland zu setzen und dann zurückzukehren, sodass mit ihrer Unterstützung ganz Dänemark unter seiner Herrschaft vereint würde, was seit der Zeit der sagenumwobenen Skjöldungar nicht versucht worden war. Und was redeten sie jetzt über ihn? Dass er nicht mal einen Mann bei Flut auf einer Sandbank fangen konnte. Viele lachten, wiederholte Osmod, aber andere sagten, man könne sich nur einer Sache sicher sein: Die Ragnarssons würden von ihren Überfällen in Schottland zurückkehren und bereit sein für einen erbitterten Gegenschlag. Die vernünftigen Könige in Dänemark hatten ihren Untertanen Raubzüge in Übersee untersagt und boten inzwischen alle Flotten und Heere für die Verteidigung der Heimat auf.

Und dann regten sich noch die Christen. Diesbezüglich hatte Thorvin Shef das meiste erzählt, Thorvin, der im Jahr zuvor noch gejubelt hatte bei dem Gedanken, dass christliche Könige Glaubensboten der Wegmänner zu sich riefen. Inzwischen, sagte er, sah es so aus, als hätte sich das Blatt gewendet. Immer mehr Berichte über das seltsame Verhalten auf den Märkten und Things im Süden der skandinavischen Länder trafen ein: Die christlichen Priester kämen nicht nur, um wie schon seit Jahrzehnten unter den Sklaven, den Armen und den Frauen des Landes Konvertiten zu finden, wofür sie normalerweise selbst verhöhnt und versklavt wurden. Nein, sie kamen mit Prahlerei und einer Wache, reagierten auf Spott mit Spott und mit Gewalt auf Gewalt und kauften die Ihren zurück. Und stellten Fragen. Fragen über den Überfall auf Hamburg vor sechzehn Jahren. Fragen über Könige. Schrieben die Antworten nieder. Sie versuchten nicht, Seelen zu retten, nein, sie suchten nach etwas. Thorvin hatte insbesondere und im Tonfall tiefster Bewunderung von einem Mann gehört, den sie Bruno nannten.

Da jedoch konnte Shef Thorvin von dem berichten, was er auf dem Markt von Haithabu gesehen hatte, und von dem Gespräch, das er hinterher geführt hatte. Was ihn überrascht hatte, war nicht, dass die Wikinger von Bruno beeindruckt waren – jeder, der so schnell und geschickt war wie er, würde selbstverständlich Erfolg in der Welt der Wikinger haben –, sondern dass Bruno von Haithabu aus weitergezogen war, und zwar ins Land der Schweden, in die Verwaltungsbezirke von Småland und die beiden Provinzen von Götaland südlich der großen schwedischen Seen. Thorvin erzählte ihm vor allen Dingen eines, was er vorher nicht gewusst hatte.

„Weißt du, warum so viele von uns Erik genannt werden?“, hatte Thorvin gefragt. „Das liegt an der Eriksgata, oder besser gesagt, *Ei-riks-gata.* Der Weg des Einen Herrschers. Es heißt, niemand könne König von ganz Schweden werden, wenn er diese Straße nicht bereist hat. Sie führt zu allen Things aller Provinzen. Der wahre König muss jeden Thing besuchen und sich in jeder solchen Versammlung zum König erklären und alle möglichen Herausforderungen überwinden. Erst wenn ein König dies getan hat, ist er der König aller Schweden.“

„Und wer ist der letzte König, der es geschafft hat?“, fragte Shef und erinnerte sich an das, was ihm Hagbarth vor Monaten darüber erzählt hatte, wie man König wurde, wenn auch nur König von Østfold oder der Fjördländer, wie Shef spöttisch bemerkt hatte, vom Nahen Misthaufen oder Fürderen Kuhstall.

Thorvin hatte die Lippen geschürzt und langsam den Kopf geschüttelt, wobei er sich an die Geschichte erinnerte, so alt, dass sie ein Mythos war. „Womöglich König Ali“, hatte er gesagt. „Ali der Wahnsinnige, Onkel von König Adlis. Die Schweden sagen, er war König von ganz Schweden einschließlich Götaland und Schonen. Aber er kann diese Länder nicht lange regiert haben. Sein Neffe wurde von König Hrólf auf der Ebene von Fyrisvellir zum Gespött gemacht. Du weißt das. Du hast es selbst gesehen“, fügte er hinzu und erinnerte Shef so an eine seine eigenen Visionen.

Manchmal hatte Shef den Eindruck, dass der breitschultrige Bruno die skandinavischen Länder bereiste, als wolle er selbst der *Eriksgata* folgen, als wolle er sie von oben durch Gewalt und nicht von unten durch Konvertierung christianisieren. Wenn das stimmte, würde der Sieg der Wegmänner in England sowie Ostanglien und Alfreds Königreich wettgemacht werden, und mehr noch durch einen Sieg der Christen im Norden. Er konnte sich nicht vorstellen, dass es so weit kam. Trotzdem, es nagte an ihm, dass er keine Neuigkeiten hatte, keine weitere Kunde, sobald er aus dem, was seine Männer ihm erzählten, das letzte bisschen In-

halt ausgesaugt hatte. Es ärgerte ihn noch mehr, dass er hier oben saß, wirklich ganz am Rand der bewohnten Welt, während sich in der Mitte wichtigere Angelegenheiten abspielten. Vertrieben in ein Land der Vogeleier und Hailebern, während die Heere gen Süden marschierten. Während Bruno und seine Ritter nach der Heiligen Lanze suchten, die den Kaiser zurückbringen würde, während Sigurth Ragnarsson und seine Brüder ihren Plan verfolgten, das Schlangenauge zum Einen König zu machen, nicht nur von Dänemark oder Schweden, sondern des gesamten Nordens. Und tatsächlich marschierten die Heere und segelten die Flotten. Während Shef und seine Männer Seile knüpften und Holz schnitzten, Katapulte, Maulesel und Pfeilwerfer errichteten, um jeden seewärtigen Zugang zu Hrafnsey gegen einen Angriff von Ragnhild zu schützen, fielen die Ragnarssons wie eine dunkle Wolke über Dithmarschen und die Inseln von Nordfriesland her, trieben König Horik zu fieberhafter Rekrutierung und Berufung und Sammlung von Vorräten für die Belagerung von Haithabu. Der Erzbischof von Hamburg-Bremen, der asketische Rimbert, vernahm immer dringendere Berichte von seinen Kundschaftern im Norden. Mithilfe der begeisterten Unterstützung durch seine Brüder in Köln, Mainz, Trier und sogar darüber hinaus verdoppelte er die Streitmacht der Ritter der Heiligen Lanze und entsendete sie in seinen eigenen Schiffen über die Ostsee.
Die fränkischen Nachfahren Karls des Großen zankten und kämpften um die Nachfolge Karls des Kahlen, da der neue Papst – der Pope, wie die Männer ihn nannten – mal den einen und mal den anderen unterstützte. Und in einer Jahreszeit unerwarteten Friedens wuchs Godives Kind in ihrem Schoß, während ihr Gatte die Abordnungen vieler königsloser englischer Grafschaften empfing, die begierig darauf waren, Teil dessen zu werden, was sie als neues Goldenes Zeitalter ohne Kirchen oder Heiden betrachteten.
Shef jedoch, dessen Aufenthaltsort niemand kannte, wartete die Ereignisse ab und erleichterte sich nur bei der ständigen Arbeit

in der Schmiede und gegenüber seinen Handwerkskollegen von seinen Gefühlen.

Cwiccas Bande versuchte, im Sommer Winterwein herzustellen. Sie waren äußerst beeindruckt gewesen von dem Gebräu, das man ihnen in Kaupang gegeben hatte, und hatten es geschafft, auf dem Gula-Thing für ein kleines Fass zusammenzulegen. Das Fass war nun leer, aber sie hatten Zeit, und Udd hatte ihnen seine Theorie dargelegt.

„Was sie im Winter tun", dozierte er, „ist, das Wasser herauszufrieren, damit das, was übrig bleibt, stärker ist."

Nicken und allgemeine Zustimmung.

„Dampf ist ja Wasser."

Über diesen Punkt wurde stärker diskutiert, aber jeder von ihnen hatte gesehen, wie Dampf von feuchtem Boden aufstieg oder wie Schweiß sich in Dampf verwandelte, wenn er auf heißes Eisen tropfte.

„Wenn wir also Bier soweit erwärmen, dass Dampf aus ihm aufsteigt, kriegen wir das Wasser heraus, als hätten wir es gefroren. Es wird kein Winterwein. Es wird eher ein Sommerbier."

„Aber es ist dann stärker", sagte Cwicca, der direkt zur Hauptsache kommen wollte.

„Genau."

Die Männer hatten eine Wanne mit Bier besorgt – ein Großteil der spärlichen Gersteeinfuhren auf Hrafnsey wurde eher zum Brauen denn für Brot verwendet –, die Hälfte in den größten Kupfertopf gekippt, den sie sich leihen konnten, und ihn über einem kleinen Feuer erhitzt, wobei sie darauf achteten, den Topfboden nicht zu verbrennen. Allmählich begann das Gebräu zu brodeln, Dampf stieg aus dem Brauhaus mit den dicken Wänden und der niedrigen Decke auf. Zwanzig Männer und sechs Frauen drängten sich zusammen, die Katapultmannschaft und mit ihnen die *kraki*-Träger, wie sie genannt wurden, die Geretteten von der Fahrt über Upland.

Udd, der alles leitete, sah genau zu, beaufsichtigte die Verantwortlichen fürs Feuer und machte jeden voreiligen Probierversuch mit einem Schlag seines langen Holzlöffels zunichte. Schließlich, nachdem er den Pegel im Topf begutachtet hatte, schätzte er, dass die Hälfte des Bieres verdampft war. Zwei Mann hoben den Topf vorsichtig vom Feuer und warteten darauf, dass er abkühlte.

Im Verlauf der letzten Monate hatte Udd in ziemlich einfachen Grundzügen gelernt, mit Menschen umzugehen, und zwar genug, damit er jemand anderem die Ehre zuteilwerden ließ, zuerst zu probieren, und zudem jemandem, der es zu schätzen wusste. Er überging Cwicca und Osmod, die eigentlichen Anführer der Truppe, und rief einen der jüngst Geretteten zu sich, einen großen, schweigsamen Mann, von dem die befreiten, aber noch immer auf Stand bedachten Engländer glaubten, er sei ein Thane von König Burgred gewesen, bevor die Wikinger ihn gefangen genommen und versklavt hatten.

„Ceolwulf", rief er. „Ich nehme an, du weißt, was gut ist. Komm her und probier das hier."

Der ehemalige Thane trat vor, nahm den angebotenen Becher entgegen, roch an der Flüssigkeit, trank einen großen Schluck und rollte ihn in seinem Mund herum, bevor er schluckte.

„Wie schmeckt es?", fragte Karli aufgeregt. „Ist es so gut wie das im letzten Fass?"

Ceolwulf machte eine Pause, um seinen Worten mehr Gewicht zu verleihen. „Wonach es schmeckt", sagte er, „ist Wasser, das man benutzt hat, um staubiges Getreide auszuwaschen. Oder vielleicht nach sehr, sehr dünnem, altem Haferbrei."

Cwicca nahm ihm den Becher ab, nahm seinerseits einen tiefen Zug, ließ das Trinkgefäß mit einem Ausdruck völliger Fassungslosigkeit sinken.

„Da hast du unrecht, Ceolwulf", sagte er. „Wonach es schmeckt, ist Mückenpisse."

Während die anderen Männer ihre Becher in den Topf tunkten, um das Urteil zu bestätigen, starrte Udd mit offenem Mund auf das Gebräu, das Feuer, den kondensierenden Dampf auf der Membran, die das glaslose Fenster abdeckte.

„Die Stärke war da", murmelte er. „Jetzt nicht mehr. Sie muss im Dampf entwichen sein. Aber sie verschwindet nicht, wenn man das Getränk einfriert. Eis und Dampf sind verschieden. Das Eis ist Wasser. Also muss der Dampf … etwas anderes sein." Versuchsweise streckte er einen Finger aus, ließ ihn über die vom Dampf feuchte Membran gleiten, leckte ihn ab.

„Also nicht das Gebräu behalten, das übrig ist", schloss er. „Den Dampf behalten. Aber wie sammelt man ihn ein?" Er blickte auf den Kupfertopf und überlegte.

Müde und nervös beschloss Shef, den Nachmittag im Dampfbad zu verbringen. Es war eine kleine Holzhütte, die am Ende eines Piers gebaut worden war; daneben befand sich eine Plattform, die über dem tiefen Wasser des Fjordes hing, der zum Hafen von Hrafnsey hinunterführte. Jeden Tag hoben die Männer heiße Steine aus der Grube, wo sie sie über Nacht erhitzt hatten, und rollten sie in die Hütte, wo sie stundenlang glühten. Es war üblich, dass diejenigen, die nichts zu tun hatten oder von irgendeiner Arbeit müde waren, dorthin schlenderten und für eine gute Stunde in der Hitze saßen, wobei sie die Steine mit Wasser übergossen und gelegentlich für einen Sprung ins eiskalte Wasser hinaus auf die Plattform gingen.

Als Shef die dunkle Hütte betrat, stellte er fest, dass bereits jemand da war und auf einer der Bänke saß. Er spähte in die Düsternis und erkannte in dem Licht, das die offene Tür hereinließ, dass es Cuthred war, der nicht wie jeder andere Mann, der dort hineinging, nackt war, sondern ein Paar wollene Unterhosen trug. Shef zögerte, dann trat er ein. Er kannte niemanden, der sich freiwillig im Dunkeln zu Cuthred gesetzt hätte, aber irgendetwas sagte ihm, dass er nichts zu befürchten hatte. Selbst im Beserkergang vergaß Cuthred nicht, wer ihn aus der Mühle befreit hatte. Zudem hatte er gesagt, dass ihrer beider Schicksale miteinander verwoben waren, nachdem er herausgefunden hatte, dass Shef ihn erkannt hatte und dass Shef beim Anfang der ganzen Geschichte, der Gefangennahme von Ragnar, dabei gewesen war.

Nachdem sie eine Weile im Dunkeln zusammengesessen hatten, bemerkte Shef, dass Cuthred angefangen hatte, zu sprechen, sehr leise und nahezu mit sich selbst. Offenbar redete er über Brand.

„Ist ein großer Kerl“, murmelte Cuthred. „Aber an Größe ist nichts Besonderes. Ich habe ein paar gekannt, die waren fast genauso groß, und einen oder zwei noch größere. Der Schotte, den ich getötet habe, der war sieben Fuß groß, ich hab ihn gemessen. Allerdings mit spröden Knochen. Nein, es ist nicht die Größe, die mich an diesem Hurensohn stört; er ist einfach nicht normal. Seine Knochen sind falsch. Sieh dir seine Hände an, die sind doppelt so groß wie meine. Und seine Augen. Über den Augen.“

Eine Hand wurde ausgestreckt, rieb kräftig über Shefs Augenbraue.

Die Stimme raunte weiter: „Da. Normale Menschen, die haben nichts unter den Augenbrauen, nur eine Höhle. Ich habe seine Augenbrauen nicht berührt, komme nicht nah genug ran, aber ich habe genau hingesehen. Hat einen Kammknochen da, sodass seine Brauen hervorstechen.

Und dann seine Zähne.“ Wieder die Hand, die Shefs Unterlippe nach unten zog. „Da, bei den meisten Leuten, fast bei jedem, geht die obere Zahnreihe über die untere. Wenn man mit den Vorderzähnen zubeißt, ist das wie bei einer Schere, ein Teil gleitet über den anderen. Aber seine Zähne sind nicht so. Ich habe lange Zeit hingeschaut, und ich glaube, seine Zähne passen genau aufeinander, sie gleiten überhaupt nicht übereinander. Wenn er zubeißt, ist das wie eine Axt auf einem Block. Und seine Backenzähne, die müssen ein echtes Mahlwerk sein. Da ist was sehr Seltsames an ihm. Und nicht nur an ihm, sondern an ziemlich vielen hier. Seine Vettern haben es auch. Aber er ist der Schlimmste.

Und da ist noch etwas. Er versteckt hier irgendwo was. Du weißt, Herr …“ Zum ersten Mal räumte Cuthred ein, dass er wusste, mit wem er sprach. „Du weißt, dass ich in den letzten Tagen viel Zeit damit verbracht habe, selbst zu rudern." Shef nickte im Dunkeln. Cuthred hatte tatsächlich Gefallen daran gefunden, in einem kleinen Zwei-Mann-Dory, das er sich geliehen oder gekapert hatte, herumzurudern. Solange er das tat, lag allgemein ein Gefühl von Erleichterung in der Luft, dass er für eine Weile wegblieb.

„Nun, beim ersten Mal bin ich um die Insel gefahren, dann ein wenig nach Süden die Küste entlanggerudert und dann wieder rauf nach Norden, nicht sehr weit, weil ich erst spät am Tag losgefahren bin. Aber als ich von dem Ausflug zurückkam, haben sie am Anleger bereits auf mich gewartet. Brand und vier seiner Vettern, alle mit Speeren und Äxten und mit angelegten Rüstungen, als wären sie auf Ärger aus.

Also, da bin ich sofort wütend geworden. Aber ich bin nicht so verrückt, wie alle denken. Ich glaube, an dem Tag hätten sie's gerne gehabt. Aber ich bin aus dem Boot gestiegen und ganz nahe an Brand herangegangen, damit ich Hand an ihn legen konnte, wenn irgendetwas losging – er wusste, was ich tat.

‚Hör genau zu', sagte er und sprach sehr langsam. ‚Ich will dir nichts Böses, aber ich muss dich warnen. Fahr in deinem Boot herum. Das ist in Ordnung. Fahr, wohin du willst – um die Insel herum, raus zu den Seehundschären, irgendwo nach Süden. Nicht nach Norden.'

‚Ich war gerade im Norden', sagte ich. ‚Soweit ich sehe, gibt's da kein Problem.'

‚Du kannst nicht sehr weit gefahren sein', sagte er. ‚Du bist nur zum Næstifjord gekommen, so wird der nächste große Fjord nördlich von hier genannt. Das ist in Ordnung. Meistens. Der nächste ist der Midfjord. Da willst du nicht hineinfahren.'

‚Und der dahinter?', fragte ich und triezte ihn so ein bisschen. Sein Kiefer schnappte zu wie eine Wolfsfalle. Schließlich sagte er nur: ‚Das willst du wirklich nicht wissen. Bleib weg von da.'"

„Das ist merkwürdig", bemerkte Shef. „Schließlich gehen sie oft genug nach Norden, alle von ihnen, um die Finnen zu treffen und die Finnensteuer einzutreiben. Sie sagen, dass nördlich von hier eigentlich niemand lebt, zumindest keine Nordmänner, nur die Finnen. Aber sie scheinen den Weg nach Norden recht gut zu kennen."

„Aber wenn die Schiffe nach Norden fahren", erwiderte Cuthred, „dann *außerhalb* der Schärengrenzen. Ich habe herumgefragt, so viel ich konnte. Und Martha, sie fragte das Weibsvolk für mich. Nördlich von hier, an der eigentlichen Küste, innerhalb der Schären – das ist verbotenes Land. Ich frage mich, warum. Sie verbergen etwas. Während ich wegging, nachdem er mich gewarnt hatte, habe ich einen von Brands Vettern etwas sagen hören. Er versuchte, ihn zu beruhigen. ‚Lass ihn gehen', hat er gesagt. ‚Er ist kein Verlust.' Also hat er tatsächlich versucht, mich vor irgendetwas zu warnen, von dem sie glauben, dass es gefährlich ist. Aber trotzdem wollen sie nicht, dass man darüber spricht."

Cuthreds leise Stimme betete eine Reihe von Beleidigungen und Spötteleien herunter, mit denen man ihn während seiner Schufterei in der Mühle bedacht hatte. Männer und Frauen, die ihn verhöhnt hatten, die bittere Kälte des Gebirgswinters, die Art, wie er versucht hatte, die Fensterläden mit Erde zu schließen, die Art, wie sich die Läden wieder geöffnet hatten, Gesichter, die am Fenster erschienen waren, die Art, wie sie an der Tür gerüttelt hatten bei dem Versuch, in der Nacht zu ihm zu gelangen …

Shef entspannte sich in der Hitze, und allmählich ließ sein Verstand von den ständigen Grübeleien über Bruno und Alfred und Sigurth und Olaf ab, über den toten Harald und Ragnhild und, ja, auch über Godive. Sein Kopf sank in eine Ecke der nach Kiefern riechenden Holzwand und er verfiel in einen unruhigen Schlaf.

Er war noch immer von Dunkelheit umgeben, jedoch von einer anderen Dunkelheit – nicht die warme, herrlich duftende und recht gesellige Dunkelheit, die er verlassen hatte; stattdessen war dies ein Ort voller Kälte und Stille und er stank nach Erde und Moder. Dennoch war es kein geschlossener Raum. Es war eine Straße, und unter ihm war ein Reittier, das ihn in einem unirdischen Trab trug, mit einer stark gleitenden Bewegung, als hätte es mehr Beine, als ein Pferd haben sollte.

Das Pferd war Sleipnir, erkannte Shef, das achtbeinige Ross des Vaters aller Götter. Doch er, der Reiter, den Shef in seinem Traum begleitete, war nicht Allvater. Er konnte spüren, was für eine Person es war, und es war kein Gott, sondern ein Mann. Ein Wahnsinniger wie Cuthred, nur ohne dessen Vernunft. Das stärkste Gefühl, das er verspürte, und er verspürte es die ganze Zeit, war eine wilde Freude darüber, Herausforderungen zu begegnen und sie zu meistern. Seine Erinnerungen waren verschwommene Bilder von Hacken und Schneiden und Trampeln, nur durch das Vergessen durch Trinken unterbrochen. Von Odins Met. Etwas sagte Shef, dass der Reiter von Odins Pferd Hermodr war. Es war ein Name, der ihm schon einmal untergekommen war. Der Name, den die Streiter voller Freude und Lobpreisung gerufen hatten am Ende des langen Tages, den sie kämpfend in Walhalla verbracht hatten. Der Sieger dieses Tages, bevor das Heer Odins, die Einherjer, *nachdem ihre Wunden magisch geheilt waren, in die Halle zurückkehrten für eine Nacht des Zechgelages vor dem Wettkampf am nächsten Tag. Hermodr hatte öfter gesiegt als irgendein anderer Held; öfter als Sigurd Fafnesbane, öfter als Bödvar Bjarki. Also hatten sie ihn für diese Tat ausersehen, die wichtigste, mit der Odin jemals einen Helden betraut hatte.*

Um Balder von den Toten zurückzuholen. Shefs Geist, der alles beobachtete, wusste ein wenig über den toten Gott Balder; Thorvin hatte ihm eine Geschichte über ihn erzählt. Nun erfuhr er alles nicht als Geschichte, sondern als eine Reihe von aufblitzenden Bildern. Balder, Odins Sohn, der Schönste unter den Göttern. Obwohl er ein männlicher Gott war, war er zu schön, um attraktiv genannt zu werden. Shef konnte kein Bild von ihm ausmachen, nur einen verschwommenen Eindruck aus hellem Licht in Hermodrs Geist, das von dem Fleisch des Gottes auszugehen schien. Balder war von solcher Schönheit, dass die Götter aus Furcht, ihn jemals zu verlieren, alles Ge-

schaffene zwangen, ihm kein Leid anzutun. Eisen hatte es geschworen und Feuer und Krankheit und der Schrecken des Alters und sogar die Riesenbrut, die seiner Schönheit nicht widerstehen konnte, sowie alle Fische und Schlangen und Tiere auf der Welt und jeder Baum im Wald. Eine hatte nicht geschworen: die kleine, schwache, klebrige Mistel, die die Eiche hinaufkroch. Selbst wenn sie wollte, konnte sie keinen Schaden anrichten – so urteilten zumindest die Götter.

Und sobald der Eid abgelegt war, war Balder unverwundbar, und daraufhin machten sich die Götter, die sich fast genauso amüsierten wie ihre irdischen Anhänger, einen Spaß daraus, Balder den Schönen als Ziel hinzustellen und ihn mit jeder Art von Waffe zu bewerfen, die zur Hand war und eine Klinge oder eine Spitze besaß. Nur ein Gott konnte nicht teilnehmen: Hödur, Balders Bruder, der blind war. Eines Tages jedoch kam eine Stimme zu ihm und fragte ihn, ob er sich nicht anschließen wolle. Ja, antwortete er, aber ich bin blind. Und die Stimme sagte: Ich werde dich an den rechten Platz stellen und deinen Arm führen. Wirf dies. Und die Stimme legte ihm einen Speer aus einem Mistelzweig in die Hand, der aber durch magische Künste gehärtet worden war.

Die Stimme war die Lokis, des Possenreißers unter den Göttern, Feind der Götter und Menschen, Vater der Monsterbrut. Hödur nahm den Speer und warf.

Hermodr dröhnten noch immer die Ohren von dem lauten Wehklagen, das sich erhob, als die Götter und alle anderen Geschöpfe erkannten, dass Balder tot war, es begriffen, weil das Licht sofort aus dem Universum verschwand, sodass alle Dinge so weltlich und trostlos und langweilig wurden, wie sie es von da an blieben. Vor seinem geistigen Auge konnte er noch immer den mächtigen Scheiterhaufen sehen, auf den Odin seinen Sohn auf dem Totenschiff gebettet hatte, das ihn hinunter nach Helheim tragen würde. Er sah, dass sogar die Riesen zur Bestattung eingeladen worden und gekommen waren. Sah, wie die Riesin Hyrrokkin das Schiff weinend ins Meer stieß – Hermodr war einer von vier ausgewählten Streitern gewesen, die ihren Reitwolf an Vipernzügeln hielten. Sah, wie Odin sich vorbeugte, als das Schiff ge-

rade die Gleitbahn hinuntergeschoben wurde, und seinem toten Sohn etwas ins Ohr flüsterte.

Welches Wort war es gewesen? Er wusste es nicht. Nun war es seine Aufgabe, zur Hel zu reiten und Balder zurückzubringen.

Das Pferd war jetzt aus den beklemmenden Räumen heraus und seine Hufe klapperten über eine lange Brücke, die durch die Luft ragte – welche Luft es in der Welt unter ihm sein mochte, wusste Hermodr nicht. Jetzt ritt er an Geistern vorbei, Schatten, die ihn ängstlich ansahen, deutlich das Klappern der Hufe vernahmen, so ganz anders als ihr eigener stiller Gang. Es waren unwichtige Geister, fahle Männer und Frauen, Kinder, keine Seelen, die für Walhalla oder die Haine Freyas ausersehen waren. Und am Fuß der Brücke standen Tore.

Als Sleipnir auf sie zuraste, fielen sie langsam zu. Hermodr lehnte sich vor, flüsterte aufmunternde Worte in das Ohr seines Rosses.

Ein Straffen der Muskeln, ein solch hoher Sprung, dass es schien, als würden sie auf dem niedrigen Boden der Hel selbst aufschlagen. Die Tore lagen hinter ihnen, die verdutzten Wächter standen wie angewurzelt mit offenen Mündern.

Diesmal kamen sie an eine Mauer, einen Wall, der bis zu einem unsichtbaren Himmel hinaufreichte – oder hinaufzureichen schien. Dennoch gab es ganz oben einen Riss, einen winzigen Riss. Zu schmal für Sleipnir, zu schmal für Hermodr. Man musste Hermodr nicht sagen, dass es sich um Magie handelte. Er zügelte sein Pferd, kanterte hin, hielt an, stieg ab. Schlug mit seinen massiven Knöcheln gegen die Steinwand, schlug zu, bis seine Knöchel bluteten, er ignorierte den Schmerz, wie er es immer tat.

Eine Stimme von der anderen Seite: „Wer ist da, der nicht wie ein fahler Geist aus der Totenwelt Hel anklopft?“

„Ich bin Hermodr, Odins Sohn, Odins Botenreiter. Ich komme, um mit Balder zu sprechen.“

Eine andere Stimme, diesmal die Balders, langsam und schleppend und müde, als wäre sein Mund mit Erde gefüllt: „Geh heim, Hermodr, und sage ihnen: Ich darf nicht gehen, bis die Welt um mich weint. Und ich weiß es. Genau wie es ein Ding gab, das mich verlet-

zen würde, gibt es ein Ding, das nicht weinen wird. Sag es ihnen." Und die Stimme ebbte ab, als würde er durch einen langen und staubigen Korridor davongeschleift.

Weder zögerte noch zauderte Hermodr, denn das lag nicht in seiner Natur. Er erkannte Bestimmtheit, wenn er sie hörte. Und er hatte keine Angst davor, mit solch einer entmutigenden Nachricht zurückzukehren. Er stieg auf sein Pferd und wandte sich um, um zurückzureiten. Überlegte einen Augenblick. Griff unter sein Hemd, wo er einen schwarzen Hahn aus Asgard und aus Odins eigener Züchtung mitgeführt hatte.

Er riss das Messer aus dem Gürtel, hieb dem Hahn den Kopf ab, warf zuerst den Kopf und dann den Körper mit der Geschicklichkeit der Mächtigen durch den Riss zwischen Mauer und Himmel.

Einen Augenblick später hörte er ein Geräusch durch den Steinwall, einen so starken Laut, dass die Mauer darunter zu erbeben schien. Das Krähen eines Hahnes. Ein Krähen um die Dämmerung, um neues Leben, um Wiederauferstehung.

Gedankenverloren kehrte Hermodr um und ritt zurück durch das Tor der Hel und über die Gjallarbrú, die Helheim von den anderen acht Welten trennt. Er wusste nicht, was das Krähen bedeutete, aber er glaubte nicht, dass es Odin überraschen würde.

War es das, was Odin seinem toten Sohn auf dem Scheiterhaufen zugeflüstert hatte?

Shefs Kopf ruckte nach oben, und er war sich bewusst, dass draußen irgendetwas vor sich ging. Sein Körper war schweißüberströmt, er hatte zu lange geschlafen. Einen Moment lang glaubte er, das Rufen draußen würde bedeuten, dass Ragnhild endlich gekommen war. Wie sie es schon einmal getan hatte, als er im Dampfraum eingeschlafen war. Dann erfassten seine Ohren Laute des Jubels, der Freude, nicht der Bestürzung. Sie riefen irgendetwas. Was nur? „Der Wind, der Wind?"

Cuthred stand an der Tür und umklammerte den Griff. Die Tür klemmte, was durch die Wärme häufig vorkam, und Shefs Herz setzte einen Schlag lang aus. Nur wenige Schicksale waren schlimmer, als in der Hitze eines Dampfbades gekocht zu werden, aber es war bekannt, dass es passierte. Dann schnappte die Tür auf, und Licht und kalte Luft strömten herein.

Cuthred machte zwei Schritte nach draußen und sprang über das Geländer in das darunterliegende Wasser. Shef tat es ihm nach und keuchte, als das bitterkalte Wasser über seinem Kopf zusammenschlug. Nach seinem Erlebnis auf dem Eis hatte Shef gedacht, er würde nie mehr freiwillig in kaltes Wasser springen, aber Dampfbäder konnten diese Meinung ändern. Gemeinsam schwammen die beiden Männer zu der Leiter, die aus dem Wasser auf die Plattform führte, wo sie ihre Kleidung aufgehängt hatten, kletterten hinauf und starrten mit offenen Mündern auf die Horde von rennenden Männern, die scheinbar aus dem Nichts aufgetaucht waren.

Sie stürmten zu den Booten hinunter, und zwar alle. Nicht zu den seetüchtigen Schiffen, der *Walross* und der *Seemöwe,* sondern zu den Dorys, den Ruderbooten. Schleppten Boote heraus, die Shef noch nie gesehen hatte. Und dann waren da andere Boote, die wie Dämonen in den Hafen einliefen, und er hörte das Rufen der Männer der Fjorde. Alle riefen dasselbe Wort: „Der Grind! Der Grind!“

Shef und Cuthred starrten einander an. Unter ihnen im Hafen schaute Brand zu, wie sie sich allmählich trockenrieben. Mit den Händen formte er einen Trichter vor seinem Mund und brüllte zu ihnen nach oben: „Wir lassen deine Männer zurück. Kein Raum für Idioten in den Booten, wenn der Grind kommt! Ihr zwei könnt nachkommen, wenn ihr was zu sehen kriegen wollt.“

Dann legte er mit einem Boot ab, mit einer langen Lanze in der Hand auf der Ruderbank balancierend.

Cuthred zeigte auf das kleine Ruderboot für zwei Mann, das er in Beschlag genommen hatte und das zehn Fuß entfernt am Ufer vertäut lag. Shef nickte, blickte sich nach dem Schwert mit dem Narwalheft um und erinnerte sich, dass er es wie üblich neben seiner Koje gelassen hatte. Keine Zeit, es jetzt zu holen; er hatte das Schälmesser im Gürtel. Cuthred verstaute Schwert und Stachelschild wie immer auf den Bodenplanken, packte die Ruder und fuhr hinaus in den langen Fjord, der zum offenen Meer führte. Während sie hinausruderten, sah Shef die englischen Katapultschützen neben der Maschine stehen, die inzwischen die Einfahrt zum Hafen bewachte. Sie riefen: „Was? Was ist los?"

Shef konnte nur ratlos mit den Schultern zucken, während Cuthred weiterruderte.

Kapitel 21

Als Cuthred das zweirudrige Boot den Fjord entlangruderte, sah Shef einen jungen Mann, der von einem der abgelegenen Höfe den felsigen Abhang hinuntersprang und dringlich winkte, um mitgenommen zu werden. Shef gab Cuthred ein Signal, heranzufahren. „Vielleicht kann er uns sagen, was vor sich geht."

Der junge Mann trat von einem scharfkantigen Felsen zum anderen, schätzte das Heben und Senken des Bootes auf den Wellen ab und sprang auf den Bug, wie ein Seehund auf einen Felsen glitt. Er lächelte breit.

„Danke, Kameraden", sagte er. „Das Grind kommt vielleicht alle fünf Jahre. Diesmal will ich es nicht verpassen."

„Was ist das Grind?", fragte Shef und wischte mit einer Geste Cuthreds wütenden Blick beiseite.

„Das Grind?" Der junge Mann klang, als traue er seinen Ohren nicht. „Das Grind? Nun – das ist, wenn die Wale kommen, in einem Schwarm, einer Schule. Sie schwimmen in die Schären rein. Dann, wenn wir außen um sie herum kommen, treiben wie sie aufs Ufer zu, lassen sie auf Strand laufen. Töten sie. Fett. Öl. Walfleisch für den ganzen Winter." Seine Zähne zeigten sich in einem ekstatischen Grinsen.

„Ihr tötet eine Schule von Walen?", wiederholte Shef. „Wie viele werden dort sein?"

„Vielleicht fünfzig, vielleicht sechzig."

„Sechzig Wale töten", knurrte Cuthred. „Auch wenn ihr dazu in der Lage wärt, ihr verlogenen nordischen Walrossabkömmlinge, könntet ihr sie nicht verspeisen, selbst wenn ihr bis zum Weltuntergang dasitzen und essen würdet."

„Das sind nur die Pilotenwale", sagte der junge Mann und klang verletzt. „Nicht die Pottwale oder die großen Bartenwale. Sie sind nur zehn, zwölf Ellen lang."

Fünfzehn bis achtzehn Fuß, dachte Shef. Es könnte tatsächlich stimmen.

„Womit tötet ihr sie?", fragte er.

Der junge Mann grinste wieder. „Mit langen Lanzen", sagte er. „Ansonsten damit." Er zog ein Messer aus dem Gürtel, lang, breit, einschneidig. Statt einer einfachen Spitze besaß es einen langen, geschärften Haken, und zwar, wie Shef erkennen konnte, sowohl an der Innen- wie an der Außenseite.

„Ein *grind-knife,* ein Grind-Messer", sagte der junge Mann. In seinem schweren Akzent wurde das „f" zu einem „v", das lange „i" zu einem „oi". „*Grindar-knoivur.* Wir springen in seichtem Wasser aus dem Boot, spreizen den Wal, tasten nach seinem Rückgrat, treiben das Messer seitlich davon hinein. Zurückreißen. Die Wirbelsäule herausschneiden. Ha! Ha! Viel Fett, Fleisch für den Winter."

Als das Boot aus der Mündung des Fjordes hinausfuhr, blickte sich der junge Mann um, entdeckte das Fahrwasser der Dorys, die sich allesamt rasch nach Norden bewegten, und setzte sich ohne ein weiteres Wort auf die Ruderbank neben Cuthred, nahm ein Ruder und fing an, zusammen mit ihm zu rudern. Shef war überrascht, ein säuerliches Lächeln auf Cuthreds Gesicht zu sehen, vermutlich darüber, dass der junge Mann offenbar annahm, Cuthred, der mächtige Berserker, würde Hilfe benötigen.

Shef sah, dass die Boote vor ihnen schließlich langsam anhielten, einen losen Kreis um die Wellen bildeten. Und dann, vielleicht eine halbe Meile dahinter, erblickte Shef zum ersten Mal die Schule aus Walen, die sie jagten: erst ein weißes Atemloch, das sich von dem grauen Meer abhob, dann noch eines, dann rundherum noch mehr. Und unter ihnen nur flüchtige schwarze Rücken, die mühelos dahinglitten.

Die Männer in den Booten bemerkten ihr Aufsteigen ebenfalls, Shef konnte sehen, wie sie aufstanden, ihre Lanzen mit den langen Spitzen schüttelten, und hörte entfernte Begeisterungsrufe. Doch selbst auf die Entfernung konnte er Brands Stierbrül-

len hören, das sie übertönte und ihnen, wie es klang, von Boot zu Boot eine lange Reihe von genauen Befehlen erteilte.
„Man muss einen Grind-Kapitän haben", erklärte der junge Mann zwischen zwei Schlägen. „Wenn die Boote nicht zusammenarbeiten, schlüpfen die Wale durch. Alle arbeiten zusammen, und dann bekommen alle den gleichen Anteil. Ein Anteil für jeden Mann, ein Anteil für jedes Boot, Kapitäne erhalten den doppelten Anteil."
Shefs Boot erreichte die Hauptgruppe, als sich deren Boote gerade trennten und auf Abstand gingen. Im letzten Augenblick stand der junge Mann auf, rief einen Verwandten zu sich heran, trat mit derselben Leichtigkeit, mit der er sich ihnen angeschlossen hatte, von einem Boot auf das andere und hielt nur kurz inne, um ihnen fröhlich zum Abschied zu winken. Dann fuhren alle Boote der Nordmänner, zumeist vier- oder sechsruderig, in einer langen, lockeren Reihe davon. Brand, der an der Spitze der Reihe stand, drehte sich zu Shef um, während sein Boot davonfuhr, und rief über die Wellen: „Ihr zwei! Bleibt hinten und tut nichts. Haltet euch raus!"
Eine geraume Weile schwang Cuthred entschlossen die Ruder und hielt die Position als letztes Boot der Reihe. Es schien, dachte Shef, der seinen schwitzenden Körper betrachtete, als wäre er in den vergangenen Wochen noch kräftiger geworden, da sich durch das Essen eine Fettschicht über die straff gespannten Muskeln gelegt hatte, die er sich als Mühlensklave angeeignet hatte. Trotzdem war es für einen einzelnen Mann anstrengend, sogar mit den vierruderigen Booten mitzuhalten, die allesamt mit geschickten Seeleuten bemannt waren. Cuthred blieb grimmig dabei. Ohnehin ruderten die Walboote nicht die ganze Zeit mit Höchstgeschwindigkeit. Während die Jagd voranging, bemerkte Shef, dass sie mit Finesse ausgeführt wurde, mit einer Form von Taktik.
Brands erstes Ziel war es gewesen, eine Bootsreihe auf die andere Seite der Walherde zu bringen, und zwar nach Westen zwischen sie und die Schären, die den Küstenkanal vom offenen Atlantik

abgrenzten. Sobald er das geschafft hatte, versuchte er, sie auf die Küste zuzutreiben. Die Boote wendeten nahe bei der Herde und hielten dann an, während die Mannschaftsmitglieder sich vorneüber lehnten und mit ihren Rudern auf das Wasser schlugen. Wer wusste schon, wie das im Gehör der Wale klang? Doch die Wale mochten es einfach nicht, drehten ab und versuchten, zu entkommen. Manchmal versuchten sie, schneller zu werden und um das hintere Ende der Bootsreihe zu gelangen. Dann wendeten die Dorys, die Männer schlugen wieder aufs Wasser und zwangen sie, langsamer zu werden oder abzudrehen. Einmal schien es, als hätte der Anführer der Wale beschlossen, sich abzuwenden und zurück nach Süden zu schwimmen, auf Shef und Cuthred zu, die den Schluss bildeten. Minutenlang war das Wasser aufgewühlt von schwarzen Rücken, die eng zusammenrückten, wobei manche vorwärts schwammen, andere bereits umdrehten. Daraufhin setzten sich die Boote gemeinsam in Bewegung, die Männer schrien und platschten auf das Wasser, trieben die Wale auf die felsigen Untiefen zu, die sie fürchteten.
Brand verließ sich außerdem auf die Panik, erkannte Shef, als er sie wieder in Bewegung gebracht hatte. Und er hatte einen bestimmten Ort im Sinn. Es reichte nicht aus, die Wale auf die felsige Küste zuzutreiben. In diesem Fall konnten sie einfach umdrehen und mit schierer Gewalt die Bootsreihe durchbrechen. Sie mussten dorthin getrieben werden, wo sie getötet werden konnten: bestenfalls auf einen Strand, aber in jedem Fall in einen Zufluss oder in eine Bucht, in die sie hineinschwimmen würden, aber deren Zugang undurchdringbar blockiert werden konnte. Am besten geschah dies zudem bei Flut, sodass die Tiere bei Ebbe gestrandet blieben.
Gemächlich trieb Brand Boote und Wale hin und her, bis sie da waren, wo sie sein sollten: die Wale in einer schäumenden Masse knapp außerhalb des Eingangs zu der Bucht, die er vorgesehen hatte, die Boote in einem Halbkreis, den sie an der Bucht von einem Punkt zum anderen bildeten. Dann schwenkte Brand

seine Lanze in einem weiten Bogen, und die Boote fuhren hinein. Brand selbst machte als erster Beute: Sein Boot fuhr neben einer langsam schwimmenden Walkuh her, während er sich, ein Fuß auf dem Seitendeck, hinauslehnte und seine lange Lanze mit der mit Widerhaken versehenen Spitze einfach nach vorne und tief in die niedrige Rückenflosse trieb. Von ihrer Stellung fünfzig Yards entfernt konnten Shef und Cuthred genau den Augenblick erkennen, als dunkles Blut ins Wasser schoss – Wasser, das sofort durch die Raserei peitschender Fluken aufgewirbelt wurde.

Der sterbende Wal musste unter Wasser so etwas wie einen Schmerzensschrei ausgestoßen haben, denn der Rest der Herde geriet sofort in Panik und sprang nach vorne, fort von dem Schrecken hinter ihnen. Gleich darauf fanden sie sich in den Untiefen wieder, ihre Bäuche schürften über Kies, die Schwänze ragten aus dem Wasser, als sie um Platz kämpften. Die anderen Boote fuhren gleichzeitig heran, um ihre Beute zu erlegen, während ein Anführer auf jedem Bug Ausschau nach einer Stelle hielt, in die er seine Widerhaken hineinschlagen konnte, und die Männer einander grölend vorantrieben. Während er zuschaute, sah Shef den ersten Mann aus dem Boot springen. Es mochte der junge Mann sein, den sie übergesetzt hatten. Er umklammerte sein Grind-Messer, und ihm folgte ein Dutzend anderer, die furchtlos in den Tumult bebender Körper sprangen, die Flossen ergriffen und sich bemühten, ihre Beute langzustrecken. Messer hoben sich, sausten wieder und wieder hinab, während die Männer versuchten, den verwundbaren Punkt zwischen den Wirbeln zu finden, wo die hochgerissenen Messer mit den Widerhaken das Rückenmark durchtrennen und den sofortigen Tod herbeiführen würden. Die Wale zuckten und wanden sich, außerstande, sich zu wehren, außerstande, hinauszuschwimmen. Sie konnten nur versuchen, ihre Peiniger vom Töten abzuhalten.

„Sieht gefährlich aus“, murmelte Shef.

„Ist es aber nicht.“ In Cuthreds Tonfall schwang Abscheu mit. „Nicht gefährlicher, als Schafe zu töten. Diese Dinger wehren sich nicht, ich glaube nicht, dass sie überhaupt Zähne haben. Du könntest zwischen zweien von ihnen zerquetscht werden, aber sie versuchen nicht einmal, sich gegenseitig zu verletzen."

Eine Gruppe von Männern hatte einen der Wale gepackt, sie rannten, so weit es ging, den Strand hinauf und hielten das Tier an den Flossen sowie den Speeren und Klingen fest, die aus ihm herausragten. Sie ließen das sich schwach windende Tier zurück und rannten hinunter ins Wasser, um ein weiteres zu holen. Die gesamte Oberfläche des Wassers in der Bucht hatte sich bereits rot gefärbt von den Strömen von Arterienblut, das aus den durchstoßenen Herzen der Wale herausgepumpt wurde. Shef sah, wie sich ein Walkalb aus dem Gewühl befreite und seine sterbende Mutter zurückließ. Es war kaum sechs Fuß lang, schwamm zappelnd aus den Untiefen heraus und auf das offene Meer zu. Ein Boot kam ihm in die Quere, ein Mann sprang auf seinen Rücken und hieb mit dem Grind-Messer auf das Tier ein. Das heraussprudelnde Blut landete auf dem Boot und bespritzte seine Ruderkameraden. Shef hörte ihr brüllendes Gelächter, bemerkte am Ufer eine weitere Gruppe, die bereits angefangen hatte, den Speck von einem sterbenden Wal zu flensen, wobei sie ihn sich mit vollen Händen in den Mund stopften und vor irrsinniger Freude schrien.

„Ich glaube, wir haben genug gesehen", sagte Cuthred. „Mich hat bisher noch niemand zimperlich genannt, aber wenn ich Leuten wehtue, dann nur deshalb, weil ich sie nicht mag. Ich habe nichts gegen Wale. Walfleisch schmeckt mir nicht mal."

Mit Shefs stummem Einverständnis ruderte er allmählich von dem Gemetzel in der Bucht fort. Die Nordmänner, vollkommen auf ihre Arbeit konzentriert, ignorierten sie. Bis Shef wieder daran dachte, aufzublicken, waren sie verschwunden.

Als sie außerhalb der Bucht ankamen, war Shef überrascht, wie weit die Sonne gesunken war. Zu dieser Jahreszeit und auf einem so hohen Breitengrad wie ihrem konnte man kaum von Nächten sprechen. Der Himmel blieb beständig fahl. Dennoch versank die Sonne jeden Tag für eine kurze Zeit hinter dem Horizont. Sie stand nun knapp darüber, und die niedrige rote Scheibe unter den Wolken ließ lange Schatten auf einem ruhigen Meer entstehen. Cuthred legte sich in die Riemen und trieb das Boot zu einer Fahrt, die lange dauern würde, bis sie zu Bett und Feuer führte. Shef wurde bewusst, dass er seit Stunden weder gegessen noch getrunken hatte – und dass er die lange Bootsfahrt nach dem Dampfbad dehydriert angetreten hatte.

„Hast du irgendetwas zu essen im Boot?", fragte er.

Cuthred grunzte: „Ich hab immer etwas in der Kombüse im Bug dabei. Butter und Käse, einen Krug Milch, frisches Wasser. Ich bringe uns auf den Weg, danach können wir abwechselnd rudern und essen."

Shef fand Cuthreds Vorratskiste in ihrem Fach und hob sie heraus. Sie war gut bestückt, doch im Moment genügte es Shef, Wasser zu trinken und auf einem verschrumpelten Apfel herumzukauen, der im vorherigen Herbst dort verstaut worden war.

„Weißt du", sagte er zwischen zwei Bissen, „das ist der Ort, vor dem Brand dich gewarnt hat. Innerhalb der Schären im Norden der Insel. Nach dem, was er gesagt hat, nehme ich an, dass keiner von ihnen häufig herkommt. Aber da das Grind in vollem Gange ist, bemerken sie wohl nicht, wo sie sich befinden. Und wenn es irgendetwas Gefährliches gibt, dann wird es sich wahrscheinlich nicht mit den Grind-Booten anlegen wollen. Nicht mit allen zusammen, so aufgeregt, wie sie sind."

„Aber es könnte Gefallen an nur zwei Männern finden, jetzt, da die Sonne untergeht", schloss Cuthred. Er fletschte die Zähne. „Tja, soll's nur versuchen."

Shef warf das Apfelgehäuse über Bord, stierte in die langen Schatten, streckte den Arm aus und legte eine Hand auf Cuthreds bulligen Arm. Schweigend zeigte er nach vorne.

Vielleicht eine Viertelmeile entfernt tauchte eine riesige Finne aus dem Wasser auf. Sie schien beinahe mannsgroß zu sein und stand gerade im rechten Winkel von der Oberfläche ab. Darunter zeichnete sich erst ein schwarzer Rücken ab, dann mehrere, Flossen, die aus dem Wasser ragten, Rücken, die sich bogen und wieder abtauchten wie die Oberseiten gigantischer Räder.

„Mörderwale“, bestätigte Cuthred. Auf ihrer Reise nach Norden mit der *Walross* hatten sie mehrere Schulen von ihnen gesichtet, und jedes Mal hatte sich Brand ans Seitendeck gestellt und sie nachdenklich betrachtet. „Hab nie gehört, dass sie Schiffe angegriffen hätten“, hatte er gesagt. „Auch noch nie, dass sie ein Boot angegriffen hätten. Wird wohl auch nicht passieren. Wenn einer von ihnen beschließen würde, ein Boot anzugreifen, wäre hinterher niemand mehr übrig, um davon zu erzählen. Sie fressen Seehundfleisch. Menschen müssen für sie ziemlich ähnlich wie Seehunde aussehen. Ich gehe niemals ins Wasser, wenn einer von ihnen in der Nähe ist.“

Die führende Flosse änderte plötzlich den Kurs und richtete sich genau auf sie aus. Ohne Zögern schwang Cuthred das Boot herum und hielt auf das Felsenufer einhundert Yards entfernt zu. Sie hatten keine Möglichkeit, dort zu landen, da das Ufer direkt ins Wasser abfiel, aber jede Art von Untiefe oder steinernem Vorsprung würde die mächtige Bestie fernhalten. Sie hatte sie mit Sicherheit gesehen oder gespürt. Die Rückenflosse kam geradewegs auf sie zu, eine weiß schäumende Welle erhob sich vor ihr, während sie durch das Wasser pflügte.

Die Orcas hatten das Blut geschmeckt, das sich massenhaft ins Wasser ergoss. Es mochte sein, dass sie selbst den Grindwalen gefolgt waren mit der Absicht, näher heranzukommen und Beute zu machen. Konnte eine solche Kreatur Ärger darüber empfinden, dass ihr jemand zuvorgekommen war? Zorn gegenüber den Landaffen, die ihre Walgenossen so einfach und ruchlos vernichteten? Es mochte genauso gut Erregung durch das Blut sein und ein ausgelassener Drang, gegen die Menschen gleichzuziehen, die so selbstsicher ihr angestammtes Element verließen. Der Orcabulle raste bedrohlich geradewegs auf das kleine Boot zu. Shef spürte sofort, dass er vorhatte, das Boot in die Luft zu schleudern, die

Männer im Fallen zu schnappen und sie mit Bissen seines mächtigen, mit kegelförmigen Zähnen besetzten Mauls im Wasser in Stücke zu reißen.

„Fahr rein“, rief er Cuthred zu. „Genau auf den Felsen zu.“

Das Boot glitt an der glatten Felswand vorbei, und die beiden Männer streckten die Hände nach Griffen aus, um sich näher heranzuziehen mit dem unangenehmen Gefühl, dass das tiefe Wasser weiterhin wenige Fuß entfernt war. Die Flosse tauchte ab, kam wieder hoch, bis ihre Spitze höher war als der Kopf von Shef, der auf der Ruderbank saß. Der Wal türmte sich auf und schabte beinahe über das dem Meer zugewandte Seitendeck. Shef sah die weißen Markierungen unter der schwarzen Oberseite, hörte das scharfe Ausatmen des Blaslochs, spürte den Blick der kalten und bedächtigen Augen auf sich. Der Schwanz peitschte das Wasser, der Wal wägte ab und drehte sich für einen erneuten Anlauf.

Shef ergriff ein Ruder, stieß es gegen den Felsen, trieb das Boot ein paar Yards weiter. Nur wenige Fuß entfernt gähnte die dunkle Öffnung einer Bucht, ein felsiger Einlass, der zu schmal war, um ein Fjord genannt zu werden. Darin würde der Wal eingeengt sein, vielleicht würde er abdrehen. Der Rest der Schule war inzwischen herangekommen, die Tiere glitten weniger dicht vorbei als der Führungsbulle und erfüllten die Luft mit dem Sprühnebel aus ihren Blaslöchern.

Cuthred stieß sich zu hart ab, und das Boot driftete vom Ufer weg. Sofort war der Bulle da und bohrte sich mit dem Kopf nach vorne. Shef schwang ein Ruder, riss den Bug des Bootes zurück in Richtung der Bucht des Meeresarms. Wie ein Mann rammten sie die Ruder in die Dollen, hievten fiebernd, zwei Schläge, drei, rasten auf das ruhige Wasser des Einlasses zu.

Etwas war unter ihnen, hob sie widerstandslos an, hievte das Boot beinahe aus dem Wasser, sodass es zu kippen begann. Shef wusste, wenn er ins Wasser fiel, würden das Nächste, was er spürte, die mächtigen Kiefer um seine Körpermitte sein. Er warf sich zur Seite, stieß sich mit aller Kraft ab und landete mit einem Bein im Wasser und mit dem anderen Fuß auf einem schmalen Felsvorsprung. Ein Stoß, ein Sprung und er kletterte auf die winzige Fläche, auf eine Schindel von der Größe eines Kaminvorlegers am Felsufer.

Das Boot wurde ganz umgeworfen, als der Wal den Körper schüttelte. Cuthred wurde wie ein Taucher hinausgeschleudert, drehte sich in der Luft, und ein Schauer aus Gegenständen stürzte mit ihm herunter, als das Boot seinen Inhalt einbüßte. Der stachelbewehrte Schild, der aus gehärtetem Stahl gefertigt worden war, landete nur einen Fuß von Shefs Hand entfernt. Er sah wie betäubt zu, als Cuthred platschend ins Wasser fiel und der Wal kehrtmachte. Einen Augenblick lang trat Cuthred Wasser, dann schien er unter sich festen Grund zu finden. Er lief rückwärts aufs Land zu, war nur sechs Fuß von dort entfernt, wo Shef hockte, noch immer hüfttief im Wasser. Irgendwie war das Schwert in seine Hand gelangt; er richtete es auf die mächtigen, schwarz-weißen Kiefer, die auf ihn zu kamen. Der Wal wich aus, und als er das tat, stieß Cuthred, Arm und Körper steif, mit der klassischen „langen Spitze" zu.

Ein dumpfer Treffer, plötzliche Hast, der Schwanz peitschte das Wasser. Dann war der Wal verschwunden und hinterließ eine dünne Blutspur im Meer und zerschmetterte Planken, wo das Boot gewesen war.

Cuthred streckte sich langsam und wischte das Schwert an seinem nassen Ärmel ab. Die Proviantkiste trieb nur wenige Fuß von ihm entfernt. Wieder ging er vorwärts, bis er zur Hüfte im Wasser stand, sammelte die Kiste ohne Hast ein, drehte sich um und watete hinüber zu dem Vorsprung, auf dem Shef noch immer regungslos hockte.

„Wie kommen wir von hier weg?", fragte er. „Ich habe keine Lust aufs Schwimmen."

Einige Minuten lang hockten sie auf dem steilen Felsen und blickten über den schmalen Einlass. Die Wale waren immer noch da und glitten hinein und hinaus. Einmal erhob sich einer von ihnen über das Heck des Bootes, das halbwegs unversehrt zehn Yards vor dem Ufer dahintrieb, nahm es ohne Eile zwischen die Kiefer und biss zu.

Die beiden Männer drehten sich unbeholfen um und blickten hinter sich auf das Felsufer. Bestenfalls ließ sich sagen, dass es nicht vollkommen senkrecht war, sondern nur stark abfiel, steiler als das Dach eines Hauses, wobei es allerdings aus einem Gewirr aus Steinen bestand. Es gab genügend Halt für Hände und Füße, um klettern zu können. Aber der Berghang schien sich immer weiter zu erstrecken, unaufhörlich bis hinauf in den fahlen Himmel. Es würde Stunden dauern, den Gipfel zu erreichen, Stunden ohne irgendeinen Platz zum Ausruhen. Dennoch hatten sie keine Wahl. Langsam und bedächtig und im vollen Bewusstsein, dass das tödliche Wasser nur wenige Fuß entfernt war, sammelten die Männer ihre dürftigen Besitztümer ein. Cuthred hatte sein Schwert und seinen stachelbewehrten Schild. Unmöglich, beides zu tragen, während sie den Berg erklommen. Einen Moment später nahm Shef das Schwert, schnitt ein Stück eines ledernen Schuhbands ab, band Schwert und Schild zusammen und zeigte Cuthred, wie er beides über seinen Rücken werfen konnte. Die Seilgriffe der Proviantkiste konnten verlängert und zusammengebunden werden, sodass aus ihnen Trageriemen entstanden. Shef befestigte sie auf seinem Rücken, stellte sicher, dass sein kurzes Schälmesser noch immer in der Scheide steckte und daneben der Zündstein, den er immer bei sich trug. Er trug nichts anderes außer den goldenen Armreifen bei sich, war abgesehen von dem Schälmesser unbewaffnet.

Langsam und vorsichtig kletterten sie den Berghang hinauf. Scheinbar eine Ewigkeit lang krochen sie von Felsen zu Felsen, die ganze Strecke auf allen Vieren, bemüht, sich um senkrechte Abgründe herumzuhangeln, stießen niemals auf einen absolut unpassierbaren Weg, fanden nirgends einen Platz, wo sie sich ausruhen, hinsetzen oder überhaupt sicher stehen konnten. Shefs

Oberschenkelmuskeln begannen zu schmerzen, dann krampfhaft zu zucken. Er hatte das Gefühl, jeden Moment einen Krampf zu erleiden. Dann würde er den Halt verlieren und den ganzen Weg hinab ins Wasser stürzen oder rollen. Er blickte hinab und entdeckte nichts als unnachgiebigen Fels bis nach unten zum metallgrauen Meer, in dem noch immer die Flossen der Orcas umherstreiften. Er zwang sich, sich ein paar weitere Fuß nach oben zu hieven. Stützte einen Fuß ab, stieß ihn wieder ab, zog mit der nachlassenden Stärke seiner Arme. Eine Stimme sprach zu ihm. Die von Cuthred, nur wenige Fuß über ihm. „Herr", sagte er, „noch drei Schritte, noch zwei Schritte. Hier ist ein Platz zum Ausruhen."
Wie als Reaktion auf das, was Cuthred sagte, spürte Shef den brennenden Schmerz eines Krampfes in seinem rechten Oberschenkel. Er wusste, er musste ihn überwinden, aber er hatte keine Kraft mehr. Er fühlte, wie sein Bein nachgab, verstärkte verzweifelt den Griff seiner Finger um den letzten Halt.
Finger packten seinen Haarschopf, rissen gnadenlos und mit furchtbarer Stärke. Shef spürte, wie er wie ein Welpe von den Füßen gehoben, hoch und über den Vorsprung gezogen wurde. Er lag auf dem Bauch und keuchte. Cuthred ergriff ihn an der Hose und zog ihn die letzten verbliebenen Fuß weiter, rollte ihn herum und fing an, seinen Oberschenkel zu massieren.
Nach einer Reihe tiefer Atemzüge fühlte Shef, wie der Schmerz nachließ. Unwillkürlich rieb er sich mit den Fingerknöcheln die Tränen aus den Augen und setzte sich auf.
Sie befanden sich auf etwas, das für den Rest der Welt wie ein schmaler Pfad aussehen mochte, nicht mehr als anderthalb Fuß breit, aber ein Luxus nach dem Gebirgshang. Er verlief an der Seite eines Einlasses, sodass er von überall aus nur auf wenige Yards sichtbar war. Lediglich an der dem Meer zugewandten Seite, wo sie saßen, schien er sich zu gabeln, indem ein Teil waagerecht weiterverlief und der andere bergauf führte.
Cuthred zeigte auf die zweite Abzweigung. „Ich schätze, da geht's zum höchsten Punkt des Vorgebirges rauf", sagte er. „Guter Aus-

sichtspunkt. Ich gehe da lang, schaue nach, was es da gibt. Vielleicht können wir etwas Holz finden, ein Leuchtfeuer entzünden. Die Walfänger müssen hier ja irgendwann wieder vorbeifahren."
Nicht so bald, dachte Shef. Und selbst dann könnten sie beschließen, außerhalb der Schärengrenze zu bleiben, wie sie es tun, wenn sie nicht den Grindwalen hart auf den Fersen sind. Cuthred aber war bereits losgegangen, hielt Schild und Schwert nun bereit in seinen Händen. Wie ist dieser Pfad überhaupt entstanden?, überlegte Shef. Ziegen? Was konnte sonst hier oben leben außer Bergziegen? Seltsam, dass sie einen solch sauberen Pfad ausgetreten hatten.

Plötzlich merkte er, wie hungrig und durstig er war, nahm die Proviantkiste ab, zog den Milchkrug hervor, trank einen großen Schluck. Als er ihn wieder absetzte, spürte er, wie sich Schwermut und Verzweiflung auf seine Schultern niedersenkten wie eine schwere Decke.

Der Ausblick vor ihm war unsagbar trostlos: die graue See weit unten, die ruhelos gegen den grauen Fels geworfen wurde. Darüber lediglich Gestein und ein Durcheinander aus Geröll, das sich bis nach oben und weit über die Höhe erhob, wo Shef saß. Und darüber ein weiterer, höherer Abhang und noch einer, der bis hinauf zu dem Schnee reichte, der niemals schmolz. Weißer Schnee und grauer Fels verschmolzen mit einem Himmel, aus dem jeglicher Hauch von Farbe weggewaschen war. Keine Spur grünen Grases, keine Spur blauen Himmels, nur die beständige Blässe des hohen Breitengrades. Shef hatte das Gefühl, als befänden sie sich am Ende der Welt und würden gleich hinabstürzen. Der Schweiß von Mühe und Schmerz trocknete auf ihm und ließ ihn kalt und klamm werden in dem schwachen, bitteren Wind, der um den Berghang strich.

Wer würde es erfahren, wenn er hier starb? Die Möwen und fleischfressenden Skuas würden sein Fleisch verzehren, und danach würden seine Knochen ewig im Wind bleichen. Brand würde sich eine Zeit lang fragen, was geschehen war. Eventuell machte er sich sogar die Mühe, eine Botschaft nach Süden zu Godive und Alfred zu schicken. Innerhalb weniger Jahre würden sie ihn vergessen. In solchen Moment schien es Shef, als wäre sein ganzes Leben eine reuelose Jagd von einem Unglück ins nächste. Der Tod Ragnars und die Prügel, die er von seinem Stiefvater bezogen hatte. Die Rettung Godives und seine Blendung. Die Schlachten, die er geschlagen hatte, und der Preis, den er dafür gezahlt hatte. Dann die Strandung auf der Sandbank, der Marsch nach Haithabu, die Art, wie Horik ihn an den Weg in Kaupang verkauft hatte, das Unglück auf dem Eis, der Verrat an ihm durch Ragnhild und die Tötung des jungen Harald. Alles wirkte wie aus einem Guss: ein flüchtiger Sieg, erkauft durch Schmerz und Verlust. Und nun hier, gestrandet ohne Hoffnung auf Rettung an einem Ort, auf den seit Anbeginn der Zeit kein Mensch jemals einen Fuß gesetzt hatte. Vielleicht war es besser, jetzt loszulassen, den Abhang hinunterzustürzen und für immer aus den Augen der Welt zu verschwinden.

Shef sank zurück, Schultern gegen den Felsen, die Proviantkiste noch immer offen neben sich. Er spürte, wie die Vision ihn überkam und seinen Geist und seinen Körper in der geschwächten, tagträumerischen Ohnmacht übernahm.

Ich habe es dir bereits gesagt, sprach eine Stimme zu ihm. Erinnere dich an die Wölfe am Himmel und an die Schlangen im Meer. Das ist es, was die Heiden sehen, wenn sie die Welt betrachten. Jetzt siehst du ein anderes Bild.

Shef fand sich im Körper eines anderen Mannes wieder, wie er selbst erschöpft, schmerzerfüllt, nahe an der der Verzweiflung und noch näher am Tod. Der Mann taumelte einen felsigen Abhang hinauf, der nicht so steil war wie der, den Shef vorhin erklommen hatte. Der Mann war jedoch in schlechterer Verfassung. Etwas Schweres lastete auf seiner Schulter, grub sich hinein, aber er konnte es nicht ablegen oder jemand anderem geben. Es scheuerte zudem grausam über seinen Rücken, und sein Rücken brannte wie Feuer – Shefs eigener Rü-

cken zwickte voller Mitgefühl bei der Erinnerung an den Schmerz durch eine frische Auspeitschung von jener Art, die die Haut aufriss und tief ins Fleisch bis zu den Knochen darunter schnitt.

Trotzdem begrüßte der Mann den Schmerz und die Erschöpfung irgendwie. Warum? Shef hatte das Gefühl, dass er wusste, je erschöpfter er war, desto kürzer würde bald sein Leiden dauern.

Sie waren dort. Wo auch immer „dort" war. Der Mann ließ die Last fallen, die er getragen hatte: einen massiven Holzbalken. Andere nahmen ihn ihm ab, Männer in einer fremdartigen Rüstung, keine Kettenhemden, sondern Metallstreifen. Sie befestigen ihn an einem noch größeren Balken.

Also, erkannte Shef, ist dies ein Kreuz. Ich sehe die Kreuzigung. Von dem Weißen Christus? Warum sollte mein Schutzgott mir dies zeigen? Wie sind keine Christen. Wir sind deren Feinde.

Sie hatten ihn hingestreckt und trieben nun die Nägel hinein, einen durch jedes Handgelenk, nicht durch die Handflächen, wo das Fleisch reißen würde, sobald das ganze Gewicht auf ihnen lastete, sondern zwischen die Knochen der Unterarme. Einen weiteren trieben sie durch die Füße, es war schwierig, sie genau aufeinander zu legen. Barmherzigerweise drang der Schmerz in diesem Stadium nicht zu Shefs beobachtendem Geist durch. Stattdessen starrte er auf die Männer, die dieses grausige Werk verrichteten.

Sie arbeiteten schnell, als hätten sie es schon viele Male zuvor getan, und redeten miteinander in einer Sprache, die Shef nicht verstand. Als die Augenblicke jedoch verrannen, bemerkte er, dass er das eine oder andere Wort aufschnappen konnte: hamar, *sagten sie,* nagel. *Zu „Kreuz" sagten sie aber nicht* rood, *wie er erwartet hatte, sondern etwas, das wie* crucem *klang. Römische Soldaten, wie man Shef immer gesagt hatte, die jedoch eine Art germanischen Dialekt sprachen und ein entstelltes Küchenlatein einwarfen.*

Der Mann am Kreuz verlor das Bewusstsein, als sie ihn nach oben hievten. Dann öffnete er die Augen wieder und blickte ins Weite, wie Shef es jetzt tat, wie Shef es Jahre vor seiner Blendung getan hatte. Damals hatte er in einer Vision Edmund gesehen, den Märtyrer und christlichen König, der mit seiner Wirbelsäule in der Hand zu ihm gekommen und dann weitergegangen war – irgendwo anders hin. Es gab also einen Ort, an den die Christen gelangten, wie es Walhalla für die Heiden gab.

Die Sonne ging bereits über dem Kalvarienberg unter. Für wenige Sekunden sah Shef sie, wie der Sterbende oder der Menschengott sie sah. Nicht den Streitwagen, der im Glauben der Heiden von verschreckten Pferden gezogen und von beutegierigen Wölfen verfolgt wurde, ebenso wenig waren die Erde und das Meer darunter Orte, an denen sich Riesenschlangen tummelten, die nur nach der Vernichtung der Menschheit trachteten. Statt eines Streitwagens oder einer Scheibe aus Gold sah der aufblickende Mann ein leuchtendes, bärtiges Gesicht, das sowohl mit Strenge als auch mit Erbarmen hinabsah. Es schaute hinunter auf eine Welt voller Geschöpfe, die ihre Arme in die Luft warfen und es um Hilfe, um Vergebung, um Gnade baten.

„Eli, eli“, *schrie der Sterbende,* „lama sabachthani.“ *Mein Gott, mein Gott, warum hast du mich verlassen.*

Das leuchtende Gesicht drehte sich ablehnend hin und her. Kein Verlassen, eine Heilung. Ein bitterer Trank gegen die Sünden der Welt, eine Antwort auf die flehentlich ausgestreckten Hände. Und nun eine allerletzte Gnade.

Aus den Reihen, die sich am Fuß des Kreuzes aufgestellt hatten, trat ein Mann mit einem roten Mantel über seiner Rüstung und einem roten Federbusch auf dem Helmkamm vor. Ginuog, *sagte er in demselben halbgermanischen Kauderwelsch, das seine Soldaten verwendet hatten.* Giba me thin lancea. *„Genug, gib mir deine Lanze.“*

Der Sterbende spürte einen Schwamm an seinen Lippen, saugte fieberhaft daran und schmeckte den dünnen, sauren Wein, den die Soldaten als tägliche Ration bekamen und mit ihrem Wasser vermischten. Als die wohltuende Linderung seine ausgetrocknete Kehle hinunterrann, zog der Zenturio die Lanze von dem Schwamm, den er hochgehalten hatte, senkte sie um zwei Fuß, richtete sie sorgfältig aus und stieß sie dann unter den Rippen durch, sodass das Herz des Verurteilten gespalten wurde.

Blut und Wasser liefen ihm über die Hand, und überrascht blickte er auf die Mischung. Im selben Augenblick spürte er, wie die Welt um ihn herum sich verschob, als hätte sich etwas für immer verändert. Er schaute auf, und statt der grausam brennenden Sonne dieses verdorrten und wüsten Landes erblickte er etwas, das aussah wie das Gesicht seines toten Vaters, der auf ihn hinablächelte. Um ihn herum schien sich ein entfesselter Jubel aus dem Sand zu erheben, und unter seinen Füßen kam ein Ruf der Erleichterung aus dem Gestein, von unter dem Gestein, aus der Hölle selbst, wo die Gefangenen ihrer versprochenen Erlösung entgegensahen.

Der Zenturio schwankte, fasste sich und schaute wieder auf die einfache Lanze hinab, von der Blut und Wasser seine Hand und seinen Arm hinunterliefen.

Genau das ist es, was die Christen sehen, sagte die Stimme seines Beschützers zu Shef. Sie sehen eine Errettung von außen, wo die Heiden nur einen Kampf sehen, den sie nicht gewinnen können und nicht zu verlieren wagen. Alles schön und gut – wenn es einen Erretter gibt.

Die Vision verblasste und ließ Shef auf dem öden Felsen sitzend zurück. Er blinzelte und dachte über das nach, was er gesehen hatte. Das Problem ist, bemerkte er in einem Augenblick der Gegenüberstellung, dass die Christen auf ihre Erlösung vertrauen und daher nicht für sich selbst kämpfen, sondern ihren Glauben in ihre Kirche setzen. Die Heiden ringen um einen Sieg, aber sie haben keine Hoffnung. Deswegen verbrennen sie Mädchen bei lebendigem Leib und überrollen Männer mit ihren Langschiffen, weil sie das Gefühl haben, es gäbe nichts Gutes auf der Welt. Der Weg muss zwischen diesen beiden liegen. Etwas, das Hoffnung verheißt, die die Heiden nicht haben: Nicht einmal Odin konnte seinen Sohn Balder von den Toten zurückbringen. Etwas, das auf dem eigenen Bestreben beruht, das die christliche Kirche ablehnt: Für sie ist die Erlösung eine Gabe, eine Gnade, nichts, was einfache Menschen erwerben können. Er setzte sich auf, gestört durch das plötzliche Gefühl, beobachtet zu werden, sah sich nach Cuthred um und stellte fest, dass dieser noch nicht zurückgekommen war. Noch einmal griff er nach der offenen Proviantkiste und hoffte, dass Essen und Trinken ihm mehr Mut einflößen würden.

Mehr Milch, dicker Käse und Zwieback.

Eine Gestalt erschien vor ihm, als wäre sie dem Felsen entsprungen. Shefs Mund blieb mitten im Kauen offen stehen.

Kapitel 22

Shef brauchte einen Augenblick, um zu erkennen, dass die Gestalt ein kleiner Junge war, ein junges Kind. Dennoch war er nicht wirklich klein. Er kam auf ungefähr fünf Fuß, nicht kleiner als Udd der Metallhandwerker, und war ein gutes Stück breiter. Er hätte ein kleinwüchsiger Mann sein können. Dennoch zeugte etwas an der ernsten Unschuld seiner Haltung von Jugend.

Und er sah überhaupt nicht wie irgendein gewöhnlicher Mensch aus. Seine Arme hingen tief hinab, sein Kopf neigte sich auf einem unglaublich dicken Hals nach vorne. Kleine Augen blickten unter schweren Augenbrauen hervor. Er war gekleidet mit – nichts. Nein, er trug einen groben Kilt aus einer Art Leder. Aber der hob sich kaum von seinem eigenen Pelz ab. Das Kind war von Kopf bis Fuß mit langem, grauem Haar bedeckt.

Seine Augen waren starr auf das Stück Käse gerichtet, das Shef gerade zum Mund führte. Seine Nasenlöcher blähten sich, als er den Geruch wahrnahm, und ein dünner Speichelfaden rann von seinem Mundwinkel. Vorsichtig nahm Shef den Käse von dem Zwieback, auf den er ihn gelegt hatte, und hielt ihn wortlos dem seltsamen Burschen hin.

Der zögerte, wollte nicht näherkommen. Schließlich schlurfte er ungeschickt zwei Schritte heran und riss Shef den Käse aus der Hand. Er schnüffelte daran, wobei sich die Nasenlöcher erneut blähten, und biss dann mit einem plötzlichen Schnappen zu. Er kaute, die Augen verzückt geschlossen, die Lippen zurückgezogen über etwas, das wie starke Eckzähne aussah. Seine Füße schlurften in einem unstimmigen, unbeabsichtigten Freudentanz hin und her.

Finnen können Käse oder Milch oder Butter nicht widerstehen, hatte Brand gesagt. Er glaubte nicht, dass dieses Wesen ein Finne war. Aber vielleicht betrachtete es Essen auf die gleiche Weise.

Mit weiterhin behutsamen Bewegungen reichte Shef ihm den Krug mit Cuthreds restlicher Milch. Wieder die vorsichtige Untersuchung mit den Nasenlöchern, die abrupte Entscheidung und ein sofortiger Schluck. Als er – oder es – trank, bog es auf komische Weise die Knie, sodass sein Körper nach hinten kippte. Es konnte nicht den Kopf in den Nacken legen, um wie ein normaler Mensch zu trinken, erkannte Shef.

Als es fertig war, ließ es den Krug fallen. Das klirrende Geräusch, als das Gefäß auf dem Stein zerschellte, schien es zu erschrecken; es sah nach unten, blickte hinüber zu Shef. Dann sagte es etwas, und dieses Etwas hatte ohne Zweifel den Ton von „Es tut mir leid." Allerdings konnte Shef keine Silbe von dem verstehen, was es sagte.

Und dann war es fort, flitzte ein paar Schritte den Pfad hinunter und war dann einfach weg, fortgehuscht, und der graue Pelz verschmolz mit dem grauen Gestein. Shef kam unbeholfen auf die Füße und lief steif hinüber zu dem Punkt, wo das Wesen verschwunden war, jedoch war nichts zu sehen. Es war entwichen wie der Traum, den er gehabt hatte.

Einer aus dem Huldufólk, dachte Shef. Du hast jemanden aus dem Verborgenen Volk gesehen, die Geschöpfe, die im Gebirge leben. Er erinnerte sich an Brands Erzählungen über die Wesen, die Menschen unter Wasser zogen und ihre langen, grauen Arme ausstreckten, um die Boote zu packen. Und an die Geschichten, die Cwicca und seine Leute erzählten über Männer, die von weiblichen Trollen gefangen und gezwungen wurden, ihnen zu dienen. Letzten Abend hatten sie nur eine Geschichte erzählt: über einen großen Zauberer, einen weisen Mann, der es sich zur Aufgabe gemacht hatte, einige Inseln der Nordlande von den Trollen und dem Verborgenen Volk zu befreien. Er hatte alle Inseln bereist, Worte der Macht ausgesprochen und die Kreaturen vertrieben, sodass sie Männern und Frauen kein Leid mehr zufügen konnten. Schließlich hatte er sich auf die letzte Klippe der Insel abgeseilt, um die Aufgabe zu Ende zu bringen. Aber als man das Seil von oben herabließ, ertönte aus der Klippe eine Stimme. „Menschling", hatte sie gesagt, „sogar dem Verborgenen Volk musst du einen Ort zum Leben lassen." Und mit diesen Worten war eine graue Hand aus der Klippe erschienen, hatte den Mann von seinem Halt gerissen und auf die Felsen darunter geschleudert. Das war widersinnig, hatte Shef sich gesagt. Wer hätte denn die Worte gehört außer dem Mann am Seil – der Mann, der einen Augenblick später in den Tod geschleudert wurde? Plötzlich schien die Geschichte viel mehr Sinn zu ergeben.

Cuthred war weiterhin nirgends zu sehen. Shef öffnete den Mund, um nach ihm zu rufen, und schloss ihn wieder. Wer vermochte zu sagen, wer alles zuhörte? Er hob einen Steinsplitter vom Boden auf, ritzte einen Pfeil in den mit Flechten bewachsenen Stein und zeigte damit die Richtung an, in die er ging: landeinwärts. Er ließ die Proviantkiste liegen und arbeitete sich den schmalen, felsigen Pfad entlang, so schnell er konnte.

Der Pfad schlängelte sich ungefähr eine halbe Meile auf der Seite des Einlasses, wenn auch wesentlich höher, verengte sich häufig zu kaum mehr als einem Fußhalt, verschwand jedoch niemals gänzlich. Einer von Brands Nestjägern wäre ihm ohne Zögern gefolgt. Karli, der Flachlandbewohner, wäre vor Angst erstarrt. Shef, ebenfalls ein Flachlandbewohner, humpelte vorsichtig voran, schwitzte vor Furcht und Anstrengung und versuchte, nicht nach unten zu blicken.

Und plötzlich lag eine Lichtung vor ihm. Im matten Zwielicht sah sich Shef vorsichtig um. Eine Lichtung? Zumindest ein flacher Ort mit einer dünnen Decke aus Gras und Unkraut inmitten des ewigen Gesteins. Warum hatten sie das Grün vom Meer aus nicht gesehen? Weil der gesamte Ort verborgen lag, und zwar in einer Senke zwischen Meer und Berg. Auf der gegenüberliegenden Seite drang Licht durch eine Ritze. Ein Feuer? Eine Hütte?

Shef schritt behutsam dorthin und erkannte, dass es tatsächlich eine Hütte war. Die Mauern aus Stein, das Dach mit Gras bedeckt, an der hintersten Felswand gebaut, als wäre sie dort ge-

wachsen. Selbst auf fünfzig Yards konnte Shef kaum sicher sein, dass er sie sah, wenngleich ein Leuchten aus dem einen oder anderen Spalt schimmerte.
Während er darüber nachdachte, bemerkte Shef, dass seine linke Hand tatsächlich auf einer weiteren Mauer genau neben ihm ruhte. Er war auf ein anderes Haus zugelaufen und hatte es nicht einmal gesehen. Trotzdem war es ein Haus und ein großes dazu, ein Anbau aus Steinplatten, die sich von dem Punkt, wo der Pfad endete, vierzig Fuß lang zu etwas erstreckten, das eine Tür am anderen Ende sein mochte. Er konnte auch etwas riechen. Rauch und den entfernten Geruch von Essen.
Mit der Hand auf dem Messer und so leise wie ein Vogelfänger, der auf ein Nest zukriecht, huschte Shef zur Tür. Keine Tür – ein Ledervorhang, der mit Haken angebracht war. Er zog die Riemen von den Haken und schlüpfte ins Innere.
Zwanzig Herzschläge lang konnte er nichts sehen. Dann passte sich sein Auge an. Mattes Licht brach durch Risse in der Wand und durch eine Öffnung im Dach, unter der ein niedriges Feuer glühte. Ein Kadaver hing darüber. Es war ein Räucherhaus, stellte Shef fest. An der gesamten Wand auf der anderen Seite befand sich Ständer über Ständer mit aufgeschnittenen, geräucherten und getrockneten Fischen. Entlang der nahen Wand standen Kübel mit noch mehr Fischen, diesmal gepökelt, Fisch und Fleisch. Vor ihm an einem Haken hing der Kadaver eines Seehundes, und noch mehr Seehunde hingen in Reihen über die volle Länge des Hauses. Tastend streckte er eine Hand aus. Der Haken bestand aus Stein. Der Haken, an dem der aufgeschnittene Seehund hing, war aus Holz, nicht geschnitzt, sondern gebogen, sodass er von sich aus in die richtige Form wuchs. Nichts, was er erkennen konnte, bestand aus Metall. Nur aus Holz und Stein.
Während er fasziniert die Reihe entlangging, wurden die Kadaver größer. Seehund. Ein Walross, das so groß war, dass es sich vom Dach bis zum Boden erstreckte. Und dann ein Bär. Kein Braunbär aus den Wäldern des Südens, der in Norwegen heimisch war

und sogar in den tiefen Wäldern Englands entdeckt werden konnte. Nein, eine Kreatur, die um so viel größer war, wie ein Orca größer war als ein Tümmler, viel größer als Shef, wie sie dort aufgeschnitten und zusammengefügt hing. Hier und da zeichnete sich noch weißes Fell ab. Es war ein großer, weißer Bär von der Art, die Brands besten Umhang zierte, ein Tier, das drei Leben gekostet hatte, um es zu erlegen, zumindest hatte Brand das gesagt.

Er war fast beim Rauch, wo das Feuer glühte und das Licht durch das Dach hereindrang. Was war das für eine Kreatur, die die mächtigen Jäger der Berge erlegt hatten? Kein Seehund, kein Walross, weder Tümmler noch Bär. Shef erkannte, dass das, was sich leicht im Rauch drehte und an einem Haken hing, der die Überreste der Kehle durchstoßen hatte, ein Mensch war. Geköpft, halbiert, ausgeweidet und entbeint wie ein Schwein, aber mit ziemlicher Sicherheit ein Mensch. Da waren noch andere auf den Ständern, Männer wie Frauen, die dort hingen wie eine Reihe von Speckseiten. Die Brüste der Frauen baumelten schlaff an den nackten Flanken herab.

Shef entdeckte noch andere Dinge, die achtlos in einer Ecke angehäuft waren. Zumeist Kleidung, unordentlich dorthin geworfen. Hier und da das Glänzen von Metall, Arbeiten aus Silber, Emaille und auch Eisen. Was auch immer diese Leute gefangen und getötet hatte, scherte sich nicht um Beute. Alles war beiseite geworfen worden wie Hörner oder Hufe oder anderes Ungenießbares. Gab es hier eine Waffe?

Zwischen zwei Haken an der Wand hing ein Dutzend Speere mit langen Schäften. Shef nahm einen herunter und erkannte sofort, dass er durch die jahrelange Lagerung in der Hitze von Würmern zerfressen und gekrümmt war. So leise wie möglich durchstöberte er alle. Sie waren durchweg Ramsch. Gespaltene Schäfte, verbogene Spitzen, das Metall unter einer dicken Rostschicht. Er musste irgendetwas finden. Er besaß nur sein kleines Gürtelmesser, um sich gegen eine Kreatur zu wehren, die Walrösser und Eisbären töten konnte.

Da. Da war einer. Am Grund des Haufens erblickte Shef einen Schaft, der unversehrt zu sein schien. Er hob ihn auf, wog ihn in seinen Händen, spürte, wie ihn bei der Vorstellung, nun nicht völlig schutzlos zu sein, Erleichterung überkam.
Als er den Speer abwog, stieß ihn der Gedanke ans Zustoßen und Töten irgendwie ab. Es war, als ob ihm eine Stimme etwas sagte: „Nein. Dies ist kein Werkzeug für solch einen Zweck. Es wäre, als würdest du versuchen, mit einem Hammer heißes Eisen aus der Esse zu holen oder mit dem Griff deiner Zange Metall zu bearbeiten."
Verwirrt betrachtete Shef einen Moment lang, was er da hielt, wobei sein Auge beständig furchtsam zum Eingang blickte. Eine seltsame Waffe. Nicht die Art, wie man sie heutzutage herstellte. Eine blattförmige Klinge, so ganz anders als die dreieckige Spitze auf Sigurths „Gugnir", eine lange Eisenspitze darunter, eingelassen in einen Schaft aus Eschenholz. Spuren von Verzierungen darauf. Jemand hatte sogar das Eisen eingeschnitten und dann Gold in das Filigranmuster eingefügt. Einst hatte es zwei Kreuze an der Unterseite der Klinge gegeben. Das Gold war verschwunden, nur ein Farbsprenkel zeugte noch von ihm, aber die ausgeprägten Kreuze blieben. Der Eisenspitze nach eine Kriegswaffe und dem Gewicht nach ein Wurfspeer. Aber wer würde Gold in einen Wurfspeer einlassen, den man gegen seinen Feind schleuderte?
Jemand hatte ihr jedenfalls großen Wert beigemessen. Einer von den Kadavern, die nun im Rauch hingen. Unsicher wog Shef die Waffe erneut in seinen Händen. Es war Wahnsinn, keine Waffe mitzunehmen, die ihm an diesem Ort des Todes eine Überlebenschance einräumen würde. Warum hatte er sie dann bereits zurückgelegt, sie wieder sorgfältig über die Haken gebettet?
Von einer kaum wahrnehmbaren Bewegung der Luft plötzlich aufgeschreckt, drehte Shef sich um. Jemand oder etwas kam. Er ging in die Hocke und suchte den Boden unter den Reihen von menschlichen und tierischen Körpern ab. Jemand schritt auf ihn zu. Mit einer Woge der Erleichterung erkannte Shef die über

Kreuz geschnürten Hosen von Cuthred. Er kam aus seinem Versteck, winkte seinen Kameraden heran, zeigte wortlos auf die aufgehängten Leichen.
Cuthred nickte. Sein Schwert lag blank in seiner Hand, sein Schild hing kampfbereit an der anderen.
„Ich hab's dir gesagt", flüsterte er heiser. „Trolle. Im Gebirge. Haben mich durch die Fenster der Hütte angeglotzt. Haben nachts an der Tür gerüttelt und versucht, reinzukommen. Sie haben Fleisch gerochen. Dicke Balken schieben sie in den Bergdörfern hier vor die Türen. Nicht alle brauchen sie."
„Was machen wir?"
„Wir erwischen sie, bevor sie uns erwischen. Die Hütte auf der anderen Seite … Hast du sie gesehen? Gehen wir. Hast du keine Waffe?"
Shef schüttelte stumm den Kopf.
Cuthred trat hinter ihn, ergriff den Speer, den er gerade erst auf die Haken zurückgelegt hatte, hielt ihn Shef hin. „Hier", sagte er, „nimm den. Mach schon", drängte er, als er Shefs Zurückhaltung bemerkte, „der gehört keinem mehr."
Shef streckte die Hand aus, zögerte, umfasste die Waffe fest. In der warmen, rauchigen Dunkelheit ertönte ein leises Klirren, als wäre die Metallspitze auf Stein geschlagen. Wieder verspürte Shef eine Art Befreiung. Nicht die Befreiung von der Schutzlosigkeit, eher dadurch, dass ihm jemand die Waffe übergeben hatte. Sie war von dem Besitzer auf den Herrn des Räucherhauses und dann auf Cuthred übergegangen, auf den Mann, der keiner war. Es war richtig, dass er sie nun besaß. Vielleicht nicht, um sie zu behalten, vielleicht nicht, um mit ihr zuzuschlagen. Aber um sie zu besitzen – ja. Für den Augenblick.
Die beiden gingen hinaus in die plötzlich süßlich riechende Luft.

Wie zwei Gespenster huschten sie über den kleinen offenen Platz und traten sorgsam neben das Unkraut, um nicht das geringste Rascheln oder Knacken zu verursachen. Ein einziger Fehler, dachte Shef, und sie würden ebenfalls im Rauch hängen. War der kleine Junge fortgerannt, um seine Leute zu warnen? Seinen Vater? Er hatte eher dankbar als furchtsam oder feindselig gewirkt. Shef wollte nicht gezwungen sein, ihn zu töten.

Wie beim Räucherhaus war die Tür zu der Hütte mit einem aufgehängten Ledervorhang bedeckt, offenbar aus Pferdeleder. Sollten sie versuchen, ihn vorsichtig anzuheben, oder ihn einfach aufschlitzen und hineinstürmen? Cuthred hatte keine Zweifel. Er machte Shef ein stummes Zeichen, dass er den Vorhang oben festhalten sollte, dann nahm er sein Schwert und zerschnitt mit der scharfen Klinge der Reihe nach jede einzelne Halterung. Der Vorhang, nur von Shefs Hand festgehalten, hing lose herunter. Cuthred nickte.

Als Shef den Vorhang fallen ließ, huschte Cuthred mit gezücktem Schwert ins Innere. Stand dann bewegungslos da. Die Hütte barg kein Leben, war aber nicht leer. Zu ihrer Linken befand sich offenbar der Hauptraum mit einem grob gezimmerten Tisch in der Mitte und zwei Stühlen daneben, hergestellt aus Treibholz. Die Stühle waren von enormer Größe. Shef hätte zum Sitzen hinaufklettern müssen. In der hinteren Ecke schien ein dunkler Durchgang in den Fels zu führen. Der gesamte Schauplatz wurde von einem Docht erhellt, der in einer Steinschüssel mit Öl brannte.

Möglicherweise schliefen die Bewohner alle. Es war Mitternacht, ganz sicher, auch wenn der Himmel hell blieb. Shef hatte allerdings bemerkt, dass die Menschen im Norden zumeist ihr Zeitgefühl verloren und schliefen, wenn sie mussten, und dann nur sehr wenig, als ob sie den Schlaf für den fürchterlichen Winter aufsparten. Für das Huldufólk könnte das Gleiche gelten.

Zu ihrer Rechten musste allerdings die Schlafkammer liegen, die man durch einen weiteren engen Durchgang betreten konnte. Shef machte sich für einen möglichen tödlichen Stoß bereit und schlüpfte mit gezücktem Wurfspeer durch die Tür. Zwei Betten, genau, wie Regale im Gestein, mit Leder und Pelzen überhäuft, um die Wärme zu bewahren. Shef ging näher heran, um zu prü-

fen, ob die Pelze alle von Tieren stammten und nicht von dem grauen Fell von Trollen. Nein, nichts dergleichen.
Als er sich umwandte, um Cuthred ein Zeichen zu geben, erscholl ein lautes Krachen, sodass ihm das Herz bis zum Halse schlug. Er sprang vorwärts, um nachzusehen, was vorgefallen war. In der Mitte des anderen Raumes rang Cuthred neben dem umgestürzten Tisch wild mit einem Troll.
Einem weiblichen Troll. Sie trug ebenfalls einen Kilt um die Hüften, doch standen unter dem grauen Pelz Brüste hervor und langes Haar hing über ihrem Rücken wie die Mähne eines Pferdes. Sie hatte sich in der Speisekammer im Felsen versteckt und war hervorgesprungen, als Cuthred sich näherte. Mit einer Hand ergriff sie den Dorn auf seinem runden Schild, mit der anderen das Handgelenk des Schwertarms. Die beiden wankten hin und her, während Cuthred versuchte, seine Waffe freizubekommen, und sie versuchte, sie ihm zu entreißen. Ihre Zähne blitzten auf, als sie plötzlich nach Cuthreds Gesicht schnappte.
Shef stand mit offenem Mund da, einen Augenblick lang erstaunt über die Stärke dieser Frau. Cuthred nutzte jede Unze an Kraft, die er hatte, knurrte wild, während er sich gegen sie stemmte und die massiven Muskeln auf seinen Armen sich dehnten. Zweimal hatte er sie bereits von den Füßen gehoben, problemlos ihre zweihundert Pfund gestemmt, aber sie hielt sich fest.
Dann ruckte sie plötzlich vorwärts, Cuthred wurde zurückgestoßen, und als sie Schwung bekam, trat sie mit der Sohle nach seinem Fußknöchel und brachte ihn zu Fall. Beide stürzten gemeinsam, die Trollfrau oben, und Cuthreds Schwert und Schild wurden davongeschleudert. Ein Augenblick verging, dann riss sie ein Steinmesser aus ihrem Gürtel und wollte es Cuthred in die Kehle rammen. Cuthred packte ihr Handgelenk mit einer Hand, und erneut verharrten sie in einem verzweifelten Kräftemessen.
In der engen Tür war der Speer hinderlich. Als Shef zur Seite ging, um durch die Tür der Schlafkammer zu zielen, wurde das dämmrige Licht von außen blockiert. Der Herr des Hauses, der Jäger im

Gebirge, war zurückgekehrt. Lautlos trat er durch die äußere Tür wie eine lebende Gesteinsplatte und wandte sich dem Kampfgeschehen zu.

Selbst als er sich duckte, berührte sein Schädel die Decke. Seine Arme hingen beinahe bis auf den Boden. Seine Schultern waren rund und abschüssig, nicht breit wie die eines Menschen, und dennoch war der Abstand zwischen seinen Schulterblättern groß genug, dass eine Schwertklinge der Breite nach dazwischengepasst hätte. Sein Rücken war Shef zugewandt, den er nicht bemerkt hatte, da seine Aufmerksamkeit Cuthred und dem Weibchen galt.

Shef legte den Speer an. Er hatte nur eine Chance auf einen Angriff, der nicht abgewehrt werden konnte, entweder gegen das Rückgrat oder die Nieren oder in einem Winkel unter den Rippen hindurch gegen das Herz. Nicht einmal ein Riese konnte das überleben. Er wusste, vor ihm stand der Menschenfresser.

Als er sich zum Wurf bereit machte, spürte Shef plötzlich, wie vollkommen trostlos dieser Ort war. Er hatte dieses Gefühl schon vorher gehabt, als er auf dem Vorsprung des Gebirgspfades gesessen hatte, ein Gefühl von Farblosigkeit, Härte, Feindseligkeit. Dann, in der flüchtigen Vision, hatte er gesehen und gespürt, wie die Welt um Errettung flehte, um eine Erlösung, und wie das Sonnengesicht sie gewährt hatte – etwas gewährte, das Hermodr oder Balder nicht zuteilgeworden war. Der eiserne Lanzenschaft an seiner Wange schien sowohl Wärme auszustrahlen als auch eine Art Müdigkeit, einen Drang, vom Gemetzel abzulassen. Die Welt hatte schon zu viel davon erlebt. Zeit für Einhalt, für Veränderung.

Die Trollfrau, die auf Cuthreds Brust hockte, schoss plötzlich mit dem Kopf voran durch den Raum und rammte die Beine des Männchens, das zurücktaumelte und beinahe von Shefs Speer aufgespießt worden wäre. Cuthred hatte sie zurückgedrängt, sodass ihre gesamte Kraft nach vorne gerichtet war, ließ dann die Hände fallen, packte ihre Fußknöchel und warf sie meisterhaft über sei-

nen Kopf. Er wand sich und kam auf die Füße, das Schwert wieder in der Hand, und stellte sich dem männlichen Troll mit einem Grinsen von rücksichtsloser Wildheit. Der männliche Troll knurrte wie ein Bär, als er das Weibchen zur Seite stieß.
Shef rammte das untere Ende des Speeres auf den Steinboden und rief mit aller Kraft: „Halt!"
Beide Trolle wirbelten herum, um sich ihm zu stellen, wobei ihre Augen zwischen der Bedrohung vor ihnen und der hinter ihnen hin und her zuckten.
Shef rief erneut, diesmal zu Cuthred, der vorwärts glitt: „Halt!"
Im gleichen Augenblick rannte der kleine Troll, dem er auf dem Pfad begegnet war, durch die äußere Tür, schlang die Arme um die Beine des größeren Männchens und leierte eine lange Reihe von Silben herunter. Shef trat aus dem schmalen Durchgang der Schlafkammer, streckte die Arme weit aus und lehnte den Speer langsam in eine Ecke. Er machte eine herrische Geste in Cuthreds Richtung, der zögerte, dann zweifelnd sein Schwert sinken ließ.
Was war mit den Trollen los? Shef betrachtete sie im Licht der Lampe, sah wieder hin, musterte zum dritten Mal das große Männchen, das dastand und mit verdutztem Ausdruck zu ihm hinunterblickte. Mit einem bekannten verdutzten Ausdruck. Grauer Pelz, runder Schädel, seltsam vorgeschobener Unterkiefer und riesige Zähne. Aber da war etwas – etwas in den Augenbrauen, den Wangenknochen, der Art, wie der Kopf im Winkel auf dem säulenartigen Hals saß. Langsam trat Shef vor, nahm die gewaltige Hand des Männchens, drehte sie in seiner eigenen um. Ja. Große Finger, eine Faust, die die Größe eines Quart-Topfes annehmen würde, wenn sie geballt wurde.
„Du siehst aus wie jemand, den ich kenne", sagte Shef halb zu sich selbst.
Zu seiner Überraschung grinste der Troll breit, zeigte dabei mächtige Eckzähne und erwiderte in holprigem, aber verständlichem Nordisch: „Ich glaube, du hast meinen lieben Vetter Brand kennengelernt."

Laut Echegorgun – der wesentliche Inhalt dessen, was er gesagt hatte, wurde später an vielen Tagen und vielen Lagerfeuern von Shef an Cuthred weitergegeben – hatte das Verborgene Volk einst weiter im Süden gelebt, in Norwegen und in anderen Ländern unterhalb dessen, was Echegorgun das Flachmeer nannte: die Ostsee. Doch als die Zeit verging und das Wetter sich änderte, waren sie dem Eis nach Norden gefolgt, den ganzen Weg und die ganze Zeit gehetzt von den Kinnträgern, dem Geringen Volk, den Eisenschlägern ... Echegorgun hatte viele Namen für sie. Selbstverständlich waren Menschen nicht gerade eindrucksvoll – schon allein bei dem Gedanken daran lachte Echegorgun, indem er aus den Tiefen seiner Kehle einen rauen Laut erklingen ließ. Aber es gab viele von ihnen. Sie vermehrten sich so schnell wie die Robben, sagte er, oder so schnell wie Lachslaich. Und in Gruppen waren sie gefährlich, wurden noch gefährlicher, als sie Metall erlangten. Es schien, als ob die Erinnerungen des Verborgenen Volkes auf eine Zeit zurückgingen, bevor die Menschen Metall besaßen, als alle wandelnden Wesen, Menschen wie Verborgene, nur Stein hatten. Doch sobald die Menschen Metall hatten, zunächst Bronze – Echegorgun nannte es Brauneisen – und dann wahres Eisen, das eigentliche graue Eisen, begann die frühere Gleichheit zwischen den Arten, wenn sie denn Arten waren, auseinanderzubrechen. Echegorgun gab es nicht zu oder räumte es nicht ein, aber Shef glaubte zuweilen, dass die schnelle Vermehrung, die Echegorgun derart verabscheute und für alles andere als klug hielt, etwas mit Metall zu tun hatte. Das Heraushämmern von Eisen aus Erz ist kein natürlicher Vorgang, sondern das Ergebnis des Erlernten, das auf Versuch und Irrtum fußt, was wiederum auf einem glücklichen Zufall beruht. Kurzlebige Kreaturen, die nichts zu verlieren und gewichtige Gründe dafür hatten, sich unter ihren viel zu zahlreichen Rivalen hervorzutun, würden wahrscheinlich wesentlich eher Zeit auf Experimente verschwenden als das länger lebende, langsam heranreifende Wahre Volk (wie sie sich selbst nannten).

Ob dies nun stimmte oder nicht, über die Jahrhunderte war das Wahre Volk zum Verborgenen Volk geworden, und seine Mitglieder blieben in den unzugänglichen Bergen und entwickelten die Fähigkeit, sich selbst zu verbergen. So schwierig war es nicht, sagte Echegorgun. Es gab mehr Vertreter des Wahren Volkes, als die Geringen ahnten. Sie bewohnten nicht die gleichen Bereiche oder gar dieselbe Zeit. Die Nordmenschen in Hålogaland, sagte Echegorgun und wurde konkret, lebten fast gänzlich an der Küste. Sie reisten entlang der Meeresstraße, dem Nordweg, nach dem das Land benannt war, sie bauten Hütten an den Fjorden, sie ließen ihre Tiere auf den wenigen Sommerweiden grasen, die sie erreichen konnten. Nur selten fand jemand einen solchen Platz mehr als ein paar Meilen landeinwärts. Insbesondere, weil es sehr unwahrscheinlich war, dass jene, die sich zur Erkundung oder zur Jagd ins Landesinnere trauten, überhaupt zurückkehrten.
Die Finnen waren eher ein Ärgernis, denn sie wanderten mit ihren Rentieren, ihren Schlitten und Bögen und Fallen weit umher. Allerdings fanden ihre Wanderungen zumeist im Sommer und bei Tag statt. Im Winter blieben sie in ihren Zelten und ihren Hütten und beim regelmäßigen Fallenstellen – alles leicht zu meiden. Der Schnee und das Eis, die Dunkelheit und die Höhenzüge, sagte Echegorgun, all das gehört uns. Wir sind das Volk der Dunkelheit.
Und was ist mit den Toten in deinem Räucherhaus?, hatte Shef ihn am Nachmittag nach ihrem ersten Zusammentreffen gefragt. Echegorgun nahm die Frage ernst. Es seien die Seehundschären, die den Ärger verursachten, erklärte er. Die Geringen mussten von ihnen ferngehalten werden, oder zumindest von denen, die er als sein Eigentum betrachtete. Allmählich erkannte Shef, dass Echegorgun, wie alle anderen aus seinem Volk, beinahe so amphibisch war wie die Eisbären, die man häufig zufrieden schwimmend außer Sichtweite von Land vorfand. Sein Fell hielt die Kälte fern und war so wasserdicht wie das eines Seehundes. Kaum einem der Erwachsenen machte es etwas aus, mehrere

Meilen durch das eiskalte Wasser zu den Schären zu schwimmen, wo sie Robben erschlugen und Walrosse harpunierten. Meeressäuger waren ein wichtiger Bestandteil ihrer Nahrung. Sie mochten es nicht, wenn die Geringen dorthin kamen, und schreckten sie durch Hinterhalte ab. Die Geschichten von grauen Armen, die Boote zum Kentern brachten, waren wahr. Was das Räuchern und Essen ihrer Beute betraf ... Echegorgun zuckte mit den Achseln. Er sah nichts Schlimmes darin, seine Beute zu verspeisen. Die Geringen aßen die Verborgenen vielleicht nicht, aber sie würden sie mit oder ohne Grund töten, und das nicht, weil das Verborgene Volk ihnen das Futter wegfraß. Was war also schlimmer?

Jedenfalls gab es keinen wirklichen Grund für Hinterhalte und Mord, wenn sich jeder auf seiner Seite der bekannten Grenzen hielt. Ärger würde es geben, wenn eine Hungersnot ausbrach. Wenn die Getreideernte missglückte – nach Echegorguns Meinung missglückte sie in drei von zehn Jahren –, dann fuhren die Geringen nach und nach hinaus und bejagten aus Verzweiflung die Schären. Esst kein Getreide, lautete die Antwort, vermehrt euch nicht so schnell, dass ihr euch auf risikoreiche Lebensmittel verlassen müsst. Aber echte Nordländer, die echten Nordländer unter den Menschen, sagte Echegorgun und betonte den Unterschied, ließen es gar nicht so weit kommen. Sie kannten ihren Platz und sie kannten seinen. Die Menschen, die er tötete, das waren immer Besucher, die keinen Respekt vor den allmählich entwickelten Grenzen zeigten.

„Wie der Mann, der den hier zurückgelassen hat?“, fragte Shef und hielt den Speer hoch, den er genommen hatte.

Echegorgun nahm ihn, betastete ihn, roch bedächtig mit seinen großen, sich blähenden Nasenlöchern an dem Metall. „Ja“, sagte er. „Ich erinnere mich an ihn. Ein Jarl der Trønder – aus Trondhjem. Törichte Menschen. Wollen ständig die Finnensteuer und den Finnenhandel übernehmen, ihn Brand und seiner Familie entreißen. Er kam in einem Langschiff hierher. Ich folgte dem Schiff, bis sie auf einer Insel ihr Lager aufschlugen; er und zwei andere gingen auf die Jagd nach Vogeleiern. Nachdem er verschwunden war, er und noch einige andere, verließ die Übrigen der Mut und sie kehrten heim."

„Woher wusstest du, dass er ein Jarl war?", fragte Shef.

„Das Huldufólk weiß viel. Man erzählt ihnen so manches. Sie sehen viel mehr – in der Dunkelheit, in der Stille."

Echegorgun wollte an dieser Stelle nicht weitersprechen, aber Shef war überzeugt, dass er und Brands Familie über Möglichkeiten verfügten, miteinander in Kontakt zu treten. Vielleicht ein Zeichen auf einer Schäre, Steine, die auf bestimmte Art dalagen, bis eine Kommunikation nötig wurde, und die dann umgedreht wurden, um eine Botschaft zu vermitteln. Das Verborgene Volk mochte ein Vorteil für die Håloganländer sein, indem es unerwünschte Rivalen aus dem Süden aus dem Weg räumte. Im Gegenzug sorgten Brand und seine Familie dafür, dass auf bestimmte festgelegte Gebiete kein Druck ausgeübt wurde.

Darüber hinaus gab es noch den Familiensinn. Echegorgun lächelte wollüstig, als Shef darauf hinwies. Vor Jahren, sagte er, war der Vater von Brands Vater Barn, ein Mann namens Bjarni, durch einen Schiffsbruch auf einer Schäre gestrandet. Er hatte Essen bei sich, gutes Essen, Milch und Molke, und hatte es als Köder ausgelegt, um das Verborgene Volk anzulocken. Ein Mädchen dieses Volkes hatte es gesehen und den Köder geschnappt. Er hatte sie nicht gefangen, nein, denn wie konnte ein Geringer ein Mädchen aus dem Wahren Volk einfangen? Aber er hatte ihr gezeigt, was er für sie hatte, und sie hatte sich anlocken lassen. „Ihr Geringen seid an einer Stelle mächtig", sagte Echegorgun, und sein Blick wanderte zu Cuthred, der nahe bei der Frau saß, mit der er gerungen hatte.

Echegorgun fuhr fort und berichtete, dass das Mädchen, seine Tante, den kleinen Menschen namens Barn behalten hatte, bis offensichtlich wurde, dass er glatthäutig sein würde – oder zu glatthäutig, als dass er wie das Wahre Volk leben konnte. Dann hatte sie ihn auf der Türschwelle seines Vaters abgelegt. Doch in Zeiten der Not hatten sich zuerst Bjarni, dann Barn und schließlich Brand an ihre Verwandtschaft erinnert.

Von dem, was danach gesprochen wurde, bekam Shef nur wenig mit, denn er hatte angefangen, sich Sorgen um Cuthred zu machen. Geringe mochten an einer Stelle mächtig sein, aber Cuthred fehlte diese Stelle ganz. Er hatte sich im Norden gut benommen, doch war sich Shef einer Sache sicher: Jegliche Erinnerung an seine Verstümmelung, jegliche sexuelle Zurschaustellung durch einen Mann oder Herausforderung durch eine Frau, und Cuthred würde wieder zum Berserker werden. Und dennoch war es seltsam. Er saß da und sprach mit der Trollfrau Mirastaray, Tochter von Echegorgun und Schwester des kleinen Jungen Ekwetargun, als wäre sie Martha oder eine der am wenigsten aufreizenden Sklavenfrauen. Vielleicht lag es daran, dass er sie überwältigt hatte. Vielleicht lag es daran, dass sie zwar weiblich war, aber so anders, dass keine Notwendigkeit oder Annahme einer Koketterie zwischen ihnen bestand. Wie auch immer, Cuthred wirkte sicher und geborgen, zumindest im Moment.

Shef wendete seine Aufmerksamkeit wieder Echegorguns Erzählung zu. Zu diesem Zeitpunkt hatten die fünf Kreaturen – Männer und Frauen? Leute? Menschen und Nichtmenschen? – die Hütte verlassen und saßen nun im Licht der aufgegangenen Sonne auf dem flachen Flecken zwischen Hütte und Räucherhaus. Von ihrem Platz aus konnten sie das ruhige, metallisch graue Meer sehen, aus dem sich Inseln erhoben, aber waren selbst vor neugierigen Blicken sicher. Vertreter des Verborgenen Volkes hatten ein ausgeprägtes Gespür für „blinde Flecken", wie Shef feststellte. Was auch immer sie taten, sie blieben stets außerhalb einer direkten Sichtlinie.

„Also siehst du viel und erfährst noch mehr?", sagte er. „Was weißt du über mich? Über uns?"

„Über ihn", Echegorgun ruckte mit seinem hervorstehenden Kinn in Richtung Cuthred, „viel. Er war ein Thrall in den Bergen südlich von hier. Ein paar unserer Leute haben versucht, ihn

herauszuholen. Vielleicht hätten sie ihn verspeist, vielleicht nicht. Ihr Menschen geht grob mit euresgleichen um. Ich weiß, was sie ihm angetan haben. Uns hätte es nicht so viel ausgemacht. Wir denken an anderes als ans Paaren.
Zu dir.“ Shef spürte, wie die tiefen, braunen Augen auf ihn gerichtet waren. „Über dich gibt es keine Neuigkeiten. Aber Leute folgen dir.“
Shef lachte. „Da erzählst du mir nichts Neues.“
„Auch andere Dinge folgen dir. Die Mörderwale, die euch angegriffen haben. Ich weiß, manchmal tun sie das, wenn ihnen nach Vergnügen ist oder sie etwas ärgert. Aber ich habe ihre Schule hin und her schwimmen gesehen, und sie stammen nicht aus der Nähe. Sie sind von Süden hierher gekommen, so wie du. Vielleicht sind sie dir gefolgt. Trotzdem, wenn du weißt, dass dir Leute folgen, dann muss ich dir den Rest nicht erzählen.“
Mit einer Miene völliger Gleichgültigkeit streckte Echegorgun seine langen Arme aus, die von Fingerspitze zu Fingerspitze neun Fuß maßen.
„Welchen Rest? Folgen mir inzwischen auch andere?“
„Ein Schiff liegt versteckt im Fjord von Vitazgjafi, einen halben Schwimmtag von Brands Gehöft auf Hrafnsey entfernt. Ich hätte ihn gewarnt, aber er ist fort, auf dem Grind. Du wirst verstehen, dass die Grindwaljagd zu seinen Rechten gehört. Er hat sorgfältig darauf geachtet, dass sie nicht hier oder in der Nähe stranden. Aber dennoch ist er fort, und das Schiff liegt dort unten und wartet. Ein großes Schiff. Es hat zwei … zwei Pfähle. Diese Dinger, auf die ihr Stoff spannt. Eine große, hellhaarige Frau ruft den Männern Befehle zu.“ Echegorgun lachte. „Sie braucht einen Winter mit mir, damit sie sich beruhigt.“
Shefs Gedanken rasten. Die Frau war Ragnhild, das Schiff dasjenige, das versucht hatte, sie im Gulafjord zu versenken. „Was werden sie deiner Meinung nach tun?“
Echegorgun sah zur Sonne hoch. „Wenn sie beim letzten Sonnenuntergang nicht angegriffen haben, dann tun sie es bei die-

sem. Die beiden Schiffe, die Brand besitzt, werden nicht kampfbereit sein. Er wird sie zum Grindstrand mitgenommen und mit Tran und Fleisch beladen haben. Die Fremden werden alle anderen erwischen, wenn sie schlafen oder müde sind. Das Grind macht viel Arbeit."

„Wirst du sie warnen?"

Soweit man es auf seinem flachen, von Haaren bedeckten Gesicht erkennen konnte, sah Echegorgun überrascht aus. „Ich würde meinen Vetter Brand warnen. Was die anderen betrifft … Je mehr Geringe sie töten, desto besser. Ich weiß, du hast mich verschont, als du mich mit dem Speer hättest niederstrecken können, darum verschone ich dich, denn das Wahre Volk hält sich an eine Abmachung, auch wenn sie nicht ausgesprochen wurde. Außerdem hast du meinem Jungen, meinem Ekwetargun, Essen gegeben. Allerdings wäre es klüger, dir den Kopf von den Schultern zu reißen und dich zu den anderen zu hängen."

Shef ignorierte die Warnung. „Ich kann dir eines verraten, was du nicht weißt", sagte er. „Ich bin ein Mann mit Einfluss. Ich bin in meinem eigenen Land ein König. Manche sagen, ich sei sogar hier eine Art König. Und ich spreche für meine Leute. Hier ist ein Zeichen meiner Macht." Er zeigte ihm das Ríg-Zeichen, das *kraki*, das um seinen Hals hing, und deutete auf das, das er für Cuthred hergestellt hatte. „Es könnte sein, dass ich etwas für dich tun kann. Für dich und die Deinen. Die Männer davon abhalten, euch zu jagen. Euch an einem weniger felsigen Ort leben lassen. Aber du müsstest etwas für mich tun. Hilf mir, diese Männer aus dem Süden zu besiegen und die Frau, die bei ihnen ist, und ihr Schiff."

„Nun, das könnte ich tun", sagte Echegorgun gedehnt. Er erhob sich in eine seltsam hockende Stellung und ergriff seine nackten Füße mit den enormen Händen.

„Wie? Würdest du Brand warnen? Würdest du … an unserer Seite kämpfen? Du wärst ein mächtiger Krieger, wenn wir dir Eisen gäben, das du gebrauchen kannst."

Echegorgun schüttelte seinen gewaltigen Kopf. „Ich werde weder das eine noch das andere tun. Aber ich könnte für dich mit den Walen sprechen. Sie sind ohnehin schon aufgebracht. Wenn sie glauben, dass ich dich getötet habe, würden sie mir vielleicht zuhören. Und natürlich sind es fremde Wale. Gehörten sie zu meinem Volk, würde ich sie nicht täuschen."

Kapitel 23

Bruno, Hauptritter des Lanzenordens, stand vor einer Doppelreihe seiner gepanzerten Ritter, die mit geneigten Lanzen unbeweglich in Habachtstellung verharrten, wie er es zu ihrer Gepflogenheit gemacht hatte. Alle beobachteten die Zeremonie, die einhundert Yards vor ihnen abgehalten wurde. Sie hätten näher heranmarschieren können, um eine bessere Sicht zu haben, aber niemand konnte sicher sein, wie die Einheimischen auf eine Störung ihres geheiligten Ritus reagieren würden. Bruno hatte zwar nichts dagegen, die barbarischen Sitten der Einheimischen zu stören, aber dies war nicht die richtige Zeit dafür.
Ein Brüllen erklang aus Tausenden Kehlen von Männern, die um den Entscheidungsring aus Götaländern versammelt waren, ein Brüllen und ein Klirren von Waffen auf Schilden.
„Was bedeutet das?", murmelte eine Stimme in der hinteren Reihe. „Haben sie eine Entscheidung getroffen?"
„Ruhe im Glied", sagte Bruno, allerdings ohne Zorn. Der Lanzenorden glaubte inständig an die theoretische Gleichheit aller Mitglieder ohne die brutale Disziplin, die Heeren aus Bauern auferlegt werden musste. „Ja, seht, sie haben einen König. *Habemus regem*", fügte er hinzu und parodierte so die Formel bei der Ernennung eines Papstes.
Eine Gestalt erhob sich stark schwankend aus der Menge vor ihnen. Ein Mann, der von einem Dutzend eifriger Unterstützer auf einem Schild hochgehoben wurde. Sobald er sein Gleichgewicht gefunden hatte, blickte er in die Runde, zog sein Schwert, rief seinen Namen und die traditionelle Verkündungsformel. „Ich bin König der Gautar. Wer spricht es mir ab?"
Ein Moment der Stille, dann wieder Waffengeklirr. Eine Woche zuvor hätten ein Dutzend Häuptlinge es ihm abgesprochen. Der Kampf Mann gegen Mann hätte die Götaländer ihrer herrschen-

den Klasse beraubt, der Reichen und der Gottblütigen. So war das Treffen, der *Gautalagathing,* der Thing derjenigen, die an das Gesetz der Gautar gebunden waren, erfüllt gewesen von Boten, Gerüchten, Angeboten für Unterstützung und Widerrufen, Abkommen und Versprechen. Inzwischen war alles geregelt. Bis zum nächsten Machtwechsel.

Die Menge ging nun gelöst auf den Geruch gebratener Ochsen und die mächtigen Bierfässer zu, die der neue König als Teil seines Wahlpreises anbieten würde. Die deutschen Ritter betrachteten sie mit gewissem Neid und sicherer Verachtung. Bruno entschied, sie noch ein wenig länger in Reih und Glied stehen zu lassen, um sicherzugehen, dass niemand die Feierlichkeiten besuchte, niemand in einen Streit geriet.

Eine andere Gestalt kam auf sie zu, der dürre, schwarz gekleidete Engländer Erkenbert. Als er näher kam, erkannte Bruno eine leichte Röte der Aufregung auf seinem Gesicht und spürte, wie sein eigenes Herz vor Erwartung höherschlug. Der Engländer hielt eine der ständigen Listen in der Hand.

„Glaubt Ihr, Ihr habt ihn gefunden?“, sagte Bruno, sobald der andere in Hörweite war.

„Ja. Unten bei den Zelten habe ich einen alten Mann angetroffen. Zu alt, um an der Königswahl teilzunehmen, aber nicht so alt, dass er sein Gedächtnis eingebüßt hätte. Er war beim Überfall auf Hamburg dabei gewesen. Mehr noch, er gehörte zu den Männern, die den Dom geplündert haben. Er erinnerte sich genau an die, die dort waren – ganz genau, denn er hat immer noch das Gefühl, dass man ihn um seinen Anteil an der Beute gebracht hat. Er hat mir eine vollständige Auflistung aller anwesenden Häuptlinge gegeben, sieben, die mehr als ein Dutzend Schiffsmannschaften angeführt haben, sagt er. Und nun das eigentlich Wichtige: Über sechs der sieben Häuptlinge haben wir bereits Informationen, und wir wissen, dass sie nicht infrage kommen.“

„Also muss es der Siebente sein?“

„So scheint es. Sein Name ist Bolli. Er ist der Jarl der Trønder.“

„Und wer zur Hölle sind die Trønder? Seit einem halben Jahr bin ich in diesem gottverlassenen Land und habe von mehr Sippschaften und Kleinkönigen gehört, als mein Vater Schweine im Stall hat, und ich habe nie von den Trøndern gehört."
„Sie leben hoch oben im Norden", sagte Erkenbert. „Weit den Nordweg hinauf, wo sie versuchen, den Pelzhandel zu kontrollieren."
„Sie mögen ja hoch im Norden sein", raunte Bruno, „aber wenn es dort einen neuen König gäbe, einen baldigen Kaiser, hätten wir trotzdem davon erfahren. Ich beginne mich zu fragen, ob unser Vorgehen falsch ist. Oder könnte sogar der heilige Rimbert einen Fehler begangen haben? Vielleicht gibt es keine Heilige Lanze?"
„Oder vielleicht liegt sie unerkannt in irgendeiner Schatzkammer."
Brunos Gesicht nahm einen Ausdruck an, der Erkenbert recht fremd war, einen Ausdruck von Niedergeschlagenheit und Niederlage. „Ich kann nicht umhin, nachzudenken", sagte er. „Ihr sagt mir, die Lanze sei in Norwegen. Wir hören zudem, dass der große Machtkampf im Norden an dem Ort stattfinden wird, den wir im Frühling verlassen haben, nämlich bei Haithabu in Dänemark, alle reden davon. Und wir sind hier und rennen durch Provinzversammlungen in Schweden."
„Götaland", berichtigte Erkenbert.
„Dasselbe Land. Ich bin in die falsche Richtung gegangen."
Erkenbert streckte die Hand aus und klopfte dem untröstlichen Ritter auf die enorme Schulter. „Wen Gott liebt, den züchtigt er", sagte er. „Denkt an König David in der Wildnis. Denkt an Samson bei der Mühle und wie er am Ende den mächtigen Tempel der Philister niedergerissen hat. Gott kann zu jeder Zeit ein Wunder wirken. Hat er nicht Josef von Potifar und Daniel aus der Löwengrube befreit? Ich werde Euch den heiligen Text zitieren, den Ihr Euch merken solltet: *Qui perseveraverit usque in finem, hic salvus erit.* Wer bis zum Ende standhaft bleibt, der wird gerettet. Bis zum Ende allerdings. Nicht kurz vor dem Ende."

Allmählich klärte sich Brunos Gesicht. Vorsichtig ergriff er Erkenberts Hand und schwenkte sie. „Danke", sagte er. „Danke. Weise Worte. Wir werden mehr über diese Trønder herausfinden. Und bis dahin hoffe ich, dass Gott eine Aufgabe für mich hat, indem er mich in diese Ländereien schickt."

Horik, König in Haithabu, kaute auf seinem Bart, während er dem Bericht seiner Kundschafter lauschte.

„Eindeutig die Ragnarssons?", fragte er zweifelnd.

„Eindeutig. Wir kamen nahe genug heran, um das Rabenbanner zu sehen."

„Das nur gehisst wird, wenn die Bastarde alle beisammen sind. Nun, zumindest gibt es inzwischen einen Bastard weniger von ihnen. Und der war der schlimmste Bastard von allen. Hundertzwanzig Schiffe, sagst du, und zwar vor Anker auf dem Festland gegenüber Sylt?" Horik rechnete gedankenvoll nach. „Tja, die Ragnarssons sind immer schlechte Nachrichten, aber es könnte schlimmer sein. Sie müssen zuerst durch das Marschland, und dann müssen sie unsere stabilen Holzzäune überwinden. Ich weiß alles über ihre Rammböcke und die Kniffe, die sie von ihrem Vater gelernt haben. Ich glaube, wir sollten in der Lage sein, sie zu vertreiben."

Einer der Kundschafter räusperte sich. „Ich fürchte, es gibt noch mehr schlechte Nachrichten, Herr. Katapulte. Wir haben gesehen, wie sie entladen wurden. Große Apparate, eine Tonne schwer, würde ich schätzen. Drei oder vier von ihnen."

Der Ausdruck von Sorge kehrte in Horiks Gesicht zurück. „Katapulte! Von welcher Art waren sie? Waren es die Steinwerfer, von denen wir gehört haben, oder die Pfeilwerfer oder was sonst?"

„Wir wissen es nicht. Haben keine im Einsatz gesehen. Wir haben nur die Geschichten gehört, genau wie Ihr. Sie stammen allesamt von Männern, die von ihnen besiegt worden sind."

„Thor helfe uns. Jetzt brauchen wir Männer, die sich mit diesen Dingern auskennen."

Horiks Hafenmeister, der der Konferenz beiwohnte, mischte sich ein: „Da kann ich Euch behilflich sein, Herr. Gestern habe ich von einem Kapitän einen Bericht erhalten. Er war oben beim Gula-Thing. Er sagte, dort oben hätte es eine Menge Aufregung gegeben – ich erzähle es Euch ein anderes Mal. Aber am Ende, sagte er, hätte eines unserer Schiffe zwei Engländer rekrutiert und wäre jetzt mit ihnen auf dem Weg nach Süden. Engländer", fügte er nachdrücklich hinzu. „Sie sind die wahren Experten. Das sind Kerle, die dabei waren, als Ivar seine Abreibung bekam und auch der fränkische König. Sie sollten in ein paar Tagen hier eintreffen."

„Also. Während Sigurth Schlangenarsch durch den Sumpf kriecht, können diese Männer für uns Maschinen bauen, um gegen seine Maschinen zu kämpfen. Das ist gut. Aber lasst uns auch das Offensichtliche tun. Wenn die Ragnarssons draußen an der Westküste ankern, ist die Ostküste frei. Fahren wir also zu König Arnodd und König Gamli und bitten sie, uns jedes Schiff zu schicken, das sie entbehren können. Radieren wir die Ragnarssons aus, dann werden wir alle besser schlafen."

„Radieren wir die Ragnarssons aus", sagte der Hafenmeister, „und vielleicht kommt dann die Zeit für nur einen König in Dänemark."

„Sag das nur nirgendwo anders", stimmte Horik zu.

Viele Tagesreisen entfernt im Norden, weit weg von den sich zusammenziehenden Kriegsstürmen, die das Schicksal vieler Königreiche entscheiden würden, hockten Shef und Cuthred bewegungslos im Schatten eines Felsens. Zweimal waren sie an Stellen untergetaucht, die sie für eine gute Deckung hielten. Beide Male hatte Echegorgun sie herausgescheucht und in seiner seltsamen Sprache gemurmelt. „Ihr Geringen", sagte er schließlich, „ihr wisst nicht, wie man sich versteckt. Oder wie man hinsieht. Ich könnte bei hellem Tageslicht durch eine eurer Städte gehen und ihr würdet mich niemals entdecken." Shef glaubte ihm nicht, musste aber die ungeheuerliche Fähigkeit des Verborgenen Volkes anerkennen, zu verschwinden – bei Tag, bei Nacht oder im fahlen Zwielicht, das nach einem langen Tag des Schlafens und Wartens erneut hereingebrochen war.

Vor ihnen stand Echegorgun knietief im Wasser am Rande des Zuflusses. Er hatte sie über kaum betretbare Pfade nach unten geführt, wobei die Männer, gestützt von Echegorgun oder Mirastaray und gelegentlich von einer Stelle zur anderen heruntergelassen, über das Gestein gerutscht und gekraxelt waren. Sobald sie zu seiner Zufriedenheit verborgen waren, sagte Echegorgun ihnen schließlich, sie sollten sich regungslos hinsetzen und zusehen. Beobachten, was ein Wahrer tun konnte. Sie würden etwas sehen, das seit vielen Lebenszeiten kein Haarloser zu Gesicht bekommen hätte: wie das Wahre Volk seine Verwandten herbeirief, die Wale.

Nun stand Echegorgun mit Blick aufs offene Meer. Hoch über ihm hielt Mirastaray Ausschau nach Booten, die möglicherweise auftauchten und Menschen oder Fleisch zwischen der Grind-Stelle und Brands bedrohtem Heim auf Hrafnsey übersetzten.

In einer Hand hielt Echegorgun ein langes Paddel, dessen Blatt ungewöhnlich gerundet und das mit Steinwerkzeugen mühevoll aus dem Stamm einer Pappel geschnitzt worden war. Seltsame Schnörkel liefen über die Innenseite des Blattes. Echegorgun hielt es hoch, hoch über seinen Kopf, wobei die groteske Länge seines Armes plötzlich ersichtlich wurde. Dann schlug er mit dem Paddel mit aller Kraft auf das ruhige Wasser. Das Geräusch des Schlages schien von Horizont zu Horizont zu tönen, während die Kräusel in die Wogen des Atlantiks übergingen. Wieder hieb Echegorgun zu. Und wieder. Die beiden Männer hockten da und fragten sich, wie weit der Laut über dem Wasser wohl zu hören war. Und wie weit darunter.

Nach einem Dutzend Schlägen drehte sich Echegorgun um und legte das Paddel sorgsam auf einen Felsen am abschüssigen Ufer. Er nahm ein anderes Hilfsmittel zur Hand, eine lange, zugespitzte

Röhre, die aus Schichten aufgerollter und verklebter Birkenrinde bestand, und machte einen weiteren Schritt nach vorne, diesmal bis zur Hüfthöhe, und stand auf irgendeinem unsichtbaren Vorsprung. Er führte das dünnere Ende der Röhre zum Mund, hielt den Schalltrichter tief ins Wasser.

Von dort, wo er hockte, konnte Shef selbst im trüben Licht erkennen, wie sich der gewaltige Rücken ausdehnte, als Echegorgun tief Luft holte, so tief wie der Einzug eines Blasebalges. Dann blies er.

Die Männer am Ufer hörten keinen Laut, aber wenige Augenblicke später schien die Luft zu surren, lautlos zu vibrieren. Erzitterte die Wasseroberfläche im Einklang? Shef konnte es nicht sagen, aber er strengte sein Auge an, um besser zu sehen. Er zweifelte nicht daran, dass unter der Oberfläche riesige Unruhe war.

Das Geblase ging weiter und weiter, wobei Echegorgun beständig Luft holte und manchmal gleichzeitig dröhnte. Shef war nicht sicher, aber er hatte das dumpfe Gefühl, dass die „Noten", die Echegorgun spielte, sich hin und wieder gemäß einer unbekannten Gesetzmäßigkeit veränderten. Er blieb reglos sitzen und fühlte, wie die Kälte des hohen Breitengrades über ihn kroch, wie seine Muskeln steif wurden, wie der kalte Stein durch seine Hosen stach. Er wagte nicht, sich zu rühren. Echegorgun hatte gesagt, dass er abbrechen würde, wenn man ihn störte. „Wenn auch nur ein Kiesel rollt ...", hatte er sie gewarnt. „Wenn die Wale denken sollten, dass ich nur mit ihnen spiele, selbst fremdes Walvolk ... Dann könnte ich nie wieder sicher schwimmen gehen."

Neben ihm saß Cuthred wie eine Felsenmalerei. Doch dann, sogar auf zwei Fuß kaum sichtbar, bewegten sich seine Augen, sein Kinn hob sich ein winziges Stück und zeigte in eine Richtung. Zwischen dem Ufer und den Schären erhob sich eine Finne. Die gerade, im rechten Winkel abstehende Rückenflosse eines Mörderwals, eines Orcas. Er kam auf sie zu, nicht hastig, sondern bedächtig. Von Zeit zu Zeit erhob sich sein Kopf aus den Fluten und ein Wasserstrahl schoss nach oben, hob sich weiß gegen die

grauen Inseln ab. Der Orca sah sich genau um. Hinter ihm, weit hinter ihm, folgte der Rest der Schule.
Langsam kam die Flosse näher. Als sie dicht herangekommen war, schienen Echegorguns Atemzüge nachzulassen, als wollte er den Unterwasserlärm reduzieren. Er schien mit einem kürzeren, wechselvolleren Rhythmus zu blasen. Schließlich kam die Flosse ganz nahe heran, der Orca schwamm parallel zum Ufer, drehte ab und glitt langsam zurück. Bei jeder Wende hielt er ein Auge auf die seltsame graue Kreatur, die bis zur Hüfte im Wasser stand. Bei dem Gedanken daran, was passieren konnte, spürte Shef, wie sich seine Haut zusammenzog. Ein Hervorspringen der Kiefer, ein Streich mit dem Schwanz, und Echegorgun würde von den Füßen und dem Felsen gefegt. Selbst mit seiner mächtigen Statur konnte er für den Orca nicht größer sein als ein Seehundbulle. Nichts war sicher, wenn sie im Wasser waren, nicht die mit Stoßzähnen bewaffneten Walrösser, nicht die Eisbären, nicht einmal die großen Wale, die sie noch bei lebendigem Leib in Stücke rissen.
Echegorgun legte seine Röhre vorsichtig auf den Felsen hinter ihm. Dann, langsam, sank er nach unten, tauchte Kopf und Schultern unter Wasser und schwamm allmählich hinaus. Der Orca sah zu, machte ihm Platz. Die Männer am Ufer konnten kaum mehr sehen als das, was über dem Wasser vor sich ging. Nach einer Weile schien es, als würde Echegorgun eine Art Gebärdenspiel vollführen. Manchmal sah es so aus, als würde er die Bewegungen eines Wals nachmachen, manchmal die eines schwimmenden Menschen. Einmal kam es Shef so vor, als würde er die Füße über die Oberfläche schleudern und sich wild überschlagen: ein gekentertes Boot? Die Bewegungen des Orcas passten sich nach und nach den seinen an, sie schwammen gemeinsam auf und ab, und beide bewegten sich mit einer für Menschen unglaublichen Geschwindigkeit, die für einen Wal ein einfacher Bummel war.
Und dann drehte die Flosse sich um, der große Schwanz klatschte wie zum Abschied zweimal aufs Wasser. Die anderen Finnen,

die vor der Küste auf und ab glitten, wendeten ebenfalls im Einklang. Alle Tiere der Schule begannen, mit Höchstgeschwindigkeit die Meerenge entlangzurasen, während die Wale in einem komplizierten Tanz Bögen im Wasser schlugen, als ob sie jubelten. Sie brausten nach Süden auf Hrafnsey zu.
Echegorgun blieb im Wasser stehen, bis sie außer Sichtweite waren, dann glitt er mit leichten Zügen der Oberarme zurück, wobei nur Kopf und Arme zu sehen waren und seine Fußsohlen kaum die Oberfläche berührten. Aus der Entfernung nur ein weiterer Seehund. Schließlich wendete er, schwamm zum Ufer, zog sich heraus und schüttelte sich locker wie ein Hund.
„Nun", sagte er auf Nordisch, „ihr könnt jetzt herauskommen, Geringe. Ich habe ihnen gesagt, dass derjenige, der ihren Anführer verwundet hat, tot ist. Sie haben gefragt: Und der, der ihm gefolgt ist? Auch tot, habe ich gesagt. Sie waren enttäuscht. Es war einfach, ihnen zu klarzumachen, dass noch mehr Walfeinde auf dem Schiff sind. Auf dem großen Schiff, das gerade nach Hrafnsey fährt. Sie sagten, sie würden sich ihren Spaß damit machen."
„Das gerade nach Hrafnsey fährt?", sagte Shef. „Und wie sollen wir dorthin kommen?"
„Es gibt einen Weg", sagte Echegorgun. „Keiner vom Geringen Volk könnte ihn finden, aber ich kann ihn euch zeigen. Eine Sache sollte ich euch aber besser sagen: Das Walvolk ist nicht gut darin, Geringe auseinanderzuhalten. Es ist ihnen auch ziemlich egal. Jeder auf dem Wasser ist heute Nacht in Gefahr."
„Zeige uns, wie wir hinübergelangen", sagte Shef. „Ich schwöre, ich werde dir alles vergelten. Selbst wenn ich dafür König dieses Landes werden muss."

Die Männer auf dem Zweimaster, der unter leichten Segeln den Hafen von Hrafnsey ansteuerte, hatten eine lange Reise die norwegische Küste hinauf unternommen, während der sie sich mit der unbekannten Bewaffnung und Takelage vertraut machen konnten. Die Männer stammten größtenteils aus Agdir, Königin Ragnhilds Heimat. In dem Aufruhr, der auf den plötzlichen Tod Hálfdans und Olafs Machtergreifung gefolgt war, hatte einer der Kapitäne von König Hálfdans Flotte entschieden, er würde seine Interessen unter Ragnhild wahren, und sein Schiff in ihren Dienst gestellt. Die meisten aus seiner Mannschaft waren nicht bei ihm geblieben, sondern desertiert, und sie wurden durch Ragnhilds eigene Männer ersetzt. Valgrim der Weise war mitgekommen; sein Plan, die Schule des Weges zu beherrschen, war gescheitert, und er war begierig darauf, Rache an demjenigen zu nehmen, der ihm in die Quere gekommen war. Nicht nur deswegen – er würde auch den Weg und seine fehlgeleiteten Kollegen wieder auf den wahren Pfad Odins führen, der zum Sieg und nicht zur Niederlage bei Ragnarök führen würde. Er und seine Unterstützer hatten die Katapulte gebaut und ihre Anwender ausgebildet. Auch sie waren begierig darauf, ihr Versagen am Gulafjord wettzumachen.

Dennoch war die treibende Kraft hinter allen – Kapitän, Mannschaft und auch Valgrim – der Hass von Königin Ragnhild auf den Mann, der ihren Sohn getötet oder zumindest seinen Tod verursacht hatte. Der Mann, der das Glück gestohlen hatte, dem sie ihr Leben gewidmet hatte. Ragnhild hatte zugesehen, wie ihre Schwiegermutter Königin Ása ohne zu blinzeln den Weg zum Galgen angetreten hatte, hatte ihren Gatten König Hálfdan ohne zu zittern vergiftet. Eines Tages würde sie vielleicht ein neues Volk von Königen aus ihren Lenden gebären. Vorher jedoch ging es um diesen englischen Bettler, den sie verführt, versteckt und zu benutzen versucht hatte, um den Weg für ihren Sohn zu ebnen: Er musste zur Hel fahren, damit er ihrem Sohn und ihr für alle Ewigkeit diente.

Als sich das große Kriegsschiff seinem Ziel Hrafnsey näherte, folgte die Mannschaft nicht länger dem Gestade und kreuzte vor der Küste in die Brecher des Atlantiks hinein, allerdings außer Sichtweite des Landes, und fuhr nur wenige Meilen von dort wieder heran, dahin, wo sie ihre Beute vermutete. Dort hatten sie

in einer verlassenen Bucht gelegen, einer von Tausenden an dieser zerklüfteten Küste, wo sie niemand entdeckt hatte. Zumindest kein Mensch.
Trotzdem hatte es ihnen nicht an Informationen gemangelt. Nachdem das Gemetzel an den Grindwalen vorüber war, hatte für die Männer von Hålogaland die Arbeit erst begonnen. Es war äußerst wichtig, die Kadaver aufzuschneiden und so viel Fleisch wie möglich zu pökeln. Noch wichtiger war es, die Kessel auf dem Strand richtig aufzustellen, die Fettschicht herunterzuschneiden und die ausgedehnte Arbeit zu beginnen, das Walöl auszuschmelzen, das während des langen Winters ungemein wertvoll war für Lampen, als Brennstoff und sogar fürs Essen. Das Anheizen der Kessel war kein Problem. Sobald das Öl aus dem Fett herausgeschmolzen war, wurden die restlichen Streifen als Brennstoff für das nächste Ausschmelzen verwendet. Aber alle Fässer, die die Bewohner der Küste von Hålogaland besaßen, würden nicht ausreichen für den plötzlichen glücklichen Reichtum, den das Grind bescherte. Boote fuhren in alle Richtungen hin und her, man lud Fässer auf, band Schnüre um sie und schickte nach dringender Hilfe. Ein Walboot mit zwei Männern fuhr an dem Fjord vorbei, wo Ragnhilds Kriegsschiff lag, und wurde sogleich von ihrer Pinasse aufgelesen.
Die Nordmänner folterten sich größtenteils nicht gegenseitig, abgesehen von Ausnahmen wie Ivar der Knochenlose und seinem Vater Ragnar, wie auch immer sie mit ihren Sklaven umsprangen. Ragnhild hatte sie an Bord geholt und ihnen schlicht erklärt, dass sie zwei Möglichkeiten hatten: Entweder wurden sie sofort über der Reling des Schiffes geköpft oder sie verrieten ihr, wie die Situation auf Hrafnsey aussah. Die Fischer hatten beschlossen, zu reden. Ragnhild kannte den Aufbau des Hafens mitsamt den Katapultverteidigungen und den beiden Langschiffen. Sie wusste zudem, dass die Hälfte der Männer aus der Region weiterhin Fett am Grind-Strand ausschmolz und die übrigen vom Be- und Entladen erschöpft waren, nachdem sie eine Fahrt nach der anderen

zwischen Strand und Hafen gemacht hatten. Sie wusste nur nicht, dass Shef und Cuthred fehlten. Ihre Gefangenen hatten es einfach nicht bemerkt, da sie zu sehr mit anderen Dingen beschäftigt gewesen waren.

Sie hatten allerdings beobachtet und ihr erzählt, dass Brand, der händeringend nach Männern suchte, die englischen Katapultschützen von ihren Posten geholt und auch Guthmunds Schweden zu sich gerufen und ihnen Arbeit am Anleger gegeben hatte, da sie bei allem, was Wale betraf, offenkundig nutzlos waren. Brand hatte nur mit halbem Ohr den Protesten von Cwicca und Osmod sowie ihrer Forderung gelauscht, dass etwas unternommen werden müsse, um nach ihrem Herrn Shef zu suchen, und einen Wachmann an der Spitze am Hafen postiert mit der Anordnung, mit dem Horn nach Hilfe zu rufen, sollte er ein fremdes Schiff sehen, das sich näherte. Der Wachmann hatte sich auf das weiche Gras gesetzt, den Rücken gegen den Felsen gelehnt und war sofort eingeschlafen.

Ragnhilds Schiff, die *Kranich,* fuhr, ohne auf Widerstand zu stoßen, in den Hafen von Hrafnsey ein, und ihre übergroße Mannschaft aus hundertundzwanzig Mann war bereit, zuzuschlagen. Sie knufften einander in die Rippen, als sie die massiven Katapulte sahen, die sich gegen den Himmel abzeichneten, unbemannt und unbewacht.

Brand, der unten am Anleger das Löschen einer weiteren Ladung Fässer von seiner *Walross* überwachte, bemerkte nichts, bis der erste Katapultfels über das Wasser schoss.

Er war mit tödlicher Zielsicherheit geschleudert worden. Die Männer auf der *Kranich* hatten Zeit gehabt, zu üben, und keinen Mangel an guten, runden Steinen, mit denen sie üben konnten. Der Brocken flog knapp zweihundert Yards weit, der Abstand zwischen Anleger und Hafenspitze, und krachte mit voller Wucht auf den Bug der *Walross.* Der Bug wurde zurückgerissen, seine Planken flogen auseinander. Wäre das Schiff unter Segeln gefahren, wäre es wie ein Stein auf den Grund gesunken. So wurde es einfach aufgerissen und sanft gegen den Felsen zehn Fuß unter dem Kiel gedrückt, wobei der Mast weiterhin nach oben ragte. Brand starrte fassungslos hin und konnte nicht verstehen, was vorgefallen war. Der zweite Brocken zerschmetterte den Anleger nur wenige Fuß von ihm entfernt, und ein halbes Dutzend Männer wurden ins Wasser geschleudert. Im gleichen Augenblick flammte Licht auf den Decks der *Kranich* auf: die Mannschaft der Pfeilwerfer, begierig darauf, erneut ihre Feuerpfeile zum Einsatz zu bringen. Als sie zielten, trat Ragnhild hinter sie.

„Da“, schnappte sie. „Da. Zielt auf das große Fass. Diesmal könnt ihr es sicher nicht verfehlen.“

Die Mannschaft drehte ihre Waffe ein kleines Stück, die Männer zielten erneut und legten den Sicherungshebel um. Der Feuerpfeil schoss über das Wasser hinweg und zog im Flug eine Leuchtspur hinter sich her. Krachte in ein Fass mit Walöl, das gerade von der zerstörten *Walross* abgeladen worden war. Sofort schossen Flammenzungen in den Himmel und brannten in einem reinen, hellen Licht. Die Männer am Ufer zeichneten sich augenblicklich als dunkle Schatten ab, sie schrien und rannten verwirrt umher, manche, um das Feuer zu löschen, andere, um ihre Waffen zu holen, während die englischen Katapultschützen den langen Umweg um den Hafen und die Spitze dahinter antraten, um zu ihren herrenlosen Waffen zu gelangen.

Ragnhilds Skipper, der alles beobachtete, grinste zufrieden. Sein Name war Kormak, er war der Sohn einer Irin, der auf viel Erfahrung aus den nie endenden irischen Kriegen zurückblicken konnte. Er wusste, wann sein Feind die Möglichkeit zur Initiative verloren hatte.

„An den Anleger heran“, befahl er. „Du mit der Steinschleuder, versenk das andere Schiff da, das schwedische. Pfeilwerfer, setzt die Fässer in Brand und dann die Häuser. Bootsmann, nimm dir zwanzig Mann, bergt das Segel und fahrt das Schiff unter Rudern einhundert Yards zurück, sobald die anderen an Land sind. Ich will nicht, dass jemand die *Kranich* einnimmt, während wir beschäftigt sind. Ihr anderen: Wir landen auf dem Anleger und gehen geradewegs durchs Dorf."

„Und denkt", rief Ragnhild über seine Schulter, „an den Einäugigen. Sechs goldene Armreife für den Einäugigen."

Neben ihr wog Valgrim den Speer „Gugnir", den er Stein abgenommen hatte und den Stein vom Ufer aufgehoben hatte, wo Shef ihn geschleudert hatte. Eine gute Waffe, dachte er, um das Blut eines Ketzers zu trinken.

Nicht weit weg, aber dennoch zu weit, sah Shef plötzlich, wie die Flammen den Himmel erhellten. Er stand am Ufer des Festlandes, kaum eine Viertelmeile vom Rand der Insel Hrafnsey entfernt. Aber er hatte kein Boot.

Er hätte nicht geglaubt, dass sie in der kurzen Zeit überhaupt so nahe herankommen konnten. Aber gemeinsam hatten Echegorgun, Mirastaray und Ekwetargun sie im Landesinneren über Pfade geführt, die nicht einmal eine Ziege finden konnte, und sie dann über einen überraschend einfachen Gratweg zur Küste gebracht, die nahe an ihrem Standpunkt lag. Obgleich sie zwei Tage zuvor stundenlang gerudert sein mussten, konnten sie jetzt kaum fünf Meilen gelaufen sein, um den Fuß der Halbinsel zu durchqueren.

„Wie kommen wir hinüber?", fragte Shef.

„Schwimmen?", schlug Echegorgun vor.

Shef zögerte. Eine Viertelmeile war nicht weit. Er wusste allerdings, dass diese Gewässer immer bitterkalt waren. Und außerdem konnte er die Bedrohung durch die Wale nicht vergessen.

Cuthred knuffte ihn und zeigte nach vorne. Erhellt von dem roten Glühen am Himmel, konnten sie den schwarzen Punkt eines Walfangbootes erkennen, dahinter weitere, die fieberhaft vom Grind-Strand hergerudert kamen. Männer, die Ladungen transportierten oder zurückkehrten, um Wasser zu holen.

„Noch mehr Geringe", sagte Echegorgun. „Wir gehen jetzt. Sprecht nicht von uns, außer zu meinem Vetter Brand. Wenn

ihr mit einem Boot ins Wasser geht, werdet ihr mit niemandem mehr sprechen."
„Warte!", sagte Shef scharf. „Hast du eine Ahnung, wo die Wale sind?" Echegorgun nickte. „Höre sie im Wasser. Ich weiß es bereits. Sie schwimmen vor dem Hafen, beobachten die seltsamen Schiffe. Unglücklich. Sie wollen kleine Boote umstoßen, nicht große Schiffe rammen. Fahrt nicht mit Booten."
„Kannst du uns sagen, ob sie in den Hafen schwimmen werden? Ob es für ein paar Minuten sicher ist, überzusetzen?"
Echegorgun schnaubte zweifelnd. „Wenn ihr das Geräusch wie von einem Walrosslaut hört, rudert hinüber. Macht schnell."
Einen Augenblick später war er fort, seine massive Gestalt verschwand scheinbar im Felsen.
„Geräusch wie ein Walrosslaut?", raunte Cuthred. „Könnte genauso gut ein Engel sein, der rülpst, was mich betrifft …"
Shef ignorierte ihn. Er war auf den höchsten Punkt getreten, den er erreichen konnte, und schwenkte die Lanze, die er wiedererlangt hatte, in weitem Bogen über dem Kopf. Augenblicke später sah ihn das führende Walfangboot, zögerte, kam heran.
„Haltet die anderen Boote auf", sagte Shef. „Nein, tut, was ich sage. Ich weiß, dass der Hafen angegriffen wird. Wir müssen gemeinsam hinein, nicht nur wenige gleichzeitig."
Nach und nach sammelten sich die Dorys, neun oder zehn von ihnen mit vielleicht vierzig oder fünfzig Mann, grimmige und erfahrene Seeleute, aber ungepanzert und unbewaffnet, abgesehen von den langen Walspießen, die einige bei sich trugen, sowie den Flensäxten und Grind-Messern.
„Ihr werdet genau zuhören, was ich zu sagen habe", sagte Shef. „Erstens, eine Schule von Killerwalen befindet sich draußen vor dem Hafen, und wir wollen nicht in sie hineinfahren. Zweitens, wir werden wissen, wann sie in den Hafen hineingeschwommen sind …" Seine Worte wurden mit skeptischem Murmeln aufgenommen; er stieß das stumpfe Ende der Lanze auf den Stein und übertönte es mit befehlender Stimme.

Kormak machte mit den Männern von Hrafnsey fast das Gleiche, was sie mit den Walen gemacht hatten. Absichtlich erzeugte er weiter Druck, sodass sie in Panik verfielen, obwohl er wusste, dass ihre Art von Panik ein überstürzter Angriff sein würde. Als die *Kranich* an den Anleger heranfuhr, schwirrten von ihrem Maulesel Steine, von denen jeder ein Haus traf. Feuerpfeile krachten in Holz und Öl und verwandelten die gesamte Siedlung in einen Feuersturm. Wenige wurden getötet, wenige starben, die Kampfkraft der Verteidiger war kaum gemindert. Ihnen blieb aber keine Zeit zum Nachdenken. Außerdem, als Brand das Wrack seiner geliebten *Walross* sah, als er beobachtete, wie seine Wintervorräte und sein Lagerhaus in Flammen aufgingen, schwoll sein Herz derart an, dass es sein Wams zu zerreißen drohte. Keine Zeit, um sein Kettenhemd zu holen, keine Zeit, die Männer aufmarschieren zu lassen. Er stand zwischen den Flammen, das Gesicht verzerrt, hielt die Axt „Kampftroll" in den Händen und wartete, dass die Plünderer ihre Füße auf Land setzten.

Als die *Kranich* den Anleger berührte, sprangen die Männer, die Kormak abkommandiert hatte, ans Ufer und bildeten sofort eine sechs Mann breite gepanzerte Front. Gleichzeitig beugte Kormak sich vor und sprach leise ein Wort zu seinem Bootsmann. Zwei Männer huschten von Bord und liefen die Seitenstreben des Anlegers entlang, jeder auf einer Seite. An der richtigen Stelle zogen sie ein Seil darüber und machten es fest.

Kormak bahnte sich einen Weg zur Mitte der Frontlinie, trat ein, zwei weitere Schritte vor und ordnete die Männer im Wikingerkeil an. Dann marschierten sie los und brüllten gleichzeitig. Kormak wartete auf den wilden Angriff, der sicher kommen würde. Er kam. Als er die selbstsichere Gestalt sah, die auf ihn zu schritt, wurden Brands Zweifel und Ängste, die ihn seit dem Zweikampf gegen Ivar heimgesucht hatte, durch Zorn und Verlustschmerz vollkommen ausgelöscht; mit erhobener Axt rannte er vorwärts. Hinter ihm kamen in einer ungeordneten Welle die Männer von Hrafnsey mit Waffen, die sie hier und da ergattert hatten.

„Ein großer Kerl“, bemerkte Kormak zu seinem nächsten Schildkameraden. Er hob seinen Schild und rief eine höhnische Bemerkung, die im Brüllen der Flammen unterging.
Als Brand vorwärtsstürmte, riss der Bootsmann, der im Schatten hockte, das Seil hoch. Brand verlor den Halt und stürzte der Länge nach hin, sodass der Anleger unter seinem Gewicht erzitterte. „Kampftroll“ rutschte ihm aus der Hand. Mit Gebrüll versuchte Brand, wieder auf die Füße zu kommen, doch im selben Moment schlug Kormak gnadenlos mit aller Kraft, die er aufbringen konnte, gegen Brands Schläfe. Brand schüttelte den Kopf, kämpfte sich weiter nach oben. Ungläubig schwang Kormak erneut seinen mit Bleikugeln gefüllten Sandsack. Diesmal landete der Riese auf allen Vieren.
Die heranstürmenden Männer hinter ihm zögerten, einige waren durch das Seil zu Boden geworfen worden. Zwei rannten weiter, wurden mit einer dichten Salve aus Wurfspeeren begrüßt und fielen widerstrebend. Die Übrigen zauderten, dann rannten sie allein oder zu zweit zurück ins brennende Dorf.
„Fesselt ihn“, sagte Kormak kurz angebunden. Er winkte seine Männer nach vorne, damit sie die Nachzügler heraustrieben, eine Eingrenzung schufen und die Kontrolle über Boote, Vorräte und Waffen übernahmen. Danach bestand die Aufgabe darin, die Flüchtigen zur Strecke zu bringen. Er wünschte, der Einäugige wäre zusammen mit Brand herangestürmt. Damit hätte er sich Ragnhild vom Hals gehalten.

Die englischen Katapultschützen, die als ungelernte Arbeitskräfte unten am Anleger beschäftigt waren, waren beim ersten Beschuss losgerannt. Sie hatten keine Waffen und nicht die Absicht, zur Verteidigung der Siedlung zu kämpfen. In der Dunkelheit hinter dem Feuerschein sammelten sie sich keuchend um Cwicca.
„Hätten uns niemals vom Maulesel wegholen sollen“, sagte eine Stimme in der Dunkelheit. „Wir wussten, dass sie kommen, wir haben es ihnen gesagt, aber nein, er hätte …“

„Sei still“, sagte Cwicca. „Die Sache ist die: Wenn wir wieder da rauf kommen, können wir das Katapult ausrichten und ihr Schiff in Stücke schießen, kein Problem. Dann gehen sie ganz schnell wieder an Bord.“
„Geht nicht“, sagte Osmod. „Seht.“
Er zeigte auf die Pinasse der *Kranich,* vollbeladen mit Bewaffneten, die gerade über den Hafen in Richtung der beiden unbewachten Katapulte übersetzte. Kormak hatte auch daran gedacht.

Kormak hatte nicht an die Wale gedacht. Die Orcas, ganz wild auf einen Angriff, waren der *Kranich* den gesamten Weg gefolgt. Der Leitbulle hatte sie jedoch zurückgehalten. Er hatte eine genaue Vorstellung von der Masse des Schiffes, wusste, dass es das größte Menschending war, dem er jemals begegnet war. Wenn er es rammte, würde es vielleicht volllaufen und sinken. Vielleicht nicht. Der Kratzer, den ihm Cuthred zugefügt hatte, ärgerte ihn, machte ihn aber gleichzeitig vorsichtig. Der Spaß, den er wollte, bestand darin, ein Boot umzuwerfen wie eine Eisscholle, die Männer darin wie unachtsame Seehunde zu schnappen. Also wartete er ab und seine Schule mit ihm, während sie in der Hafeneinfahrt hin und her glitten, ein Auge auf der *Kranich* und dem Tumult, das andere auf den interessanten, aber ufergeschützten Walfangbooten, die er bereits auf eine Viertelmeile Entfernung gespürt hatte, als er in der Deckung durch das Festland auf der Lauer lag.
Dann hörte er das regelmäßige Schlagen der Pinassenruder und zögerte nicht länger. Erfüllt von einem grausamen Trieb, stärker als Hunger, ähnlich wie der Fuchs im Hühnerstall, sauste er den Hafenkanal entlang, und die Schule folgte ihm.

„Geht nicht“, wiederholte Osmod. „Lieber heiliger leidender Christus.“ Zurückgeworfen in seine Kindheit, machte er über dem Hammer, der weiterhin um seinen Hals hing, instinktiv das

Kreuzzeichen, um sich vor Bösem zu schützen. Niemand wies ihn zurecht. Sie beobachteten die Pinasse und sahen alle gemeinsam die mächtige Flosse, die sich mannshoch hinter dem Boot erhob, den schwarz-weißen Körper, der darunter hindurch zog.

Boot und Männer kenterten ohne auch nur einen Schrei. Einen Moment lang – auf dem Wasser tanzende Köpfe. Dann durchschnitt eine Finne nach der anderen das Wasser, während die Orcas ihr bewährtes Ritual begannen, mit dem sie einen großen Wal angriffen, einen Blauwal oder Pottwal oder Finnwal. Nacheinander glitten sie heran, bissen mit ihren kräftigen Kiefern zu und glitten beiseite, um dem nächsten Platz zu machen. Doch wo ein Biss eines ausgewachsenen Orcas einen sechzig Fuß langen Blauen nur verletzen würde, teilte er einen Mann entzwei. Das Getümmel war rasch vorbei, und die Wale verschwanden wieder in der Meerenge, um ihre Anwesenheit zu verschleiern.

„Ich bin einem von diesen Dingern draußen auf dem Wasser begegnet", raunte Karli und wurde bleich. „Ich hab euch gesagt, es hätte mich im Bruchteil eines Augenblicks herumreißen können. Die Flosse ist so groß wie ich. Wie sehen dann erst die Zähne aus?"

Cwicca holte die anderen aus ihrer Schockstarre. „Nun, Thor helfe ihnen, aber seht: Die Straße zu den Mauleseln ist frei. Gehen wir rauf."

Noch immer auf das vom Feuer erhellte Wasser starrend, begannen die Katapultschützen, um den Hafen herum zu ihren Maschinen zu laufen.

Auf der *Kranich* war die gesamte Aufmerksamkeit auf den Sturmangriff und die Niederlage Brands gerichtet. Niemand sah die Pinasse untergehen außer den beiden Fischern, die immer noch Gefangene und außen am Seitendeck festgebunden waren. Sie blickten hinab ins Wasser und versuchten, die Tiefe abzuschätzen. Langsam und über ihre Schultern blickend, machten sie sich mit erneuter Zielstrebigkeit daran, ihre Hände freizubekommen.

Von der Küste des Festlandes aus sah Shef das Feuer abermals aufflammen. Die Männer in den Booten knurrten und wollten nicht an eine Bedrohung durch die Orcas glauben, wollten unbedingt sehen, was mit ihren Heimen geschah.

Hinter Shef erklang ein seltsamer Laut, als ob sich jemand lang und lauthals schnäuzte, gefolgt von einem Platschen, als ob eine Fluke aufs Wasser schlug.

„Was war das?“, fragte er.

„Klang wie ein untertauchendes Walross“, sagte einer der Männer im Boot. „Aber das kann nicht sein, nicht ...“

„Schon gut“, schnappte Shef. Er hob die Lanze hoch und rief allen Booten zu: „Jetzt ist es sicher, vielleicht nur für ein paar Minuten. Rudert geradewegs rüber, so schnell ihr könnt, landet am Ufer genau gegenüber und verlasst die Boote. Fahrt nicht in den Hafen ein. Hört ihr? Nicht in den Hafen einfahren. Jetzt rudert.“

Er setzte sich auf den Bug des vordersten Bootes, Cuthred aufs Heck. Die Walfänger legten sich in die Riemen, ließen das Boot über das ruhige Meer hüpfen. Shef drehte sich von einer Seite zur anderen und fürchtete, dass jeden Augenblick wieder eine Flosse auf ihn zurasen würde. Die Boote brachten die halbe Strecke hinter sich, sausten weiter. Als sie sich dem Inselufer außerhalb der Hafeneinfahrt näherten, vielleicht noch eine halbe Meile von der Hauptsiedlung entfernt hinter einem Hügel verborgen waren, spürte Shef, wie die Geschwindigkeit nachließ.

„Warum fahren wir nicht weiter?“, rief einer der Ruderer.

„Glaubt mir“, sagte Shef, „das würde euch nicht gefallen.“

Sein Boot rieb mit dem Bug über den Kies, gefolgt von den meisten anderen. Die Männer kletterten heraus, hievten die Boote höher und ergriffen ihre improvisierten Waffen. Ein Boot ignorierte Shefs Rufe, skimmte weiter in Richtung Hafeneinfahrt, fuhr um die Spitze und verschwand außer Sicht. Shef schüttelte angewidert den Kopf.

„Ich verstehe immer noch nicht, wieso ...“, begann ein anderer Querulant. Cuthred, dessen Geduld erschöpft war, schlug ihm mit dem Schwertknauf gegen die Kopfseite, packte ihn an der Kehle, riss ihn dann wieder auf die Füße.

„Tu, was er sagt, und befolge seine Befehle“, knurrte er. „Kapiert?“

Shef machte den fünfzig Männern, die er hatte, ein Zeichen, damit sie eine lange Doppellinie bildeten, und führte sie in einer breiten Pfeilformation ab. Er hielt sie in einem raschen Trab, unterdrückte jeden Drang, zu rennen. Sie würden ihren Atem brauchen, wenn sie gegen Gepanzerte antreten mussten. Sein Plan war, einen weiten Bogen um den Hügel an der Hafeneinfahrt zu machen und aus dessen Deckung den Strom entlang zu kommen, an dem die Hauptsiedlung lag, um die Eindringlinge zurück zum Wasser zu treiben. Vielleicht würden sie sich bis dahin zum Vergewaltigen und Plündern zerstreut haben. Er hoffte es. Die Überraschung war jetzt ihre einzige Chance.

Die Katapultschützen erreichten den ersten Maulesel und hielten für einen Augenblick inne. Einen bemannen oder beide? Selbst wenn man Karli mitzählte, hatten sie weniger als zwei vollständige Mannschaften.

„Zunächst nur den Ersten“, entschied Cwicca kurzerhand. „Macht euch ans Spannen.“

Sie hatten die Seile locker hängen lassen, bevor sie losgegangen waren. Es war nie gut, sie zu lange unter Spannung zu halten. Die Spannhebel lagen noch immer aufgestapelt an ihrem Platz, und die Männer machten sich ans Werk. Gleichzeitig rief Cwicca Karli zu sich, damit er ihm half. Ein Fortschritt, den sie während des wochenlangen Wartens gemacht hatten. Zuvor hatten sie ihre Maschinen nicht weiter als ein paar Zoll drehen können. Auf einem Schiff musste man eher mit dem Schiff als mit dem Maulesel zielen. Allerdings hatte Udd das Problem nach vielem Herumprobieren gelöst. Sie hatten die schwere Maschine auf eigene kleine, mit Eisen umrandete Räder gesetzt – nicht so, dass sie über Land gezogen werden konnte wie die leichteren Pfeilwerfer, son-

dern so, dass diese kleinen Räder auf einem größeren ruhen konnten, das flach auf dem Boden lag und angeflanscht war, sodass die Rädchen an einem Ort blieben. Zwei starke Männer konnten die gesamten eineinviertel Tonnen auf der unbeweglichen Achse vorwärtsbewegen und auf einem Tradierungslauf ausrichten.
Unter Anstrengungen hoben Karli und Cwicca den Lauf an, schoben die Maschine von ihrer ursprünglichen Position, die die Hafeneinfahrt abdeckte, weg, um auf die *Kranich* zu zielen, die sich langsam vom Anleger entfernte.
„Einen halben Schritt weiter“, keuchte Cwicca. „Eine Handbreit zurück. Gut. Nach vorne kippen, zwei Keile einhämmern, nein, drei.“
Sie senkten die Maschine nach vorne, sodass sie nun hinunter aufs Wasser zielte. Die Seile waren verbunden, der Wurfbalken unter dem Haltebolzen gespannt. Cwicca legte einen dreißig Pfund schweren Felsbrocken in die Schlinge, die von dem Balken herabhing, überprüfte den genauen Winkel des Hakens, von dem aus die Arretierung der Schlinge im richtigen Moment aufschnappen musste.
„Bereit. Zurücktreten. Feuer.“
Der Bolzen wurde zurückgezogen, der Balken schoss mit unglaublicher Wucht nach vorne, die Schlinge wirbelte herum und fügte der Kraft der verdrehten Seile ihren eigenen Vektor hinzu. In einer flachen, harten Linie schoss der Brocken über das Wasser.
Und verfehlte. Die Mannschaft hatte die Maschine so weit nach unten gekippt, wie es ging. Es war allerdings eine schwierige Angelegenheit, sie hinsichtlich der Reichweite nach unten anzupassen. Der Felsen flog knapp über das Deck der *Kranich* und platschte dann in der Mitte des sich vergrößernden Abstands zwischen dem Schiff und dem Anleger ins Wasser. Die dadurch verursachte Fontäne spritzte Gischt in Kormaks Gesicht, als er sich von dem gewonnenen Scharmützel auf dem Anleger abwandte.
„Thor, hilf mir“, sagte er. „Was ist mit der Pinasse? Die Mannschaft sollte doch diese Maschine sichern.“ Dann fing er an, Be-

fehle zu bellen. Eine Bedrohung für sein Schiff war eine höchst ernste Sache, alles andere war trivial: der Sieg im Kampf, das Festhalten der Gefangenen, selbst die Beschwichtigung Ragnhilds. Als sie bemerkte, dass Kormak von der Plünderung der Siedlung ablassen wollte – jener Siedlung, von der sie sicher war, dass sich der Verderber ihres Sohnes dort aufhielt und sich irgendwo aus dem Kampfgeschehen davonstahl –, fiel sie mit Zähnen und Fingernägeln über ihn her. Er schüttelte sie ab, während sie an seinem Arm hing und ihre Forderungen herausschrie.

Kormak wusste auf Anhieb, das Wichtigste war, die *Kranich* auf die andere Seite des Hafens zu bringen, wo die Katapulte sie nicht treffen konnten, weil man sie für einen Schuss nicht weit genug nach unten ausrichten konnte. Das Schiff brauchte mehr Männer, und zwar schnell. Es lagen noch immer Skiffe und Dorys am Anleger und auf dem Kies daneben. Schnell kommandierte Kormak fünfzig Männer ab, um den Anleger zu halten, befahl den Rest in die Boote und quetschte so viele hinein, wie sie nur tragen konnten. Im letzten Moment hielt er inne, holte zwei Männer aus dem Boot, das am nächsten lag, und ersetzte sie durch den immer noch angeschlagenen Brand, dessen Hände fest hinter seinem Rücken gefesselt waren.

„Wir werden ihn sicher verstauen“, meinte er und stieg in das gleiche Boot. Wieder stieß er die rasende Ragnhild von sich weg. „Herrin, wir kommen zurück und holen Euch. Wenn der Mann, den Ihr sucht, hier irgendwo ist, dann am Ufer. Ich schlage vor, Ihr sucht selbst nach ihm. Ablegen“, fügte er zu den Ruderern gewandt hinzu. Ein zweiter Brocken platschte ins Meer, diesmal war er auf das erste Boot gerichtet gewesen, das langsam hinausfuhr, hatte sein Ziel aber wieder verfehlt, sodass sich fünfzig Mann daranmachten, die dazwischenliegenden hundert Yards an Wasser zu überqueren.

Shef und seine Gruppe überwanden den Strom und gelangten über das landwärts gelegene Ende der einzigen, schlammigen Straße ins brennende Dorf. Als sie hinuntereilten, diesmal im trottenden Lauf, traten Männer aus den Flammen und den Schatten, um sich ihnen zuzugesellen, schlossen sich den Reihen an, darauf erpicht, beim ersten Anzeichen von gemeinsamem Widerstand Hilfe zu leisten. Shef fühlte, wie die wölfische Kraft ihres Zornes ihn mitriss. Es war unmöglich geworden, sie aufzuhalten. Was auch immer er sagte oder tat, sie würden sich auf die Eindringlinge stürzen.

Die Hålogaländer trugen jedoch keine Rüstungen, und der einzige Schild in der Truppe war der Cuthreds. Ihre Feinde waren voll ausgerüstet; Shef sah sie in einer festen Reihe am Fuß des Anlegers verteilt stehen, unerschütterlich und furchtlos. Innerhalb von Sekunden würde er den Sturmangriff anführen müssen. Wie standen seine Überlebenschancen? In der Mitte der vorderen Reihe, ein Ziel für jeden Speer? Dies war der Lauf der Dinge. Shef hob die Lanze. Er sah keine Möglichkeit, etwas zu ändern. Er versuchte, in sich selbst jenes Verlangen nach einem Kampf wachzurufen, das er gefühlt hatte, als er den Wikinger Hrani auf der Sandbank getötet hatte. Keine Reaktion. Die Lanze in seiner Hand schien das Verlangen aufzuzehren und stattdessen den Wunsch nach einem Aufschub auszusenden. Den Wunsch, zu bemitleiden, nicht zu schlagen. Die Männer zu seiner Rechten und zu seiner Linken sahen ihn aus den Augenwinkeln an und erwarteten seinen Angriffsbefehl. Etwas brachte Shef dazu, die Lanze seitwärts zu heben, sodass er sie zurückhielt.

Hinter dem Schildwall auf dem Anleger erhellte die aufgehende Sonne die umgebenden Hügel und schien zum ersten Mal an diesem Tag ungetrübt auf das Wasser. Das Licht fiel auf die Flossen und Körper der Orcas, die ein zweites Mal aus dem tiefen Wasser hereinschwammen, sicher in dem, was sie taten, ermutigt durch ihren ersten Erfolg. Ein lauter Schrei erhob sich von dem Gewässer, als die Männer in den Dorys erkannten, was da auf sie zukam. Es waren mutige Männer, und manche von ihnen stießen mit Speeren und Schwertern zu, als die schwarz-weißen Körper auf sie zurasten. Valgrim der Weise, der ungläubig am Bug des Bootes stand, holte mit dem Speer „Gugnir“ aus, um ihn wie eine Harpune zu schleudern. Zu schwach, zu langsam. Die Boote wurden von unten angegriffen. Ein Schlag von einer Schnauze, vorwärtsgetrieben von einem tonnenschweren Körper mit dreißig Meilen pro Stunde, und jedes Boot löste sich auf. Die schwer bewaffneten Männer klatschten auf oder versanken im Wasser, und als dies geschah, bissen die Kiefer zu, rissen sie auseinander, während die Killerwale in dem gleichen Muster hin und her schwammen, das sie für die Jagd auf Seehunde oder Tümmler einsetzten. Innerhalb von Sekunden war der Bai ebenso rot verfärbt wie die Bucht beim Grind. Diesmal aber von Menschenblut, nicht von dem der Wale. Es war das Blut der Mannschaft, vermischt mit dem des Kapitäns und dem Valgrims des Weisen, Priester von Odin, der nun Odins eigenen Kreaturen geopfert worden war. Niemand bemerkte, wie der Speer mit den „Gugnir“-Runen langsam auf den Meeresboden sank. Seinem letzten Besitzer hatte er kein Glück gebracht.

Shefs Angriffslinie zauderte, als den Männern dämmerte, was gerade geschah, etwas, das niemand von ihnen bisher gesehen hatte. Als sie bemerkten, wie ihre Feinde gafften und zögerten, drehten sich auch die abkommandierten Männer von Kormak um. Beide Seiten standen vor Schreck erstarrt da. Niemandem war es möglich, einzuschreiten.

Nach einer Weile ging Shef auf sie zu und sprach denjenigen an, der wahrscheinlich der Befehlshaber der Männer auf dem Anleger war. „Legt eure Waffen nieder“, sagte er. „Wir geben euch Leib und Leben und freies Geleit heim, wenn wir können. Ihr könnt jetzt unmöglich entkommen. Und es ist bereits genug Blut vergossen worden.“

Mit blassen Lippen blickte der Befehlshaber auf seine Männer, sah die erschütterten und entsetzten Gesichter, in denen der Kampfeswille gebrochen war. Er nickte, legte langsam Schwert und Schild nieder. Cuthred kam nach vorne, bahnte mit seinen Schultern durch die Umstehenden einen Weg für Shef, ging mit ihm zu Ende des Anlegers, um das Ende der Geschichte mitzuerleben. Währenddessen erhob sich eine Gestalt von den Planken und schrie, weil sie jemanden erkannte: Ragnhild, ein Messer in der Hand, ungerührt von dem Gemetzel, erbittert auf Rache aus. Wie eine Furie rannte sie auf Shef zu, hielt das Messer niedrig für den Stoß. Shef sah sie herankommen, erkannte die grünen Augen, die er geküsst hatte, das Haar, in das er beim Höhepunkt gegriffen hatte. Die Lanze fiel ihm unbeachtet aus der Hand, er suchte nach entschuldigenden Worten. Sie kreischte irgendetwas, als sie auf ihn zuraste; er verstand nur die Worte: „… meinen Sohn getötet!"

Er stand da, die Arme ausgebreitet, gelähmt, auf ein Wort der Erklärung hoffend, auf ein weiteres Wunder.

Cuthred trat zwischen sie, der Messerstich glitt quietschend von der harten Oberfläche des Schildes ab. Ohne nachzudenken, hob er ihn, um die Frau zurückzustoßen. Ragnhilds Augen weiteten sich plötzlich vor Überraschung, dann fiel sie nach hinten und riss Cuthreds Schild mit sich – den Schild mit dem einen Fuß langen Dorn, den Shef persönlich verschweißt hatte. Er war ihr unter den Brüsten hindurch ins Herz getrieben worden.

„Gott ist mein Zeuge", sagte Cuthred, „es war ein Unfall. Ich habe nie im Leben eine Frau getötet."

„Zu viele Tote", sagte Shef. Er ging in die Hocke und suchte nach einem Lebenszeichen. Ihre Lippen bewegten sich noch und verfluchten ihn. Dann erstarben sie, und er sah, wie ihre Augen nach hinten rollten. Als er beiseite trat, ging Cuthred nach vorne, stellte einen Fuß auf Ragnhilds ausgestreckten Arm und zog seinen Schild heraus. Er schüttelte den Kopf in Selbsttadel und sah nach, ob sein Herr bemerkt hatte, was er getan hatte.

Aber Shefs Auge hatte sich von der Leiche auf dem Anleger abund dem blutigen, von Flossen durchschnittenen Wasser zugewandt. Dort, in den gegenüberliegenden Untiefen, saßen zwei Gestalten, die im heranziehenden Tageslicht sichtbar wurden. Hinter ihm erhob sich ein verwundertes Raunen, als mehr und mehr Männer den erstaunlichen Anblick sahen. Zum zweiten Mal an diesem Morgen erblickten sie etwas, was kein Mensch je zu Gesicht bekommen hatte: einen aus dem Verborgenen Volk.

Echegorgun, der die Stimmung der Wale genau abgeschätzt hatte, schwamm unbehelligt und selbstsicher durch die Meerenge hinter den Walfangbooten. Er hatte beobachtet, wie Shef die Männer ans Ufer gebracht hatte, hatte beobachtet, wie die vermessenen Männer in dem einen Boot in den Hafen eingefahren waren, nur um dort auf die Wale zu treffen und von ihnen abgeschlachtet zu werden. Er hatte Abstand gehalten, war den Walen aber in den Hafen gefolgt mit der Sicherheit, dass er es hören würde, wenn sie sich ihm zuwandten. Er war das Ufer entlanggeschwommen, wobei nur die Spitze seines Schädels sichtbar gewesen war, und hatte dabei lediglich wie ein weiterer grauer Felsen ausgesehen. Er hatte das Treiben der Männer mit Interesse, aber ohne Sorge verfolgt – bis er sah, wie zwei Männer eine unverwechselbare Gestalt in ein Boot verfrachteten: Brand, Sohn von Barn, Sohn von Bjarni. Den Enkel seiner Tante.

Echegorgun wusste genau, was als Nächstes geschehen würde. Er hatte nur wenige Minuten Zeit, um es abzuwenden, zu ändern. Wie ein Seehund war er durchs Wasser gerast, hielt sich einen Augenblick lang am Heck der *Kranich* fest, schätzte den Abstand zwischen sich und dem vordersten Boot mit Kormak darin ab, spürte das Schwärmen und das Gestöber der Walfluken nur wenige Yards entfernt. Er tauchte unter und stieß sich ab wie ein Otter.

Brand, hilflos gefesselt auf dem Boden des Bootes, mit Kormaks Fuß fest auf seiner Brust, sah lediglich, wie eine große, graue Hand die Seitenwand packte. Dann kippte das Boot. Kippte auf Echegorgun zu, kippte nur ein wenig, bevor der erste Wal zuschnappte. Als die Männer riefen und ihre Waffen hoben, wurde er am Hemd gepackt, ohne dass er sich dagegen wehren konnte, über die Seite gezogen, tief, tief hinab, fort von den splittern-

den Planken und den um sich schlagenden Gliedmaßen an der Oberfläche.
Eine Sekunde lang fühlte Brand den gesamten abergläubischen Schrecken seines Volkes. Gepackt von einem Marbendill, hinabgezerrt als Abendmahl für die Monster am Grund des Meeres. Und trotzdem hatte er im Bruchteil dieser Sekunde die Hand vage erkannt. Er lag regungslos da, leistete keinen Widerstand und hielt die Luft des einen tiefen Atemzugs an.
Langsam zog ihn der Griff durchs Wasser, angetrieben von den massiven Muskeln des Nichtmenschen. Unter den Kiel der *Kranich*. Durch die Bucht. In die Untiefen. Als sie beide nach oben kamen, den Atem in einem letzten Keuchen entweichen ließen, starrte Brand in das Gesicht neben sich. Das Gesicht starrte zurück. Als Echegorgun ein Messer aus Feuerstein hervorzog und sich daranmachte, das Seil durchzuschneiden, das Brands Arme fesselte, musterten sie einander stumm, suchten nach Gemeinsamkeiten, nach Familienähnlichkeiten.
Im seichten Wasser sitzend, sprach Brand schließlich. „Ich habe Nachrichten für dich und deine Leute an einem geheimen Ort hinterlassen“, sagte er, „und ich habe mich immer an unsere Abmachung gehalten. Trotzdem hätte ich nie erwartet, dich bei Tageslicht zu sehen. Du gehörst zu dem Volk, auf das Großvater Bjarni gestoßen ist.“
Echegorgun lächelte und zeigte seine riesigen Zähne. „Und du musst mein guter Vetter Brand sein.“

Kapitel 24

„Es ist eine teure Angelegenheit, eine Unterkunft zu finden“, sagte Brand erschöpft.
Shef sagte nichts. Er hätte erwidern können, dass es sich manchmal auch auszahlte, aber man musste Rücksicht auf Brands Geisteszustand nehmen. Er war nicht sicher, wie viele Tage seit der Schlacht vergangen waren – in den hohen Breitengraden war es schwer zu sagen. Alle schienen fieberhaft und länger zu arbeiten, als sie es aushalten konnten, und hörten erst auf, wenn sie einschliefen. Und doch – was nichts Gutes erahnen ließ – wurde der Himmel wieder finster. Der Sommer war vorbei, der Winter kam heran. In Hålogaland kam er sehr schnell.
Wie viele Tage auch vergangen sein mochten, die Siedlung wirkte immer noch kaum überlebensfähig. Alle drei Schiffe im Hafen waren entweder gesunken oder unbrauchbar. Durch reines Glück hatten Cwicca und seine Mannschaft ein Stück Weideland gefunden und es geschafft, dort ihre Maschine abzustellen, nachdem die Schlacht gerade gewonnen war, und mit einem Felsbrocken fein säuberlich den Fuß des Mastes der *Kranich* zu zerschlagen. Getrieben von der schrecklichen Angst vor den Walen war es der Mannschaft gelungen, sie hinüberzustaken und auf den Strand zu setzen, aber sie würde niemals wieder das Meer befahren. Die *Walross* lag weiterhin am Grund des Hafens, wo ihr Mast verloren aus dem Wasser ragte. Die *Seemöwe* hatte Feuer gefangen und war verbrannt. Obwohl viele unterschiedliche kleinere Boote zur Verfügung standen, gab es doch kein Schiff, das groß genug war, um gen Süden nach Trondhjem zu segeln, dem nächstliegenden Hafen, und mit Proviant zurückzukehren. Nach und nach würden die geborgenen Planken und Balken verarbeitet werden, denn natürlich gab es an der öden Küste und auf den windumtosten Inseln wenig großes Holz. Aus demselben Grund würde es schwer

werden, die ausgebrannten Hütten wiederaufzubauen, trotz des geschickten Umgangs der Einheimischen mit Stein und Torf. Viel von dem wertvollen Schatz aus der Grindwaljagd war in Flammen aufgegangen und mit ihm die Speicher und Lagerhäuser, wo Brand nicht nur die Pelze, die Federn und das Leder aus der Finnensteuer lagerte, mit der er handelte, sondern auch Fleisch, Käse und Butter, wovon er lebte.

Und neben Shefs Begleitern und Guthmunds Mannschaft waren da noch die ungefähr siebzig Überlebenden der *Kranich.* Man hatte ihnen versprochen, sie am Leben zu lassen, und niemand hatte in Erwägung gezogen, dieses Versprechen zu brechen. Aber sie alle mussten essen. Sie konnten unmöglich alle auf der Insel durch den nahenden Winter kommen, wie viele Fische sie auch fingen, wie viele Seehunde sie erjagten. Viele der Hålogaländer hatten sich in ihre Gehöfte zurückgezogen und klargestellt, dass sie nichts mit Brands Problem zu tun haben wollten. Sie würden überleben. Es waren die Fremden, die sterben würden, und ihre Gastgeber, wenn sie dumm genug waren, zu teilen.

„Zumindest haben wir Gold und Silber", fuhr Brand fort. „Das verbrennt nicht. Das Beste, was wir tun können, ist, ein Schiff zusammenzubauen, einen Notbehelf, es mit jedem Mann zu beladen, der hineinpasst, und es nach Süden zu schicken. Wenn es nahe beim Ufer bleibt, gelangt es vielleicht an einen Ort, wo es genügend Nahrung gibt. Dann tauschen wir Ragnhilds Vestfolder ein, kaufen so viel ein, wie wir können, und fahren anschließend zurück nach Norden."

Wieder unterließ Shef es, etwas zu sagen. Wäre Brand nicht so müde, hätte er die Lücken in seinem Plan erkannt. Die Vestfolder waren zahlreich genug, um ihre Bewacher zu überwältigen, das Gold mitzunehmen und die Siedlung so vorratslos zurückzulassen, wie sie war. Wie die Dinge standen, wurden zu viele Mittel dafür aufgebraucht, sie zu bewachen. Man musste sie alleine fortschicken ... Falls man sie trotz ihrer neu gewonnenen Angst vor Walen je wieder dazu bringen konnte, sich aufs Meer hinauszuwagen.

„Tut mir leid“, sagte Brand und schüttelte seinen massiven Kopf. „Ich habe zu viel erlebt, um irgendeinen vernünftigen Plan zu fassen. Ein Marbendill als Vetter! Ich wusste es, aber nun wissen es alle. Was werden die Leute sagen?“

„Sie werden sagen, dass du Glück hast“, mischte sich Thorvin ein. „In Schweden gibt es einen Priester des Weges, dessen Hingabe besonders der Göttin Freya gilt. Seine Kunstfertigkeit liegt im Züchten von Tieren, in der Vorgehensweise, wie man durch Kreuzung oder Inzucht die ergiebigsten Milchkühe oder die Schafe mit der meisten Wolle bekommt. Er hat oft mit mir über Maultiere gesprochen und über das Kreuzen von Hund und Wolf und solche Dinge. Sobald er davon erfährt, wird er herkommen. Denn mir scheint, dass wir und die Seemenschen mehr wie Hund und Wolf sind als wie Pferd und Esel. Dein Großvater Bjarni hat sich mit einem ihrer Weibchen gepaart und sie gebar ein Kind, deinen Vater Barn. Aber Barn hatte auch ein Kind, und das warst du, und eure Verwandtschaft ist klar erkennbar, wenn man euch zusammen sieht. Wäre Barn ein Maultier gewesen, ein menschliches Maultier, hätte das nicht passieren können. Also sind wir und die Marbendills nicht so weit voneinander entfernt. Vielleicht fließt in unserem Volk mehr Marbendillblut, als wir vorher wussten.“

Shef nickte. Der Gedanke war ihm schon vorher gekommen, als er die Nordmenschen mit ihrem massiven Körperbau, den Wülsten über ihren Augen, ihrer behaarten Haut und ihren buschigen Bärten betrachtet hatte. Er hatte den Gedanken nur nicht geäußert.

Er bemerkte, dass das Wort „Troll“ um die Siedlung herum immer seltener verwendet und stattdessen ersetzt wurde durch „Meervolk“ oder „Marbendill“, als ob andere ebenfalls ihre Verwandtschaft erkannten.

„Nun, sei es, wie es sei“, sagte Brand und blickte etwas glücklicher drein. „Ich weiß nicht, was wir tun sollen. Ich wünschte, und es macht mir nichts aus, es zu sagen – ich wünschte, ich hätte den guten Rat meines Vetters.“

Echegorgun aber hatte sich davongemacht, kurz nachdem er Brand ans Ufer geschleppt hatte. Er schien die Aufmerksamkeit zu genießen, die er kurzzeitig bekam, und er wirkte erst recht zufrieden mit Brands Dankbarkeit. Dann sah es so aus, als würde der Lärm ihn reizen, und er war verschwunden, wie es nur dem Verborgenen Volk möglich war. Zudem hatte er Cuthred mitgenommen, offenkundig waren die beiden durch den Meeresarm zurück zum Festland geschwommen.

Echegorgun war von Cuthred beeindruckt. „Nicht ganz ein Geringer", hatte er gesagt. „Jedenfalls stärker als Mirastaray. Und seht euch die Haare auf seinem Rücken an! Wenn man ihn gut einölt, könnte er auch mit den Robben schwimmen. Mirastaray mag ihn. Er könnte ein guter Gefährte für sie werden."

Shef blieb bei dem letzten Gedanken der Mund offenstehen, dann sagte er vorsichtig, ohne genau zu wissen, wie er es formulieren sollte: „Ich dachte, Echegorgun, du hättest gesagt, du wüsstest, was ihm widerfahren ist. Nun, was ihm widerfahren ist, war, dass einige andere Geringe … Sie haben, nun, ihm nicht das abgeschnitten, was ihn zum Mann macht, aber was ihm …"

Echegorgun schnitt ihm das Wort ab: „Ich weiß. Es bedeutet uns weniger als euch. Weißt du, warum euer Leben so kurz ist? Weil ihr euch jederzeit paart, nicht nur, wenn ihr brünstig seid. Jedes Mal, wenn ihr es tut, verschwindet mehr von eurem Leben. Eintausend Mal bei jedem Kind; ich habe an vielen Fenstern gelauscht! Ach, Mirastaray würde etwas ganz anderes in einem Mann sehen."

Und damit waren sie davongegangen. Shef hatte nur noch Zeit, mit Cuthred zu reden und ihn zu bitten, dass er Echegorgun darum bat, seine menschlichen Opfer wie eine zivilisierte Person zu begraben, anstatt sie zu räuchern wie ein – wie ein Marbendill. „Sag ihm, wir bezahlen ihn mit Schweinen", hatte er gesagt.

„Ihr habt keine Schweine", hatte Cuthred erwidert. „Wie auch immer, ich ziehe Schweine Menschen vor." Vielleicht würden sie alle Speisekammern wie Echegorgun haben, bevor der Winter vorbei war, dachte Shef. Während die sich im Kreis drehende Diskussion zwischen Thorvin, Brand, Guthmund und den anderen weiterging, erhob er sich grübelnd und ging davon. Er trug die Lanze bei sich, die er aus dem Räucherhaus mitgenommen hatte. Sie fühlte sich angenehmer an als der Speer „Gugnir" oder die teuren Schwerter, die er erhalten und verloren hatte. Er hatte erkannt, dass das Beste, was man tun konnte, wenn man einem unlösbaren Problem gegenüberstand, war, jeden deswegen zu fragen, bis man denjenigen traf, der die Lösung wusste.

Er fand Cwicca und seine Männer vor, wie sie während einer Ruhepause von ihrer Arbeit, bei der sie die Planken aus den Schiffswracks zu bergen versuchten, ein karges Mahl zu sich nahmen. Als er näherkam, standen sie respektvoll auf. Shef war einen Moment lang verwundert. Das taten sie manchmal. Gelegentlich, wenn er Englisch sprach, vergaßen sie es, irregeführt durch seinen Akzent, und behandelten ihn als einen der Ihren. Sie schienen dies weniger oft zu tun.

„Setzt euch", sagte er, blieb selbst aber stehen und lehnte sich auf die Lanze. „Nicht viel zu essen, wie ich sehe."

„Und es wird noch weniger werden", stimmte Cwicca zu. „Man munkelt, dass die Gefangenen in einem Schiff fortgeschickt werden sollen, wenn wir es fertiggebaut haben. Wenn wir zwei bauen könnten, könnten wir jemanden, dem wir trauen, nach Süden schicken, damit er Nahrungsmittel holt."

„*Wenn* wir zwei bauen könnten", wandte Wilfi ein.

„Wenn wir jemanden finden, der es steuert", fügte Osmod hinzu. „Im Moment haben alle so viel Angst vor den Walen, dass sie auf Grund laufen würden, wenn sie nur ein Atemloch sähen."

„Stimmt haargenau", warf Karli inbrünstig ein. „Eine Sache will ich dir sagen, Herr. Du weißt, dass ich einem von diesen Biestern begegnet bin, als ich von Drottningholm zurückgestakt bin? Genau auf dem Wasser, aus nächster Nähe? Nun, einer von denen hier war derselbe. Ich habe Bissspuren auf der Flosse gesehen. Das

Gleiche hier. Es sieht aus, als ob … Nun, als ob sie uns hier herauf gefolgt sind."
Oder als ob sie dir hier herauf gefolgt sind, dachte er, sagte es aber nicht. Die englischen Freigelassenen hatten ihm viele merkwürdige Geschichten über ihren Herrn erzählt, den sie gleichermaßen verehrten und in dessen Gegenwart sie sich wohlfühlten. Er hatte nur wenig davon geglaubt. Inzwischen fing er an, sich zu wundern. Gab es eine Strafe, überlegte er, für einen Mann, der den Sohn eines Gottes begrüßte, indem er ihn niederschlug? Bisher war noch keine gefolgt.
„Tja, wenn wir nichts unternehmen, verhungern wir alle", sagte Shef. Die ehemaligen Sklaven überlegten, wie die Aussichten waren. Sie waren nicht unbekannt. Viele Sklaven und ebenso viele Arme starben im Winter an Kälte oder Hunger oder beidem. Sie hatten alle erlebt, wie es passierte.
„Ich hatte eine Idee", sagte Udd und hielt dann inne, weil er in Gesellschaft wie üblich scheu war.
„Ging es um Eisen?", fragte Shef.
Udd nickte energisch und beruhigte seine Nerven. „Ja, Herr. Ihr erinnert Euch an das Erz, das wir unten bei der Schule von Kaupang gesehen haben? Die Sorte, die man kaum bearbeiten muss, weil so viel Metall im Stein ist? Es stammt aus Jarnberaland. Dem Eisenträgerland."
Shef nickte ermutigend, ohne dass er eine Ahnung hatte, wohin dieser Gedanken führen sollte. Eisen konnten sie nicht essen. Aber Sarkasmus würde Udd gänzlich zum Schweigen bringen.
„Es gibt auch einen Ort namens Kopparberg. Kupferberg. Nun, die Sache ist die: Beide sind da drüben." Udd zeigte über den Hafen auf das Gebirge am gegenüberliegenden Ufer. „Auf der anderen Seite der Berge, meine ich. Ich dachte, wenn wir nicht segeln können, können wir laufen. Es ist ja nicht so, dass es auf der anderen Seite nichts gäbe."
Shef betrachtete das zerklüftete, abstoßende Ufer, dachte an den furchtbaren Krampfschmerz beim Besteigen der Bergwand von

Echegorguns Einlass. An den Pfad, auf den sie gestoßen waren. An den einfachen Gratweg, den Echegorgun genommen hatte, um sie auf die die andere Seite der Insel zu bringen.
„Danke, Udd", sagte er. „Ich werde darüber nachdenken."

Er ging weiter, bis er Guthmund den Schweden traf. Guthmund hatte unerwartet gute Laune. Er hatte sein Schiff verloren, und die Chancen standen gut, dass er an Hunger starb. Auf der anderen Seite war die Beute von der *Kranich* überraschend gut gewesen. Ragnhild hatte die Hälfte ihres Ahnenschatzes mitgenommen, um Männer und Rache zu bezahlen, und dieser war aus dem Wrack geborgen worden. Die Toten beim Angriff bedeuteten zudem, dass weniger Leute da waren, mit denen man teilen musste. Guthmund begrüßte seinen jüngeren Anführer mit einem Lächeln. Sie nannten ihn Guthmund den Gierigen. Sein Ziel war es, *Gull-Guthmund* zu werden, „Gold-Guthmund" im Englischen. Das Lächeln verschwand, als Shef ihn nach dem fragte, was Udd gesagt hatte.
„Oh ja, es ist schon irgendwo da oben", stimmte er zu. „Aber ich wüsste nicht genau, wo. Ihr Leute versteht es nicht. Schweden ist von einem Ende zum anderen, die ganze Strecke von Skåne bis zur Lappmark, eintausend Meilen lang. Wenn Skåne schwedisch ist", fügte er hinzu. „Ich selbst stamme aus Holland, ich bin ein echter Schwede. Aber ich schätze … Ich schätze, das liegt so weit nördlich wie Jarnberaland."
„Woher weißt du das?"
„Dadurch, wie die Schatten fallen. Wenn man einen Schatten am Mittag misst und weiß, wie lange es seit Mittsommer her ist, erfährt man, wie weit man im Norden ist. Es ist eine der Künste des Weges, Skaldfinn der Njörd-Priester hat es mir einmal gezeigt."
„Wenn wir also dort hinauf und geradewegs nach Osten gingen, würden wir Jarnberaland im Land der Schweden erreichen."
„Ihr müsstet nicht unbedingt den ganzen Weg laufen", sagte Guthmund. „Ich habe sagen hören, dass es dort oben im Kjølen,

dem Zentralgebirge, Seen gibt, die nach Ost und West verlaufen. Brand sagte mir, wenn die Finnen auf dieser Seite die Finnen auf der anderen Seite überfallen – sie nennen sie Kvenen –, dann nehmen sie Barken und rudern hinüber."
„Danke, Guthmund", sagte Shef und ging wieder weiter.

Brand blickte ungläubig, als Shef ihm und Thorvin, die weiterhin beieinandersaßen, das Ergebnis seiner Gespräche mitteilte.
„Nicht machbar", sagte er schlicht.
„Wieso nicht?"
„Das Jahr ist zu weit fortgeschritten."
„Einen Monat nach Mittsommer?"
Brand seufzte. „Du verstehst es nicht. Hier oben dauert der Sommer nicht lange. An der Küste ja, das Meer scheint Schnee und Eis eine Weile aufzuhalten. Aber denk nach. Erinnere dich daran, wie es in Haithabu war; wie Frühling, hast du gesagt. Geh nach Kaupang, und da ist noch alles zugefroren. Und wie weit ist das entfernt? Dreihundert Meilen nördlich? Hier sind es noch einmal sechshundert. Nur wenige Meilen von der Küste landeinwärts – und das ist so weit, wie ich jemals gekommen bin, selbst bei der Finnenjagd – liegt mehr als ein halbes Jahr lang Schnee. Je höher man geht, desto schlimmer wird es. Im Hochgebirge schmilzt der Schnee überhaupt nicht."
„Also ist die Kälte das Problem. Aber Udd hat recht, oder? Jarnberaland liegt tatsächlich auf der anderen Seite, vielleicht zweihundert Meilen entfernt. Zehn Tagesreisen."
„Zwanzig Tagesreisen. Wenn man viel, viel Glück hat. In manchen Teilen des Landes, die ich gesehen habe, bedeuten drei Meilen schon einen harten Tag. Wenn man nicht versehentlich umkehrt und dadurch stirbt, dass man im Kreis läuft."
„Trotzdem", warf Thorvin ein und zog an seinem Bart, „es gibt etwas, das nur wenige Leute wissen. Und das ist, dass der Weg in Jarnberaland stark ist. Das ist nur natürlich, da wir Handwerker und Schmiede sind. Und Schmiede zieht es zum Eisen. Dort

gibt es Priester des Weges, die mit den Leuten zusammenarbeiten, die Eisen schürfen. Einige sagen, dort sei quasi eine zweite Schule. Valgrim hielt dagegen. Er sagte, es könne nur eine Schule geben."

Und ihn als Oberhaupt, dachte Shef. Valgrims Irrtümer hatten ihn letztendlich eingeholt. Er war in einem der Boote gewesen, die zur *Kranich* zurückgerudert waren, und nur zwei der Männer in ihnen hatten überlebt: Brand und ein junger Bursche, der zu einer Kugel zusammengerollt geblieben war, seit sie ihn an Land gezogen hatten, und leise ängstliche Laute von sich gab. Ragnhild hätte auf die gleiche Weise sterben können, sagte Shef sich. Nur ein Unfall. Ein weiterer unter all denen, die ihn umgaben. Teil seines Glücks, würde Olaf Geirstad-Alfr sagen und mit ihm König Alfred.

„Wenn wir also das Gebirge überqueren würden", fuhr Shef fort, „könnten wir auf der anderen Seite sogar Hilfe finden."

„Aber ihr könnt das Gebirge nicht überqueren", wiederholte Brand gereizt. „Die Berge sind voll von Finnen und …"

„… und dem Verborgenen Volk", beendete Shef den Satz für ihn. „Danke, Brand."

Er erhob sich und ging erneut davon, wobei der Speer eine Spur hinter ihm zeichnete.

Der letzte Rat kam von einem Mann, dessen Namen er nicht kannte, einer aus der Mannschaft der *Kranich,* der im blassen Sonnenlicht schwitzte, da er und seine Kameraden schwere Felsbrocken auf einen Schlitten hievten, um diesen zur Siedlung zu ziehen, damit dort weitere Winterunterkünfte gebaut werden konnten. Sie wurden aus der Entfernung von Hålogaländern beobachtet, die Bündel mit Seehundharpunen bei sich trugen. Shef, der selbst unsicher war, ob er den richtigen Kurs eingeschlagen hatte, hielt an, um ihnen eine Weile zuzuschauen.

Einer von ihnen blickte auf. Ein Verwandter von Kormak. Seine Stimme klang verbittert. „Heute schwitzen wir, du siehst zu. Wir wurden besiegt – aber nicht von Männern, sondern von Walen! Das wird kein zweites Mal passieren. Nächstes Mal findet ihr keine Beschützer. Die Rogaländer suchen immer noch nach dir, und Ragnhilds Familie wird ihr Kopfgeld bezahlen. Und hinter denen stehen die Ragnarssons. Sigurth Schlangenauge wird ebenso viel für dich zahlen, wie Ragnhild es getan hätte. Wenn du nach Süden gehst, wirst du irgendwen treffen. Du wirst England nie wiedersehen, Einauge. Der Mann, der das überstehen könnte, was dich erwartet, braucht eine Haut aus Eisen wie Sigurd Fafnesbane. Und sogar er hatte einen Schwachpunkt!"

Shef blickte nachdenklich nach unten. Er kannte die Geschichte von Sigurd, der den Drachen Fafnir getötet hatte. Er hatte einen Teil davon selbst in einer Vision gesehen, hatte die Drachenmaske gesehen. Er wusste auch, das Sigurd von seiner Geliebten verraten und von ihrem Gatten und dessen Verwandten ermordet worden war, nachdem sie herausgefunden hatten, dass das Drachenblut, das seine Haut hatte undurchdringlich werden lassen, eine kleine Stelle ausgespart hatte, wo ein Blatt kleben geblieben war, sodass er nur am Rücken verwundbar blieb. Er, Shef, hatte auch eine zornige Geliebte gehabt, obgleich sie tot war und ebenso ihr Mann. Und er hatte einen Drachen getötet, wenn man Ivar Knochenlos als solchen bezeichnen konnte.

Die Parallelen waren zu stark, als dass sie ermutigend wären. Und es stimmte außerdem, dass der Nordweg die Küste entlang auch der einzige Weg nach Süden war und allzu leicht versperrt werden konnte.

„Ich höre, was du sagst", antwortete er. „Und ich danke dir für deine Warnung. Aber du hast es aus Häme gesagt. Wenn du nichts Besseres zu sagen hast, dann sprich das nächste Mal nicht."

Er streckte den Arm vor, langsam, und tippte mit der Spitze des Speers gegen den Adamsapfel des zornigen Wikingers.

Der menschliche Geist ist seltsam. Nasenbluten entsteht durch Angst. Ein Stottern wird durch einen großen Schreck geheilt und schwache, alte Frauen springen bei Gefahr aus ihren Betten und heben schwere Holzbalken von den Leichen ihrer Söhne. Kormaks Verwandter wusste, dass er zu offen gesprochen hatte. Wusste, wenn der Einäugige ihn mit der Lanze durchbohrte, würde niemand Klage gegen ihn erheben. Als die Spitze seine Kehle berührte, gefror ihm die Gurgel vor Angst. Und blieb gefroren.

Als Shef davonging, raunte einer seiner Kameraden dem Mann zu: „Da hast du noch einmal Glück gehabt, Svipdag."

Svipdag drehte sich mit aufgerissenen Augen zu ihm um. Versuchte, zu sprechen. Versuchte es wieder und wieder. Seiner Kehle entrang sich lediglich ein Gurgeln. Die Männer sahen den Schrecken in Svipdags Augen, als er erkannte, dass er eigentlich etwas sagen sollte, aber dieser Fähigkeit beraubt worden war, als hätte sich ein Stimmband um seine Luftröhre geschlungen.

Die anderen Gefangenen starrten auf Shefs entschwindenden Rücken. Sie hatten Geschichten über ihn gehört, vom Tod Ivars, von Hálfdan, wie König Olaf all sein Glück und das seiner Familie in die Hände dieses Mannes gelegt hatte. Sie wussten, dass er das Zeichen irgendeines unbekannten Gottes um den Hals trug – seines Vaters, wie manche gehört hatten.

„Er hat gesagt: ‚Sprich nicht'", raunte einer der Wikinger. „Und jetzt kann er nicht sprechen!"

„Ich sage euch, er hat auch die Wale gerufen", sagte ein anderer.

„Und das Verborgene Volk ist ihm zur Hilfe gekommen."

„Hätte ich all das gewusst, hätte Ragnhild pfeifen können, bis sie heiser geworden wäre, bevor ich auf diese gottverdammte Reise mitgekommen wäre."

„Du musst das nicht tun, das weißt du", sagte Brand, als Shef ihm seine Entscheidung mitteilte. „Wir denken uns etwas aus. Sobald diese gierigen Rüpel von der *Kranich* aus dem Weg sind, sehen die Dinge besser aus. Wir können ein paar Jungs mit Dorys nach Süden schicken, vielleicht eine Bootsladung Essen in Trondhjem kaufen und ein Boot, um es zu transportieren. *Du* musst nicht in den Schnee hinausgehen, auch wenn es jemand anderes tut."

„Ich werde es sowieso tun", sagte Shef.

Brand zögerte verlegen. Er hatte das Gefühl, vorher zu betrübt gesprochen und so diese schwachsinnige Entscheidung heraufbeschworen zu haben. Er erinnerte sich daran, wie er Shef das erste Mal unter seinen Schutz genommen hatte, nachdem sie ihm ein Auge ausgestochen hatten. Er hatte ihm Nordisch beigebracht, ihn im Schwertkampf unterrichtet, ihn den Pfad des *drengr* gelehrt, eines sachkundigen marschierenden Kriegers. Und auch Shef hatte ihm viel beigebracht. Hatte ihm Ruhm gebracht und Reichtümer. Nur drehte sich die jetzige Krise um Essen und Brennstoff und Schiffe, nicht um Geld.

„Hör zu, niemand, den ich jemals gekannt habe, ist tief in dieses Gebirge vorgedrungen und zurückgekehrt, ganz zu schweigen davon, dass er auf der anderen Seite wieder herauskam. Vielleicht die Finnen, aber die sind anders. Da gibt es Wölfe und Bären und Kälte. Und wo bist du dann, wenn du durchkommst? In Schweden! Oder in der schwedischen Finnenmark oder sonst irgendwo. Ich verstehe nicht, warum du das tust."

Shef dachte einen Augenblick nach, bevor er antwortete. „Ich glaube, ich habe zwei Gründe", meinte er. „Der eine ist dieser: Seit ich diesen Frühling in den Dom gegangen bin und sah, wie Alfred und … und Godive geheiratet haben, habe ich das Gefühl, dass mir alles aus den Fingern gleitet. Menschen haben mich gestoßen und ich bin mitgegangen. Ich tat, was ich tun musste. Von der Sandbank über den Sklavenmarkt bis nach Kaupang und zur Königin. Über das Upland und hier hinauf. Gejagt von den Ragnarssons und Ragnhild und sogar von Walen. Jetzt glaube ich, ich habe mich so weit zurückgezogen, wie ich sollte. Von nun an gehe ich zurück. Ich war in tiefster Dunkelheit, war sogar im Räucherhaus des Verborgenen Volkes. Jetzt muss ich ins Licht treten. Und ich meine nicht: den gleichen Weg zurückgehen, den ich gekommen bin."

Brand wartete ab. Wie die meisten Menschen des Nordens glaubte er zutiefst an das Glück. Was Shef da sagte, war, dass er sein

Glück ändern wollte. Oder vielleicht, dass sich sein Glück gewendet hatte. Manche würden sagen, dass der junge Mann Glück hatte und davon reichlich. Aber niemand konnte das Glück eines anderen abschätzen, das war klar.

„Der andere Grund?", hakte er nach.

Shef zog den Anhänger mit der Stableiter hervor, der auf seiner Brust hing. „Ich weiß nicht, ob du glaubst, dass das hier irgendetwas bedeutet", sagte er. „Denkst du, ich habe einen Gott als Vater?"

Brand antwortete nicht.

„Nun", fuhr Shef fort, „ich sehe ständig Dinge, wie du weißt. Manchmal beim Schlafen, manchmal beim Wachsein. Ich weiß, jemand will mir etwas sagen. Gelegentlich ist es sehr einfach. Ehe wir Cuthred fanden, wurde mir gezeigt, dass wir nach einem Mann suchen müssen, der eine große Mühle dreht. Oder hatte ich das Knarzen der Mühle bereits gehört? Ich weiß es nicht. Doch als Cwicca die Mauer des Hauses der Königin eingerissen hat, erhielt ich eine Warnung. Eine Warnung vor etwas, das gerade dann passierte.

All das ist recht einfach zu verstehen. Allerdings habe ich andere Dinge gesehen, bei denen es nicht so einfach ist. Ich habe einen Helden und eine alte Frau sterben sehen. Ich habe gesehen, wie sich die Sonne in einen Streitwagen verwandelte und von Wölfen gehetzt wurde, und habe in das Gesicht eines Vatergottes geblickt. Ich habe einen Helden gesehen, der losgeritten ist, um Balder aus Helheim zu befreien, und ich habe den Weißen Christus gesehen, wie er von Soldaten aus dem Römervolk getötet wurde, die unsere Sprache gesprochen haben. Ich habe die Helden in Walhalla gesehen und ich habe gesehen, wie diejenigen, die keine Helden sind, dort empfangen werden.

All diese Visionen haben versucht, mir etwas mitzuteilen. Nichts Einfaches. Nicht nur von einer Seite, den Heiden oder den Christen. Ich glaube, was sie mir mitteilen wollen – oder vielleicht sage ich das nur mir selbst –, ist, dass irgendetwas falsch ist. Falsch an der Art, wie wir alle leben. Wir rutschen in die Skuldwelt ab, würde Thorvin sagen. Wir haben keine Tugend mehr, keiner von uns, Christen wie Heiden. Wenn dieser Anhänger etwas bedeutet, dann, dass ich versuchen muss, die Tugend zurückzubringen. Einen Schritt nach dem anderen, als würde man eine Leiter erklimmen."

Brand seufzte. „Ich sehe, dass du einen Entschluss gefasst hast. Wer wird mit dir gehen?"

„Du?"

Brand schüttelte den Kopf. „Ich habe hier zu viel zu tun. Ich kann die Meinen nicht ohne Essen und Unterkunft zurücklassen."

„Cwicca und seine Leute werden mitkommen, glaube ich, auch Karli. Er ist mit mir auf Abenteuer ausgezogen. Wenn er nach Dithmarschen zurückkehrt, wird er der größte Geschichtenerzähler sein, den sie jemals hatten. Sicherlich Udd, vielleicht Hund, vielleicht Thorvin. Ich muss noch einmal mit Cuthred sprechen und mit deinem Vetter."

„Es gibt eine Schäre, wo ich eine Nachricht hinterlassen kann", gestand Brand zögerlich. „Deine Chancen würden sich ganz schön erhöhen, wenn er mit dir ginge. Aber vielleicht glaubt er, dass er schon genug getan hat."

„Was ist mit Proviant? Wie viel kannst du uns überlassen?"

„Nicht viel. Aber von dem, was wir haben, wirst du das Beste bekommen." Brand hob den Zeigefinger. „Eine Sache noch. Warum trägst du immer noch diese alte Waffe bei dir? Na schön, du hast sie im Räucherhaus aufgelesen, als du nichts anderes hattest, aber sieh sie dir an. Sie ist alt, die Goldintarsien sind abgerieben, die Klinge ist dünn, sie hat kein Querstück. Nicht halb so gut, wie Sigurths ‚Gugnir' war. Gib sie mir, ich finde eine bessere für dich."

Shef wog die Waffe nachdenklich in der Hand. „Einen guten Speer nenne ich den, der siegt", sagte er. „Ich behalte ihn."

Kapitel 25

Schließlich bestand die Gruppe, die Shef zum Fuß des Gebirges führte, aus dreiundzwanzig Leuten, bis auf drei alle englische Muttersprachler. Cwicca, Osmod, Udd und ihre drei verbliebenen Kameraden Fritha, Hama und Wilfi hatten sich ihm angeschlossen, ohne Fragen zu stellen, Karli ebenfalls. Genauso Hund, der gesagt hatte, er habe das Gefühl, sie würden einen Heiler brauchen. Zu Shefs größerer Überraschung hatte Thorvin zugesagt, die Reise anzutreten, und gab als Vorwand an, dass er als Schmied Jarnberaland und den Stützpunkt der Schule dort besuchen wolle. Sobald sich die Nachricht von dem Vorstoß verbreitet hatte, war Shef noch erstaunter gewesen, als ihn eine Abordnung aufsuchte, angeführt von Martha, der Frau aus Friesland, einst eine Sklavin von Königin Ragnhild, und von Ceolwulf, dem befreiten Sklaven, von dem die anderen annahmen, er sei einmal ein Thane gewesen.

„Wir wollen hier nicht zurückgelassen werden", sagten sie. „Wir waren schon zu lange unter dem Nordvolk und wollen heimkehren. Ihr seid unsere beste Chance."

„Keine gute Chance", sagte Shef zu ihnen.

„Besser diese als jene, die wir damals hatten", sagte Ceolwulf grimmig.

So wurde der Trupp um vier Frauen und acht Männer ergänzt. Shef hatte sich gefragt, ob er einwenden sollte, dass die Frauen nicht die Kraft für die Reise hätten, aber die Worte verschwanden, als er sie dachte. Er war mit ihnen von Kaupang nach Gula gereist, und sie hatten genauso gut Schritt gehalten wie die Männer, sicherlich besser als der kümmerliche Udd oder der kurzbeinige Osmod. Was die männlichen Freigelassenen betraf, von denen alle weiterhin den Anhänger des Ríg trugen, so brachte Shef es nicht übers Herz, sie hierzulassen. Sie könnten sich als nützlich erweisen. Bestimmt besaßen einige von ihnen, etwa der eindrucksvolle Ceolwulf, ganz eigene Talente. Wenn auch nur kurz, so hatten sie sich doch vortrefflich gegen die Mannschaft der *Kranich* geschlagen. Einige waren gestorben, waren zu übereifrig gewesen, jenem Volk einen Schlag zu versetzen, das sie versklavt und gequält hatte.

Das letzte Mitglied der Gruppe war Cuthred. Brand war eines Abends in die herannahende Dunkelheit davongegangen und hatte ausdrücklich gesagt, dass man ihn weder beobachten noch ihm folgen durfte. Wie es der Familienbrauch vorsah, hatte er an einem geheimen Platz, den seine Verwandten im Verborgenen Volk kannten, eine Botschaft hinterlassen. In einem vertraulichen Code hatte er die Nachricht weitergegeben, dass er ein Treffen einberufen wollte. Aber Echegorgun hatte weder geantwortet noch sich gezeigt. Stattdessen kam Cuthred am zweiten Morgen danach anmarschiert. Seine Kleidung war trocken und er trug Schwert und Schild, sodass er nicht vom Festland aus durch den engen Meeresarm geschwommen sein konnte. Echegorgun musste irgendein Boot oder ein anderes Wasserfahrzeug besitzen, aber Cuthred war diesbezüglich so verschlossen, als wäre er bereits selbst ein Verborgener geworden.

Als man ihm von dem Vorhaben erzählte, hörte er zu, nickte, saß den ganzen Tag schweigend da und verschwand wieder im Dunkeln. Als er das zweite Mal zurückkam, brachte er eine enttäuschende Nachricht mit.

„Echegorgun wird dich nicht begleiten“, sagte er. „Er meint, er sei schon zu oft gesehen worden. Er sagt, dass ich stattdessen mitkommen soll.“

Shef hob eine Augenbraue. Cuthred redete, als hätte er eine bessere Alternative – vielleicht die, sich dem Verborgenen Volk für immer anzuschließen als eine Art Ersatz für das Kind Barn vor so vielen Jahren.

„Er sagt, er wird ein Auge auf dich beziehungsweise uns haben“, fuhr Cuthred fort. „Und er wird seine Verwandten benachrichtigen, damit sie uns nicht belästigen. Damit ist schon eine große Gefahr ausgeräumt. Du weißt, warum die meisten Jäger von hier nicht zurückgekehrt sind. Sie endeten wie geräucherter Stockfisch. Aber da sind noch die Bären und Wölfe. Und Kälte und Hunger. Und die Finnen. Was sie betrifft, müssen wir auf unser Glück hoffen."

Da er keine Wahl hatte, hatte Shef zugestimmt und sich an die Vorbereitungen gemacht. Schließlich hatte Brand alle Mitglieder der Gruppe vor sich Aufstellung nehmen lassen und ihre Ausrüstung gründlich in Augenschein genommen. Alle hatten robuste und gut geölte Stiefel, die ihnen bis zur Wade reichten. Darüber dicke Beinlinge und Wollhosen, die Frauen ebenso wie die Männer. Wolltuniken, Pelzmäntel, Hanfhemden.

„Schweiß ist gefährlich", sagte Brand zu ihnen. „Gefriert auf eurer Haut. Hanf saugt den Schweiß besser auf als Wolle. Noch besser ist es, ihr schwitzt nicht. Geht in gleichmäßigem Schritt voran, aber haltet nicht an, bevor ihr ein Feuer angezündet habt. So haltet ihr euch warm, aber nicht zu warm." Er hatte dafür gesorgt, dass jeder einen Schlafsack dabei hatte. Nur leider nicht das herrliche Stück, das Shef beim Gula-Thing gekauft hatte, es war verbrannt wie vieles andere auch. Aber ein Vorrat an Federn hatte das Feuer überstanden, und jeder erhielt einen zweilagigen Sack aus Stoff, Wolle oder Pelz, der mit den Daunen von Seevögeln ausgestopft war. Fäustlinge und Mützen, Wollschals, die um den Hals gewickelt und bei einem Schneesturm übers Gesicht gezogen wurden. Jeder bekam einen Rucksack mit Essen für zehn Tage, hauptsächlich mit getrocknetem Fisch und Seehundfleisch oder dem sehr aromatischen Käse aus Schafs- oder Ziegenmilch. Nicht genug, aber ein Mensch, der den ganzen Tag durch die Kälte marschiert, benötigt vier Pfund Essen am Tag. Mehr tragen hieß, weniger laufen.

„Wenn ihr etwas Lebendiges seht, dann esst es", sagte Brand. „Teilt das, was ihr mit euch tragt, solange ein, wie es geht. Ihr werdet Hunger haben, bevor ihr die andere Seite erreicht."

Die Waffen der Gruppe waren sorgsam ausgesucht worden – und nicht für den Krieg. Die Katapultschützen trugen ihre Armbrüste und ihre Messer. Sie hatten sogar Osmod dazu gebracht, seine Hellebarde zurückzulassen; zu schwer, zu sperrig. Thorvin nahm seinen Schmiedehammer mit, Hund ging mit leeren Händen. Die anderen trugen entweder Holzbeile oder Speere mit soliden Schäften und Querstücken, keine Wurfspeere oder Harpunen.

„Für Bären", erklärte Brand. „Ihr wollte nicht, dass einer von denen über den Schaft auf euch zukommt."

Vier kurze Jagdbögen wurden ebenfalls in der Gruppe verteilt und denen überlassen, die sich selbst als gute Schützen betrachteten. Cuthred trug das Schwert, das sie Vigdjarf abgenommen hatten, und seinen gespickten Schild. Shef hatte seine Lanze sowie ein breites Rogaland-Messer mit scharfer Spitze, das er auf der *Kranich* gefunden hatte.

Schließlich hatte Brand darauf bestanden, ihnen sechs Paare der merkwürdigen Bretter aufzudrängen, auf denen die Norweger über den Schnee glitten: die Skier.

„Keiner von uns kann mit ihnen umgehen", hielt Shef dagegen.

„Thorvin schon", erwiderte Brand.

„Ich hab's auch gelernt", fügte Ceolwulf hinzu. „Hab's letzten Winter gelernt."

„Ihr werdet Kundschafter vorausschicken müssen", ermahnte Brand sie. Was er dachte, war, dass ein paar von ihnen überleben konnten, wenn auch nicht alle.

Ungefähr vierzehn Tage nach der Schlacht und dem Brand machte sich die Gruppe bei Sonnenaufgang auf den Weg. Den ersten Teil der Strecke wurden sie auf dem ersten Schiff getragen, das Brands Leute aus den geborgenen Teilen zusammengebaut hatten: Planken von beiden Schiffswracks, ein Kiel aus der Hälfte des ursprünglichen, vernieteten Hauptbalkens der *Kranich*. Das Schiff war kurz, breit und stand in einem schlechten Größenverhältnis; Brand nannte es empört *Entlein*. Trotzdem kam es unter Segeln recht gut voran. Die Gruppe hielt sich im geräumigen Mittschiff auf, während die sechsköpfige Mannschaft um sie herum arbeitete. Es hatte einen kleinen Streit gegeben, wo sie alle abgesetzt werden sollten, wobei Brand sich für einen Fjord entschied, der am nächsten an dem wirren Gebirgsmassiv entlanglief, damit ihr Marsch, soweit es ging, abgekürzt wurde. Cuthred erhob mit absoluter Gewissheit Einspruch. „Echegorgun sagte, das geht nicht“, berichtete er. „Er sagte: Geht zum Fjord, der zum dreibuckligen Berg führt. Dann haltet euch genau nach Osten. Auf diese Weise erwischen wir eine Strecke, die uns irgendwann zu dem großen See führt, der über den Kjølen läuft, den Kiel.“

„Eine Strecke oder einen Pfad?“, hakte Shef nach.

„Eine Strecke. Es gibt keine Pfade. Nicht einmal die Pfade des Verborgenen Volkes. Tief im Gebirge brauchen sie keine Pfade.“

Er hatte beinahe „wir“ gesagt, bemerkte Shef.

So standen dreiundzwanzig beladene Gestalten im eiskalten Wind am äußersten Ende eines tiefen Fjordes. Die Sonne war hoch in den Himmel gestiegen. Dennoch stand sie gerade hoch genug, um die Gipfel in Licht zu tauchen, während der halbe Fjord weiterhin in tiefen Schatten lag. Auf der anderen Seite wurden die schneebedeckten Kuppen vom tiefen, stillen Wasser reflektiert, das nur durch die leichten Wogen der *Entlein* gestört wurde, die man vom Ufer abstieß. Die Menschen erschienen unter den teilnahmslosen grauen Massiven lediglich wie verstreute, sich verästelnde Zweige, ihr Pfad lediglich wie ein Riss unten im Gestein, abgegrenzt durch das helle Wasser.

Brand rief über das Wasser: „Thor schütze euch.“

Als Antwort schlug Thorvin das Zeichen des Hammers.

„Geh vor“, sagte Shef zu Cuthred.

Zwölf Tage später wusste Shef, dass er sich verschätzt hatte. Er ritzte eine zwölfte Kerbe in einen Stock, den er seit den ersten paar Tagen im Gürtel getragen hatte, und die Übrigen sahen zu. Sie sahen zu, weil er einen trockenen Stock hatte. Das war Teil seiner Fehleinschätzung. Der erste Tag war so schlimm gewesen, wie Shef es sich gedacht hatte, da er sich an den Schmerz erinnerte, den er empfunden hatte, als er das Ufer hinaufgeklettert war und Ekwetargun getroffen hatte. Die Bergflanke war niemals eine senkrechte Wand gewesen, konnte erklommen werden. Allerdings wies sie auch nirgends einen Bereich auf, der flach genug war, damit ein Mensch darauf gehen konnte. Zuerst schmerzten die Oberschenkelmuskeln. Dann gesellten sich die Arme dazu, als die müden Kletterer sich immer häufiger mit ihnen hochzogen und immer weniger mit den Beinen schoben. Die Ruhepausen wurden länger, häufiger, der Schmerz bei jedem neuen Aufbruch schlimmer.

All das hatte Shef vorausgesehen. Schließlich ging es nur darum, geschätzt fünftausend Fuß zu erklimmen. Fünftausend Schritte würden reichen. Wir müssen bereits drei hinter uns haben, sagte er zu den anderen. Zweitausend Schritte! Wir können sie zählen. Und obwohl er sich hinsichtlich der Zahl vertan hatte, hatte er doch insofern recht gehabt, als dass es ein Ende gab.

Darauf gute Laune für ein paar Tage. Nachdem sie so lange in einem Sklavenquartier oder an Bord eines Schiffes zusammengepfercht gewesen waren, hatten die Engländer in der Luft geschwelgt, im Sonnenlicht, in der riesigen Entfernung, über die sie hinwegblicken konnten, in der anregenden Kahlheit. Die Kahlheit. Das war das Problem. Sogar Thorvin hatte Shef anvertraut, dass er erwartete, auf etwas zu stoßen, das die Norweger einen *barrskog* nannten, ein Dickicht aus Gestrüpp. Sie befanden sich aber oberhalb der Baumgrenze. Mit jeder Nacht, jeder feuerlosen Nacht – denn sie trugen kein Holz mit sich – schien die Kälte immer heftiger zu werden. Essen wurde streng rationiert. Es schien nie genug zu sein. Vielleicht, wenn sie ein Feuer hätten, über dem sie ihr Fleisch kochen könnten, raunten sie inzwischen einander zu, könnte sich das getrocknete Seehundfleisch so anfühlen, als würde es den Magen füllen. So, wie es jetzt war, kam es ihnen vor, als würden sie auf Leder herumkauen. Jede Nacht erwachte Shef aus dem Schlaf, der selbst in dem mit Daunen gefüllten Sack kalt war, weil er von Brot träumte. Brot mit dicker, gelber Butter darauf. Und mit Honig! Dazu Bier, dickes, braunes Bier. Sein Körper schrie danach. Von vornherein hatte keiner von ihnen viel Fett auf den Rippen gehabt, und ihre Körper fingen an, in Ermangelung an irgendetwas anderem Muskelmasse abzubauen.

Also starrten sie auf seinen Stock, weil sie wollten, dass er die Rinde abschabte, ein Feuer entzündete und … und das welke, braune Gras und das Moos verbrannte, die das hügelige Hochlandplateau bedeckten. Es war unmöglich. Aber sie dachten es.

Zumindest hatten sie eine gute Strecke hinter sich gebracht, überlegte Shef. Weder Hügel noch Wälder hatten sie gehindert, dafür Sümpfe und Tümpel. Trotzdem hatten sie noch nicht den See erreicht, auf den er gehofft hatte, und Cuthred sagte nur, dass er weiter vor ihnen lag. Ein See, sagte er, mit Bäumen drumherum, deren Rinde man für leichte Boote verwendete. Das hatte ihm Echegorgun versichert. Schade, dass Echegorgun nicht herkommt und ihn uns zeigt, wollte Shef wieder und wieder sagen, schwieg aber in Anbetracht von Cuthreds zweifelhaftem Treuegefühl.

Vor ein paar Tagen hatte er sich noch gesagt, dass wenigstens die Gruppe geeint blieb. Die Fähigkeit der ehemaligen Sklaven, harte Zeiten zu ertragen, war ein großer Vorteil gewesen. Wo stolze Krieger gestritten, gekämpft, sich gegenseitig beschuldigt und jede Blase und jeden Bauchschmerz breitgetreten hätten, benahmen sich die Mitglieder von Shefs Gruppe zueinander wie … na, wie Frauen, musste Shef zugeben. Als Martha eines Morgens Bauchgrimmen bekam, das ihre Abreise vielleicht verzögert hätte, war es Wilfi, der sich wie ein Narr aufführte und die Aufmerksamkeit auf sich lenkte. Als Udd, der schwächste unter ihnen, zu humpeln begann und sein Gesicht bei dem Versuch, dies zu verbergen, immer bleicher wurde, weil er Angst hatte, dass man ihn zurückließ, war es Ceolwulf, der den Marsch anhielt, Udds entzündete Ferse mit seinem eigenen Vorrat an Seehundfett behandelte und an seiner Seite ging, um ihn zu ermutigen.

Die Anstrengung wurde jedoch allmählich sichtbar und zeigte sich in Zänkereien. Besonders bei Cuthred wurde es wieder schlimmer. Am Tag zuvor hatte Karli, der weiterhin unbezähmbar war, wenn es um Frauen ging, Edith eingeholt, die vorgegangen war, und einen Moment lang ihren Hintern befummelt. Er und Edith teilten seit Drottningholm das Bett, wenn sich die Gelegenheit ergab, und sie hatte nichts dagegen gehabt. Cuthred aber, der hinter ihnen ging, hatte nichts gesagt, sondern stattdessen weit ausgeholt und Karli einen Schlag aufs Ohr verpasst. Für eine Sekunde wollte Karli sich mit ihm anlegen. Dann bemerkte er, dass Cuthred demonstrativ auf den ersten Hieb wartete, erkannte, dass der Gegenschlag tödlich sein würde, ließ die Schultern hängen und drehte sich um. Karli war nun gedemütigt. Nicht so sehr wie zuvor Cuthred, aber es gab eine Feindschaft, die um sich griff, als die Leute sich auf jeweils eine Seite schlugen.

Shef schob den Stock zurück in den Gürtel und blickte nach oben zu den Sternen, die in der eisigen Luft erschienen.

„Schlaft jetzt“, sagte er. „Abmarsch bei Morgengrauen. Wir haben nichts Besseres zu tun. Morgen finden wir Holz und Cuthreds See.“

Wenn der Anführer schwächelt, so hindert dies das Heer, lautete das Sprichwort. Wenn der Anführer scherzen muss, ist das Heer bereits schwach.

Irgendwo über ihnen beobachtete sie ein Geist. Blickte hinab auf die kleine, trostlose Gruppe, gepiesackt von der Kälte und dem Magenzwicken, und mindestens eine unter ihnen weinte leise ob des inneren Schmerzes. Der Geist sah mit Zufriedenheit zu, die nur durch Vorsicht gedämpft wurde.

Er hat meine Wale überlebt, dachte er. Er hat die Prüfung durch meine Anhänger überstanden. Er trug meinen Speer und trägt noch immer mein Zeichen, aber er macht mir keine Ehre. Er hat mir nie Ehre gemacht. Doch was bedeutet schon Ehre? Das Entscheidende ist, er schwächt mich und die Meinen bis zum Tag von Ragnarök.

Ja, dachte der Odin-Geist, seit dem Tod meines Sohnes habe ich wenig geschlafen. Seit sie mir Balder genommen haben. Und meine besten Männer, meine Einherjer, *konnten ihn nicht aus der Hel zurückbringen. Seitdem ist die Welt grau und trüb und wird es auch bleiben bis zum Tag von Ragnarök. Und wenn wir an diesem Tag nicht siegreich sind, welche Hoffnung bleibt uns dann? Aber diese Kreatur, dieses in einem Bett geborene Menschlein, will die Welt besser machen, als sie ist, will das Leben der Menschen glücklich machen, bevor Ragnarök kommt. Wenn sich dieser Glaube verbreitet, woher kommen dann meine* Einherjer?
Er muss hier und jetzt sterben und seine Gedanken mit ihm. Ebenso seine Anhänger. Und doch gibt es dort einen Verlust, auch einen Verlust. Denn die Kreatur mit meinem einen Auge besitzt eine Art Weisheit – ich frage mich, wer sie ihm eingeflößt hat? Manchmal erinnert er mich an einen meiner anderen Söhne. In jedem Falle hat er mir einen mächtigen Streiter für den Tag von Ragnarök geschickt, Ivar Königsschlächter, der nun jeden Tag in Walhalla mit seinen Kameraden kämpft. Und derjenige, den er mitnimmt – er ist ebenfalls ein mächtiger Streiter, der Verstümmelte. Es gibt keine Frauen in Walhalla, die ihn verärgern würden; er wäre willkommen. Er mag im Namen des Weißen Christus getauft sein, aber er verspürt keinen Glauben mehr; er könnte mein sein, als Teil meiner Sammlung zu mir kommen. Aber dafür muss er mit der Waffe in der Hand sterben. Es wäre eine Schande, ihn zu verlieren. Sogar der Einäugige verfügt über eine gewisse Schläue, und die ist selten genug in den Feldern um Walhalla. Was soll ich ihm senden? Soll ich ihm meine Wölfe schicken?
Nein. Wenn die Wölfe sie fressen würden, wäre das gut und schön. Aber gerade jetzt würden sie die Wölfe essen und Geschmack an ihnen finden. Nein, die Wale sind gescheitert und Valgrim ist gescheitert, und der alte Jötun *gehörte niemals zu mir, sondern eher zu Lokis Brut. Die Wölfe würden ebenfalls scheitern. Also werde ich ihnen Schnee schicken. Und mit dem Schnee meinen Finnen.*

Kurz nach Sonnenuntergang säuselten die Flocken leise vom Himmel; erst eine oder zwei, die eher zu kristallisieren schienen als zu fallen. Dann größere Flocken und noch größere, und Wind kam im Norden auf und trieb sie vor sich her. Um Mitternacht herum sahen die beiden Wachen, dass der Schnee gegen und auf die gekrümmten Schlafsäcke auf dem nackten Boden getrieben wurde, und sie entschieden sich, die Leute zu wecken und ihnen zu sagen, sie sollten den Schnee abschütteln. Das Lager verwandelte sich in ein langsames Schlurfen aus erschöpften Männern und Frauen, die in die kalte Luft hinauskrochen, ihre Schlafsäcke ausschüttelten, einen neuen Platz fanden, sich hinlegten und spürten, wie der harte Boden unter ihnen sich durch ihre eigene ausströmende Körperwärme in Schneematsch verwandelte. Unbewusst rückten sie näher zusammen, sodass sich das Lager Stück für Stück in Windrichtung bewegte.

Einige Zeit vor dem Morgengrauen wurde Shef klar, was da geschah, er errichtete eine Reihe aus Rucksäcken mit gescheffeltem Schnee darüber, um eine improvisierte Wand hochzuziehen, und verteilte die Gruppe in Reihen dahinter: die Schwächsten der Mitte, die Stärksten an den Rändern. Nur wenige schliefen deswegen gut. Die Dämmerung brach über Menschen an, die müde, hungrig und weiterhin ohne Feuer waren.

Niemand rührte sich, bis der Schnee wenige Stunden später nachließ. Daraufhin blickten sie auf eine nichtssagende, schneeweiße Ebene hinaus, die Sonne hinter Wolken verborgen. Shef überkamen für einen Augenblick Zweifel. In der Nacht hatte er jeden Richtungssinn verloren. Und da die Sonne verborgen war … Er hatte gehört, dass es eine Art klaren Stein gab, der die Strahlen so stark bündelte, dass man die Sonne sogar durch die Wolken erkennen konnte, aber keiner aus seiner Gruppe besaß so etwas.

Er zügelte seine Furcht. Welchen Weg sie einschlugen, war nicht länger wichtig. Sie mussten Holz und Obdach finden, und jeder Weg, der dorthin führte, war ein guter Weg. Er grub die Skier unter dem Schnee hervor und befahl Thorvin und Ceolwulf, ihren einzigen ausgebildeten Skifahrern, so weit wie möglich in Sichtweite in verschiedene Richtungen zu fahren und nach einem Bruch auf dem Plateau zu suchen.

Erst nachdem sie fort waren, kam ihm der Gedanke, die Leute abzuzählen. Einer war nicht da. Die Vermisste war Godsibb, eine blonde, schweigsame, traurige junge Frau, die ohne zu murren mitgegangen war, seit sie sie aus Drottningholm mitgenommen hatten. Nicht einmal Karli hatte sich die Mühe gemacht, sein Glück bei ihr zu versuchen. Sie hatte nie auf seine gute Laune reagiert. Sie fanden ihre Leiche, ein kleiner Hügel im Schnee, der überraschend weit weg lag und zeigte, wie viel sie sich in der Nacht weiterbewegt hatten.

„Woran ist sie gestorben?“, fragte Shef, nachdem sie mit den Händen den Schnee von ihr geschoben hatten.

„Kälte. Erschöpfung. Hunger“, sagte Hund. „Menschen sind in verschiedenem Grade widerstandsfähig. Sie war ein dünnes Mädchen. Vielleicht ist ihr Schlafsack feucht geworden. Niemand hat sie in der Nacht gesehen und sie ist in den Schneeschlaf gefallen. Es ist eine friedliche Art, dahinzuscheiden – besser als das Schicksal, das Königin Ása ihr beschert hätte“, fügte er hinzu in dem Versuch, Shefs Selbstkritik zu dämpfen.

Shef blickte in das erschöpfte Gesicht, zu müde für das eines jungen Mädchens. „Sie ist einen langen Weg gekommen, um hier zu sterben“, sagte er.

Und durch ihr Sterben hatte sie ihm ein weiteres Problem bereitet. Unmöglich, sie im gefrorenen Boden zu begraben. Konnten sie sie im Schnee liegen lassen, unter dem Schnee? Es würde akzeptabel aussehen, wenn sie weitergingen, aber niemand könnte den Gedanken daran vermeiden, was mit ihr passieren würde, sobald der Schnee schmolz und sie ungeschützt dalag.

Hund berührte ihn am Arm und zeigte wortlos auf etwas. Von einer Anhöhe einhundert Yards entfernt blickte sie eine vierbeinige Gestalt an, setzte sich dann hin und wartete mit heraushängender Zunge. Hinter ihr trotteten andere heran, schätzten die

Situation ein, setzten oder legten sich hin. Es gab verschiedene Ansichten über Wölfe. Einige der Engländer waren an sie gewöhnt, sagten sogar, dass sie kaum eine Gefahr darstellten. Brand hatte dem mit seiner üblichen Endgültigkeit widersprochen. „Sie reißen euch nieder", hatte er gesagt. „Haben überhaupt keine Angst vor Menschen. Sie werden selbstverständlich kein Dutzend von euch angreifen, bewaffnet und gemeinsam. Zwei Männer alleine im Wald – das ist eine andere Geschichte."

Die Wölfe bedeuteten, dass sie Godsibb unmöglich hierlassen konnten, nicht, bis sie Erde gefunden hatten, unter der sie begraben werden konnte, Feuer, um die Erde aufzuweichen, und Steine, um sie auf das Grab zu legen. Sie zu tragen, würde die Träger nur weiter schwächen. Wenn sie schließlich noch eine Leiche zu schleppen hätten und dann noch eine …

Shef rief die beiden Männer zu sich und befahl ihnen, sie in ihrem Schlafsack zu verschnüren, Seile daran festzubinden und sie durch den Schnee zu ziehen, wenn sie weitergingen. Er wischte Frithas ungeduldiges Angebot beiseite, einen Wolf mit der Armbrust zu erlegen. Verschwendeter Bolzen. Es würde eine Zeit kommen, da ihre Not größer werden würde. Die Jagdbögen waren inzwischen in der Nacht verloren gegangen – auf den Boden gelegt und unter Schnee begraben. Shef reihte die Gruppe auf und sagte ihnen, sie sollten das gesamte Gebiet durchkämmen, das sie in der Nacht hinter sich gebracht hatten, es mit Füßen und behandschuhten Händen absuchen. Sie fanden zwei der vier Bögen, aber nur einen Köcher mit Pfeilen, zudem einen Satz Skier und irgendjemandes abgelegten Rucksack. Bis dahin war es wahrscheinlich schon Mittag, und sie waren auf ihrer Reise keinen Schritt weitergekommen. Ein erbärmlicher Anfang für den ersten Tag bei schlechtem Wetter. Shef blickte den Mann, der den Rucksack verloren hatte, böse an und trieb ihm die Lektion mit harschen Worten ins Hirn: „Haltet alles bei euch. Oder an euch. Lasst bis zum Morgen nie etwas liegen. Oder es wird kein Morgen geben. Und denkt daran: Eure Mutter ist nicht bei euch!"

Thorvin und Ceolwulf kehrten zurück und wirkten nach Stunden sinnvollen Handelns ärgerlich warm und fröhlich.
„Da lang“, sagte Ceolwulf und zeigte in eine Richtung. „Dort gibt es eine Senke, ein abfallendes Tal, und etwas, das auf ein paar Meilen Entfernung wie Bäume aussieht.“
Shef überlegte. „Na schön“, sagte er. „Hört zu. Mit unseren neuen Begleitern sind nur zwei von euch wahrscheinlich nicht sicher. Sucht vier von den Jüngsten aus und zeigt ihnen, wie man diese Skier benutzt. Dann fahrt ihr mit ihnen los, vor uns. Selbst eure Anfänger werden schneller sein als Leute, die durch den Schnee trampeln. Wenn ihr zu den Bäumen kommt, brecht Holz und bringt so viel zurück, wie ihr tragen könnt. Ein Feuer wird den Leuten wieder Mut machen und ihnen das Weitergehen erleichtern. Ich bringe die anderen so schnell zu euch, wie ich kann. Passt auf, dass ihr uns nicht aus den Augen verliert, und kommt sofort zurück, sobald es wieder anfängt zu schneien.“
Die Skifahrer waren vor ihnen; Thorvin und Ceolwulf riefen ihnen Ratschläge zu und halfen den Gestürzten wieder auf die Füße. Shef und die anderen, sechzehn Leute, die eine Leiche hinter sich herzogen, stapften weiter voran und stolperten gelegentlich in Verwehungen hinein. Der Schnee kroch ihnen in Stiefel und Fäustlinge.

Piruusi der Finne freute sich über den Schnee, den ersten Niederschlag des Jahres, früh und willkommen. Bei Tagesanbruch hatte er sein gemütliches Zelt verlassen, die Knochenkufen seines Schlittens mit Wasser übergossen und sie zufrieren lassen. Er schmierte sein Gesicht und seine Skier mit gelbem Rentierfett ein und fegte davon, den Bogen in den Händen. Er hoffte auf ein Schneehuhn oder einen Polarhasen, aber alles war ihm lieb, selbst nichts. Der Winter war eine Zeit der Befreiung für die Finnen, und wenn er früh eintraf, dann waren ihnen die Geister ihrer Ahnen wohlgesonnen. Als er das Zelt des alten Pehto, des Schamanen, passierte, trat Pehto heraus und grüßte ihn. Piruusi hielt an und runzelte die Stirn. Pehto war zu mächtig im Umgang mit den Geistern, als dass man ihn verärgern sollte, aber er verlangte ständig nach Aufmerksamkeit, Respekt, Essen und vergorener Milch.

Nicht dieses Mal. Obwohl er berufsbedingt herumtanzte und mit der Rassel klapperte, ergab das, was Pehto sagte, trotzdem ausnahmsweise Sinn. „Nach Westen, großer Jäger Piruusi, Herr der Rentiere. Nach Westen. Etwas kommt. Etwas mit Macht, Piruusi, und in der Ungunst der Götter. Aiiee!" Und dann begann er mit einem fieberhaften, stampfenden Tanz, den Piruusi ignorierte.

Trotzdem schwenkte er zu dem niedrigen Birkenwald, dessen Blätter durch den Frost bereits braun wurden, und schob sich den seichten Abhang nach Westen hinauf. Seine Skier zischten sanft über den Schnee, während Piruusi ohne Sorgen und ohne Mühen voranglitt. Skistöcke waren auf seinem Rücken befestigt, aber wenn er nicht gerade an einen kompletten Abhang kam, brauchte er sie nicht. Wichtiger war es, Pfeil und Bogen in den Händen zu halten, jeden Moment schussbereit zu sein. Man lebte in der winterlichen Wildnis, indem man jede Möglichkeit ausnutzte, niemals eine Chance verstreichen ließ.

Etwas war da, ganz sicher. Hatte der alte Schwindler sie wirklich in einer seiner mystischen Visionen gesehen? Vielleicht war er früh aufgestanden, um nachzuschauen, denn sie waren kaum zu übersehen: ein Zug über den Schnee. Zuerst Menschen auf Skiern. Männer! Sie fielen alle hundert Schritte hin, schlimmer als Jungs, als wären sie Säuglinge. Und hinter ihnen, für Piruusis weitsichtige Augen klar erkennbar, eine ganze Herde; sie bewegten sich vorwärts wie Ochsen, trampelten herum und schleuderten mit jedem Schritt Schnee in die Höhe. Sie zogen einen improvisierten Schlitten oder eine Schlepptrage hinter sich her.

Piruusi hatte niemals die Finnensteuer bezahlt, diejenigen seiner Vettern, die in Ufernähe lebten, taten es jedoch. Es war es ihnen wert, damit ihre Sommerfischerei und Vogeljagdausflüge nicht durch die mordlüsternen Seeleute gestört wurden. Es wurde Zeit, dachte Piruusi, dass jemand die Finnensteuer zurückzahlte. Er fuhr zurück zu der Gruppe aus Zelten, in denen Männer und Frauen hinter den Klappen über Feuern aus getrocknetem Rentierdung kochten, und rief die Männer zu ihren Skiern und Bögen.

Shefs Begleiter kamen wieder zu Kräften, als sie die erste Baumgruppe erreichten, lediglich Zwergbirken, aber ausgesprochen willkommen. Shef rief die Skifahrer zurück zu den Marschierenden, darauf bedacht, dass sie niemanden aus den Augen verloren.

„Wir suchen uns einen Platz zwischen den Bäumen, finden Unterschlupf", rief er. „Dann können wir ein Feuer entzünden und kochen. Wenigstens kommen wir aus dem Ödland heraus."

Wie zur Antwort kam hinter einem Baum ein Pfeil hervorgeflogen und traf Wiferth, der sich mit seinen Skiern abmühte, am unteren Rand des Schädels. Er fiel sofort um, war tot wie ein Hering, bevor er den Boden berührte. Augenblicke später war die Luft erfüllt vom Zischen der Pfeile, die Bäume waren voller Gestalten, die von Stamm zu Stamm flitzten, sich nie länger als eine Sekunde zeigten und einander mit Rufen in einer fremden Sprache anspornten.

Viele aus Shefs Gruppe waren Veteranen. Sie gingen sofort in die Hocke, verteilten sich in einem groben Kreis, gingen in Deckung, wo sie nur konnten. Die Pfeile jedoch kamen von allen Seiten. Nicht mit viel Kraft – Shef sah, wie Ceolwulf eine Grimasse schnitt und scheinbar ohne große Mühe einen Pfeil aus seinem Oberschenkelmuskel zog –, aber tödlich, wenn sie Kehlen oder Augen trafen. Die Schützen waren ganz in der Nähe.

„Fritha", rief Shef, „schieß mit der Armbrust. Ihr anderen mit Bögen, schießt, wenn ihr sicher seid, sonst nicht. Wenn ihr keinen Bogen habt, legt euch hin."

Die Armbrust klickte, als Fritha sie spannte. Cuthred nutzte diesen Einsatz, er trat hinter Fritha, wehrte mit seinem Schild einen

Pfeil ab und stand über ihm, um ihm den Rücken zu decken. Fritha zielte auf einen Baumstamm, hinter dem sich ein Finne befand, und wartete, dass der Mann den Kopf hervorstreckte, bevor er schoss. Als der Finne auftauchte, drückte Fritha den Abzug. Der Finne, auf dreißig Yards mitten in die Brust getroffen, wurde nach hinten geschleudert, der Bolzen hatte sich bis zu den Federn hineingebohrt. Zehn Yards entfernt blickte Piruusi überrascht zu ihm. Die Nordmänner waren keine Bogenschützen! Auch hatte er keinen Bogen gesehen. Er kannte keine kriegerische Tradition, hegte nicht den Wunsch nach Ruhm. Er kämpfte wie ein Wolf, wie ein Raubtier. Wenn die Beute sich wehrte – zurückziehen, abwarten.

Die Finnen zogen sich zurück, riefen weiterhin und ließen Pfeile fliegen.

„Nun, das war ja nicht so schwer“, murmelte Shef und kam auf die Füße.

„Warte, bis wir versuchen, uns weiterzubewegen“, erwiderte Cuthred.

Ein paar Stunden später, wenngleich noch einige Zeit vergehen würde, bis es dunkel wurde, waren die Positionen klar verteilt. Shefs Gruppe hatte zwei Tote zu beklagen – nun mussten sie drei Leichen hinter sich herziehen – und ein halbes Dutzend hatte leichte Verletzungen durch die Pfeile davongetragen. Die Armbrüste beziehungsweise die Bedrohung, die von ihnen ausging, hielt die Finnen auf Abstand, wenngleich Shef glaubte, dass nur ein paar Dutzend verschossene Bolzen Treffer erzielt hatten. Ihnen blieben nicht allzu viele übrig und die Finnen wurden immer besser darin, sich anzuschleichen, zu schießen und schleunigst zwischen den Bäumen zu entkommen. Inzwischen befanden sie sich tief im Wald und der Unterschlupf, auf den sie sich so gefreut hatten, war zu einer Gefahr geworden. Im offenen Ödland, das sie verlassen hatten, wären ihre Fernwaffen entscheidend gewesen. Die Aussicht für die Nacht war übel. Zeit, Bäume

zu fällen, eine Barrikade zu bauen. Zumindest konnten sie das versprochene Feuer entzünden.
Als der erste Holzfäller auf eine Birke einschlug, bemerkte Shef ein Bündel, das in den Ästen verkeilt war. Er blickte nach oben. Ein langes Bündel. Ein verdächtig langes Bündel.
Er zeigte es Thorvin, wobei die beiden Männer aus Angst vor heranfliegenden Pfeilen in die Hocke gingen. „Was ist das?"
Thorvin zog an seinem Bart. „Ich habe gehört, dass man hier oben die Verstorbenen auf die Bäume legt, da der Boden häufig zu hart gefroren ist, um sie zu begraben."
„Wir sind im Kirchhof der Finnen?"
„Kaum eine Kirche. Aber ja, eine Begräbnisstätte."
Shef winkte dem Holzfäller zu, dass er weitermachen solle, und hielt nach anderen Bündeln in den Bäumen Ausschau. „Macht Feuer", rief er. „Ein großes. Vielleicht zahlen sie ja eine Ablöse für ihre Toten."

Piruusi sah zu und runzelte erneut die Stirn. Das Feuer, das die Nordmenschen entzündet hatten, umriss ihre Silhouetten, sodass sie gute Ziele abgeben würden. Aber das war seine eigene Großmutter, die sie von ihrem Ruheplatz heruntergehauen hatten! Was würden sie tun? Sie doch nicht etwa verbrennen? Ein verbrannter Geist verlor in der anderen Welt seinen Körper und würde zurückkehren, um die nachlässigen Verwandten heimzusuchen. Seine Großmutter hatte schon genug Ärger gemacht, als sie noch am Leben war. Zeit für eine List, dachte Piruusi. Auf den Skiern entfernte er sich von dem Rentierschlitten, den sie heraufgebracht hatten, um die Toten zu transportieren, brach einen Ast ab, der immer noch Blätter trug, und schwenkte ihn als Zeichen des Unterhandels, während er die ganze Zeit auf einen Hinweis achtgab, ob die seltsamen Waffen auf ihn zielten.

Shef entdeckte den Mann in dem Mantel und den Hosen aus Fell, der mit einem Zweig wedelte, und bemerkte in diesem Moment sogar mit Neid das herrlich geschmeidige Leder – Piruusis Frau hatte viele Tage damit zugebracht, das Leder derart weich zu kauen. Er bemerkte seine wachsame Bereitschaft, in Deckung zu gehen, schob Frithas Armbrust beiseite, brach ebenfalls einen Ast ab und ging ein Stück vorwärts.

Der Finne hielt zehn Yards von ihm entfernt an. Während Shef sich fragte, welche Sprache er sprechen mochte, löste der Finne das Problem für ihn, indem er ihm etwas in gutem, wenn auch gebrochenem Nordisch zurief.

„Ihr!“, rief er. „Warum Feuer? Warum Bäume fällen, alte Leute runternehmen? Verbrennt ihr sie? Sie tun euch nichts.“

„Warum schießt ihr mit Pfeilen auf uns?“, erwiderte Shef in gleicher Weise. „Wir tun euch nichts. Ihr tötet meine Freunde.“

„Ihr tötet meine Freunde“, gab der Finne zurück.

Aus dem Augenwinkel bemerkte Shef eine kurze Bewegung. Etwas lief zu seiner Linken von Baum zu Baum. Und zu seiner Rechten. Der Finne rief ihm wieder etwas zu und versuchte, seine Aufmerksamkeit auf sich zu lenken, während die anderen sich ihm von beiden Seiten näherten. Er war darauf aus, einen Gefangenen zu machen, nicht zu unterhandeln. Es mochte eine gute Idee sein, dass sie es versuchten. Wenn Shef zwei oder drei von ihnen in ein Geplänkel verwickeln konnte, würde Cuthred heranstürmen und ihm helfen. Und das könnte sie derart verschrecken, dass sie freies Geleit erhielten. Es war natürlich möglich, dass er, Shef, es nicht überlebte.

Etwas anderes bewegte sich im Wald. Nicht zu beiden Seiten, sondern hinter dem verhandelnden Finnen. Er hatte seinen Schlitten und die beiden Rentiere stehen lassen, die ihn zogen. Die Tiere standen ruhig da und versuchten, irgendwelche Flechten vom Boden zu knabbern. Mit Sicherheit aber war etwas hinter ihnen.

Ungläubig sah Shef, wie die gewaltige Masse von Echegorgun hinter einer Zwergbirke hervortrat. Er konnte nicht hinter dem Baum gestanden haben. Der Stamm war höchstens einen Fuß dick, kaum dicker als einer von Echegorguns Armen. Trotzdem stand er gut sichtbar da und blickte Shef an. Offenkundig wollte er gesehen werden. Einen Moment zuvor war er noch nicht da gewesen. In jedem Fall, überlegte Shef verblüfft, hatten sie Tage und Wochen damit zugebracht, ein offenes Ödland zu überqueren, wo man jeden Vogel und jeden Grashalm sehen konnte. Wie hätte Echegorgun ihnen folgen können? Nicht einmal die Rentiere schienen ihn bemerkt zu haben. Sie fraßen in aller Ruhe weiter.

Der Finne hatte Shefs starren Blick bemerkt. „Ho, ho“, johlte er. „Das alte Spiel. ‚Schau hinter dich, Piruusi, da ist etwas.‘ Ich gucke und deine Männer schießen, schießen.“

Echegorgun trat vorsichtig auf eines der grasenden Rentiere zu, nahm dessen Kopf zwischen seine riesigen Hände und drehte ihn mit einer Art Zartheit. Sofort gaben die Beine des Rentiers nach, sodass es nach vorne fiel, einen Moment lang festgehalten von Echegorgun. Er trat zu dem anderen, das weiterhin unbewegt dastand, und brach ihm das Genick mit derselben Behutsamkeit und ohne jegliche Hast.

Und dann war er verschwunden, in den Schatten der Birken eingetaucht, als wäre er nie da gewesen, und ließ lediglich zwei tote Tiere zurück, die von seinem Vorbeigehen zeugten.

Piruusi wurde auf einmal klar, dass Shef ihn ignorierte. Er zuckte herum wie eine Natter und sah die toten Tiere bewegungslos am Boden liegen. Seine Augen weiteten sich, seine Kinnlade fiel hinab, mit Furcht und Unglauben im Gesicht drehte er sich wieder zu Shef um.

Shef wandte sich ab, blickte absichtlich auf die Finnen, die sich von beiden Seiten an ihn heranschlichen, und rief Fritha und seinen Kameraden zu, dass sie auf sie zielen sollten. Warnend zeigte er auf die Armbrüste, die angelegt wurden. Dann ging er zu Piruusi, der nun bei seinen Rentieren stand.

„Wie machst du das?“, fragte Piruusi. Konnte Pehto recht gehabt haben, alter Schwindler oder nicht? Konnte eine Macht in dem seltsamen Mann mit dem einen Augen und dem alten Speer ruhen?

Er berührte die gebrochenen Hälse seiner Lieblinge, seiner geschätzten Zugtiere, und fragte noch einmal: „Wie machst du das?“
„Das war ich nicht“, sagte Shef. „Aber weißt du, ich habe Freunde in diesen Wäldern. Freunde, die du nicht sehen kannst, Freunde, die du nicht treffen willst. Hast du von solchen Dingen gehört?“
Offensichtlich hatte der Finne das, denn er blickte nervös um sich, als würde jeden Moment ein solches Wesen hinter ihm auftauchen und die Finger um seinen Hals legen. Shef streckte den Arm aus und stieß ihn mit dem stumpfen Ende seiner Lanze an. „Nicht mehr schießen“, sagte er. „Keine Tricks mehr. Wir brauchen Feuer und Nahrung. Geben Gold und Silber. Gehen weiter nach Jarnberaland. Kennst du Jarnberaland?“
Wiedererkennen stand in den Augen des Mannes, ebenso Zweifel. „Ich zeige dir Jarnberaland“, stimmte er zu. „Vorher trinken wir zusammen. Trinken von …“ Augenscheinlich hatte er Schwierigkeiten, das richtige Wort zu finden. „Trinken Seh-Trunk zusammen. Du, ich, Pehto.“
Shef, der nichts verstand, nickte zustimmend.

Kapitel 26

Am Abend des folgenden Tages brachte Piruusi die traditionellen Gaben: den Salzblock, den Sack mit aromatischer, halbranziger Butter aus Rentiermilch, die Blutwurst voller dicker Fettstücke, das gekaute und behandelte Rentierleder. Als traditionelles Sondergeschenk fügte er ein Paar weicher Stiefel mit roten Riemen hinzu, mit denen man die Oberseiten zuschnüren konnte. Pehto musterte die Geschenke mit dem erwarteten Mangel an Interesse und lehnte sie zweimal ab. Beim dritten Mal schob er sie neben sein Zelt und rief sein altes Eheweib, das bereits mehr als vierzig Jahre alt war, damit es kam und sie mitnahm.
„Für wie viele?“, fragte er.
„Für mich und für dich. Für den Fremden mit dem einen Auge und für seine Begleiter.“
Pehto überlegte. Es war ein kurzer Augenblick für ihn, nicht der Macht – denn eine Ablehnung stand außer Frage –, aber zumindest der Aufmerksamkeit. Er beschloss, nicht das Beste daraus zu machen. Die Geschenke, die Piruusi mitgebracht hatte, waren wirklich großzügig – so großzügig, dass Pehto ahnte, dass ihn etwas dazu gebracht haben musste.
„Kommt, wenn der Himmel dunkel ist“, sagte der Schamane.
Piruusi ging ohne Umschweife davon. Was er wusste und der Schamane nicht, obwohl er immer behauptete, dass er weit hinausblicken und das Verborgene sehen konnte, war nämlich, dass der Einäugige anstandslos einen Goldreif von seinem Arm gezogen und Piruusi übergeben hatte, als dieser nach einer Entschädigung für seine getöteten Rentiere verlangte. Er hatte zwar die Rentiere mitgenommen, aber die wertvollen Felle widerspruchslos zurückgegeben. Piruusi hatte selten zuvor Gold gesehen, das gelbe Metall, wie sein Stamm es nannte, aber er wusste um den Wert, den die Nordmenschen, mit denen er manchmal Handel

trieb, ihm beimaßen. Für einen Reif von diesem Gewicht konnte er alles kaufen, was dem Stamm gehörte, abgesehen von den Rentierherden.

Dennoch war der Fremde nicht völlig irre. Als Piruusi nach weiteren Entschädigungen für die beiden Männer verlangt hatte, die durch die Armbrüste getötet worden waren, hatte der Fremde auf seine eigenen Toten gezeigt und nichts weiter gesagt. Außerdem hatte Piruusi den wilden Blick auf dem Gesicht des sehr großen Mannes mit dem stachelbewehrten Schild und dem Schwert bemerkt. Es war klüger, so jemanden, der von den Geistern berührt war, nicht zu provozieren. Piruusi hatte vorläufig entschieden, dass der Fremde ein mächtiger Schamane der Nordmänner war, von einer Sorte, der er vorher nie begegnet war. Er musste in der Lage sein, seinen Geist in einer anderen Gestalt auszusenden, und diese Gestalt, vermutlich die eines Bären, hatte die Rentiere getötet, während die Menschengestalt weiterhin vor ihm gestanden hatte.

Nach dem Seh-Trunk würden sie mehr wissen. Ungeduldig ging Piruusi zu seinem Zelt, rief die jüngste seiner Frauen zu sich hinein und machte sich daran, die Zeit bis zum Einbruch der Dunkelheit so angenehm wie möglich zu verbringen.

Zusammen mit Hund unternahm Shef einen Rundgang durch ihr improvisiertes Lager. Die beiden toten Rentiere waren innerhalb weniger Stunden verschwunden, da die hungrigen Männer und Frauen ein Feuer gemacht und dann eifrig Fleischstreifen darüber gebraten hatten. Dann fingen sie sich soweit, dass sie Steine erhitzten, sie in ihre Holzpfannen legten und anfingen, das Fleisch zu kochen, damit es zart wurde. Anfänglich hatten sie das Fleisch beinahe roh verschlungen. Shef erinnerte sich an den ersten Rausch, ähnlich wie die Wirkung von Winterwein, als er die erste Scheibe frischer Leber heruntergeschluckt hatte. Allerdings, überlegte er, hatte er am Tag zuvor nicht nur von dicken Brotscheiben und Butter geträumt, sondern sich auch allmählich

gefragt, warum er nicht von dem verrotteten Haifleisch probiert hatte, als es ihm angeboten wurde.
„Was glaubst du, wie geht es den Leuten?“, fragte Shef.
„Es ist verwunderlich, wie schnell sie sich erholen“, sagte Hund. „Vor anderthalb Tagen habe ich Angst um Udd gehabt. Er hat nur wenig Kraft. Ich dachte, wir würden ihn ebenso verlieren wie Godsibb: einfach zu schwach für eine kalte Nacht. Jetzt, nachdem er drei kräftige Mahlzeiten intus hat und eine Nacht an einem guten Feuer verbracht hat, ist er wohlauf für weitere Tagesreisen. Eines macht mir aber Sorgen. Ein paar Männer zeigen alte Schnitte, die wieder aufgerissen sind – Wunden, die vor Jahren abgeheilt sind.“
„Welchen Grund gibt es dafür?“
„Das weiß niemand. Das passiert allerdings am Ende des Frühlings, wenn Menschen für den längsten Zeitraum von gelagertem Essen gelebt haben. Alle Heiler der Idun wissen, wenn man Leuten frisches, grünes Gemüse gibt, also Kraut oder Kohl, erholen sie sich sofort. Knoblauch und Zwiebeln helfen ebenfalls. Brot ist nutzlos.“
„Wir stehen jetzt nicht am Frühlingsende, sondern am Winteranfang, und zwar sehr früh.“
„Richtig. Aber wie lange haben wir von Schiffsrationen gezehrt? Und was haben wir auf Hrafnsey gegessen? Viel getrocknetes Fleisch, getrockneten Fisch. Wir brauchen frische Nahrung, die roh gegessen wird. Ich glaube, das rohe oder halb gekochte Fleisch, das wir gestern hatten, könnte gutgetan haben. Wir können versuchen, mehr Fleisch zu bekommen, bis wir die Bergwerke der Wegmänner erreichen. Sie werden Kohl und Zwiebeln auf Lager haben, selbst wenn die Sachen eingelegt sind.“
Shef nickte. Irgendetwas daran war seltsam, als wäre Essen mehr als Nährstoffe, die man verbrannte und bei denen es nur darauf ankam, genug zu bekommen. Allerdings hatte er noch nie davon gehört, dass Kühe oder Schafe oder Pferde – oder Hunde oder Wölfe, wenn man schon dabei war – erkrankten, weil sie nur eine

Sache fraßen. Er wechselte das Thema. „Weißt du, was wir heute Abend mit dem Häuptling der Finnen trinken werden?“
„Ich weiß es, wenn ich es sehe oder rieche oder schmecke. Aber wenn es ein Seh-Trunk ist, dann kommt nicht allzu viel infrage. Es könnte ein schwacher Auszug aus Bilsenkraut sein, mit dem Ragnhild ihren Mann vergiftet hat, oder aus Tollkirsche. Ich bezweifle allerdings, dass die hier oben in der Öde wachsen. Am wahrscheinlichsten … Na ja, wir werden ja sehen. Eines will ich aber sagen, Shef.“
Hund drehte sich zu ihm um und sah ihn mit ungewohnter Ernsthaftigkeit an. „Wir kennen uns schon eine lange Zeit, und ich kenne dich gut. Du bist ein steifer Kerl, der noch steifer geworden ist. Lass mich dir sagen, du befindest dich jetzt in einem fremden Land, fremder als Haithabu oder Kaupang oder Hrafnsey. Sie werden dich bitten, Dinge zu tun, die du vielleicht als erniedrigend empfindest. Sie wollen dir nichts Böses. Wenn der Häuptling es tut, dann tu du es auch.“
„Was ist mir dir?“
„Ich bin Heiler. Es ist meine Aufgabe, dabei zu sitzen, zuzuschauen und dafür zu sorgen, dass dir kein Leid geschieht. Nimm noch jemanden mit, der mit dir trinkt, wenn es das ist, was sie erwarten. Aber tu, was sie erwarten.“
Shef erinnerte sich an ein Sprichwort aus ihrer gemeinsamen Jugend, das Pater Andreas für gewöhnlich zum Besten gegeben hatte. „Andere Länder, andere Sitten, meinst du?“
„Anders ausgedrückt: Manchmal muss man mit den Wölfen heulen.“

Mit der Lanze in der Hand führte Shef nur wenig später Hund und Karli zum Lager der Finnen, das eine kurze Viertelmeile von ihrem entfernt lag. Er verspürte eine gewisse Erleichterung und Vorfreude, als würde er wie in seiner Jugend zu einem Trinkfest nach Emneth gehen, nicht zu irgendeinem merkwürdigen Ritual bei Leuten, die versucht hatten, ihn umzubringen. Als er seine

Gefühle erforschte, verstand er auch, warum. Es war die Freiheit von Cuthreds überwältigender Präsenz. Es kam selbstverständlich nicht infrage, dass sie ihn zu Fremden mitnahmen, die ihn zufällig provozieren könnten. Karli sah ebenfalls erleichtert aus. Er betrachtete die Finnen, die mit ihren Skiern über dem leichten Schnee an ihnen vorbei glitten.

„Ein paar von denen müssen Frauen sein", bemerkte er schließlich.

Shef führte sie zu dem Zelt, das man ihm beschrieben hatte: das Zelt des Zauberers. Die Zeltklappe war offen, ein verhutzelter alter Mann winkte sie zu dem Platz, wo der Häuptling Piruusi bereits saß. Beim Anblick der drei Männer wirkte Piruusi verwirrt.

„Nur zwei", sagte er und hielt zwei Finger hoch. „Reicht nicht für mehr."

„Ich werde nicht trinken", sagte Hund umsichtig. „Ich sehe nur zu."

Das schien Piruusi nicht zu besänftigen, aber er blieb stumm, während der alte Mann den anderen ein Zeichen machte, sich auf den Boden aus Fellen zu setzen, und allen ein Gestell aus Birkenholz als Rückenlehne gab. Er begann mit einem monotonen Singsang und schüttelte gelegentlich eine Rassel. Irgendwo außerhalb des Zeltes wurde begleitend eine kleine Trommel geschlagen.

„Er ruft die Geister, damit sie uns führen", sagte Piruusi. „Wie viele Rentiere willst du für den Goldreif am anderen Arm? Ich kann dir zwei dafür geben, fette Tiere, auch wenn kein anderer Mann dir mehr als eines geben würde."

Shef grinste und machte ein Gegenangebot von drei Silberpfennigen für drei Rentiere, wobei ein Pfennig im Austausch für ihre Felle zurückgegeben werden sollte. Als er mit einiger Erleichterung feststellte, dass sein Gast doch nicht völlig wahnsinnig war, kicherte Piruusi fachmännisch und versuchte es noch einmal.

Als sie zu einer abschließenden Abmachung kamen – zehn Silberpfennige und ein goldener Fingerring gegen fünf Rentiere, deren Felle zurückgegeben würden, sowie zwanzig Pfund Vogelfedern für Schlafsäcke –, beendete Pehto seinen Gesang. Ohne viel Umschweife, wie es augenscheinlich bei den Finnen üblich war, streckte er die Hand aus dem Zelt und nahm ein großes, dampfendes Gefäß entgegen, das von der unbekannten Hand gereicht wurde, die die Trommel geschlagen hatte. Der Reihe nach schöpfte er den Inhalt für vier große Becher aus ausgehöhltem Kiefernholz ab und reichte je einen an Piruusi, Karli und Shef, den vierten behielt er für sich.

„Trinkt", sagte er auf Nordisch.

Shef gab den Becher wortlos an Hund weiter, der vorsichtig daran roch, einen Finger hineinsteckte und ihn ableckte. Als er das tat, löste sich Piruusis Misstrauen. Endlich hatte er verstanden, welche Aufgabe der dritte Mann hatte. Er war ein Vorkoster. Bestimmt war der Einäugige ein Mann von großer Wichtigkeit, dass er solch einen Aufgabenträger dabei hatte.

„Es ist Wasser, in dem der Fliegentöterpilz gekocht wurde."

„Kann man es gefahrlos trinken?"

„Für dich besteht keine Gefahr, glaube ich. Du bist an diese Dinge gewöhnt. Ich wage sogar zu behaupten, dass es auch Karli nicht schaden wird."

Shef hob den Becher höflich in Richtung seines Gastgebers und nahm einen großen Schluck. Um ihn herum taten die anderen das Gleiche. Shef bemerkte, dass es wohl höflich war, ein drittes Mal zu trinken, abzusetzen, den Rest zu trinken, wieder abzusetzen, und dann alles herunterzuschlucken. Die Flüssigkeit schmeckte warm, modrig, leicht bitter. Nicht angenehm, aber besser als vieles von dem, was Hund ihm zum Herunterschlucken gegeben hatte. Die Männer saßen eine Weile schweigend da, jeder hing seinen eigenen Gedanken nach.

Shef spürte, wie seine Seele aus seinem Mund entwich, durch das Zelt, als wäre es nicht greifbar, hinaus in die Luft, ins Weite, und frei wie ein Vogel über die dunklen Wälder und das weitläufige Ödland dahinflog, das alles umgab. Neugierig betrachtete er den zum Teil zuge-

frorenen See, der nicht weit entfernt auf der anderen Seite des Waldes lag: Ceolwulf hatte recht gehabt. Doch obwohl sein Geist neugierig war, war es seine Seele nicht. Sie flog blitzartig davon und jagte gen Westen. Während sie gedankenschnell über Land und Meer hinwegschoss, kehrte das Licht in die Welt zurück. An dem Ort, über dem sie schwebte, war es immer noch Abend, nicht Nacht. Immer noch Herbst, nicht Winter.

Dies war Haithabu. Shef erkannte den Hügel, auf dem er außerhalb des Walls gesessen und die furchtbare Niederlage und das schreckliche Opfer gesehen hatte, das vor so langer Zeit stattgefunden hatte. Aber das Gefühl von Frieden, das damals über dem Land lag, als er dort gesessen hatte, war nun verschwunden. Keine zufriedenen Pflüger, keine rauchenden Schornsteine. Stattdessen ein ausgedehntes Zeltlager außerhalb der Wälle und Hunderte von Männern, die dort entlang aufgestellt waren. Es war wie die Belagerung von York, die Shef vor zwei Jahren miterlebt und beendet hatte.

Abgesehen von zwei Dingen: Die Wälle bestanden aus Holz, nicht aus Stein wie beim Römervolk. Und die Verteidiger hatten nicht die Absicht, sich nur auf die Wälle zu verlassen. Viele waren draußen, stritten gegen die Belagerer, kämpften mit Schwertern und Speeren und Streitäxten, strömten aus den Ausfalltoren und Türen, zogen ihre Überfälle durch und kehrten fluchtartig oder triumphierend zur Palisade zurück.

Dennoch gab es ein Muster in all der Verwirrung, wie Shef allmählich erkannte. Und als er es erkannte, wuchs in ihm die Überzeugung, dass er nicht die Vergangenheit oder irgendeine mythische Erzählung mitverfolgte oder etwas, das hätte geschehen können. Was er sah, passierte in genau dem Augenblick, da er im Zelt des Finnen saß. Es war eine Vision, aber eine Vision der Wirklichkeit, die keiner Interpretation bedurfte.

Die Belagerer kämpften darum, nahe dem Hügel, auf dem Shef gesessen hatte, Katapulte aufzustellen, Maulesel. Die Belagerten versuchten, sie daran zu hindern. Ohne großen Erfolg. Allerdings hatten sie nur auf Zeit gespielt. Die Kämpfenden hörten ein Horn blasen, zogen sich zurück. Auf den Wällen nahe den Mauleseln, die die Belagerer aufgestellt hatten, standen sechs, zehn, zwölf der einfachen Steine schleudernden Maschinen, die Shef selbst erfunden hatte – die Zugschleudern. Sie waren auf Plattformen aufgebaut, sodass der Durchgang für die Kämpfenden breiter wurde.

Zugmannschaften zu je acht Mann sammelten sich um jede Maschine und hielten die Seile fest. Die langen Wurfarme lagen unten, die Katapultmänner luden Gesteinsbrocken in die Schlingen, zogen die Wurfarme nach unten. Die Werfer zogen gleichzeitig – nicht ganz gleichzeitig, wie der fachkundige Shef bemerkte, das Problem ungehorsamer Nordmänner –, die Arme schwangen nach oben, die Schlingen peitschten vor.

Ein Hagel aus Steinen ging rund um die Maulesel nieder, jeder wog zehn Pfund und sie donnerten in einem weiten Bogen aus zweihundert Yards Höhe herab, was ausreichte, um einen Helm in einen Schädel und einen Schädel in den Hals zu schmettern. Sie landeten aber nur um die Maulesel herum. Das Problem mit den Schleudern, wie Shef sich klar erinnerte, bestand darin, dass man sie leicht auf Reihen, aber nur schwer auf geradlinige Angriffe ausrichten konnte. Die Geschosse wurden gelupft, nicht geworfen. Gut gegen ein stillstehendes Heer, insbesondere eines, das in einer langen Reihe erwischt wurde. Gegen ein punktuelles Ziel war es so, als würde man versuchen, Steine in einen dreißig Yards entfernten Eimer zu lupfen.

Shefs Blick schien schärfer zu werden, während er zuschaute. Auf dem Wall erkannte er, Ermahnungen rufend, die fette, aber eindrucksvolle Gestalt von König Horik, der ihn an den Weg verkauft hatte. Er trug einen silbernen Helm und einen bemalten Schild. Und er schrie – in dem weit entfernten Zelt im Birkenwald keuchte der Shef-Körper vor Überraschung –, er schrie Lulla an, der beim Gula-Thing fahnenflüchtig geworden war. Er war es also, der den hohen Preis an Experten zahlte.

Shef konnte sehen, wie Lulla versuchte, einen Maulesel aufzustellen, ebenso zehn Yards entfernt Edwi, ein weiterer Deserteur. Sie hatten Probleme. Im Gegensatz zu den relativ leichten Zugschleudern, die ihre Durchschlagkraft durch Muskelkraft erhielten, bestanden die Maulesel aus schwerstem Holz, damit sie den Rückstoß des Wurfarms ausgleichen konnten. Schwierig auf eine Kampfplattform zu stellen und nicht einfach, wenn man es geschafft hatte. Doch sie hatten die Maschinen auf Gierbeine gehievt, und beide Engländer rannten herum und versuchten, das zu tun oder zu prüfen, was normalerweise eine volle Katapultmannschaft aus acht Leuten tat.

Sie würden es nicht rechtzeitig schaffen. Die Belagerer ... Wer waren die Belagerer? Mit einem Gefühl wachsenden Unheils sah Shef, wie sich das Rabenbanner über das Schlachtfeld näherte mit den drei Ragnarssons, die sich darum gesammelt hatten. Selbst auf die Entfernung schienen die weiß umrandeten Pupillen des Schlangenauges die Wälle und Verteidigungsanlagen zu durchbohren, und Shef zuckte zusammen, als der Blick scheinbar durch ihn hindurchging. Sie trieben ihre Männer an, zogen sie für einen Sturmangriff zusammen, weil sie wussten ...

Ihre eigenen Maulesel schossen zuerst. Beide. Ein Brocken von den Schleudern hatte genau den Haltebolzen getroffen, und die Männer, um die herum die Toten lagen, mühten sich ab, das verbogene Metall freizubekommen. Aber zwei reichten fast schon. Mit einem niedrigen Schuss sauste die Kugel gegen den Erdwall am Fuß der Palisade, prallte ab und flog knapp über die Umzäunung hinweg. Der zweite Schuss war ein Volltreffer und schlug augenblicklich eine Bresche, die drei Baumstämme breit war. Die Stürmer der Ragnarssons wogten heran, wurden aufgehalten und zurückgeworfen.

Lulla hatte seine Maschine bereit gemacht und rief König Horik etwas zu, der zurückbrüllte und ihm mit der flachen Seite seines Schwertes auf die Schultern schlug. Lulla kauerte hinter der Maschine, brüllte Anweisungen, von denen seine Mannschaft verwirrt zu sein schien, und versuchte, Schusslinie und Höhe richtig einzustellen. Dann, erneut von dem schwitzenden Horik geprügelt, zog er den Auslöser.

Und ein Treffer! Shef hörte Stimmen jubeln und fragte sich, ob eine davon seine war. Einer der Maulesel der Ragnarssons war vollkom-

men zerstört, voll getroffen von einer der wuchtigen Katapultkugeln, die Mannschaft darum zerstreut, niedergemacht durch die Splitter oder die umherpeitschenden gedrehten Seile, die plötzlich gerissen waren.

Edwis Maulesel schoss eine Sekunde später. Einen Augenblick lang konnte Shef den Flug nicht verfolgen, dann erkannte er daran, dass die Männer der Ragnarssons reflexartig die Köpfe einzogen, dass das Geschoss einen Fuß zu hoch geflogen, über die Köpfe der Mannschaft hinweggejagt und eine halbe Meile entfernt auf dem Boden aufgeschlagen war.

Jetzt kannten die Ragnarssons die Schussweite und ließen ihren dritten Maulesel bereit machen. Shef sah, wie die Mauleselhauptmänner einander anblickten, die Arme hoben, um anzuzeigen, dass sie bereit waren, sie gleichzeitig schwungvoll senkten und damit das Zeichen zum Schießen gaben. Das hatten sie auch gelernt. Wer hatte es ihnen beigebracht? Weitere Überläufer? Viele Männer hatten gelernt, wie die Maschinen funktionierten, ob in Shefs Heer oder in Ivars, vielleicht sogar von ihren ersten Schöpfern, den schwarzen Mönchen von York.

Shefs Seele am Himmel sah die Steine durch die Luft segeln, als würden sie durch Melasse fliegen. Er hatte Zeit, ihre Flugbahnen abzuschätzen, zu beobachten, wo sie aufprallen würden, zu versuchen, keuchend eine Warnung auszustoßen. Dann verlief die Zeit wieder in ihrer richtigen Geschwindigkeit. Er sah, wie die Steinbrocken die Stämme durchschlugen, die Maschinen, auf die sie gerichtet waren, davonschleuderten, die ganzen Holzstücke, Seile, Steine und Männer in einem kreischenden Haufen vom Wall fegten. Da war Lulla, er lag auf dem Boden, sah auf, versuchte, mit einem gebrochenen Arm hochzukommen, während die vollen eineinviertel Tonnen seiner Maschine, die von ihrer Basis gerissen worden war, auf ihn niedergingen.

Shef wandte rasch den Blick ab, als er den Aufprall hörte, das Brechen der zerschlagenen Rippen. Er konnte Edwi nicht sehen. Die Ragnarssons strömten geradewegs auf die Bresche im Wall zu. König Horik war mittendrin, hatte das Schwert gezogen und trieb seine Männer an. Hinter ihm versuchten andere, eine improvisierte Barrikade zu errichten, noch war die Schlacht nicht verloren …

Shef sprang im Zelt auf die Füße und rief: „Die Krieger um Haithabu!" Er erkannte, wo er war, bemerkte, dass die anderen alle bei Bewusstsein waren und ihn ansahen. Er wischte kalten Schweiß von seiner Stirn und murmelte: „Ich habe … Ich habe eine Belagerung gesehen. In Dänemark."
Piruusi schnappte das Wort „Dänemark" auf, ein Ort, von dem er wusste, dass er weit entfernt lag, und grinste. Sicherlich war dieser Mann ein mächtiger Schamane des Nordvolks. Sein Geist flog weit.
„Was hast du gesehen?", fragte Shef Karli.
Karlis Gesichtsausdruck war ungewöhnlich bestürzt. Er blickte zu Boden und sagte mit leiser Stimme: „Ach. Ein Mädchen."
Der Häuptling der Finnen erkannte das Wort, gab ihm einen Klaps auf den Rücken und grinste vergnügt. Er sagte etwas, das Shef nicht verstand, wiederholte es. Shef wandte sich fragend an Hund.
„Er fragt, ob du pissen musst."
Shef bemerkte, dass er tatsächlich Druck auf der Blase verspürte. Der Becher hatte mindestens eine Pinte eines starken Trunks enthalten und er musste den Gutteil einer Stunde in seiner Vision verbracht haben.
„Ja", sagte er. „Ähm, wo?"
Der alte Mann hatte einen weiteren Behälter hervorgeholt, wieder aus ausgehöhlter Kiefer. Er stellte ihn auf den Boden, machte einladende Gesten und gab auch Piruusi einen, der sich mühsam aus seinen geschnürten Hosen arbeitete – kein leichtes Unterfangen bei Kaltwetterkleidung. Shef sah sich um und überlegte, ob es nicht wenigstens möglich war, nach draußen zu gehen. Vielleicht machten sie es hier nicht so. Möglicherweise holte man sich während dem größten Teil des Jahres Frostbeulen, wenn man das Zelt

verließ. Ohne sich weiter um seine Hemmungen zu kümmern, folgte er dem Beispiel seines Gastgebers, ebenso Karli.
Der alte Finne hob Piruusis Nachttopf und Shefs Becher auf, schöpfte die dampfende Flüssigkeit um und hielt sie Shef hin. Dieser schreckte zurück und zog die Hand weg. Ein zorniger Ausbruch auf Finnisch von beiden Finnen. Dann nahm der alte Pehto Shefs Topf sowie Piruusis Becher und tat dasselbe. Piruusi ergriff den Becher, hielt ihn hoch und trank demonstrativ ein Drittel.
„Denk daran, was ich dir gesagt habe", bemerkte Hund ruhig. „Mit den Wölfen heulen … Ich glaube, damit zeigt man Vertrauen. Du trinkst, was durch ihn geflossen ist, er trinkt, was durch dich geflossen ist, ihr teilt eure Visionen."
Piruusi hatte eindeutig den Sinn dessen verstanden, was der kleine Heiler gesagt hatte, und nickte energisch.
Shef sah zu, wie Hund und Pehto Becher tauschten und erkannte, dass er verpflichtet war. Bewusst hob er den Becher, unterdrückte den Würgereflex, den der starke, tierische Geruch auslöste, trank ein Drittel. Setzte sich wieder, trank ein weiteres Drittel. Hielt rituell inne, trank bis auf den letzten Tropfen aus.

Dieses Mal verließ seine Seele den Körper schneller, als ob sie wüsste, was zu tun war. Doch obwohl sie davonschoss, führte die Reise sie diesmal nicht in ein anderes Klima und zu einer höher stehenden Sonne. Sie führte in die Finsternis. In die Finsternis eines armen Dorfes; Shef hatte schon viele davon gesehen – in Norwegen, in England, in Dithmarschen. Alle ziemlich gleich: eine matschige Straße, ein Gewirr aus Gebäuden, Häuser in der Mitte, im Außenbereich, am Rande eines umliegenden Waldes, Scheunen und Ställe für Kühe und Schweine.
Er befand sich in einer Scheune. Dort waren Leute und knieten in einer Reihe auf dem kahlen Boden. Durch seine eigene Erziehung wusste Shef, was sie da taten. Sie hatten Teil an der christlichen Kommunion, am Leib und Blut ihres Gottes, der einst sein Gott gewesen war. Dennoch hätte Pater Andreas niemals dieses erbärmliche Proze-

dere gebilligt – in einer Scheune, wo Säcke gestapelt waren und nur zwei Kerzen brannten. Auch nicht Shefs Stiefvater Wulfgar. Für ihn war die Messe eine Gelegenheit, seine Pächter zu zählen, sicherzustellen, dass alle an ihrem Platz waren, und wehe dem Dörfler, der es nicht war! Es war öffentlich. Dies hier war beinahe geheim.

Der Priester war ein dürrer Mann, auf dessen Gesicht stand, dass er vermutlich viel Elend miterlebt hatte. Shef erkannte ihn nicht. Aber derjenige, der ihm folgte und ein Gefäß mit dem Wein hielt, der auf die notdürftige Platte mit den Oblaten folgen würde – das war der Diakon Erkenbert. Lediglich ein Diakon und daher nicht würdig, die Messe zu zelebrieren. Nichtsdestotrotz nahm er teil. Und auch das war verkehrt, denn seine Herren, die Mönche von York, hätten keinen der Ihren an einer solch zusammengekauerten und geschmacklosen Zeremonie teilhaben lassen.

Die Zelebranten waren Sklaven, stellte Shef fest. Oder genauer, Thralls. Sie trugen Halsringe, zumindest die meisten. Diejenigen, die keine trugen, waren Frauen. Arme Frauen, alte Frauen. Shef glaubte sich zu erinnern, dass die christliche Kirche so ihren Anfang genommen hatte. Unter den Sklaven Roms und den Ausgestoßenen.

Einige Kommunikanten blickten furchtvoll auf, da sie draußen schwere Schritte und laute Stimmen hörten. Shefs Blick änderte sich. Dort draußen auf der Dorfstraße näherte sich ein Dutzend zorniger Männer, die laut miteinander sprachen. Sie hatten einen schweren schwedischen Akzent wie Guthmund. Demnach echte Schweden aus dem schwedischen Kernland.

„Meine Thralls von der Arbeit wegholen!“, brüllte einer von ihnen. „Stecken die Weiber da rein, und wer weiß, was als Nächstes bei ihrem Liebesfest passiert!“

„Wir zeigen denen, wo ihr Platz ist. Und dem Priesterlein gleich mit! Von Rechts wegen sollte er einen Halsring tragen.“

Der Mann ganz vorne rollte den Hemdsärmel über seinem muskulösen Arm auf. Er trug einen schweren Lederriemen. Shefs eigener Rücken zwickte bei der Erinnerung. Als die Schweden sich der provisorischen Kirche näherten, traten zwei Gestalten zwischen den

Türpfosten hervor. Männer in Rüstungen mit Helmen und Wangenklappen. In ihren Händen hielten sie kurze Piken, wenngleich auch Schwerter in ihren Gürteln steckten.

„Seid ihr zur Kirche gekommen, um zu beten?", fragte der eine.

„Wenn ja, dann braucht ihr die Knute nicht", sagte der andere.

Die Schweden zögerten, verteilten sich. Abgesehen von ihren Messern waren sie unbewaffnet, da sie augenscheinlich keinen Widerstand erwartet hatten, aber sie waren große Männer, wütend, befehlsgewohnt, zwölf von ihnen, sechs zu eins. Sie konnten einfach losstürmen.

Irgendwo in der Dunkelheit der Nacht brüllte eine Stimme einen Befehl, und eine Doppelreihe Bewaffneter marschierte um die Scheune herum. Ihre Füße bewegten sich zu Shefs Überraschung alle im Gleichschritt, was er noch nie gesehen hatte. Die Stimme brüllte wieder, und diesmal hielten alle gleichzeitig an, drehten sich um und standen den Schweden gegenüber. Eine Pause, keine weiteren Befehle, dann trat die vordere Reihe vor, eins, zwei, drei, die Männer hielten an und berührten mit den Spitzen der Piken beinahe die Brust des Anführers der Schweden. Sie standen regungslos.

Von hinten kam Bruno geschlendert, der Deutsche, dem Shef in Haithabu begegnet war. Wie gewöhnlich wirkte er fröhlich, umgänglich. In einer Hand hielt er ein Schwert in einer Scheide. Er zog es ein paar Zoll heraus, schob es zurück.

„Ihr könnt in die Kirche kommen, wisst ihr", sagte er. „Wir möchten, dass ihr das tut. Aber benehmt euch, verstanden? Und falls ihr dachtet, ihr könntet nachsehen, wer da ist, und es später an ihnen auslassen …" Seine Stimmen wurde hart. „Das würde mir nicht gefallen. Jemand namens Thorgisl hat es nicht weit von hier getan."

„Er ist in seinem Haus verbrannt", sagte einer der Schweden.

„Ja. Zu Asche verbrannt. Aber wie ihr wisst, ist keiner aus seinem Haushalt zu Schaden gekommen und all seine Thralls konnten entkommen. Es muss die Hand Gottes gewesen sein." Brunos gute Laune verschwand plötzlich. Er warf das armierte Schwert auf den Boden und trat auf den Anführer zu, der als Einziger noch den Riemen

hielt. „Wenn du heimkehrst, du Schwein, wirst du sagen: ‚Ach, sie hatten Waffen und wir nicht.' Nun, du hast ein Messer, du Schwein, und ich habe auch eins." Ein kurzes Zucken, und Bruno hielt ein langes, gerades, einschneidiges Messer mit Messinggriff in der Hand. „Oh, schau mal, du hast einen Riemen. Warum binden wir dann nicht unsere Handgelenke zusammen und ich bringe dir das Tanzen bei?"

Bruno starrte mit dem gleichen angestrengten Ausdruck auf dem Gesicht wie Cuthred zu dem hochgewachsenen Mann hinauf und wollte nach dessen Arm greifen. Aber der große Schwede hatte genug. Er sagte etwas, das niemand verstand, trat zurück und ging die dunkle Straße hinunter. Hinter ihnen erklang auf einmal ein Lied aus der Scheune, die nun eine Kirche war. Shef verstand das gebrochene Latein nicht, aber die deutschen Ritter strafften sich noch mehr und begannen ebenfalls zu singen: „Vexilla regis prodeunt …" *Die Standarten des Königs treten vor …*

Und in einem Zimmer nicht weit entfernt hörte ein weltlicher König mit einer kleinen Adelskrone auf seinem langen, blonden, geflochtenen Haar einer Gruppe von Männern zu, allesamt reich gekleidet, die allerdings seltsame Dinge trugen, Rasseln und getrocknete Pferdepenisse und polierte Schädel.

„… kein Respekt für die Götter", riefen sie. „Unglück für das Land. Christen laufen frei herum und werden nicht niedergeschlagen. Der Hering ist fort, die Ernte ist schlecht und der Schnee kommt früher, als irgendein Mensch es je erlebt hat. Handelt jetzt oder geht den Weg des törichten Königs Orm!"

Der König hob die Hand. „Was soll ich tun?"

„Erbringt das große Opfer. Das wahre Opfer in Uppsala. Nicht neun Männer und neun Pferde und neun Hunde, sondern die Schlimmsten aus Eurem Reich. Das gesamte Gift. Neunzig Männer und neunzig Frauen müsst Ihr am heiligen Baum aufknüpfen und weitere auf der Ebene außerhalb ausbluten lassen. Und keine alten, gebrochenen Sklaven, die billig gekauft wurden, sondern Übeltäter. Christen und

Hexen und Schwarzmagier und Finnen und die betrügerischen Priester des Weges von Asgard! Hängt sie auf und verdient Euch die Gunst der Götter. Lasst sie dort und wir blicken erneut auf die Eriksgata.*“*
Der Weg des Einen Königs, erinnerte sich Shef an Hagbarths Worte. Die Straße, die jeder, der König von Schweden werden wollte, bereisen musste, um sich allen Herausforderungen zu stellen. Dieser musste die Reise unternommen haben.
„Nun gut“, polterte die Stimme des Königs. „Ich werde nun Folgendes tun …“
Wieder außerhalb des Palastes, sah Shef das massive Gebäude des großen heidnischen Tempels von Uppsala, der sich mit einer gezackten Schicht über der anderen in den Himmel erhob, Drachenköpfe an jeder Ecke, fantastische Schnitzereien aus dem Zeitalter der mystischen Könige an der Tür. Und davor die heilige Eiche, an der die Schweden seit einem Jahrtausend ihre Opfer darbrachten. Etwas schwang knarzend an den Ästen. Männer, Frauen, Hunde, sogar Pferde. Sie hingen dort, bis sie herabfielen, die Augen ausgehöhlt, die Zähne grinsend gebleckt. Über dem gesamten Ort lag der Gestank der Heiligkeit.

Und Shef war zurück in der Hütte, seine Augen klärten sich. Diesmal sprang er nicht auf, denn Erschöpfung und Schrecken hatten ihn ergriffen.
„Was du gesehen?“, fragte Piruusi. Er sah ausgezehrt aus, als hätte er etwas gesehen, das er nicht sehen wollte, aber er wirkte auch aufmerksam.
„Tod und Gefahr. Für dich, für mich. Durch die Schweden.“
Piruusi spuckte auf Pehtos Boden. „Immer Gefahr durch die Schweden. Wenn sie uns finden. Vielleicht siehst du das auch?“
„Wenn ich es aus der Nähe sehe, dann sage ich es dir.“
„Musst du wieder pissen?“
„Nicht schon wieder.“
„Doch wieder. Du großer … großer *spamathr.* Trink, was durch unseren *spamathr* durchläuft.“

Shef fragte sich flüchtig, wie das auf Englisch hieß. Ein Mann wäre ein *wicca*, eine Frau eine *wicce*. Die Durchtriebenen. Es reimte sich mit *pitch* – werfen, und mit *flitch* – Streifen, ein Speckstreifen. Wie ein halbierter Mensch, der in einem Räucherhaus hing.

Er kam mühsam auf die Füße, stand über dem Kübel.

Die letzten zwei Dinge, die er gesehen hatte, waren „jetzt" passiert, das wusste er. Nicht „hier" in dem Sinne, dass das Zelt des finnischen Zauberer gemeint war, aber „hier" in dieser Welt. Sein Geist war nur zu einem anderen Ort gereist. Dieses Mal befand er sich weder „hier" noch „jetzt", nicht auf die gleiche Weise. Er befand sich in einer anderen Welt. Er hatte das Gefühl, er wäre irgendwo unter der Erde an einem unbeleuchteten Ort, doch von irgendwoher schimmerte ein Licht. Er schien über eine immense gebogene Brücke zu schreiten, unter der ein Fluss rauschte. Ging jetzt den Brückenbogen hinab auf etwas zu, das den Weg versperrte. Keine Wand. Eigentlich ein Zaun. Dies war Helgrind, die die Straße nach Helheim blockierte. Seltsam, dass „Grind" sowohl dies als auch Tod der Wale bedeutete.

Da waren Gesichter, die gegen den Zaun gedrückt waren und ihn beobachteten, Gesichter, die er nicht sehen wollte. Wie er befürchtet hatte, war das erste das Ragnhilds, verzerrt und voller Hass, die bittere Worte gegen ihn ausspie und an dem Zaun rüttelte, als wollte sie sich auf ihn stürzen. Dieser Zaun konnte nicht durch Menschenhand bewegt werden, lebendig oder tot. Von ihrer Brust tropfte dickes Blut. Neben ihr stand ein Junge mit neugierigen Augen. Er schien Shef weder zu hassen noch zu erkennen. Er drehte sich plötzlich von einer anderen Gestalt weg, die nach ihm gegriffen hatte, um ihn an ihren mageren Busen zu drücken. Die alte Königin Ása mit einer Schlinge um den Hals.

Was haben sie mir zu sagen?, fragte Shef sich. Dass ich sie getötet habe? Das weiß ich schon.

Widerwillig und zornig wichen die Gespenster von dem Gitter zurück, als wären sie gezwungen. Jemand anderes kam, eine andere

Frau. Shef erkannte das erschöpfte Gesicht, von dem er vor zwei Morgen den Schnee abgewischt hatte: Godsibb, die unbeachtet gestorben war. Ihr Gesicht war immer noch müde, aber weniger zerfurcht, als er es in Erinnerung hatte, viel friedlicher. Sie wollte sprechen. Ihre Stimme klang wie das Piepsen einer Fledermaus, trotzdem beugte er sich vor, um zuzuhören.
„Geh weiter", sagte sie. „Geh weiter. Ich bin hier, in Helheim, weil ich dir gefolgt bin. Ich wäre sowieso hier gelandet. Wäre ich dir nicht gefolgt, wäre ich hier eine Sklavin gewesen – ihre Sklavin." Sie nickte in Richtung der sich zurückziehenden Geister der beiden Königinnen. „Das wurde mir erspart."

Die Stimme schwand dahin wie die Wand und die Brücke und die Finsternis. Abermals fand sich Shef im Zelt sitzend wieder; Tränen rannen über sein Gesicht. Obwohl ihm schien, als wäre die Vision sehr kurz gewesen, war er der Letzte, der erwachte. Die anderen sahen ihn an, Hund mit Sorge und Karli mit Mitgefühl. Die beiden Finnen wirkten erfreut, zufrieden, als hätten seine Gefühle bestätigt, dass er ein Mensch war und aus demselben Fleisch wie sie.
Shef stand langsam auf, murmelte ein paar Worte, nahm die Lanze auf, die neben der Zeltklappe gestanden hatte. Frost glänzte auf der Spitze, doch schien ihr Gewicht seine Nerven zu beruhigen. Die drei Männer gingen hinaus in die eiskalte Nacht und den dunklen Birkenwald.
Als sie durch den Schnee auf das Feuer und den Ruf des Wachmanns zuknirschten, sagte Shef zu den anderen: „Wir müssen Godsibb und die anderen ordentlich begraben, nicht verbrennen oder in Bäume hängen. Wir werden dort graben, wo der Boden durch das Feuer erwärmt worden ist. Nehmen Steine aus dem Flussbett und errichten ein Steinmal."
„Wird das den Toten irgendwie helfen?", fragte Hund.
„Ich glaube schon."

Kapitel 27

Zwei Nächte und einen Tag später, an einem hellen, windstillen Tag mit leichtem Schnee, war die Gruppe bereit, weiterzuziehen. Shef hätte sie liebend gerne einen Tag zuvor versammelt und wäre losgegangen, aber Hund war dagegen gewesen.

„Manche von uns sind zu schwach", sagte er scharf. „Treib sie weiter voran und am nächsten Morgen wirst du feststellen, dass sie auch nicht mehr aufwachen wie Godsibb."

Shef, verfolgt von den Erinnerungen daran, wie sie durch das Gitter von Helgrind geblickt hatte, gab widerwillig nach. Doch sogar, als er Steine aus dem eiskalten Flussbett für ihren Grabhügel schleppte, beobachtet von den neugierigen, aber skeptischen Finnen, dachte er bei sich, dass sie gesagt hatte: „Geh weiter."

„Ich muss aus diesem Ödland raus", hatte er Hund erklärt und versucht, ihn wenigstens ein bisschen zu drängen. „Ich habe dir gesagt, ich habe die Krieger um Haithabu herum gesehen. Es könnte bereits gefallen sein, und die Ragnarssons werden noch reicher und stärker sein. Bei unserem Tempo wird Sigurth König von ganz Dänemark sein, bis wir dort ankommen."

„Und es ist deine Pflicht, ihn aufzuhalten?" Hund musterte seinen Freund und überdachte seine Worte. „Nun, vielleicht ist es so. Aber von hier aus kannst du ihn nicht aufhalten. Wir müssen einfach so schnell reisen, wie wir können."

„Glaubst du, dass meine Visionen wahr sind?", fragte Shef ihn. „Oder ist es nur das Gebräu, wie Bier und Met Männer glauben lassen, sie seien stärker, als sie sind? Vielleicht sind all meine Visionen … Vielleicht sind Vigleiks Visionen und alle Dinge, die der Weg sieht, vielleicht sind sie nur irgendwelche Illusionen, eine Art Trunkenheit."

Hund zögerte eine Weile, bevor er antwortete. „Das könnte sein", gab er zu. „Eines will ich dir sagen, Shef: Dieser Fliegentöterpilz, der rote mit den weißen Punkten darauf, den Menschen zerstampfen und auf die Wände schmieren, um Insekten fernzuhalten … Du würdest ihn nicht absichtlich essen. Aber es gibt ähnliche Dinge, die manchmal im Getreide wachsen und mitgeerntet werden. Finden ihren Weg womöglich ins Brot. Oder in den Haferbrei. Erst recht, wenn das Getreide feucht im Speicher gelagert wurde."

„In englischen Speichern ist es immer feucht", sagte Shef. „Also, warum haben nicht alle dort die ganze Zeit über solche Visionen?"

„Vielleicht ist es so, nur wagen sie nicht, darüber zu sprechen. Es ist aber wahrscheinlicher, dass du für solche Dinge besonders empfänglich bist. Letzte Nacht hast du nicht mehr getrunken als Karli oder die Finnen, aber es scheint viel länger auf dich zu wirken. Und dann, vielleicht gerade weil du so empfänglich für derlei bist, kommen die Götter selbst zu dir. Oder womöglich haben die Götter dir diese Schwäche für ihre eigenen Zwecke verliehen."

Shef, der überhaupt keine Geduld für Spekulationen hatte, die sich nicht auf die eine oder andere Weise klären ließen, schüttelte den Gedanken ab. Er konzentrierte sich darauf, die anderen beschäftigt zu halten, selbst an dem Ruhetag, den Hund verordnet hatte.

Nachdem ihre Toten begraben waren und ein Vorrat an gekochtem Fleisch in jedem Rucksack lag, sammelten sie sich für die Weiterreise. Shef erinnerte sich an das, was er während seines Seelenfluges gesehen hatte, und führte sie selbstsicher durch die Birken zum See. Er befand sich dort, wo Shef vermutet hatte, eine natürliche Wasserstraße, lang und schmal, die sich erstreckte, so weit das Auge sah. Noch nicht gefroren – allerdings nicht mehr lange, denn die Herbstkälte machte dem Winter Platz.

Allerdings hatten sie keine Boote. Shef hatte die Idee gehabt, leichte Boote aus Rinde herzustellen, wie es laut Brands Aussage die Finnen taten. Ein kleines Experiment bewies, dass niemand aus Shefs Gruppe die leiseste Ahnung hatte, wie es ging. Die Finnen, die manchmal auf Skiern vorbei glitten und ein Auge auf die Besucher hatten, zuckten nur verständnislos mit den Schultern, wenn man sie um Hilfe bat. Viele aus Shefs Gruppe waren geschickte Handwerker, die – mit genügend Zeit – alles hätten bauen können, sogar ein ganzes Schiff aus Baumstämmen und Brettern. Doch bis dahin würden sie alle verhungert sein.

Sie stapften zu Fuß weiter und hielten sich nahe bei den Birken, so lange sie konnten, da diese sie vor Wind und Schneeverwehungen schützten. Nach einem weiteren Tagesmarsch endete der Wald an dem See, sodass sich nur noch die weite Ebene des Ödlands vor ihnen erstreckte, das inzwischen mit Schnee bedeckt war. Neunzehn Augenpaare wandten sich Shef zu, während er die Möglichkeiten abwog. Alle Blicke außer Cuthreds zeigten Zweifel und Zögern.

Leise gab Shef Befehle, erneut ein Lager in den schützenden Wäldern zu errichten, ein Feuer zu entzünden und ihre bereits schwindenden Vorräte zu kochen. Er winkte den Finnen heran, der wie die Wölfe niemals weit entfernt zu sein schien, und sagte deutlich: „Piruusi. Hol Piruusi."

Der Häuptling tauchte irgendwann auf Skiern aus der Dunkelheit auf, von Schnee und Wind so unbeeindruckt, als wäre es ein Frühlingstag in Hampshire, und setzte sich freudig zu einer langen Nacht der Verhandlungen hin.

Die Lösung bestand darin, alle aus Shefs Gruppe zu geschickten Skiläufern zu machen, Skier herzustellen und zum Bergwerk der Schule des Weges zu fahren, das, wenn man Piruusi glaubte – was man diesbezüglich wahrscheinlich konnte –, vielleicht sechzig, vielleicht hundert Meilen flussabwärts lag. Erneut würden sie längst verhungert sein, bis sie es erreichten. Schließlich, nachdem er verhandelt hatte, bis er heiser war, begnügte sich Shef mit so vielen zusätzlichen Skierpaaren, wie das Finnenlager entbehren konnte, zusammen mit vier Rentierschlitten und ihren Fahrern, um den Rest mitzunehmen. Es kostete Shef seinen zweiten goldenen Armreif, weitere zwanzig Silberpfennige und vier gute ei-

serne Holzbeile. Es hätte noch mehr gekostet, hätte Cuthred sich nicht eingemischt.
„Macht selbst Eisen?“, fragte Shef, als sie wegen der Beile verhandelten.
Piruusi signalisierte ein inbrünstiges Nein.
„Womit ihr denn schlagen, bevor das Nordvolk kommt?“, fuhr Shef fort.
„Sie schlugen das Holz hiermit“, ließ sich Cuthred von seinem Platz am Feuer aus vernehmen. Aus seiner Jacke zog er eine Steinaxt, ein behauener Feuerstein, der selbst für Cuthreds mächtige Pranken zu groß war. Eine Axt, die von einem Riesen benutzt wurde, wie es aussah, ein Geschenk von Echegorgun.
Furcht zeigte sich in Piruusis Augen, als er sie betrachtete und sich daran erinnerte, mit welchen Kräften diese armseligen Fremden im Bunde standen. Er hörte auf zu feilschen und kam schnell zu einer Übereinkunft. Am nächsten Morgen trafen die Skier und die Schlitten ein, und Shef musste erneut mühsam entscheiden, wer wie vorankommen sollte, wer am stärksten war, wer am schnellsten lernen würde. Er achtete sorgsam darauf, dass nicht nur die Schwächsten in den Schlitten mitfuhren, denn darin lagerten seine Geldreserven, Gold und Silber. Er hatte außerdem achtgegeben, den Finnen niemals zu zeigen, wie viel er tatsächlich besaß. Er mochte für Piruusi ein Saufbruder sein, sogar ein Pissbruder, wenn es einen solchen Ausdruck gäbe … Nichts davon, da war er sicher, hätte Piruusi davon abgehalten, der Versuchung zu erliegen.

Die frühe Ankunft des Winters hatte die Leute an der Schürfstelle der Schule des Weges tief in der schwedischen Finnenmark zwar überrascht, aber nicht sonderlich beunruhigt. Dort gab es ein Dutzend Männer und die halbe Anzahl an Frauen, vier Priester des Weges, Schüler und angeheuerte Arbeitskräfte. Sie hatten reichlich Vorräte und genug zu tun, damit sie beschäftigt blieben. Im Sommer schürften sie Erze, im Winter schmolzen sie diese ein und verarbeiteten sie zu Handelswaren, Roheisen oder so etwas wie halb fertigen Axtblättern, die auf Balken geschnürt und massenhaft abtransportiert werden konnten. Sie hatten ihre Arbeitsstelle an einem Punkt flussabwärts am Wasser errichtet, wo die Transportwege jederzeit gut waren, wenn es nicht zugefroren war. Danach brachten sie das Metall mithilfe von Skiern und Schlitten über eine glatte Straße nach unten, sobald das Eis kam. Sie waren für den Winter gut mit Essen und Brennmaterial ausgestattet. Eigentlich verbrachten sie im Winter die meiste Zeit damit, Holzkohle in den Birken- und Kiefernwäldern zu brennen, die dort wuchsen, wo das Ödland zum Meer hin abfiel.

Als der Schüler Stein ihm zuerst zurief, dass von Westen her Fremde kamen, war Herjolf, der ranghöchste Priester, überrascht, aber nicht beunruhigt. Es mussten Finnen sein, nahm er an. Es gab hier sonst niemanden. Er würde bald erfahren, was sie wollten. Bis dahin befahl er, die Arbeit ruhen zu lassen, und hieß die Männer, sich zu bewaffnen, viele mit den neuen Armbrüsten, die im Jahr zuvor aus England gekommen waren. Er war überzeugt, der schwedische Stahl mache aus ihnen die besten Waffen der Welt. Weit besser als das englische Exemplar, das ihm sein Freund Hagbarth, Priester von Njörd, als Muster mitgebracht hatte.

Seine Männer deckten ihn und blieben zumeist außer Sichtweite, während er zusah, wie die dunklen Punkte über den Schnee glitten. Doch keine Finnen. Einige fuhren ganz gut Ski, andere waren erstaunlich ungeübt, aber nicht einmal der beste unter ihnen besaß die leichte Anmut der Finnen. Trotzdem mussten die Schlitten den Finnen gehören und sie wurden gut vorangetrieben, wenn auch so gesetzt, als würden sie eine Horde alter Großmütter zu einem Begräbnis fahren.

Herjolfs zweifelnder Gesichtsausdruck verwandelte sich in Ungläubigkeit, als der vorderste Skiläufer Geschwindigkeit aufnahm, sich von den anderen entfernte und auf ihn zugeschossen kam. Durch die Schneeblindheit rot angelaufene Augen blickten ihn aus den Wirren eines ungepflegten Bartes an.

„Guten Tag, Herjolf", sagte die Erscheinung. „Wir sind uns schon begegnet. Ich bin Thorvin, Priester von Thor wie Ihr. Ich würde Euch meinen Anhänger zeigen, wenn ich ihn herausbekäme, ebenso meine weiße Tunika, wenn sie nicht so tief unter den Fellen begraben wäre. Aber ich bitte Euch als einen Kameraden des Weges, uns zu helfen. Wir haben dem Weg gute Dienste geleistet und haben eine lange Reise hinter uns, um Euch zu finden."
Als die Schlitten und langsameren Skiläufer heranglitten beziehungsweise -krochen, rief Herjolf seinen Männern zu, sie sollten ihre Waffen senken und helfen kommen. Die Reisenden kletterten steif von den Schlitten, auf denen sie gehockt hatten, holten Bündel heraus und blickten sich erleichtert um. Einer der Skiläufer schacherte augenscheinlich mit den finnischen Schlittenfahrern, bezahlte sie schließlich und kam herübergewankt, während sie umdrehten, ihre Peitschen knallen ließen und auf die wilde Art davonrasten, die Shef während der letzten drei ärgerlichen Tage ihrer Reise verboten hatte.
„Dies ist Shef Sigvarthsson", stellte Thorvin den einäugigen Mann vor. „Ihr habt sicher viele Geschichten über ihn gehört."
„Das habe ich tatsächlich. Und nun sagt mir, Thorvin, was macht ihr alle hier? Und wo kommt ihr her? Und was erwartet ihr von mir, das ich jetzt tue?"
„Wir kommen von der norwegischen Küste", sagte Shef. „Wir sind unterwegs zur Küste von Schweden, wo wir ein Schiff nach England nehmen wollen. Oder eventuell nach Dänemark. Das hängt davon ab, welche Neuigkeiten Ihr uns mitteilen könnt."
Hagbarth der Njörd-Priester tauchte an Herjolfs Seite auf. Shef sah ihn mit müder Überraschung an. Seit Shef aus Kaupang geflohen war, waren sie einander nicht mehr begegnet. Aber wenn Hagbarth im Auftrag des Weges in Haithabu auftauchen konnte, war es nur natürlich, ihn auch woanders anzutreffen, selbst hier, einhundert Meilen landeinwärts. Njörd-Priester waren die bevorzugten Laufburschen. Shef fragte sich, was mit Hagbarths Schiff, der *Aurvandill*, geschehen war, die ihn von Haithabu nach Kau-

pang gebracht hatte. „Es herrscht kein Mangel an Neuigkeiten", sagte er. „Ob Ihr nun nach Dänemark oder England weiterziehen wollt, sobald Ihr sie gehört habt, ist eine andere Sache. Mir scheint, dass Eure Ankunft in Haithabu und dann in Kaupang für einen Aufruhr gesorgt hat, der sich seitdem nicht gelegt hat. Ich hoffe, Ihr bringt nicht mehr davon mit."

„Wir reisen weiter, sobald wir können", sagte Shef. „Und Ihr werdet Euch erinnern, Hagbarth, dass es nicht mein Wunsch war, nach Kaupang zu gehen, Aufruhr hin oder her. Ihr wart derjenige, der mich dorthin brachte. Wenn Ihr meinem Wunsch gefolgt wärt, hättet Ihr mich heimfahren lassen."

Hagbarth nickte in Anerkennung der Wahrheit dessen, was Shef sagte, und Thorvin sprach wieder: „Werdet Ihr uns eine Weile Unterschlupf gewähren, Herjolf? Wir sind Anhänger des Weges, wie Ihr sehen werdet, wenn wir drinnen sind."

Herjolf nickte ebenfalls. „Einen oder zwei von euch hätte ich unter allen Umständen erkannt." Er zeigte mit dem Finger auf Udd, der aus einem der Schlitten gekrochen war, um sich blickte, die Schornsteine der Eisenwerkstatt erkannte und nun wie verzaubert dastand und auf das rote Glühen der gedeckten Feuer in der größten Schmiede starrte, die er je gesehen hatte.

„Er ist derjenige, der die Armbrüste erfunden hat, die Ihr tragt", sagte Shef. „Er mag aussehen wie ein *skræling,* manche würden aber sagen, dass er der Mann ist, der den König der Franken und all seine Lanzenreiter besiegt hat."

Herjolf betrachtete Udds keineswegs beeindruckende Gestalt mit neuem Erstaunen und Respekt. „Dann seid uns willkommen", sagte er. „Aber wenn ich euch so ansehe, bezweifle ich, dass viele von euch recht bald weiterreisen können. Hier, seht Euch den an."

Cuthred, der die letzten drei Tage ungeschickt mit den Skiern gelaufen war, ohne sich zu beschweren, zog an seinen wollenen Hosen und Beinlingen und versuchte, sie herunterzurollen. Dabei schwankte er und konnte sich lediglich durch Willensanstrengung auf den Beinen halten. Als Shef hinüberging, um ihm

zu helfen, sah er plötzlich einen Fleck dunklen Blutes, das durch die dicken Wollschichten gesickert war.
„Das ist die Krankheit, von der ich dir erzählt habe", sagte Hund, der ihm die Wolle auszog, während Shef und Thorvin den hochgewachsenen Mann aufrecht hielten. „Da – der Schnitt, den Vigdjarf ihm beigebracht hat. Er ist wie durch Zauberei geheilt, aber jetzt ist er wieder aufgebrochen. Kommt, bringen wir ihn rein. Er wird sich viele Tage lang nicht bewegen können. Niemals mehr, wenn es hier keinen Vorrat an Gemüse gibt."

Die schlechte Verfassung, in der sich Shefs Leute befanden, wurde ersichtlich, sobald man sie ins Innere gebracht und der Kleidung entledigt hatte, die sie wochenlang getragen hatten. Es war die Krankheit, die man in einem späteren Zeitalter Skorbut nennen sollte: eine Krankheit, ausgelöst durch lange Reisen und getrocknetes Essen. Die Symptome waren offensichtlich. Längst geheilte Wunden brachen von selbst wieder auf, Zähne lösten sich im Kiefer, stinkender Atem und darüber hinaus allgemeine Schwäche, Erschöpfung und Trübsinn. Allen Menschen im Norden war sie bekannt, aber sie erwarteten sie erst im Spätfrühling, nachdem die Leute monatelang in ihren Hütten eingepfercht gewesen waren und nur salzige Heringe und gelagertes Getreide gegessen hatten. Das Heilmittel waren Licht und Sonne, sagten manche. Frisches Essen, sagten andere. Normalerweise beides zusammen. Diesmal, betonte Hund, war es möglich, es mit Sicherheit herauszufinden, da keine Chance auf Licht oder Sonne bestand, dafür aber Lauch, Zwiebeln, Knoblauch, Erbsen und Bohnen zur Hand waren. Wenn die Leidenden gesundeten, dann war Essen das Heilmittel. Was, vernünftig gedacht, zeigte, dass etwas in einigen Nahrungsmitteln vorhanden war, das es in anderen nicht gab. Eines Tages würde ein Priester des Weges in der Lage sein, es zum Wohl aller herauszuziehen, zu trocknen und zu lagern.
Aber nicht dieses Jahr, stellte Herjolf klar. Es gab keine Möglichkeit zur Weiterreise. Als Herjolf, Hagbarth, Thorvin und Hund

wie ein Mann zu Shef kamen und ihn mit dieser Tatsache konfrontierten, saß er eine Weile schweigend da. Seit dem ersten Zusammentreffen mit Echegorgung verspürte er den erbitterten Drang, sich umzuwenden, seine Verfolger anzugreifen, zu agieren, anstatt zu reagieren, anstatt sich am Rande der Welt zu verstecken. Dieser Drang war durch die Vision, die er im Zelt des Schamanen gesehen hatte, noch verstärkt worden, die Vision von den Ragnarssons, die Haithabu belagerten, und König Horik, der in der Bresche der Palisade stand.

Doch gleichzeitig war etwas sehr Verlockendes an der Vorstellung, zu bleiben, wo sie waren, in der Wildnis, dennoch geschützt, unbekannt, aber nicht verloren. Geduldig erklärten die Priester ihm, wie die Dinge standen. Sie hatten Vorräte, sie konnten weitere bekommen. Außer bei schlechtestem Wetter war die Straße gut befahrbar; oder man konnte mit einem Schlitten den Fluss hinunterfahren, wenn er fest zugefroren war. Bebautes Ackerland lag nicht unerreichbar weit weg, dort gab es einen Überschuss an Getreide, Fleisch und allerlei Vorräten. Es würde keinen sonderlichen Argwohn erregen, wenn die Priester des Weges mehr einkauften. Es konnte sein, dass sie sich verschätzt hatten oder die Nahrungsmittel brauchten, um mit den Finnen Handel zu treiben.

„Und ihr könnt euch nützlich machen“, fügte Herjolf hinzu. „Euer kleiner Mann Udd ist bisher kein einziges Mal aus der Schmiede gekommen, und er weiß eine Menge. Er hat es sich zudem selbst beigebracht. Habt Ihr gesehen, wie er es fertiggebracht hat, Stahl zu härten? Er sollte ein Priester des Weges sein …“ Herjolf grölte vor Belustigung bei dem Gedanken, dass der dürre Engländer zu solcher Würde aufsteigen könnte, dann sagte er ernsthafter: „Nein, wenn er daran dächte, wäre ich bereit, für ihn zu bürgen. Er spricht bereits von Mühlrädern und Apparaten, von großen Hämmern zum Schlagen von Eisen mit Maschinen statt mit Körperkraft. Wenn nur ein Zehntel von dem wahr ist, was er sagt, dann wird sein Aufenthalt alle Vorräte wert sein, die er uns kostet. Bleibt also. Thorvin sagte mir, dass Ihr ebenfalls Schmied seid und auf der Suche nach neuem Wissen. Ihr und Udd könnt nachdenken, die anderen können Holzkohle brennen oder die Blasebälge betätigen. Wenn es Frühling wird, dann könnt Ihr nach Eurer Bestimmung suchen. Hagbarths Schiff liegt bis zum Frühling hier im Bootshaus. Es wird Euch schneller auf den Weg bringen als irgendetwas anderes."

Shef nickte. Unter der Erleichterung wuchs eine Art Aufregung. Zeit zum Denken. Zeit, Dinge auszuprobieren ohne die fieberhafte Hast einer Schlacht am nächsten Morgen, die bisher immer sein Schicksal gewesen war. Zeit zum Planen. Eine Möglichkeit, seinen Zug zu machen, wenn er bereit war und die andere Seite nicht, statt andersherum. Und selbstverständlich hätten sie auch den gesamten Winter, um sich vorzubereiten und zu stärken. Dann wiederum würden sie nicht wissen, dass er kam.

Er erinnerte sich an die Worte von Svipdag, dem Gefangenen aus der Mannschaft von Ragnhilds *Kranich*. Wie lauteten sie gleich? „Der Mann, der das überstehen könnte, was dich erwartet, braucht eine Haut aus Eisen." Sie waren voller Bosheit gesagt worden, um ihn zu ängstigen, aber es gab ein Sprichwort auf Nordisch, das Thorvin häufig zitierte: „Die Worte des Schicksals werden stets von jemandem ausgesprochen." Möglicherweise war Svipdag der Bote des Schicksals gewesen. Eine Haut aus Eisen. Er würde es ja sehen.

Shef kaute vorsichtig mit lockeren Zähnen auf den ganzen grünen Erbsenschoten herum, die Hund ihm aufgedrängt hatte, schluckte sie herunter, nickte wieder. „Wir werden bleiben, Herjolf, und ich danke Euch für Euer Angebot. Und ich verspreche Euch, niemand wird hier untätig sein. Im Frühling wird vieles anders aussehen."

Schon bald rauchten die Schlote, Getöse hallte über den Schnee, Männer liefen mit Skiern hinaus, um Holz zu schlagen und neue Hütten zu bauen, hämmerten Eisen heraus, um für Essen und Bier zu zahlen. Die vorbeikommenden Finnen wunderten sich, als sie den unentwegten Tatendrang zu einer Zeit bemerkten, zu der die Nordmenschen normalerweise schliefen.

Weit unten im Süden führten die Ragnarssons, die als Mahnung den Kopf König Horiks auf einen Pfahl gespießt hatten, ihr Heer von Königreich zu Königreich und verlangten die Unterwerfung aller Kleinkönige von Dänemark: Gamli von Fyn und Arnodd von Ålborg, Kolfinn von Sjælland und Kari von Skåne.

In Schweden beriet sich König Kjallak, der durch die Unzufriedenheit mit seinem friedliebenden Vorgänger Orm an den Thron gekommen war, mit seinen Priestern und erhielt ständig Berichte über die Anmaßungen der deutschen Missionare und ihrer Beschützer. Wir können sie nicht besiegen, hieß es aus einem Dorf nach dem anderen. Wofür zahlen wir unsere Heringssteuer? Kommt und verteidigt uns! Und Kjallak willigte ein, fand es allerdings schwierig, einen Streiter auszusuchen, der bereit war, sich dem Respekt einflößenden Anführer der Deutschen zu stellen. Die Zeit würde kommen, da man sie in der Schlacht und ebenso seelisch zerschmetterte, sagte er zu den ungeduldigen Priestern des großen Tempels zu Uppsala.

Und in Hamburg vernahm der zornige und heilige Erzbischof Rimbert mit Freuden dieselben Berichte und verbreitete sie unter seinen Prälatenbrüdern, den Erzbischöfen der deutschen Länder, mit der Sicherheit, dass die Bestimmung im Westen lag und nicht, wie der törichte Papst Adrian dachte, in irgendeinem Abkommen mit dem Griechlein von Kaiser und seinem Päpstlein. In allen deutschen Ländern verbreiteten sich die Geschichten von den tapferen Rittern des Lanzenordens unter den landlosen jüngeren Adelssöhnen, und die Rekrutierungstische waren niemals frei von Anwerbern.

In Norwegen blickte König Olaf Geirstad-Alfr, den die Männer inzwischen „den Siegreichen“ nannten, was sie zu Lebzeiten seines Bruders niemals getan hatten, auf sein Gefolge aus Unterkönigen aus Ringerike und Ranrike, Hedmark und Uppland und Agdir sowie auf die neuerdings achtsamen Botschafter aus dem

Westen, die wilden Rogaländer und die Männer von den Fjorden, und fragten sich, wo der Mann abgeblieben war, dessen Glück das seine derart gewendet hatte.

Und Godive, deren Bauch nun durch das Kind angeschwollen war, überlegte gelegentlich, was wohl aus dem Jungen geworden war, den sie einst gekannt hatte, ihrem ersten Mann und Ziehbruder.

Weit im Norden aber lag das Land friedvoll unter dem Schnee verborgen.

Kapitel 28

Der Skorbut war schnell beseitigt, da Hund seine Patienten zwang, Zwiebeln und Lauch, Erbsen und Bohnen zu essen, manche getrocknet, manche noch frisch von der jüngsten Ernte. Hund zeichnete vorsorglich alles in Runenschrift auf und sagte, er würde die Ergebnisse den anderen Idun-Priestern vorlegen. Die Heilung für diese Krankheit war eindeutig Nahrung, nicht Luft oder Licht.

Zusammen mit dem Skorbut verschwand auch das Gefühl von Niedergeschlagenheit und Müdigkeit, das viele aus der Gruppe befallen hatte. Es wurde praktisch ins Gegenteil verkehrt und durch eine Stimmung voller Tatendrang und Erregung ersetzt - notwendigerweise nach innen gerichtet, denn der Wind und die Kälte sorgten immer mehr dafür, dass die kleine Gemeinde isoliert blieb, sah man von den vermummten Schlittenfahrern ab, die Vorräte kauften oder mit Holz aus dem Wald zurückkamen.

Wenn er auf die Ereignisse und den Fortschritt in diesem Winter zurückblickte, konnte Shef es gelegentlich kaum glauben. In mancherlei Hinsicht hingegen war es einfach: Während seiner kurzen Amtszeit als Jarl von Norfolk und in seiner noch kürzeren als Mitkönig von Alfred hatte er bereits bemerkt, wie wenig Zeit ein beschäftigter Mensch tatsächlich mit dem zubrachte, was er tun wollte. Die meisten Leute verschwendeten ihre Zeit mit Nichtigkeiten, Kleinigkeiten, Verwirrung und Konflikten, alle scheinbar untrennbar mit dem Alltag verbunden. „Es ist“, hatte Shef zu Hagbarth dem Seemannspriester gesagt, „es ist, als ob man mit einem Boot fährt, bei dem das Segel am Heck im Wasser festgebunden ist, sodass es Euch zurückhält.“

„Ihr meint einen Meeresanker“, sagte Hagbarth. „Gelegentlich sehr nützlich. Nachts in einem Sturm, wenn man fürchtet, man könne auf Grund laufen.“

„Das wollte ich sagen", meinte Shef ungeduldig. „Aber überlegt mal, Hagbarth, überlegt, wie es ist, wenn Ihr dieses Gewicht abwerft!"

In der kleinen Gemeinde aus vielleicht vierzig Seelen hatte man das Gewicht abgeworfen. Viele waren einfach glücklich, am Leben zu sein. Diejenigen, die einst als Sklaven gelebt hatten, lehnten Streit und Selbstbehauptung ab. Und von den vierzig war ein Großteil – vielleicht der größte Teil, der in der Weltgeschichte je unter diesen Umständen zusammengekommen war – neugierig, wissbegierig und geschickt. Zu den vierzig Menschen gehörten sieben Priester des Weges, die sich aufgrund von Temperament und Glauben der Suche nach neuem Wissen verpflichtet hatten. Auf diese kamen zehn Schüler, allesamt eifrige junge Männer, die ihren Weg gehen würden, einen Weg, der viel leichter werden würde, wenn sie Beiträge zu neuem Wissen leisteten. Dann war da Shef selbst, der Erfinder und Hersteller der Maschinen, die die nördliche Welt auf einen neuen Kurs gebracht hatten. Und da war Udd, der Kreativste und Hartnäckigste von allen, trotz seiner Scheu und einer Lebensgeschichte voller Geringschätzung.

Sogar die anderen leisteten ihren Teil – Cwicca und Osmod, Fritha, Hama und Wilfi. Irgendwann begriff Shef, dass das, was sie alle teilten, Überzeugung war. Dies waren Männer, die sich mithilfe der Maschine aus dem Dreck gezogen hatten, die ihr alles verdankten, was sie hatten. Darüber hinaus hatten sie gesehen, wie durch sie der Stolz der Wikinger und der fränkischen Lanzenreiter gebrochen worden war. Man konnte sogar fast sagen, dass sie nicht nur Überzeugung oder Glauben besaßen, sondern etwas viel Stärkeres, das für einen Skeptiker nur schwer zu verstehen gewesen wäre. Sie *wussten*, dass neue Maschinen für neue Zwecke gebaut werden konnten, und waren sicher, dass Neuerungen funktionieren würden. Es war unmöglich, in ihrer Gegenwart mit den Achseln zu zucken und zu sagen: „Es wurde schon immer so gemacht."

Es war sogar etwas, das das erste größere Projekt und die erste größere Innovation des Winters in Gang setzte. Große Getreideladungen waren von den Höfen zur Küste geschafft worden und die brothungrigen Reisenden waren begierig darauf, dass gebacken wurde. Zunächst musste das Getreide gemahlen werden. Diese Aufgabe war ohne Nachdenken und wie selbstverständlich den Frauen in der Gemeinschaft übertragen worden. Frauen mahlten Getreide. Viele Sklavinnen taten nichts anderes.

Im Geiste der Verbundenheit jedoch, die das gemeinsame Reisen mit sich gebracht hatte, wurde argumentiert, dass auch die Männer ihren Teil beitragen sollten. Am Ende gab man Udd Stößel, Reibschale sowie einen Sack Getreide und sagte ihm, er sei nun mit Mahlen dran. Eine halbe Stunde lang mahlte er recht ergebnislos, starrte auf den verbliebenen Inhalt des Sacks, legte den Stößel weg und ging los, um Shef zu suchen.

„Warum gibt es keine Mühle, die die Arbeit macht?", beschwerte er sich.

Shef zeigte mit dem Daumen auf den gefrorenen Boden hinter den hölzernen Fensterläden. „Weil der Fluss zugefroren ist, Udd."

„Es gibt andere Möglichkeiten, eine Mühle anzutreiben."

„Ich weiß", sagte Shef vorsichtig, „aber willst du das Cuthred vorschlagen? Dass er sich vielleicht wieder an seiner alten Arbeit versucht? Wenn wir einen Ochsen hätten, würde ich sagen, dass wir ihn als Antrieb nutzen, aber wir haben nur die Kühe zum Melken und niemand wird zulassen, dass du sie einsetzt."

„Ich habe es dir gesagt", sagte Udd. „Wir könnten eine Windmühle bauen."

Unter anderen Umständen wäre ein geschäftiger Anführer von den gründlichen Überlegungen, die diese oder jene Aufgaben erforderten, abgelenkt gewesen. In der winterlichen Öde gab es nichts anderes zu tun. Shef und Udd gingen zu der Wassermühle, die die Priester des Weges errichtet hatten und die sie das halbe Jahr über nutzten, und sahen nach, was gemacht werden konnte.

Vieles von dem, was gebraucht wurde, war bereits vorhanden: zwei riesige Steinräder, die das Mahlen übernahmen. Die breite Achse, die den oberen Stein und das Zahnradsystem antrieb, das wiederum die Energie aus dem Fluss auf die Räder übertrug. Dies war ein Wechsel von der waagerechten zur senkrechten Rotation, die den jüngsten Entwicklungen folgte. Was lediglich gebraucht wurde, war eine neue Bewegungskraft.
„Wie ein großes Segel an vier Armen", sagte Udd. „Im Bootshaus liegt Segeltuch."
„Das wird nicht funktionieren", sagte Herjolf, der zugehört hatte. „Der Fluss fließt immer am gleichen Ort. Wind kann von überall her kommen. Ich räume ein, dass der Wind hier zumeist aus den Bergen im Nordwesten kommt. Aber wenn ihr die Mühle aufstellt und der Wind sich dreht, dann könnte er euer Rad aus dem Auflager reißen."
„Ich weiß, wie man das lösen kann", sagte Udd mit jener Zuversicht, die ihn überkam, wenn er einem technischen Problem gegenüberstand. „Denkt daran, wie wir die Katapulte rotieren ließen. Wir haben sie auf kleinere Räder gelegt und diese auf einem größeren Rad gedreht. Wir können es hier genauso machen. Wir lassen die ganze Mühle rotieren. Alles kann durch einen Balken gedreht werden, wie wir die Bahn eines neuen Maulesels drehen."
Auch diesmal hätte unter anderen Umständen ein Spötter die Sache mit einem Lachen abgetan. Hier gab es keine Spötter. Herjolf zögerte, dann sagte er: „Gut, versuchen wir's."
Schon bald war der größte Teil der Gemeinschaft draußen, nahm die alte Mühle auseinander, half, das Gehäuse einer neuen zu bauen und wurde zur Hauptschmiede geschickt, um schwere Nägel und Bolzen zu holen, die benötigt wurden. Shef, der später an die Ereignisse zurückdenken würde, bemerkte erneut, wie viele wertvolle Fähigkeiten in den Anwesenden steckten. Viele waren vollkommen an schweres Gewicht gewöhnt, waren überhaupt nicht eingeschüchtert von dem Vorgang, die Mühlräder zu heben

und zur neuen Baustelle zu tragen. Hagbarth, der viele Schiffskiele, die aus einem einzigen Holzstück bestanden, gehoben und gelegt hatte, überwachte die Vorgänge. Mehrere Tage lang wurden alle Kräfte für die Mühle aufgewendet, sogar das Mahlen des Getreides wurde übereinstimmend zurückgestellt, bis es eine bessere Möglichkeit dafür gab.
Schließlich war alles an seinem Platz und Udd wurde gestattet, die Haltespange zu lösen, die die Räder vom Drehen abhielt. Er tat es. Der Wind blies, blähte die Segel. Sie sollten das senkrechte Rad drehen und dieses wiederum das waagerechte Rad, welches das Mühlrad antrieb. Abgesehen von einem Ächzen im Holz geschah nichts. Udd legte die Halterung wieder ein.
„Wir brauchen größere Segel", meinte er.
Einen Tag später war der Arbeitsvorgang in voller Kraft in Betrieb und Herjolf rieb sich die Hände bei dem Gedanken an den Gewinn, der durch das Aufstellen solcher Mühlen in ganz Skandinavien zu machen war. Fast das gesamte Land war für Wasserkraft ungeeignet, es gab eine Marktlücke für Mühlen, die das ganze Jahr über mahlten. Priester des Weges prahlten damit, dass sie ihren Lebensunterhalt durch Arbeit bestritten statt durch den Zehnten und Landbesitz wie die christlichen Priester und Mönche. Zudem erhob niemand Einspruch dagegen, dass Priester reich wurden, solange sie ihren Reichtum teilten.
Allerdings schien der Erfolg der ersten Windmühle Udds Appetit erst angeregt zu haben. Sobald die erste Mühle funktionierte, lag er Herjolf mit Plänen für eine weitere in den Ohren, dieses Mal, um das Hammerwerk anzutreiben, das er letztes Jahr in Kaupang für Shef skizziert hatte. Herjolf hörte zunächst zweifelnd und keineswegs ablehnend zu, aber er verstand nicht, was Udd vorschlug.
Der Anreiz war recht klar. Eisen, wenngleich wohlbekannt und gut verstanden in der westlichen Welt, blieb, wenn schon kein Edelmetall, so doch ein wertvolles. Ein Grund für die Vorherrschaft der gepanzerten Lanzenreiter aus Franken und Deutsch-

land war das Gewicht des Metalls, das sie trugen. Dies war eine hohe Investition in einer Welt, in der die Schaufel eines Bauern lediglich eine Metallspitze über einem Blatt aus Holz hatte und in der viele Pflüge bloß mit Eisen durchzogene Kratzspaten waren. Eisen war nicht deswegen teuer, weil es schwer zu finden war wie Gold und Silber, sondern weil es so vieler Mannstunden bedurfte, um es zu bearbeiten. Das Erz musste immer wieder beheizt und mit Hämmern ausgeschlagen werden, bis die Schlacke herausgearbeitet war, und dann in groben Holzkohleöfen geschmolzen werden. Das Eisen aus Jarnberaland war das beste auf der ganzen Welt. Trotzdem musste es bearbeitet werden wie Eisen jeder Güte, abgesehen von den seltenen Stücken aus niedergefallenem Donnergestein. Herjolf besaß Brennstoff, er besaß Erz. Wenn die Bearbeitungszeit verkürzt werden könnte, hätte er im Frühjahr umso mehr Handelswaren zur Verfügung. Aber wie konnte ein sich drehendes Rad einen Hammer auf und ab bewegen?

Udd zeichnete erneut seine Vorstellung in den Schnee, während Shef, dessen Dienste benötigt wurden, weil die Diskussion hitzig geworden war, vom Englischen ins Nordische übersetzte – Udds Nordisch hatte niemals die Stufe fachspezifischer Begriffe erreicht.

Schließlich seufzte Herjolf und willigte ein, es Udd versuchen zu lassen. „Es ist ein Segen“, bemerkte er, „dass er diesmal etwas bauen will, das nur halb so groß ist wie das letzte Werk.“

„Ein Hammer lässt sich leichter heben als ein Mühlrad“, erklärte Shef. „Udd sagt, er ist bereit, erst mal mit einem leichten Hammer anzufangen.“

„Wie leicht?“

„Ein Zentner.“

Herjolf schüttelte den Kopf und wandte sich um. „Sagt ihm, er soll zu Narfi dem Tyr-Priester gehen, dem Chronisten, und ihn um Pergament und einen Stift bitten. Seine Zeichnungen werden viel besser nachzuvollziehen sein, wenn sie mit Stift und Tinte gezogen und nicht in den Schnee gemalt sind. Außerdem, wenn es stimmt, was er sagt, wird eine Zeit kommen, in der Männer um eine Seite davon kämpfen werden."

Schon bald, als der Wind blies, pochte das Hammerwerk, hämmerte Metall mit beispielloser Geschwindigkeit aus wie der nie nachlassende Hammer Wölunds, des lahmen Schmieds der Götter.

Cwicca war verantwortlich für den nächsten Schritt. Da er kein Handwerk erlernt hatte außer dem Dudelsackspielen und dem Schießen mit dem Katapult, wurden ihm für gewöhnlich Routineaufgaben zugeteilt. Eines Tages, als er sich mit den Lederblasebälgen abmühte, die die Esse mit gepresster Luft versorgten, und ständig von den Schmieden angebrüllt wurde, nicht nachzulassen oder alles wäre ruiniert, trat er von dem oberen Griff, den er mit dem Bein bearbeitet hatte, und rief: „Wir brauchen auch hierfür eine Maschine!"

Das Umfunktionieren eines Hammerwerkes zum Pumpen von Blasebälgen war beinahe einfach. Und dennoch brachten die Anpassungen weitere Veränderungen mit sich, als würde eine Neuerung durch die andere gespeist. Die weit bessere Luftströmung in den Öfen, in denen das verarbeitete Eisen geschmolzen wurde, erhöhte die Temperatur erheblich. Die Schmiede sagten, das Eisen würde zunächst weiß glühend, was gefährlich war, denn man konnte eine Hand darauflegen, ohne es zu merken, und dann rot glühend, wenn es weich genug zum Bearbeiten war. Nur selten hatten sie weiß glühendes Eisen gesehen, das zu schmelzen anfing. Obwohl Gusseisen bereits hergestellt worden war, üblicherweise durch Zufall und unter äußerst glücklichen Umständen, so machten die Druckluft-Blasebalge geschmolzenes Eisen zum Gießen durchaus möglich.

Tief unter der all der Tätigkeit lagen die Gefahr und die Befürchtung – oder die Sicherheit –, dass es zum Krieg kam. Shef hatte sich mit Hagbarth und Narfi dem Tyr-Priester beraten und versucht, wie es seine Gewohnheit war, eine Karte zu zeichnen, wo er und seine Gemeinschaft gewesen waren. Alles, was sie sagten, und

auch seine eigene Erfahrung ergaben, dass er in etwas feststeckte, das ziemlich nach einer Falle aussah, einer noch größeren Falle als die Küste Norwegens. Von dort aus könnte er, wenn er ein Schiff besäße, aufs offene Meer hinaussegeln und versuchen, die lange Fahrt an der schottischen Küste entlang und dann nach unten zur Ostküste Englands zu unternehmen. Wo er sich jetzt befand, würde er sich, selbst wenn er freie Fahrt auf Hagbarths *Aurvandill* hätte, seinen Weg aus dem Golf zwischen Schweden und der Ostlandküste suchen müssen, wo die Balten lebten, dann um Skåne herum und durch die Enge zwischen dieser Provinz und dem dänischen Sjælland fahren müssen, um nach Hause zu gelangen.
„Wie breit ist der Abstand dort?“, fragte er.
„Drei Meilen“, sagte Hagbarth. „Auf diese Weise ist der alte König Kolfinn reich geworden. Zollerhebungen. Soweit ich gehört habe, ist es unwahrscheinlich, dass er noch dort ist. Wenn Ihr recht damit habt, dass die Ragnarssons Horik beseitigt haben, steht ihnen kaum noch etwas im Wege.“
„Und wo ist ihre berühmte Braethraborg, die Brüderburg?“
„Dort“, sagte Hagbarth und tippte auf der Karte auf einen Punkt am Nordufer von Sjælland, vielleicht fünfzig Meilen von der Meerenge entfernt. Eine halbe Tagesreise mit dem Schiff.
Der einzige andere Weg zurück nach England, den Shef sich vorstellen konnte, lag darin, zurück nach Haithabu zu fahren, von da aus das Marschland nach Dithmarschen zu durchqueren und somit wieder dort zu landen, von wo er gekommen war. Wieder einmal würde er kein Schiff haben. Und außerdem, wenn die Vision stimmte, und es war durch Hagbarths eindeutige Kenntnis bestätigt, dass die Belagerung begonnen hatte, dann befand sich Haithabu in der Hand des Feindes. In den Händen der Ragnarssons.
Niemand konnte sich auch nur im Geringsten etwas vorstellen, das schlimmer war, als Sigurth Ragnarsson in die Hände zu fallen. Lieber wäre Shef gestorben, indem man ihn in Echegorguns Räucherhaus aufhängen ließ.

Also stellten die Eisenarbeiter nicht nur Roheisenbarren und einfach zu handelnde Güter wie Axtblätter her. Sie fertigten zudem unter Udds Anleitung einen Bogen nach dem anderen aus Federstahl, Griffe für Kochgeschirr, Eisenbolzen. Männer und Frauen schnitzten Holzteile und stapelten sie auf. Alle paar Tage ließen sie von der ursprünglichen Arbeit ab und fügten sie zusammen. Shef bemerkte, wie viel schneller man vorankam, wenn man ein Dutzend Teilsätze fertigte und sie dann alle auf die gleiche Weise zusammensetzte, anstatt dem althergebrachten Vorgang zu folgen und an einer einzigen Ausführung zu arbeiten, bis sie fertig war, und dann mit der nächsten anzufangen. Der Armbruststapel wurde immer größer und überstieg bei Weitem die Anzahl, die sie eigentlich benötigten.

„Wir können sie immer noch verkaufen", sagte Herjolf fröhlich.

„So betrachtet man Dinge von der sonnigen Seite", meinte Shef.

Von allen Neuerungen, die Udd mitgebracht hatte, weckte allerdings keine das Interesse von Thorvin und den anderen Schmieden mehr als der gehärtete Stahl. Sie hatten sich mehrfach Cuthreds Schild ausgeborgt, dessen Stärke geprüft und waren verblüfft gewesen. Ideen entstanden rasch. Man wollte Kettenhemden aus dem merkwürdig harten Metall herstellen. Es erwies sich als unmöglich zu bearbeiten. Zu hart zum Biegen, zu hart zum Zusammenfügen. Ein Versuch, ein Kettenhemd als eine Einheit zu härten, produzierte lediglich einen äußerst teuren Klumpen aus halb verschmolzenen Ringen – die Monatsarbeit eines geschickten Schmiedes war verschwendet, wie Herjolf betonte. Flache Platten waren recht einfach herzustellen, danach aber nutzlos. Menschen besaßen keine ebenen Flächen, auf die sie passten. Das Metall schien im Krieg keinen Nutzen zu haben außer für Schilde, und selbst da hatte es Nachteile. Schilde waren gewölbt, zum einen, weil Geschosse für gewöhnlich von solchen Oberflächen abprallten, und zum anderen – was keineswegs belanglos war –, weil ein runder Schild an der Schulter getragen werden konnte. Niemand, nicht einmal Brand oder Cuthred, konnte einen ganzen Tag marschieren und dabei einen Schild nur mit dem Arm halten. Die meisten Todesfälle erlitt in einer Schlacht diejenige Seite, deren Schildarme zuerst ermüdeten.

Das gehärtete Metall, wenngleich faszinierend, hatte scheinbar keinen praktischen Nutzen im Krieg. Trotzdem konnte Shef nicht die Worte vergessen, die der Gefangene Svipdag ihm entgegengeschleudert hatte. „Der Mann, der das überstehen könnte, was dich erwartet, braucht eine Haut aus Eisen." Er wusste, wer ihn bei der Braethraborg erwarten würde. Wo war seine Haut aus Eisen? Und wie sollte er sie tragen?

Inzwischen redete Shef häufig mit Hagbarth. Insbesondere war Hagbarth an Detailinformationen über die verschiedenen neuen Schiffstypen interessiert, mit denen Shef gesegelt oder denen er begegnet war. Er hatte Ordlafs Entwurf für die englischen, mit Mauleseln bestückten „Schlachtschiffe" mit einem nachdenklichen Nicken bedacht, und er quetschte Shef wiederholt zu Einzelheiten über das kurze Scharmützel mit der *Frani Ormr* aus, die ein berühmtes Schiff war, das größte Kriegsschiff nach traditioneller Bauweise im Norden.

„Kein Wunder, dass Ihr von ihr eingeholt worden seid", bemerkte er. „Ich bin nicht sicher, ob meine *Aurvandill* es besser gemacht hätte. Schneller mit Segel, wage ich zu behaupten. Aber je mehr Ruder man für den Kielfuß hat, desto schneller rudert man. In umschlossenen Gewässern könnte die *Frani Ormr* besser sein."

Zudem war er an der Bauweise der zweimastigen *Kranich* interessiert, worüber Shef ihm eine Menge sagen konnte, da er dabei geholfen hatte, sie wegen der Planken und Einzelteile auseinanderzunehmen. Immerhin waren König Hálfdans Küstenpatrouillenschiffe Hagbarth bekannt. Er konnte sich recht gut vorstellen, wie eines verstärkt worden war, um dem Rückstoß eines Katapultes standzuhalten. Es war die Segelqualität der beiden Masten, die ihn verwirrte. Trotzdem, hatte Shef ihm versichert, hatte die *Kranich* gute Fahrt gemacht, sehr gute Fahrt sogar. Die *Norfolk* hatte sich dagegen wie ein Kahn ausgenommen.

„Jetzt haben wir die Idee, die Maulesel auf Räder zu setzen, um sie zu drehen“, sagte Cwicca einmal beim Essen. „Was wir wirklich gerne hätten, wäre ein Maulesel auf jeder Seite, vorne und hinten, hoch oben. Aber ich schätze, das ganze Gewicht oben würde das Schiff zum Kippen bringen und so, wie wenn der Wind von einer Seite kommt. Sogar die *Norfolk* hat nicht weit aus dem Wasser geragt.“

Hagbart hörte zu und prustete Bier aus seiner Nase. „‚Das Schiff zum Kippen bringen und so‘“, keuchte er. „‚Auf jeder Seite, vorne und hinten‘. Gut für euch, dass ihr nicht auf See seid und die Meerestrolle zuhören. Sie bestrafen die Seeleute, die nicht die anständigen *haf*-Wörter verwenden, die Worte, die man auf See ausspricht.“

„Wie also würdet Ihr ein Schiff bauen, wie Cwicca es vorschlägt?“, fragte Shef und ignorierte die Beschwerde über die Meeressprache.

„Ich habe nachgedacht“, sagte Hagbarth und zeichnete mit seinem Dolch Linien auf den Tisch. „Ich glaube, was ihr braucht – das ist es, was sie auch mit der *Kranich* gemacht haben, aber nur halb fertig –, ist ein festes Tragwerk für das Schiff, fester als die Art, wie wir es bauen.“

Shef und Karli nickten beide, als sie sich daran erinnerten, wie die *Aurvandill* sich auf der Fahrt von Haithabu nach Kaupang gebogen hatte.

„Dann werdet ihr die Seiten hochziehen wollen, ungefähr so.“ Hagbarth zeichnete weiter.

Shef betrachtete die Baupläne auf dem Tisch und sagte nachdenklich: „Was Ihr da gezeichnet habt, sieht für mich aus wie eines unserer eigenen Schiffe mit einem zweiten, das darüber gebaut ist.“

Hagbarth nickte. „Richtig, das könntet ihr so machen. Ein Umbau.“

„Also könnten wir beispielsweise Eure *Aurvandill* draußen im Bootshaus umbauen. Den Kiel erweitern und vernieten – wir haben reichlich gehärteten Stahl –, ein Tragwerk einsetzen, ein

Freibord aufbauen, wie Ihr es nennt, schweren Ballast aufladen und auf Kampfplattformen an Bug und Heck Maulesel legen."
Hagbarth schrie in ehrlicher Pein auf: „Nicht die *Aurvandill!* Das schönste Segelschiff im Norden!"
„Wenn auch nicht so schnell wie die *Frani Ormr*", betonte Shef.
„Wenn ihr all das tätet", sagte die unbemerkt gebliebene Edthe-ow, die grimmig auf Hagbarths Dolch gestarrt hatte, mit dem er auf dem polierten Tisch herumgekratzt hatte, „könntet ihr überall Metallplatten anbringen und das Schiff richtig schwer machen."
Shef starrte sie mit offenem Mund an.
„Die Worte des Schicksals werden stets von jemandem ausgesprochen", bemerkte Thorvin ein weiteres Mal.
Schließlich wurde Hagbarth auf Skiern davongeschickt, während die Arbeit an der *Aurvandill* begann. Er hatte sich mit dem Vorschlag abgefunden und zugegeben, dass er fasziniert davon wäre, wenn es am Schiff von jemand anderem ausprobiert würde. Allerdings konnte er es nicht ertragen, zuzusehen, wie sie seines in Stücke schnitten. Er versprach, zuzuschauen und mitzuhelfen, sobald der Hauptteil der Sägearbeit verrichtet war. Bis dahin würde er fortbleiben. Cuthred bot an, ihn zu begleiten. Von allen Männern und Frauen hier hatte er die geringste Rolle gespielt: Er hatte sich geweigert, bei der Errichtung der Mühle überhaupt zuzusehen, hatte wenig Interesse an der Schmiede gezeigt und war eine lange Zeit bettlägerig gewesen wegen der Beinwunde, die aufgerissen war, als wolle sich sein Körper dafür rächen, dass er sich während des Berserkergangs über dessen Ansprüche hinweggesetzt hatte. Nachdem er genesen war, hatte er es sich zur Gewohnheit gemacht, alleine Ski zu laufen, wobei er rasch zu einem Experten wurde und oftmals den ganzen Tag draußen verbrachte. Als Shef ihn einmal fragte, ob er dort in der Öde denn nicht hungrig oder durstig wurde, erwiderte er: „Es gibt da draußen Essen, wenn man weiß, wo man es herkriegt."
Shef überlegte. Echegorgun war ihnen über das Gebirge bis zu Piruusis Lager gefolgt. Könnte er ihnen weiterhin gefolgt sein? Das

Verborgene Volk konnte im Ödland anscheinend gehen, wohin immer es wollte. Cuthred hatte einmal gesagt, dass es mehr von ihnen gäbe, als den richtigen Menschen jemals bewusst war. Vielleicht traf er sich in der Öde mit Echegorgun oder gar mit Mirastaray. Das Verborgene Volk mochte ihn. Dies traf auf kaum jemanden sonst zu, obschon einige Frauen Mitleid mit ihm hatten. Zumindest war er ein guter Beschützer für Hagbarth, und bei Hagbarth war es unwahrscheinlich, dass er ihn beleidigen würde, im Gegensatz zu Karli, der nun mit Edith zusammen war, oder Ceolwulf, der Cuthred offenbar daran erinnerte, was er einst gewesen war.

Das Julfest kam, brachte Schweinebraten und Blutwurst zusätzlich zu ihrer üblichen Kost, brachte mystische Erzählungen und Gesänge seitens der Wegpriester. Darauf folgte der tiefe Winter mit derart starken Winden, dass die Mühle abgebaut und eine Zeit lang verstaut werden musste, sowie dicken Schneeverwehungen. Die kleine Gemeinde, die reichlich Essen und Brennholz, Decken und daunengefüllte Schlafsäcke besaß, ignorierte ihn. Shef wunderte sich erneut über die gute Laune in jedem Gesicht, aber nicht für lange.
„Ist schon ziemlich kalt hier oben“, sagte Cwicca. „Aber wenn man bedenkt, wie es früher in Crowland im Marschland war, wie wir uns für die schwarzen Mönche totgeschuftet haben … Man war glücklich, wenn man da überhaupt eine Decke hatte, es gab kein Essen außer Haferbrei, und davon nicht einmal viel, man hauste in einer Hütte mit Lehmboden, von Michaeli bis Ostern durchgeweicht. Und nichts, worauf man sich freuen konnte außer der Fastenzeit! Nein, ich habe noch nie einen glücklicheren Winter erlebt.“
Was weiter zur Heiterkeit beigetragen hatte, war noch eines von Udds Experimenten. Er hatte niemals vergessen, wie er auf ganzer Linie versagt hatte bei dem Versuch, Winterbier durch Verdampfen statt durch Abfrieren des Wassers herzustellen. Nun

gab es zwar Winterbier, wenn man sich die Mühe machte, einen Eimer hinauszustellen, aber Udd war beharrlich geblieben. Wenn die Stärke des Getränks nicht im erwärmten Bier blieb, schlussfolgerte er, musste sie mit dem Dampf davongeflogen sein. Er experimentierte langsam. Fing den Dampf ein. Umschloss den aufgeheizten Topf. Ließ eine Röhre – eine aus Kupfer wegen der Formbarkeit – aus der Hitze in die Kälte laufen, damit der Dampf sich schneller verflüssigte. Fing das Endprodukt auf. Wiederholte den Vorgang mit noch stärkeren Abdichtungen und einem sorgfältigeren Umgang mit den Auffangbehältern. Schließlich hatte Udd etwas erhalten, das er anderen anzubieten bereit war. Sie probierten behutsam, neugierig, anerkennend.

„Ein guter Trunk für einen kalten Tag", sagte Osmod. „Nicht so gut wie gewürztes Winterbier, schätze ich, aber das hier ist natürlicher, oder? Das hier hat noch immer etwas von dem Geruch der Schmiede an sich. Wir werden es ‚Brandbier' nennen."

„Es wäre besser, Wein zu verwenden", sagte Udd, obwohl er in seinem Leben nicht öfter als zwei Mal Wein probiert hatte.

Cuthred sagte nichts, nahm aber beim nächsten Mal, als er alleine mit den Skiern in den Schnee hinauslief, eine Flasche mit.

Endlich kam der Tag, da sie bereit waren, die umgebaute *Aurvandill* aus dem Bootshaus in einem Nebenarm des Flusses zu Wasser zu lassen, der inzwischen stärker unter dem Eis dahinfloss, welches bereits Anzeichen von Rissen zeigte.

„Sollten wir nicht als Glücksbringer irgendetwas auf die Walzen legen?", fragte Shef.

Hagbarth blickte ihn scharf an. „Es gibt manche, die das tun", sagte er. „Normalerweise Blut, ein Opfer für Rán, die Trollgöttin der Tiefe."

„Das meine ich nicht. Udd, hast du ein Fässchen mit Brandbier? Leg es unter den Kiel. Wenn sie nach vorne rollt, wird sie es zerbrechen." Hagbarth nickte. „Und dann müsst Ihr ihr einen neuen Namen geben." Er klopfte auf den Steven. „Sie ist nicht länger meine *Aurvandill.* Das ist ein Stern, müsst Ihr wissen. Entstanden aus dem abgefrorenen Zeh eines Riesen, den Thor in den Himmel geworfen hat. Ein guter Name für ein schnelles Schiff. Das ist sie nicht mehr. Wie werdet Ihr sie nennen?"

Shef fiel nichts ein, bis die Männer die Schlepptaue packten, bereit, sie aus der Hütte zu ziehen, in der sie so lange geschuftet hatten. Dann, als sie gemeinsam zogen und die starke braune Flüssigkeit auf den Kiel spritzte, rief er: „Ich nenne sie *Furchtlos*!"

Die *Furchtlos* glitt langsam die Laufbahn hinunter, krachte durch das dünne Eis und kam auf den Tauen zum Liegen.

Sie war ein merkwürdiges Schiff. Sie hatten ihren Kiel mit dem härtesten Holz und Stahl, den sie ausgeklügelten hatten, zerspant, verbunden und vernietet. Auf dem erweiterten Kiel hatten sie alle paar Yards Tragwerke gesetzt und entgegen der gängigen Praxis, Flechsen zu verwenden, die Verschalung darauf genagelt. Die ursprünglichen Planken der *Aurvandill* bildeten nun den oberen Teil ihrer Seiten. Stärkere Bretter, die aus Pinienstämmen geschnitten waren, festigten sie weiter unten. An Bug und Heck entstellten Gefechtsplattformen ihre vormals sauberen Linien, Nachbildungen derjenigen, die Shef auf den Wällen von Haithabu gesehen hatte. Die neu gebauten Maulesel lagen auf jeweils einer Plattform. Um ihr schwerfälliges Gewicht auszugleichen, war die *Furchtlos* tief und rund gebaut worden, und schwerer Ballast lag nun in dem weiträumigen Laderaum. Die Gefechtsplattformen waren durch Halbdecks erweitert worden, unter denen die Mannschaft einen gewissen Schutz fand, der besser war als der der Lederverdecke, die alle Wikingermannschaften für gewöhnlich verwendeten, sogar auf dem Atlantik.

In zweierlei Dingen hatte Hagbarth sich durchgesetzt: Die *Furchtlos* blieb ein Einmaster, wenngleich wegen ihrer größeren Masse das Segel nach außen, aber nicht nach oben verbreitert wurde, sodass sie beinahe die Hälfte ihrer Segelfläche nochmal erhielt. Und die Eisenplatten, die ihre Seiten schützen sollten, sowie die rotierenden Maulesel sollten im Frachtraum untergebracht und nur nötigenfalls aufgebracht werden. „Ich würde mit ihr nicht die lange Fahrt nach England übers offene Meer wagen", sagte Hagbarth, darauf bedacht, in gebührendem Abstand vom Schiff zu sprechen, sollten seine Worte Unglück bringen. „Sie lässt die dickste Knorr elegant aussehen, und sobald ihr die Platten anbringt, ist es noch schlimmer."

„Sie ist nicht dazu gedacht, England zu erreichen", sagte Shef. „Wenn sie uns durch die Meerengen und um die Küste Frieslands gebracht hat, hat sie ihre Aufgabe erfüllt."

Einfach an der Braethraborg vorbei würde auch reichen, dachte Hagbarth, sprach die Worte aber nicht aus. Er selbst hatte nicht die Absicht, sich auf diese gefährliche Fahrt zu wagen. Er besaß als Bezahlung für die *Aurvandill* einen Wechsel, der auf die Staatskasse von Shef und Alfred ausgestellt war, und hoffte lediglich, dass er das Geld erhalten würde.

Shef fragte sich tatsächlich, woher er das Recht nahm, jemanden zu bitten, sein Risiko zu teilen. Die englischen Männer und Frauen, die ihm so weit gefolgt waren, würden die Reise fortsetzen in der Hoffnung, ihre Heimat zu erreichen, ebenso Karli, der darauf brannte, in Dithmarschen von seinen Reiseerlebnissen zu berichten. Genauso Hund. Auch Thorvin bestand darauf, mitzufahren. Hagbarth und seine kleine Mannschaft würden bis nach Småland im Süden von Schweden mitfahren und den Landratten währenddessen beibringen, wie man ein Schiff segelte.

Als der Schnee schmolz und die Leute an die Abfahrt dachten, besuchte Cuthred seinen Herrn.

„Möchtest du, dass ich mir dir nach Süden fahre?", fragte er.

Shef starrte ihn an. „Ich dachte, wir bringen dich heim. Nach Northumbria."

„Es gibt niemanden, der in Northumbria auf mich wartet. Mein König ist tot. Ich weiß nicht, ob meine Frau noch lebt, doch selbst wenn … Ich bin nicht mehr von Nutzen für sie. Lieber lebe ich hier in der Einöde. Es gibt Leute hier, die mich so nehmen würden, wie ich bin. Leute, die den Wert eines Mannes nicht nur nach einer Sache bemessen." Wieder hörte Shef die furchtbare Bitterkeit in seinen Worten. Und trotzdem wagte er nicht, Cuthred ziehen zu lassen. Er war ein Katapult oder eine verstärkte Brustplatte wert. Sie würden ihn brauchen, bevor der Süden gewonnen war, dessen war Shef sicher.

„Erinnerst du dich an die Mühle?", fragte er. „Als wir dich daraus befreiten, sagtest du, du wärst mein Mann."

Cuthred war während des größten Teils seines Lebens der Streiter eines Königs gewesen. Er verstand, was Treue und Dienstpflicht bedeuteten und erkannte an, dass beides bis zum Tod hielt.

„Begleite mich durch das Skagerrak, dann entlasse ich dich, damit du in der Öde leben kannst, wie es dir gefällt", sagte Shef.

Cuthred blickte hinab in den Schneematsch. „Ich begleite dich durch das Skagerrak", willigte er ein. „Und an der Braethraborg vorbei. Es gibt jemanden, der hier auf mich warten wird."

Kapitel 29

Kjallak, der neue König der Schweden, wusste sehr wohl, dass er nur zu einem Zweck als Nachfolger seines ermordeten Vorgängers Orm ausgewählt worden war: um der Gefahr durch die deutschen Christen und in geringerem Maße auch durch das Wegvolk beizukommen, die sich inzwischen im Land verbreiteten. Um das Land der Schweden, Svearike, zu den alten Traditionen und Sitten der Priester zurückzuführen. Scheiterte er, würden die Priester im Tempel zu Uppsala eine neue Wahl treffen.
Er legte seine Pläne vorsichtig dar. Sie hatten ein Opfer verlangt. Er würde ihnen ein Opfer darbieten. Und es würde aus Männern und Frauen aus all jenen Gruppen bestehen, die die Schweden hassten und fürchteten: Christen, Wegvolk, Finnen und sogar *skógarmenn,* die kleinen, verstreut liegenden Gemeinden aus Grenzbewohnern, die in den Wäldern oder an den Mooren lebten und keine Steuern zahlten.
Es war sinnlos, die Finnen im Winter zu jagen. Im Sommer war es ebenfalls schwierig, weil sie sich mit ihren Rentieren in die tiefe Tundra zurückzogen. Es gab eine Zeit, in der sie zuschlagen konnten, eine Zeit, in der die Schweden einen natürlichen Vorteil erhielten. Im tiefen Matsch der Schmelzzeit, wenn sich niemand bewegte, sofern man es vermeiden konnte, aber wenn sich die unübertroffenen Pferde der schwedischen Züchter ihren Weg bahnen konnten. Während des Winters entsandte Kjallak Schlitten voller Futtermittel an ausgewählte Orte. Suchte seine Männer aus und wies sie sorgfältig an. Schickte sie eine Woche vor der Tagundnachtgleiche in den Wind und das Schneetreiben hinaus.

Auch Shef hatte Pläne gemacht. Er überlegte, dass bis zur Tagundnachtgleiche das Eis von dem reißenden Fluss verschwunden sein würde und gute Bedingungen herrschen würden, um die *Furcht-*

los flussabwärts die erste Etappe der Heimreise antreten zu lassen. Seine Männer bewaffneten gewissenhaft das Schiff, verstauten die drachenförmigen Stahlplatten im Frachtraum, von wo aus sie rasch gelöscht werden konnten, versahen die Seitendecks mit durch Schotstek verbundenen Seilen, um dort die Armbrüste und Bolzen zu befestigen, und schlugen Steinbrocken für die Maulesel heraus. Während er wartete, bemerkte Shef, dass eine Gruppe Finnen auf sie zukam. Ohne Skier waren ihre Bewegungen schwerfällig. Es lag immer noch etwas Schnee auf dem Boden, aber das meiste war zu Schneematsch oder Schlamm verlaufen. Die Finnen wirkten ungelenk, wie Vögel mit gestutzten Flügeln. Nichtsdestotrotz trieben sie sich häufig am Werk herum, kamen her, um Handel zu treiben oder nachzuschauen, was hier vor sich ging. Einer von Herjolfs Priesterkollegen war ein Anhänger der Göttin Skadi, der Skigöttin der Berge. Er sprach die finnische Sprache und begleitete sie häufig, um ihre Weisheiten zu lernen. Shef sah, wie er zu ihnen ging, um sie zu begrüßen, und sich dann wieder ans Verladen machte.

Etwas später befand sich Ottar der Skadi-Priester an seiner Seite und mit ihm der Finne Piruusi, auf dessen Gesicht ein Ausdruck mürrischer Verärgerung lag. Shef blickte verwundert von einem Gesicht zum anderen.

„Er sagt, die Schweden hätten vor zwei Tagen sein Lager angegriffen“, erklärte Ottar. „Viele Männer auf Pferden. Sie haben sie nicht kommen sehen, weil der Schnee schmolz. Viele Finnen wurden getötet. Ein paar entführt.“

„Entführt“, wiederholte Piruusi. „Ein Schwede war betrunken, fiel vom Pferd. Wir fangen ihn. Er sagt uns: Finnen gehen zum Tempel. Tempel bei Uppsala. Hängen da am Baum zu Ehren der schwedischen Götter.“

Shef nickte und fragte sich weiterhin, warum man es ihm erzählte.

„Er will, dass Ihr sie rettet“, sagte Ottar.

„Ich? Ich weiß nichts von Uppsala.“ Doch dann verfiel Shef in Schweigen. Er erinnerte sich an die drei Visionen, die er bei Piruusi gehabt hatte. Am meisten hatte er über die erste Vision nachgedacht, in der seine alten Feinde, die Ragnarssons, nach der Macht griffen und ihm den Weg versperrten. Dennoch hatte er auch den König gesehen, den neuen König, der von seinen Priestern bedroht wurde, damit er ein angemessenes Opfer darbrachte, und zwar nicht die billige Beseitigung überzähliger Sklaven, wie es die Schweden jahrelang getan hatten. Und die Christen – sie waren auch darin vorgekommen.

„Hat er irgendetwas über Christen gesagt, euer Schwede?"

Piruusis Gesicht hellte sich auf; er sagte etwas auf Finnisch.

„Er sagt, er wusste, dass die Geister Euch führen", dolmetschte Ottar. „Auch Christen sollen an der großen Eiche aufgeknüpft werden. Und die Männer des Weges, zumindest behauptet das Piruusi."

„Wir hatten bisher keinen Ärger", sagte Shef.

„Wir leben weit stromaufwärts. Und wir sind sowieso nicht alle hier."

Shef spürte bei der Berichtigung seinen Mut sinken. Thorvin war, als der Schnee noch zum Schlittenfahren geeignet war, zum dreißig Meilen entfernten Bauerndorf gefahren, um Eisen gegen Nahrungsmittel einzutauschen, und hatte Cwicca, Hama und Udd mitgenommen. Sie waren nicht zurückgekommen. Wenn sie auch entführt worden waren … Shef wurde überraschend klar, von ihnen allen – Cwicca, der sein Leben gerettet hatte, indem er ihn aus der Umklammerung des ertrinkenden Ivar befreite; Thorvin, der ihn als wandernden Niemand unter seine Fittiche genommen hatte – war derjenige, dessen Schicksal ihn am meisten berührte, Udd. War er fort, konnte ihn niemand ersetzen. Ohne seine Eingebung würden viele Pläne schon bei der Geburt sterben.

„Glaubt Ihr, die Schweden könnten sie erwischt haben?", fragte er.

Ottar zeigte auf die Straße, die flussabwärts von Osten herführte. Dort konnte man Reiter erkennen, die ihre Pferde so schnell wie möglich im tiefen Matsch antrieben. „Ich glaube, jemand wird es uns gleich sagen“, meinte er grimmig.

Die Nachrichten lauteten wie erwartet. Vom Dorf war nur noch Asche übrig, es war im Morgengrauen überrascht und bis auf den Grund niedergebrannt worden. Die Angreifer hatten alle Männer, Frauen und Kinder getötet, die ihnen begegneten, hatten aber auch einige auf zusätzlichen Pferden mitgenommen und vor sich hergetrieben. Als Gefangene hatten sie jene ausgewählt, die Anhänger des Weges trugen, sowie Jungen oder Mädchen. In dem Chaos hatte man kaum den Grund ausmachen können, warum die Schweden das Dorf angriffen. Manche sagten aber, sie hätten *„Skógarmenn! Skógarmenn!“* gerufen, während sie mordeten. Waldmänner, Männer des Waldes, Geächtete. Alles dasselbe. Der Priester Thorvin war ganz sicher entführt worden, man hatte gesehen, wie man ihn fortführte. Ein zahnlückiger Mann war ebenfalls erkannt worden, bei ihm musste es sich um Cwicca handeln. Keiner konnte sich erinnern, jemanden gesehen zu haben, der Udd sein mochte. Das allerdings war vollkommen wahrscheinlich, überlegte Shef. Sogar Leute, die sich mit Udd im selben Raum aufhielten, sahen ihn kaum. Solange es nicht um Eisen und Stahl, Metall und Erfindungen ging, war der kleine Mann geschaffen, um ignoriert zu werden.
„Wann ist der Opfertag?“, fragte Shef.
Herjolf kaute an seinem Bart und antwortete: „Am Tag der heiligen Eiche, der Reichseiche, wie sie sie nennen. Der Tag, an dem ihre Knospen das erste Grün zeigen. Ihn zehn Tagen. Vielleicht auch zwölf.“
„Nun“, sagte Shef, „wir müssen unsere Männer zurückholen. Oder es zumindest versuchen.“
„Ich stimme Euch zu“, sagte Herjolf.
„Und das würde jeder andere Priester des Weges ebenfalls tun, selbst Valgrim, wenn er noch lebte! Was die Schweden uns da geboten haben, ist eine Kampfansage. Wenn sie unsere Priester in

ihren heiligen Roben mit den Vogelbeeren an den Gürteln und den Anhängern um den Hals aufknüpfen, werden wir alle Bekehrten verlieren, die wir je unter den Schweden hatten. Und noch weiter draußen, wenn sich die Nachricht darüber verbreitet."

„Fragt Piruusi, was er tun will", sagte Shef zu Ottar.

„Alles, was ein Mann tun kann", lautete die Antwort. Die Schweden hatten seine jüngste und liebste Frau entführt. Piruusis Beschreibung ihrer Reize war anschaulich und verdeutlichte, dass sie wie Udd unersetzlich war.

„Gut. Ich brauche auch Hagbarth. Sagt ihm Bescheid, Herjolf. Dies ist jetzt Sache des Weges. Und noch etwas. Ich werde ein Banner wehen lassen."

„Mit welchem Zeichen?"

Shef zögerte. Er hatte bisher viele Banner gesehen und wusste um die Macht, die sie über die Vorstellungskraft hatten. Da gab es das gefürchtete Rabenbanner der Ragnarssons, es hatte den Gewundenen Wyrm Ivars gegeben. Alfred ließ den Golddrachen von Wessex wehen, ein Überbleibsel des Römervolkes. Ragnhilds Symbol war das Greifende Tier gewesen. Er selbst war unter Hammer und Kreuz nach Hastings marschiert, um das Wegvolk und die Christen gegen das päpstliche Heer zu führen. Was sollte er diesmal auswählen? Das Symbol von Ríg, die Leiter, die er um den Hals trug? Niemand würde es erkennen. Einen Hammer und eine geborstene Kette als Zeichen der Freiheit? Diesmal würde er nicht kommen, um Sklaven zu befreien, sondern um Grenzbewohner und Geächtete zusammenzuscharen.

„Ihr werdet sicher den Hammer zeigen", drängte Herjolf. „Nicht den Hammer und das Kreuz wie schon einmal. Hier gibt es keine Christen. Nur die Deutschen und ihre Bekehrten, keine Freunde von uns."

Shef traf eine Entscheidung. Er besaß immer noch die Lanze, die er Echegorgun abgenommen hatte, die Lanze, die der Trollmann wiederum Jarl Bolli von den Trøndern abgenommen hatte.

„Ich werde eine aufrecht stehende Lanze als mein Zeichen führen", sagte er. „Mit einem Hammer quer darüber für den Weg."
Herjolf schürzte die Lippen. „Für meinen Geschmack wird das zu sehr nach einem Kreuz aussehen."
Shef starrte ihn an. „Wenn ich gegen einen König kämpfen soll", sagte er, „dann werde ich ein König sein. Ihr habt den königlichen Befehl gehört. Bringt mir alle Eure Näherinnen. Und schickt auch Cuthred zu mir."
Als Herjolf davonging, sprach Shef leise mit Cuthred. „Wir werden erst morgen früh aufbrechen. Geh heute Nacht hinaus. Ich nehme an, es besteht keine Chance auf Unterstützung durch das Huldufólk? Zu weit weg von den Mooren und Bergen. Trotzdem, Nachrichten kann man weitergeben. Vielleicht gibt es im Norden noch andere Familien von Halbtrollen wie die von Brand. Kümmere dich darum."
Shef dachte daran, hinzuzufügen: Und komm tunlichst zurück. Aber er schluckte die Worte herunter. Wenn Cuthred desertieren wollte, würde er es tun. Alles, was ihn jetzt zurückhielt, war Stolz – und diesen sollte man keinesfalls verletzen.

Am nächsten Morgen stand Cuthred in voller Rüstung mit Schwert, Schild, Speer und Helm schweigend am Bug der *Furchtlos.* Er sah wieder aus wie ein Königsstreiter, abgesehen von seinen Augen, die müde und gerötet wirkten.
Das Schiff war voller Männer und Frauen. Nur ein halbes Dutzend war an der Schürfstelle geblieben. Priester, Engländer, Engländerinnen und Finnen, fünfzig oder mehr, drängten sich zusammen. Dies wäre nicht möglich, wenn das Schiff gerudert und gesegelt werden müsste. Aber die Schneeschmelze trieb es ohne menschliches Zutun davon, so schnell wie ein Rennpferd. Hagbarth an der Pinne brauchte nur über die Rah nach Eis Ausschau zu halten, und die Männer, die mit Rudern am Bug standen, mussten lediglich schwimmenden Bruch zerschlagen. Den gesamten Weg stromabwärts sahen sie die Zeichen der Verwüstung:

verbrannte Höfe, verbrannte Dörfer. Männer riefen ihnen vom Ufer aus zu, wenn sie das wehende Banner sahen, wurden herbeigerufen und man sagte ihnen, sie sollten ihre Boote takeln und nachfolgen. Als die *Furchtlos* zum Meer kam, folgte eine kleine Armada aus vier- und sechsrudrigen Booten in ihrem Fahrwasser. Am Meer angelangt, stellten die Bewohner der Fischerdörfer an der Finnenmark größere Schiffe zur Verfügung. Shef organisierte alles neu, übernahm das Kommando über die größten Boote und füllte sie mit den Männern von den kleinsten.

„Auf diese Weise könnte Ihr sie nicht weit voranbringen", protestierte Hagbarth. „Zum einen können sie nicht genug Wasser mitführen. Nein, sagt es nicht. Gehorcht den Befehlen. Ihr habt einen Plan."

Als die *Furchtlos* und ihre Anhängsel aus kleineren Fahrzeugen auf den Finnenbusen zuhielten, wie die Schweden den tiefen Golf zwischen der schwedischen Finnenmark und dem gegenüberliegenden Land nannten, entdeckten sie eine Gruppe kleiner Inseln. Piruusi, der bisher geschwiegen hatte, ging zu Shef und zeigte darauf.

„Finnen auf diesen Inseln", sagte er. „Überquere sie manchmal auf dem Eis. Seefinnen."

Shef winkte Ottar zu sich, ließ ihn, Piruusi und eine Schar seiner finnischen Gefolgsleute in einem Boot Platz nehmen und befahl ihnen, so viele Schiffe und Männer mitzubringen wie möglich. Unter leichten Segeln stießen sie weiter vor und warteten auf die Kampfansage durch die Küstenwache von König Kjallak.

Ali der Rote, Kapitän der *Seebär*, der das Meer zu den finnischen Ålandinseln hin patrouillierte, sah das seltsame Segel, das sich rasch näherte, und hielt vorsichtig darauf zu. Er hatte Geschichten von merkwürdigen, seltsam gepanzerten Schiffen gehört und er hatte nicht die Absicht, unnötige Risiken einzugehen. Die pöbelhaften Segel dahinter musterte er kurz und tat sie ab. Fischerbote der Besiegten, lediglich Plünderer. Als sie sein gestreiftes

Segel und das seiner Begleitung bemerkten, sah er sie gleichzeitig davondriften und fortsausen. Was aber taten die auf dem seltsamen Schiff? Auf der Knorre, die eine Mischehe mit einer fränkischen Kogge eingegangen war? Versuchten sie auch zu fliehen?

„Sie ist in Reichweite für einen Weitschuss", knurrte Osmod. Der frühere Hauptmann der Hellebardiere befand sich in einem Zustand kaum gezügelter Wut, seit er erfahren hatte, dass sein langjähriger Freund und Kamerad Cwicca als Opfer für Freya und Odin aufgeknüpft werden sollte.

„Tretet vom Maulesel zurück", befahl Shef. „Runter in den Frachtraum, ihr alle. Hagbarth, Ihr auch. Jetzt, Osmod, hast du das Kommando. Wende das Schiff und segle davon wie zur Flucht."

Osmod glotzte. „Aber ich kann kein Schiff segeln."

„Doch, das kannst du, du hast oft genug dabei zugesehen. Jetzt tust du es. Karli, Wilfi und ich sind deine Segelmannschaft. Cuthred, übernimm das Steuerruder."

„Gut", sagte Osmod unsicher. „Wohin weht der Wind? Cuthred, dreh den vorderen Teil ein wenig vom Wind weg, äh, nach links. Karli, du nimmst dieses Ende der Rah, und Wilfi, du nimmst das Ende, und nun dreht sie so, dass der Wind dahinter ist. Jesus, ich meine, Thor, was kommt jetzt?"

Während Hagbarth sich mit den Händen die Augen zuhielt, rumpelte die *Furchtlos* in die Flucht, das genaue Ebenbild eines unterbesetzten Handelsschiffes bei der Jungfernfahrt. Ali sah zu, grinste in seinen roten Bart und brachte seine beiden Schiffe fachmännisch in einen Winkel, um sie abzufangen.

„Köpfe runter", befahl Shef. „Vergesst die Maulesel. Jeder eine Armbrust und eine weitere zur Hand."

Er wartete, bis die *Seebär* fast längsseits lag, die Seitendecks mit wilden, bärtigen Gesichtern gesäumt, die Speere zum Entern gehoben, bevor er den Befehl zum Aufstehen gab. Jeder könne eine Armbrust aufspulen, hatte Udd vor zwei Jahren gesagt. Noch leichter war es, wenn sie nur gespannt werden musste. Auf zehn Yards konnte selbst der Ungeübteste nicht danebenschießen, und auf zehn Yards durchbohrten die stabilen Eisenbolzen Holz und Kettenhemd, Fleisch und Knochen, als wären sie aus Segeltuch. Als Shefs Schützen ihre ersten Armbrüste fallen ließen und nach den zweiten griffen, war bereits klar, dass eine weitere Salve nicht nötig sein würde.

Mithilfe eines Taus hangelte Hagbarth sich von Schiff zu Schiff, blickte auf die wenigen, sofort demoralisierten Überlebenden und befahl ihnen, längsseits festzumachen.

„Jetzt der Maulesel“, sagte Shef und blickte nervös auf das wendende Begleitschiff. „Einen Brocken über ihre Köpfe hinweg, Osmod, und sag ihnen, sie sollen ihre Waffen über Bord werfen.“

Kurze Zeit später war Shefs Armada, die nun aus drei stark bemannten, großen Schiffen mit Beibooten und Pinassen im Schlepptau bestand, auf dem Weg zur schwedischen Küste. Hinter ihnen stritten die verzagten Überlebenden der Küstenwache in derart beladenen kleinen Booten, dass sie nur wenige Zoll über dem Wasser standen, darüber, ob sie versuchen sollten, zu den Inseln von Åland und den Finnen zu gelangen, oder ans schwedische Festland, um sich der Vergeltung ihres Königs zu stellen.

All ihren Fähigkeiten zum Trotz hatten die Männer des Lanzenordens nur wenige Schweden bekehrt, zumindest unter den Männern und Einheimischen. Die Gemeinden, die sie schützten, bestanden vornehmlich aus Sklaven, die bereits Christen waren, als sie in dieses Land verschleppt wurden. Manche waren Deutsche, manche Friesen oder Franken, die meisten Engländer und Iren. Die Ritter verspürten kaum eine Verbundenheit mit ihnen. Sie genossen die Erfahrung, den Nordmenschen, die sie so lange verfolgt hatten, ihren Willen aufzuzwingen, genossen die Erkenntnis, dass Macht größtenteils eine Frage des Zusammenschließens war. Wenn ein Wikingerheer, das eintausend Mann stark war, über eine Stadt oder ein Dorf im Westen herfiel, erschien es natürlich überlegen. Wenn fünfzig bewaffnete und gut ausgebildete Deutsche inmitten eines schwedischen Dorfes mit einer Bevölkerung von zweihundert auftauchten, war es dieselbe Geschichte. Sollten sich die Einwohner jemals gegen sie zusammenschließen, stünde die Sache anders. Aber es gab keine Beute zu machen, es war niemandes Verantwortung. Der Lanzenorden überwinterte in Frieden, aber ohne Zufriedenheit. Die gemeinen Soldaten langweilten sich, da man ihnen verboten hatte, zu trinken oder sich über die schwedischen Frauen herzumachen. Erkenbert der Diakon fürchtete, dass seine Chancen auf eine Beförderung sanken, da er so weit vom Zentrum des Geschehens entfernt feststeckte. Bruno, der Anführer, quälte sich alleine in seiner Unterkunft. Er hatte die Lanze Karls des Großen nicht gefunden. Wenn sie irgendwo war, dann weit oben im Norden in einem anderen Land. Der Gott, auf den er vertraute, schien ihn verlassen zu haben.

Als ein hektisches Klopfen an der Tür zu den Unterkünften der Ritter ertönte, sprangen sie aus ihrer Erstarrung auf und warfen die Schachbretter zu Boden. Waffen wurden von den Wänden gerissen, Männer kämpften sich in ihre Rüstungen. Jemand öffnete behutsam die Tür. Eine dünne, heruntergekommene Gestalt schlurfte herein.

„Sie haben sie mitgenommen“, brabbelte der Mann.

„Wen mitgenommen?“, schnappte Bruno, geweckt von dem Aufruhr. „Wer hat wen mitgenommen?“

Im Angesicht der feindlichen Blicke und blanken Waffen schien den Flüchtling der Verstand verlassen zu haben. Erkenbert trat vor und sprach den verschreckten Mann auf Englisch an.

„Er stammt aus Hadding“, berichtete er. „Einer Stadt zehn Meilen von hier, wo wir die Messe abgehalten haben. Er sagt, dass an diesem Morgen Soldaten von König Kjallak kamen, alle Christen zusammentrieben, die unseren Gottesdienst besucht hatten – sie hatten eine Liste –, und sie unter Bewachung mitnahmen. Unter den Schweden wird mit großer Befriedigung gemunkelt, dass sie den heidnischen Götzen beim großen Tempel geopfert werden sollen, in fünf Tagen vielleicht."

„Eine Kampfansage an uns", bemerkte Bruno, blickte in die Runde und grinste. „Was sagt ihr dazu, Burschen?"

„Eine Kampfansage an den heiligen Gott", sagte Erkenbert. „Wir werden ihr begegnen wie der heilige Bonifatius, der die große Säule Irminsul im Sachsenland niederschlug, ohne dass ihm ein Leid zugefügt wurde, und die heidnischen Sachsen von ihrem Unglauben bekehrte."

„Ich habe eine andere Geschichte gehört", raunte einer der Ritter. „Ich bin selbst Sachse. Aber trotzdem, wie sollen fünfzig von uns einen Haufen zu Opfernder vor der Vollversammlung der Schweden retten? Dort werden Tausende von ihnen sein. Und der König mit seinen Huscarls."

Bruno schlug ihm brutal auf den Rücken. „Deswegen ist es eine Kampfansage", rief er. Nüchterner fügte er hinzu: „Und vergesst nicht: Sie glauben, dass man die Dinge auf eine bestimmte Weise tun muss. Eine Herausforderung muss beantwortet werden. Wenn ich den König herausfordere, muss er kämpfen oder einen Streiter schicken. Dies wird keine Schlacht. Es wird eine Darbietung unserer Stärke – des Willen Gottes. Wir werden ihnen entgegentreten. Wie schon zuvor."

Seine Männer wirkten unschlüssig, doch die Disziplin war stark und das Vertrauen in ihren Anführer noch stärker. Sie begannen, ihre Waffen zusammenzusuchen, ihre Bündel und Schlafsäcke und Pferde und rechneten in ihren Köpfen aus, wie lange der Marsch dauern würde. Fünf Tage. Fünfzig Meilen bis zum heidnischen Uppsala. Keine Probleme, nicht einmal auf den matschigen Straßen. Allerdings würde es schwierig werden, die Versammlung der Schweden mit einem Überraschungsmoment zu erreichen. Verdächtig war auch, dass sie unbeschadet zurückgelassen worden waren, wenn doch Brandfackeln im Strohdach und Männer draußen bei Morgengrauen eher zu erwarten wären. Vielleicht war ihnen König Kjallak von Schweden ja voraus. Erwartete ihre Ankunft. Hatte eine Begrüßung vorbereitet. An der Tür der beiden Priester der Mission fanden sie eine lange Schlange aus Männern vor, die ein Geständnis ablegen und um die Beichte bitten wollten.

Kapitel 30

Als sie sich Uppsala immer weiter näherten, überkam Shef eine unheilvolle Ahnung. Es sollte nicht so sein. Alles lief so gut, wie es irgendjemand nur erwarten konnte. Keine Gegenwehr am Ufer, die Kriegsleute unter den Schweden waren bereits zur Versammlung und zum Opfer marschiert, zumindest hatte man ihnen das gesagt. Geleitet von Booten mit Laternen, die man vom Ufer aus entsandt hatte, war Piruusi mit einer machtvollen Verstärkung aus Finnen zurückgekommen, die darauf brannten, endlich der Feste ihrer Erbfeinde einen Schlag zu versetzen. Zig zusätzliche Armbrüste waren ausgegeben worden und jeder Mann erhielt eine kurze Einführung und fünf Übungsschüsse – all das brauchte man, damit ein Mann eine Armbrust des neuen Modells laden und abschießen konnte und sein Ziel auf fünfzig Yards treffen würde. Shef wusste, dass er mit den finnischen Bogenschützen als Deckung und zweihundert Armbrustschützen dahinter eine mindestens ernst zu nehmende Streitmacht besaß, die jeden beiläufigen oder unvorsichtigen Angriff niederschlagen würde. Er hatte nur ein Dutzend Männer und Frauen zurücklassen müssen, um die Boote zu bewachen und die *Furchtlos* dort festzumachen, wo niemand an sie herankam.
Auch der Kampfgeist war groß, aufgestachelt durch die Wut ebenso wie durch die vorsichtige Begrüßung, als sie vorwärtsdrängten – viel zu sehr ein Herumstreifen, als dass man es einen Marsch nennen könnte – und die Dörfer der heidnischen Schweden durchquerten. Diejenigen, die man in den Dörfern zurückgelassen hatte, waren Frauen und Sklaven und von niedrigem Stand. Viele von ihnen, die das Banner mit Lanze und Hammer sahen, hielten es für ein Kreuz, wie Herjolf befürchtet hatte, und wenn es Leute von christlicher Abstammung waren, betrachteten sie es als Befreiung. Andere sahen in ihnen Anhänger der Wegmänner

und schlossen sich verhalten an oder gaben freiwillig Informationen weiter. Wiederum anderen hatte man Freunde oder Verwandte für das große Opfer entrissen und sie fragten bereitwillig nach Waffen, um bei ihrer Rettung zu helfen. Es gab ein Gefühl von Unterstützung und das Heer wuchs, statt zu schrumpfen, wie es häufig vorkam, wenn die Schlacht kurz bevorstand.
Warum also hatte er diese schlimme Vorahnung?, fragte sich Shef. Es lag an Cuthred. In seinem tiefsten Inneren ahnte Shef, dass die Angelegenheit nicht durch eine offene Feldschlacht entschieden werden würde, dass es am Ende zu einer Bewährungsprobe der Streiter kommen würde. Bis dahin hatte er sich vorbehaltlos auf Cuthred verlassen, auf seine Stärke und Geschicklichkeit, aber besonders auf seinen unnachgiebigen Mut. Cuthred war niemals entmutigt gewesen, lediglich beherrscht. Niemals bis jetzt. Jetzt jedoch war er schweigsam, brütete vor sich hin ohne die Ausstrahlung einer lauernden Bedrohung, die ihn sonst immer umgeben hatte.
Während Shef auf einem requirierten Pony in leichtem Trab voranritt, fand sich Hund an seiner Seite ein. Wie üblich machte er sich nicht die Mühe, zu sprechen, sondern wartete bloß darauf, dass Shef das Gespräch in Gang brachte.
Shef raunte leise mit einem Blick auf Cuthreds Rücken, der zehn Yards entfernt war: „Ich fürchte, ich habe meinen Berserker verloren."
Hund nickte. „Das Gleiche habe ich auch gedacht. Glaubst du, wir werden einen benötigen?"
„Ja."
„Ich erinnere mich daran, wie Brand erklärt hat, was einen Berserker ausmacht. Er sagte, es handle sich nicht um Männer, die von anderen Geistern besessen sind, sondern um Männer, die sich selbst hassen. Vielleicht hat unser Berserker …", Hund vermied es, ihn beim Namen zu nennen für den Fall, dass Cuthred ihn hörte, „… vielleicht hat er einen Grund gefunden, sich nicht selbst zu hassen."

Shef dachte an Mirastaray und an die seltsamen Bemerkungen, die Echegorgun über das Verborgene Volk gemacht hatte, über ihre Behinderungen und ihre seltenen Paarungen. Er konnte verstehen, dass Cuthred, sollte er sich nicht mehr als Mensch sehen, sich vorstellen könnte, er sei ein Troll.

„Ich will ihm den Grund nicht wiedergeben“, sagte er, „aber ich würde es vorziehen, wenn er ein wenig wie sein altes Ich wäre.“

Hund zog etwas unter dem langen Mantel hervor, den die meisten Männer inzwischen trugen, um sich gegen den Wind und den prasselnden Regen zu schützen. „Mir ist der Gedanke gekommen, dass es noch etwas anderes geben könnte, das einen zum Berserker macht. Ebenso wie deine Visionen durch etwas ausgelöst werden können, was in dir ist, oder durch etwas im Getreide oder etwas im Trunk der Finnen, so kann der Berserkergang durch etwas in der Seele ausgelöst werden oder durch etwas im Körper. Ich habe mithilfe von Ottar mit den Finnen gesprochen. Der Fliegentöterpilz ist nicht der einzige, den sie verwenden. Es gibt auch diesen Trank.“ Er zeigte Shef ein Fläschchen.

„Was ist da drin?“

„Ein Sud. Kochendes Wasser, das über einen anderen Pilz gegossen wird. Diesmal nicht der rote mit den weißen Punkten, aus dem der Seh-Trunk besteht. Auch nicht aus dem, den ich kenne, dem Knollenblätterpilz, der …“, wieder senkte Hund die Stimme, „… der wie ein Schwengel aussieht.

Es gibt noch einen dritten. Die Finnen nennen ihn Pinselohrenpilz, nach der großen Katze, die in den Wäldern lebt. Er versetzt Männer in Raserei, macht sogar aus dem sanftesten einen Berserker.“ Er hielt ihm das Fläschchen hin. „Wenn du ihn brauchst, nimm ihn. Gib ihn Cuth… unserem Freund.“

Gedankenverloren ergriff Shef das Fläschchen.

Vor dem großen Tempel von Uppsala befand sich ein Gehege, das zwar mit Stroh überdacht war, dessen Boden aber aus Lehm und dessen Wände aus Flechtwerk bestanden, sodass der Regen

durch jede Ritze drang. Neun mal zwanzig Männer und Frauen waren darin zusammengedrängt, die Hände mit Eisenringen gefesselt, die in lange Balken eingelassen waren. Mit genügend Zeit und Kraft könnte ein Mann sich befreien und die anderen losmachen. Allerdings gingen Wachen hin und her, schlugen wild auf jeden ein, der sich bewegte, irgendetwas tat, das nach einem Fluchtversuch aussah. Die Wachen hatten derzeit mehr Ärger als üblich, wie sie untereinander äußerten. Nicht nur, dass es mehr Opfer gab als je zuvor seit Menschengedenken. Auch waren es nicht die üblichen Knochensäcke, die nur wenige Tage vor dem Tod durch den Strang oder die Klinge vor Kälte oder Hunger starben. So war es, wie es sein sollte, sagten die Wachen und zielten darauf ab, Finger oder Schlüsselbeine zu brechen. Die Götter würden zur Abwechslung Frischfleisch bekommen. Womöglich kam das Unglück der Schweden daher, dass die Götter ihre Opfer für die Suppe abkochen mussten.
Cwicca, der einen Arm schonte, den einer der Wachmänner gebrochen hatte, als er versucht hatte, den Eisenring aus dem Balken zu ziehen, flüsterte aus dem Mundwinkel Thorvin zu, der neben ihm saß: „Ich mag nicht, wie Udd aussieht."
Tatsächlich schien es, als würde der kleine Mann gleich in Tränen ausbrechen – verständlich, aber die Engländer und Wegmänner wollten ihren Feinden keine Gelegenheit geben, sie zu verspotten. Er starrte einen der Schweden an, einen Priester, der in den Sklavenpferch gekommen war. Es war Sitte unter den schwedischen Priestern des Tempels und der Reichseiche, ihre Gefangenen zu verhöhnen und zu verspotten, weil sie glaubten, dass deren Angst und Verzweiflung den Göttern gefielen. Manche sagten, dies sei ein Brauch, der auf ihren uralten König Angantyr zurückging. Andere sagten, die Bastarde würde es mögen. Udds Unterlippe bebte, während er dem Geschrei des Schweden lauschte.
„Glaubt nicht, dass es schnell gehen wird! Glaubt nicht, dass es leicht für euch wird. Seit zwanzig Jahren bringe ich bei dieser Versammlung Opfer. In meiner Jugend habe ich Fehler ge-

macht. Ich habe den Göttern Menschen überlassen, von denen ich nicht wusste, dass sie tot waren. Nicht heute! Diejenigen, die ich aufknüpfe, werden noch wach sein, mit offenen Augen, wenn Odins Raben kommen, um sie ihnen auszuhacken. Wie werdet ihr euch dann fühlen, wenn die Raben auf euren Köpfen sitzen und die Schnäbel vorstrecken? Ich habe sie gesehen! Ihr werdet versuchen, die Hände zu heben, nicht wahr? Aber ich werde sie auch fesseln. Und das ist nicht alles. Selbst nachdem ihr in den Tod gegangen seid, zu den Göttern gegangen seid – was glaubt ihr, wird mit euch geschehen? Mit Harfen in der Hand auf Wolken sitzen, ihr Christen, na? Nein! Hier seid ihr Sklaven und dort seid ihr Sklaven."

Der Priester begann, ein heiliges Lied zu singen, und Stimme und Rhythmus klangen auf merkwürdige Weise wie bei Thorvin. Daher kam der Weg, stellte Cwicca mit plötzlicher Erkenntnis fest. Von einem Glauben wie diesem. Aber verändert, wenn nicht gerade gelindert – die Anhänger des Weges waren so grausam wie viele andere –, allerdings ohne diesen Unterton verzweifelter Ängstlichkeit, die die wahren Heiden, den harten Kern, so süchtig machten nach Schmerz.

„Hrimgrimnir heißt der Riese, der dich haben soll
hinterm Totentor,
wo verworfene Knechte in knotigen Wurzeln
dir Geißenharn gießen.
Anderer Trank wird dir nicht eingeschenkt …"

Udd ließ mit verzerrtem Gesicht den Kopf hängen. Der Priester sah es und brach den Gesang mit einem krächzenden, siegreichen Lachen ab. Als er das tat, begann Thorvin zu singen, und seine tiefe Stimme hatte dieselbe Melodie wie die des Heiden, nur zu einem anderen Rhythmus:

„Einen Saal sah ich, heller als die Sonne,
mit Gold bedeckt auf Gimlis Höhn:
Da werden bewährte Leute wohnen
und ohne Ende der Ehren genießen …"

Der Heide schrie vor Wut auf, lief mit einem schweren Knüppel in der Hand die Reihen der angeketteten Gefangenen entlang auf seinen Rivalen zu und stieß Flüche aus. Als er vorbeirannte, streckte Hama, der mit den anderen zusammengekettet war, ein Bein aus. Der Priester strauchelte und fiel beinahe der Länge nach Thorvin vor die Füße. Mit Bedauern, da seine Hände über seinen Schultern festgekettet waren, blickte Thorvin auf den Knüppel. Er bewegte sich so weit vor, wie die Kette lang war, und trat mit der Sohle seines Stiefels zu. Ein Knacken, ein Grunzlaut tief aus der Kehle des Heiden, dann ein Röcheln.

„Gebrochene Luftröhre", bemerkten die Wachen, die die Leiche beiseiteschafften und Thorvin leidenschaftslos besinnungslos prügelten.

„Wenn wir in Thrudvang ankommen", keuchte Thorvin zwischen den Schlägen, „wird er mein Diener sein. Unser Diener. Und noch sind wir nicht tot, er schon."

Unbemerkt begann Udd nun, zu weinen. Er war weit gereist, hatte viel durchgemacht, sein Bestes getan, einen Krieger nachzuahmen. Jetzt waren seine Nerven vollkommen aufgerieben, der letzte Rest an Mut war geschwunden.

Als Shefs Heer an Uppsala herankam, in der letzten Nacht, bevor, wie die Informanten hartnäckig betonten, das Opfer gebracht werden würde, regnete es noch stärker. Auf den matschigen Wegen drängten sich inzwischen die Anbeter, die Schaulustigen, die Angehörigen König Kjallaks und die Anhänger Odins und Freyas, alle vermischt in einem hoffnungslosen Durcheinander. Anstatt zu versuchen, sich durch alle gleichzeitig zu kämpfen, befahl Shef seinen Männern einfach, ihre unbekannten Waffen unter ihre Mäntel zu stecken und weiterzugehen, als wären sie nur eine weitere Gruppe, wenn auch eine ungewöhnlich große, auf dem Weg zum Ritual. Bei besserem Wetter wären zumindest die Finnen erkannt worden. Da im strömenden Regen alle Köpfe gesenkt waren und die Finnen in der Mitte blieben, machte niemand eine Bemerkung, kein Widerstand regte sich. Shef hörte viele Stimmen sagen, die Götter hätten nicht eingelenkt. Sie würden fordern, dass das Blut in Strömen floss, bevor die Schweden jemals wieder eine gute Ernte sahen.

In der dunklen Stunde vor Morgengrauen sah Shef, wie sich die Drachengiebel des Tempels gegen die Wolken abhoben. Noch unverwechselbarer war die massive Gestalt der Eiche selbst, der Reichseiche, um die herum die Schweden ihre Götter verehrt und ihre Könige erwählt hatten, lange bevor sie eine Nation waren. Vierzig Männer mit ausgestreckten Armen könnten den Stamm nicht umspannen, hieß es. Selbst in der wachsenden Menge traute sich niemand unter die Äste. Ein paar Opfergaben des letzten Jahres hingen noch dort, Menschen und Tiere. Ein Haufen aus nicht fortgeschafften Gebeinen lag unter ihnen.

Sie hielten an und Shef benachrichtigte Herjolf, Osmod und die anderen, dass sie versuchen sollten, die Männer in einer dichten Reihe aufzustellen, die nicht durch die Schweden blockiert wurde, und sie auf alles vorzubereiten, was kommen mochte. Er selbst nahm neben Cuthred Platz. Der große Mann stand wortlos da, die Waffen verborgen.

„Ich könnte dich bald an meiner Seite gebrauchen“, sagte Shef.

Cuthred nickte. „Ich werde da sein, wenn du mich benötigst, Herr.“

„Vielleicht solltest du das hier trinken. Es ... es macht einen Mann bereiter, zumindest hat mir Hund das gesagt.“

Cuthred nahm das Fläschchen, entkorkte es, schnupperte vorsichtig daran. Er knurrte plötzlich verächtlich und warf es auf den nassen Boden. „Ich weiß, was das ist. Sie geben es den Grünschnäbeln, denen sie nicht trauen, vor der Schlacht. Dies mir anzubieten, Ellas Streiter! Ich bin dein Mann. Ich hätte jeden anderen umgebracht, der mir das gegeben hätte.“

Cuthred wandte sich ab und trat wütend zur Seite. Shef sah ihn an, bückte sich, nahm das Fläschchen auf und roch selbst daran. Ein Drittel des Trankes war vielleicht noch übrig. Sie gaben es den

Grünschnäbeln vor der Schlacht? Er war ein Grünschnabel – zumindest sagten die Leute es ihm immer. Einem Impuls folgend, hob er das Fläschchen, trank es leer und warf es wieder zu Boden. Karli, der ein paar Fuß entfernt stand – er achtete darauf, Cuthred nicht zu nahe zu kommen –, sah nervös zu.
Von irgendwoher erklangen Hörner, ihr Ton niedrig und gedämpft durch die Feuchtigkeit. Graute der Morgen schon? Schwer zu sagen. Ebenso war schwer auszumachen, ob die Reichseiche schon blühte. Aber die Priester des Tempels hatten augenscheinlich beschlossen, zu beginnen. Türen öffneten sich, als der Himmel langsam fahl wurde, Priester strömten singend heraus, umkreisten die Eiche. Ein weiteres Schmettern der Hörner, und ein Tor schwang langsam auf. Nach und nach trieben Wächter eine Doppelreihe schlurfender Gestalten in die Kälte hinaus. Shef löste seinen Mantel, ließ ihn in den Matsch fallen, stand schwer und tief atmend da. Jetzt war er bereit, zu handeln. Er wartete nur noch auf sein Ziel.

Nicht weit weg hinter einem niedrigen Kamm, der die Tempelebene umgab, hatte Bruno seine Reiter zusammengezogen. Er hatte beschlossen, dass seine Männer des Überraschungseffektes wegen beritten bleiben sollten. Es stimmte, dass ihre Reittiere lediglich schwedische Pferde waren, nicht die bestens abgerichteten Truppenpferde aus dem Frankenland oder aus Deutschland, doch diese Männer waren allesamt Reiter, echte Ritter. Sie konnten jedes Tier zum Angriff führen.
„Ich glaube, sie sind bereit, loszuschlagen“, sagte Bruno zu Erkenbert. Der kleine Diakon konnte sich kaum im Sattel halten, weigerte sich aber, wie die Missionspriester zurückzubleiben. Bruno hatte ihn auf seinen Sattelbogen gehievt. Erkenbert zitterte vor Kälte. Bruno wollte nicht darüber nachdenken, dass es Furcht sein könnte. Vielleicht war es die Aufregung bei dem Gedanken, einen Streich für den Glauben zu führen. Am Vortag hatte Erkenbert ihnen allen die Legenden der Heiligen vorgelesen, der

englischen Heiligen Willibald und Winfried, der den Namen Bonifatius angenommen hatte. Beide hatten die Sachsen in ihren eigenen Heiligtümern angegriffen, ihre heiligen Säulen niedergerissen, ewige Seligkeit im Himmel erhalten und auch dauerhaften Ruhm unter den Menschen. Das Martyrium, hatte er gesagt, war nichts im Vergleich dazu. Auf jeden Fall war der kleine Engländer versessen darauf, selbst zum Helden der Geschichte zu werden. Bruno hatte andere Pläne, die nichts mit dem Martyrium zu tun hatten.

„Sie führen die Märtyrer ihrem Tod zu. Wann wollt Ihr zuschlagen? Reitet nun hin mit der Stärke des Herrn."

Bruno straffte sich, erhob sich in den Steigbügeln, um Befehle zu geben, setzte sich langsam wieder. „Ich glaube, jemand ist vor uns da", sagte er überrascht.

Als die Gefangenen langsam nach vorne geführt wurden, erkannte Shef, dass jemand gekommen war, um die Leitung zu übernehmen. Das heller werdende Licht offenbarte einen grauen Steinblock in der Mitte der Ebene zwischen dem Tempel und der Eiche, eine rechteckige Plattform, die vielleicht vier Fuß hoch war und zehn Fuß durchmaß. Ein Mann trat aus der Gruppe bei der Tempeltür und schwang einen Speer. Mit einem plötzlichen, kraftvollen Sprung landete er auf der Plattform, wobei er sich mithilfe des Speers hinaufkatapultierte, und hob die Hände in die Höhe. Ein gemeinschaftlicher Ruf kam von seinen Unterstützern und übertönte das Stimmgewirr aus Kommentaren der übrigen Menge. „Kjallak!", riefen sie. „König Kjallak, Erwählter der Götter!"

Shef ging langsam vorwärts, die Lanze in der Hand. Er wusste, dass Cuthred hinter ihm war, scherte sich aber nicht darum. Sein Körper fühlte sich an, als würde er von einer Wolke aus Luft getragen, als ob irgendetwas in seinem Inneren ihm Auftrieb gab, als wäre sein Atem zu kräftig für seine Lungen.

„Kjallak!", brüllte er harsch. „Du hast meine Männer da. Ich will sie zurück."

Der König starrte auf ihn herab – ein Krieger in seinen besten Jahren, fünfunddreißig Jahre alt, Veteran vieler Kriege und vieler Einzelkämpfe.

„Wer bist du, Männlein, dass du die Versammlung der Schweden störst?“, fragte er.

Shef, der in Reichweite stand, schlug mit dem stumpfen Lanzenende nach seinen Beinen. Kjallak sprang behände darüber, landete auf dem nassen Stein, rutschte aus und stürzte. Shef sprang auf den Stein und stand über ihm. Er hob die Stimme, sodass sie über die gesamte Ebene erscholl, und brüllte Worte, von denen er selbst nicht geglaubt hätte, dass er sie aussprechen würde: „Du bist kein König! Ein König soll seine Leute schützen. Nicht sie an Bäumen aufknüpfen für eine Schar alter Schwindler. Runter von dem Stein! Ich bin der König der Schweden.“

Waffen klirrten im Hintergrund, doch Shef ignorierte sie. Sechs von Kjallaks Männern waren nach vorne gelaufen, sobald ihr König bedroht wurde. Drei wurden von Armbrustbolzen erwischt, die aus der Menge sausten. Cuthred trat vor, schlug einem kaltblütig die Beine weg, hieb wild auf die anderen ein und trieb sie zurück.

„Ist das eine Herausforderung?“, rief Kjallak. „Dies ist weder der Ort noch die Zeit dafür.“

Shef reagierte mit einem Tritt, der Kjallak erwischte, als er auf die Füße kam, und ihn vom Stein stürzen ließ. Ein Stöhnen ging durch die Menge der Zuschauer.

Kjallak kam wieder hoch und sein Gesicht wurde blass.„Egal, welcher Ort und welche Zeit, dafür töte ich dich“, sagte er. „Ich mache ein *heimnar* aus dir und übergebe das, was von dir übrig ist, den Priestern. Du bist das erste Opfer, das die Götter heute erhalten. Aber du hast weder Schwert noch Schild. Wie kannst du mit diesem alten Saufänger gegen mich kämpfen?“

Shef sah sich um. Das hatte er nicht geplant. Die Leichtsinnigkeit, die Hunds Trank ausgelöst hatte, hatte dies getan. Sie hatte dafür gesorgt, dass er nun selbst einem voll gerüsteten Helden gegenüberstand, anstatt seinen Streiter Cuthred vorzuschicken. Er konnte unmöglich darum bitten, ausgetauscht zu werden. Er sah, dass der Tag nun angebrochen war und durch irgendeinen Zufall der Regen aufgehört hatte. Alle Augen waren auf ihn gerichtet, dort oben auf dem Stein in der Mitte dieses natürlichen Amphitheaters. Die Priester des Tempels hatten mit ihrem Gesang aufgehört, standen dort in einer grässlichen Gruppe neben ihren zusammengetriebenen Gefangenen. Um ihn herum in einem weiten Ring aus Speeren stand die Versammlung der schwedischen Nation. Aber niemand regte sich, um einzugreifen. Sie standen da und warteten auf das Urteil der Götter. Eine bessere Chance hätte er nicht erwarten können. Und der Trank war noch immer stark in ihm.

Shef warf den Kopf zurück und lachte, hob die Lanze und schleuderte sie mit der Spitze voran in den nassen Boden. Er erhob die Stimme, sodass nicht nur Kjallak, sondern auch die hinterste Reihe der Zuschauer ihn hören konnte.

„Ich habe weder Schwert noch Schild", rief er. „Aber ich habe das hier!" Aus dem Gürtel zog er das lange, einschneidige Messer, das er trug. „Ich kämpfe gegen dich nach Art von Rogaland! Wir brauchen keine Bullenhaut. Wir haben den heiligen Stein. Ich werde hier gegen dich kämpfen, ein Handgelenk an das andere gebunden, und wer vom Stein hinabsteigt, ist König der Schweden."

Ein langsames Raunen ertönte aus der Menge der Zuschauer, als sie die Worte aufschnappten, und Kjallak presste die Lippen zusammen, als er es hörte. Solche Zweikämpfe hatte er bereits gesehen. Sie machten den Vorteil des Könnens zunichte. Aber die Menge würde nicht zulassen, dass irgendeiner jetzt aufgab. Er hatte noch Stärke und Einfluss. Er griff nach unten, löste den Schwertgürtel, warf ihn vom Stein und hörte, wie die Schweden anfingen, zu jubeln und Speere gegen Schilde zu schlagen, als sie gewahr wurden, dass er die Herausforderung angenommen hatte.

„Hahn auf dem Mist“, sagte er mit gesenkter Stimme. „Du hättest auf deinem eigenen Haufen bleiben sollen.“

Cwicca, der seinen gebrochenen Arm am Ärmel oben hielt, murmelte dem geschundenen und blutenden Thorvin zu: „Etwas Komisches geht da vor. Das hätte er niemals geplant. Hätte sich auch nicht dazu überreden lassen. Sieht ihm gar nicht ähnlich.“
„Vielleicht wird er von den Göttern gelenkt“, sagte Thorvin.
„Wollen wir hoffen, dass es so bleibt“, sagte Hama.

Bruno, der von seinem unbemerkten Beobachtungsposten aus weiterhin zusah, welche Vorbereitungen getroffen wurden, blickte sich nachdenklich um. Alle Augen waren auf die Mitte gerichtet, wo ein paar Männer Kjallak aus seiner Kettenrüstung halfen, während Shef sich ebenfalls bis aufs Hemd auszog. Ein Seil war aufgetan worden, herausgeschnitten aus der Rolle des Henkers, und nun machten sie sich daran, die beiden Männer aneinander zu binden, sodass jedem Mann noch zwei Sekunden blieben, um zu sehen, ob es mit rechten Dingen zuging. Ein Tempelpriester hatte darauf bestanden, eine Anrufung an Odin zu singen, und Herjolf, der sich aus der Menge schob, hatte angefangen, dagegenzuhalten.
„Wir können nicht mal mehr an sie herankommen“, sagte Bruno. „Hört zu, wir werden Folgendes tun.“ Er zeigte seinen Männern, welchen Umweg sie nehmen konnten. Nach rechts, um den Tempel und das Sklavengatter herum, sodass sie zwischen dem Tempel und der Eiche hervorkamen, wo für die Gefangenen eine Lücke gelassen worden war. „Wir kommen dort hinter ihnen heraus“, schloss er. „Reiten vorwärts und bilden einen Keil. Zumindest können wir so unsere Leute holen.“
„Was ist das für ein Banner, das sie da unten ausgebreitet haben?“, fragte einer seiner Männer.
„Es ist ein Kreuz“, rief der schwachsichtige Erkenbert. „Gott hat ein Zeichen gesandt!“

„Kein Kreuz", sagte Bruno langsam. „Es ist eine aufrecht stehende Lanze. Wie die, die dieser junge Mann gerade zu Boden geworfen hat. Eine Lanze, über der etwas querliegt, das ich nicht erkennen kann. Ich leugne nicht, dass es ein Zeichen für all das hier ist."

Shef atmete tief und langsam und wartete auf das Signal, dass der Kampf begann. Er trug nur seine Hosen, hatte die Schuhe weggetreten, um auf dem nassen Stein besseren Halt zu haben. Er hatte keine Ahnung, was er tun sollte. Es schien gleichgültig zu sein. Hunds Trank erfüllte ihn mit Raserei und Ekstase. Der berechnende Teil von ihm, der irgendwo unterhalb des Trankes lebte, hatte seinen Widerstand aufgegeben und sagte ihm stattdessen, dass er den Blick auf seinen Gegner gerichtet halten sollte, statt nur in dem Gefühl von Macht zu schwelgen.

Eine plötzliche Stille, als der Gegengesang aufhörte, ein Schmettern von Hörnern, und Kjallak glitt wie ein Panther über die steinerne Plattform nach vorne und vollführte einen Streich. Shef wäre beinahe zu spät weggesprungen. Er spürte einen brennenden Strich über seine Rippen, hörte von irgendwo aus weiter Ferne jubelnden Beifall. Er fing an, sich zu bewegen, zog mit einer Hand an dem Seil, das beide Männer hielt, täuschte mit der anderen einen Stoß an. Kjallak ignorierte die Finten, wartete auf den wirklichen Stich. Wenn er kam, würde der Einäugige vortreten müssen. Wenn er danebenging, würde Kjallak erneut nach dem Körper schlagen. Er umkreiste ihn immer nach rechts, bedrängte die Messerhand, zwang seinen Gegner, zurückzuweichen, damit er seiner blinden Seite nicht zu nahe kam. Alle paar Sekunden vollführte er einen raschen und fachmännischen Schnitt gegen Shefs nackten Arm, genug, damit Blut floss, die Stärke ihn verließ.

„Wie läuft es?", fragte Thorvin, dessen linkes Auge zugeschwollen war.

„Er schneidet unseren Mann in Stücke", antwortete Cwicca.

Er schneidet mich in Stücke, dachte Shef. Er spürte keinen Schmerz, keine körperliche Angst, doch eine unterschwellige

Panik stieg in ihm auf, als stünde er vor Tausenden von Menschen auf einer Bühne und hätte vergessen, was er sagen sollte. Er versuchte einen schnellen Fußfeger mit einem Bein, ein Ringerkniff. Kjallak wich ihm mit sparsamen Bewegungen aus und verpasste ihm einen Schnitt über dem Knie. Shef erwiderte ihn mit einem Streich gegen Kjallaks gebundenen Arm und brachte ihm zum ersten Mal eine blutende Wunde bei. Kjallak grinste und stieß plötzlich über ihre verbundenen Arme hinweg zu, sodass Shef gezwungen war, den Kopf zur Seite zu reißen und zurückzuspringen, wobei er das Seil fallen ließ, um dem Stoß nach dem Herzen zu entgehen, der augenblicklich folgte.

„Du lernst dazu, wie?“, keuchte Kjallak. „Aber nicht schnell genug. Du hättest bei deiner Mutter bleiben sollen.“

Der Gedanke an seine Mutter, deren Leben durch die Wikinger zerstört worden war, trieb Shef zu einem Schwall von Hieben, bei denen er leichtsinnig nach vorne kam. Kjallak wich den Schlägen aus, blockte ein paar von ihnen mit einem Klirren von Metall, wartete darauf, dass die Welle abebbte. Wie ein Berserker, dachte er. Nicht frontal entgegentreten. Ausweichen und warten, bis er müde wird. Er konnte bereits fühlen, wie die sprunghafte Stärke nachließ.

„Bei deiner Mutter bleiben“, wiederholte er. „Vielleicht für ein nettes Spiel Knöchelchen werfen.“

Knöchel, dachte Shef. Er erinnerte sich an die Lektionen, die er von Karli im Marschland erhalten hatte, erinnerte sich an den Markt von Haithabu. Er packte das herunterhängende Seil, zog es straff, schnitt es plötzlich durch. Ein Ächzen aus der Menge, ein überraschter Blick, Abscheu in Kjallaks Augen.

Shef warf sein Messer hoch in die Luft, wo es sich um die eigene Achse drehte. Kjallak, dessen Augen ständig darauf geruht hatten, blickte auf, folgte ihm unwillentlich einen Moment lang, indem er den Kopf hob.

Shef trat vor, drehte sich aus der Hüfte, wie Karli es ihm beigebracht hatte, und schwang die geballte Faust in einem weiten

Bogen. Er spürte, wie der Schlag seinen Arm entlanglief, fühlte das Knacken von Faust auf Bart und Knochen. Kjallak wankte. Aber er war ein Mann mit einem regelrechten Stiernacken, aus dem Gleichgewicht gebracht, doch nicht niedergeschlagen.
Das sich drehende Messer fiel herunter. Als hätte er ein Dutzend Jahre geübt, es zu fangen, packte Shef es mit der linken Hand beim Heft, stieß aufwärts gegen das erhobene Kinn. Die Klinge durchstach Bart und Kinn, Mund und Gaumen, wurde weitergetrieben, bis die Spitze hart gegen die Schädeldecke kratzte.
Shef fühlte, wie das tote Gewicht nach vorne fiel, drehte die Klinge herum, riss sie heraus. Langsam wandte er sich im Halbkreis zu der Menge um und hob das blutige Messer. Reißender Applaus von seinen Männern, verwirrte Rufe von allen anderen.
„Schiebung!", brüllte einer von Kjallaks Sekundanten und trat auf den Stein zu. „Er hat das Seil durchgeschnitten! Das ist gegen die Regeln."
„Welche Regeln?", fragte Cuthred. Ohne ein weiteres Wort hieb er nach dem Sekundanten und trennte ihm halb den Kopf ab. Von dem Stein aus sah Shef, wie Speere gehoben und Armbrüste angelegt wurden.
Ein Sonnenstrahl brach durch die Wolken und fiel auf den blutigen Stein. Diesmal erklang ein Raunen aus der Menge – aus Ehrfurcht. Und im gleichen Augenblick das Klirren von Metall. Shef blickte auf, erkannte zwischen der Eiche und dem Tempel eine feste Reihe gepanzerter Reiter, die sich ihren Weg zwischen den Gefangenen und ihren Wachen hindurch bahnten und die Tempelpriester vor sich her trieben. Er wusste nicht, wer sie waren, doch sie boten ihm eine Gelegenheit. Der Trank erfüllte ihn mit einer weiteren Eingebung, einer Woge des Zorns.
„Schweden!", rief er laut. „Ihr seid hier um einer gute Ernte und Wohlstands willen. Beides entsteht aus Blut. Ich habe euch bereits Blut gegeben: Königsblut. Folgt mir und ihr bekommt noch mehr." Stimmen aus der Menge, Rufe über die Eiche und die Opfergaben hinweg.

„Jahrelang habt ihr Opfer gebracht, und was hattet ihr davon? Ihr habt die falschen Dinge geopfert. Ihr müsst opfern, was euch am liebsten ist. Fangt neu an. Ich gebe euch ein besseres Opfer."
Shef zeigte über die Lichtung. „Opfert eure Eiche. Fällt sie und befreit die Seelen, die an ihr hängen. Und wenn die Götter Blut verlangen, dann gebt es ihnen. Schickt den Göttern ihre Diener, die Priester des Tempels."
Auf der anderen Seite der Lichtung war eine kleine, schwarz gekleidete Gestalt ungelenk von einem Pferd gestiegen und rannte nun unter die entsetzlich wogenden Zweige. Der Mann hatte eine Axt in der Hand, die er einem glotzenden Priester entrissen hatte. Er erreichte die Eiche, hob die Axt und schlug zu. Wieder ein Ächzen aus der Menge ob dieses Frevels. Späne flogen, Männer starrten nach oben und warteten auf den rächenden Donner. Nichts. Nur das harte Pochen von Metall auf Holz, als Erkenbert wie ein Besessener zuschlug. Blicke wandten sich langsam den Priestern zu. Brunos Männer ritten bedächtig vorwärts und trieben sie auf die Steine zu. Herjolf drehte sich zu Shefs Anhängern um und ergriff die Gelegenheit.
„Jetzt!", rief er. „Armbrustschützen, hierher und bildet einen Ring. Ottar, bring deine Finnen zur Raison. Der Rest von euch packt diese Männer. Und Ihr", rief er Bruno zu, „haltet Euren kleinen Bruder auf, bevor er sich noch selbst verletzt. Bildet einen Ring um die Eiche und holt vier Männer, die ihr Handwerk verstehen."
Die Schweden sahen voller Erstaunen und Duldung zu, wie Herjolf seine grausigen Vorbereitungen traf. Bevor der Morgen zu Ende ging, würde die Reichseiche in Flammen stehen, und auf diesen Scheiterhaufen würden die Leichen ihrer Diener geworfen werden.
„Macht das den Einäugigen zum König der Schweden?", fragten sie einander.
„Wer weiß?", lautete die Antwort. „Aber er hat die Sonne zurückgebracht."

Kapitel 31

Die Ragnarsson-Brüder hörten die Kunde in ihren Gemächern in der Braethraborg, der Feste der Brüder, ihren Stadtkasernen auf der Insel Sjælland im Herzen Dänemarks. Nachdem sie den Boten bezahlt und entlassen hatten – es war eine feste Regel, dass sie immer für Nachrichten bezahlten, so unliebsam sie auch waren –, saßen sie alleine da, um sie zu überdenken. Auf dem Tisch zwischen ihnen stand Wein, Wein aus dem Süden in einem Krug. Nach einem schlechten Anfang war es ein erträgliches Jahr für sie gewesen. Seitdem sie Haithabu eingenommen hatten, waren sie von einem kleinen Königreich zum nächsten marschiert oder gesegelt, hatten die unbedeutenden Könige zur Unterwerfung gezwungen, wobei jeder Sieg ihnen Verbündete und Truppen für den nächsten eingebracht hatte. Der Handel zwischen Nord und Süd lag nun gänzlich in ihrer Hand, sie erhielten Zölle für jede Ladung Felle und Bernstein aus dem Norden, für jede Ladung Wein und Sklaven aus dem Süden. Dennoch hatten sie eine Sache noch nicht erreicht, was ihnen weiterhin Sorgen bereitete.

„Kjallak getötet", sinnierte Halvdan Ragnarsson. „Ich habe immer gesagt, er ist ein braver Junge. Wir hätten besser dafür gesorgt, dass er auf unserer Seite steht. Es war diese Geschichte mit Ivars Mädchen, die alles verdorben hat. Schade, dass wir Ivar nicht zur Vernunft bringen konnten."

Unter seinen Brüdern war Halvdan derjenige, der am stärksten dem Kodex des *drengskapr* anhing, und er hatte nach Shefs Sieg über die Hebriden beim Holmgang außerhalb von York Gefallen an ihm gefunden. Seine Gefühle, das wussten seine Brüder, hatten keinen Einfluss auf seine Treue. Er brachte lediglich seine Meinung zum Ausdruck.

„Und jetzt heißt es, er würde nach Süden rudern. Es gibt nur einen Ort, auf den er es abgesehen haben kann", sagte Ubbi Ragnarsson. „Und der ist hier. Ich frage mich, welche Streitmacht er ausheben kann."

„Die Berichte sagen, er hätte keine geringere Streitmacht ausgehoben als die der Schweden", sagte ihr Bruder Sigurth das Schlangenauge. „Gute Sache. Ich weiß, wir lachen über die Schweden – sie sind altmodisch, hatten nicht die Erfahrung der Raubzüge im Westen, um ihr Handwerk zu lernen. Aber es gibt sehr viele von ihnen, wenn sie sich zusammenraufen.

Haben sie aber nicht. Freiwillige, heißt es, und eine Streitmacht, die er aus dem hohen Norden mitgebracht hat: Finnen und *skógarmenn.* Ich glaube nicht, dass es da viel zu fürchten gibt. Was mir eher zu denken gibt, sind die Norweger."

Sobald er von den Botschaftern des Weges erfahren hatte, was in Uppsala vorgefallen war, hatte Olaf Geirstad-Alfr reagiert, indem er alle Abgaben aus sämtlichen Königreichen, die er seit dem Tod seines Bruders beherrschte, zusammengezogen hatte und nach Süden fuhr, so schnell das Eis es zuließ, um dem Mann gegenüberzutreten, der sich als ein Oberkönig wähnte.

„Norweger!", sagte Ubbi. „Und angeführt von diesem Trottel Olaf. Über kurz oder lang werden sie sich gegenseitig bekämpfen, und er hat seit vierzig Jahren zuhause gehockt. Er ist keine Bedrohung."

„Er war keine Bedrohung", sagte Sigurth. „Was mir Sorgen macht, ist die Art, wie er sich verändert hat. Oder verändert wurde."

Er saß schweigend da, trank von seinem Wein und grübelte. Seine Brüder tauschten einen Blick, saßen ebenfalls wortlos da. Sigurth war derjenige von ihnen, der die Zukunft am besten verstand. Er spürte jede Veränderung des Schicksals, jede Wendung von Glück und Ruf.

Was Sigurth dachte, war, dass er Ärger roch. Seiner Erfahrung nach kam der Ärger immer aus der Ecke, aus der man ihn am wenigsten erwartete, und war am schlimmsten, wenn man die Möglichkeit erhalten hatte, die Dinge zu regeln, und sie nicht genutzt hatte. Er und seine Brüder hatten diesen Mann Skjef oder Shef von Anfang an außer Acht gelassen. Er selbst hatte ihn mit einem fehlenden Auge davonkommen lassen, als er ihm völlig ausgeliefert gewesen war. Dann, als sie gewarnt waren, dass er ein Talent dafür besaß, ihnen Ärger zu machen, hatten sie einmal und ein zweites Mal versucht, ihn aus dem Weg zu räumen. Der erste Versuch hatte sie ihren Bruder gekostet. Der zweite Versuch hätte ihn und seine zwei verbliebenen Brüder beinahe ihr Ansehen gekostet. Und der Mann war ihnen wieder entkommen. Vielleicht hätte er Halvdan nicht zurückhalten sollen, als er durchs Wasser laufen und ihn angreifen wollte. Er hätte einen weiteren Bruder verlieren können. Wenn sie ihren Feind damit ein für alle Mal erledigt hätten, wäre es das vielleicht wert gewesen.

Sigurth fragte sich, ob hinter alldem eine Ahnung stand, ein Hinweis auf eine Veränderung der Gunst der Götter. Sigurth war größtenteils ein Skeptiker, der keineswegs darüber erhaben war, Priester zu verschrecken oder gute Vorzeichen zu kaufen. Dennoch hatte unter allem immer die feste Überzeugung gesteckt, dass die alten Götter existierten und er ihr Günstling war, insbesondere der Günstling Odins. Hatte er ihm nicht Tausende Opfer dargebracht? Dennoch mochte Odin sich am Ende gegen einen Günstling wenden.

„Wir entsenden unsere Kriegsbotschaft", sagte er. „In jedes Land, das wir beherrschen. Sie sollen sich mit all ihren Streitmächten beteiligen, ansonsten bekommen sie unsere Vergeltung zu spüren. Wisst ihr, was mir noch Sorgen bereitet?", fuhr er fort. „Betrachtet den Tisch als die skandinavischen Länder – Dänemark hier, Norwegen hier, Schweden hier." Mit Flaschen und Krügen zog er eine grobe Karte auf dem Tisch nach. „Seht euch an, wie er herumgereist ist. Hier im Süden, wo wir seiner Flotte auf See begegnet sind. Dann hinauf nach Haithabu. Anschließend weiter nach Kaupang. Dann hinauf in den hohen Norden. Und schließlich taucht er dort auf, wo ihn niemand erwarten würde: auf der anderen Seite des Kielgebirges. Er zieht einen Kreis. Oder sollte ich sagen, eine Rundfahrt?"

Die „Rundfahrt" war die Straße, die der König entlangritt, um seine Steuern einzuziehen, sich Herausforderungen zu stellen, seine Machtansprüche durchzusetzen. Die *Eriksgata* in Schweden war solch eine Straße. Shefs Straße konnte als ein umfassenderer Weg gesehen werden, als Rundfahrt um alle Rundfahrten.
„Tja", sagte Halvdan und betrachtete das Muster aus Krügen. „Er muss noch einen Schritt gehen, bevor er die Rundfahrt vervollständigt hat. Oder den Kreis. Und der ist hier – bei der Braethraborg."

Weit entfernt trafen vier andere zusammen. Dieses Mal nicht drei Brüder, sondern drei Brüder und ihr Vater. Wenn er ihr Vater war, wenn sie wirklich Brüder waren. Unter den Göttern war solcherlei nicht immer sicher.
Sie standen bei Lidskjalf, dem Ort der Weitsicht in Asgard, der Burg der Götter. Ihren Augen blieb nichts verborgen, zumindest nichts in Midgard, die in der Mitte aller neun Welten lag. Sie sahen, wie die Flotten über das Meer zogen, wie die Fische unter ihnen schwammen, sahen das Korn wachsen und die Saat sprießen.
„Ich hatte ihn in meiner Hand", sagte Odin Allvater, „und habe ihn gehen lassen. Und er hat mich verleugnet, mir das Opfer versagt, meine Anhänger ermordet. Ich habe Schnee und Finnen geschickt, um ihn zu töten, und er ist mir entkommen. Und was hat ihn gerettet? Ein Troll, ein jötunn, *einer aus der Brut Lokis des Verfluchten." Die anderen tauschten Blicke. Heimdall, der Wächter der Götter, der sein großes Horn um den Hals trug, bereit, hineinzustoßen an dem Tag, da die* jötnar *sich erheben würden, um Ragnarök zu den Göttern und Menschen zu tragen, sprach umsichtig: „Einer aus dem Hudufólk hat ihn gerettet, Allvater. Wir wissen nicht, ob diese aus der Brut Lokis stammen. Aber etwas hat die Wale aufgescheucht, die Orcas, die nichts gehorchen außer ihrem Jagdtrieb und ihrem Hunger. Nicht ich war es, nicht du warst es. Wenn es der Gefesselte war, wie ich glaube, dann ist er ein Feind des Gefesselten. Und der Feind unseres Feindes ist unser Freund."*

„Er hat die große Eiche niedergebrannt. Er hat den Tempel niedergebrannt. Er hat diejenigen freigelassen, die mir und deinem Bruder Freyr gewidmet waren. Gerade jetzt segelt er mit den Christen an seiner Seite."

Diesmal versuchte Thor seine Überredungskünste, die nie besonders gut gewesen waren: „Diejenigen, die dir gewidmet waren, waren ein armseliger Haufen. Er hat dir andere geschickt – deine eigenen Priester. Sie waren auch ein armseliger Haufen, aber es war ein redlicher Tausch. Er hat Christen bei sich, hat jedoch auch mehr getan, um sie zu schwächen, als irgendeiner deiner Günstlinge. Was hat Hermodr gegen sie unternommen oder Ivar, den dieser Mann getötet hat? Töte ein paar, aber das wird die Übrigen nur ermutigen, wage ich zu sagen. Dieser da hat ihnen Königreiche abgerungen. Sie fürchten ihn mehr als du."

Ein unvorsichtiges Wort, und der Blick aus Odins einem Auge bohrte sich wie ein Dolch durch den rotbärtigen Gott, der nach unten sah und betreten seinen Hammer berührte.

„Natürlich keine Furcht", fuhr er fort. „Aber er ist ein Schmied und ein Freund von Schmieden. Das ist er durch und durch. Ich bin für ihn."

„Wenn es wahr ist, was du behauptest", sagte Odin schließlich, „dann mag es sein, dass ich für ihn einen Platz in meinem Heer in Walhalla finde, ihn als Einherjer *einfüge. Ist das nicht Belohnung und Ehre genug für einen Sterblichen?"*

Nur für die Wahnsinnigen, dachte der Gott, der bisher nicht gesprochen hatte. Heimdall sah ihn warnend an, denn Heimdall konnte die Gedanken im Kopf eines Menschen hören – oder eines Gottes. Es stimmte allerdings. Nur die Wahnsinnigen sahen eine Belohnung darin, jeden Tag bis zum Tod zu kämpfen, wieder zum Leben zu erwachen und am Abend darüber zu plaudern.

„Die Einherjer*", sagte der verschwiegene Gott, „sind dazu da, um am Tag von Ragnarök zu siegen."*

„Natürlich", sagte Odin. Er starrte Ríg mit seinem einen Auge an. Ríg war gerissen, konnte mit Worten umgehen wie kein anderer sei-

ner Söhne. Manchmal fragte er sich, ob Ríg wirklich ein Sohn von ihm war. Bestimmt hatte Ríg vielen Gatten Hörner aufgesetzt und viele Männer dazu gebracht, Kuckuckskinder großzuziehen. Konnte er dasselbe mit den Göttern anstellen?

„Ist nicht der Zweck von Ragnarök, das Böse zu vernichten und die Welt neu entstehen zu lassen? Die Verstümmelung zu heilen, die wir und sie erlitten haben, als Balder starb? Nachdem der Verfluchte sein schlimmstes Übel gewirkt hat und für uns zum Gefesselten wurde?"

Die anderen Götter versteiften sich ein wenig. Der Name Balder wurde unter ihnen nicht mehr ausgesprochen, zumindest nicht in Odins Hörweite. Es war schlecht, alte Wunden wieder aufzubrechen.

Ríg sprach weiter, seine Stimme war wie immer ruhig und ironisch: „Sind wir denn sicher, dass Ragnarök ein Sieg sein wird? Nein. Darum stärkt Odin immerwährend sein Heer in Walhalla. Wenn es einen Sieg gibt, können wir dann sicher sein, dass es auf der anderen Seite eine bessere Welt geben wird? Nein. Denn es gibt Prophezeiungen, dass wir alle – beziehungsweise alle von euch – an dem Tag vergehen werden. Du, Thor, durch das Gift von Jörmundandr, *der Weltenschlange. Du, Heimdall, im Kampf gegen deinen Bruder Loki. Was mich betrifft, habe ich keine Prophezeiung gehört. Aber Odin Allvater – über ihn heißt es, dass die Fänge des Fenriswolfs beständig auf ihn lauern.*

Warum also sind wir so begierig darauf, Ragnarök entgegenzugehen? Warum hat sich keiner von uns gefragt: Was ist, wenn die Welt neu entstehen könnte ohne die Zerstörung?"

Odins Finger umklammerten den Schaft seines Speers, sodass die Knöchel weiß hervortraten.

„Eine letzte Frage: Wir wissen, dass wir versucht haben, Balder von den Toten zurückzubringen, und Odin hat seinen Helden Hermodr ausgesandt, um ihn zu holen. Er ist gescheitert. Dennoch gibt es Erzählungen, dass Menschen aus Helheim befreit wurden, wenn auch nicht durch uns."

„Christliche Geschichten", knurrte Thor.

„Auch sie könnten Hoffnung bringen. Ich weiß, dass Allvater diese Hoffnung teilt. Jene, die dabei waren, mögen sich erinnern. Als Balder auf seinem Scheiterhaufen lag und wir bereit waren, ihn anzuzünden, ihn aufs uferlose Meer hinauszutreiben und ihn hinab zur Hel zu schicken, da, im letzten Augenblick, beugte sich Odin Allvater vor und flüsterte Worte in Balders Ohr. Worte, die niemand hörte, nicht einmal du, Heimdall. Was hat Odin dem toten Balder zugeflüstert?
Mich deucht, dass ich sie kenne. Darf ich diese Worte aussprechen, Allvater?"
„Wenn du sie gedacht hast, hat Heimdall sie bereits gehört. Zwei mögen ein Geheimnis bewahren, aber nicht, wenn es dreien bekannt ist. So sprich. Was habe ich meinem toten Sohn ins Ohr geflüstert?"
„Du hast geflüstert: ‚Ich wünschte, irgendein Gott würde dich zu mir zurückbringen, mein Sohn.'"
Nach einem langen Schweigen sprach Odin erneut. „Das ist wahr. Ich habe damals meine eigene Schwäche eingestanden, wie ich es nie zuvor oder danach tat."
„Gestehe sie noch einmal ein. Lass dieses Schauspiel ohne deine Einmischung weiterlaufen. Gib meinem *Sohn diese Gelegenheit. Lass mich herausfinden, ob ich ihn dazu bringen kann, eine bessere Welt ohne das Feuer von Ragnarök zu schaffen. Um die Wunde durch Balders Tod zu schließen."*
Odin blickte erneut auf die dahingleitenden Flotten hinab. „Nun gut", sagte er schließlich. „Aber ich werde weiterhin Rekruten für meine Einherjer *finden. Meine Töchter, die Walküren, Erwählerinnen der Gefallenen, werden bald sehr beschäftigt sein."*
Ríg gab keine Antwort; seine Gedanken blieben sogar Heimdall verschlossen.

Der Kriegsrat, den Shef an Deck der *Furchtlos* einberufen hatte, wirkte so, als hätte die Schlacht bereits stattgefunden. Cwicca, der als Hauptmann der Katapultmannschaft anwesend war, war der Arm geschient und bandagiert worden. Thorvins Gesicht war weiterhin von Blutergüssen übersät, ein Auge war zugeschwollen und begann erst langsam, sich wieder zu öffnen. Shef selbst sah blass aus, sein Rücken war gegen ein Kissen auf einem Stuhl gestützt. Die Schnittwunden an Armen und Beinen waren von Hund mit mehr als einhundert Stichen genäht worden, und wenn man dem Heiler glauben durfte, hätte das Blut, das er nach dem Zweikampf noch in sich gehabt hatte, kaum ausgereicht, um ein Weinglas zu füllen.

Andere sahen kämpferischer aus. Am Fußende des langen Tisches, den Shef herbeibeordert hatte, saß Olaf Geirstad-Alfr, von seinen Norwegern neuerdings respektvoll „der Siegreiche" genannt. Neben ihm stand Brand, der am Ende des Winters nach Süden gekommen war, um eine neue *Walross* zu kaufen. Als er ihn musterte, dachte Shef, dass das Trollblut immer mehr zum Vorschein kam. Seine buschigen Augenbrauen stachen hervor wie Felsvorsprünge über einer Klippe, seine Hände und Knöchel wirkten sogar im Verhältnis zum Rest von ihm zu groß. Neben ihm saß Guthmund, durch Shefs Befugnis zum neuen Jarl von Södermanland ernannt als Nachfolger des toten Kjallak. Die übrigen Schweden hatten seine Ernennung besser ertragen, nachdem sie erfahren hatte, dass der neue Jarl tatsächlich ein Landsmann und sogar ein Verwandter war. Sie hatten zudem mit großem Interesse Guthmunds eindringlich vertretener Meinung über den potenziellen Reichtum zugehört, der sich im Dienste des neuen Königs machen ließ.

Herjolf nahm ebenfalls an der Versammlung teil, ebenso Ottar, der die Entscheidung Piruusi und den Finnen zutragen sollte. Außerdem saß dort, zurückgelehnt in seinem Sitz ohne ein Anzeichen von Unbehagen, die breitschultrige Gestalt des Deutschen Bruno. Das Einschreiten seiner Männer bei Uppsala hatte ihm einen Platz am Tisch beschert. Wenigstens bestand kein Zweifel an seinem Widerstand gegen die Ragnarssons, nun, da sie Haithabu kontrollierten und Horiks Grundsatz, jeder dürfe Handel treiben, abgeschafft hatten und eine beständige Bedrohung für die

Nordgrenzen Deutschlands darstellten. Brand, der vor drei Jahren persönlich die Nachricht über den Tod von Ragnar Lodenhose in die Braethraborg getragen hatte – eine Geschichte, die nun ständig wiedererzählt wurde –, war gebeten worden, den Befehlshabern der mit Shef verbündeten Flotten, die mehr als einhundert Kriegsschiffe zählten, ihre Art der Verteidigung zu beschreiben. Er hatte die Umrisse der Bucht, in der die Festung stand, in einem großen Kasten mit Sand auf dem Tisch nachgezogen und steckte nun Holzstücke in den Sand, um die Positionen der Hauptgebäude anzuzeigen.

„Eine schwer zu knackende Nuss“, schloss er. „Als ich dorthin ging, stand dort eine Patrouille aus einem halben Dutzend der größten Kriegsschiffe. Wir haben gehört, dass die Zahl verdoppelt wurde, seit die Ragnarssons wissen, dass wir nahe herangekommen sind. Auf jedem Schiff muss ein langes Hundert Männer sein, sechs mal zwanzig, erprobte Streiter, und sie stehen so hoch aus dem Wasser wie jedes unserer Schiffe – abgesehen von den Küstenwacheschiffen, die König Olaf mitgebracht hat, von denen wir nur vier haben. Da die Schiffe der Ragnarssons die Bucht nie verlassen, haben sie natürlich kein Problem mit den Wasservorräten und können jederzeit voll bemannt bleiben, da sie jeweils einzeln zum Ausruhen und Essen zurückkehren können.

Und dann sind da die Katapulte. Alle stimmen darin überein, dass der erste Erfolg der Ragnarssons bei Haithabu durch die Verwendung der neuen Maschinen zustande kam. Seitdem bauen sie ständig weitere und bilden ihre Männer für den Einsatz aus, alle, wie es heißt, unter der Leitung eines abtrünnigen Mönchs oder Laienbruders aus der Klosterkirche zu York.“

Mit einem gewissen Tadel richteten sich die Blicke auf die kleine, schwarze Gestalt von Erkenbert, der an Brunos Seite saß. Erkenbert bemerkte es nicht. Seit seinem Angriff auf die Reichseiche hatte er in einem beständigen Tagtraum gelebt, in dem er fortwährend die *legenda* von Erkenbert *Arithmeticus,* Zerschmetterer der Heiden, in der Form der Lebensgeschichte eines Heiligen niederschrieb. Er war sich noch nicht sicher, welche Rolle dem einäugigen Apostaten zugewiesen werden sollte, der den heidnischen König erschlagen hatte. Vielleicht war es besser, ihn überhaupt nicht zu erwähnen und den Sieg einem christlichen Streiter zuzusprechen. In der christlichen Welt zeichnete nur die Kirche die Geschichte auf.

„Die Katapulte stehen hier“, fuhr Brand fort und stieß eine Handvoll Stifte in die Landzunge, die den Zugang zum Inneren der Bucht umgab. „Sie können jedes Schiff, das sich nähert und das an den stehenden Patrouillen vorbeikommt, auf knapp eine Meile Entfernung zerstören.

Und schließlich gibt es noch die Hauptstreitmacht der Ragnarssons: Bewaffnete Langschiffe, die hier liegen“, – wieder eine Handvoll Stifte – „mindestens so viele, wie wir haben, und ebenfalls ohne Probleme mit Wasservorräten oder Nachschub.“

„Sag uns, Brand“, warf Shef ein, „gibt es irgendwelche guten Nachrichten?“

Brand grinste. „Nun, Herr, ich könnte sagen, ‚es regnet nicht‘, aber das wird sich wahrscheinlich bald ändern. Doch ja, es gibt gute Nachrichten. Wenn man es genau betrachtet, sind die Verbündeten der Ragnarssons unter Zwang dort. Sie sind dort, weil die Ragnarssons sie einen nach dem anderen überfallen und gezwungen haben, sich zu ergeben und Streitkräfte zu stellen. Aber sie werden ganz schnell desertieren, sobald sie den Eindruck haben, dass sie damit durchkommen. Wenn die Ragnarssons gewinnen, werden sie für sie kämpfen. Wenn es so aussieht, als würden sie verlieren … Dann wird sich die Unterstützung rasch auflösen. Um ehrlich zu sein, glaube ich, dass wir eine gute Chance haben, falls, und nur falls wir an dem harten Kern vorbeikommen. Allerdings stellen die Katapulte ein Problem dar und ebenso die großen Schiffe.“

Brand zögerte, weil er nicht sicher war, ob er das Offensichtliche erklären sollte. Allerdings bestand der Kriegsrat aus so vielen, die keine Nordmänner waren, dass es besser war, alles ausdrücklich darzulegen. „Ihr seht, in einer Seeschlacht ist die Größe eures Schiffes, als ob … als ob ihr hinter Steinmauern steht. In einem Sturm auf dem Atlantik würden diese großen Schiffe binnen einer Stunde auf dem Meeresgrund landen, und ihre Kiele sind immer schwach. Aber wenn eines von ihnen in einem umschlossenen Gewässer längsseits zu euch geht, muss die Mannschaft nur ein paar Steine von hinter ihren Gerüsten aus werfen, dann landet ihr im Wasser. Sie sind mehrere Fuß höher als gewöhnliche Schiffe. Die Männer auf ihnen sind vor allem geschützt, was ihr tun könnt, aber eure Decks sind offen für ihre Bögen und Speere. Wenn sie euch entern, kommen sie von oben. Ihr müsstet an einem Seil mit einem Greifhaken hinaufklettern, um sie zu entern, und solange noch irgendjemand an Bord am Leben ist, ist das unmöglich. Eines von König Olafs Schiffen könnte gegen eines von ihnen kämpfen und sie hätten gleiche Bedingungen, aber uns sind sie mit dieser Schiffsklasse drei zu eins überlegen. Und sie werden, ich wiederhole es, mit den besten Männern der Ragnarssons bemannt sein. Ausschließlich Dänen, wage ich zu behaupten, keine Norweger", fügte Brand hinzu, der vor Nationalstolz strotzte. „Trotz alledem keine bartlosen Burschen."

„Ach", sagte Bruno in die Stille hinein, wobei sein Nordisch einen starken Akzent hatte, „ich fürchte, wir werden alle heimkehren müssen." Brand wurde rot vor Wut und wollte mit seiner Hand die von Bruno packen und so lange zudrücken, bis der andere schrie, er solle loslassen. Bruno zog mit Leichtigkeit die Hand weg, ohne dass das Lächeln auf seinem Gesicht jemals nachließ.

Shef klopfte auf den Tisch. „Genug. Danke, Brand, für deinen Bericht. Graf Bruno, wenn Ihr heimkehren wollt, so werden wir ohne Euch weitermachen." Shef hielt Brunos Blick einen Moment lang stand und zwang ihn, die Augen zu senken. „Der Graf wollte lediglich einen Scherz machen. Er ist ebenso wie wir anderen darauf erpicht, mit diesen tollwütigen Hunden abzurechnen und wieder Recht und Ordnung in den Nordlanden herzustellen."

„Ja“, sagte Herjolf, „aber wie stellen wir das an?“
Shef streckte die flache Hand aus. „Das ist Pergament.“ Er ballte sie zur Faust. „Das ist Stein.“ Er streckte nur zwei Finger aus. „Das ist Schere. Nun, wer möchte dieses Spiel mit mir spielen? Ihr doch, Graf Bruno.“
Shefs Stimme klang stark und bestimmt, was in Verbindung mit seinem blassen Gesicht seltsam wirkte. Er war sicher, dass er sie überzeugen konnte, war sogar sicher, dass er die Gedanken des Mannes gut genug lesen konnte, um das Spiel zu gewinnen. Pergament würde er nicht wählen, das war klar. Stein oder Schere? Von Natur aus war er für einen scharfen Schnitt. Also würde er Stein wählen, da er dachte, andere wären wie er.
„Ein, zwei, drei“, zählte Shef.
Beide Männer zeigten gleichzeitig ihre Hände – Bruno eine Faust, Shef die Handfläche.
„Pergament umwickelt Stein, ich gewinne.“
Noch einmal, und dieses Mal würde Bruno die Schere verwerfen, die das letzte Mal gewonnen hätte, ebenso den Stein, den er vorher versucht hatte.
„Eins, zwei, drei.“
Brunos flache Hand lag Shefs beiden Fingern gegenüber.
„Schere schneidet Pergament, ich gewinne wieder. Aber genug davon …“ Brunos Gesicht verfinsterte sich allmählich ob Brands Gelächter. „Ihr seht, worauf ich hinauswill. Sie haben große Schiffe und Katapulte und gewöhnliche Schiffe. Und große Schiffe besiegen gewöhnliche Schiffe, wie Brand uns gesagt hat. Was also schlägt große Schiffe? Katapulte. Und was schlägt Katapulte? Unser Plan muss immer vorsehen, unsere Stärken gegen ihre Schwächen auszuspielen. Hört zu, während ich es erkläre …“

Nachdem der Rat aufgelöst war, lehnte Shef sich zurück, heiser vom Reden und immer noch erschöpft vom Blutverlust. Bruno stand auf, vollführte eine höfische Verbeugung in Richtung des finster dreinblickenden Brand und ging dann zum Kopfende des Tisches.

„Ihr seid weit gekommen, seitdem ich versucht habe, Euch als Sklave in Haithabu zu verkaufen", bemerkte er. Er nickte in Richtung von Karli, der hinter Shefs Stuhl stand. „Wie ich sehe, habt Ihr immer noch Euren jungen Dithmarscher dabei. Aber die Waffe, die Ihr bei Euch habt, ist nicht die, die Ihr damals getragen habt. Darf ich sie mir ansehen?"
Mit seltsamem Widerstreben griff Shef hinter sich, nahm die Lanze, die ans Seitendeck gelehnt war, von ihrem Platz und gab sie ihm. Bruno drehte sie in den Händen und begutachtete die Spitze.
„Darf ich fragen, wo Ihr dieses eigenartige Stück gefunden habt?"
Shef lachte. „Es würde zu lange dauern, Euch die ganze Geschichte zu erzählen. In einem Räucherhaus. Mir wurde gesagt, die Waffe gehörte einst einem Jarl der Trønder, einem gewissen Bolli. Ich habe ihn aber nie getroffen. Oder mit ihm gesprochen", fügte er bei der Erinnerung an die lange Reihe baumelnder Leichen hinzu. „Man kann sehen, dass sie einst in den Händen von Christen war. Seht, da sind Kreuze auf dem Wangenstück, die früher mit Gold eingelegt waren. Es wurde allerdings herausgekratzt, lange bevor ich sie bekam."
Bruno drehte die Waffe in seinen Händen und starrte auf die kreuzförmigen Markierungen auf der Klinge. Er hielt sie vorsichtig, ehrfurchtsvoll. Einen Augenblick später sagte er mit leiser Stimme: „Darf ich fragen, wie Ihr an die Waffe gekommen seid, ohne dass Ihr den Besitzer jemals getroffen habt? Diesen Jarl Bolli von den Trøndern. Habt Ihr sie irgendwo gefunden? Sie von irgendwo mitgenommen?"
Shef erinnerte sich an die Szene in Echegorguns Räucherhaus, daran, wie er die Waffe abgelegt hatte, wie Cuthred sie aufgehoben und ihm in die Hand gedrückt hatte. Etwas war seltsam an der Art, wie Bruno die Sache verfolgte. Es widerstrebte ihm, ihm die ganze Geschichte zu erzählen.
„Sagen wir, sie ist in meine Hände übergegangen. Damals gehörte sie niemandem."

„Irgendein Mensch hat sie also gehütet? Irgendein Mensch hat sie Euch gegeben?"

Echegorgun hat sie gehütet, dachte Shef. Cuthred hat sie mir gegeben. „Nicht wirklich ein Mensch", erwiderte er.

Erzbischof Rimberts Worte waren Bruno zugetragen worden: Er hatte gesagt, dass die Heilige Lanze des Longinus und Karls des Großen nicht durch Menschenhand ans Licht kommen würde. Bruno zweifelte nicht mehr. Endlich hielt er die heilige Reliquie des Reiches in seinen Händen. Gott hatte ihm für all seine Mühen eine Gunst erwiesen. Allerdings stand er an Deck eines heidnischen Schiffes und war umgeben von möglichen Feinden. Was war es noch, was der kleine Diakon zu ihm gesagt hatte? - „Wer bis zum Ende standhaft bleibt, der wird gerettet. Bis zum Ende. Nicht bis kurz vor dem Ende."

Bruno setzte die Lanze mit dem stumpfen Ende sanft auf dem Deck ab und sprach so zwanglos, wie es seine Stimme zuließ. „Es ist sicherlich eine christliche Waffe", sagte er. „Nehmt es mir nicht übel, aber ich würde sie lieber nicht in den Händen von jemandem sehen, der nicht länger ein Christ ist. Vielleicht kann ich sie von Euch auslösen, wie wir es mit christlichen Sklaven tun."

Brand hat auch versucht, mich zu überreden, sie loszuwerden, dachte Shef. Merkwürdig. „Nein", sagte er und wiederholte das, was er zu Brand gesagt hatte: „Eine gute Waffe nenne ich die, die siegt. Und diese hat mir Glück gebracht. Ich habe Gefallen an ihr gefunden. Ich behalte sie."

Bruno gab sie zurück, streckte sich und verbeugte sich auf seine steife deutsche Art. „*Uf widersehn, herra, bis uf die schlacht.* Gehabt Euch wohl, Herr. Bis wir uns in der Schlacht begegnen."

„Gefährlicher Bastard", murmelte Cuthred Cwicca auf Englisch zu, als sie ihn davongehen sahen.

Kapitel 32

Shef schlief, sich auf irgendeiner Ebene seines Geistes bewusst, dass morgen der Tag der Schlacht sein würde. Die Flotte lag einige Dutzend Meilen von der Einfahrt zur Bucht der Braethraborg an Land, scharf bewacht vor jeglichen Überraschungsangriffen.

Im Traum stand er in der Bucht der Braethraborg, unten am anderen Ende, und blickte hinaus in die Richtung, aus der, wie er wusste, er, Shef, am Morgen kommen würde. Und es war tatsächlich Morgen, und der Mann, der gerade aus einem geöffneten Fenster hinausschaute, konnte die Schiffe sehen, die den Fjord entlang auf ihn zu glitten. Er wusste, diese Schiffe würden ihm den Tod bringen.
Der Beobachter öffnete die Läden ganz, stand der nahenden Flotte gegenüber und begann zu singen. Das Lied, das er sang, hatte Shef schon oft gehört, ein berühmtes Lied unter den Wikingern, eines von Brands liebsten. Es hieß „Das Lied von Bjarki" oder „Das alte Bjarkilied". Dieser Mann aber gab es nicht wieder. Er erfand es zum ersten Mal. Er sang:

„Der Tag ist gekommen, der Hahn spreizt die Flügel,
Zeit für die Männer, sich zum Werk zu erheben.
Erwacht nun, erwacht, Krieger, meine Freunde,
all die Besten von euch, Besieger Adils,
Hár mit starkem Griff, Hrolf der Bogenschütze,
Männer aus gutem Haus, die die Flucht verschmäh'n.
Nicht weck' ich euch für Wein noch Weiberstimme,
ich wecke euch für scharfen Schlachtenschauer."

Die Stimme von Shefs ständigem Lehrer übertönte die Stimme des Singenden, belustigt und ironisch wie immer. „Nun, du wirst nicht so kämpfen", sagte sie. „Du willst gewinnen, nicht Ruhm erhaschen.

Denke jedoch daran: Ich habe mein Bestes für dich getan, aber du musst jeden Vorteil nutzen, den du bekommen kannst. Es gibt keinen Platz für Schwäche ...“

Beide Stimmen verklangen, sowohl die des Sängers als auch die kalte Stimme des Gottes. Als er erwachte – oder vielleicht hatten sie ihn geweckt –, hörte Shef, wie die Hörner der Wachen die Dämmerung und den Morgen der Schlacht ankündigten. Shef blieb liegen, wo er war, und wurde sich bewusst, da er nun König war, konnte er zumindest darauf warten, dass jemand anderes die Feuer entzündete und Frühstück machte. Mit leerem Magen kämpfen kam nicht infrage, nicht bei der schweren körperlichen Arbeit der Schlacht. Er dachte über die Vision und das Lied nach.

„Männer aus gutem Haus“, hatte der Sänger gesagt, „die die Flucht verschmäh'n.“ War er ein Mann aus gutem Haus? Er dachte schon. Ob sein Vater ein Gott oder ein Jarl war, selbst wenn er Wulfgar der Thane gewesen war, floss doch nicht das Blut eines Knechtes in ihm. Hieß das, dass er, Shef, die Flucht verschmähen würde? Dass jene, die flohen, nicht aus gutem Hause stammten? Der Sänger glaubte vielleicht, dass nicht fliehen und adelig sein immer dasselbe waren. Wenn ja, dann lag er falsch.

Und der Gott hatte gesagt, er müsse jeden Vorteil nutzen. Irgendetwas sagte Shef, dass das ebenfalls falsch war. Das war es, es gab etwas, das ihm im Kopf herumgegangen war. Er setzte sich auf und rief nach seinem Diener. „Lass den Engländer Udd kommen.“

Als Shef seine Schuhe angezogen hatte, war Udd da. Shef musterte ihn kritisch. Er versuchte, sich zusammenzureißen, sein Gesicht war aber bleich und angespannt. Er sah bereits seit Tagen so aus. Kein Wunder. Er hatte wochenlang auf einen quälenden Tod gewartet und war erst im letzten Augenblick gerettet worden. Zuvor hatte er mehr Gefahren und Härten durchlebt, als er in sechs Lebenszeiten als Schmiedehelfer, der er ja gewesen war,

durchgestanden hätte. All das hatte ihn überfordert. Trotzdem hatte er nicht vor, zu desertieren.
„Udd“, sagte Shef, „ich habe eine besondere Aufgabe für dich.“
Udds Unterlippe bebte, die Angst in seinem Blick wurde immer deutlicher.
„Ich möchte, dass du die *Furchtlos* verlässt und bei der Nachhut bleibst.“
„Warum, Herr?“
Shef überlegte schnell. „Damit du eine Nachricht von mir überbringen kannst, falls … falls der Tag schlecht läuft. Hier, nimm dieses Geld. Du wirst damit eines Tages eine Überfahrt zurück nach England bezahlen können, wenn es denn so weit kommt. Falls das geschieht, wirst du König Alfred an meiner Stelle grüßen und ihm sagen, es tue mir leid, dass wir nicht länger zusammenarbeiten können. Und grüße auch seine Königin von mir.“
Udd wirkte überrascht, erleichtert, leicht beschämt. „Und was ist die Botschaft für sie, Herr?“
„Nichts. Nichts. Nur Grüße und die Erinnerungen an alte Zeiten. Und hör zu, Udd. Ich würde niemandem sonst trauen, dass er dies für mich tut. Ich verlasse mich auf dich. Enttäusch mich nicht.“
Der kleine Mann ging hinaus und sah weiterhin erleichtert aus. Aber weniger beschämt. Sinnlos, dachte Shef. Und in direktem Gegensatz zu dem, was der Gott gesagt hatte. Wir könnten Udd an diesem Tag brauchen. Aber ich konnte es einfach nicht mehr ertragen, diese verängstigten Augen zu sehen. Udd aus der Schlacht herauszuhalten, war ein Akt der Güte. Ebenso des Trotzes gegenüber dem zynischen Gott Ríg, seinem Vater und Mentor.
Shef kam pfeifend aus dem Zelt und überraschte die Wachmänner, die an Morgen wie diesem zumindest nachdenkliches Schweigen gewöhnt waren. Er begrüßte Cwicca, der wenige Fuß entfernt Udds Erklärungen zuhörte. „Hast du den Dudelsack, den du über den Winter gefertigt hast, Cwicca? Gut, spiele ihn

heute. Wenn das die Ragnarssons nicht abschreckt, dann weiß ich auch nicht."

Stunden später glitt die Flotte auf ruhiger See auf die Bucht zu, hinter der die lange unangetastete Braethraborg lag. Als die Flotte von Norden herankam, lag zur Linken eine herausragende Landzunge. Darauf stand, gerade noch sichtbar, der Koloss der Batterie aus vier Mauleselkatapulten, flankiert von den Windenwerfern und Torsionspfeilkatapulten, die wiederum von den minderwertigen, einfachen, ungenauen Steinwerfern umgeben waren. Auf der anderen Seite der Landzunge lag ein Dutzend Hauptkriegsschiffe der Ragnarssons, die beinahe die gesamte Einfahrt zur Bucht blockierten. Dahinter sammelte sich das Gros aus kleineren Schiffen, die Hauptmasse ihrer Flotte.

Shef auf der *Furchtlos* konnte das Ächzen der Ruderer hören, als sie sich an den Rudern abmühten – inzwischen weniger Ruder und eher Riemen. Sie waren doppelt so groß wie gewöhnliche Ruder und wurden von je zwei Mann besetzt, den stärksten in der Flotte, die sorgfältig von Brand und Hagbarth ausgewählt worden waren. Sie waren unter Segeln herangekommen, um die Kraft der Ruderer zu schonen, doch nun wurde es Zeit, Mast und Segel zu streichen. Ganz in der Nähe, auf demselben Kurs wie die *Furchtlos,* hielten die vier großen Schiffe von König Olaf, jedes von der Größe der zerstörten *Kranich,* die selbe Geschwindigkeit. Sie hielten leicht mit in Paddelgeschwindigkeit, während die Ruderer seitlich auf das merkwürdige Schiff blickten, das sie begleiteten.

Shef hatte schließlich den Befehl gegeben, die Platten aus gehärtetem Stahl anzubringen. Die beiden Gefechtsplattformen mit den rotierenden Mauleseln wurden bis auf Kopfhöhe bestückt und die Platten nach außen geneigt. Es wäre unmöglich gewesen, den Rest des Schiffes zu panzern und sie weiter über Wasser und in Bewegung zu halten, aber Shef hatte ein Gerüst zusammengesetzt, das an jedes Seitendeck gebolzt war. Darauf waren Platten befestigt, die einander überlappten wie Dachziegel oder wie

die Schuppen eines Drachen. Sie waren ebenfalls von unten nach oben abgeschrägt, begannen ungefähr auf Kopfhöhe der Ruderer und verliefen aufwärts, bis sie ungefähr sechs Fuß darüber lagen. „Man hält den Schild während der Schlacht oben“, hatte Shef dem skeptischen Hagbarth erklärt. „Zumindest, wenn man Speere und Pfeile aus der Entfernung erwartet. Und man hält ihn schräg, sodass sie abprallen. Genau das versuchen wir hier.“
Wie auch bei der Ragnarsson-Flotte kam hinter der sich abmühenden *Furchtlos* und dem großen Schiff die Masse der Angreifer in einem Schiff, das zu jeder Seite mit achtzehn Rudern bestückt war, das Rückgrat aller Wikingerflotten. Dahinter, allesamt mit dem Schiff vertäut und durch die reflektierte Sonne auf dem Wasser schwer auszumachen, ein kleineres Schiff, Fischerboote wie die Grindboote aus dem hohen Norden, alles, was die hiesigen Fischerdörfer aufbringen konnten. Jedes von ihnen war vollgepackt mit vier bis acht Ruderern und zwei Paar zusätzlichen Männern. Auch hier waren die Ruderer sorgfältig aus den besten unter den Norwegern und Schweden ausgesucht worden. In jedem Boot hielten zwei Männer Armbrüste bereit, zwei weitere gehörten zu Brunos deutschen Rittern.

Sigurth Ragnarsson sah von seinem Platz in der Mitte zu und bemerkte: „Masten gelegt, wie ich sehe.“
„Heißt das, dass es jetzt ernst wird?“, fragte Ubbi.
„Daran zweifle ich sehr“, antwortete Sigurth. „Aber wir haben selbst ein paar Tricks auf Lager. Hoffen wir, dass sie gut gelingen.“

Shef stand oben auf dem nach vorne gerichteten Maulesel, beinahe der einzige Ort, den es noch auf der *Furchtlos* gab, von wo aus man überhaupt irgendetwas sehen konnte. Mit seinem einen Auge beobachtete er die Katapultbatterie der Ragnarssons. Er verfügte zwar über einen scharfen Blick, aber der reichte nicht aus, um zu erkennen, was er sehen musste. Es musste eine Möglichkeit geben, genauer hinzuschauen. Er musste wissen, ob sie schussbereit waren. Wenn sie schlau waren, hielten sie sich mit der ersten Salve zurück, bis Olafs Schiffe in Reichweite waren, sodass sie eventuell alle vier mit den ersten Brocken versenkten. Wenn das passierte, wäre die Schlacht vorbei, bevor sie überhaupt angefangen hatte, und Shefs „Schere" – wie er in Gedanken die großen Schiffe in seinem Plan genannt hatte – würde durch die „Steine" der Katapulte stumpf werden. Dennoch wollte er seine Schiffe nicht zu weit draußen anhalten. Je weniger Strecke die kleinen Boote, das „Pergament" in seinem Plan, zurücklegen mussten, desto besser.

Sie waren gleich in Reichweite, entschied er. Er drehte sich um und winkte König Olaf, der neben Brand auf dem Vorderdeck des fünfzig Yards entfernten schweren Schiffes stand, drei Schläge von einer Seite zur anderen. Olaf winkte zurück, gab einen Befehl. Als die Ruderer die Riemen fallen ließen und das Schiff an Fahrt verlor, kam ein dreißig Pfund schwerer Felsbrocken aus extremer Entfernung aus dem Himmel geschossen. Er stürzte zehn Fuß vor dem Bug von Olafs *Heron* ins Wasser und bespritzte beim Aufprall den König mit Gischt. Shef verzog das Gesicht. Ein bisschen zu knapp bemessen. Würden sie es wieder versuchen?

Die vier großen Schiffe verloren an Fahrt und wurden zurückgelassen, während sich die *Furchtlos* langsam auf Katapultreichweite heranschleppte. Hinter ihnen ließ das Gros der Flotte ebenfalls die Ruder fallen und glitt langsam vorwärts. Dabei lösten sie die Taue. Die Totenstille der Annäherung wurde plötzlich durch barsches Gejohle unterbrochen. Die Skiffs hatten abgelegt und ihre frischen Ruderer legten sich in die Riemen, jedes Boot brachte so viel Geschwindigkeit auf wie möglich und auf der letzten Meile fuhren sie praktisch ein Rennen. Als sie zuerst an ihren Schleppschiffen und dann an der vordersten Linie der größeren Schiffe vorbeifuhren, stellten sich die Ruderer an den Seiten auf und jubelten gleichzeitig, als der Bootsmann die Zeit verkündete.

Das erste Ruderboot schoss an der *Furchtlos* vorbei. Sein Rudergänger war einer von Brands Hålogaländern. Shef hörte ihn rufen: „Legt euch richtig ins Zeug, hört ihr, bevor irgendein schwedischer Arsch uns überholt." Shef winkte ihm und den beiden *skógarmenn,* deren Armbrüste auf der hinteren Ruderbank lagen, winkte Bruno in einem der Verfolgerboote und dem Rest, der vorbeirauschte, sechzig Boote, die sich verteilten wie Jagdhunde, die einen Hirsch witterten. Seine eigenen Ruderer atmeten zu heftig zum Jubeln und trieben das äußerst schwere Schiff mit einem Viertel der Geschwindigkeit der Walfänger voran.

Wie würden die Katapulte darauf reagieren? Plötzlich sah Shef Wasserfontänen auftauchen, erst zwei, dann drei, und fühlte, wie sein Herz einen Sprung machte. Jeder Schuss hatte sie verfehlt. Jeder Schuss, der danebenging, war eine Schussmöglichkeit weniger und eine gewonnene Minute, bevor sie ihre klobigen Maschinen neu gespannt hatten. Trotzdem musste es einen Treffer gegeben haben. Ja, da, nahe dem vordersten Boot, traten Männer neben zerstörten Planken Wasser. Niemand hielt an oder wurde langsamer, um sie aufzulesen. Shef hatte das allen schmerzlich eingebläut. Überlebende würden nicht gerettet. Weiterrudern und zurücklassen. Manche der Männer in den Kettenhemden würden ertrinken, manche, so hoffte er, würden auf Planken über Wasser bleiben und ans nächste Ufer schwimmen. Die Ruderboote glitten weiter wie Wasserkäfer und tauchten die Ruder immer wieder ein. Die *Furchtlos* war vielleicht eine Achtelmeile näher an die grimmige Linie der Ragnarsson-Flotte mit den wehenden Bannern herangekommen.

„Gebt mir einhundert Schläge", rief Shef den Ruderern zu. „Einhundert Schläge, danach könnt ihr euch ausruhen. Hagbarth, zählt den Takt. Cwicca, begleite sie."

Die kräftigen Männer begannen, stärker zu hieven, verbrauchten den letzten Rest ihrer aufgesparten Kraft, etwas, das sie am Anfang einer gewöhnlichen Schlacht niemals getan hätten, die durch harte Handschläge entschieden werden sollte. Die kreischende Musik trieb sie an. Cuthred, der säuerlich grinste, blickte aus dem Schatten einer der Panzerplatten auf. „Ogvin hier sagt, dass er ohne den Dudelsack härter rudern kann, kannst du ihn zur Ruhe bringen?"

Shef winkte zurück und rief etwas, das niemand hörte. Als das Zählen dem Ende zuging, blickte Shef erneut auf die Szenerie vor sich, schätzte die Entfernungen ab, blickte auf den Feind, die Katapulte, die rasenden Skiffs, auf die Frontlinie der Ragnarssons, die auf einmal viel näher wirkte. Zum Glück hatte sie sich noch nicht bewegt. Hätte sie sofort ihre Formation aufgebrochen, hätte ihre „Schere" sein „Pergament" durchschnitten, große Schiffe, die kleinere umfuhren. Doch nun würde sein „Pergament" ihren „Stein" einwickeln, sein „Stein" würde ihre „Schere" stumpf machen.

„Die zehn letzten Schläge", rief Shef, „und lenken nach Steuerbord. Bringt uns mit der Breitseite heran. Cwicca, schieß auf das mit dem Rabenbanner. Osmod", er hob die Stimme noch mehr, damit man ihn achtern beim Katapult hörte, „schieß auf das Schiff links vom Raben und dann weiter nach links, *links*, verstanden?" Das Schiff schwang herum, und mit einem letzten Atemzug beendeten die Ruderer den letzten Schlag und sackten über den Rudern zusammen. Shef sprang von seinem Aussichtspunkt und rannte zu einem anderen, entfernt von den Katapulten. Während die *Furchtlos* allmählich zum Stehen kam, starrten Cwicca und Osmod durch die Lücken in der Verschalung die Laufbahnen ihrer Maulesel entlang.

Cwicca ließ den Arm fallen, Hama zog den Haltebolzen. Das gesamte Schiff erzitterte, als der Wurfarm auf den gepolsterten Balken traf. Erzitterte einen Moment später erneut, als Osmod es ihm gleichtat. Shef beobachtete gespannt die fliegenden schwarzen Punkte der Gesteinsbrocken. Cwicca und Osmod hatten ihre Mannschaften selbst ausbilden müssen. In einem kritischen Augenblick hatten sie die *Kranich* verfehlt. Würden sie es diesmal besser machen?

Beide Punkte beendeten ihren Flug abrupt in der Mitte der Ragnarsson-Flotte; Shef war fast sicher, dass er Splitter fliegen sehen

konnte. Er wartete auf den plötzlichen Zusammenbruch, das Verschwinden eines Schiffes, das sich öffnete wie eine Blüte, wie er es während der Schlacht vor der Elbe beobachtet hatte. Nichts. Die Linie war noch immer da und die Drachenköpfe starrten böse. Was hatten die Ragnarssons unternommen? Hatten sie ihre Schiffe gepanzert?
„Zwei Treffer“, rief Shef. „Arbeitet euch nach links und rechts wie befohlen.“ Er wusste nicht, was vor sich ging. Aber wenn man in einen Maschinenkrieg wie in alten Zeiten verwickelt war, hielt man einfach den Kopf unten und erfüllte seine Aufgabe.
Die Männer an den Winden drehten an den Hebeln, der Steuermann ruderte vorsichtig in Hagbarths Richtung und versuchte, die Breitseite des Schiffes auf die feindliche Linie gerichtet zu halten. Wieder das doppelte Zittern, als die Steine davonschossen, wieder die schwarzen Striche der Brocken, die auf die Schiffsreihe zuflogen. Immer noch keine Lücken, keine absinkenden Buge. Aber er konnte Männer rennen sehen, die von Schiff zu Schiff sprangen. Etwas entfaltete seine Wirkung.
Während er hinausstarrte, wurde die *Furchtlos* plötzlich heftig ins Wasser geschlagen. Ein lauter Klang ließ Shef zusammenzucken, etwas flog in Stücken über seinen Kopf hinweg. Er schaute sich um, erkannte, dass die Katapulte auf der Landzunge ihr Ziel geändert hatten und nun nicht mehr auf die Ruderboote schossen, die ihnen am nächsten waren, sondern auf das Schiff, das ihre Schlachtenlinie zerstörte. Wäre die *Furchtlos* nicht gepanzert gewesen, wäre sie hier und jetzt gesunken. Der Felsbrocken hatte sie direkt in der Mitte auf Höhe des gelegten Mastes getroffen, war beim Aufprall auf die gehärteten Platten zersprungen und die Splitter fegten darüber hinweg. Shef ging zwischen den Ruderern zu Hagbarth, der den Schaden begutachtete. Die Platten waren unversehrt, aber das hölzerne Gerüst, das sie hielt, war sauber durchgebrochen, sodass die äußere Verschalung hinunterhing.
Erneut erzitterte die *Furchtlos* unter den eigenen Abschüssen, und wieder und wieder erklang der brutale Aufschlag der Felsbrocken.

Einer traf vorne und mittig, zerschmetterte ebenfalls das Gerüst, der andere schlug achtern von der Gefechtsplattform auf.
Osmod trat vor, drückte herabhängende Platten aus dem Weg und schob die Winden zurück an ihren Platz. „Ein Stück Seil!“, schrie er. „Wir binden das Kleinholz zusammen, dann können wir wieder schießen.“
Die ganze Plattform war schief, wie Shef sah, etwas war tief in der Halterung kaputt. Diesem Beschuss konnten sie nicht mehr lange standhalten. Eine Stahlplatte rutschte aus der gebrochenen Fassung, fiel ins Meer und hinterließ eine Lücke, durch die Sonnenlicht drang.
„Wendet das Schiff, während wir spannen“, rief Shef. „Dreht die unbeschädigte Seite in ihre Richtung. Noch drei Salven, dann sind wir fertig.“

Die Ruderboote hatten das Ufer erreicht, auf einer Landzunge knapp einhundert Yards von der Katapultbatterie entfernt. Sie waren zuerst von den Pfeilwerfern, dann von den schnell schießenden, Steinbrocken schleudernden Geräten angegriffen worden, die Shefs Männer Zugschleudern nannten. Erstere stellten für Boote keine Gefahr dar, zermürbten aber den Kampfgeist, da ihre großen Pfeile durch Mann und Kettenhemd hindurchgingen. Letztere konnten ein Boot versenken, allerdings nur durch ungezielte Zufallstreffer. Die Boote drängten weiter und kamen erst im letzten Augenblick wieder zusammen, um einen abgestimmten Angriff auf das Ufer zu führen.
Zweihundert handverlesene Männer standen ihnen gegenüber, knietief im Wasser, bereit, sie zurückzuschlagen, ihre eigenen Katapulte zu verteidigen, um diesen mehr Zeit zu geben, das Schiff zu vernichten, das ihre Frontlinie zerstörte. Die Armbrustschützen in den Booten spannten ihre Waffen, bereit, sie niederzuschießen. Im Maschinenkrieg mussten alle Teile sich ineinanderfügen und jedes musste seine Aufgabe erfüllen. Getrennt waren die Teile nutzlos. Wenn sie ineinandergriffen, wurde eine Schlacht zum

Gemetzel. Die Luft wurde erfüllt vom Zischen der Armbrustbolzen, die auf kurze Entfernung auf Schilde und Kettenhemden geschossen wurden. Als die Streiter der Ragnarssons fielen, niedergeschossen von ungeschützten *skógarmenn*, strauchelten die schwer gepanzerten Deutschen aus den Booten, formten im Wasser eine Linie, legten die Schilde dicht an dicht und marschierten mit Bruno in der Mitte vorwärts. Die schwedischen und norwegischen Ruderer packten Schwerter und Äxte und folgten ihnen. Einen Moment lang kam es zum traditionellen Zweikampf einer Schlacht, zum Klirren von Klingen auf Klingen. Dann löste sich die Linie der Ragnarssons, die ohnehin durchlöchert war, gänzlich auf und wurde zu versprengten Männern, die Rücken an Rücken kämpften oder ihr Heil in der Flucht suchten. Bruno rief seine Männer zusammen, richtete die Reihen aus und führte sie in einem strammen Trab den Hang hinauf. Einige Katapultschützen rannten sofort davon, während andere versuchten, einen letzten Schuss abzugeben, oder nach Schwert und Schild griffen.
Wie die Schiffe der Ragnarssons über Wasser blieben, konnte Shef nicht sagen, aber jemand schien genug zu haben. Er konnte sehen, wie hinter der Frontlinie allmählich kleinere Schiffe ausscherten, um in einem Sturmangriff nach vorne zu kommen. Und mochte die Frontlinie auch nicht sinken, so standen die Schiffe dennoch tiefer im Wasser. Er konnte erkennen, wie ein Drachenkopf zur Seite kippte. Die *Furchtlos* hatte ihre Pflicht beinahe erfüllt. Sie hatte die zwölf größten Schiffe der Ragnarssons zu nicht fahrbarem Holz zerschossen, auch wenn sie durch Enterhaken miteinander verbunden waren, sodass ein Schiff das andere oben hielt. Jetzt mussten die kleineren Schiffe übernehmen.
Doch als sie vorwärtsrasten, erteilte König Olaf, der die Schlacht ebenfalls aus einer halben Meile Entfernung mitverfolgte, seinen Bläsern den Befehl, Signal zu geben, und seinen Ruderern, zu ziehen. Die *Heron* und ihre drei Begleitschiffe fuhren vorwärts, um sich dem Feind zu stellen, während unablässig Hornstöße über das zitternde Wasser tönten. Pergament hatte Stein eingewickelt –

kleine Boote gegen Katapulte. Stein hatte Schere stumpf gemacht – die Katapulte der *Furchtlos* gegen die größeren Schiffe. Jetzt, da König Olafs riesige Kriegsschiffe auf die kleinen Schiffe der Ragnarssons zuglitten, würde Schere Pergament schneiden.

Shef beobachtete die vorbeifahrende *Heron* und sah Olaf und Brand auf dem Vorderdeck den Kurs vorgeben, sah zu, wie die beiden vorderen Ragnarsson-Schiffe kühn einlenkten, um sie von beiden Seiten zu nehmen wie Doggen, die einen Stier niederringen wollten. Sie wurden begrüßt mit einer Salve aus Armbrustbolzen, einem Hagel aus hinabgeschleuderten Wurfspeeren, wuchtigen Steinen, so schwer, wie ein Mann sie nur heben und über das Seitendeck schleudern konnte, um die Bodenbretter zu zertrümmern. Von einem kleineren Schiff kamen Enterhaken geflogen, sodass es längsseits herangezogen werden konnte, obwohl es bereits sank. Die Mannschaft kraxelte an den Seiten des größeren Schiffes hinauf, erhielt Speerstöße und Schwerthiebe, bevor sie eine Hand freibekamen. Die *Heron* wischte sie beiseite, wendete und machte ein weiteres Schiff nieder. Hinter ihr und ihren Begleitschiffen wogte die Hauptstreitmacht von Shefs Flotte weiter nach vorne, hielt nach Lücken in den Reihen des Gegners Ausschau, suchte sich ihre Ziele.

Shef lehnte auf dem Seitendeck und sah sich um. Das war es, dachte er. Die Schlacht war vorbei, abgesehen vom Endkampf. Er konnte erkennen, dass die Katapulte der Ragnarssons eingenommen waren, konnte die Reihe verlassener Ruderboote sehen, die ans Ufer gezogen worden waren. König Olafs später, aber zeitlich gut abgepasster Angriff hatte der Feindesflotte den Rückhalt genommen. Das größte Schiff der Ragnarssons war nicht einmal zum Einsatz gekommen, alle waren von der *Furchtlos* zusammengeschossen worden.

Wie einfach es auch umgekehrt gelaufen sein könnte! Ohne die Armbrüste hätten die Ruderboote nicht landen können. Dann wäre die *Furchtlos* in Stücke geschossen worden und König Olafs Schiffe gleich mit, als sie vorwärtsgefahren waren. Wenn die

Furchtlos nicht gewesen wäre, wären die zwölf großen Drachenboote herausgefahren und hätten Olaf drei zu eins angegriffen, selbst wenn die Katapulte der Ragnarssons ihre Aufgabe nicht erledigt hätten. Aber Pergament umwickelt Stein, Stein macht Schere stumpf, Schere schneidet Pergament. Jedes Mal. Deswegen ist es ein Maschinenkrieg.

„Sie sinkt auf den Grund", sagte Hagbarth kurz. „Ich glaube, einer dieser Felsbrocken hat ihr endgültig das Rückgrat gebrochen. Seht." Er zeigte auf das Wasser, das den aufgerissenen Frachtraum umspülte.

„Cwicca, Osmod!", rief Shef. „Bringt eure Mannschaften von Bord. In Ordnung, Hagbarth, seht zu, ob Ihr sie auf den Strand setzen könnt. Da drüben, auf der Landzunge unter den Katapulten."

Die angeschlagene *Furchtlos* kroch über das Wasser, während sich die Schlacht sowohl in der Bucht als auch an Land rasch von ihr entfernte, sodass sie über leeres Gewässer dahintaumelte, das übersät war von Wrackteilen und den Köpfen erschöpfter Schwimmer.

Kapitel 31

nur, wie es hieß, um sie in einen glorreichen Tod zu führen, mit dem Schwert in der Hand. Nicht in eine schmachvolle Niederlage ohne die Möglichkeit, zuzuschlagen.
Und doch, dachte Sigurth, kann es sein, dass Odin seinem Freund trotzdem beisteht. Denn dort, genau vor ihm, war der Verursacher all ihrer Probleme. Bei ihm waren nur zwei Männer, um sich mit Sigurth und seinen beiden mächtigen Brüdern zu messen. Drei gegen drei.
Shef sah sich um, erkannte auf fünfzig Yards den seltsamen Blick des Schlangenauges, Sigurth, Halvdan und Ubbi, jeder von ihnen ein Streiter und alle voll bewaffnet für ein Handgemenge, das nicht lange andauern würde. Gegen sie standen nur er selbst mit seiner alten und langen Lanze, ohne Rüstung oder Schild, Karli, der immer noch sein minderwertiges Schwert hielt, und Cuthred. Würde Cuthred überhaupt gegen die drei Streiter gleichzeitig kämpfen, da Shef und Karli ihm nur solch zweifelhafte Hilfe leisten konnten? Shef hatte immer gehofft und geplant, genau das zu vermeiden: den ausgeglichenen Kampf auf ebener Erde gegen bessere und erfahrenere Männer. Das Vernünftigste war, sofort loszulaufen, hinunter zum Ufer und in Deckung der Armbrüste der *[illegible]*. Shef wandte sich den anderen zu, wollte ihnen schon Bescheid geben, auf den Weg zurück über den kleinen Hügel zeigen.
Zu spät. Cuthreds Augen hatten sich geweitet, sein Atem ging schwer keuchend. Speichel begann, aus seinen Mundwinkeln zu tropfen. Auch er hatte das Schlangenauge erkannt.
Shef schüttelte ihn am Arm, wurde mit einem achtlosen Schwingen des Schildes abgeschüttelt, dessen Sporn sein Gesicht nur um Weniges verfehlte. „Cuthred!“, rief er. „Wir müssen jetzt weg. Töte sie später.“
„Töte sie jetzt“, kam eine heisere, unmenschliche Antwort.
„Denk dran: du bist mein Mann! Ich habe dich aus der Mühle befreit. Du hast mir Treue geschworen.“
Cuthred drehte sich um und sah Shef direkt ins Auge, wobei ein Teil seines Geistes trotz des nahenden Berserkergangs noch unter

Die *Furchtlos* landete oder sank, stieß jedenfalls nur wenige Yards von dem sandigen Ufer entfernt auf Grund. Versprengte Tote und Verwundete lagen ausgestreckt in der Nähe. Hier und da ragten Hände aus dem Wasser und winkten kraftlos nach Hilfe. Shef machte Hagbarth auf sie aufmerksam. „Ein paar Männer sollen in ein Ruderboot steigen und so viele auflesen, wie sie können. Danach schickt Ihr weitere das Ufer entlang, um für die Verwundeten zu tun, was möglich ist. Hund wird sie anleiten."
Hagbarth nickte. „Ich bringe den Rest dazu, die Platten abzunehmen und das Schiff leichter zu machen. Ich glaube, wir können sie letztendlich wieder flottkriegen."
„Sehr gut." Shef blickte auf den Hügel, wo die Ragnarssons ihre Katapulte aufgestellt hatten. Niemand dort. Die Schlacht war weitergewandert, die Katapultschützen flohen. Die Männer aus Shefs Flotille aus kleinen Booten verfolgten sie oder hatten es auf die Beute abgesehen, die in der nun ungeschützten Braethraborg zu finden war. Shef spürte, wie die Müdigkeit ihn überkam, als die Anspannung nachließ, spürte, dass er keine weitere Entscheidung treffen konnte. Nun, da der Schlachtenlärm abgeklungen war, sang eine Lerche hoch in der Luft über dem grasbedeckten Abhang und erinnerte ihn an die Tage vor Jahren in den Auen von Emneth. Vielleicht würden diese Tage zurückkehren. Tage des Friedens.
Er entschied, den seichten Hang hinaufzugehen, um auf der anderen Seite über die Bucht zu blicken, dem Ende der Schlacht zuzusehen und dem, was folgen musste – der Plünderung der Braethraborg. Als er mit der Lanze in der Hand den Aufstieg begann, folgte Cuthred ihm. Karli kam ebenfalls nach, er hielt sich ein paar Schritte hinter ihnen. Hagbarth sah ihnen nach und verspürte einen Augenblick lang Sorge. Auf jedem Schlachtfeld gab

es vermutlich Männer, die ihren Tod vorgetäuscht hatten, Feinde, die plötzlich wieder auf die Beine kommen mochten. Es war eine Gewohnheit der Wikinger, ein Schlachtfeld zu überwachen, bevor sie Vorsichtsmaßnahmen ergriffen und in Gruppen über das Feld gingen, um die Leichen auszuziehen, verwundete Feinde zu erledigen und nach denen zu suchen, die ein Lösegeld wert waren. Diesmal hatten sie es nicht getan. Allerdings hatte der König zwei Leibwächter bei sich, und am Ufer gab es viel zu tun. Hagbarth wischte seine Sorgen beiseite und fing an, den anderen ihre Aufgaben zuzuteilen.

Oben auf dem Abhang erblickte Shef wieder verstreute Tote, nicht viele – die Katapultschützen waren größtenteils davongerannt, als sie die gut ausgebildete Linie der Deutschen sahen, die den Hügel hinauf auf sie zukamen. Vom höchsten Punkt aus blickte er über die Szenerie, die er in seiner Vision gesehen hatte, wenn auch vom anderen Ende des Fjordes aus. Eine weite, grüne, friedliche Bucht. Vielleicht eine Meile entfernt stand die Ansammlung aus mehreren Reihen von Langhäusern, Kasernen, Schiffswerften, Gleitbahnen und Sklavenunterkünften, die so lange das Machtzentrum der Ragnarssons gewesen war, der gefürchtetste Ort im Norden. Nun versank der Kern dieser Macht in der Bucht, zerschmettert von König Olafs Schiffen, die würdevoll auf den Hauptanleger zusteuerten. Die Überlebenden wurden währenddessen von kleineren Gefährten niedergemacht, die folgten.

Einige Schiffe, bemannt mit Sigurths widerwillig Eingezogenen, fuhren einen weiten Bogen in dem Versuch, zu entkommen. Inmitten dieser ganzen Szene lagen die zwölf Drachenboote, durchlöchert, in Stücke gerissen von den Geschossen der *Furchtlos,* an Land gespült, während die Mannschaften sich an Hölzern festklammerten und darauf warteten, dass sie gerettet wurden oder ertranken. In der gesamten Bucht verteilt waren kleine Boote, notdürftige Flöße oder kräftige Schwimmer auf dem Weg zum Ufer.

„Heute gibt es nicht viel für mich zu tun“, sagte Cuthred hinter Shef. „Ich hätte genauso gut zurückbleiben können.“
Shef antwortete nicht. Sein Auge erfasste drei heruntergekommene Krieger, die unter ihm in einem kleinen Boot auf der anderen Seite der gestrandeten *Furchtlos* an der Landzunge anlegten. Sie hatten ihn ebenfalls gesehen und liefen nun lebhaft den Abhang hinauf.
„Vielleicht wird dieser Tag doch noch gut“, sagte Sigurth Ragnarsson, der sie anführte. Er hatte die Schlacht auf dem mittleren Schiff in der Reihe der großen Schlachtschiffe begonnen. Der erste fliegende Stein, der von dem seltsamen, metallbeschlagenen Schiff gekommen war, hatte das Schiff getroffen und beinahe gespalten. Die Seile und Enterhaken, die in der gesamten Linie ein Schiff an das andere banden, hatten seines über Wasser gehalten. Doch kamen die Steine weiterhin geflogen, wieder und wieder, während er in ungeduldigem Zorn darauf wartete, dass seine eigene Artillerie ausgerichtet war und die Eindringlinge zerschmetterte. Schließlich hatte er das Rabenbanner vom Mast gerissen, war mit ihm und seinen Brüdern zu seiner geliebten *Frani Ormr* gelaufen und hatte die Hauptflotte hinter den Schutz der großen Patrouillenschiffe geführt. Dann, als das Metallschiff endlich sank und außer Gefecht war, hatte er den Angriff der kleineren Schiffe gegen König Olafs *Heron* geführt.
Dies war ebenfalls gescheitert; die *Frani Ormr* sank unter ihm weg, ihr Boden aufgerissen durch einen Brocken, der von einem höheren Deck aus heruntergeschleudert worden war. Er und seine Brüder mussten in dem Scharmützel mehrere ihrer eigenen Männer töten, um von dem sinkenden Schiff zu kommen, das folgte. Seine Flotte und sein Heer hatten sich hinter ihm aufgelöst. In knapp einer Stunde hatte man ihm ohne eine Möglichkeit zum Gegenschlag Macht und Königswürde entrissen und ihn wieder zu einem einfachen Krieger gemacht, der nur seine Kleidung, seine Waffen und das besaß, was er bei sich trug. Sigurth hatte davon gehört, dass Odin seine Anhänger im Stich ließ. Aber

nur, wie es hieß, um sie in einen glorreichen Tod zu führen, mit dem Schwert in der Hand. Nicht in eine schmachvolle Niederlage ohne die Möglichkeit, zuzuschlagen.

Und doch, dachte Sigurth, kann es sein, dass Odin seinem Freund trotzdem beisteht. Denn dort, genau vor ihm, war der Verursacher all ihrer Probleme. Bei ihm waren nur zwei Männer, um sich mit Sigurth und seinen beiden mächtigen Brüdern zu messen. Drei gegen drei.

Shef sah sich um, erkannte auf fünfzig Yards den seltsamen Blick des Schlangenauges. Sigurth, Halvdan und Ubbi, jeder von ihnen ein Streiter und alle voll bewaffnet für ein Handgemenge, das nicht stattgefunden hatte. Gegen sie standen nur er selbst mit seiner alten und fragilen Lanze, ohne Rüstung oder Schild, Karli, der immer noch sein minderwertiges Schwert hielt, und Cuthred. Würde Cuthred überhaupt gegen die drei Streiter gleichzeitig kämpfen, da Shef und Karli ihm nur solch zweifelhafte Hilfe leisten konnten? Shef hatte immer gehofft und geplant, genau das zu vermeiden: den ausgeglichenen Kampf zu ebener Erde gegen bessere und erfahrenere Männer. Das Vernünftigste war, sofort loszulaufen, hinunter zum Ufer und in Deckung der Armbrüste der *Furchtlos.* Shef wandte sich den anderen zu, wollte ihnen schon Bescheid geben, auf den Weg zurück über den kleinen Hügel zeigen.

Zu spät. Cuthreds Augen hatten sich geweitet, sein Atem ging schwer keuchend, Speichel begann, aus seinen Mundwinkeln zu tropfen. Auch er hatte das Schlangenauge erkannt.

Shef schüttelte ihn am Arm, wurde mit einem achtlosen Schwinger des Schildes abgeschüttelt, dessen Sporn sein Gesicht nur um Weniges verfehlte. „Cuthred", rief er. „Wir müssen jetzt weg. Töte sie später."

„Töte sie jetzt", kam eine heisere, unmenschliche Antwort.

„Denk dran, du bist mein Mann! Ich habe dich aus der Mühle befreit. Du hast mir Treue geschworen."

Cuthred drehte sich um und sah Shef direkt ins Auge, wobei ein Teil seines Geistes trotz des nahenden Berserkergangs noch unter seiner Kontrolle war. „Ich war schon einmal der Mann von jemandem, Herr König. Dies sind die Männer, die König Ella getötet haben."

Mit Mühe brachte er die Worte heraus, sein Gesicht war verzerrt. Shef dachte, er hätte das Wort „verzeih" gehört. Und dann war der Berserker an ihm vorbeigestürmt und voller Freude über das Gras auf das herannahende Trio zugerannt.

Er kam wenige Fuß vor ihnen zum Stehen, brüllte Hohn, und seine Stimme war hell und klar, erfüllt von Wonne.

„Söhne von Ragnar!", donnerte er. „Ich habe euren Vater getötet. Ich habe ihm die Fingernägel ausgerissen, um ihn zum Reden zu bringen. Dann habe ich ihn gefesselt und in die Schlangengrube geworfen, die *ormgardr.* Er starb mit bläulichem Gesicht und gebundenen Händen. In Walhalla werdet ihr *ihn* nicht wiedersehen."

Er warf den Kopf zurück und krächzte ein triumphierendes Lachen. Schnell wie eine Schlange kam Sigurths Wurfspeer angesaust. Ebenso schnell kam die Parade durch den gehärteten Schild, sodass der Speer im hohen Bogen davonflog. Dann hatte Cuthred angegriffen. Sigurth trat geschickt zur Seite, wich dem ersten Hieb aus und duckte sich unter dem Rückschlag hinweg. Dann näherten sich Ubbi und Halvdan jeder von einer Seite und schwangen die Schwerter. Die Luft war erfüllt vom Klirren des Metalls, als Cuthred Schläge abblockte, selbst schwang und stach und beide Männer augenblicklich zurücktrieb.

Dennoch konnte er nicht drei auf einmal im Auge behalten. Sigurth besah sich einen Augenblick den Nahkampf, dem er entronnen war, dann drehte er sich um, lief heran, Schwert gezogen, Schild erhoben. Shef sah sich um. Karli stand mit blassem Gesicht neben ihm. Er umfasste immer noch das neu geschmiedete Schwert, das Shef dem unglücklichen Hrani abgenommen und ihm gegeben hatte. Shef hatte seine Lanze. Keiner von beiden hatte einen Schild. Sigurth war ihnen eins zu zwei überlegen. Aber er konnte jetzt nicht davonlaufen und Cuthred im Stich lassen.

„Diesmal steht kein Wasser zwischen uns, Schlauberger", sagte Sigurth. Als er auf Shef zusprang, stieß dieser mit der Lanze nach ihm; es war das erste Mal, dass er sie im Ernst einzusetzen versuchte. Sigurth hieb mit einem Vorhandstreich die Spitze vom Holzschaft und schlug mit der Rückhand sofort nach Shefs Hals. Shef duckte sich, sprang zurück, ließ dabei den nutzlosen Schaft fallen und zog aus dem Gürtel das Messer, mit dem er Kjallak getötet hatte. Er fühlte sich steif, nutzlos, unvorbereitet. Jetzt war die Zeit, da er Hunds Trank brauchte. Aber Hund war auf der anderen Seite des Hügels.

Karli trat vor, um seinen Herrn zu schützen, schwang das Schwert, das er mit so viel Stolz getragen hatte seit dem Tag, als Shef es ihm geschenkt hatte. In makabrer Erkenntnis sah Shef, dass er wieder einmal alles vergessen hatte, was er ihm über den Umgang mit der Waffe beigebracht hatte. Er schlug zu wie ein Pflüger, wie ein Knecht, wie ein Schwimmfuß aus dem Sumpf. Sigurth wehrte den ersten Schlag problemlos mit seiner Klinge ab, wartete mit einigem Unglauben auf den langsamen zweiten Hieb, blockte diesen mit dem Schild und schlug mit der Geschwindigkeit einer Natter zu, bevor Karli sich fangen konnte. Karli trug keinen Schild, keinen Helm. Shef wurde an das Hacken eines Metzgerbeils erinnert, das auf Knochen traf, als das Schwert tief in Karlis Schädel schnitt. Der stämmige Mann aus Dithmarschen ließ die Waffe fallen, stürzte der Länge nach dem Schlangenauge zu Füßen.

Am Fuß des Hügels zwang Cuthred Halvdan mit einem wilden Angriff in die Knie. Ubbi, dessen Kopf von den Schultern getrennt war, lag wenige Yards entfernt. Sigurth sah die Szene aus dem Augenwinkel und wandte sich wieder Shef zu.

„Dann gehe ich bei dir besser auf Nummer sicher", sagte er und ging um Karlis Leiche herum. Shef stand dem erprobten Krieger nur mit einem Messer gegenüber, zu nahe, um sich umzudrehen und davonzurennen.

Von weit oben blickte Odin, der goldäugige Gott, hinab auf seinen Anhänger Sigurth, Sohn von Ragnar. „Er ist ein mächtiger Krieger", sagte er bedauernd.
„Aber er hat die Schlacht verloren", erklang die Antwort von dem Gott mit dem schlauen Gesicht neben ihm.
„Wäre es ein gerechter Kampf gewesen, hätte er gewonnen."
„Dann nimm ihn in deine Einherjer *auf."*
Odin zögerte gedankenverloren. Sollte er seinem Anhänger einen letzten Sieg schenken? Die Worte seines Sohnes Ríg kamen ihm wieder in den Sinn, ebenso seine eigenen Worte, die er seinem geliebten Sohn Balder auf dessen Scheiterhaufen zugeflüstert hatte. „Ich wünschte, irgendein Gott würde dich zu mir zurückbringen, mein Sohn."
Kein Gott hatte es getan, kein Held, nicht einmal sein getreuer Hermodr. Vielleicht hatten sie recht. Nicht Blut war die Heilung, sondern Tränen. Das Schlangenauge würde niemals Tränen für ihn vergießen. Mit Bedauern traf er seine Entscheidung. „Nicht umsonst nennt man mich Bölverk, *Übeltäter, Kriegerverräter", raunte er, nur von Ríg und den alles hörenden Ohren Heimdalls vernommen. Er pfiff und rief eine seiner* Valkyrja *zu sich, die unsichtbar über jedes Schlachtfeld fliegen, die Gefallenen auswählen und ihre Netze aus Schwäche, aus Lähmung über sie werfen, dafür sorgen, dass sich die Waffen in ihren Händen winden und ihre Augen den Flug von Speer oder Pfeil falsch abschätzen. Mit seinem großen Speer zeigte er auf das Schlangenauge.*

Sigurth kam den sanften Abhang hinaufgerannt wie eine Jagdbestie, Schwertspitze tief, Schild oben, während seine weiß umrandeten Augen nur auf Shefs Gesicht gerichtet waren.
Mit dem kurzen Messer in der Hand wich Shef vor ihm zurück, denn er war angreifbar für Hiebe oder Stöße, sobald Sigurth die knappen sechs Fuß zwischen ihnen geschlossen hatte. Als er zurücktrat, nahm er den Boden unter sich plötzlich aus einem anderen Winkel wahr. Sie hatten die Kuppe des Hangs erreicht, überquerten ihn bereits. In wenigen Augenblicken würden sie die

Stelle zwischen den beiden zurückgelassenen Katapulten in Sicht der *Furchtlos* erreicht haben. Wenn er doch nur noch einhundert Herzschläge länger aushalten könnte ... Derselbe Gedanke kam auch Sigurth. Er kam schneller heran, versessen darauf, kurzen Prozess zu machen, bevor sich jemand einmischen konnte.

Im Laufe des Tages hatte sich der Riemen seines Rohlederschuhs immer mehr gelöst. Inzwischen schleifte er im niedrigen Gras hinterher. Als Sigurth den Schritt machte, der den tödlichen Stoß einleiten sollte, trat er auf den Riemen, versuchte, mit dem Fuß, der festhing, weiterzugehen, rutschte aus und geriet ins Wanken. Er senkte den Schildarm, stützte sich einen Augenblick lang mit der linken Hand auf dem Gras ab.

Shef, der zurückgewichen war, trat aus reinem Reflex vor und stieß mit dem Rogaland-Messer zu. Er trieb es durch den Bart und unter das Kinn, wie er es bei Kjallak getan hatte. Einen Augenblick lang starrte Sigurth zu ihm hinauf und seine merkwürdigen Augen weiteten sich vor Schreck. Dann schienen sie etwas hinter Shefs Rücken zu erkennen. Ein Ausdruck einer Mischung aus Erkenntnis und Abscheu huschte über das Gesicht des Sterbenden. Das Schwert hob sich, als wolle es irgendeine Gestalt aufspießen, irgendeinen Verräter im Himmel.

Brutal drehte Shef das Messer einmal herum und sprang zurück, als Sigurth mit dem Gesicht voran zu Boden fiel.

Cuthred humpelte den Abhang hinauf auf ihn zu. Sein Gesicht war aufgeschlitzt, ein langer, nicht blutender Schnitt, wie eine Wunde, die ein Metzger in längst totes Fleisch geschlagen hat. An einem Dutzend Stellen war seine Kettenrüstung zerschlagen und zerrissen. Es schien unmöglich, dass er noch laufen konnte, da ein Oberschenkel erneut wie abgetrennt wirkte. Es war die Wunde, die Vigdjarf ihm beigebracht hatte.

„Du hast einen, ich hab zwei“, bemerkte er. „Ich habe König Ella gerächt. Ich werde dich lobend erwähnen, wenn ich ihn treffe.“

Als er schwankend dastand, erstarb das Licht des Irrsinns in seinen Augen. Mit normalerer Stimme fügte er hinzu: „Ich wünschte, du könntest mich im Ganzen begraben. Schicke den Trollen eine Nachricht von mir – an Mirastaray. Ich wäre ihr Mann gewesen."

Plötzlich sickerte Blut aus den Wunden, die merkwürdige Selbstherrschaft des Berserkergangs verließ ihn. Er sank hinab, rollte sich auf den Rücken. Als Shef seinen Puls fühlte, war da nichts. Er ging über das blutbefleckte Gras, um nach Karli zu sehen, doch es war hoffnungslos. Krieger wie das Schlangenauge fehlten nicht mit ihren Hieben. Solange man sie nicht aufhielt. Er hatte richtig vermutet. Karli war ebenfalls tot, das Hirn schwamm vermischt mit dem Blut um ihn herum, sein fröhlicher Ausdruck war für immer ersetzt durch einen der Überraschung und des Entsetzens. Schlechte Nachrichten für Edith und für viele Weitere. Schlechte Nachrichten für Mirastaray.

Wie aus Gewohnheit hob Shef Cuthreds Schwert auf und trottete mit gesenkten Schultern zurück zum Schiff. Als er die verlassenen Katapulte erreichte, sah er sich zu seiner Überraschung dem Deutschen Bruno gegenüber. Shef stellte fest, dass Hagbarth, der hinter Bruno stand, ihn ebenfalls bemerkt hatte. Hagbarth berief Männer von ihrer Arbeit an der *Furchtlos* ab und befahl sie zur Seite. Für den Augenblick waren sie allein.

„Ich habe Euren Zweikampf beobachtet", sagte Bruno. „Jetzt habt Ihr zwei Ragnarssons getötet. Aber ich weiß nicht, wie Ihr das macht. Es sah aus, als hätte er Euch mit Leichtigkeit töten können. Jeder von meinen Männern hätte das geschafft. Ich zweifle, dass Ihr mir gewachsen wärt."

„Warum sollten wir einander gewachsen sein?"

„Ihr habt etwas, das ich will. Wo ist Eure Lanze?"

Shef machte eine vage Geste über die Schulter. „Dort hinten. Was bedeutet sie Euch?"

Wie zur Antwort zielte Bruno mit einem Hieb seines langen Reiterschwerts auf ihn. Shef parierte ohne nachzudenken mit dem Schwert, das er Cuthred abgenommen hatte, parierte wieder und wieder, bemerkte, dass ihm das Schwert aus den Händen segelte

und die Spitze von Brunos Klinge auf seiner Kehle ruhte, genau dort, wo er Sigurth das Schlangenauge aufgespießt hatte.
„Was sie mir bedeutet?“, wiederholte Bruno. „Dies ist die Heilige Lanze, mit der Jesus Christus getötet wurde. Von einem deutschen Zenturio. Die Lanze, die heiliges Blut vergossen hat.“
Shef erinnerte sich an die Vision von der Kreuzigung, die er gehabt hatte, an den Mann mit dem federgeschmückten Helm, der deutsche Wörter gesprochen hatte. „Ja“, sagte er und sprach vorsichtig, da die kalte Spitze seine Haut aufriss. „Ich glaube Euch.“
„Wer sie besitzt, der wird Kaiser. Wahrer Herrscher über den Westen, Nachfolger Karls des Großen, derjenige, der erneut das Heilige Römische Reich eint. Das Deutsch-Römische Imperium.“
Shef spürte einen enormen Druck auf sich lasten, schwerer noch als die Furcht vor der scharfen Stahlspitze an seinem Hals. Zwei Mal hatten Männer versucht, ihm die Lanze abzunehmen, zwei Mal hatte er ihnen widerstanden. Wenn er sie jetzt übergab, würde er die ganze Welt einer neuen Herrschaft unterwerfen, einer neuen Tyrannei eines neuen Roms, stärker als das alte Rom und der alte Papst. Wenn er sich weigerte, würde er sterben. Hatte er das Recht, für solch einen Preis sein Leben zu retten? Während Karli und Cuthred tot neben ihm im Gras lagen?
Und dennoch gehörte die Lanze nicht ihm. Soviel war klar. Sie gehörte den Christen. Was sie mit ihr anstellen würden, wusste nur ihr Gott allein. Aber sie hatten das Recht, ihrer Vision zu folgen, wie er und die Wegleute, er und Thorvin und Vigleik und alle anderen das Recht hatten, der ihren zu folgen. Bei der Erinnerung an seine Vision des sterbenden Christus, bei der Erinnerung an König Edmund von Ostanglien und an die lamentierende alte Frau, die er und Alfred auf der Waldlichtung angetroffen hatten, spürte er, dass noch etwas vonseiten des Kreuzes kommen musste. Aber nicht von der Kirche. Allerdings war Bruno kein Kirchenmann.
„Wenn die Lanze ein deutsches Reich errichten soll“, sagte Shef steif, „dann ist es besser ein Deutscher, der sie trägt. Ihr werdet die

Lanzenspitze dort neben der Leiche meines Kameraden finden, wo Sigurth sie vom Schaft abgetrennt hat. Nur die Spitze ist von uralter Arbeit. Der Schaft wurde viele Male ersetzt."

Einen Augenblick lang schien Bruno überrascht. „Ihr seid bereit, sie aufzugeben? Ich würde es nicht tun, nicht einmal mit einer Schwertspitze an der Kehle." Er dachte einen Moment länger nach und ignorierte die Männer, die jetzt den Hügel hinauf auf ihn zugerannt kamen. „Es stimmt. Euer Abzeichen ist nicht der Speer, weder der Odins noch der des Zenturio Longinus. Ich habe Euch gesagt, was Ihr um den Hals tragt, ist das *graduale.* Es ist Euer Schicksal, ihm zu folgen, wie es meines war, die Lanze wiederzubeschaffen."

Er zog die Klinge weg, hob sie zum Gruß. „Ich sollte Euch trotzdem töten", sagte er. „Ich fürchte, Ihr seid ein gefährlicher Mann, wenn auch keiner des Schwertes. Aber ein kaltblütiger Mord wäre nicht ritterlich. Lebt wohl, König des Nordens. Erinnert Euch daran, dass ich der Erste war, der Euch so grüßte."

Er lief den Abhang hinunter, hob etwas aus dem blutigen Gras auf, küsste es und rannte auf eine Reihe von Pferden zu, die aus den Ställen der Braethraborg auf ihn zugeführt wurden.

Shef nahm einem der leicht bewaffneten *skógarmenn,* die keuchend den Hügel hinaufgelaufen kamen, eine Armbrust ab, spannte sie, legte einen Bolzen ein, zielte auf den breiten Rücken, der fortrannte – sechzig, achtzig, einhundert Fuß entfernt.

Ich sollte Euch auch töten, überlegte er. Aber es wäre nicht ritterlich, so kaltblütig Gutes mit Schlechtem zu vergelten. Lebt denn wohl, zukünftiger Imperator. Oder, wie Ihr zu sagen pflegt: *Auf Wiedersehen.*

WWW.RPC-GERMANY.DE
Role Play Convention
RPC
WELTGRÖSSTES FANTASYEVENT!
A FANTASY GAMING & ENTERTAINMENT EVENT
Find us on Facebook
FACEBOOK.COM/ROLEPLAYCONVENTION
WWW.RPC-GERMANY.DE